La Sonate de l'oubli

SANTA MONTEFIORE

La Sonate de l'oubli

FRANCE LOISIRS

Titre original : *The Forget-me-not Sonata*
publié par Hodder & Stoughton, a division of Hodder Headline, Londres.

Traduit de l'anglais par Marthe Lomont

Tous les personnages de ce livre sont fictifs, et toute ressemblance avec des personnes réelles, vivantes ou mortes, serait pure coïncidence.

Édition du Club France Loisirs,
avec l'autorisation des Éditions Belfond.

France Loisirs,
123, boulevard de Grenelle, Paris.
www.franceloisirs.com

ISBN : 2-7441-7199-9

À Lily Bathsheba

Remerciements

Je voudrais exprimer ici ma profonde gratitude à ma cousine Anderly Hardy ainsi qu'à mon amie Sue Nicholas qui, toutes deux, ont eu le privilège de grandir à Hurlingham, en Argentine. Grâce à leurs descriptions animées et à leurs souvenirs d'une extrême précision, j'ai pu redonner vie à ce lointain coin d'Angleterre qui a tant changé depuis leur enfance.

Merci à ma mère pour les histoires qu'elle sait si bien raconter, à mon père pour sa grande sagesse et à ma tante Naomi pour ses encouragements et son intérêt constants.

Le Dr Stephen Sebag Montefiore et son épouse April m'ont apporté un appui inestimable sur le plan médical et psychiatrique qui m'a permis de façonner mes personnages. Sue Flechter, mon éditrice, mérite une médaille pour son travail méticuleux et ses conseils avisés. Mille mercis également à Jo Frank, mon agent, pour son inébranlable soutien. Sans mon amie Kate Rock, je ne me serais peut-être tout simplement jamais mise à écrire, aussi ai-je à son égard une énorme dette.

Enfin, et c'est le plus important, je tiens à remercier mon mari Sebag pour ses sages conseils et son enthousiasme sans bornes car, chaque fois que mon imagination était à sec, il s'est trouvé là pour lui redonner de l'eau.

La légende des myosotis ou « ne m'oubliez pas »

On raconte qu'en Autriche, un jour, deux jeunes fiancés se promenaient main dans la main le long du Danube. C'était la veille de leur mariage. Soudain, la jeune femme aperçut dans l'eau un ravissant myosotis emporté par le courant. Devant son chagrin de le voir ainsi disparaître à jamais, son bien-aimé sauta héroïquement dans l'eau pour rattraper la jolie fleur bleue. Mais le courant fut si puissant qu'il l'emporta à son tour. Juste avant de se noyer, le jeune homme réussit à lancer la fleur sur la rive en s'écriant : « Ne m'oubliez pas, je vous aimerai toujours ! »

Prologue

Angleterre, automne 1984

Le ciel était presque trop enchanteur pour un jour tel que celui-ci. Un ciel d'octobre qui recouvrait le paysage d'un saisissant voile d'or. On aurait dit que Dieu Lui-même, pour marquer ce jour de deuil, embrasait de Sa main les arbres de l'automne et le dessin soigneusement tracé des labours. Des traînées flamboyantes de rose et de rouge sang éclaboussaient l'horizon tandis que le soleil sombrait lentement dans les brumes du soir comme de la lave en fusion. La nature, qui triomphait de toute sa gloire, contrastait vivement avec l'humble cœur de Cecil Forrester.

Aujourd'hui, Grace était la seule de ses filles à ne pas pleurer à son enterrement. Alicia, comme on pouvait s'y attendre, s'épanchait spectaculairement. Avec ce sens inné du drame qui caractérisait chaque instant de sa vie, comme si elle se trouvait en permanence sur scène, son beau visage exposé aux feux de la rampe. Elle pleurait des larmes scintillantes, secouée par de longs et profonds sanglots qui faisaient trembler ses mains gantées de noir tandis qu'elle tapotait délicatement ses joues à l'aide d'un mouchoir en dentelle. Le visage presque entièrement dissimulé derrière une fine voilette, elle prenait soin malgré tout de ne pas laisser la comédie du chagrin altérer sa beauté. Aussi préférait-elle exprimer son désespoir par de déchirants soupirs, un léger frémissement des lèvres et de délicats mouvements de tête.

Leonora pleurait aussi, bien sûr, mais plus calmement. Elle ne pleurait pas le père qu'elle avait perdu, mais celui qu'elle n'avait jamais eu. L'homme dans le cercueil aurait tout aussi bien pu être un étranger, un oncle lointain ou un vieux maître d'école. Car jamais Cecil Forrester ne l'avait autorisée à plus d'intimité que ça.

Jetant un coup d'œil à sa plus jeune sœur qui contemplait, impassible, le cercueil descendre au fond du trou bien net creusé dans le sol, elle se demanda à nouveau pourquoi cette dernière ne montrait aucune émotion. Des trois sœurs, pourtant, c'était elle qui avait le plus de raisons d'éprouver du chagrin.

Plus d'une dizaine d'années séparaient les jumelles Alicia et Leonora de Grace, leur cadette. À la différence de ses aînées, expédiées dès l'âge de dix ans en Angleterre pour y parfaire leur éducation, Grace avait grandi dans le verdoyant quartier anglais d'Hurlingham, à Buenos Aires. Mais ce n'était pas à cause de leur différence d'âge que Leonora avait l'impression de si peu la connaître. Si ces longues années de séparation avaient élevé entre elles un mur infranchissable, il n'en restait pas moins vrai que Grace, tout simplement, était différente. Aussi insaisissable que les fées qui avaient peuplé leur enfance, elle semblait appartenir à un autre monde. Alicia disait que sa nature éthérée provenait du fait que sa mère l'avait trop protégée et gâtée après qu'elle eut tant souffert de voir les jumelles envoyées au loin, la laissant seule et déprimée.

Leonora, cependant, ne partageait pas ce point de vue. Selon elle, leur jeune sœur était tout simplement faite ainsi. Leur mère avait eu raison de ne pas se séparer d'elle trop tôt car Grace se serait fanée comme une fleur sauvage dans ce glacial pensionnat d'Angleterre où elle-même avait tant pleuré, tourmentée par le mal du pays, la tête enfouie dans un oreiller mal rembourré.

Grace regarda sans émotion particulière le cercueil s'enfoncer dans la terre tandis que les sanglots et reniflements d'Alicia redoublaient. Pour cette dernière, l'occasion était trop belle de jouer la carte du mélodrame, d'autant que le crépuscule offrait un spectacle magnifique. Mais Grace ne perdait pas son temps à juger sa sœur. Elle observait la scène avec sérénité, sachant que son père, contrairement à ce que tout le monde pensait, ne se trouvait plus dans le cercueil. Elle avait vu son esprit s'échapper de son corps au moment de sa mort et lui sourire, comme pour dire : « Tu avais raison, Grace. » Puis, en compagnie de sa mère et de son cher oncle Errol, il s'était envolé vers l'autre dimension, ne laissant derrière lui qu'une carcasse vide et usée.

Grace était fatiguée de leur répéter la vérité. Après tout, ils la découvriraient eux-mêmes quand leur heure viendrait. Coulant un regard vers sa mère qui se tenait à côté d'elle, elle décela sur son doux visage une expression de regret mêlé de soulagement et effleura sa main. Audrey l'étreignit avec reconnaissance. Même si Grace était désormais une jeune femme, elle avait conservé la pureté, l'innocence de l'enfance.

Oui, Grace était une enfant à part. Dès sa naissance à Buenos Aires, à l'hôpital de la Congrégation-de-Marie, Audrey avait tout de suite compris qu'elle serait différente de ses autres filles. En venant au monde, Alicia avait poussé un cri d'une impatience bien caractéristique tandis que Leonora s'était contentée de suivre docilement, tremblant devant tant d'inconnu.

Avec Grace, par contre, rien de tel s'était passé. Le petit corps avait glissé hors du corps maternel sans faire d'histoires, comme un petit ange satisfait. Elle avait cligné des yeux en direction de sa mère, un sourire entendu étirant ses petites lèvres roses avec tant de sérénité que le médecin, sidéré, avait pâli d'incrédulité face à cette incroyable créature. Pourtant, Audrey n'avait pas été surprise. Elle savait que Grace était un don du ciel et son amour pour elle était si intense que, parfois, il la suffoquait. Elle avait tenu le minuscule bébé contre sa poitrine et admiré son visage translucide — le visage d'un ange, assurément.

Grace était une bénédiction octroyée par un Dieu généreux et compatissant. Ses cheveux formaient un halo indiscipliné de boucles blondes et ses yeux, du même vert que les rivières profondes, évoquaient tous les mystères du monde. L'enfant enchantait et terrifiait à la fois ceux qui la contemplaient car son regard semblait fouiller le tréfonds de leur âme et les connaître mieux qu'ils ne se connaissaient eux-mêmes.

Mais elle n'effrayait personne autant que Cecil, son propre père, lequel faisait de son mieux pour éviter tout contact avec cette créature aussi étrangère à ses yeux qu'une entité extraterrestre. Grace ne possédait aucune des qualités de Cecil, ni aucun de ses traits physiques. Elle demeurait insensible à sa volonté comme à ses colères, se contentait de sourire, amusée, comme si elle lisait en lui et connaissait intimement les raisons pour lesquelles il ne cessait de lutter contre sa propre nature.

Non, Cecil ne l'avait jamais comprise, du moins jusqu'à ses derniers jours. Car alors, malgré toutes leurs différences, il lui avait tout à coup souri, de la même manière qu'elle souriait elle-même, promenant sur le monde un regard détaché avant de l'étreindre avec amour. Et puis il était mort, une expression heureuse et sereine sur son visage, qu'on ne lui avait jamais vue de son vivant.

Audrey lâcha la main de sa fille, fit un pas en avant, la tête bien droite, forte de cette dignité qui l'avait soutenue tout au long de ces années de tumulte. Elle lança dans la tombe un lis blanc, murmura une prière hâtive et leva les yeux vers le soleil couchant qui projetait à travers les arbres de longues ombres noires sur le cimetière. Ses pensées s'envolèrent pour la ramener au temps de l'amour et des jacarandas en fleur. Jamais plus elle n'aimerait comme elle avait aimé dans sa jeunesse. L'âge lui avait ravi tant d'innocentes espérances.

Devant le sombre tombeau de son époux, Audrey s'abandonna à la force de ses souvenirs et les regarda se mouvoir tels des fantômes. Ils se délivrèrent de leurs liens et elle fut de nouveau une jeune fille habitée de rêves lumineux, vibrante des riches promesses de l'avenir.

Première partie

1

Colonie anglaise d'Hurlingham, Buenos Aires, 1946

— Audrey, viens vite ! souffla Isla en saisissant par le bras sa sœur de seize ans pour l'extraire de son transat. Tante Hilda et tante Edna sont en train de prendre le thé avec maman. Il paraît qu'on a surpris Emma Townsend dans les bras d'un Argentin ! Il faut que tu entendes cette histoire. C'est tordant !

Audrey abandonna son roman et grimpa la pelouse avec sa sœur en direction du club-house.

Le soleil de décembre flamboyait avec ardeur sur ce petit coin d'Angleterre qui résistait à toute forme d'intégration dans un pays où se mêlaient pourtant de si nombreuses nationalités. Comme un fragile radeau sur la mer, la communauté britannique hissait ses couleurs et défendait orgueilleusement son statut. Mais le troublant parfum des eucalyptus et des gardénias se mêlait aux effluves de thé et de gâteaux en un tango fluide, et le murmure aux accents anglais provenant des courts de tennis faisait écho aux appels tonitruants des gauchos qui veillaient sur leurs poneys. Les deux cultures se développaient côte à côte comme avancent deux chevaux dont les œillères les empêchent de prendre conscience qu'ils sont attelés à la même charrette.

Audrey et Isla avaient grandi dans ce coin d'Argentine résolument britannique situé dans un élégant faubourg des environs de Buenos Aires. La colonie anglaise était centrée autour du club d'Hurlingham où, sous d'austères portraits du roi et de la reine, l'on servait du rosbif, des steaks et de la tourte aux rognons dans la salle à manger lambrissée. Les Anglais étaient nombreux et influents et leur vie ressemblait à une partie de cricket. De superbes maisons entourées de jardins s'alignaient derrière des haies d'ifs, reliées entre elles par des petits chemins menant à la pampa. Les deux sœurs participaient à des concours hippiques, jouaient au tennis, nageaient, s'amusaient à taquiner l'autruche des voisins en lançant dans ses plumes des balles de golf que le pauvre animal finissait ensuite par manger. Elles faisaient aussi de longues randonnées à cheval dans la pampa, chassaient le lièvre des prairies à travers les hautes herbes.

Parfois, quand le soleil avait dépassé son zénith et que le chant des criquets couvrait le hennissements des poneys, elles pique-niquaient avec leur mère et leurs cousins à l'ombre des eucalyptus. C'étaient des heures langoureuses, innocentes, à l'abri des tensions du monde des adultes. Plus tard, bien sûr, elles les connaîtraient à leur tour mais, pour l'heure, les intrigues et scandales qui se murmuraient autour des goûters de scones et de sandwiches au concombre constituaient une source d'amusement essentielle, surtout pour Isla, qui avait hâte de grandir pour créer à son tour des vagues de ce genre.

Quand Audrey et Isla pénétrèrent dans le club, elles prirent aussitôt conscience des visages qui se détournaient de leurs tasses de thé de Chine pour les observer se frayer gracieusement un chemin à travers les tables. Les deux sœurs avaient l'habitude d'attirer l'attention, mais alors qu'Audrey baissait modestement les yeux, Isla releva le menton pour toiser l'assistance d'un regard impérieux. Rose, leur mère, leur disait que tant d'attention de la part de l'assistance provenait du fait que leur père dirigeait une importante entreprise. Mais Isla savait qu'il n'en était rien. Si on les regardait, c'était à cause de leurs beaux yeux vert clair et de leurs boucles chatoyantes, couleur de soleil, qui leur tombaient jusqu'à la taille. Née quinze mois après Audrey, Isla était la plus séduisante. Espiègle, entêtée, elle avait un joli teint de miel et un sourire plein d'esprit qui charmait tout le monde, même quand elle n'avait pas fait grand-chose pour mériter cette marque d'affection. Plus menue que sa sœur, elle paraissait pourtant plus grande, sans doute à cause de sa démarche joyeuse et vive, de cette extrême confiance en elle qui se devinait à la manière qu'elle avait de marcher le dos droit, les épaules dégagées. Elle aimait éveiller l'attention, accompagnant son discours de mouvements de mains fluides à la manière des Latins.

La beauté d'Audrey était plus classique. Elle avait un long visage expressif, une peau blanche comme l'albâtre qui rougissait facilement et des yeux voilés par une mélancolie inspirée par les romans et la musique qui faisaient le sel de son existence. D'une nature rêveuse, elle était capable de rester des heures dans un transat des jardins du club, imaginant le monde au-delà de son petit cercle, un monde où des êtres passionnés et libres dansaient sous les étoiles dans les rues pavées de Palermo, grisés par le parfum entêtant du jasmin. Oui, Audrey était impatiente de connaître l'amour mais sa mère, moqueuse, lui répétait qu'elle était bien trop jeune pour perdre son temps avec de telles sornettes. « Quand le moment sera venu, ma chérie, tu auras tout le temps qu'il faut pour vivre de vraies histoires d'amour. En attendant, tu lis bien trop de romans. Crois-moi, la *vraie* vie ne ressemble pas du tout à ce qu'on raconte dans les livres. »

Mais Audrey savait instinctivement que sa mère se trompait. Comme initiée par quelque vie antérieure, elle était persuadée de tout connaître de l'amour et s'en languissait avec une douloureuse nostalgie.

— Ah, voici mes ravissantes nièces ! s'exclama tante Edna pendant que les deux jeunes filles approchaient.

Elle se pencha vers sa sœur et chuchota :

— Elles sont chaque jour plus jolies, Rose. Les jeunes gens ne vont pas tarder à leur faire la cour. Veille bien sur Isla. J'ai remarqué dans ses yeux une lueur un peu trop aguichante...

Veuve et sans enfants, tante Edna, avec un stoïcisme tout britannique, parvenait à dissimuler les tragédies de sa vie derrière un solide sens de l'humour. Son tenace instinct maternel était comblé par les relations affectueuses qu'elle entretenait avec ses neveux et nièces. Quant à tante Hilda, sa sœur, elle éprouvait une amertume certaine envers Audrey et Isla. Ses propres filles, au nombre de quatre, avaient un physique quelconque, le teint jaunâtre et aucune personnalité. Souvent, Hilda se disait qu'elle aurait préféré avoir quatre garçons. Il lui aurait été bien plus facile de les marier.

— Asseyez-vous, les filles, lança tante Edna. (Sa main dodue, alourdie de bagues, désigna deux chaises à côté d'elle.) Nous étions en train de dire...

— *Pas devant les enfants** [1], coupa Rose en se versant une nouvelle tasse de thé.

— Oh, je t'en prie, maman ! gémit Isla. Si tu ne laisses pas parler tante Edna devant toi maintenant, elle le fera quand tu auras le dos tourné.

Elle accompagna ces mots d'une grimace entendue à laquelle tante Edna répondit par un clin d'œil.

— Il n'y a pas de mal à raconter cette histoire, Rose, dit-elle à sa sœur. Je lui trouve un fort potentiel éducatif, après tout. N'est-ce pas, Hilda ?

Cette dernière pinça ses lèvres sèches et tripota le rang de perles ornant son maigre cou.

— Mieux vaut prévenir que guérir, laissa-t-elle tomber d'une voix contenue. Je ne vois là aucun mal.

— Très bien, concéda Rose en se calant avec résignation contre le dossier de sa chaise. Mais

1. Les expressions en italique suivies d'un astérisque sont en français dans le texte. *(N.d.T.)*

alors c'est toi qui racontes, Edna. Cela me fait trop de peine d'en parler.

Les yeux bleus de tante Edna brillèrent de malice. Elle prit son temps pour allumer une cigarette et, tel un dragon bienveillant, exhala lentement la fumée par le nez, sous le regard impatient de ses nièces.

— Une histoire tragique en vérité, quoique des plus romantiques, commença-t-elle. Figurez-vous que, tout le temps où cette pauvre Emma Townsend était fiancée à Thomas Letton, elle nourrissait en réalité une passion éperdue pour un Argentin.

— Le pire est que ce garçon n'est même pas d'une *bonne* famille, intervint tante Hilda en haussant les sourcils en signe de désapprobation. Il paraît qu'il serait fils de boulanger ou quelque chose comme ça.

Elle enfouit ses doigts squelettiques dans le paquet de cigarettes de sa sœur et en alluma une avec fébrilité.

Rose hocha la tête d'un air navré.

— Les pauvres parents ont dû en être bouleversés de honte.

— Où l'a-t-elle rencontré ? demanda Audrey, qui trouvait cette histoire délicieusement poignante.

— Nul ne le sait. La petite refuse de le dire. Mais si vous voulez mon avis, il est sûrement du voisinage. Sinon, comment serait-elle tombée sur lui ? Un véritable coup de foudre à ce qu'il semble. J'ai appris de source tout à fait sûre qu'elle se glissait par la fenêtre de sa chambre à minuit pour le rejoindre. Quelle indécence !

Isla paraissait subjuguée par cette histoire. Les

yeux de tante Edna brillaient comme ceux d'une grenouille qui aurait repéré une mouche bien grasse. Repensant aux rendez-vous secrets qu'elle donnait, jeune fille, dans le pavillon du jardin familial, elle s'écria :

— Des rendez-vous de minuit ! Vous vous rendez compte ! On se croirait en plein roman !

— Je t'en prie, raconte-nous comment on les a découverts, supplia Isla, ignorant le regard désapprobateur de sa mère.

— C'est la vieille Mrs Featherfield, la grand-mère d'Emma, qui les a découverts. Comme elle souffre d'insomnie, il lui arrive d'aller se promener dans le jardin tard dans la nuit. Elle a aperçu un couple en train de s'embrasser sous un sycomore, mais elle a supposé qu'il s'agissait de sa petite-fille et de son fiancé, Thomas Letton. Imaginez son effroi quand elle a constaté que ce garçon noiraud qui serrait la jeune Emma dans ses bras était un inconnu...

— Allons, Edna, ça suffit, trancha Rose en reposant sèchement sa tasse sur sa soucoupe.

— Le pauvre Thomas doit être effondré, dit tante Edna, détournant la conversation avec tact pour satisfaire sa sœur. Il ne voudra plus l'épouser à présent.

— D'après ce que je sais, cette petite écervelée clame qu'elle est amoureuse et supplie ses parents de la laisser épouser son indigène, précisa tante Hilda d'un ton acerbe en écrasant sa cigarette.

— Mon Dieu ! fit Edna, savourant manifestement tous les détails de l'affaire.

Elle s'éventait à l'aide du menu tandis que Rose soupirait tristement :

— Comme tout cela est triste !

— C'est magnifique, au contraire ! corrigea Isla avec allégresse en s'agitant sur sa chaise. Quel scandale formidable ! Croyez-vous qu'ils vont s'enfuir ?

— Bien sûr que non, ma chérie, répondit Rose en tapotant la main de sa fille pour calmer son exubérance. (Isla s'excitait facilement à propos du moindre détail.) Elle ne va tout de même pas jeter l'opprobre sur sa famille !

— Je suis de ton avis, maman, murmura Audrey, tout cela est très triste. Ils ne pourront pas vivre ensemble, même s'ils s'aiment. Que va-t-il leur arriver maintenant ?

Elle tourna vers sa mère ses grands yeux rêveurs.

— J'imagine qu'ils vont reprendre leurs esprits un jour ou l'autre et, si elle a de la chance, ce pauvre Thomas Letton acceptera malgré tout de l'épouser. On raconte qu'il est absolument fou d'elle.

— Il faudrait qu'il soit un saint, observa tante Hilda, en s'appliquant à étaler de la confiture sur son scone.

Edna prit un sablé.

— En effet, approuva-t-elle. Ce serait une seconde chance presque miraculeuse pour cette pauvre fille. Avec la guerre, les jeunes gens se font rares et bien des jeunes filles ne pourront trouver de mari. Si elle avait possédé un peu de bon sens, elle n'aurait pas tenté le diable.

— Mais tu ne penses donc pas à l'autre ?

s'exclama Audrey. À ce garçon dont elle est amoureuse ?

— Il aurait dû comprendre qu'il n'y avait aucun espoir, trancha tante Hilda d'une voix sifflante. Au fait, savez-vous que Moira Philips a renvoyé son chauffeur ? Bien lui en a pris car il devait probablement rapporter les conversations au gouvernement. Vous imaginez les complications que cela aurait provoqué...

Audrey demeura silencieuse pendant que sa mère et ses tantes discutaient de cette nouvelle affaire. De six ans plus jeune qu'Emma, elle ne la connaissait guère, même si elle la croisait au club de temps à autre. Une jolie fille avec des cheveux châtains et un visage agréable. Elle se demanda dans quelle disposition d'esprit elle pouvait être maintenant, imaginant ses terribles souffrances, confrontée à un avenir morne et privé d'amour.

Elle regarda sa sœur qui, trouvant le temps long, jouait avec son sandwich. L'histoire du chauffeur de Mrs Philips n'avait rien de captivant comparée aux aventures d'Emma Townsend. Audrey ne partageait pas le goût immodéré de sa sœur pour les intrigues amoureuses sur lesquelles le destin s'acharne. Isla était fascinée par l'aspect romantique, voire tragique de l'affaire. Elle adorait que l'on en parle à mots couverts, en retenant son souffle, comme lorsqu'on évoque un mort ou un détail sordide que l'on compte bien répéter aussitôt à ses amis. Mais, plus que tout, c'était l'aspect romanesque qui la subjuguait. Comme il était facile de bouleverser leurs petites vies bien rangées ! Secrètement, Isla aurait voulu que ce soit elle, et non Emma Townsend, qui se retrouve dans l'œil du cyclone. Elle aurait apprécié que l'on s'intéresse un peu plus à elle...

Emma Townsend ne refit son apparition au club que deux semaines plus tard. Le scandale s'était répandu comme une traînée de poudre jusqu'à ce que les dames d'Hurlingham — quatre femmes plus très jeunes rebaptisées ironiquement les « Crocodiles » par tante Edna — l'accusent à tort d'être enceinte. Ces commères redoutées organisaient avec une extrême efficacité toutes les manifestations qui se tenaient au club : tournois de polo, concours hippiques, expositions florales, cocktails ou thés dansants. Elles jouaient au bridge le mardi soir, au golf le mercredi matin, peignaient le jeudi après-midi et adressaient des invitations à des thés ou à des réunions de prières avec une assommante régularité. Ainsi que le soulignait tante Edna, elles s'étaient autoproclamées « gardiennes de la bienséance » et l'on savait que l'on était tombé en disgrâce lorsque le petit bristol couleur lilas cessait d'arriver dans sa boîte aux lettres (au moins était-on ainsi dispensé de trouver une bonne excuse pour décliner ces invitations embarrassantes !).

Audrey et Isla avaient passé les quinze jours suivants à chercher cette pauvre Emma. Elle ne s'était pas montrée à l'église, ce qui, naturellement, avait fait jaser les dames d'Hurlingham. Leurs têtes coiffées de chapeaux à plumes rapprochées pour d'interminables conciliabules, elles ressemblaient à un troupeau d'oies caquetantes.

Un dimanche, alors que, comme d'habitude,

elles étaient occupées à dénigrer la jeune fille, Thomas Letton entra dans l'église, accompagné de sa famille. Le silence se fit tandis que tous suivaient des yeux l'élégante silhouette qui remontait la nef d'un pas digne. Les traits impassibles du jeune Letton ne trahissaient en rien l'humiliation qui, d'après Audrey, devait pourtant le consumer secrètement. Les dames d'Hurlingham hochèrent la tête avec compassion quand il passa près d'elles mais, les yeux fixés sur l'autel, il les ignora pour aller tranquillement prendre place à côté de sa mère et de sa sœur.

On ne vit pas davantage Emma au polo, pas plus qu'au pique-nique organisé par Charlo Osborne et Diana Lewis. Ces deux membres de la congrégation des Crocodiles n'avaient cessé de répéter tout l'après-midi que si Emma avait osé se montrer à leur petite fête, elles n'auraient pas hésité à la renvoyer en signe de disgrâce. Naturellement, c'était tout le contraire qu'elles souhaitaient secrètement, elles auraient aimé voir apparaître la jeune fille afin d'alimenter leurs commérages.

Enfin, après deux longues semaines d'absence, Emma vint au club un samedi pour déjeuner avec sa famille. Elle fit son entrée, la tête obstinément baissée pour éviter de croiser les regards. Se rendant compte que les conversations cessaient subitement, Audrey leva les yeux. Isla et elle se trouvaient au salon avec leurs parents, leurs frères et, bien entendu, l'incontournable tante Edna. Tous se tournèrent pour regarder les Townsend traverser la pièce et s'installer à une table. Tous... sauf le colonel Blythe qui, tel un roc perdu au milieu de cette mer silencieuse, cachait sa belle moustache grise derrière le *London Illustrated News*, absorbé par sa lecture et fumant ses fameuses cigarettes turques. Même Mr Townsend, un homme à la solide carrure, au visage massif orné de favoris broussailleux, semblait ravaler son indignation, préférant le silence à une confrontation ouverte. Il commanda des rafraîchissements et tourna le dos aux autres convives qui continuaient de l'épier, attendant comme des chacals quelque affreux rebondissement dont ils pourraient se délecter.

— Eh bien, s'écria tante Edna en soufflant bruyamment, ça ne lui ressemble pas, d'être aussi stoïque.

— Ça suffit, gronda Henry en prenant une poignée de cacahuètes. Ce n'est pas à nous de faire des commentaires.

— Tu as raison, admit Edna avec un sourire. Les Crocodiles en font assez pour nous tous.

— Elles vont être furieuses d'avoir raté ça, gloussa Isla en donnant un coup de coude à sa sœur.

Mais Audrey ne parvenait pas à se joindre à la gaieté ambiante. Elle se sentait profondément désolée pour cette famille éprouvée qui se trouvait ainsi exposée à l'opprobre général.

Juste au moment où les malheureux Townsend semblaient être terrassés par la condamnation publique, un frémissement étonné parcourut la salle comme un courant d'air. Audrey se retourna et vit Thomas Letton, le menton relevé, s'avancer d'un pas décidé.

Isla se redressa, la bouche grande ouverte, au

paroxysme de l'exaltation. Profitant de cette occasion pour se venger après des années de taquineries, Albert, saisissant une cacahuète, la lança dans la gorge de sa sœur. Isla lui jeta un regard surpris avant de devenir rouge comme une tomate, sa trachée obstruée l'empêchant de respirer. Elle poussa un râle caverneux, se leva, envoya promener sa chaise et, en un spasme frénétique, balaya les verres qui allèrent se fracasser par terre. L'attention générale se détourna de Thomas Letton et de la famille Townsend pour chercher le responsable d'un tel chaos. On vit alors Isla, les yeux exorbités, suffoquant et agitant les bras, s'efforçant désespérément d'obtenir du secours.

Avant qu'Audrey ait pris la mesure de ce qui se passait, Henry Garnet souleva Isla et lui comprima la taille de ses bras puissants en appuyant les poings sur son estomac, encore et encore. De plus en plus cramoisie, la jeune fille gargouillait et hoquetait tandis que l'assistance, telle une horde de singes curieux, formait un cercle anxieux autour de leur table, attendant qu'Henry arrache sa fille à une mort affreuse. Pétrifiée, Rose voyait la vie s'enfuir du corps d'Isla, et adressa à Dieu une prière silencieuse. Il dut l'entendre car, soudain, après une ultime pression sur l'estomac de sa fille, Henry réussit à déloger la cacahuète et l'enfant aspira avec gratitude une longue goulée d'air. En larmes, rongé par le remords, Albert se précipita dans les bras de sa mère tandis que tante Edna courait embrasser Isla. Ayant échappé de peu à la mort, cette dernière titubait en tremblant de manière incontrôlable. La foule des spectateurs applaudit et poussa des hourras. Seule Audrey remarqua qu'Emma Townsend quittait la salle avec Thomas Letton.

Il ne lui échappa pas non plus qu'ils se tenaient par la main.

— Le grand-oncle Charlie est mort d'étouffement, remarqua solennellement tante Edna quand le calme revint dans l'assistance. Mais, au lieu d'une cacahuète, c'était un gros morceau de cheddar fermier, son fromage préféré. Quand nous évoquons son souvenir, nous l'appelons toujours « Cheddar Charlie ». N'est-ce pas Rose ? Cher Cheddar Charlie...

2

À la grande indignation des dames d'Hurlingham, Thomas Letton et Emma Townsend se marièrent à l'automne suivant. Rose fut enchantée que la famille Townsend puisse enfin redresser la tête, mais tante Hilda n'en démordait pas : Emma ne méritait pas un si charmant garçon. Edna lui décerna le titre de « crocodile honoraire », salué par un claquement de langue bruyant, ce qui provoqua l'hilarité d'Isla. La petite papillonnait autour de tante Hilda en faisant claquer sa mâchoire, à la manière des grands reptiles.

— *Snap ! Snap !*

— Qu'arrive-t-il à cette enfant, Rose ? se plaignit tante Hilda. Que signifient ces gesticulations ridicules ?

Rose eut bien du mal à contenir son rire mais elle rassura sa sœur en prétendant qu'il s'agissait d'un jeu rapporté de la cour de récréation.

— Tu me rassures. J'avais l'impression que cela avait à voir avec moi.

— Bien sûr que non. Ignore-la. Elle ne tardera pas à s'intéresser à autre chose.

Rose avait raison, naturellement. L'attention d'Isla ne restait pas longtemps fixée sur un sujet.

L'histoire d'amour d'Emma Townsend avait profondément impressionné Audrey qui ne parvenait pas à l'oublier. Elle suivit de loin les préparatifs du mariage, imaginant la résignation passive de la mariée tandis qu'elle s'engageait docilement dans une existence dénuée d'amour. Un destin pire que la mort, pensait Audrey.

Mais, quand le couple revint de voyage de noces quinze jours plus tard, la jeune épousée semblait plutôt heureuse de son sort. Le scandale s'atténua avec le temps. Même les dames d'Hurlingham oublièrent leurs griefs et reçurent avec le sourire la nouvelle Mrs Letton. Les petites enveloppes lilas tombèrent bientôt avec une régularité monotone dans la boîte aux lettres. Pourtant Audrey s'imaginait entendre l'écho d'une plainte dans le rire léger d'Emma et lire de la souffrance dans ses yeux. La jeune femme était devenue à ses yeux l'incarnation même de la tragédie et cette dimension extrême lui conférait une beauté grave qu'elle n'avait pas auparavant.

Quand Audrey eut dix-huit ans en janvier 1948, sa mère l'emmena chez Harrods sur l'Avenida Florida, en compagnie de tante Edna et d'Isla. Puis elles se rendirent à l'Alvear Palace pour y prendre le thé. Tante Edna qui, pas plus que sa sœur Rose, n'était jamais allée à Londres, traînait dans le magasin en grommelant. Selon elle, le magasin argentin était infiniment moins chic que l'original — beaucoup plus grand et contenant autant de richesses que la caverne d'Ali Baba. Audrey et Isla n'en attendaient pas moins cette sortie avec impatience, non seulement à cause des jolis vêtements que leur mère leur acheta, mais aussi pour le plaisir d'observer les clientes élégantes, perchées sur de vertigineux talons et joliment chapeautées, qui examinaient chaque article de leurs fines mains gantées tandis qu'elles s'attardaient au rayon des cosmétiques et des produits de luxe importés d'Europe.

Isla regarda avec envie sa sœur aînée essayer des robes de dame et des blouses de soie. Pour consoler Isla qui comprenait mal pourquoi on lui interdisait de porter des boucles d'oreilles avant ses dix-huit ans, tante Edna lui acheta un twin-set de chez Pringle, ce qui eut pour effet de ramener immédiatement le sourire sur les lèvres de la jeune fille.

Quand elles sortirent, la chaleur leur tomba dessus comme une chape de plomb. Elles s'engagèrent dans les rues poussiéreuses, ignorant les petits mendiants dépenaillés qui surgissaient de l'ombre comme de petits singes pour demander de l'argent ou des bonbons. Devant un marchand de journaux, elles virent le lumineux visage d'Eva Perón sourire à la une de tous les quotidiens et magazines. Les cheveux décolorés tirés en un chignon sévère, les yeux bruns froids et le sourire triomphant reflétaient l'impitoyable ambition d'une femme qui ne serait jamais satisfaite. Tante Edna et Rose marchaient d'un bon pas, gardant leur opinion pour elles-mêmes de crainte d'être entendues. On leur avait raconté trop d'histoires de pauvres gens lynchés par une foule de péronistes en colère après s'être laissés aller à des commentaires sur la personne d'Evita. Les rues de Buenos Aires n'étaient pas un endroit où l'on pouvait se permettre de parler librement de la première dame du pays. On n'était pas sûr que les murs de sa propre maison n'avaient pas d'oreilles...

Pourtant Audrey adorait cette ville. Passer tout un après-midi dans le plaisant anonymat de ce labyrinthe citadin lui donnait une impression de liberté. Elle aimait observer l'agitation des passants courant à leur travail ou à quelque réunion, les promeneurs qui arpentaient nonchalamment les avenues en regardant les étalages ou qui s'attardaient dans un coin ensoleillé pour observer la bousculade. Les voitures et le bruit l'excitaient, les places qui fourmillaient de monde et l'architecture ornementale des grands édifices l'enchantaient. Elle avait hâte de faire bientôt partie de ce monde fascinant, de tisser tranquillement son chemin comme un fil de soie dans une grande tapisserie. Elle adorait la poésie des petits cafés et des restaurants qui débordaient sur les trottoirs, étapes paisibles où on se rafraîchissait avant de plonger de nouveau dans la cohue frénétique. C'est là qu'on découvrait les pittoresques cireurs de chaussures et les vendeurs de fleurs qui aimaient faire une pause à l'ombre pour parler politique ou affaires tout en sirotant leur *maté* à l'aide d'une paille argentée.

L'air sentait l'essence des voitures et des autobus et le caramel des pâtisseries. Des voix animées d'enfants couvraient le bourdonnement incessant de la rue. Aucun détail n'échappait à la jeune fille tandis qu'elle suivait sa mère qui marchait d'un pas rapide. Apercevant de jeunes couples qui se promenaient main dans la main sous les palmiers de la Plaza San Martin, ses pensées dérivèrent une nouvelle fois vers les joies grisantes de l'amour. Son cœur frémit de désir quand les lourds parfums de gardénia et d'herbe coupée chatouillèrent ses narines, la transportant dans le monde langoureux des romans qu'elle aimait tant. Elle rêvait de se promener un jour comme ces amoureux et, peut-être, d'accorder un baiser près de la fontaine. En attendant, il fallait se résigner à la réalité. Au lieu de la compagnie d'un amoureux, elle se trouvait dans le salon de thé de l'Alvear Palace et Rose était en train de parler de deux jeunes gens qui venaient d'arriver d'Angleterre pour travailler dans la société de leur père.

— Cecil et Louis Forrester, dit-elle manifestement impressionnée car sa bouche esquissa un léger sourire.

— Des frères ? demanda tante Edna en libérant un bouton de son corsage et en s'éventant.

— Cecil est l'aîné, précisa Rose. Il a trente ans. Louis en a vingt-deux et il est un peu... (elle marqua une pause à la recherche du mot juste car elle ne voulait pas paraître malveillante)... excentrique, conclut-elle avec emphase. Quant à Cecil, il est très beau et d'une parfaite correction. Un jeune homme vraiment remarquable, lança-t-elle avec conviction.

— Pourrais-je avoir des crêpes *dulce de leche*, s'il vous plaît ? interrompit Isla en voyant passer le chariot de pâtisseries.

Le serveur en gants blancs était manifestement intéressé par les deux jeunes filles dont l'éclat semblait assainir l'air enfumé du salon.

— Bien sûr, Isla. Tu en veux aussi, Audrey ?

— Sont-ils venus seuls ? demanda celle-ci à sa mère après avoir accepté d'un signe de tête.

— Oui. Le pauvre Cecil a fait la guerre. Il s'est comporté d'une manière très héroïque, à ce qu'on dit.

Rose soupira profondément. Elle aurait voulu ajouter que Louis avait refusé avec un entêtement suspect de combattre et était resté à Londres, passant le temps de la guerre à jouer des airs mélancoliques sur un grand piano à queue. Mais ce n'était pas convenable de donner à ses filles une mauvaise image de lui avant même qu'elles l'aient rencontré. Elle se tourna vers tante Edna.

— Ils sont venus ici pour s'éloigner de l'Europe et de cette atmosphère si déprimante de l'après-guerre. Comme leur père a été en affaires avec Henry autrefois, il a proposé de nous les envoyer. Nous lui étions redevables et je suis heureuse qu'Henry ait pu leur venir en aide. Ils se sont installés au club.

— Eh bien, nous sommes vraiment très à court de jeunes gens, déclara tante Edna en se versant une bonne tasse de thé Earl Grey. La guerre nous a pris la crème de notre jeunesse. C'est une véritable tragédie.

— Rien de plus vrai, hélas, approuva Rose.

Au fond d'elle-même, elle en voulait un peu au jeune Louis de s'être défaussé alors que son mari et tant d'autres avaient traversé l'Atlantique infesté de sous-marins allemands pour risquer leur vie afin de défendre un pays qu'ils estimaient être le leur, bien que certains d'entre eux n'y aient jamais mis le pied jusqu'alors. Elle avait elle-même apporté sa contribution à l'effort de guerre en participant aux activités de la Hurlingham Ladies Guild qui se réunissait dans la salle de ping-pong du club pour confectionner des pull-overs, des chaussettes, des passe-montagnes, des chaussons à enfiler dans les bottes de marin et des écharpes. La guerre terminée, Rose s'était juré de ne plus jamais toucher aux aiguilles à tricoter qui lui rappelaient trop ces jours pénibles où l'anxiété le disputait à l'espoir.

— Est-ce que tu les inviteras à la soirée d'Audrey ? demanda Isla s'intéressant de nouveau à la conversation maintenant que son assiette était pleine.

Rose se redressa en penchant la tête d'un côté.

— Pourquoi pas ? répondit-elle en cherchant dans son regard l'approbation de sa sœur.

— Bien sûr ! Qu'ils viennent ! s'exclama tante Edna avec enthousiasme. Voilà une excellente occasion pour eux de rencontrer de sympathiques Anglais. De plus, les filles d'Hilda sont à la recherche de maris, tout comme les jumelles des Pearson, sans parler de cette pauvre June Hipps. Si elle n'en trouve pas un bientôt, elle va se transformer en vieille potiche poussiéreuse. Vous vous rendez compte ? Elle aura *vingt-neuf ans* au printemps prochain.

Rose jugeait ses filles trop jeunes pour le mariage. Les filles d'Hilda ne semblaient pas prêtes non plus à souscrire ce genre d'engagement, pas plus que June Hipps, mais les jumelles Pearson étaient minces, jolies et très désireuses de s'établir.

— C'est possible, dit-elle fermement. Mais il s'agit de la soirée d'Audrey, pas d'une foire au mariage.

Vexée, tante Edna rougit violemment.

— Oh, Rose, bégaya-t-elle, je ne voulais pas... Bon. Tu les as rencontrés. À quoi ressemblent-ils ? Crois-tu qu'ils plairont à nos filles ?

Rose sourit et reposa sa tasse.

— J'en suis certaine. Louis est plus proche d'Audrey par l'âge, mais semble un peu trop... *sauvage* pour être aimable. Il faut qu'il mûrisse, en quelque sorte. Cecil est totalement différent. Responsable, consciencieux et fort bien mis de sa personne. Un garçon absolument charmant quoique nettement plus âgé qu'Audrey. Je ne pense pas que cela compte beaucoup. Il est agréable d'être en compagnie d'un homme qui connaît déjà un peu le monde. Eh bien, Audrey, aimerais-tu les inviter à ta soirée ? demanda-t-elle en se tournant vers sa fille aînée.

Audrey s'efforçait de paraître calme en beurrant un toast qu'elle n'avait pas l'intention de manger. Elle se contenta d'un hochement de tête tout en grignotant nerveusement un coin de tartine.

— Je parie que ces Forrester vont tomber amoureux d'Audrey, ricana Isla. Oui, je le parie, insista-t-elle en s'adressant à sa sœur qui venait de lui lancer un regard embarrassé. Ne fais pas ta sainte nitouche, Audrey. Tu es plus jolie que les autres filles, plus jolie même que les jumelles Pearson. Quant à moi, ajouta-t-elle malicieusement, je danserai avec les deux.

— Tu dois attendre qu'on t'invite, Isla, précisa

sa mère. (Puis, se tournant vers sa sœur avec un sourire, elle ajouta :) Tu imagines ce que les Crocodiles diraient si Isla faisaient le tour de la salle en invitant tous les hommes à danser ?

— *Snap, snap, snap !* fit tante Edna en faisant trembler son menton tandis que tout le monde éclatait d'un rire joyeux.

Audrey et Isla n'attendirent pas longtemps avant de rencontrer les frères Forrester car leur père les invita tous deux à dîner quelques jours plus tard dans leur maison de Canning Street. La table avait été dressée sous la vigne vierge sur la terrasse illuminée par des lampes-tempête et de petites bougies décoratives. Audrey et Isla avaient cueilli des fleurs au jardin et préparé un joli bouquet central tandis que Rose avait mis au point le menu avec Maria Sol, la jeune cuisinière. Elle avait invité tante Edna par gentillesse mais aussi afin qu'elle lui fasse part de son opinion sur Cecil Forrester qui pourrait faire un bon mari pour Audrey. Finalement, elle avait décidé que ses deux fils ne dîneraient pas à table. Ils auraient été la source de trop de distraction et Isla se conduisait toujours mal quand Albert était dans les parages.

Audrey et Isla attendaient toutes deux au jardin, vêtues des robes neuves que leur mère avait achetées chez Harrods. Isla remarqua combien sa sœur avait maintenant l'air d'une jeune femme et elle se sentit toute gauche à ses côtés. Cette impression était accentuée par l'allure réservée d'Audrey. Pour la première fois de sa vie, Isla éprouva une sorte de nostalgie. Leur enfance était manifestement en train de s'achever.

— Les filles, vous êtes ravissantes ! s'exclama tante Edna en sortant de la maison vêtue d'une jupe et d'un corsage de soie ivoire, ses doigts jouant avec un long rang de perles qui descendait le long de son opulente poitrine jusqu'à sa taille. Elle dégageait de forts effluves de Christian Dior et s'était poudré la figure, oubliant une traînée blanche qui faisait penser à une congère sur l'arête de son nez. Isla avait l'intention de le lui cacher. Ce serait amusant si elle passait toute la soirée comme ça dans l'ignorance de ce qui susciterait la jubilation de ses voisins de table. Mais Audrey n'était pas de cette espèce. Elle avertit aussitôt sa tante et dispersa du bout des doigts l'inopportune trace.

— Tu es une bonne fille, soupira tante Edna avec reconnaissance.

Elle sortit son poudrier de son sac, se remit un peu de rouge à lèvres avant de refermer son sac et de consulter sa montre.

— Ils vont arriver d'une minute à l'autre. J'avoue que je suis curieuse de les connaître. Le club bourdonne littéralement d'excitation. On m'a raconté que Cecil avait aidé la vieille Diana Lewis à monter en voiture hier après-midi. Il l'a littéralement éblouie par son charme. J'ai croisé Charlo à la *panaderia* et elle m'a dit que le colonel Blythe avait dîné avec lui hier au soir et qu'ils avaient joué aux cartes ensemble jusqu'au petit matin. Ils sont devenus de grands amis. Nous avons tous déjà fait l'assommante expérience de la passion du vieux bonhomme pour les récits de batailles mais le *cher* Cecil l'a entretenu pendant des heures de ses faits de guerre personnels. Je crois qu'il s'est conduit en héros — le colonel assure qu'il a une brillante réputation à Londres — à la différence de son frère Louis qui ne serait qu'un bon à rien, d'après ce qu'on raconte. Il paraît que Louis a joué du piano toute la nuit — au grand désappointement des autres résidents. Si encore il avait interprété de jolies choses, mais il semble s'être lancé dans une musique plutôt étrange. Des airs obsédants qui ont donné des cauchemars à tout le monde.

Elle renifla et se tourna vers la maison, semblant attendre quelque chose.

À cet instant précis, Henry et Rose firent leur apparition sur la pelouse en compagnie de deux jeunes gens.

Un large sourire étirait le double menton d'Edna comme de la pâte de guimauve.

— Enfin, les voilà..., dit-elle en s'avançant à leur rencontre. Prêtes, les filles ?

Audrey et Isla échangèrent un regard excité. Isla fut incapable de contrôler le rictus qui tordait son petit museau de singe satisfait même quand elle fut présentée à leurs invités. Audrey se comporta comme il convenait et baissa timidement les yeux en leur donnant la main.

Cecil était grand et mince avec de beaux traits symétriques, un long nez aristocratique et des yeux bleus au regard franc. Le contraste avec son frère était accentué par le regard flou et mobile de l'homme perdu dans un rêve intérieur. Les cheveux brun foncé de Cecil étaient bien peignés avec une raie nette et brillaient tout autant que ses chaussures. Il sourit avec assurance et salua les deux jeunes filles d'un signe de tête, enregistrant au premier coup d'œil combien l'aînée était jolie et gracieuse. Louis était plus petit que son frère et ses traits étaient irréguliers, plus doux et le pli incertain de ses lèvres révélait une nature changeante ainsi qu'une intense sensibilité. Il n'était pas franchement beau mais son visage était vivant, marqué de plis témoignant aussi bien du rire que de la peine. Quand Audrey croisa son regard, elle constata avec inquiétude qu'on pouvait littéralement s'y perdre tant il était profond et brûlant. Déstabilisée, elle baissa aussitôt les yeux vers le sol et vit qu'il portait une chaussette bleue et une autre noire. Il avait de longs doigts pâles sans cesse animés d'un léger mouvement comme s'il les promenait sur les touches d'un piano. Quand elle leva les yeux, elle remarqua qu'il la regardait avec curiosité à travers une frange de cheveux couleur sable qu'il n'avait pas pris la peine de brosser. À sa grande honte, elle se sentit rougir, dévoilant ainsi son trouble. Elle tourna vivement la tête, espérant qu'il n'avait rien remarqué. Louis n'était pas beau ni même particulièrement séduisant mais son regard la perturbait. Il émanait de lui une sombre présence magnétique, et son instinct semblait lui recommander d'y résister à tout prix.

Un verre de champagne à la main, ils se promenèrent dans les allées du jardin. Cecil marchait avec Henry, Rose avec tante Edna, de sorte qu'Audrey et Isla se retrouvèrent quelques pas derrière elles aux côtés de Louis. Rose fut la seule à remarquer le bref coup d'œil en arrière que Cecil adressa à son frère, un peu comme l'aurait fait un père pour son enfant. Audrey fit une timide tentative pour engager la conversation. Elle aurait préféré être avec ses parents.

— Il paraît que c'est la première fois que vous venez en Argentine ? dit-elle en dissimulant son embarras derrière un vernis de politesse.

— Oui, répondit-il avec un profond soupir, le visage soudain empreint de nostalgie. L'Europe semble condamnée à un éternel hiver. Ici, c'est le printemps et, avec le printemps, c'est le retour de la vie, de l'espoir. On oublie la misère quand le soleil brille.

Audrey lui lança un regard étonné, se demandant ce qu'il voulait dire par là et quoi lui répondre. Isla laissa échapper un petit rire narquois mais sa sœur, craignant de blesser leur invité, ignora sa réaction.

— Le printemps est très beau ici, dit-elle, espérant ne pas passer pour stupide. (Puis elle ajouta impulsivement :) Le printemps succède toujours à l'hiver, même en Europe.

Louis se tourna pour la regarder, le visage soudain cramoisi. Audrey fut surprise de la rapidité avec laquelle son expression s'adoucit, exprimant une réelle tendresse.

— Vous avez raison, en effet, répondit-il les sourcils froncés, essayant de deviner si elle avait réellement compris le sens de ses paroles ou si elle avait parlé sans réfléchir. Mais pourquoi l'hiver d'abord ? Je me demande parfois pourquoi Dieu nous a mis sur la terre si nous devons nous battre les uns contre les autres.

— Je ne sais pas, dit-elle, mais si le printemps durait tout le temps, nous ne l'apprécierions pas. Les êtres humains ont besoin de connaître la souffrance pour savoir ce qu'est le bonheur. Je ne crois pas que la vie soit une partie de plaisir. C'est plutôt une chose terrible, vraiment terrible. L'esprit de l'homme se trouve confronté à ses limites. Avec un peu de chance, il en extrait le meilleur de lui-même, ajouta-t-elle en se remémorant les récits de leur père qui témoignaient de la bonté humaine.

— Ou le pire, rétorqua-t-il cyniquement. Cela ne devrait jamais arriver.

— Avez-vous combattu pendant la guerre? demanda Isla vivement.

Les joues de Louis s'empourprèrent brusquement et sa bouche se crispa en une moue embarrassée. Les épaules de Cecil se raidirent mais il continua à s'entretenir poliment avec ses hôtes.

— Non, non, je ne l'ai pas fait, répondit Louis rapidement.

Avec tact Audrey changea de sujet.

— Il paraît que vous jouez magnifiquement du piano, dit-elle avec enthousiasme.

Le visage de Louis se détendit et ses yeux lui exprimèrent sa reconnaissance.

— Tante Edna prétend que vous avez donné des cauchemars à tout le club avec votre musique, intervint joyeusement Isla.

Louis eut un petit rire étouffé.

— J'ai joué en laissant parler mon cœur et il m'arrive de ne pas toujours le comprendre.

— Vous dites de drôles de choses ! observa Isla, lèvres plissées, le regardant d'un air railleur.

— Isla !

— Ne vous en faites pas, Audrey ! J'aime les gens qui disent ce qu'ils pensent. Ce n'est pas une qualité si répandue.

— Isla dit toujours ce qu'elle pense, mais il lui arrive de ne pas penser, précisa Audrey avec un sourire.

— Audrey, elle, pense trop. Beaucoup trop ! gloussa Isla.

Louis posa sur Audrey un regard distant, détaillant ses traits. « C'est ce que je vois », murmura-t-il. Aussitôt, Audrey contempla le sol, gênée par ce regard pénétrant qu'elle jugeait déplacé, indiscret. Pourtant elle constata avec embarras qu'en même temps il la troublait. Isla se chargea de dissiper le lourd silence qui s'était installé.

— Avez-vous laissé une bien-aimée en Angleterre ? demanda-t-elle en avalant une gorgée de champagne.

— Si j'avais eu une bien-aimée, je ne serais pas venu, répondit-il. Après tout, nous sommes ici dans un pays latin. N'est-ce pas aussi celui du tango et de la romance ?

Isla gloussa de nouveau et Audrey but à son tour un peu de champagne dans l'espoir de cacher son trouble. L'air était immobile, chargé des riches parfums de la nature et des pensées tumultueuses d'Audrey.

— Tante Edna dit que nous manquons de jeunes gens présentables car beaucoup sont partis se battre et ne sont pas revenus, insista Isla.

Audrey ne comprenait pas pourquoi leur mère ne lui interdisait pas de boire du champagne.

— Franchement, Isla ! protesta-t-elle. Ce pauvre Mr Forrester vient à peine d'arriver et voilà que tu le demandes en mariage avant même le dîner !

Louis se mit à rire.

— Ne vous inquiétez pas, Audrey ! J'ai pris la mesure de votre sœur. Elle dit ce qui lui passe par la tête — un peu comme moi, d'ailleurs. (Il ajouta d'une voix douce :) Je vous en prie, appelez-moi Louis. Mr Forrester fait bien trop... vieux. J'ai l'impression qu'il s'agit de quelqu'un d'autre. De Cecil, par exemple. Oui, « Mr Forrester » lui va très bien. Bien mieux qu'à moi.

Ils se dirigèrent vers la table dressée sur la terrasse, à l'abri de la vigne vierge.

— Est-ce que votre sœur vit en Angleterre ? demanda Audrey.

— Cicely ? Oui, en effet. Elle habite une vieille ferme glaciale du Dorset.

— Elle doit être extrêmement triste de vous savoir tous les deux si loin d'elle.

— Je ne le pense pas, répondit-il en souriant. Si vous connaissiez ma sœur, vous comprendriez. Ce n'est pas une femme particulièrement chaleureuse.

— Ma sœur à moi est *très* chaleureuse, déclara Isla qui commençait à parler moins distinctement. Elle vit dans un monde à part. C'est une rêveuse.

Louis tourna vers Audrey un regard couleur de bleuet et lui sourit d'un air pensif.

— Moi aussi je suis un rêveur...

Pendant un bref instant, Audrey crut déceler un

voile de tristesse assombrir son visage comme si le soleil s'était caché derrière un nuage.

— Je mourrais de chagrin si ma sœur me quittait pour aller vivre dans un pays étranger, s'exclama Isla sur un ton mélodramatique. Promets-moi de ne jamais faire ça, Audrey !

Cette dernière croisa le regard consterné de sa mère. Rose venait de s'apercevoir qu'Isla avait un peu trop bu.

— Je te le promets ! répondit-elle avec indulgence.

Quand elle regarda de nouveau Louis, le nuage avait disparu et les traits de son visage s'étaient détendus.

— Isla chérie, dit Rose, veux-tu aller à la cuisine prévenir Maria Sol que nous sommes prêts à dîner ?

Puis, au moment où Isla passait devant elle, comme flottant sur un nuage, elle ajouta à voix basse :

— Et bois un grand verre d'eau quand tu seras là-bas. Ton père sera furieux s'il remarque que tu es ivre.

Les deux invités s'assirent de part et d'autre de Rose, Isla fut placée entre Louis et son père tandis qu'Audrey avait Cecil à sa gauche et tante Edna à sa droite. Elle se trouvait ainsi en face de Louis et aurait bien voulu échanger sa place avec celle de sa sœur. Louis la regardait avec une fascination mal dissimulée. Audrey se concentra d'abord sur son assiette de potage avant de se tourner vers tante Edna car Cecil était déjà engagé dans une conversation animée sur la guerre avec sa mère, manifestement sous le charme. Si Audrey s'était autorisé un regard un peu plus long encore, elle aurait vu un sourire enchanteur se former sur le visage de Louis.

— Il est vraiment charmant, n'est-ce pas ! observa tante Edna à voix basse.

Audrey sut aussitôt qu'elle ne parlait pas de Louis.

— En effet, répondit-elle en se prêtant au jeu.

— Cet officier est un très bel homme. Vraiment, tout à fait romantique, tu ne trouves pas ? Je crois que tu lui plais, ma chérie. J'ai vu qu'il te regardait.

— Oh, je n'en ai pas l'impression. De toute façon, je suis trop jeune pour l'amour.

Tante Edna se mit à rire.

— Tu as dix-huit ans, Audrey. J'avais ton âge quand je suis tombée amoureuse d'Harry. Ce cher Harry, soupira-t-elle. Ce fut un bon mari.

— Tu l'as vraiment beaucoup aimé ? demanda Audrey pour faire diversion.

— Beaucoup.

Refusant de laisser le souvenir de son mari jeter une ombre sur la joyeuse atmosphère de la soirée, Edna sourit pour repousser la mélancolie et ajouta :

— Savais-tu, ma chérie, qu'Harry a toujours été un excellent imitateur ?

Audrey jeta un coup d'œil de l'autre côté de la table. Elle vit Louis rire aux éclats et Isla lui faire un vrai numéro de charme. Frustrée, elle ressentit une curieuse pointe de jalousie et, cherchant à repousser ce sentiment aussi déplaisant qu'impulsif, elle reporta son attention sur sa tante.

— Il pouvait imiter ma mère à la perfection, poursuivait Edna sans remarquer le trouble de sa nièce. Un jour, mon père cria du jardin : « Elizabeth, que faut-il faire de ce cerisier ? » Harry répondit avec la voix de ma mère, avant qu'elle ait eu le temps d'intervenir : « Arrache-le, mon chéri. Arrache-les tous ! » Mon père en est resté complètement stupéfait.

— Comment as-tu su qu'Harry était celui qu'il te fallait ? demanda Audrey en luttant pour ne pas regarder à nouveau devant elle.

Tante Edna la contempla, les sourcils froncés.

— Te voilà une enfant bien curieuse, murmura-t-elle.

Ses doigts boudinés se posèrent sur sa bague de fiançailles ornée d'un rubis qu'elle ne quittait jamais.

— Harry était différent de tous les autres garçons, dit-elle, pensive. Il me faisait rire plus que n'importe qui. J'ai su d'emblée que je l'aimerais — une sorte d'instinct tout à fait animal, vraiment primitif. Près de lui je me sentais si bien... Harry était ma lumière. Après lui, le soleil n'a plus jamais été le même. (Elle serra les lèvres et s'efforça de revenir au présent.) Vois-tu, Audrey chérie, quand cela t'arrivera, toi aussi, tu le sauras.

Audrey sentit qu'elle le savait déjà et elle regarda Louis assis en face d'elle, consciente que des forces exceptionnelles les poussaient l'un vers l'autre.

On servit le plat principal et Rose entreprit de parler avec Louis, libérant Cecil qui put ainsi se consacrer à Audrey. Leur conversation était aisée, légère. Son expression était aimable, son beau visage tourné vers elle, il la regardait intensément. S'il n'y avait eu en face de lui son frère semblable à un petit chien indiscipliné, tantôt plein de ressort et l'instant suivant accablé de mélancolie, elle aurait pu abandonner son cœur à la séduction de cet éblouissant officier. Mais, pour Audrey, seul Louis était irrésistible. Elle prêta l'oreille à ce qui se disait en face. Elle savait qu'elle avait tort et luttait pour reprendre le contrôle d'elle-même. Mais plus elle sentait la proximité du danger, plus elle s'y enfonçait.

— Combien de temps comptez-vous rester en Argentine ? demanda-t-elle.

— Environ deux ans, répondit-il.

Mais le regard insistant qu'il posa sur elle lui fit comprendre qu'il se laisserait aisément persuader de rester plus longtemps. Une miette de pain coincée au fond de sa gorge le fit tousser et il but une gorgée d'eau pour la déloger. Décontenancé par le charme de cette jeune femme paisible, il se sentait embarrassé et maladroit.

— Vous retournerez en Angleterre ?

— C'est ce qui est prévu.

— À moins que vous ne laissiez votre cœur ici comme beaucoup d'autres l'ont déjà fait, observa-t-elle.

Le léger sourire qu'il esquissa ne lui échappa pas mais Audrey ignorait qu'il avait déjà donné son cœur et que c'était elle qui le détenait.

— Et vous ? demanda-t-il. Êtes-vous déjà allée en Angleterre ?

— Non, mais papa en parle si souvent que j'ai l'impression de bien la connaître.

— Aucun endroit ne ressemble tout à fait à ce

pays. Peut-être aurez-vous l'occasion de le découvrir par vous-même un jour.

— J'en rêve mais je n'imagine pas pour autant vivre ailleurs qu'ici. (Elle eut un petit rire.) Le colonel Blythe est fasciné par le temps qu'il fait à Londres. Il lit le *London Illustrated News* et fait de longs commentaires à ce sujet avec une semaine de retard. À l'entendre, on dirait qu'il pleut tout le temps.

— Ah, l'inimitable colonel Blythe ! (Cecil rit à son tour et se redressa sur sa chaise.) C'est un original. Un véritable Britannique qui ne parle que du temps et de la guerre.

Audrey sourit.

— Sincèrement, est-ce qu'il pleut réellement tout le temps là-bas ?

— Ma chère, dit Cecil avec la voix affectée du colonel, je crains que nous n'ayons de nouveau un été humide. Pas de chance pour ceux qui aiment les courses de chevaux.

Cecil fut enchanté de voir qu'Audrey éclatait de rire.

— Le colonel Blythe n'a pas tort. Il pleut pas mal et l'on est souvent mouillé jusqu'aux os. L'humidité glaciale de l'hiver est très déplaisante mais le printemps est plus beau en Angleterre que dans n'importe quel autre endroit du monde. Tout est tellement vert grâce à la pluie. Et quand le soleil brille, imaginez notre joie ! C'est pour cela qu'on en parle tant. Le beau temps est si rare qu'on en fait une véritable fête.

Pendant les pauses qui ponctuaient leur dialogue, Cecil ne remarqua pas que l'attention d'Audrey se détournait de lui pour se porter sur son frère assis à l'autre bout de la table. Comme elle riait et répondait avec à-propos, il croyait la divertir. Il savait s'y prendre avec les gens et charmer les femmes. Tout le monde l'aimait. Les mères le voulaient pour leurs filles et même, parfois, secrètement, pour elles-mêmes. Devinant qu'il était digne de faire un bon mari, les jeunes filles faisaient de leur mieux pour capter son attention. Mais Audrey agissait différemment. Elle le désarçonnait, le faisant douter de son habituelle assurance. Il retrouvait en elle ce détachement qui caractérisait si bien Louis mais, chez elle, cela n'en était que plus attirant, hélas. En se plaçant ainsi hors d'atteinte, elle prenait une dimension éthérée qui exaspérait l'imagination du jeune homme. Jamais il n'avait encore rencontré pareille nature.

Il jeta un regard sur Louis et constata avec confusion que son frère n'avait même pas pris la peine de s'habiller convenablement pour le dîner. Cecil était certain qu'il agissait de la sorte pour l'agacer. Louis était indomptable, un vrai sauvage, un boulet qu'il fallait traîner. Cecil se rappela le soulagement de ses parents quand il leur avait annoncé qu'il voulait bien l'amener avec lui en Amérique du Sud. Ils avaient prétendu être tristes de le voir partir mais, en réalité, ils se sentaient libérés. Louis avait représenté pour eux une lourde épreuve.

Rose conduisit sa sœur et ses filles à l'intérieur de la maison, laissant les hommes fumer une cigarette sur la terrasse en discutant des avantages et des inconvénients des privatisations. Isla en profita pour saisir le bras d'Audrey et lui glisser à l'oreille :

— N'est-il pas l'homme le plus séduisant que tu aies jamais rencontré ?

— Qui ? Louis ?

Isla secoua la tête avec impatience.

— Ne sois pas stupide. Louis est bizarre ! Je parle de Cecil, évidemment. Il est si beau que j'en ai les yeux qui me brûlent !

— Oui, c'est vrai, reconnut Audrey. C'est un gentleman.

— Tu as tellement de chance d'avoir pu parler avec lui pendant tout le dîner. Tout ce que j'ai pu faire, c'est vous dévorer des yeux tous les deux. Je suis contente qu'il vienne à ta réception. Je veux être la première à danser avec lui.

— Si tu veux.

— Juste pour rire. Cela me ferait tellement plaisir de faire enrager toutes les autres filles. C'est le meilleur parti de Buenos Aires, tu sais, et il n'attend qu'un signe de toi.

— Oh, Isla, tu as vraiment trop bu !

— Peut-être, mais pas assez pour ne pas avoir remarqué la façon dont il te regardait.

— Sottises ! Il était poli, tout simplement.

— Il y a des limites à la politesse et il les a largement dépassées !

Audrey se sentit flattée. Après tout, elle n'était pas insensible au fait de plaire à un homme aussi séduisant et cela la mit de très bonne humeur.

Ce n'est qu'au moment où ils prenaient congé qu'elle se retrouva seule dans la rue avec Louis sous un réverbère. Après avoir jeté un regard anxieux en direction de la maison, elle vit les autres membres de sa famille s'attarder sur le seuil en compagnie de Cecil. Ils lui désignaient un arbre étrange qui se dressait dans l'angle du jardin et dont personne ne connaissait le nom. Les nombreux experts en botanique venus de tous les coins d'Amérique du Sud n'avaient pas réussi à l'identifier.

D'une main quelque peu incertaine, Louis écarta de son front ses cheveux couleur de sable et posa les yeux sur la jeune femme qui se tenait à ses côtés. Il se balançait nerveusement d'un pied sur l'autre, brusquement intimidé depuis qu'ils étaient seuls.

— Est-ce que vous dansez? finit-il par demander.

La question traduisait une curiosité sincère et pas simplement de la politesse. Il regardait la jeune fille intensément comme si sa réponse était d'une grande importance pour lui.

— Un peu, répondit-elle avec un mince sourire. Mais je ne crois pas être une très bonne danseuse.

— Je pense au contraire que vous devez être une très bonne danseuse. Vous avez une grâce naturelle. Regardez, dit-il d'un ton rêveur en la voyant porter son poids d'un pied sur l'autre, vous dansez déjà sans même vous en rendre compte.

— Je ne crois pas que ce soit le cas, répondit-elle. Je ne danse pas souvent. Je n'en ai pas l'occasion.

— J'aimerais apprendre le tango, dit-il en faisant claquer ses doigts sur le rythme d'un air qu'il était le seul à entendre. J'aimerais danser sur le pavé des rues de Buenos Aires. J'aimerais danser avec vous.

Audrey se mordit les lèvres et, stupéfaite, le vit se mettre à fredonner en faisant onduler son corps en mesure, mains levées, aussi souple qu'un danseur professionnel. Quand il la vit éclater de rire, son visage s'éclaira du sourire le plus séduisant qu'elle ait jamais vu. Il ne pouvait pas être plus heureux qu'en ces moments où il donnait libre cours aux rythmes qui résonnaient constamment dans sa tête et ce plaisir illuminait son visage comme une lumière venant de l'intérieur. En pensant à Edna qui qualifiait son mari de « rayon de soleil », elle comprit soudain ce que sa tante voulait exprimer.

— Vous êtes vraiment un bon danseur, affirma-t-elle sincèrement en souhaitant avoir l'audace de danser avec lui.

— Oui, mais pas pour le tango.

— C'est une très belle danse.

— Très, admit-il. À la fois solennelle et vibrante de sensualité. Les danseurs sont si près l'un de l'autre et cependant pas assez. Rien qu'à les regarder, j'en ai les cheveux qui se dressent sur la tête.

— On danse le tango à Palermo. Y êtes-vous déjà allé ? (Voyant qu'il secouait la tête, elle enchaîna :) Il y a là-bas un petit café où l'on organise des soirées dansantes. Je le sais parce que la femme de ménage de tante Hilda y est allée. C'est un secret, d'ailleurs. Tante Hilda serait horrifiée d'apprendre ce genre de chose. Pour elle, danser le tango c'est quelque chose d'aussi intime que... que...

Elle rougit.

— Que de faire l'amour ? lança-t-il.

— C'est ça, répondit-elle brièvement en avalant sa salive.

— C'est bien pourquoi cette danse me plaît autant. Votre fameuse tante Hilda doit être une vieille dame toute desséchée pour voir les choses de cette façon.

Audrey se mit à rire et porta les mains à ses joues dans l'espoir de les rafraîchir.

— Un jour, un homme aura la chance de vous emmener danser le tango à Palermo, reprit Louis d'une voix douce.

— Ce sera sans la bénédiction de ma tante, et sans celle de ma mère d'ailleurs. Je ne pense pas qu'une jeune fille bien élevée puisse se permettre cet écart de conduite.

Il eut un sourire entendu.

— Ma foi, cela doit être bien ennuyeux d'être une jeune fille bien élevée. On devrait affranchir les jolies demoiselles de leurs bonnes manières après minuit. Elles auraient le droit de quitter la scène pour s'amuser un peu. J'aimerais vous voir quitter le théâtre par la sortie des artistes et danser le tango librement au coucher du soleil. Vous vivez dans le rêve, comme moi, poursuivit-il d'une voix paisible. Les gens ne comprennent pas les rêveurs. Ils en ont peur. N'ayez pas peur de rêver, Audrey.

Un lourd silence tomba tandis qu'Audrey, confuse, cherchait vainement quelque chose à répondre. Louis l'observait, fasciné. Il avait la certitude que tous deux étaient de la même espèce et qu'elle était la première personne à le comprendre. Avec l'instinct d'un enfant, il devinait le cœur généreux de la jeune fille, sa formidable capacité à aimer et il se sentait attiré vers elle avec une intensité qui ébranlait tout son être.

Les parents d'Audrey vinrent la tirer de son embarras en les rejoignant par le sentier avec les autres. Ils parlaient encore en riant de cet arbre si curieux.

— Comment l'appelez-vous ? demanda Cecil.

— L'arbre aux oiseaux, répondit Henry.

— Parce qu'il attire tous les volatiles du voisinage pour une raison inconnue, précisa Rose en passant son bras sous celui de son mari.

— Eh bien, quelle que soit son espèce, sa présence est un magnifique cadeau, conclut Cecil. Merci de nous avoir invités, Rose. Nous avons passé une délicieuse soirée.

— Nous avons été très heureux de vous recevoir. Bienvenue à Hurlingham. Venez nous voir aussi souvent que vous le désirez. Après tout, vous êtes presque de la famille.

Elle remarqua que Cecil saluait Audrey avec une gravité particulière avant de remonter la rue, accompagné de son frère, en direction du club. Rose avait été agréablement surprise de constater que tous deux paraissaient bien s'entendre et il ne lui avait pas échappé que, pendant qu'ils parlaient sous l'arbre aux oiseaux, Audrey avait regardé Cecil à travers le jardin non pas une fois, mais à deux reprises. Elle aspira profondément l'air chargé de senteurs sucrées dans lequel il lui sembla distinguer l'éveil d'un jeune amour.

Allongée sur son lit, Audrey ressassait le soudain coup de cœur qui, presque par inadvertance, venait de changer la couleur de toutes choses. Le sommeil la fuyait et, trop agitée pour lire, elle écouta les coups de sifflet des policiers patrouillant dans les rues tandis qu'une brise tiède se glissait par la fenêtre ouverte, apportant avec elle des effluves d'oranger et de jasmin. Mais ces délicates senteurs, pas plus que les sifflets rassurants, ne parvenaient à apaiser l'esprit tourmenté de la jeune fille. L'air était humide et trop chaud pour rester allongée. Repoussant son drap, elle descendit l'escalier sur la pointe des pieds et traversa le hall silencieux empli d'ombres bleuâtres. Une fois dans le jardin, elle put à nouveau respirer. La rosée se glissait entre ses orteils, agréablement fraîche. Tout en suivant le chemin qu'ils avaient parcouru ensemble à travers l'orangeraie, elle se remémora la brève conversation qui l'avait tant troublée, repensa à son sourire dégagé, à cette lumière distante dans ses yeux. Il y avait de l'imprévisible chez lui, quelque chose d'impulsif et de délicieusement intimidant. Il semblait se situer au-delà de toutes les règles, obéissant à ses désirs sans se soucier des règles. Audrey était fascinée par son charme indéfinissable qui contrastait tant avec sa manière si franche de parler. Elle ne parvenait pas à le saisir, n'ayant jamais rencontré quelqu'un de semblable qui puisse servir de référence. Bien qu'un instinct profond l'avertît de se tenir sur ses gardes, elle se sentait incapable de maîtriser le cyclone qui bousculait ses émotions. Il y avait en lui une instabilité terrifiante qui lui paraissait, en même temps, bizarrement familière. Elle avait peur mais, avec lui, elle serait heureuse.

Quand elle eut regagné son lit, le sommeil cessa de la fuir et elle sombra dans des rêves si délicieux qu'elle aurait voulu les voir durer cent ans. Dans la clarté en demi-teintes de ses songes, elle s'imagina en train de danser avec Louis sur le pavé des vieilles rues de Palermo. Leurs corps enlacés tournoyaient, si proches l'un de l'autre qu'elle pouvait sentir la chaleur de sa peau à travers sa robe et la tiédeur de son souffle sur son cou... Les pas de danse leur paraissaient à tous deux aussi familiers que s'ils les avaient pratiqués toute leur vie.

3

De retour en mars après un séjour de six semaines en Uruguay, dans la station de Punta del Este, la famille Garnet constata avec regret que si l'estime de tous à l'égard de Cecil Forrester n'avait cessé de croître, son frère, lui, n'avait vraiment rien fait pour se gagner la moindre sympathie. Bien entendu, ses bizarreries n'avaient pas échappé à l'attention des Crocodiles, trop heureuses de les commenter lors de leurs séances de peinture du mardi après-midi dans la véranda de Diana Lewis.

— Il joue d'étranges choses au piano, remarqua Diana en trempant son pinceau dans une eau trouble avant de le sucer pour en retirer l'excès. Il entre alors en transe avec une expression curieuse sur le visage. Vraiment, c'est tout à fait étrange.

Des quatre Crocodiles, Diana semblait la plus inoffensive. Les autres se délectaient de leurs ragots comme des hyènes quand elle préférait garder quelque distance, tout en participant malgré tout à la curée.

— Je trouve le ciel affreusement difficile à peindre, dit-elle d'un ton dégagé en attendant que les autres se saisissent de la proie qu'elle venait de leur offrir.

Elle pouvait toujours compter sur Charlotte Osborne pour sauter sur l'occasion.

— Diana, tu as vraiment le don des euphémismes. Dis plutôt que ce garçon est complètement timbré. C'est un musicien de talent, sans doute mais l'être le plus étrange que je connaisse. Il lui manque une case. (Baissant la voix elle enchaîna :) Je vous répète qu'il est absolument timbré. Et ce n'est pas une conséquence de la guerre comme pour tant de braves. Non, Louis Forrester est inconstant et bohème. Je n'ai rien contre les gens différents. Le fils de cette pauvre Dorothy Franklin est simple d'esprit. Mais il est né comme ça et on se sent plein de compréhension à son endroit. Alors que Louis est un arrogant. Pourquoi refuse-t-il de mettre une cravate pour dîner ou néglige-t-il son apparence ? Il méprise nos conventions alors qu'elles structurent notre société et garantissent la pérennité de la civilisation. Croyez-moi, très chères, Louis Forrester n'est pas un homme civilisé !

Charlo renifla d'un air méprisant. Par-dessus ses lunettes, elle gratifia son amie d'un regard aussi perçant que celui d'un serpent.

— Diana, tu as la bouche toute bleue. Pour le ciel, c'est la feuille qu'il faut laver.

— Qu'est-ce que tu veux dire ? Laver quoi ? demanda Diana, oubliant de s'essuyer la bouche.

— Eh bien, je me contente de tremper le pinceau dans l'eau et je mouille toute la page. Ensuite j'ajoute une pointe de bleu. Regarde... comme ça. (Elle fit une démonstration en traçant de grands traits sur la feuille.) Plutôt efficace, non ?

Elle se pencha en arrière pour admirer son travail, de la même manière qu'elle admirait tout ce qu'elle faisait dans la vie, c'est-à-dire avec une certitude absolue. À soixante-huit ans, elle était encore attirante : un joli visage, des yeux bleus qui respiraient l'intelligence et de beaux cheveux argentés. Elle était persuadée que l'allure dépendait non de la beauté mais de la confiance en soi. On sera toujours admiré pour ce que l'on fait tant qu'on le fera avec une volonté ostensible et proclamée.

— Très efficace, Charlo, approuva Phyllida Bates avec respect en passant une langue sèche sur ses lèvres gercées.

Lâche, mais particulièrement impitoyable, Phyllida était sans doute la plus venimeuse des quatre. Avec la souplesse d'un serpent elle se contorsionnait toujours pour rejoindre le camp des plus nombreux et aimait plus que quiconque répandre la calomnie.

— Voyons, Charlo, es-tu en train de suggérer que Louis Forrester serait mentalement dérangé, pour dire les choses poliment ? demanda-t-elle en frottant ses mains arthritiques avec délectation.

Charlo éclata d'un rire bruyant.

— On peut toujours faire confiance à Phyllida pour exprimer les choses avec délicatesse.

— C'est un fou, déclara Cynthia Klein derrière son chevalet.

Cynthia était la moins méchante des Crocodiles. Le seul défaut qu'on pût lui trouver était qu'elle disait les choses exactement comme elle les pensait, bonnes ou mauvaises.

— Il a complètement perdu l'esprit...

— Je suis d'accord, dit Charlo en hochant la tête. Son regard me met mal à l'aise. C'est un jeune homme imprévisible et complaisant. Il est plutôt beau garçon mais le fait d'avoir refusé de combattre pour son pays jette une ombre sur tout ce qu'il pourrait y avoir de positif en lui. Figurez-vous que l'autre soir après dîner, je l'ai vu en train de danser tout seul. J'étais sur le point de m'en aller quand j'ai distingué sa silhouette dans le clair de lune. C'était bien lui, incontestablement. Son chapeau mis de travers comme personne ne le porte, surtout le soir ! Vous vous rendez compte, danser tout seul et sans musique ! Vraiment étrange. Son attitude embarrasse manifestement son frère et je ne peux l'en blâmer. Cecil est un jeune homme correct, très bien élevé. Il s'est conduit en héros pendant la guerre. C'est grâce à des hommes de sa trempe que les horreurs de l'Allemagne nazie nous ont été épargnées. Il a risqué sa vie pour nous pendant que son idiot de frère dansait. Honte à lui ! Vraiment, on se demande ce qu'il est venu faire ici !

— Ça me paraît évident, gloussa Diana en essuyant ses mains maladroites sur sa blouse de peintre. C'est parce que, à Londres, il est déshonoré.

— Eh bien, c'est mal parti pour lui, alors, dit Charlo. Nous connaissons tous son secret. Il ne peut pas échapper à une pareille honte. Que pensez-vous qu'il donne comme excuse, le pacifisme ?

— C'est certain — ou encore quelque religion de

cinglés, observa Diana trop heureuse d'ajouter une dimension spirituelle au sujet.

— Mais oui, approuva Phyllida d'une voix ténue. Il fait probablement partie d'une secte. Pratiquant par exemple la magie noire sous couvert de pacifisme.

— Ça suffit, les filles, vous allez trop loin. Il n'est pas si mauvais que cela, seulement un peu trop imprévisible pour de vieilles personnes comme nous, dit Cynthia en arrachant le papier de son chevalet et en le jetant dans l'herbe à côté des autres aquarelles dont elle s'était lassée. On ne peut pas lui reprocher de n'avoir pas combattu sans savoir pourquoi. Il a peut-être une bonne raison, tout à fait légitime. D'ailleurs, je le trouve séduisant avec son air effronté. J'apprécie cette vulnérabilité apparente chez un homme. Il a visiblement besoin qu'on s'occupe de lui. On a envie de le materner.

— Dans ton cas, Cynthia, tu devrais plutôt dire le « grand-materner », ricana Charlo.

— C'est la paille et la poutre, Charlo chérie. Les beaux jours de ta jeunesse sont si loin que tu ne peux pas t'en souvenir.

— Toutes ces pauvres filles qui rêvent de se marier alors que nous manquons tellement de jeunes gens, soupira Diana portant de nouveau son pinceau à la bouche et ajoutant une touche de vert à ses lèvres bleues.

Tout en l'observant, Charlo eut un petit sourire narquois.

— Aucune mère sensée ne voudra de ce garçon pour gendre, lâcha Cynthia. Si j'avais cinquante ans de moins, c'est plutôt vers son frère Cecil que se dirigeraient mes espérances. C'est un jeune homme vraiment comme il faut.

— Oh, sans aucun doute, s'écria Diana en évoquant la gentillesse avec laquelle il l'avait aidée à monter en voiture. Un vrai gentleman. Et quelle distinction !

— Malheureusement, les jeunes filles sont souvent tout à fait stupides, déclara Charlo d'un ton supérieur. Elles ne savent pas reconnaître ce qui leur conviendrait le mieux. Vous verrez qu'il s'en trouvera une assez sotte pour se laisser séduire par ce Louis.

— Pour un flirt passe encore, mais pas pour la vie, ajouta Cynthia. Un homme doit être solide comme un vieux chêne. On doit pouvoir compter sur lui. Mon Ernie était comme ça — si jamais il y en eût un.

— Un chêne ! s'exclama Charlo. Tu veux dire une brindille ! Après être passé par tes mains, il ne restait plus grand-chose de lui.

— Vraiment, Charlo, parfois tu dépasses les bornes, lança Diana sur le ton de la réprimande.

— Ne t'en fais pas, Diana. Pas la peine de venir à la rescousse, dit Cynthia avec un sourire. Je suis tout à fait capable de prendre ma défense et celle d'Ernie, Dieu ait son âme. Charlo, aucun de tes trois maris ne pouvait se comparer à un chêne.

— Tu as raison sur ce point, admit-elle en trempant son pinceau dans la couleur et en reprenant son travail. J'aurai peut-être plus de chance avec le quatrième, ajouta-t-elle sur un ton provocant.

Cynthia leva les sourcils.

— Ah, soupira-t-elle, incapable de se refuser ce plaisir, le colonel Blythe est plus robuste qu'un chêne. La quatrième fois sera peut-être la meilleure.

Le pâle visage de Charlo rougit d'embarras sous son chapeau de paille.

— Le colonel Blythe ? s'exclamèrent à l'unisson Diana et Phyllida en se dressant aussi vite que le permettaient leurs vieilles jambes pour regarder par-dessus leurs chevalets.

Cynthia triomphait.

— Combien de fois t'a-t-il demandée en mariage ? poursuivit-elle. Allez, raconte !

Charlo se raidit sur sa chaise et releva le menton pour masquer son trouble. Elle n'avait nullement l'intention d'épouser le colonel. Il n'avait d'ailleurs présenté sa demande que par goût du sport. Il aimait le jeu, c'est tout.

— Deux fois, répondit-elle nonchalamment.

Phyllida et Diana échangèrent un regard.

— Et que lui as-tu répondu ? insista Cynthia.

— Oh, vraiment, tout cela est terriblement puéril ! protesta Charlo, déposant son pinceau et se levant.

Cette fois, ce fut Diana qui insista et s'adressa à Cynthia.

— Qu'est-ce qu'elle lui a répondu ?

— Je lui ai dit que j'avais la fâcheuse habitude d'enterrer mes maris, déclara Charlo en articulant nettement les mots pour les souligner. Je ne crois pas qu'il reviendra à la charge.

— Pauvre colonel Blythe, soupira Phyllida en se

rasseyant. Qu'est-ce qu'un vieil homme comme lui peut bien encore espérer ?

Charlo roula les yeux et rentra à grands pas dans la maison.

Audrey avait passé les six semaines au bord de la mer dans un état vaporeux et nostalgique, s'identifiant aux héroïnes fantasques des romans qu'elle lisait. Elle restait allongée sur le sable, se jouant silencieusement des scènes dans lesquelles Louis était amoureux d'elle, mettant en scène le moindre détail de leur relation au point que ses désirs imprégnaient ses rêves et qu'elle aimait s'attarder au lit le matin pour les prolonger. Personne n'avait remarqué son regard lointain car elle était fréquemment distraite. Sa mère y voyait le reflet des histoires romantiques dont elle faisait une forte consommation. Pour sa part, tante Hilda jugeait qu'il aurait fallu lui interdire de lire ces sottises qui transformaient sa cervelle en boule de coton hydrophile.

— L'amour n'a jamais fait de bien à personne, observait-elle d'un ton acide. Regardez Roméo et Juliette.

Audrey avait regagné Hurlingham, excitée et nerveuse à l'idée de revoir Louis. Elle était émue de se retrouver dans la même ville, de respirer le même air que lui. Mais une amère déception l'attendait. Quand elle entendit sa mère et tante Edna rapporter que Louis s'était totalement déconsidéré au club, elle dissimula son désespoir derrière un sourire déterminé, mais pleura abondamment un peu plus tard quand elle fut seule au jardin. Assise sur le banc de sa mère, elle sanglota et se sentit affreusement frustrée. On avait coupé les ailes de son rêve avant qu'elles aient pu se déployer. Une histoire d'amour avec Louis devenait impossible et il n'y avait pas grand-chose qu'elle puisse faire contre ça. La première fois qu'elle entendit sa mère parler de ses espérances pour elle et Cecil, ce fut lors d'une conversation qu'elle surprit entre les trois sœurs, assises sous l'abondante treille qui, maintenant, lui rappelait Louis ainsi que toutes les autres parties du jardin, d'ailleurs.

— Mais il vient juste d'arriver, protestait Rose les sourcils froncés. Je crois que tout le monde a droit au bénéfice du doute. Après tout, les apparences sont parfois trompeuses.

— Il arrive aussi qu'elles reflètent exactement la personnalité des gens, insista tante Hilda les lèvres plissées dans une moue méprisante. Je pense que le caractère de Louis est aussi relâché que les drôles de pantalons qu'il porte. Vous pouvez imaginer ce qu'en disent les Crocodiles.

Tante Edna tapotait nerveusement les perles d'ambre qui pendaient en collier sur sa poitrine, semblables à des petits cailloux brillants. Elle émit un grognement irrité.

— Ces Crocodiles sont de véritables chipies. Tout ça parce qu'il n'a pas fait la guerre pour une raison respectable.

— Comment pourrait-il nous en convaincre ? Est-ce qu'il boite ? Est-ce qu'il lui manque une main ? Aucune excuse, décréta sèchement tante Hilda.

— Oh, pauvre Cecil, dit Rose. Il doit se faire beaucoup de souci pour ce frère si fantasque.

— Ce cher Cecil, soupira tante Edna avec un sourire. Le soir où ils sont venus dîner, j'ai remarqué qu'Audrey semblait lui plaire beaucoup.

— Je m'en suis également aperçue, confirma Rose avec une pointe de fierté qui empourpra ses joues. Je ne peux m'empêcher de former quelque espoir, ajouta-t-elle, adoptant une attitude qui trahissait son anxiété.

Tante Edna agitait pour se rafraîchir l'éventail rouge de gitan qu'Harry lui avait acheté à La Boca à l'époque tumultueuse de leur voyage de noces.

— Quel beau couple ils feraient, dit-elle. C'est une chance qu'il soit venu vivre à Hurlingham.

— N'est-il pas un peu trop vieux pour Audrey ? observa Hilda d'un ton aigre car Cecil n'avait pas encore fait la connaissance de ses filles à elle.

— Oh, Hilda, on ne peut pas s'arrêter à de tels détails, lança Edna avec impatience.

Par amertume devant le peu de satisfactions qu'elle tirait de sa propre vie, tante Hilda ne ratait jamais une occasion de rabattre le plaisir des autres. Elle se raidit avant de protester.

— Mais il a douze ans de plus qu'elle ! Audrey est bien trop jeune pour songer au mariage. Ma Nelly qui a vingt-cinq ans est bien loin d'y penser.

— Balivernes, s'exclama tante Edna. J'aime beaucoup Nelly, mais elle n'est pas la plus séduisante de tes filles et elle ne fait pas grand-chose pour y remédier. Si elle parvenait à sourire de temps à autre, cela encouragerait peut-être les jeunes gens à lui faire la cour.

Pour une fois Hilda dut admettre qu'Edna avait raison. Nelly était bête à pleurer.

— Comme si l'âge avait jamais joué un rôle dans les histoires d'amour, dit Rose. Quoi qu'il en soit, j'ai remarqué leur penchant l'un pour l'autre et je prie pour que se développe un lien plus puissant. Je les ai invités tous les deux à la soirée d'Audrey samedi, ajouta-t-elle. Cecil parce qu'il représente partout un précieux atout et Louis par bonté d'âme. Il faut se montrer généreux.

— Tu es une bonne personne, Rose, déclara tante Edna.

Mais tante Hilda fut incapable d'approuver le geste de sa sœur car sa jalousie formait un bouchon de liège au sommet de sa gorge, empêchant les mots de sortir.

Audrey regagna la maison en essuyant ses larmes. Elle avait envie d'annuler sa soirée. Elle ne voulait plus revoir Louis. Si seulement elle n'avait jamais porté les yeux sur lui ! Mais, comme disait son père, « tout passe » et le samedi arriva malgré sa résistance. Il lui faudrait bien affronter les frères Forrester.

— Qu'est-ce que tu as, Audrey ? demanda Isla au petit-déjeuner. C'est ta réception qui te tracasse ? Tu devrais sourire d'une oreille à l'autre. Imagine un peu tout ce monde réuni pour toi ! Quant à moi, je compte bien danser jusqu'au lever du soleil.

— Ce n'est rien. Je ne me sens pas en forme, tout simplement.

— Tu le seras ce soir. Tu as dû te lever du pied gauche. (Tout en considérant attentivement sa sœur de ses yeux verts, elle ajouta :) Tu es amoureuse, hein ?

Audrey faillit en renverser sa tasse de café. Elle la reposa tant bien que mal, cherchant à dissimuler le tremblement de ses mains.

— Bien sûr que non !

— Bien sûr que si ! contra Isla en riant. Je le *sais*. Tu as été mélancolique tout l'été. Très exactement depuis que tu as rencontré Cecil Forrester.

Audrey se détendit et elle s'appuya au dossier de sa chaise.

— C'est tellement évident ? s'entendit-elle demander.

— Je crains que oui. Mais seulement pour moi parce que je te connais très bien.

— Tu ne diras rien, n'est-ce pas ?

— Je te le promets. Mais, si tu es amoureuse de Cecil, pourquoi redoutes-tu cette soirée ?

Audrey gagna du temps en se penchant pour ramasser sa serviette tombée par terre. Isla avait raison. Dans ce cas elle n'avait aucune raison de se sentir mal.

— Parce que ces sentiments ne sont pas réciproques, répondit-elle prudemment, étonnée de mentir avec tant de facilité.

Isla poussa un soupir mélodramatique.

— Tu n'as absolument pas conscience de ton pouvoir de séduction, Audrey, s'exclama-t-elle. Pour l'amour de Dieu ! Tous les garçons tombent amoureux de toi et Cecil est un garçon. C'était parfaitement évident le soir où ils sont venus dîner.

— Mais c'était il y a des semaines. Il m'a probablement complètement oubliée entre-temps.

— J'en doute. L'absence renforce les sentiments. Je parie qu'il se languit de te revoir, dit Isla avec assurance. Il est extrêmement correct. Pas comme son frère, ajouta-t-elle. Tu le verras sûrement aujourd'hui au club. Allons-y de bonne heure pour jouer au tennis et nager. Papa emmène les garçons faire un tour à cheval et maman joue au golf avec tante Edna. Pourquoi ne pas passer la journée là-bas ? Ah ! C'est bon d'être de retour !

— Tu ne crois pas que je devrais plutôt rester tranquillement à la maison jusqu'à la réception ?

— Certainement pas ! rétorqua Isla. Dépêche-toi de finir ton petit-déjeuner. Nous partirons aussitôt après.

Elles descendirent à bicyclette en direction du club d'Hurlingham. Dans les rues retentissaient les aboiements des chiens, les couinements des enfants et les cris aigus des bonnes, bavardant en espagnol par-dessus la clôture des jardins. Audrey confia à sa sœur le tourment que provoquait en elle son coup de cœur. À sa grande surprise, elle se sentit soulagée de pouvoir s'exprimer ouvertement, en dépit du fait qu'elles ne parlaient pas du même homme. En approchant du portail, le cœur d'Audrey s'accéléra et elle se sentit brusquement mal à l'aise.

— Du calme, Audrey ! lança Isla sur un ton enjoué en sautant de bicyclette et en l'appuyant contre le mur. Dis-moi, on dirait que tu en pinces drôlement pour lui, hein ? s'exclama-t-elle en saisissant sa sœur par la main. Nous devrions peut-être aller nager avant de jouer au tennis. Ça te rafraîchirait les idées.

Elles prirent la direction de la piscine. Il était encore tôt et l'endroit semblait désert, tout baigné de la lumière aveuglante du matin. On distinguait au loin quelques promeneurs accompagnés de leurs chiens et des cavaliers parcourant l'avenue bordée de grands platanes. À ces exceptions près, elles étaient seules et purent profiter tranquillement de leur baignade.

Tout en faisant des allers et retours dans la piscine, Audrey gardait les yeux fixés sur le parc, le cœur serré, s'attendant à voir apparaître Louis à tout moment, luttant avec l'ambivalence de ses émotions qui lui faisait à la fois désirer et redouter sa venue. Chaque fois qu'une personne apparaissait en haut des marches, son estomac se nouait puis à l'expectative succédait la déception. Isla suggéra de rejoindre le court de tennis avant qu'il ne fasse trop chaud et tira ainsi sa sœur d'une attente angoissante.

Mais Audrey n'était guère en mesure de se concentrer sur le jeu et Isla, dont la supériorité était évidente, commença à s'irriter quand elle ratait la balle ou l'envoyait dans le filet par pure distraction. Audrey se dit qu'elle aurait dû rester à la maison pour se plonger dans un roman sous l'arbre aux oiseaux et rêver. Le rêve lui semblait une perspective bien plus agréable que la réalité. Exaspérée, Isla insista pour qu'elles se rendent au club afin d'y trouver Cecil.

— Surtout pas ! s'exclama Audrey avec horreur.

Mais Isla se montra inflexible. Ce qu'elle voulait

avant tout, c'était coincer le jeune homme et lui décocher une de ces flèches tirées habituellement par Cupidon.

— Si, nous irons boire un verre et jeter un coup d'œil, décréta-t-elle. Ne t'inquiète pas, je me montrerai subtile.

Mais Audrey et Isla possédaient une conception différente de la « subtilité ». Isla n'avait jamais su garder pour elle aucun des secrets confiés par sa sœur. Audrey se voyait donc confrontée au risque d'être profondément humiliée devant Cecil. Elle aurait voulu pouvoir échapper à tout cela, mais Isla était impressionnée par les sentiments de sa sœur et résolue à y mettre de l'ordre. Audrey savait parfaitement bien que ce n'était pas l'histoire d'amour en elle-même qui séduisait sa sœur, mais le défi qu'elle représentait. Elle se sentait chargée d'une mission exaltante et c'était Audrey qui, sans le vouloir, la lui avait confiée.

Elle suivit à contrecœur les pas élastiques de sa sœur en direction du club-house, souhaitant en son for intérieur que les deux frères soient sortis pour la journée ou, mieux encore, qu'ils soient repartis pour l'Angleterre sur le bateau qui les avait amenés. Mais pour son plus grand embarras, elle entendit une voix familière, suivie d'exclamations d'Isla.

— Cecil, quelle joie de vous revoir ! s'écriait-elle.

Levant les yeux, Audrey dut affronter le sourire timide de Cecil Forrester qui avait rougi de joie. La jeune fille avait en effet occupé ses pensées et alimenté ses rêves pendant près de deux mois. Il se sentait maladroit en sa présence et lutta pour retrouver une contenance. Audrey ne put s'empêcher de jeter un rapide coup d'œil derrière lui pour voir si son frère l'accompagnait. Ce n'était pas le cas.

— Hello, Audrey, dit Cecil en la saluant avec politesse. Vous venez de jouer au tennis, je vois.

— Plutôt mal, j'en ai peur, répondit-elle. Nous sommes juste venues boire un verre.

— Pourquoi ne pas vous joindre à nous ? roucoula Isla avec joie.

Le visage de Cecil s'éclaira d'un radieux sourire trahissant son enthousiasme et Audrey se trouva dans l'impossibilité d'en vouloir à Isla ou d'être irritée par la réaction du jeune homme. Cet enthousiasme avait quelque chose de flatteur.

Tandis qu'ils étaient assis tous trois dans le couloir dallé devant des verres de limonade, Audrey fit de son mieux pour montrer un peu d'animation alors qu'elle ne souhaitait rien d'autre que de pouvoir s'étendre à l'ombre dans un des transats pour rêver de Louis. Tout en répondant aux questions de Cecil et en s'efforçant de juguler les commentaires bien peu subtils d'Isla, elle évoquait secrètement l'image du jeune homme. Elle se souvenait du soudain éclat qui s'était allumé dans ses yeux quand il avait parlé du tango, quand son corps s'était mis en mouvement comme malgré lui, suivant le rythme qu'il fredonnait, quand il lui avait dit de ne pas craindre de rêver. En apparence elle était souriante, de sorte que Cecil croyait que ce sourire s'adressait à lui et non à son rival invisible. Isla triomphait. Visiblement, tous deux prenaient plaisir à être ensemble. Cependant ni Isla, ni sa sœur ne se rendirent compte combien le cœur de

Cecil était profondément troublé. Pendant des semaines il s'était demandé avec angoisse s'il pouvait inviter Audrey à dîner en tête à tête. Après tout, elle était la fille de son patron et il venait tout juste d'arriver à Buenos Aires. Il se rendait compte que ce n'était peut-être pas une bonne idée de brûler ainsi les étapes. Il lui fallait d'abord gagner l'estime d'Henry Garnet avant de déclarer ses sentiments. Il espérait seulement qu'un autre ne viendrait pas entre-temps conquérir le cœur d'Audrey.

Pendant l'heure que dura leur conversation, le soleil se fit de plus en plus cuisant et Isla commençait à s'agiter. L'engouement de sa sœur pour Cecil ne l'amusait plus car la victoire était manifestement acquise. Elle les avait réunis, avait fait des observations appropriées et encouragé leur relation. Le reste était leur affaire. À ce moment une étrange mélodie flotta jusqu'à eux depuis le hall. Un air plaintif dans un ton mineur qu'Audrey identifia aussitôt car c'était l'âme mélancolique de Louis transposée en musique. Une bouffée de désir monta à ses joues quand elle sentit soudain que cet air éveillait en elle le même vague à l'âme. Incapable de rester assise plus longtemps, elle murmura une excuse hâtive et s'enfuit en direction du piano et de ses notes hypnotiques.

Audrey regardait les longs doigts de Louis courir sur les touches et ce, en l'absence de partition. Elle constata qu'il improvisait la musique au fur et à mesure. Les yeux fermés, il semblait suivre ses sentiments comme s'il chevauchait une vague, conscient de sa présence à ses côtés sans éprouver le besoin de la voir. Ses doigts tremblaient légèrement et un curieux petit sourire retroussait ses lèvres. Peu à peu, au fur et à mesure que son humeur s'épanouissait, les sons mineurs glissèrent au majeur et la mélodie devint un air étonnamment joyeux, plein d'espoir.

Un moment plus tard Louis ouvrit les yeux et les posa sur la jeune femme rougissante qui oscillait légèrement au rythme de sa musique sans même s'en rendre compte. Il sourit plus largement et Audrey lui répondit en souriant également car Louis, avec le naturel d'un enfant, passait de la mélancolie à la joie instantanément. Elle trouva cette spontanéité désarmante et son humeur s'égaya.

— Voulez-vous vous joindre à moi? lui demanda-t-il en se poussant pour lui laisser de la place sur le siège.

— Oh non, vraiment, vous jouez si bien, protesta-t-elle. Je suis incapable d'improviser.

— Faites-vous confiance. Venez, je vais vous montrer.

Audrey s'assit à côté de lui et sentit aussitôt la chaleur de son corps contre le sien qui la brûlait à travers ses vêtements. Elle posa ses doigts nerveux sur les touches, attendant ses instructions.

— Nous allons jouer en *sol* mineur, dit-il en faisant tinter la note. (Audrey l'imita et parcourut la gamme de *sol* mineur.) Vous voyez, ce n'est pas si difficile...

— J'ai passé des années à faire des gammes.

— Vous vous en sortez très bien. À présent, je vais inventer un air pour vous. Je le baptiserai

Sonate pour Audrey. Quand vous vous serez familiarisée avec la mélodie, je veux que vous fermiez les yeux et que vous vous laissiez lentement conduire par vos sentiments, non par vos doigts. Ne vous tracassez pas si vous faites des fautes, cela n'a pas d'importance. Bientôt vos doigts deviendront une extension de votre cœur et vous ne penserez plus en fonction de notes. Vous éprouverez alors la nécessité d'exprimer vos sentiments. Maintenant, fermez les yeux.

Audrey obéit et prêta l'oreille tandis qu'il commençait à jouer lentement un air triste mais captivant, et elle sentit son âme agitée s'émouvoir. Puis il se mit à parler tout en jouant, d'une voix basse, hypnotique, qui l'entraîna bien au-delà du club d'Hurlingham, dans une contrée éloignée où ils étaient seuls tous les deux sous un ciel sombre dans une vallée enchantée. Elle effleura les touches de ses doigts hésitants. Puis, d'une note tremblante à l'autre, elle finit par les enchaîner et à former des phrases musicales qui se lièrent à celles qu'il jouait pour composer une sonate aux accents mélancoliques et rêveurs.

Les notes étranges se propagèrent dans le hall et le vieux colonel, assis comme d'habitude dans un fauteuil en cuir à lire le *London Illustrated News*, posa son journal et écouta. Il resta un instant assis, comme pétrifié, tandis que la musique faisait fondre la couche de glace accumulée par l'âge sur son cœur et assouplissait ses articulations. Aussi, quand il se leva finalement, ce fut d'un bond et avec l'agilité d'un homme beaucoup plus jeune. Il émit un grognement de surprise et agita la tête en suivant l'écho des notes qui se répercutaient dans ses oreilles. Il jeta un coup d'œil autour de lui et le monde lui parut plus estimable. Il ferma les yeux, les rouvrit et le trouva toujours estimable, comme si une main invisible en avait adouci les angles.

— Curieux, marmonna-t-il en lui-même. Tout à fait curieux.

Quand Audrey rejoignit sa famille un peu plus tard pour déjeuner, son corps se balançait encore au rythme de la musique qu'ils avaient jouée ensemble et ses yeux avaient gardé le reflet des pensées inspirées par Louis et par son âme vagabonde. Elle ne le redoutait plus et, bien au contraire, sentait que quelque chose d'exclusif les reliait tous les deux. Elle savait qu'elle devait se défendre de l'aimer, mais elle n'avait encore jamais rencontré un être plus digne de l'être. Il venait d'un autre monde et l'avait ensorcelée par sa musique, sa passion et par cette impulsivité qui le rendait si vulnérable. Elle cessa d'écouter la petite voix de sa raison, étouffée par la mélodie intérieure de l'amour.

— Tu dois être excitée à la perspective de ta soirée ? demanda tante Edna à Audrey lorsqu'ils furent tous assis autour de la table pour déjeuner.

— Oui, répondit-elle.

Tante Edna fronça les sourcils, intriguée par ce manque d'enthousiasme.

— Elle se sent nerveuse parce qu'elle est amoureuse, expliqua Isla assez fort pour être entendue de tous.

Audrey rougit et jeta à sa sœur un regard qui aurait dû la pétrifier.

— Désolée, Audrey, dit Isla en riant. Mais c'est écrit sur ta figure et tout le monde aurait fini par s'en apercevoir.

Leurs trois jeunes frères ricanèrent derrière leurs mains.

— Tu ne devrais pas mettre ainsi ta sœur dans l'embarras, gronda gentiment Rose en faisant taire les garçons d'un regard sévère.

Elle aurait pourtant bien voulu demander à sa fille quel était l'élu de son cœur.

Les yeux baissés, Audrey aurait aimé disparaître d'un coup de baguette magique mais l'excitation d'Isla ne pouvait plus être contenue.

— Elle est amoureuse de Cecil Forrester, lança-t-elle sans plus de précaution, faisant valser ses boucles épaisses autour de son visage et s'agitant sur sa chaise. Mais elle s'imagine que ce n'est pas réciproque. Il n'y a qu'Audrey pour être si modeste.

— Parlons d'autre chose, décréta fermement Henry.

Rose surprit le regard de sa sœur et, d'un battement de paupières, lui fit comprendre discrètement combien elle était satisfaite. Edna lui répondit de la même manière. Une longue pratique de ces messages muets permettait aux deux sœurs de se comprendre parfaitement. Cecil ferait certainement un bon mari pour Audrey.

4

Assise à l'ombre d'un eucalyptus, Audrey contemplait les jardins du club avec une morne résignation. Naturellement, elle n'aurait jamais dû compter sur la discrétion d'Isla mais, comme toujours, elle s'était laissée aller une fois de plus à lui faire des confidences. À présent, ses parents pensaient qu'elle était amoureuse de Cecil. Ils auraient été bien embarrassés s'ils avaient connu la vérité.

Elle se mit à penser à Emma Letton, s'interrogeant sur la vie qu'elle aurait menée si elle avait épousé son Argentin. Aurait-elle été plus heureuse ? Ou n'avait-elle eu pour lui qu'un engouement passager qui se serait éteint avec le temps ? Peut-être avait-elle seulement voulu exprimer ainsi un désir inconscient de briser les règles sociales. Prendre un risque pour voir à quoi ressemblait la vie sans la protection de sa communauté insulaire.

Elle savait parfaitement que c'était Cecil qu'elle aurait dû aimer. Pas seulement parce qu'elle comprenait instinctivement ce qu'on attendait d'elle, mais aussi parce qu'elle n'ignorait pas ce que les gens disaient des deux frères. C'était Cecil l'homme sensible, responsable, au physique agréable et plein de charme, promis à un avenir solide et prospère. Louis, lui, incarnait son opposé, fantasque et impulsif. Et il avait refusé de combattre pour son pays.

— Est-ce que vous allez bien ? demanda une voix grave derrière elle.

Elle se retourna et découvrit Cecil penché vers elle, le visage en plein soleil, la fixant derrière ses lunettes noires.

— Tout à fait bien. Je suis désolée d'être partie si vite ce matin, s'excusa-t-elle. C'était la chaleur. Je me suis sentie soudain mal à l'aise.

— J'espère que vous vous sentez mieux, à présent. Il fait frais ici à l'ombre.

Il lui sourit. De petites rides se formèrent autour de sa bouche et sur son visage hâlé.

— Puis-je m'installer près de vous ?

Audrey hocha la tête et le regarda prendre place à son côté. Elle remarqua qu'il était en tenue d'équitation et qu'il portait des bottes de cuir brun lustrées, un jodhpur blanc et une chemise de polo.

— Vous jouez au polo ? s'exclama-t-elle, surprise.

— Je l'ai pratiqué un peu en Angleterre mais sans grand succès, précisa-t-il avec un petit rire.

— Vous aurez l'occasion de vous perfectionner ici. L'Argentine est le pays du polo.

— Je sais. Je ne joue pas mal au tennis et j'ai un bon placement par rapport à la balle. Ça devrait me servir. C'est une question de pratique.

— Sans doute, lâcha Audrey, les yeux fixés au loin. Est-ce que vous vous plaisez ici ?

— J'ai l'impression d'être déjà chez moi. Les gens sont charmants et les conditions de vie idylliques. Le ciel n'est jamais gris dans cette partie du monde et l'on n'y respire pas l'atmosphère mélancolique de l'après-guerre.

— On raconte que vous vous êtes conduit en héros, dit-elle en se demandant comment amener la conversation sur Louis. Vous devez être très courageux.

— On ne sait jamais comment on réagira devant le danger. Je craignais de découvrir que j'étais un couard. Mais la guerre a fait de moi un homme.

— Tout le monde parle de votre héroïsme, en particulier le colonel Blythe. Vous avez en lui un véritable admirateur.

— J'aime beaucoup le colonel, affirma Cecil.

— Louis n'a pas fait la guerre, je crois ? enchaîna Audrey, non pour entendre la réponse qu'elle connaissait déjà mais pour avoir l'occasion de prononcer son nom.

Cecil pâlit et sa bouche se crispa.

— Il n'est pas tout à fait comme les autres, je le crains.

— Cela fait partie de son charme, affirma la jeune fille en détournant le visage pour dissimuler la rougeur qui avait envahi ses joues.

— Vous êtes bien la seule à le trouver charmant, s'exclama Cecil, surpris et ravi de ses bonnes dispositions à l'égard de Louis. Oh, Audrey, il m'arrive de désespérer. Je me fais tellement de souci pour lui, pour son avenir.

— Mais il se comporte très bien dans l'entreprise de papa, n'est-ce pas ?

Cecil se mit à rire.

— Vous êtes si gentille, Audrey ! Il touche un salaire parce que votre père se montre très généreux. En vérité, Louis ne veut que rêver et jouer du piano. S'il n'y avait pas la musique, je jugerais son cas tout à fait désespéré. Heureusement, il est exceptionnellement doué. C'est vraiment dommage qu'il ne puisse exprimer un tel talent dans d'autres domaines. Mais il ne veut pas travailler. Il pourrait être soliste, et même l'un des meilleurs. Ou bien enseigner la musique, composer. Mais il lui manque la discipline et la volonté. Au lieu de ça, il reste assis dans un bureau étouffant en ville à dessiner des caricatures de gens qui l'entourent. Il vit dans un monde à part où personne ne peut l'atteindre, pas même moi.

Le cœur d'Audrey se serra à ces mots car elle savait qu'elle avait accès à ce monde, que Louis l'y avait invitée et qu'elle s'y trouvait déjà chez elle. Cecil semblait si tendu quand il évoquait son frère qu'elle aurait voulu le rassurer, lui parler de l'amour de la musique qu'elle partageait avec Louis, de la manière dont ils avaient joué ensemble, mais elle se retint. Audrey comprenait combien Cecil l'admirait à la façon dont il la regardait et elle ne se sentait pas le courage de le décevoir. Elle ne s'était pas rendu compte jusqu'alors qu'il pouvait être vulnérable. Et, quand il parlait de son frère, il semblait complètement déprimé.

— A-t-il toujours été ainsi ? demanda-t-elle en frottant entre ses doigts une feuille d'eucalyptus qu'elle venait de cueillir pour sentir son âcre odeur médicinale.

— Oui. Il s'est toujours trouvé mieux seul avec lui-même que parmi les autres enfants. Il semblait n'avoir de liens avec personne. Le seul moment où il s'animait, c'était quand il faisait de la musique. Dans le salon, à la maison, se trouve le piano à queue de ma mère et il pouvait jouer pendant des heures à inventer des airs avant même d'apprendre à lire ou de connaître ses notes. Il était capable de jouer n'importe quelle mélodie après l'avoir entendu fredonner et il en faisait quelque chose d'incroyable. Je ne sais pas d'où il tient ce don car nos parents ne sont pas particulièrement musiciens. Ma mère a appris à jouer du piano quand elle était jeune mais ce n'est pas naturel chez elle. Comme vous le savez, il ne s'est pas engagé pour aller combattre, comme les autres jeunes gens de son âge. Un coup très dur pour mon père qui a fait la Grande Guerre et est décoré de la Military Cross. C'est un homme fier, un militaire, il n'a jamais compris Louis. Ma mère est plus sensible et elle fait de son mieux, mais elle a fini par renoncer en voyant combien Louis se montrait insaisissable.

— Et Cicely?

— Oh, Cicely est une version féminine de mon père. Louis l'a toujours mise mal à l'aise. Elle est même allée jusqu'à prétendre qu'il avait été adopté. Elle le répétait si souvent que j'en suis presque arrivé à le croire, tellement Louis est différent des autres membres de la famille.

— Comme c'est cruel! dit Audrey d'une voix étranglée. Est-ce que Louis le sait?

— Je crains que oui, mais il ne semble pas en être affecté. Je pense qu'il ne souhaite pas s'intégrer à notre groupe, voilà tout. Il ne veut appartenir à personne. Je l'ai amené ici en pensant qu'un pays nouveau serait une bonne chose pour lui. Un endroit où personne ne le connaît et où il pourrait repartir à zéro.

Audrey le regarda avec admiration.

— Comme vous êtes bon ! s'exclama-t-elle, les yeux brillants. Louis a de la chance de vous avoir pour veiller sur lui.

— Je fais de mon mieux, mais il m'arrive de me demander pourquoi. Il me témoigne bien peu de reconnaissance et je souffre d'entendre les gens le calomnier.

— Ils sont sévères parce qu'ils refusent toute autre manière de vivre que la leur. C'est une petite communauté et celui qui ne se conforme pas aux usages est rejeté comme un paria. J'en connais d'autres qui ont eu à en souffrir, dit-elle en songeant à Emma Letton.

— J'ai bien peur que le cas de Louis soit désespéré.

— Ne soyez pas si pessimiste ! Vous verrez qu'à la fin il les fera tous taire. Je n'ai jamais entendu quelqu'un jouer aussi bien du piano. C'est un artiste, un être unique — un peu excentrique mais exceptionnellement doué.

— Comme vous êtes aimable, dit-il, de nouveau conquis par son charme. Je vais vous confier un secret, si vous me promettez de n'en parler à personne.

— Je le promets, bien entendu, répondit gravement Audrey en hochant la tête.

Cecil gardait les yeux fixés sur l'horizon bleuté.

— En fait, Louis aurait voulu s'engager. Il désirait absolument participer à l'effort de guerre, mais on n'a pas voulu de lui. À cause de sa santé.

— Qu'est-ce qu'il a ? demanda Audrey d'un ton anxieux.

Cecil hésita un bref instant à divulguer une information connue exclusivement de ses plus proches parents. Mais il finit par dire à voix basse :

— Il a eu une défaillance psychique il y a quelques années.

— Qu'entendez-vous par là ?

— Une dépression nerveuse, si vous préférez. Il a été hospitalisé pendant quelques mois, gravement atteint. Il est incapable d'agir sous pression. On ne peut donc pas compter sur lui, vous comprenez.

— Je vois, dit-elle lentement, le cœur lourd mais rempli d'empathie pour ce jeune homme si profondément affecté.

Elle réfléchit un instant avant d'ajouter :

— Je suis sûre que l'amour le guérirait. Il a besoin que quelqu'un l'aime et veille sur lui.

— Nous avons tous besoin de cela, remarqua Cecil doucement en la regardant fixement.

— Il est manifestement trop sensible pour le monde cruel dans lequel nous vivons, conclut-elle.

— Vous le comprenez si bien et pourtant vous êtes encore jeune. D'où vous vient une telle sagesse ?

Audrey se mit à rire modestement.

— Je ne crois pas être particulièrement sage.

— Mais si, vous l'êtes.

— Je lis beaucoup. Des tas de choses. Des romans, des centaines de romans. On apprend beaucoup de choses sur la nature humaine dans la littérature.

— Eh bien, vous avez été une bonne élève.

— Merci.

— Non, c'est moi qui vous remercie, Audrey. Je me sentais si déprimé. Vous m'avez fait retrouver le bonheur, aujourd'hui. Je me réjouis d'avoir été invité à votre réception.

— Moi également.

— Voulez-vous me promettre une danse ?

— Bien entendu.

— Puis-je encore vous demander une faveur ? dit-il soudain, la tête penchée sur le côté, les sourcils froncés.

Elle y consentit d'un hochement de tête.

— Je crains de vous ennuyer...

— Je vous en prie. Je suis certaine que cela ne me dérangera pas, dit-elle en espérant que ce serait bien le cas.

— Voudriez-vous danser avec Louis ?

Audrey le regarda avec étonnement.

— Naturellement, répondit-elle, dissimulant à grand-peine le sourire qui lui venait aux lèvres.

— Si vous donnez l'exemple, je suis sûr que les autres vous imiteront. Tout le monde vous admire tellement.

— Ne vous inquiétez pas. J'aurai plaisir à le faire, affirma-t-elle.

Les épaules de Cecil se détendirent et il poussa un soupir de reconnaissance.

— Vous êtes vraiment adorable, Audrey. Personne d'autre ne s'est jamais montré si généreux pour Louis. Je crains qu'il ne vous remercie même pas, mais je le fais en son nom.

— Je n'ai pas besoin de remerciements. Tout le monde mérite une chance, répondit-elle ne sachant trop quoi dire d'autre.

Mais aux yeux de Cecil, Audrey était l'être le plus aimable, le plus charmant qu'il ait jamais rencontré. Un peu plus tard, en galopant à bride abattue sur le terrain de polo, il songeait toujours à elle sans se soucier de rater la balle. Il avait enfin trouvé la femme avec laquelle il désirait passer le reste de ses jours.

Le bain était toujours pour Audrey une expérience sensuelle. Allongée dans une eau parfumée aux essences de rose et de lavande d'où montait une légère buée, elle plongeait dans le monde secret de ses rêves. Du couloir lui parvenait la voix aiguë d'Isla en train de se quereller avec Albert. Mais Audrey était bien loin de là, assise avec Louis au sommet d'une montagne verte d'où ils pouvaient toucher le ciel en levant les bras. Elle ne cessait de penser à la musique qu'ils avaient inventée ensemble au piano et aux mots qui lui avaient ouvert les portes de son monde imaginaire. Elle ferma les yeux, évoquant chacun de ces instants avec une telle intensité que ce fut comme si elle les revivait à nouveau. Elle revit ses cheveux couleur de sable et se risqua à y passer la main, sentant du bout des doigts leur texture, respirant le parfum viril qui en émanait. Elle effleura son visage, les lignes qui couraient au coin de ses yeux, les fossettes que les moments de bonheur et les éclats de rire avaient creusées dans ses joues. Elle caressa également les rides imprimées profondément dans sa peau par la mélancolie et les embrassa légèrement pour les effacer en même temps que les souvenirs qui y étaient attachés. Elle resta là jusqu'à ce que l'eau soit presque froide et que la buée se soit condensée. Ouvrant alors les yeux, elle abandonna à contrecœur le monde de ses rêves. Après avoir lu bien des choses sur les chagrins d'amour en littérature, elle comprenait à présent ce que c'était. Les émotions qui se déversaient en elle à l'excès éveillaient des douleurs dans ses membres et son cœur. Elle savait que sa mère serait consternée et n'osait imaginer ce que diraient les Crocodiles si elles apprenaient à qui elle avait donné son cœur. Mais il lui était impossible d'étouffer cet amour grandissant. Elle ne pouvait penser qu'à Louis, exclusivement.

La salle à manger du club d'Hurlingham était décorée d'une profusion de lis blancs, de gardénias, de lilas et de chèvrefeuille. Leur parfum entêtant supplantait l'odeur de vieux bois et le conformisme qui y régnaient d'ordinaire. Les hautes portes béaient sur les jardins baignés dans la lumière ambrée du crépuscule et une brume flottait au-dessus de la pelouse. Debout sur le seuil, Audrey et sa sœur regardaient le soleil se coucher dans un ciel rose. Contrairement à la mode de l'époque, elles avaient laissé leurs cheveux tomber librement en boucles épaisses dans leur dos jusqu'à la douce courbe de leurs hanches que leur féminité naissante arrondissait. Elles portaient toutes deux des robes longues en soie qui bruissaient doucement comme des feuilles d'automne à chacun de leurs mouvements. Leurs coupes gracieuses dégageaient la ligne de leurs épaules, mettant en valeur leur teint lumineux. La robe d'Isla était d'un vert glacé assorti à ses yeux. Audrey avait choisi pour la sienne un ton bleu canard. Elles portaient l'une et l'autre de longs gants et leur visage exprimait une vive excitation.

— J'adore cette heure de la journée, soupira Audrey, ses pensées toujours occupées par Louis. Elle est tellement romantique. On voudrait pouvoir la retenir mais elle s'est déjà envolée, emportant avec elle toute la beauté de l'instant. Je suppose qu'une part de son charme tient à sa nature passagère.

— Avec qui comptes-tu danser? demanda Isla bien trop agitée pour s'intéresser à des choses aussi ordinaires qu'un coucher de soleil. Moi, je danserai avec tout le monde. Toute la nuit sans m'arrêter. Mais toi, je suppose que tu voudras danser avec Cecil jusqu'à l'aube.

— Peut-être, répondit Audrey prudemment.

En vérité, ce n'est pas de celui-là qu'elle aurait voulu faire son cavalier exclusif.

— Puisque c'est ton anniversaire, tu as le droit de danser avec qui tu veux insista Isla.

— Je suis très fier de mes deux filles, lança leur père en surgissant derrière elles. Il martelait le sol de ses chaussures vernies avec une régularité bien caractéristique.

Elles se retournèrent et lui sourirent avec affection.

— Voilà deux bien jolies dames, ajouta-t-il en détaillant leur charmante silhouette. Vous me faites honneur l'une et l'autre.

Audrey et Isla rayonnaient de joie car leur père faisait rarement des compliments mais, quand c'était le cas, il était toujours sincère. Même Isla, d'habitude encline à la taquinerie, se réjouit de lui plaire.

— Il n'y a pas si longtemps, vous n'étiez encore que deux gamines, poursuivit Henry, songeant avec nostalgie à la fuite du temps. Comme tu le sais, Audrey, l'année de ta naissance a été marquée par la visite du prince de Galles et de son frère, George. Il me semble que c'était hier que je dansais dans cette même salle avec votre mère tandis que tu dormais à la maison dans ton berceau.

— Et maman dansait comme une reine, ajouta Audrey avec un sourire indulgent car elle avait déjà entendu cette histoire un millier de fois.

Henry Garnet se redressa avec fierté.

— Personne ne valsait comme votre mère.

— Pas même Edna ou Hilda ? lança Isla avec un sourire malicieux qui la fit de nouveau ressembler à une enfant.

Henry fut incapable de dissimuler son amusement en évoquant la silhouette massive de tante Edna en train de se balancer sans grâce dans les bras d'un homme au cœur assez généreux pour l'inviter à danser. Il revit aussi tante Hilda, si sèche et mince qu'on craignait de la voir se disloquer sous le seul effet des vibrations musicales.

— Elles ne se déplaçaient pas avec la grâce naturelle de votre mère, répondit-il avec diplomatie.

Isla éclata de rire.

— Dis plutôt que la nature ne les a gâtées ni l'une, ni l'autre ! fit-elle observer malicieusement.

— Allons, Isla, ce n'est pas très gentil de ta part ! Vous avez beaucoup de chance toutes les deux d'avoir hérité de la grâce de votre mère. Audrey, je serais heureux que tu me réserves ta première valse ce soir.

Le visage d'Audrey s'éclaira d'un grand sourire.

— Ce sera une joie pour moi, dit-elle.

— Les jeunes gens n'auront qu'à attendre leur tour, dit-il, notant avec plaisir la réponse spontanée de sa fille.

Elle lui donnait l'impression d'avoir vingt ans de moins.

Les invités arrivèrent peu à peu, déposant leurs cadeaux sur une table à côté de l'entrée et Audrey se mit à guetter le seul visage qu'elle espérait. Tante Edna entra en compagnie de Rose et de tante Hilda, suivie de ses quatre filles au teint terreux, et de son mari Herbert, très solennel avec son habit et sa cravate blanche. Les sœurs Pearson arrivèrent en se bousculant et en pépiant comme des oiseaux, accompagnées du colonel Blythe et de Charlo Osborne, resplendissante avec sa longue robe argentée et ses cheveux blancs dans lesquels luisaient des perles. Quand les autres Crocodiles la virent arriver au bras du colonel, elles se précipitèrent pour faire cercle autour des nouveaux venus en bavardant jusqu'à ce que le colonel fasse entendre un rugissement de lion qui les dispersa comme un trio de vautours.

L'orchestre se mit à jouer et la foule des invités grandit. Audrey s'efforçait de saluer chacun d'eux en ajoutant une remarque courtoise à propos de leurs vêtements ou de leurs coiffures, de sorte que tous vantèrent son charme et sa gentillesse.

— Rose, je dois réellement vous faire compliment de vos filles. Elles sont absolument charmantes, surtout Audrey, s'exclama Phyllida Bates avec une sincère admiration.

Avant que Rose puisse la remercier, Cynthia Klein qui avait entendu la réflexion dans son dos se retourna vivement pour leur offrir ses commentaires.

— Je suis tout à fait d'accord, lança-t-elle d'une voix forte. Il y a assez de laiderons ici pour que les jeunes gens préfèrent retourner à la guerre. Ces figures insipides me troublent vraiment la vue.

Rose rougit et jeta des regards anxieux autour d'elle pour s'assurer que personne n'avait entendu ce commentaire méprisant.

— Tu as tout à fait raison, Cynthia, mais je ne me serais pas exprimée avec une telle franchise, insista avec plaisir Phyllida qui avait elle-même une tête d'insecte.

— La beauté n'est qu'apparence, observa Rose avec tact dans l'espoir qu'on en avait fini avec ce thème et cherchant du regard autour d'elle quelqu'un qui serait susceptible de venir à son secours.

— Mais ma chère, c'est elle qui s'offre à nos yeux et rien d'autre, répliqua Cynthia en ricanant.

Elle insistait lourdement avec l'insensibilité de certaines personnes âgées qui se croient autorisées à tout dire. Heureusement, Rose aperçut la haute silhouette de Cecil Forrester qui s'avançait et y vit l'occasion de mettre un terme à cette situation gênante.

— Bonsoir, Rose, dit-il en s'inclinant légèrement avant de se tourner vers les deux Crocodiles et de les saluer. Quelle belle soirée !

D'un petit geste, il fit comprendre à l'hôtesse qu'il lui faisait ainsi compliment de la superbe décoration. Appréciant sa réserve, Rose le remercia.

— Voilà un jeune homme vraiment *convenable*, assura Cynthia qui n'en avait pas fini avec Rose Garnet. Cecil, s'il y a dans cette salle une jeune fille digne de vous, je vous suggère de vous déclarer avant que quelqu'un d'autre ne vous brûle la politesse.

Rose rougit de nouveau tandis que Cecil répondait :

— Vous me mettez sur un piédestal, Mrs Klein, mais je crains de ne pas le mériter.

— Bien sûr que si ! insista Phyllida.

— J'espère que vous avez retenu une danse auprès de l'héroïne du jour, intervint Cynthia, haussant les sourcils d'un air interrogateur.

— Je l'ai fait, affirma-t-il, en se tournant vers Rose. Ce sera un grand honneur.

— N'écoutez pas Cynthia, murmura-t-elle un peu gênée. Elle est trop bonne.

— Voyons, voyons, Rose. Tu me connais mieux que ça ! Phyllida, explique donc à Cecil que je ne dis jamais rien que je ne pense.

— Si vous faites allusion à Audrey, Mrs Bates, vous n'avez nul besoin de me convaincre de ses qualités, affirma le jeune homme en cherchant cette dernière du regard.

— Venez, Cecil, je sais que mon mari sera heureux de vous voir, intervint Rose saisissant cette occasion pour se dégager de la gueule des Crocodiles. Excusez-nous, je vous en prie, ajouta-t-elle à l'intention des deux femmes.

Dès qu'elle se fut éloignée, celles-ci scrutèrent la foule à la recherche d'une nouvelle proie.

Quand Audrey aperçut Louis dans la foule de robes de soie et de nœuds papillons, elle se sentit aussitôt transportée par la même allégresse qu'elle avait connue un peu plus tôt en jouant du piano avec lui. Incapable de se contenir, elle arbora un grand sourire et ses joues rosirent d'excitation. Il l'aperçut lui aussi et lui sourit en retour, un sourire d'une telle sincérité, d'une telle tendresse qu'elle comprit qu'il n'était venu que pour elle. Dans ce bref instant ils s'avouèrent par la candeur de leurs regards des sentiments qu'ils ne pouvaient plus dissimuler. Ils sentirent qu'ils se connaissaient l'un et l'autre mieux que personne au monde. Tandis que la réception battait son plein, Audrey et Louis se déclarèrent silencieusement, mais sans erreur possible, leur amour. Aucun des deux ne voulait être le premier à détourner le regard.

Audrey dansa la première valse avec son père. Elle le fit volontiers car, tout en glissant sur le parquet, elle sentait le regard de Louis posé sur elle, lui communiquant tant d'énergie et de grâce que son père dut la fixer à plusieurs reprises pour se convaincre qu'il n'était pas reporté dix-huit ans en arrière en train de danser avec sa femme. De l'autre côté de la salle, Cecil suivait des yeux les évolutions enchanteresses d'Audrey. Encouragé par la conversation qu'il avait eue avec Rose, il songeait qu'il l'inviterait à dîner dès que les convenances le permettraient. Naturellement, il en parlerait d'abord à son père par respect pour lui, mais il le ferait sans hésitation car ses intentions étaient honorables. C'était sa vie entière qu'il voulait engager.

Quand le dîner commença, Audrey se trouva assise entre Cecil et James Pearson, le frère aîné des jumelles. Elle n'avait pas encore eu le temps de parler à Louis car elle était passée des bras de son père dans ceux d'oncle Herbert qui avait insisté pour la garder le temps de deux danses dans une étreinte lubrique. Cecil avait attendu patiemment son tour avec la discipline d'un officier et l'avait alors enlacée réglementairement, le dos droit, les épaules fermes et le menton haut. Audrey n'eut pas besoin de regarder derrière lui pour savoir que Louis avait toujours les yeux posés sur elle, leur chaleur la pénétrant comme celle d'un rayon de soleil. Son visage en fut tout illuminé et Cecil était persuadé que ce sourire s'adressait à lui car elle avait les yeux plongés dans les siens et il se sentit compris jusqu'au fond de son âme.

Après lui avoir rapporté du buffet une assiette bien garnie, Cecil s'entretint joyeusement avec

Audrey jusqu'au dessert. Mais pendant qu'il faisait de son mieux pour la distraire, elle scrutait anxieusement la salle à la recherche de Louis. Inquiète de ne pas le voir, elle s'excusa et se précipita au salon de toilette réservé aux dames. En y pénétrant, elle se heurta à Isla qui gloussait de rire malicieusement.

— Audrey ! s'écria-t-elle, je viens de danser avec oncle Herbert et il a une noix dans sa poche.

— Une noix dans sa poche ? répéta distraitement Audrey, absorbée par ses pensées.

— Oui, tu sais bien, une *noix* ! répéta Isla, ses grands yeux verts faussement innocents.

Elle s'écroula, pliée en deux de rire. Audrey comprit soudain et prit un air de reproche.

— Tu es dégoûtante, s'exclama-t-elle. C'est ton oncle !

— Écoute, c'était une pauvre petite noix. Pas étonnant que tante Hilda ait toujours l'air frustré.

— Isla !

— Je t'assure qu'elle l'est. La petite noix d'oncle Herbert ne pourrait même pas satisfaire une souris.

— Tu as de nouveau un peu trop bu, soupira Audrey, oubliant un instant son inquiétude pour scruter le visage fébrile de sa sœur.

— Je ne danserai plus avec lui, déclara Isla. Que peut-on attendre de bon d'un homme doté d'une si petite noix ? Je vais aller raconter ça à tante Edna. Elle va adorer.

Elle s'enfuit dans un tourbillon, laissant Audrey seule devant le miroir, contemplant son visage pâli par l'angoisse. La soirée tirait à sa fin et elle n'avait pas encore dansé avec Louis.

Le visage de Louis apparut soudain dans l'entrebâillement de la porte. Audrey se leva d'un bond.

— Louis ! s'exclama-t-elle en se demandant avec crainte si elle n'avait pas rêvé à voix haute.

Il la regardait avec tendresse, un petit sourire au coin des lèvres, comme s'il avait deviné ses pensées.

— Je sais que cet endroit est strictement interdit aux hommes, mais vous y êtes enfermée depuis un temps fou et Cecil affirme que vous avez promis de danser avec moi.

Il semblait en douter et Audrey éclata de rire. Elle se dirigea vers lui, les joues en feu.

— J'ai attendu toute la soirée, poursuivit-il en lui prenant la main.

Tous deux ressentirent un choc intérieur à ce premier contact physique. Audrey fut heureuse de porter encore ses gants de satin car elle se dit que, sans eux, cette sensation sur sa peau l'aurait fait chanceler. Mais la chaleur de sa main traversait le tissu, semblait monter le long de son bras jusqu'à sa poitrine tandis que Louis l'entraînait doucement vers la salle. Elle se dit que son corps tout entier devait irradier comme une lanterne chinoise.

— Vous n'avez pas douté de moi ? demanda-t-il avec sérieux.

Il s'engagea sur la piste de danse et la prit dans ses bras avec assurance. Anéantie par la proximité de son corps pressé contre le sien, elle répondit seulement d'un signe de tête. Les yeux levés vers lui, elle laissa l'odeur de sa peau pénétrer tous ses sens et éveiller en elle des pensées qu'elle savait interdites.

Ils se laissèrent conduire par la musique, les yeux rivés l'un sur l'autre sans un seul mot, inconscients de l'onde de surprise et d'admiration qui fit vibrer l'assistance au spectacle de leur couple évoluant majestueusement autour de la salle. Personne ne s'était attendu à ce que cet « excentrique » de Louis Forrester dansât avec tant de magnificence. Pendant un moment, les Crocodiles elles-mêmes oublièrent les chaussures mal cirées et l'habit poussiéreux pour se laisser séduire par ce beau visage et l'éclat intense de ses yeux tandis qu'il flottait sur les ondes de la musique.

— Mon cher garçon, murmura le colonel à Cecil en agitant les glaçons dans son verre vide d'une main incertaine, il ne reconnaît peut-être pas l'extrémité d'un fusil de sa crosse, mais il remue rudement bien les pieds. Qui aurait pu penser cela du jeune Louis !

Cecil sentit une pointe de jalousie le traverser avant de se souvenir que c'était lui qui avait demandé à Audrey de danser avec son frère. Soudain, il regretta de l'avoir fait.

Audrey ne sentait rien d'autre que la pression de la main de Louis sur son dos et la chaleur de sa poitrine contre la sienne. Elle avait conscience de n'avoir jamais si bien dansé. Ils ne formaient qu'un seul être comme s'ils avaient valsé ensemble dans de nombreuses vies, comme s'ils connaissaient les mouvements de l'autre aussi bien que les leurs. Quand l'orchestre se tut, Louis ne resta pas au bord de la piste à attendre que la musique reprenne mais, sans un mot, entraîna Audrey dans les jardins où ils se retrouvèrent enfin seuls.

La pelouse était illuminée par un brillant croissant de lune qui leur souriait du haut d'un ciel parsemé d'étoiles. L'air était humide, chargé des odeurs suaves des gardénias et de l'herbe imprégnée de rosée. Sans jamais lâcher la main de la jeune femme, Louis s'éloigna jusqu'à ce que la musique ne fût plus qu'un murmure indistinct. À présent, il n'y avait plus autour d'eux que le silence mystérieux de la nuit. Il s'arrêta enfin et saisit les mains d'Audrey dans les siennes.

— Je suis follement amoureux de vous, dit-il en lui serrant les doigts pour souligner la solennité de ses paroles.

Puis, laissant échapper un profond soupir, il ajouta :

— Je me sens exalté et profondément triste en même temps, comme lorsqu'on contemple un splendide coucher de soleil ou un panorama magique. Je suis plein de mélancolie.

Audrey fut émue par ces mots révélant son honnêteté et sa vulnérabilité.

— C'est ce que j'éprouve moi aussi, répondit-elle, étonnée de sa hardiesse.

— De la mélancolie ? demanda-t-il en la regardant avec tendresse.

— Non, de l'amour, dit-elle sans rougir ni bégayer à sa grande surprise.

Avec une impulsivité qui la fit rire, il ouvrit grands les bras et l'enlaça étroitement. Puis il posa les lèvres sur la douce chair de son cou et le contact de sa moustache contre sa peau éveilla en elle des sensations qui se répercutèrent dans tout son corps, comme lorsqu'on jette un caillou dans l'eau, et elle enlaça ses épaules pour se retenir à lui.

— Pourquoi suis-je mélancolique ? demanda-t-il à son oreille dans un murmure.

— Parce que les choses belles rendent toujours triste, répondit-elle en fermant les yeux et appuyant sa tête contre la sienne.

— Pourquoi ?

— Parce qu'elles ne durent pas éternellement.

— Oui, elles sont passagères, comme un arc-en-ciel. Rien de ce qui est beau ne dure. Peut-être aussi parce que la beauté nous rappelle le lieu d'où nous venons et où notre âme aspire à retourner.

— Peut-être.

— Croyez-vous en Dieu ? demanda-t-il.

— Oui, certainement.

— Et au destin ?

— Absolument.

— Je crois que Dieu nous a créés tous deux l'un pour l'autre. Je crois que le destin m'a conduit en Argentine pour vous rencontrer. Je l'ai su à l'instant même où je vous ai vue. Comme dans un éclair. Soudain et inattendu. Je n'ai cessé de penser à vous pendant que vous étiez partie. Mon cœur était alors douloureux. J'ignore pourquoi mais j'ai l'impression que vous êtes la seule personne ici à me comprendre. La seule personne avec qui je me sente moi-même. Avec les autres, je suis un être différent. J'ai eu beaucoup de temps pour penser pendant que vous étiez en Uruguay, Audrey. Je me demandais si vous étiez en train de contempler le même ciel et si vous pensiez à moi. J'ai tenté d'ignorer ces sentiments, de les refouler, mais ils revenaient, plus forts encore. Je ne vous avais vue qu'une seule fois et, cependant, votre visage était gravé en moi. J'ai cherché à l'effacer de ma mémoire. Après tout, votre père est mon patron et je ne suis pas le genre d'homme qu'il souhaiterait voir faire la cour à sa fille.

— Je sais, soupira-t-elle. Vous êtes trop impulsif pour votre propre bien.

— Je n'ai pas pu ignorer mon cœur, Audrey, mais c'était impossible. Quand nous avons parlé ce soir-là dans votre jardin, j'ai su que vous me compreniez. Et j'en ai eu la confirmation aujourd'hui quand nous avons joué du piano ensemble. Vous me comprenez, n'est-ce pas ?

— Je vous comprends, Louis, répéta-t-elle docilement sachant combien c'était important pour lui.

— Vous ne pouvez pas savoir à quel point nous sommes semblables. Vous rêvez de choses impossibles et votre cœur est trop grand pour votre corps. Oh, Audrey, votre cœur est aussi vaste que l'océan et le mien est grand comme le ciel. Je remercie Dieu d'avoir mis sur mon chemin quelqu'un dont le cœur est aussi grand que le mien.

Audrey avait la gorge nouée par l'émotion.

— Vous dites de si belles choses, murmura-t-elle.

— Parce qu'à vos côtés, je sens ces choses. Près de vous la musique qui résonne dans ma tête n'est plus un tourment car chaque son que je crée vous est destiné.

— J'étais si effrayée au début. Vous me faisiez peur. Votre regard si intense, votre franchise, votre impulsivité, je ne les crains plus du tout à présent. J'ai envie de vous prendre dans mes bras, de veiller sur vous. Vous êtes comme un animal rare, un bel et rare animal de la forêt et je désire vous entourer de soins et d'amour.

— Maintenant, c'est vous qui dites de belles choses, murmura-t-il.

Les larmes lui montèrent aux yeux car personne encore ne s'était attaché à le considérer avec autant de générosité. Ses parents avaient toujours eu un peu honte de lui car il était trop singulier. Mais Audrey l'aimait pour cette différence. Il se sentait comme un bateau touchant enfin au port après avoir été ballotté sur une mer houleuse. Auprès de la jeune fille, le monde réel devenait plus sûr et il pouvait enfin espérer y trouver sa place.

Louis la serra dans ses bras et, grisés par le parfum des pins et de l'herbe humide, ils commencèrent à danser au son de l'orchestre qui leur parvenait faiblement.

— Audrey, comment ai-je pu vivre toutes ces années sans vous ?

Il prit son visage dans ses mains, si pâle et si beau dans la lumière argentée de la lune, et embrassa avec une infinie tendresse son front, ses yeux et finalement ses lèvres. Elle savait qu'elle n'aurait pas dû le laisser agir si hardiment, mais elle ne s'en soucia pas. Elle ferma les yeux et se laissa chavirer comme une héroïne des romans qu'elle avait lus, comme l'avait fait Emma Letton sous le sycomore. Elle était apaisée, mais délicieusement triste aussi, de cette tristesse qui étreint l'âme lorsqu'elle est confrontée à une indicible beauté. L'enveloppant de ses bras, elle s'abandonna à ses émotions comme elle l'avait fait dans l'après-midi en jouant avec lui. Et, tout le temps qu'elle le tint serré contre elle, la mélodie qu'il avait composée à son intention résonnait à ses oreilles. C'était un air d'une étrange et vibrante magie qui marqua son cœur d'une empreinte indélébile.

5

Il était cinq heures du matin quand les deux sœurs se glissèrent dans les ombres du hall d'entrée. L'aube éclaircissait l'horizon et illuminait le ciel sombre et impénétrable quelques instants avant. Audrey avait l'impression de flotter et son corps se balançait encore sur la musique qu'une brise au parfum de miel lui avait apportée à travers les pelouses depuis la salle de bal. La beauté de cette lumière matinale fragile donnant aux rues et aux maisons des reflets ambrés éveillait à nouveau en elle une douce mélancolie. Nullement fatiguée, elle rayonnait d'amour. Elle aurait pu valser toute la nuit là-bas, sous les platanes qui, semblables à des sentinelles résolues, avaient dissimulé leur danse interdite derrière l'écran feuillu de leurs branches. Ensuite, il l'avait embrassée. À présent, elle se sentait différente comme s'il lui avait fait entrevoir un monde nouveau, plus beau encore. Autour d'elle, tout lui paraissait plus précis, plus brillant, et elle remercia Dieu de lui avoir donné Louis.

Isla n'avait pas non plus envie de dormir. Elle avait dansé sans interruption et sans remarquer la soudaine disparition de sa sœur, passant d'un cavalier à l'autre, consciente d'être une des jeunes filles les plus séduisantes de la soirée et jouissant de son succès.

Suivant Audrey dans sa chambre, elle se jeta sur le lit.

— Quelle soirée merveilleuse ! (Elle soupira bruyamment et envoya promener ses chaussures.) J'aurais voulu qu'elle ne finisse jamais !

— Moi aussi, confessa Audrey avec sincérité, dissimulant son secret derrière un sourire entendu.

— J'ai vu que tu dansais avec Cecil.

— Oui.

— Et que tu étais assise à côté de lui au dîner.

— Oui.

— Tu dois être drôlement contente. C'est un très beau garçon et il est follement amoureux de toi.

— C'est vrai qu'il est très beau, admit-elle en dégrafant sa robe pour enfiler sa chemise de nuit. Il y a en lui quelque chose de très doux, une sorte de vulnérabilité que je n'avais pas remarquée jusqu'à maintenant, ajouta-t-elle en songeant à la conversation qu'ils avaient eue l'après-midi.

— Si tu le dis..., admit Isla en riant. Mais ce n'est pas mon type.

— Qui est-ce, alors ?

— Personne, répondit-elle avec nonchalance. Les histoires d'amour ne m'intéressent pas.

— Mais bien sûr que si, Isla, insista sa sœur. Tu es gaie, séduisante, il y a sûrement quelqu'un que tu admires.

Isla soupira et leva les yeux au plafond comme pour réfléchir.

— Non, décidément non. J'ai essayé, je t'assure,

mais personne n'a réussi à m'émouvoir, dit-elle non sans une certaine arrogance.

Assise devant sa coiffeuse, Audrey brossait ses longs cheveux aux reflets auburn.

— Pourtant...

— Je préférerais un chien, déclara Isla. J'aimerais un bon gros chien plein de poils. Tu vois, les chiens sont moins exigeants. Ils ne sont pas jaloux et ne réclament rien d'autre que de gentils petits baisers sur leur museau. Vraiment, je préférerais de beaucoup un chien.

— Isla, tu peux être si ridicule, parfois ! s'exclama Audrey en riant.

— Maman est très excitée à propos de Cecil. Elle pense qu'il ferait un mari idéal pour toi.

— Eh bien, je trouve son excitation prématurée, déclara Audrey. Après tout, nous ne nous sommes même pas donné la main.

— Mais vous avez dansé ensemble !

— En effet, mais...

— Danser, c'est aussi intime que faire l'amour, parfois, assura Isla sur un ton provocant en regardant sa sœur avec insistance.

La brosse d'Audrey resta suspendue en l'air un moment et elle contempla dans la glace le visage pâle qui lui faisait face. C'est à peine si elle se reconnut dans cette femme qui l'observait avec assurance. Oui, avec le partenaire approprié, la danse pouvait s'assimiler à l'acte physique d'amour. Deux corps se mouvant ensemble, deux âmes que seule une fine couche de peau séparait, deux cœurs tendus l'un vers l'autre. Oui, Isla ignorait certainement à quel point elle avait raison.

— Est-ce que je pourrais dormir avec toi cette nuit ? demanda Isla en enfonçant plus profondément sa tête dans l'oreiller.

Audrey fronça les sourcils.

— Tu n'as pas dormi avec moi depuis que nous étions enfants.

— Je sais, mais cela me ferait plaisir. Tu es ma sœur et je sens que tu t'éloignes de moi en grandissant, expliqua Isla. Bientôt tu te marieras et nous ne serons plus jamais seules ensemble comme maintenant. Toi et moi, unies contre le monde entier ! Ce sera moi toute seule contre le monde et Cecil et toi quelque part ailleurs, dans le monde heureux du mariage.

Audrey se mit à rire.

— Bon, d'accord, si tu en as envie.

— C'est tout juste si ça vaut la peine de se coucher, dit Isla en bâillant. Si Albert nous réveille, je serai furieuse.

— Quand il verra que ton lit est vide, il pensera que tu es encore en train de danser.

— Ce sera le cas. Dans mes rêves.

Audrey se glissa entre les draps et ferma les yeux. Elle aussi continuait à danser avec Louis dans son imagination. Quand le corps d'Isla se rapprocha du sien, Audrey était presque endormie. Avant de se laisser glisser dans le sommeil, elle sentit la présence rassurante d'un autre être proche, la respiration régulière et les mouvements occasionnels de sa sœur à la recherche d'une position confortable. Elle se demanda ce qu'elle éprouverait si elle se trouvait dans les bras de Louis. Et cette question l'entraîna bientôt loin de la réalité, dans le monde virtuel des rêves.

Elle était étendue dans les bras de Louis dans le petit grenier d'une maison qui lui semblait étrangement familière. Louis penchait tendrement son visage vers le sien, le caressant des yeux et du bout des doigts. Il lui faisait comprendre son amour par des baisers et par des mots exprimés dans une langue muette qu'ils avaient forgée tout au long de leurs nombreuses vies antérieures. Les sons d'un tango lui parvenaient, comme si des musiciens étaient installés sous la fenêtre et jouaient exclusivement pour eux. Elle se pelotonna dans la chaude protection de l'étreinte de Louis avec la certitude que le lien qui les unissait était éternel et que rien ne pourrait le briser jamais. Soudain la musique faiblit et fut remplacée graduellement par la cadence froide et méthodique du tambour scandant une marche. Le visage de Louis s'effaça pour faire place à celui de Cecil dont elle voulut aussitôt repousser les caresses. Elle se tortilla pour leur échapper sans cependant s'enfuir car elle savait qu'elle l'avait choisi.

Son cœur fut saisi dans une mâchoire glacée et elle s'éveilla en sursaut. Ouvrant les yeux, elle se rassura à la vue des murs bleu pâle de sa chambre, des rideaux de lin qui s'agitaient doucement devant la fenêtre, de la lumière incertaine du matin accompagnée d'une brise légère et du joyeux pépiement qui lui venait de l'arbre aux oiseaux. Elle entendit au loin la sirène de l'usine Goodyear sonner sept heures, perçut le souffle régulier de sa sœur à son côté et comprit enfin où elle était. Les battements de son cœur ralentirent mais le rêve la hantait encore. Elle avait peur de fermer les yeux, craignant de voir réapparaître l'image de Cecil avec l'inquiétant sentiment que le destin rôdait, prêt à lui imposer son avenir.

Tandis qu'Audrey s'embarquait en secret dans une dangereuse histoire d'amour avec Louis Forrester, ce rêve finit par se perdre dans les ombres de sa mémoire et cessa de la perturber, tant elle était certaine de leur destinée commune. Il leur fallait cependant user de toutes les ressources de leur ingéniosité pour se voir. Travaillant en ville toute la journée, Louis et son frère prenaient le train chaque matin à la petite gare d'Hurlingham. Loin de se laisser abattre par la difficulté, Louis finit par dénicher dans le mur de brique de la gare un petit creux pratiquement invisible où il glissait chaque jour en partant le matin un petit mot à l'intention d'Audrey qui utilisait la même voie, de sorte qu'il trouvait sa réponse le soir en rentrant. Il passait la plupart des soirées chez les Garnet, dessinant tranquillement des caricatures de tante Edna ou des portraits d'Audrey pendant que Cecil s'entretenait avec Rose et Henry sur la terrasse, sans remarquer les regards que s'échangeaient les deux amoureux. Puis la nuit, après de longues heures d'attente, Audrey se glissait dans le jardin où Louis l'attendait près de l'orangeraie à l'ombre d'un cerisier.

Afin de masquer les sentiments qu'elle éprouvait pour Louis, elle feignait de s'intéresser davantage à Cecil. Tant que Louis était dans les parages, elle acceptait les attentions de Cecil en se disant que les sentiments réels qu'elle éprouvait en secret passeraient inaperçus aussi longtemps qu'on la croirait éprise de lui. Mais elle était si absorbée par son monde secret qu'elle ne porta pas attention à l'assurance de plus en plus grande de Cecil à son égard, ni aux bonnes dispositions de ses parents pour ce qu'ils croyaient être un amour naissant.

— Pourquoi ne lui fait-il pas la cour ? soupira tante Edna un samedi après-midi.

Les filles étaient à la piscine avec Cecil et deux des insipides filles de tante Hilda, Agatha et Nelly. Appuyée sur son club de golf, Rose adressa à sa sœur un sourire plein de confiance.

— Henry prétend que c'est parce que c'est un jeune homme extrêmement correct, répondit-elle. Tu t'imagines, ce pauvre Cecil amoureux de la fille de son patron ! Il a sans doute besoin de temps et d'être certain de ses sentiments avant de parler à Henry.

Tante Edna hocha la tête en signe d'approbation et saisit à nouveau son club.

— Il est vraiment très bien élevé. La plupart des autres garçons n'auraient pas eu ce genre de délicatesse.

— Cecil est différent des autres hommes, observa Rose. Il y a peu de temps qu'il est arrivé en Argentine mais je l'aime déjà beaucoup.

Elle se pencha pour placer la balle sur le tee.

— Moi aussi, reconnut tante Edna. Mais j'aime bien Louis également.

Rose se redressa et se mit en position pour envoyer la balle.

— Oh, moi aussi. J'ai appris à le connaître mieux ces dernières semaines. C'est un merveilleux artiste et il joue remarquablement du piano. Mais ce n'est pas le genre de mari qu'on souhaite pour sa fille.

— En effet. C'est une chance qu'Audrey ait choisi l'autre. Elle est si sensible.

— Audrey n'aurait jamais pu tomber amoureuse de Louis. Elle est trop intelligente. Non, il lui faut un homme fort avec une situation stable, un être bon et solide. On peut craindre davantage qu'Isla ne s'amourache d'un homme impossible, simplement par bravade.

— Il va falloir que tu la surveilles, conseilla tante Edna avec un petit rire.

— Nous ferions bien de nous y mettre toutes, rétorqua Rose balançant son club à plusieurs reprises pour ajuster son drive.

Les pieds bien calés, elle frappa la balle qui dessina une trajectoire parfaite.

— Je joue mieux qu'hier, tu ne trouves pas ?

— Seigneur, Rose ! C'était un coup superbe ! Penser à Audrey et Cecil améliore rudement ton jeu !

Rose dissimula sa satisfaction derrière un sourire, mais elle était tellement certaine de leur attachement réciproque qu'elle se mit à rire franchement.

— C'est un avantage certain ! répondit-elle.

Cecil était embarrassé. À certains moments Audrey manifestait le plus grand intérêt à son égard. Elle faisait le tour du jardin avec lui le soir, s'asseyait à côté de lui près de la piscine pour bavarder, riait avec lui en écoutant son frère jouer du piano dans le hall, comme si personne n'était plus important que lui à ses yeux. Mais aussitôt après elle pouvait se montrer distraite, le regard lointain, perdue dans ses pensées comme s'il n'était pas là. Alors, elle lui était totalement inaccessible. Ces brèves interruptions dans le resserrement par ailleurs constant de leurs liens d'amitié l'empêchaient de lui déclarer franchement ses sentiments et jetaient le doute dans son esprit. Il aurait aimé s'en ouvrir à Louis, mais il n'était pas le genre de frère auquel on peut se confier. Louis n'avait jamais été amoureux et ne le serait sans doute jamais. Son esprit était ailleurs. Cecil décida donc de garder pour lui ses angoisses et de se montrer patient. Après tout, l'attitude d'Audrey prouvait qu'elle préférait sa compagnie à toute autre. Il pouvait donc se permettre d'attendre.

Pendant que Cecil se tourmentait ainsi en songeant à l'objet de son affection, Louis et Audrey avaient l'impression que rien ne pourrait jamais se mettre entre eux et se félicitaient de leur aptitude à tromper les autres.

— Je veux absolument t'emmener à Palermo, déclara Louis un soir au début du mois d'avril. Je veux danser le tango avec toi.

Audrey avait froncé les sourcils avec appréhension. Elle se sentait à l'abri derrière les murs de son jardin. L'idée de se rendre en ville au milieu de la nuit la terrorisait.

— Oh, je ne sais pas, Louis. Ça me paraît compliqué ?

Louis avait pris ses deux mains dans les siennes pour les embrasser.

— Tu n'as pas à t'en soucier, mon amour. Rien ne t'arrivera car je ne le permettrai jamais. (Il sourit devant son inquiétude.) Tu penses trop, c'est ton problème.

Puis, caressant gentiment sa joue, il enchaîna :

— Je t'ai dit que tu ne devais pas avoir peur de rêver. Tu t'en souviens ? Eh bien, moi je ne crains pas de transformer mes rêves en réalité.

Audrey frissonna malgré l'air humide et chaud. Elle sentait son angoisse augmenter au même rythme que son excitation.

— Je le voudrais tant, moi aussi... Mais j'ai si peur que quelqu'un nous voie.

— À Palermo ? Qui pourrait bien nous y reconnaître à une heure du matin ? Écoute, Audrey. Décide-toi. Je veux danser avec toi.

Elle rougit en évoquant la comparaison qu'avait faite sa sœur. Comme s'il avait deviné ses pensées, il ajouta, le regard chargé d'émotion :

— Je veux être tout contre toi, Audrey, ici sur ce banc, ce n'est pas assez.

Elle comprit ce que cela signifiait et rougit davantage encore.

— Très bien, finit-elle par admettre. Nous irons à Palermo.

Louis sauta sur ses pieds, l'attira à lui et la prit dans ses bras, serrant son corps contre le sien. D'une main dans son dos, il la maintint contre lui, puis, fredonnant doucement un air, il se mit à danser sur l'herbe scintillante de rosée de l'orangeraie. Au début, elle rit de son impulsivité mais, sentant le front de Louis s'appesantir contre le sien, elle cessa de rire et se laissa pénétrer de cette douce mélancolie que provoque l'amour. Ils ne parlaient ni l'un ni l'autre. Leurs corps ondulaient lentement au murmure étouffé de la voix de Louis sur le rythme de la sonate qu'il avait composée pour elle.

Le lendemain matin, Audrey se rendit à bicyclette à la gare comme elle en avait l'habitude pour y prendre le petit mot de Louis. C'était encore un jour très chaud dans une succession ininterrompue de journées torrides. Le ciel était d'un bleu presque violet et la lumière du soleil tremblait comme si elle ne parvenait pas à maîtriser sa propre puissance. La gare était paisible. Seul un couple de chiens faméliques errait parmi les rails, le nez au sol à la recherche de quelques restes de nourriture. Elle appuya sa bicyclette contre le mur et se hâta le long du quai. À la hauteur du creux familier dans la brique, elle glissa ses doigts pour en extraire le mince rouleau de papier blanc dont elle était devenue si dépendante au cours des dernières semaines.

Ce soir nous danserons le tango dans les rues pavées de Palermo. Regarde la pendule en pensant à moi car aujourd'hui chaque minute me pèsera. Chaque muscle de mon corps se languit de toi. Rendez-vous ce soir au même endroit et à la même heure. Ne crains rien, mon amour te protégera.

Il signait toujours : *De celui qui t'aime le plus* et

elle : *De celle qui t'aime si tendrement* — mesure de précaution pour le cas où le billet serait découvert.

Elle sourit en lisant et relisant le mot, promenant son pouce sur ce papier qu'il avait tenu entre ses doigts à peine quelques heures plus tôt, avant de le porter à ses lèvres, les yeux fermés, comme s'il avait le pouvoir de les rapprocher l'un de l'autre. Finalement, elle l'enfouit au fond de sa poche d'où elle tira le billet qu'elle avait écrit tôt le matin en se disant que dormir était une perte de temps quand elle pouvait songer à lui. Elle le déplia et le relut, heureuse à l'idée que Louis le lirait le soir en rentrant du travail.

Aujourd'hui je t'aime encore plus qu'hier, ce que je croyais impossible. Mon amour ne connaît pas de limites.

Satisfaite, elle en fit un mince rouleau qu'elle glissa dans le creux. Puis elle recula de quelques pas pour s'assurer que personne ne pouvait l'apercevoir.

— *¿Todo bien, señorita?* demanda Juan Julio, sortant de l'ombre fraîche de son bureau dans le plein soleil en se balançant d'un pied sur l'autre.

Audrey sursauta, comme prise en faute, et se demanda s'il l'avait vue déposer le billet dans le mur.

— Oh, très bien, merci Juan Julio, répondit-elle en espagnol.

Il redressa son chapeau et tira son pantalon sur son ventre rebondi. Son visage était rouge et couvert de sueur. Il était trop gros pour cette chaleur et trop paresseux pour un travail de ce genre. Il soupira profondément en s'approchant d'un pas de pingouin gavé de poisson.

— Quelle chaleur aujourd'hui !

Depuis deux mois, sans s'en rendre compte, il faisait chaque fois la même remarque à toutes les personnes qu'il rencontrait.

— Oui, en effet. Mais j'aime bien la chaleur.

— Oh ! Ben, à moi, ça ne me convient pas, fit-il d'un ton plaintif en s'épongeant le front avec un mouchoir crasseux. Il fait toujours plus chaud sur le quai. C'est pas bon pour ma pression artérielle. Pas bon du tout.

Il se dirigea vers le poste d'aiguillage et Audrey se détendit. Il était bien trop occupé de lui-même pour avoir remarqué les billets et même pour se demander ce qu'elle faisait là. Elle se hâta vers l'endroit où elle avait laissé sa bicyclette, mais ce fut pour tomber sur Charlotte Osborne et Diana Lewis affublées de chapeaux crème, de robes de soie et de longs colliers de perles comme si elles se rendaient à une garden-party.

— Vous avez l'air bien réjoui ce matin, ma jeune dame, déclara Charlo en remarquant les yeux brillants et le sourire d'Audrey.

— C'est une bien belle journée, répondit-elle en prenant sa bicyclette.

— Qu'est-ce que vous faites par ici ? demanda Diana en ôtant ses gants. Ciel, il fait trop chaud pour porter ça, marmonna-t-elle en les fourrant dans son sac.

Audrey décida d'éluder la question.

— Vous allez en ville? demanda-t-elle.

— Un déjeuner de charité, soupira Charlo avec des airs de sainte nitouche. Il faut bien faire son devoir.

De ses yeux bleus perçants, elle détailla Audrey avec attention.

— Vraiment, il fait trop chaud pour aller en ville un jour comme aujourd'hui, approuva Diana. Seigneur! Je suis déjà en nage. Mais il faut bien penser à tous ces pauvres gens et faire un petit quelque chose pour eux.

— Audrey, comment va ce cher Cecil Forrester? s'enquit Charlo d'une voix de velours. J'imagine qu'il passe pas mal de temps chez vous.

— Oui, ainsi que son frère, répondit la jeune fille d'un ton innocent. Tous les deux sont très sympathiques.

Charlo grimaça de frustration mais Diana n'allait pas abandonner sans lancer un nouvel appât dans l'eau.

— Vous avez l'air en pleine forme, Audrey, dit-elle. Oh! pouvoir être de nouveau jeune et amoureuse!

Elle poussa un profond soupir en agitant la tête, faisant trembler son double menton. Mais Audrey la regarda sans répondre, les sourcils froncés.

— Viens, Diana. J'entends notre train, lança Charlo. Pas question de le manquer!

— Et priver les nécessiteux de dons précieux! ajouta Diana.

D'un signe de main elles prirent congé et pénétrèrent dans la gare en parlant de ce lien qui devenait plus solide chaque jour entre Cecil et Audrey et qui devait les conduire à l'autel dans un avenir proche, elles en étaient certaines.

— La petite serait folle de le laisser échapper, remarqua Diana en sortant son porte-monnaie.

— Mais elle n'est pas folle du tout, je peux te l'assurer, lança Charlo d'un air confiant. Elle sait parfaitement ce qui est bien pour elle. Elle a toujours fait ce qu'il fallait faire, même quand elle était enfant.

Audrey passa le reste de la journée à rêver pendant que sa sœur et ses frères étaient à l'école et que sa mère jouait au golf avec ses tantes. Elle s'assit sur un banc à l'ombre pour lire mais, pendant que ses yeux erraient sur les pages, ses pensées voguaient dans un autre monde, celui de Louis, un monde qu'elle préférait entre tous. Si irritantes que soient les Crocodiles, elle se félicitait d'avoir su les tromper. Tout le monde pensait qu'elle était amoureuse de Cecil. Elle aurait bien voulu clamer ses véritables sentiments sur tous les toits mais sa patience serait bientôt récompensée. Ils pourraient déclarer leur amour à la face du monde le moment venu sans s'exposer à la désapprobation générale ou à l'exclusion car, avec le temps, tous finiraient par découvrir ce qu'il y avait de bon en Louis.

Les heures s'écoulèrent lentement, comme l'avait prévu Louis, et elle ne cessait de consulter l'horloge en pensant à lui. Comme elle aurait voulu que son mouvement s'accélère ! Enfin, le jour fit place à la nuit et l'obscurité s'installa, dissimulant leur secret dans des coins d'ombre que la lune elle-même ne pouvait percer. Ses chaussures dans une main, Audrey descendit l'escalier à pas de loup, prenant bien soin d'éviter les lames de parquet qui grinçaient. Lorsqu'elle sortit de la maison, elle était trop excitée pour se rendre compte qu'une paire d'yeux l'observait depuis l'une des fenêtres.

Louis la retrouva sous le cerisier en bordure de l'orangeraie. Elle s'y rendait parfois dans la journée quand il était au travail et s'asseyait à son ombre pour s'envelopper du souvenir de sa présence. Il l'étreignit et l'embrassa passionnément avant de l'entraîner dans la rue où une voiture les attendait, dissimulée à l'abri des regards comme un puma prêt à bondir. Le chauffeur connaissait leur destination et Audrey, tendrement enlacée par Louis, regardait défiler par la vitre le monde mystérieux de la nuit. Lorsqu'ils pénétrèrent dans la ville, elle remarqua aussitôt que les rues, bien loin de sommeiller, vibraient d'activité. Les lumières scintillaient, les voitures klaxonnaient avec impatience. Les restaurants embrumés par la fumée des cigarettes regorgeaient de clients et la musique qui s'en échappait rebondissait dans les avenues bordées d'arbres et les places où déambulaient des couples, main dans la main, sous la chaude lueur des lampadaires.

Elle serra la main de Louis pour lui faire comprendre combien elle était heureuse d'être là et il lui répondit silencieusement.

À Palermo, la scène changea totalement. Aux larges avenues succédaient à présent d'étroites rues pavées escaladant une colline et débouchant sur une petite place entourée de restaurants et de cafés. Les tables débordaient jusque sur les trottoirs, jouxtant des boutiques d'antiquités fermées pour la nuit. La voiture fit halte et Louis demanda au chauffeur de venir les rechercher deux heures plus tard. Ils firent le tour de la place, heureux de découvrir ensemble un lieu inconnu où personne ne se souciait d'eux. Ils s'embrassèrent puis se dirigèrent vers une vieille taverne par la porte de laquelle filtrait de la musique.

— Viens, nous allons apprendre à danser le tango, dit Louis.

Audrey fit un pas en arrière.

— Tu connais cet endroit ? demanda-t-elle avec appréhension.

— Oui, j'y suis venu quelques fois et Vicente nous attend.

— Vicente ?

— Tu l'adoreras. C'est un numéro. N'aie pas peur, dit-il en embrassant ses doigts. Je t'ai déjà compromise par le seul fait de t'amener ici, autant en profiter pour nous amuser.

Il lui sourit et, désarmée une fois de plus par son charme, elle le suivit dans la taverne.

Vicente reconnut Louis immédiatement et lui fit signe en se frayant un chemin jusqu'à lui à travers les tables de bois rondes autour desquelles s'agglutinaient les clients, cigarette aux lèvres. C'était un vieil homme aux cheveux argentés doté de petits yeux bruns et d'un nez en bec d'aigle. Bien connu à Palermo pour les soirées de tango qu'il organisait et pour les bons vins de son établissement, il les accueillit avec joie et leur fit signe de le suivre vers l'arrière de la salle. Après leur avoir servi un verre de son meilleur vin, il complimenta Audrey pour sa beauté et sa grâce.

— À votre niveau, ce n'est pas la technique des pas de danse qui compte, dit-il en roulant les manches de la chemise blanche qu'il portait sous un gilet noir. Imprégnez-vous simplement de la musique.

Il ferma les yeux et se frappa la poitrine du poing pour souligner ses paroles. Audrey et Louis échangèrent un sourire.

— À présent, enlacez-vous étroitement. Plus près, dit-il à Louis comme il prenait Audrey dans ses bras. Le tango est une danse passionnée. C'est un peu comme faire l'amour.

Audrey rougit et dissimula son visage dans le cou de Louis.

— Ne soyez pas si timide, señorita. Le tango est une danse sensuelle. Oubliez toutes vos inhibitions et suivez votre cœur.

Il se frappa de nouveau vigoureusement la poitrine. Louis se mit à rire et déposa un baiser sur la tempe de sa cavalière pour la rassurer.

— C'est à ton cœur que j'obéis, Audrey, car il a pris le mien dans ses filets, murmura-t-il à son oreille.

— Alors, nous n'avons pas d'autre choix que de danser ensemble, répondit-elle en s'abandonnant aux notes ensorcelantes du violon et de l'accordéon.

Au début, Audrey se sentit nerveuse. Chaque fois que le corps de Louis se pressait contre le sien, elle avait un petit sursaut et se raidissait, consciente d'une intimité physique nouvelle qui la troublait au plus haut point. Mais quand ils eurent maintes fois répété les pas compliqués, elle ferma les yeux pour s'abandonner exclusivement à la présence de Louis, à la musique et aux accents passionnés de sa propre mélodie intérieure.

Pendant l'heure et demie qui suivit, Louis et Audrey apprirent à danser le tango sous la surveillance volubile de Vicente, avec la complicité passive et maussade de sa femme Margarita qui ne sourit pas une seule fois mais dansait avec l'agilité d'une jeune femme.

Après avoir promis de revenir la semaine suivante, ils sortirent sur la place et s'enlacèrent de nouveau pour danser au clair de lune.

— Comme nous avons bien fait de venir ! soupira Audrey en suivant le rythme des effluves musicales lointaines qui leur parvenaient de la taverne.

— Je rêvais de t'amener ici, dit-il en posant sa joue sur ses cheveux. Je savais que tu apprécierais. Tu vois, c'est comme si tu avais quitté le théâtre par la sortie des artistes.

— J'adore cette sensation de liberté. Personne ne sait que nous sommes ici. Personne ne nous juge. Nous sommes comme deux étrangers en train de danser dans notre monde secret. Quand je suis tout contre toi, j'ai l'impression que plus rien d'autre n'existe.

— C'est grâce à toi que ma vie est devenue belle, Audrey, soupira Louis, gagné à nouveau par un sentiment de mélancolie. Enfant, je ne me sentais en paix que lorsque je jouais du piano. Sans musique, le monde m'apparaissait gris et terrifiant. Personne ne me comprenait. C'était comme si je vivais dans une autre dimension. J'avais l'impression d'être un hors-la-loi. Alors je me suis retiré dans ma musique. Mais toi, Audrey, tu m'as donné la force d'aimer. Tu as ouvert mon cœur et, désormais, il ne se refermera plus. Tu en seras toujours la reine. Il n'est plus question de revenir en arrière. Nous appartenons l'un à l'autre.

Il recula d'un pas pour mieux contempler son visage sérieux, illuminé par la lueur des lampadaires. Du bout des doigts il en effleura les délicats contours avant de déposer un baiser sur ses lèvres. Conscients de la fuite du temps, ils s'accrochaient l'un à l'autre avec l'ardeur de deux êtres que le destin allait séparer pour des années. Mais Audrey et Louis ne faisaient provision de baisers que pour un seul jour, car ils se retrouveraient de nouveau la nuit suivante sous le cerisier près de l'orangeraie et leurs pensées n'allaient pas au-delà.

Audrey grimpa l'escalier d'un pas dansant car elle avait encore dans l'oreille les airs de tango. Pour la première fois de sa vie elle s'était sentie libre et avait goûté avec une joie délicieuse cette aventure teintée de rébellion. Le jour approchait et ses vêtements étaient imprégnés de l'odeur des cigarettes, plus perceptible maintenant dans la fraîche atmosphère de sa maison. Elle ouvrit doucement la porte de sa chambre et rejoignit son nid. À sa grande surprise, elle trouva Isla endormie dans son lit. Elle referma la porte aussi doucement que possible mais Isla ouvrit aussitôt les yeux.

— Où es-tu allée ? demanda-t-elle d'une voix excitée en s'asseyant dans son lit.

Et, avec un sourire malicieux, elle ajouta :

— Tu es sortie avec Cecil ?

6

Audrey savait qu'il lui était difficile de mentir. Elle s'en était sortie jusqu'à présent avec des demi-vérités mais, face au visage interrogateur de sa sœur, elle sut qu'elle devait tout lui avouer, même si elle devait, ensuite, le regretter. Le bonheur lui ôtait toute retenue. Il *fallait* qu'elle se confie.

Elle se jeta sur le lit à côté d'Isla et s'étira comme un chat satisfait.

— Je reviens de Palermo, avoua-t-elle dans un souffle. Seigneur, Isla, je suis tellement amoureuse ! J'ai l'impression que tout mon corps se consume, comme s'il était dévoré par des flammes géantes. Cet amour a pris possession de mon cœur. Il ne fait que grandir et grandir encore. Tout se passe exactement comme on le raconte dans les romans. C'est absolument merveilleux ! Il me semble que je vais exploser de joie.

Le sourire d'Isla s'élargit encore.

— Cecil t'a emmenée à Palermo ? répéta-t-elle, surprise. J'aurais cru que c'était Louis le plus aventureux des deux.

Le visage d'Audrey s'empourpra de honte et elle hésita quelques instants à répondre. Isla connaissait suffisamment bien sa sœur pour deviner qu'avec elle les choses n'étaient pas toujours si évidentes à percevoir. Elle hocha la tête et ses yeux verts se chargèrent de soupçon.

— Tu n'étais pas avec Cecil ? dit-elle en scrutant son visage avec la rigueur d'un médecin. Oh, Seigneur... Tu es en train de me parler de Louis.

Audrey eut un pâle sourire et se contenta d'un hochement de tête, consciente qu'Isla pouvait se sentir vexée de n'avoir pas été mise plus tôt dans la confidence.

— Audrey, je n'arrive pas à le croire ! s'exclama Isla. Cela donne aux choses une couleur tellement différente ! C'était donc Louis depuis le début ! Dans une course de chevaux, il aurait joué le rôle du toquard... Et pourtant, tu l'as choisi ! Je ne t'aurais pas crue capable de ça, Audrey...

— Je l'aime, avoua simplement Audrey en se disant que cet aveu rattraperait peut-être ses mensonges.

— Ah ! Et alors ? Comme le dit tante Hilda, qu'est-ce que l'amour a à voir avec le mariage ? Tu sais que maman et papa te feraient griller vivante s'ils découvraient ton secret. Ils ont choisi Cecil. C'est lui qu'ils veulent pour gendre...

Ses yeux étincelaient au fur et à mesure qu'elle imaginait les conséquences de cette situation absolument inattendue.

— Je sais, répondit Audrey en gémissant. Voilà pourquoi il faut garder le secret pour l'instant, jusqu'à ce qu'ils connaissent mieux Louis et qu'ils aient appris à l'aimer. Après tout, il n'a rien à voir avec ce que l'on dit de lui. Tout le monde se trompe à son sujet.

— Tu sais, une fois qu'une réputation est faite ici, il est très difficile de revenir dessus. Tu imagines, si on vous surprenait, il passerait pour un séducteur sournois. Vraiment, je n'arrive pas à te comprendre, Audrey, répéta Isla en hochant la tête, perplexe.

— Suis-je donc si dénaturée que cela ?

— Absolument ! s'écria Isla aux anges. Je suis vraiment heureuse de te savoir heureuse. Tu es radieuse, et moi qui croyais que c'était à cause de Cecil ! (Son visage redevint sérieux.) Mais Louis est fou, Audrey. C'est un excentrique, un artiste. D'accord, il joue magnifiquement du piano et il dessine comme Léonard de Vinci, mais il a dans les yeux cette étincelle inquiétante qui révèle son étrange nature. Tantôt triste, tantôt joyeux, il oscille entre des émotions extrêmes et passe de l'une à l'autre de manière imprévisible. Oh, Audrey, j'espère que tu sais ce que tu fais !

— Tu ne sais pas combien il est doux, gentil, sensible et généreux, objecta Audrey. Écoute, Isla, je regrette de ne pas t'en avoir parlé plus tôt. (Elle fixa sur sa sœur un regard implorant.) Tu ne me trahiras pas, n'est-ce pas, Isla ? Tu n'imagines pas à quel point c'est important pour moi.

— Bien sûr que non, bien sûr que non.

— Tu ne diras rien ?

— Oui... mais à une condition.

Audrey soupira.

— Qu'est-ce que ça peut bien être ?

— Tu me racontes tout depuis le début et tout ce qui se passera par la suite.

Audrey se redressa en souriant.

— Dans ce cas, cela signifie que je dois continuer à voir Louis en secret, dit-elle en se levant et en commençant à se déshabiller.

— Je te couvrirai, déclara Isla avec enthousiasme. Tu vas voir comme nous allons nous amuser à élaborer des plans secrets et à les tromper tous.

Voyant qu'Audrey jetait sa robe sur le dossier d'une chaise, elle ajouta :

— Au fait, tu ferais bien de te lever de bonne heure pour prendre un bain. Tu empestes la cigarette.

Audrey renifla une mèche de ses cheveux.

— Vraiment ?

— Oui, *vraiment*, insista Isla. Remarque, j'aime bien... Ça sent le fruit défendu. Viens te coucher et raconte-moi comment tout a commencé. Le premier soir, quand ils sont venus dîner ? As-tu su immédiatement qu'il était le Seul, l'Unique ? Quand je repense à ce verre que nous avons bu avec Cecil au club, tu n'étais pas encore amoureuse de lui à ce moment-là, n'est-ce pas ? (Elle poussa un grand soupir.) Je n'arrive pas à comprendre comment tu as pu me cacher ça sans que je puisse rien deviner. Mais tu me diras tout maintenant, n'est-ce pas, Audrey ?

Cette dernière se glissa dans les draps et se blottit contre sa sœur.

— Je suis tombée amoureuse de Louis dès que je l'ai vu sourire, commença-t-elle comme si elle lisait un roman à haute voix.

C'était un soulagement de tout raconter à Isla. En libérant ainsi sa conscience, elle pouvait revivre chaque instant en détail en empruntant toutes les métaphores poétiques qui lui venaient à l'esprit pour rehausser encore sa merveilleuse histoire. Isla écouta le récit des aventures de sa sœur sans éprouver la moindre jalousie. Certes, elle aurait aimé qu'on l'emmène danser à Palermo, se glisser dans le jardin à minuit pour se rendre à un rendez-vous secret, mener une existence clandestine sans que personne en ait le plus petit soupçon. Mais elle ne se sentait aucun penchant pour l'amour. À la seule idée de baisers mouillés, de mains fureteuses, d'intimité physique, sa peau se rétractait comme sous la piqûre d'une colonie de fourmis. À ses yeux, le véritable plaisir était dans le flirt, les compliments, les coups de griffe donnés aux conventions. Ce qui la fascinait le plus dans l'aventure de sa sœur, c'était qu'elle allait à l'encontre de l'*establishment*. Audrey était la plus sensible des deux. Un tel comportement aurait mieux convenu à son tempérament. Consciente de la gravité de la situation, Isla ne pouvait s'empêcher de se faire du souci.

— Que vas-tu faire ? demanda-t-elle après que sa sœur eut terminé son récit.

— Je ne sais pas. J'essaie de ne pas penser à l'avenir. En tout cas, ce dont je suis sûre, c'est que je passerai le reste de ma vie avec Louis. Quoi qu'il arrive.

— Papa ne consentira pas à te donner à *lui*. Je l'ai entendu parler à maman dans le jardin il y a quelques jours pendant que tu jouais aux échecs avec Cecil sur la terrasse. Ils sont convaincus qu'on ne peut absolument pas faire confiance à Louis.

— C'est seulement parce qu'il est différent ! s'exclama Audrey, agacée. Après tout, il n'a tué personne ! C'est fou ce que les gens ont l'esprit étroit et borné.

— Je cherche seulement à te préparer, Audrey. Nos parents auront le cœur brisé. D'ailleurs, maman adore Cecil.

Audrey soupira profondément. Elle avait l'impression que d'invisibles mains pesaient sur ses épaules.

— Peu importe combien de temps il leur faudra, déclara-t-elle. Ils finiront par aimer Louis, j'en suis persuadée.

— Je l'espère, dit sombrement Isla.

Les deux jeunes filles fermèrent les yeux mais ne trouvèrent pas le sommeil pour autant. Elles finirent par se confier au destin, soulagées d'abandonner la lutte pour laisser la décision au sort sur lequel personne n'exerce de contrôle. Elles s'endormirent enlacées, leurs longues mèches bouclées emmêlées sur l'oreiller comme des brins de soie. C'est ainsi que leur mère les découvrit le matin. Comme on était samedi et qu'il n'y avait pas école, elle décida de les laisser dormir. Elle referma doucement la porte et s'éloigna en souriant à la pensée de la profonde affection qui unissait Audrey et Isla. Elles étaient amies, comme elle-même avec ses propres sœurs, et de les avoir vues endormies comme deux poupées lui réjouit le cœur. Elle descendit l'escalier pour retrouver ses trois fils et son mari qui prenaient leur petit-déjeuner sous la treille de la terrasse.

Au cours des mois qui suivirent, Audrey et Louis parvinrent à se voir fréquemment grâce aux plans machiavéliques concoctés par Isla. Pendant qu'Henry et Rose cachaient mal leur espoir de voir Audrey et Cecil réunis et croyaient que se développait entre eux une affection de plus en plus étroite, Isla surveillait l'échange de billets à la gare et, au club, fournissait des prétextes permettant à Audrey de rester seule avec Louis. Ils faisaient ensemble de longues promenades à cheval dans la pampa et ils appréciaient sa compagnie, sachant qu'ils n'avaient pas à cacher leur amour devant elle. Ils n'ignoraient pas non plus ce qu'ils lui devaient. Sans Isla, en effet, leurs rencontres se seraient limitées à l'orangeraie. Isla était très excitée par leurs sorties nocturnes en ville et montait la garde jusqu'à ce qu'ils aient disparu dans l'ombre. Elle dormait alors dans le lit d'Audrey, mais d'un œil seulement, prête à s'éveiller d'un bond dès le retour sa sœur pour écouter, les yeux brillants d'excitation, le récit de leurs aventures. C'étaient les moments qu'Isla préférait. À travers sa sœur, elle vivait ces instants de liberté sans en subir les désagréments, ni les contacts physiques qu'ils impliquaient. Dans la pâle lueur du petit matin elles restaient étendues, enlacées, chuchotant jusqu'à ce que leurs yeux se ferment de fatigue. Isla adorait cette intimité avec sa sœur, ce sentiment d'innocence auquel elle se cramponnait. C'était un secret qu'elle ne pouvait révéler à personne. Pas même à Audrey. Elle n'avait pas envie de devenir adulte.

Quand les jours commencèrent à raccourcir à l'approche de l'hiver, Cecil décida de prendre son courage à deux mains et d'inviter Audrey à dîner. Mais plus il mettait au point le processus de sa démarche, plus il devenait nerveux. Son assurance n'avait cessé de diminuer tout au long de l'automne. Il se sentait maladroit avec des mains trop grandes pour son corps, une langue trop grosse pour sa bouche, un nez trop fort pour son visage. Cela ne s'était jamais produit auparavant mais Audrey sapait sa confiance en lui. Il y avait quelque chose en elle, son regard absent, sa démarche éthérée, qui le troublait. S'il ne l'avait si bien connue, il aurait pu dire que le comportement d'Audrey à son égard relevait d'une stricte politesse. Mais en songeant à son caractère, moins passionné et moins impulsif que celui d'Isla, il se consolait en imaginant qu'elle était probablement aussi nerveuse qu'il était lui-même tendu.

Il ne se décida à agir qu'à la fin du mois de juin, après que les frimas de l'hiver eurent privé l'arbre aux oiseaux de ses feuilles et de ses chants.

— Tout semble si dépouillé à cette époque de l'année ! observa-t-il tandis qu'ils traversaient l'orangeraie endormie.

Une bouffée de mélancolie envahit Audrey en passant devant le cerisier à présent dénudé, témoin muet de ses amours clandestines. Tant de fois, elle s'était assise à son pied avec son bien-aimé, au cœur des nuits chaudes de l'été. Des souvenirs délicieux semblaient encore attachés à ses branches gelées.

— Oui, c'est vrai, répondit-elle, mais j'aime l'alternance des saisons. L'été a été si chaud et humide que c'est un soulagement de sentir maintenant le froid de l'hiver et de se pelotonner devant le feu.

— En effet, admit-il en se frottant nerveusement les mains. Mais il ne fait pas aussi froid qu'en Angleterre.

— Ni aussi humide.

— C'est vrai.

En percevant l'étranglement de sa voix, Audrey se demanda ce qui pouvait le troubler de la sorte. Il y eut un silence embarrassé pendant qu'ils franchissaient la barrière du verger pour s'engager dans le jardin proprement dit. Les plates-bandes de fleurs dormaient sous leur feuillage roussi. On aurait dit un cimetière botanique, songea Audrey, mais l'âme des plantes continuait à vivre sous les feuilles mortes, attendant le printemps pour renaître. Cecil éternua. Il aperçut les lumières de la maison au bout de l'allée et se dit qu'il était temps de parler.

— Audrey..., commença-t-il.

Elle leva les yeux vers lui en souriant, il interpréta cela comme un signe d'encouragement et se lança.

— Je... je voudrais vous inviter à dîner.

Un éclair de surprise traversa les yeux d'Audrey et ses joues prirent la couleur du *membrillo.*

— Oh !

— Je n'en ai pas encore parlé à vos parents. Je voulais d'abord obtenir votre accord.

Elle baissa les yeux vers ses chaussures avec un léger sourire. Comme il était sérieux et compassé ! songea-t-elle, amusée.

— Voilà qui est très gentil, Cecil. Comme c'est aimable de votre part.

Il se demanda si elle avait compris la gravité de la situation. En fait, il lui demandait l'autorisation de lui faire la cour.

— Votre personne m'est devenue très chère au cours de ces derniers mois, insista-t-il dans l'espoir de lui faire comprendre clairement ses intentions.

Elle laissa échapper un petit rire étranglé.

— Oh, vous et Louis faites maintenant partie de la famille, dit-elle, ignorant délibérément le sous-entendu. Mon père et ma mère vous traitent pratiquement comme leurs fils.

— C'est très aimable de leur part.

Elle croisa les bras sur sa poitrine et il trouva ce geste de modestie touchant. Prenant de l'assurance, il poursuivit :

— Vos parents sont si bons...

En songeant combien ils allaient se réjouir de voir Cecil lui faire officiellement la cour, Audrey sortit de sa torpeur et accéléra le pas pour couper court à la conversation. Il fallait impérativement qu'elle consulte Louis et Isla. Ils sauraient quoi faire.

Quand ils entrèrent dans la maison, Louis remarqua aussitôt l'expression tendue d'Audrey et le sourire de satisfaction de son frère et il comprit que quelque chose d'important s'était passé pendant qu'il dessinait un portrait d'Isla. D'un mouvement des yeux il fit comprendre à Audrey qu'elle devait parler à sa sœur. Audrey lui répondit d'un battement des paupières et quitta précipitamment la pièce, laissant Louis s'agiter avec anxiété en se demandant de quoi il retournait.

Quand il découvrit qu'Henry se trouvait seul dans son bureau en train de rédiger son courrier, Cecil lui demanda poliment s'il pouvait l'interrompre quelques minutes.

— Avec plaisir, répondit Henry en faisant signe à Cecil de s'asseoir près du feu. Quelle vilaine journée, terriblement froide !

Il posa sa plume et se tourna vers Cecil.

— Je voudrais vous demander l'autorisation de faire la cour à Audrey, déclara celui-ci.

Henry eut un petit rire complaisant.

— Vous n'avez aucune permission à me demander, Cecil. Audrey est libre de sa personne. C'est à elle que vous devez vous adresser.

— Oh, je l'ai déjà fait et elle a accepté mon invitation à dîner.

— J'en suis enchanté, s'exclama Henry. Elle n'est plus une enfant mais elle manque encore d'expérience. Je suis heureux qu'elle s'intéresse à vous.

Cecil fut flatté.

— J'ai passé des mois à m'interroger, monsieur. Je travaille pour vous et je me demandais si ma démarche n'était pas déplacée.

— Sottises, mon cher Cecil ! Rose et moi avons vu avec joie se développer votre amitié. Vous avez notre bénédiction et si Audrey est d'accord, il n'y a aucune raison de vous inquiéter.

— Dans ces conditions, je vais vous laisser et aller battre mon frère aux échecs.

Il se leva, le cœur léger. Henry le regarda fermer

doucement la porte derrière lui en songeant combien il était différent de son frère. C'est vraiment le jour et la nuit. Il pensa brièvement avec anxiété à Isla et à Louis. Ce serait bien typique de son indomptable fille de s'amouracher d'un homme comme lui. Non qu'il ait quelque chose de grave à reprocher à ce garçon, mais on le voyait mal faire un bon mari. Celui-là, c'est un irresponsable, se dit-il en reprenant sa plume et en écartant cette pensée de son esprit. Henry avait le don de ne se soucier des choses que lorsqu'elles étaient patentes. Mais ce n'était pas le cas de Rose qui s'inquiétait de constater un rapprochement croissant entre Isla et Louis. Elle avait exprimé ses craintes à tante Edna, mais la seule personne qui pouvait exercer une certaine influence sur Isla était Audrey.

— Oh, Isla, je ne sais pas quoi faire ! gémit Audrey en se laissant tomber sur son lit. Cecil m'a invitée à dîner.

— Seigneur ! s'exclama Isla. Tout cela est particulièrement préoccupant !

Elle secoua la tête jusqu'à ce que ses boucles tombent devant sa figure comme une cascade de ressorts.

— Cecil est tellement solennel. On le croirait sorti tout droit d'un roman de Jane Austen. Tu vas rire. Il est allé demander la permission à papa.

— Oh, Seigneur ! Cela signifie qu'il a l'intention de t'épouser.

— Ne plaisante pas.

— Mais ce n'est pas une plaisanterie.

— Eh bien, ça ne se passera pas comme ça.

— Bien sûr que non. Tu n'épouseras pas quelqu'un dont tu ne veux pas, la rassura Isla. Est-ce que tu as accepté ce dîner ?

— Oui, répondit Audrey en se redressant. Je ne pouvais pas refuser après l'avoir mené en bateau durant toutes ces semaines.

— On dirait que tu as réussi au-delà de ce que nous espérions, constata Isla avec un sourire entendu.

— Merci bien.

— Il faut que tu en parles à Louis. (Elle ouvrit un tiroir et en tira du papier et un crayon.) Écris-lui un mot maintenant et je le lui glisserai quand il partira.

— Oh, mon Dieu... Je me sens tellement désemparée !

— Attendons un peu avant de céder au désespoir, déclara Isla en s'asseyant devant la coiffeuse de sa sœur pour se brosser les cheveux. De toute façon, c'est une couverture parfaite. Tant que Cecil te fait la cour, personne ne peut soupçonner la vérité. Cela fait partie du jeu, Audrey.

— Que se passera-t-il si ça va trop loin ?

La voix d'Audrey était anxieuse.

— Tout dépend de toi, répondit Isla en observant sa sœur dans la glace. Tu ne dois pas le laisser s'approcher trop près.

— J'ai l'impression de mal agir. Il est tellement gentil. Je l'aime vraiment beaucoup. Simplement, je n'ai pas envie de me marier avec lui.

— C'est un jeu dangereux, Audrey, observa Isla avec l'impression de jouer le rôle d'un espion en temps de guerre. Mais tu n'as pas le choix. Si tu le repousses maintenant, on risque de s'apercevoir de tes sentiments pour Louis. Il suffit de te regarder. Tu es la personnification de l'amour. Tout le monde voit bien que tu es amoureuse. Il y a seulement erreur sur la personne. Imagine que tu continues à te promener avec la même expression en ayant repoussé Cecil. Tous vont se poser des questions et ils ne mettront pas longtemps à découvrir ce que tu m'as longtemps caché.

— Oh, Isla, tu me fais peur quand tu parles comme ça.

— Il y a de quoi. Il s'agit de la vie réelle, Audrey, pas d'un de tes romans, et l'enjeu est élevé. Maintenant dépêche-toi d'écrire ce mot. Je pense que tu ferais mieux de le rencontrer cette nuit dans le verger. Je te couvrirai.

Après avoir rédigé quelques lignes, Audrey reprit ses esprits comme elle put et retourna au salon avec sa sœur. Toute pleine de sa propre importance, Isla traversa résolument la pièce et alla s'asseoir aussitôt à côté de Louis pour observer la partie d'échecs qu'il disputait avec son frère. Rose, qui les avait vues entrer, ne manqua pas de s'alerter de l'attitude de sa cadette.

Albert était étendu devant le feu et construisait des châteaux de cartes avec ses deux jeunes frères. Audrey n'osa pas s'installer près de Louis. Elle se sentait trop agitée et craignait de ne pouvoir se contenir, aussi alla-t-elle rejoindre ses frères et tenta-t-elle de se distraire en s'associant à leur jeu. Lorsque Cecil et Louis se levèrent pour partir, les angoisses de Rose se trouvèrent confirmées. Elle vit Isla glisser un billet dans la main de Louis. Ce fut un geste subtil, accompli rapidement et avec la plus grande discrétion. Rose ne l'aurait pas vu si elle n'avait déjà soupçonné qu'il y avait anguille sous roche entre ces deux-là.

Lorsqu'ils furent partis, elle demanda à Audrey de venir dans sa chambre sous le prétexte de choisir avec elle une tenue pour le cocktail de tante Hilda.

Audrey suivit sa mère et referma la porte derrière elle comme elle était priée de le faire. Pâle, les lèvres crispées par l'inquiétude, Rose était appuyée au rebord de la fenêtre.

— Il faut que je te demande quelque chose, Audrey, commença-t-elle d'un ton grave.

Audrey sentit la sueur perler à son front et ses genoux faiblir. Elle s'assit sur le lit.

— Qu'y a-t-il, maman? demanda-t-elle en s'efforçant de prendre un ton dégagé.

Mais Rose était trop soucieuse pour remarquer l'embarras d'Audrey.

— Je crains qu'Isla et Louis...

Elle chercha soigneusement ses mots. « Histoire d'amour » lui paraissait un peu trop emphatique tandis que « romance » avait quelque chose de désagréablement superficiel.

— Je crains qu'ils ne soient amoureux, dit-elle finalement.

Audrey poussa un soupir de soulagement.

— Qu'est-ce qui te fait croire cela, maman? C'est absurde.

— Je jurerais avoir vu Isla glisser un billet à Louis ce soir.

— Je ne le pense pas, objecta Audrey. Cela n'a certainement aucune implication romantique. Isla ne s'intéresse pas à ces choses-là. Si c'était le cas je le saurais car elle me dit tout.

Rose vint s'asseoir sur le lit à côté de sa fille.

— Tu le penses vraiment ?

— Je le *sais*, affirma Audrey.

Rose s'essuya les yeux.

— Tu me soulages d'un grand poids, Audrey, lâcha-t-elle en soupirant.

Audrey n'y tint plus.

— Mais qu'y a-t-il de mal à s'intéresser à Louis ? se risqua-t-elle.

— Rien de mal, se hâta de répondre Rose, disposée à se montrer généreuse maintenant qu'elle ne craignait plus qu'il fasse la cour à sa cadette. Simplement, nous sommes persuadés que c'est un irresponsable. Tu sais, Henry a entendu dire des tas de choses à son propos par des amis de Londres. On ne peut pas lui faire confiance et il s'est fait une réputation longue comme le bras. Bien sûr, c'est un charmant jeune homme, beau garçon aussi. Simplement, je ne voudrais pas qu'il fasse la cour à l'une de mes filles. Je ne le supporterais absolument pas. Ce n'est pas un homme d'honneur, ma chérie. Tu te rends compte, refuser de servir son pays. Quelle honte !

Audrey sentit des larmes lui monter aux yeux. Elle déglutit avec peine.

— Il n'est pas aussi mauvais que ça ! protesta-t-elle vivement. Les gens se montrent inutilement cruels à son égard.

Persuadée qu'Audrey prenait la défense de Louis

car il était le frère de l'homme qu'elle aimait, Rose tapota gentiment la main de sa fille et lui sourit avec indulgence.

— Ma chère enfant, personne ne met en doute un seul instant l'honnêteté et l'heureux caractère de Cecil.

— Mais Louis est très bien lui aussi. Spontané et impulsif, certes, non conformiste et il a son franc-parler, mais ce n'est pas pour autant une mauvaise personne.

— Bien sûr, ma chérie. Je le reçois très volontiers à la maison.

— Tant qu'il ne se lance pas dans une aventure sentimentale avec une de tes filles.

— Mais cela semble peu probable, n'est-ce pas ? observa Rose avec soulagement. Dis-moi, de quoi as-tu parlé avec Cecil pendant votre promenade ? Il avait l'air particulièrement heureux quand il est revenu.

Audrey soupira, consciente qu'il lui fallait continuer à jouer le jeu.

— Il m'a invitée à dîner, répondit-elle d'une petite voix.

— Oh, c'est très gentil de sa part, répondit Rose en s'efforçant de dissimuler ses espérances. As-tu accepté ?

— Il prétend qu'il doit demander la permission à mon père.

— C'est vraiment un garçon comme il faut, s'exclama Rose avec admiration en remettant de l'ordre parmi les boîtes de sa coiffeuse pour masquer sa nervosité. C'est avec joie que ton père et moi lui accorderons notre permission, dit-elle calmement. Si c'est bien ce que tu désires, ma chérie.

— Oh, bien sûr, répondit-elle d'un ton qu'elle voulut convaincant. Après tout, il s'agit seulement d'un dîner.

— Bien sûr, approuva sa mère tout en pensant : *Mon Dieu, comme elle doit être inquiète. C'est la première fois qu'elle dînera seule avec un jeune homme.*

Elle reprit à haute voix :

— Il t'emmènera sûrement dans un endroit bien, il a très bon goût. Ah, quelle robe vas-tu mettre ? Je crois que nous avons besoin de faire un tour en ville, non ?

Ce soir-là, derrière le mur glacé de l'orangeraie, Audrey se pressa contre le corps de Louis pour se réchauffer. Il avait passé toute la soirée à exprimer sa colère sur le piano jusqu'à ce que Diana Lewis lui demande de jouer quelque chose de plus harmonieux ou de cesser de jouer.

— Je n'ai pas envie de m'en aller, ma chérie, mais s'il le faut pour que nous puissions continuer à nous voir, cela vaut la peine. Dis-moi si tes parents commencent à me regarder d'un meilleur œil.

— Il faut leur laisser le temps, répondit-elle.

Il n'était pas question de lui rapporter la conversation qu'elle avait eue avec sa mère.

— Le temps, gémit-il. Voilà justement ce qui nous manque...

— Que veux-tu dire ?

— Cecil prend les choses très au sérieux avec toi

et, sans le vouloir, tu l'y incites. Mais tu ne pourras pas toujours jouer ce jeu-là avec lui. Ni toujours me tenir à l'écart, d'ailleurs.

— Mais je ne te tiens pas à l'écart, Louis ! s'exclama-t-elle, blessée par cette accusation.

— Alors, partons ensemble.

— Tu sais bien que je ne peux pas faire ça.

— Que faire d'autre, alors ?

— Au diable, mes parents ! s'écria-t-elle avec colère. Pourquoi faut-il que je me soucie tellement de ce qu'ils pensent ?

— Parce que tu as grandi entourée de leur amour, Audrey, murmura-t-il en lui caressant doucement le visage. C'est bien naturel que tu ne veuilles pas leur faire de peine. Toi aussi, tu as besoin d'eux. Je sais bien que tu n'es pas du genre à t'enfuir.

— Et toi ?

— Moi si, naturellement. Je m'enfuirais avec toi sans la moindre hésitation. Mais tout le monde sait que je suis irresponsable.

Il eut un rire triste.

— Oh, Louis, ce n'est pas vrai. Tu es parfait.

— Je t'aime, Audrey, dit-il doucement en l'attirant de nouveau à lui pour l'embrasser. Je t'adore.

— Moi aussi je t'aime, Louis. Rien d'autre ne compte pour moi. Nous ne nous quitterons jamais, n'est-ce pas ?

— Bien sûr que non. Je ne suis pas assez fou pour te perdre. Une vie d'aventures nous attend ! Et tous ces rêves que tu as dans la tête ? Il faut bien que quelqu'un s'occupe d'en réaliser quelques-uns.

— Nous avons déjà dansé à Palermo, dit-elle en riant.

— Eh bien, nous irons danser au sommet du Machu Picchu ou dans le désert d'Atacama quand il est en fleurs. Nous traverserons l'Atlantique en dansant jusqu'à Paris. Nous danserons à Rome et à Vienne. Nous ferons le tour du monde en dansant et je ne laisserai jamais la musique s'arrêter, je te le promets, mon amour. La musique ne cessera jamais.

Pour toute réponse, elle enfouit son visage au creux de son cou.

7

Audrey redoutait la soirée avec Cecil. Certes, elle appréciait sa compagnie mais l'intérêt croissant qu'il lui portait la mettait mal à l'aise et elle se sentait de plus en plus troublée par le sentiment de sa culpabilité. Elle était constamment préoccupée par le développement de l'intrigue qui tissait lentement ses fils autour d'elle et la déprimait. Faire du mal à autrui était contraire à sa nature mais Isla l'avait convaincue qu'il n'y avait pas d'autre moyen pour parvenir à ses fins. « Ne sois pas stupide, Audrey, lui disait-elle. Cecil a un tempérament bien trop froid pour avoir un cœur sensible. Que peut bien ressentir un poisson ? »

Mais Isla se trompait. Cecil était incapable de se concentrer sur son travail comme, d'ailleurs, sur n'importe quoi d'autre. Son esprit retournait immanquablement à sa prochaine soirée avec Audrey Garnet. Il s'était donné beaucoup de mal pour l'organiser dans l'espoir d'impressionner la jeune fille. Il avait emprunté la Ford d'Henry pour aller en ville où ils assisteraient à une soirée de ballet dans une loge dorée du Teatro Colón. Il se voyait déjà échangeant dans l'ombre de tendres regards avec elle. Peut-être même le laisserait-elle lui prendre la main. Cette vision l'occupa jusqu'à ce que le téléphone se mette à sonner, dispersant son rêve, et le ramène à l'instant présent. Mais dès qu'il eut reposé l'écouteur, le long visage sensible d'Audrey refit surface et le détourna à nouveau de ses occupations.

Cecil n'avait jamais parlé à son frère de ses sentiments pour Audrey. Mais dans le train qui les ramenait du travail ce soir-là, débordant d'optimisme, il décida de partager sa joie avec lui. Le visage épanoui de Cecil remplit de jalousie le cœur de Louis. Il tenta en vain d'éluder le sujet. Cecil était résolu à se faire entendre et il fut contraint de l'écouter.

— Je n'osais pas espérer qu'elle accepte mon invitation. Elle est tellement insondable. Quand elle a dit oui, j'ai eu l'impression qu'un pont-levis s'était abaissé pour me laisser entrer.

Il soupira, certain à présent d'avoir conquis le cœur d'Audrey et gagné la bataille. Son sourire satisfait irrita Louis, d'autant qu'il s'accompagnait d'une expression de suffisance parfaitement intolérable.

— Et où comptes-tu l'emmener ? demanda-t-il en cherchant à se contenir du mieux qu'il pouvait.

— Audrey est une jeune femme cultivée qui aime la musique et la danse, assura Cecil comme s'il en savait sur elle plus long que son frère.

Louis se détourna pour regarder par la vitre mais il faisait si sombre au-dehors qu'il ne put apercevoir que son visage pâle et gris qui lui renvoyait son regard.

— Je vais l'emmener au Colón voir *Giselle*, finit-il par dire. Elle aime beaucoup le ballet mais elle a rarement l'occasion d'en voir. Ce sera une surprise, ajouta-t-il avec une étincelle de fierté dans les yeux.

Louis toussota pour réprimer son envie de rugir.

— Tu as pensé à tout, fit-il d'un ton lugubre.

— Je l'espère.

— Mais, toi, tu n'aimes pas le ballet.

— Peu importe puisqu'elle l'aime. Je prendrai plaisir à contempler la joie sur son visage.

— Ne la bouscule pas, grommela Louis.

— Qu'est-ce que tu veux dire ?

— Elle est encore très jeune. Si tu vas trop vite, tu risques de l'effrayer. Prends ton temps.

Mais Cecil était si sûr de lui qu'il se contenta d'un sourire entendu avant de répondre.

— Il ne s'agit pas d'un jeu. Elle est peut-être jeune mais son esprit est mûr. Mes projets pour Audrey visent le long terme et je crois qu'elle le sait.

Louis haussa les épaules. Son frère était persuadé que les sentiments d'Audrey à son égard étaient réciproques et cette pensée le plongea dans un océan d'émotions contradictoires. D'un côté il se sentait coupable à l'idée de briser le cœur de son frère, pris à son insu dans une monstrueuse pantomime. Il songea au pauvre Malvolio de Shakespeare et regretta d'avoir ourdi ce complot. Mais en même temps sa culpabilité était atténuée par la rage et l'impuissance et, de façon perverse, Louis ne pouvait que savourer la perspective de son triomphe quand Audrey révélerait la vérité à Cecil. Il s'encouragea à la patience. Le temps se chargera de défaire ce nœud, songea-t-il.

En arrivant à la gare d'Hurlingham, Louis s'empara subrepticement du billet dissimulé par Audrey entre les briques et recouvra instantanément sa bonne humeur. Audrey l'aimait. Aucune tentative de séduction ne changerait son cœur ni ne l'inciterait à le donner à Cecil. Pendant qu'ils se dirigeaient vers le club à travers les rues que l'hiver avait vidées de ses promeneurs habituels, Louis serra dans sa main le mot réconfortant d'Audrey. Il avait retrouvé son assurance. Mais leur secret commençait à peser sur sa conscience et à affecter sa fierté. Il était impatient que son amour soit révélé au grand jour car il se demandait s'il pourrait encore longtemps danser avec elle dans l'ombre.

Rose était si excitée par l'idylle naissante de sa fille aînée qu'elle commit la grave erreur de mentionner à Diana Lewis la sortie prévue par les deux jeunes gens un jour qu'elle la rencontra à la boulangerie. Diana ne perdit pas de temps pour téléphoner à Charlo Osborne qui transmit la nouvelle à Blythe à l'heure du thé au club. Le colonel tortilla l'extrémité de sa moustache blanche en soufflant pensivement.

— Je ne connais pas de meilleur garçon que Cecil Forrester, dit-il en tirant sur sa cigarette turque. Quant à la jeune Audrey, c'est un trésor. Elle l'a toujours été.

— Une jolie fille. Très jolie, constata Charlo. (À ses yeux, rien n'était plus admirable chez une femme que la beauté et rien de plus regrettable que sa disparition.) Il faut se servir de ses charmes tant qu'on est jeune car ils ne durent pas. Regardez-moi. J'étais plutôt jolie autrefois. Ravissante même, à ce qu'on disait. Mais maintenant...

Elle poussa un soupir, sachant quelle réaction ce commentaire provoquerait chez le colonel. Il lui tapota la main de ses doigts rugueux et la contempla avec une admiration non déguisée à travers le verre épais de son monocle. Charlo s'était aperçue que le vieux Blythe avait changé depuis l'été. Elle ne savait pas pourquoi, mais on aurait dit que son caractère s'était assoupli. Il était devenu plus humain et même un tantinet romantique.

— Vous vieillissez comme le bon vin, chère amie, observa-t-il avec un sourire malicieux. La beauté est plutôt commune. Il y en a beaucoup trop autour de nous, mais elle manque de caractère. Le vôtre est si épicé qu'on a dû vider les réserves de l'Asie entière pour le satisfaire.

Charlo se mit à rire et, d'un haussement d'épaules, tenta de refroidir le regard lascif que laissait maintenant filtrer le monocle. Était-il possible que l'amour ait dompté ce vieux cheval de guerre ? Elle fit mine de protester.

— Vous êtes trop généreux, colonel.

Elle passa une main dans ses épais cheveux argentés et fixa sur lui le regard hardi de ses yeux bleus toujours hypnotique malgré ses paupières écaillées comme la peau d'un reptile.

— Allons, allons, chère amie, vous savez combien je vous estime.

Il tirait sur sa cigarette à bouffées plus rapides.

— Je ne mérite pas votre admiration.

— Mais si, ô combien !

Cette fois, il avait aboyé la réponse en frappant du poing sur la table; envoyant valser la porcelaine de Chine comme si le club venait d'être secoué par un tremblement de terre.

— Eh bien...

— Vous avez peut-être enterré trois maris mais, pardieu, j'ai survécu à la Grande Guerre et batailler avec vous serait la plus grande et la plus excitante bataille de ma vie. Vous n'allez sûrement pas refuser un dernier plaisir à un vieil homme?

— Je suis comme une veuve noire, dit-elle en guise d'avertissement.

— J'ai été piqué par bien des insectes, de quoi m'envoyer au tombeau. Mais j'ai une peau de rhinocéros, s'exclama-t-il d'un ton amusé. Vous ne me faites pas peur, Charlo. Bien au contraire, vous m'aiguillonnez!

— Je suis vieille.

— Moi aussi.

— Trop vieille pour l'amour.

— Vous n'en croyez pas un mot.

— Je devrais.

Le colonel Blythe mâchonna un instant l'extrémité de sa cigarette, ruminant son incapacité à soumettre cette femme.

— Vous êtes une sacrée pouliche, Charlotte Osborne. Mais je finirai par vous mater.

Le joli visage de Charlo se plissa de joie.

— La fin est peut-être plus proche que vous le pensez pour nous deux.

— Certes, ma chère, c'est pourquoi je ne veux pas perdre de temps à la chasse!

— J'ai toujours trouvé que la chasse faisait tout le sel de l'affaire, dit-elle d'un ton acerbe.

Blythe contemplait le bout rougeoyant de sa cigarette avec une concentration extrême.

— À ce stade de notre vie il n'y a plus lieu de jouer à ces jeux stupides, ma chère. Pardieu, ma vieille amie, vous feriez mieux de vous satisfaire à l'avance de toutes les choses réjouissantes qui suivent la chasse et de vous laisser attraper sans plus attendre.

— J'ai été « attrapée » trois fois, colonel, et toujours déçue. À présent, je me sens bien trop vieille pour supporter une nouvelle désillusion.

Le colonel tira une nouvelle bouffée de sa cigarette et s'adossa à sa chaise, momentanément vaincu.

— Alors, il paraît que le jeune Cecil Forrester s'est décidé à sauter le pas ? Pas de déception à craindre de ce côté-là, dit-il avec un ricanement.

— Pas encore, observa Charlo d'un ton acide. Mais ça viendra. On est toujours déçu à un moment ou à un autre dans les affaires de cœur. Et plus élevées sont les espérances, plus la chute est rude.

— Ils sont jeunes, soupira le colonel. La naïveté est une bénédiction du ciel. Tout comme l'ignorance.

— C'est vrai. On devient cynique avec l'âge.

— Seulement si on le veut bien, chère vieille amie.

Il ne fallut pas longtemps pour qu'on ne parle plus au club que de l'idylle entre Cecil et Audrey.

Les jeunes filles louèrent le choix de Cecil d'un ton sentencieux, secrètement mortifiées d'avoir été dédaignées par lui.

— C'est bien typique d'Audrey de tomber amoureuse de Cecil, commentèrent Agatha et Nelly, masquant leur jalousie derrière des mots sucrés. Elle est tellement sensible. Ils vont faire un beau couple.

Les Crocodiles en parlèrent pendant leur partie de bridge et n'y trouvèrent rien à redire, à leur grande déception. Seule tante Hilda émit des réserves d'un ton acide, les lèvres pincées dans un rictus plus amer encore que d'habitude. Elle aurait voulu Cecil pour une de ses filles.

Audrey s'efforçait d'éviter le club, vexée que tout le monde soit ainsi au courant. Consciente d'être à l'origine de l'indiscrétion, Rose se montrait fort ennuyée et faisait de son mieux pour soutenir sa fille. Quand la date fixée pour cette soirée arriva enfin, Audrey était tellement angoissée qu'elle faillit annuler la sortie à cause d'un mal de tête bien réel dû à sa tension nerveuse. Mais Isla lui massa les tempes avec de l'essence de lavande et lui rappela qu'elle avait accepté l'invitation.

— Tu seras de nouveau dans les bras de Louis dès demain et, si tu t'y prends bien, tu devrais réussir à garder Cecil à distance, lui dit-elle.

— Je ne crois pas en avoir la force, gémit Audrey. Demain, je parlerai à Louis. Il m'est impossible de continuer à jouer cette comédie. Je crois que nous devons dire la vérité à maman et papa et y faire face. Après tout, que peut-il nous arriver de mal ?

— Bien des choses, répondit Isla sans détour. À ta place, j'y réfléchirais à deux fois. Il n'aurait pas fallu dissimuler l'affaire au départ. Tu es trop bien élevée, trop soucieuse de ne pas faire de peine aux autres. S'il s'était agi de moi, il y a longtemps que je me serais enfuie au coucher du soleil. Tu as toujours été plutôt froussarde, Audrey, mais nous t'aimons tous beaucoup comme ça. J'imagine la réaction courroucée de toute la communauté et je souffre pour toi.

Isla avait raison. Audrey avait toujours été timorée, incapable de résister à sa mère de crainte de la blesser. Elle aurait bien voulu ressembler un peu plus à sa sœur. Mais plus elle s'encourageait à faire cette déplaisante révélation, plus elle se rendait compte au fond de son cœur qu'elle n'y parviendrait pas. Le bonheur de ses parents passerait toujours avant le sien.

Quand le soir fatidique arriva, Cecil se présenta à la porte, élégant et soigné comme un officier à la parade. L'odeur de sa lotion après-rasage était si envahissante qu'Audrey troqua son mal de tête contre des vertiges et une vague de nausées. Cecil paraissait nerveux, lui aussi. Il avait les mains moites et le visage sérieux comme s'il se rendait à un enterrement. Il avait conscience d'avoir exagéré avec l'eau de Cologne et le fait qu'il ne pouvait rien y changer accentuait encore son anxiété. Il fit compliment à Audrey de sa longue robe lilas, s'efforçant de retrouver son assurance habituelle.

Isla était assise dans l'escalier en train de se ronger les ongles tandis que Rose et tante Edna épiaient le départ du jeune couple derrière les rideaux du salon.

— Il est terriblement séduisant, s'écria Rose en les regardant monter en voiture.

— C'est un vrai gentleman, approuva tante Edna, et il n'en existe plus beaucoup de nos jours.

— Je ne trouve pas qu'il convienne si bien à Audrey, déclara brusquement Isla depuis l'escalier. (Rose et Edna se retournèrent vers elle, surprises.) Ils n'ont rien en commun. Audrey aime la poésie et la musique, Cecil l'armée et les échecs. Ils sont terriblement mal assortis. On a vraiment tort de faire pression sur elle.

— Voyons, Isla, qu'est-ce que ça signifie ? fit Rose, stupéfaite.

Isla se leva et se mit à monter l'escalier. Edna fronça les sourcils en regardant sa sœur qui lui répondit d'un hochement de tête.

— Elle finira par l'épouser simplement pour vous faire plaisir, à toi et à papa ! s'écria Isla avec irritation.

Elle aurait voulu ajouter qu'Audrey n'était absolument pas amoureuse de Cecil mais, se retenant de justesse, elle ouvrit la porte de sa chambre et se précipita à l'intérieur. Rose haussa les épaules quand la porte claqua.

— Seigneur, soupira-t-elle, qu'est-ce que peut bien avoir Isla ?

Tante Edna enfouit son menton dans sa poitrine en adressant à sa sœur un regard entendu.

— Quelle mouche pique notre petit monstre aux yeux verts ? soupira Rose.

— Audrey est le centre d'attraction de toute notre communauté, ce qui n'est pas le cas de notre chère Isla.

— Tu as raison. J'aurais dû y penser. Ne t'inquiète pas, je vais rétablir la situation sans tarder.

Rien de bien grave, en somme, songea Rose, vaguement soulagée.

Quand ils furent installés dans la voiture, Cecil ouvrit la vitre en grand pour laisser entrer l'air vif de l'hiver, ce qui soulagea la nausée d'Audrey et dissipa sa propre angoisse. Les premiers instants de gêne oubliés, leur conversation s'anima et Cecil retrouva de l'assurance. Loin des regards chargés d'espoir de sa mère et de sa tante, Audrey se sentait plus sereine. Le paysage qui défilait au-dehors lui rappela ses escapades nocturnes à Palermo et elle jugea exagérées ses appréhensions en envisageant cette soirée. Son cœur appartenait à Louis, mais rien ne l'empêchait de jouir de la compagnie de Cecil en tant qu'ami.

Audrey fut fascinée par le Teatro Colón qui dominait la large Avenida 9 de Julio tel un palais chargé de décors sorti tout droit d'un conte de fées. Éclairé par des lumières dorées qui scintillaient dans la pénombre hivernale, il représentait à la fois l'élégance et la sophistication de Paris, le romantisme de Rome et, aux yeux d'Audrey, l'art et la culture de ce monde lointain dont elle jouirait plus tard en compagnie de Louis. Cecil gara la voiture et se risqua à poser une main dans son dos pour la guider le long des trottoirs luisants et en traversant les rues. La ville enthousiasmait Audrey et, bientôt, elle sentit l'excitation la gagner. Elle se mit à rire et à faire toutes sortes de réflexions sur les gens — la façon dont ils étaient habillés, les bijoux qu'ils portaient —, sur les dimensions du théâtre et sur sa propre joie de vivre. Cecil était parfaitement heureux. Tout lui plaisait en Audrey, en particulier cet enthousiasme qu'il découvrait en elle pour la première fois. Son amour des jours passés lui paraissait bien pâle à côté de celui qu'il éprouvait aujourd'hui. Les yeux baissés vers elle, elle lui apparaissait sous un jour nouveau que personne ne connaissait et il se sentait flatté qu'elle ait choisi sa compagnie pour l'exprimer avec tant d'exubérance.

Installés à leurs places dans une des nombreuses loges accrochées sur les côtés du théâtre comme des canots de sauvetage ornant les flancs d'un grand navire, ils observèrent l'arrivée des spectateurs, les robes scintillantes, les femmes parées de perles et de diamants. Les conversations bourdonnaient, l'air chaud était saturé de parfums. Audrey déposa ses gants sur le rebord de la loge et regarda les musiciens de l'orchestre qui commençaient à accorder leurs instruments. Cecil ouvrit le programme et tendit à Audrey une petite paire de jumelles de théâtre.

— Oh, comme c'est joli ! s'exclama-t-elle en

observant les musiciens. Regardez, voilà le chef d'orchestre !

L'assistance se tut et applaudit. Le maestro s'inclina, puis se tourna vers l'orchestre et leva les bras dans un geste théâtral. Après avoir capté ainsi l'attention un long moment, il baissa soudain sa baguette et la musique se déchaîna.

À partir de ce moment, Audrey ne bougea plus un cil, le regard fixé sur les danseuses qui bondissaient sur la scène avec la grâce de gazelles. Moins fasciné par le ballet, Cecil regardait Audrey dans la semi-obscurité et prenait autant de plaisir à observer les expressions changeantes de son visage qu'elle à admirer les évolutions des danseurs.

— Comme c'est beau, murmura-t-elle à la fin du premier acte. Oh, quand elle se suicide, j'en aurais pleuré !

— Je suis ravi que cela vous plaise, dit-il, surpris par l'intensité de sa réaction. Aimeriez-vous boire un peu de champagne ?

Elle accepta d'un signe de tête en fouillant dans son sac à la recherche d'un mouchoir.

— Oh, Seigneur, je pleure toujours quand j'entends de la belle musique ou que je regarde des spectacles de danse. Mais, cette fois, c'est particulièrement triste !

— Ne soyez pas confuse, c'est tout à fait charmant, dit-il en lui tendant une coupe de champagne bien frais et son propre mouchoir.

— Isla estime que je suis beaucoup trop sensible. Elle, elle ne pleure jamais, en aucune circonstance.

— Isla le fera quand elle sera plus vieille. Elle est encore trop jeune pour apprécier ce genre de choses.

Il avait parlé d'un ton sentencieux, sachant que cela n'avait rien à voir avec l'âge. Il avait lui-même trente ans et restait insensible à la magie de la musique et de la danse. Audrey rit en se rappelant la réflexion de sa sœur à propos de ce que pouvait éprouver un poisson. Il n'était manifestement nullement ému par le spectacle mais elle s'en moquait. Elle savait que Louis aurait sangloté avec elle, lui aurait tenu la main et qu'il aurait ressenti la musique le pénétrer au plus profond de son âme. Mais l'attitude de Cecil lui importait peu. Elle pensa à Louis et son rire se teinta de nostalgie. Tout en buvant son champagne à petites gorgées, elle attendit que les lumières baissent et que le rideau se lève pour se retrouver en compagnie de ses rêves.

Durant l'acte final, les larmes d'Audrey jaillirent à nouveau et Cecil posa une main sur la sienne. Elle ne le remarqua pas tout de suite, tant elle était captivée par le ballet. Mais quand elle s'en aperçut, elle se raidit et ses joues s'empourprèrent. Elle ne savait que faire. En retirant sa main, elle risquait de l'offenser inutilement, mais la lui abandonner pourrait encourager une fausse impression. Elle fut soudain incapable de se concentrer sur le spectacle. À travers le gant de soie, ses doigts, emprisonnés dans ceux de Cecil, restaient aussi insensibles qu'un poisson mort. Après ce qui lui sembla une éternité, elle se rendit à l'évidence qu'elle ne pouvait rien faire. Il lui restait à se concentrer sur la fin du ballet en essayant de se persuader que ce n'était là qu'un simple geste amical. Après tout, elle avait pleuré. N'était-il pas naturel de vouloir consoler une femme en larmes ? Elle reporta son attention sur les danseurs. De son côté, Cecil considéra comme un encouragement le fait qu'elle n'ait pas retiré sa main. Il osa un geste plus appuyé comme pour la rassurer davantage. La soirée était jusqu'ici un grand succès.

Quand le spectacle fut achevé, il la guida pour descendre l'escalier et l'entraîna dans un petit restaurant du voisinage. Elle se laissa faire sans rien dire et Cecil pensa qu'elle était trop émue pour parler. Mais Audrey sentait comme une brûlure sur sa main, hantée par l'idée que les limites de leur relation avaient été dépassées, et cela avec son autorisation tacite.

Cependant elle ne voulait pas non plus gâcher la soirée de Cecil qui s'était donné tant de mal. Cela n'aurait pas été correct. Aussi, après un effort considérable, elle retrouva le sourire et anima de nouveau la conversation avec un enthousiasme presque aussi vif qu'au début. Cecil n'était pas assez fin pour remarquer le subtil changement de ton qui altérait ses paroles. Les apparences lui suffirent et la gaieté de son visage, comme l'éclat de ses yeux, l'assurèrent qu'il ne lui était pas indifférent.

Ce fut seulement quand ils se retrouvèrent dans le froid sur le pas de la porte que Cecil rassembla assez de courage pour se déclarer.

— Audrey, j'ai énormément apprécié cette soirée.

— Moi aussi, Cecil, et je ne sais comment vous remercier.

Elle se tourna pour ouvrir la porte, heureuse que cette épreuve soit maintenant terminée.

— Vous le pouvez cependant, déclara-t-il soudain en lui prenant le bras.

Elle lut dans ses yeux ce qu'elle avait tant redouté et fut incapable de trouver les mots pour le dissuader de s'exprimer.

— Je veux vous épouser, Audrey.

À son visage elle comprit qu'il était sûr de ne pas être repoussé. Elle fit un pas en arrière et s'appuya à la porte.

— Je sais que c'est une surprise, poursuivit Cecil, et vous n'avez pas besoin de me répondre maintenant ni même demain. Pensez-y simplement. Moi, je sais que vous êtes celle avec laquelle je désire passer le reste de ma vie. Mais vous l'aviez déjà compris, n'est-ce pas ?

Audrey se creusa la tête pour trouver quelque chose à répondre. Tant de mots creux jaillissaient de son esprit qu'elle ne sut lequel choisir. Elle resta plantée là, la bouche ouverte, les yeux vides. Elle aurait voulu s'effondrer et pleurer.

Cecil ouvrit la porte avant de s'effacer devant elle et de la regarder pénétrer dans le hall.

— J'attends votre réponse avec impatience, murmura-t-il à voix basse pour ne pas réveiller le reste de la famille qui dormait à l'étage. Bonsoir !

Audrey réussit à bredouiller un « Bonsoir » au moment où il refermait la porte. Il descendit l'allée conduisant à la rue en sifflotant sa marche militaire préférée.

Les jambes tremblantes, elle s'engagea dans l'escalier en s'accrochant à la rampe pour ne pas tomber. Isla qui dormait dans la chambre de sa sœur entendit son pas hésitant et sortit sur le palier. Quand elle vit son visage défait, ses lèvres tremblantes, elle s'imagina le pire.

— Oh, Dieu, s'écria-t-elle, il t'a agressée ?

— Si ce n'avait été que ça, soupira Audrey.

— Qu'y a-t-il donc de pire ?

Voyant que sa sœur ne répondait pas, elle ajouta :

— Il t'a demandée en mariage ?

Audrey hocha la tête avec un pauvre sourire.

— Tout est fini. Je ne sais plus que faire, dit-elle.

— Mais non, c'est très bien au contraire, déclara fermement Isla. Bien entendu, tu as refusé.

— Je n'ai rien dit du tout.

— Hein ? fit Isla, décontenancée. Mais pourquoi donc ?

— Je ne savais pas comment exprimer mes sentiments. Cela m'a fait un tel choc !

— Tu n'avais qu'à répondre « non ».

— Oh, Isla, que faire à présent ?

Elle reniflait en retirant ses gants et s'essuya les yeux avec le mouchoir de soie de Cecil.

— Viens dans la chambre, dit calmement Isla. Je crois, cette fois, qu'il est grand temps d'annoncer la vérité au monde.

8

En lisant le billet de Louis, Audrey fut stupéfiée d'apprendre que Cecil lui avait confié ses intentions :

Une jalousie féroce me consume. Tout en sachant que cela ne sert à rien, je ne peux m'empêcher d'être furieux contre mon frère pour son audace.

Ces lignes la déprimèrent encore plus. Elle aurait voulu en parler avec lui quand ils se retrouveraient dans le jardin, élaborer de nouveaux plans. Quand elle pensait à Cecil, son ressentiment ne faisait qu'augmenter. Puis elle frissonna à l'idée qu'il pourrait peut-être parler à d'autres de ses projets de mariage. Elle avait espéré se réveiller ce matin en découvrant que tout cela n'avait été qu'un mauvais rêve. Mais elle savait maintenant qu'elle n'avait plus le choix. Il lui fallait avouer à Cecil qu'elle ne l'aimait pas et ne l'épouserait jamais, confesser à ses parents que c'était à Louis qu'elle avait donné son cœur et affronter les conséquences de cet aveu.

Elle glissa hâtivement sa réponse dans la fente entre les briques et quitta la gare avant que Juan Julio ne la découvre de nouveau errant sur le quai. À peine s'était-elle éloignée que le chef de gare sortit de son bureau en traînant les pieds comme un

— Mais comment peux-tu affirmer que Louis est amoureux d'Isla ? insista Nelly avec impatience car elle n'avait rien remarqué elle-même. Isla est trop jeune pour s'intéresser aux garçons. J'en suis certaine.

Sa mère ricana et leva ses sourcils épilés, plissant son front luisant.

— Edna est d'accord avec moi, ma chérie. Rose elle-même les a surpris à se passer des billets doux et apparemment ils font pas mal de sorties à cheval ensemble.

— Mais pourquoi agir en secret ? Isla adore jeter le trouble.

— C'est possible. Mais elle connaît certainement la nuance entre « trouble » et « scandale ». Elle est aussi rusée qu'une fouine, celle-là. Pour moi, elle jette de la poudre aux yeux de tout le monde et fait semblant d'être malade pour rejoindre Louis en secret. Rappelle-toi ce que je te dis.

— C'est vrai que Louis et Isla sont faits l'un pour l'autre. Ils sont tous les deux irresponsables, déclara Nelly afin d'inciter sa mère à renchérir.

Elle y réussit car celle-ci se retourna sur sa chaise et jeta sa robe de chambre rose sur ses maigres épaules.

— Tu as raison, Nelly. Voilà qu'enfin une de mes filles montre qu'elle a de l'esprit. Isla est peut-être aussi maligne qu'un renard, mais elle n'a rien dans la tête. Aujourd'hui, les jeunes gens respectent les femmes qui font preuve de réflexion. S'embarquer dans une aventure secrète avec Louis est un véritable suicide social. Oui. Souviens-toi de mes paroles. Les rumeurs ont traversé l'Atlantique mais, lui, il s'imagine que son passé n'a pas pu le rattraper.

Son expression indiqua qu'elle pensait à toutes sortes d'horreurs.

— La vertu d'une femme est son plus grand trésor, enchaîna-t-elle d'une voix solennelle, saisissant l'occasion pour parfaire l'éducation de sa fille. Si elle la perd, elle perd tout.

Mais Nelly détourna les yeux.

— Voudrais-tu dire que Louis ne cherche qu'à dévergonder Isla ?

Elle rougit fortement en prononçant ces mots qui s'accompagnaient de visions sensuelles rendant Louis d'autant plus séduisant.

— J'ai bien peur que ce soit exactement ce que je suggérais. Dieu merci, toi et tes sœurs avez trop de classe pour attirer son regard.

Mais Nelly ne demandait justement que ça. Elle admirait et jalousait en secret le courage d'Isla. Si elle était à sa place, elle trouverait Louis irrésistible.

Il pleuvait à verse quand Cecil et Louis arrivèrent chez les Garnet. Cecil se réjouissait de voir Audrey dans l'espoir d'une réponse, mais Louis était désespéré de mettre fin à toute cette comédie et d'avoir à révéler la vérité à tout le monde. Isla était au lit avec une fièvre de plus en plus forte au point que Rose avait appelé le médecin. Le vent du destin secouait les fenêtres comme s'il cherchait à entrer pour emporter Isla dans l'obscurité de la nuit.

Isla entendait la pluie frapper violemment les

vitres et, dans son état de fragilité encore accru par la fièvre, il lui semblait qu'une bête hideuse les griffait. Angoissée, elle appela sa mère. Rose était trop accaparée par sa plus jeune fille pour s'occuper des garçons qui traînaient dehors dans le froid en secouant leurs épaules mouillées comme de jeunes chiens. Henry s'installa au salon avec Cecil pour parler affaires tandis que Louis, maussade, attendait sur le canapé qu'Audrey vienne mettre fin au cauchemar en dévoilant la vérité. Mais Audrey attendait anxieusement le médecin en compagnie de sa mère. Cecil comprit que ce n'était pas le moment de la bousculer et Louis qu'il fallait encore attendre pour faire éclater la bombe.

Lorsque le médecin arriva, Audrey se précipita sur lui pour lui ôter son manteau trempé tandis que Rose le poussait littéralement vers l'escalier.

— Elle délire, docteur, c'est une mauvaise fièvre, très mauvaise, répéta-t-elle angoissée. Elle transpire énormément et marmonne des choses à propos d'un monstre. J'espère que vous allez pouvoir faire quelque chose pour soulager la pauvre enfant.

Le Dr Swanson avait une grosse tête bouclée comme celle d'un mouton et le visage rougeaud d'un homme qui apprécie une boisson forte après une rude journée. Il suivit Rose en serrant dans sa main la mallette noire qui avait tant fasciné les filles quand elles étaient petites. Elle semblait aujourd'hui de mauvais augure et Audrey sentit son cœur se serrer d'appréhension.

En découvrant les yeux brillants de fièvre d'Isla,

le médecin posa sa mallette et s'avança sur le côté du lit en fronçant les sourcils.

— On dirait que tu as une sacrée fièvre, mon petit, dit-il en posant une main froide sur son front.

Isla battit des yeux sans parler, vaincue par une force étrangère qui dévorait toute son énergie.

— Elle était seulcment un peu pâle quand elle est rentrée de l'école cet après-midi, balbutia Rose en se tordant les mains. Puis son état a très vite empiré.

Le Dr Swanson tira une chaise près du lit et s'assit.

— Est-ce que je vais mourir ? demanda soudain Isla.

Le médecin eut un petit rire étouffé.

— Pas de la grippe, ma chère. Personne n'est encore mort de cela ici, dit-il d'un ton rassurant en sortant son long stéthoscope noir.

— Vraiment, Isla, on ne dit pas des choses pareilles ! s'exclama Audrey en cherchant des yeux le soutien de sa mère.

— Tu sais bien qu'Isla a toujours eu le sens du drame, répondit Rose en feignant l'amusement bien qu'elle éprouvât une sourde inquiétude. Viens, Audrey, laissons le docteur tranquille.

Elle entraîna sa fille sur le palier.

— Descends faire un peu la conversation aux garçons. Henry doit les ennuyer à mourir avec ses affaires et ce n'est pas pour ça qu'ils sont venus.

Mais Audrey n'en avait pas envie.

— Je veux rester avec toi.

— Non, ma chérie. Cecil sera trop déçu si tu ne descends pas.

— Je ne peux pas laisser ma sœur toute seule, protesta-t-elle.

— Elle va aller mieux. C'est seulement une mauvaise grippe. Comme le dit le docteur, on ne meurt pas de la grippe.

— Bon, je descends, mais à la condition que tu viennes nous rapporter ce qu'il aura dit dès qu'il sera parti.

Rose hocha la tête en poussant doucement sa fille vers l'escalier. Audrey entendit sa mère regagner la chambre d'Isla et la porte se refermer.

Au salon l'atmosphère était tendue malgré la présence d'Albert et de ses deux jeunes frères qui avaient entamé une partie de whist sur la table de jeu dans un coin. Audrey s'assit sur le canapé à côté de Louis. Du fauteuil où il était installé, Cecil la regardait avec insistance.

— Comment va-t-elle ? demanda Henry sur le ton flegmatique qui lui était habituel.

— Pas bien du tout, papa, répondit Audrey avec gravité.

— Pauvre petite ! fit Louis, plongeant les yeux dans ceux d'Audrey aussi longtemps qu'il pouvait se le permettre.

La jeune fille se doutait du cours de ses pensées mais elle ne pouvait détourner son attention de sa sœur.

— Isla est vraiment très mal, expliqua-t-elle. Au début, c'était seulement un malaise, mais son état s'est aggravé très vite.

— Avec la grippe, la première nuit est toujours la pire, énonça Cecil, soucieux de lui venir en aide.

C'est la nuit qu'on se sent le plus mal. (Son regard alla d'Audrey à Henry et il ajouta d'une voix incertaine :) Nous devrions peut-être vous laisser.

— Mais non ! s'écria Henry en lui tendant sa boîte à cigares (Cecil se pencha en avant.) Vous fumez ? Ils arrivent tout droit de La Havane. Et vous, Louis ? En désirez-vous un ?

Louis déclina l'offre d'un signe de tête, et Cecil choisit un cigare avant de s'enfoncer dans son fauteuil pour l'allumer.

— Isla adore faire des histoires, reprit Henry. Vous verrez qu'elle sera rétablie dès demain. Il ne faut pas grand-chose pour inquiéter les femmes, dans ma famille. (Il laissa échapper un petit rire entendu.) Personne ne meurt de la grippe, voyons.

Audrey écouta tranquillement son père et Cecil discuter politique et industrie, puis orienter la conversation vers l'île si lointaine qu'ils considéraient comme leur patrie. Louis aurait voulu lui prendre la main pour lui exprimer son soutien moral mais elle paraissait lointaine, comme si elle avait oublié leur amour. Il sentit sa gorge se nouer à l'idée qu'elle s'éloignait peu à peu de lui. Une terrible menace pesait sur eux, lui semblait-il. Il pâlit et crut défaillir. À ce moment, la voix du docteur parlant à voix basse avec Rose sur le palier parvint jusqu'à eux. Audrey dressa la tête mais ne put comprendre ce qu'ils disaient. Ils descendirent l'escalier et le médecin enfila son manteau, puis la porte se referma sur lui après un au revoir de Rose lancé à voix plus haute. Audrey chercha désespérément à y relever une nuance positive. Enfin Rose pénétra dans le salon avec un sourire forcé sur son visage anormalement pâle.

— Il y a bon espoir, dit-elle en s'adressant à Audrey. La nuit sera mauvaise mais elle devrait aller mieux demain.

— Puis-je aller la voir ?

— Oui, mais ne reste pas trop longtemps. Elle a besoin de se reposer. (Elle se laissa tomber avec lassitude dans un fauteuil.) Être mère n'est pas toujours facile, soupira-t-elle. On est perpétuellement inquiète à propos des enfants, même quand ils ne sont plus des enfants.

Louis regarda Audrey quitter la pièce et aurait voulu l'accompagner. Il savait que si la pluie n'avait jamais empêché leurs rendez-vous nocturnes, la maladie d'Isla, elle, le ferait. Audrey était plus proche de sa sœur que de n'importe qui d'autre, lui compris. Il regardait son frère fumer tranquillement son cigare, mais devina que sous son air dégagé couvait également de l'inquiétude. Il en éprouva de la jalousie. Comment osait-il entretenir de tels sentiments ? Comme il aurait voulu les réduire à néant ! Il fallait attendre qu'Isla se rétablisse. Car d'ici là, c'était à elle et à elle seule qu'Audrey appartenait.

La pluie ressemblait de plus en plus au déluge biblique. Louis et Cecil regagnèrent en hâte le club à l'abri de leurs parapluies, tous deux silencieux et plongés dans leurs pensées. Inquiet pour Audrey, Cecil priait pour que l'état de santé d'Isla s'améliore. Mais Louis se sentait mécontent et frustré quand il arriva au club. Audrey l'avait pratiquement ignoré. Furieux d'avoir été traité presque comme un étranger, il s'assit tout trempé dans un fauteuil, absorba une quantité déraisonnable d'alcool et tortura les touches d'ivoire du piano jusqu'à ce que Cecil et le colonel Blythe l'entraînent de force malgré ses jurons et l'enferment dans sa chambre.

— Mon cher garçon, déclara un peu plus tard le colonel à Cecil en sirotant avec lui un dernier whisky au bar, ce jeune homme a besoin de discipline. L'armée lui aurait fait du bien. Elle en aurait fait un homme. Pas lieu de pleurer pour une femme. Elles n'en valent pas la peine, ces mégères inconstantes.

Il reposa son verre et songea à Charlo Osborne.

— Des mégères inconstantes, c'est tout ce qu'elles sont, répéta-t-il en reniflant avec mépris.

Cecil se demanda si Louis était amoureux d'Isla. Puis, sous l'influence chaleureuse du whisky, il cessa de se poser des questions et laissa ses pensées revenir une fois de plus à Audrey.

Audrey était restée aux côtés de sa mère et toutes deux veillèrent anxieusement Isla qui brûlait de fièvre et s'affaiblissait jusqu'à ce qu'Henry les convainque d'aller se coucher.

— Vous ne faites que l'effrayer, dit-il en prenant doucement sa femme par le coude. Laissez-la donc dormir en paix.

Mais Audrey fut incapable de dormir. Elle entendait la pluie tomber au-dehors et s'inquiétait pour Isla au point de se mettre à pleurer à chaudes larmes. Cecil et Louis étaient bien loin de ses pensées. Serrant nerveusement les draps, elle songeait aux nuits où sa sœur se pelotonnait contre elle pendant qu'elle lui parlait de ses rendez-vous secrets et de ses escapades à Palermo. Isla avait partagé avec elle les plaisirs de tous ces instants. Oh, comme elle souhaitait leur retour ! Une terreur inconnue lui serrait l'estomac. Elle tenta de l'ignorer, mais l'angoisse était la plus forte et elle finit par lui céder.

Elle regagna à pas de loup la chambre de sa sœur. La pluie violente faisait crépiter les vitres mais la lumière des réverbères éclairait la silhouette d'Isla qui se tournait et se retournait sous l'emprise de sa fièvre. Le cœur lourd, elle s'assit à côté du lit et, saisissant une éponge posée dans un bol d'eau, se mit à rafraîchir le front de sa sœur avec une extrême tendresse.

— Je t'en prie, murmura-t-elle, je t'en prie, Isla. Bats-toi !

Isla gémit et secoua la tête de droite à gauche.

— Mon Dieu, pria Audrey, venez à son secours ! Je suis tellement désespérée. Je ne sais que faire !

Elle se mit à parler à voix haute dans l'espoir d'éveiller sa sœur.

— J'ai l'impression que tu t'en vas, Isla. Je t'en prie ! Ne pars pas. J'ai besoin de toi !

À ce moment précis, Isla ouvrit les yeux. Ils étaient cernés de rouge et aussi luisants que des galets humides. Mais le regard était lointain et un long silence séparait les mots les uns des autres.

— Isla, tu m'entends ?

Sa voix tremblait et elle reposa l'éponge dans le bol pour la rincer. Isla regarda autour d'elle comme si sa chambre lui était devenue étrangère. Audrey lui rafraîchit le cou, mais Isla ne sembla pas s'en apercevoir. Elle continuait à examiner la petite chambre d'un regard absent. Le désespoir envahit Audrey et elle se demanda si elle devait appeler sa mère. Sa sœur ne semblait pas souffrir. Tout au contraire, son expression était sereine et apparemment heureuse. Le pire était sans doute passé.

Quand Isla fixa enfin les yeux sur sa sœur, elle eut furtivement l'impression d'être un ange venu pour emporter Audrey dans une autre dimension. Elle n'avait jamais cru réellement au monde spirituel. C'était plutôt l'affaire d'Audrey. Mais à présent qu'elle se trouvait au seuil de la mort, elle était persuadée de son existence et se demanda pourquoi elle avait montré tant de scepticisme. Tout lui semblait maintenant tellement évident. Elle se mit à rire et releva l'expression de surprise sur le visage d'Audrey. C'était décevant de constater qu'il ne s'agissait pas d'un ange, mais elle restait néanmoins sa sœur. Ce n'était pas encore son heure.

— Audrey, murmura-t-elle.

C'était étonnant, elle ne s'entendait presque pas parler. À peine si elle parvenait à émettre un faible son. Audrey se pencha.

— Isla, est-ce que tu souffres ?

Isla fit signe que non.

— J'ai l'impression d'être ivre, dit-elle en souriant. Je me sens bien.

— Oh, Isla, j'en suis si heureuse ! Tout va s'arranger. Tu iras beaucoup mieux demain matin et nous rirons de tout ça.

— Je vais mourir, prononça Isla d'une voix terne qui bouleversa Audrey.

— Non ! Bien sûr que non !
— Mais si.
— Oh, Isla !
— Je veux un bel enterrement. Tant pis pour la dépense. Des larmes, des gémissements et des grincements de dents.
— Isla, je t'en prie... !
— Je vous regarderai pour être sûre que vous ferez bien les choses. Si vous ne le faites pas, je le saurai.
— C'est ridicule, Isla. Ne dis pas des choses pareilles. Tu ne vas pas mourir. (La voix d'Audrey se brisa.) Tu ne peux pas mourir. J'ai besoin de toi.
— Mais non, tu te passeras très bien de moi puisque tu auras Louis.
— Je ne veux pas de Louis à ce prix !
— Promets-moi seulement une chose.
— Quoi ? Je te promets n'importe quoi.
— Aie le courage de suivre ton cœur, Audrey, dit-elle, savourant l'atmosphère dramatique entourant un lit de mort.

Elle avait l'impression d'incarner une héroïne d'un des romans que lisait Audrey et il ne lui aurait pas déplu que ce soient là ses dernières paroles. Mais le moment n'était pas encore venu. Elle se mit donc à chercher d'autres mots convenant à un instant si solennel jusqu'à ce qu'elle oublie toutes ces préoccupations pour se diriger vers une lumière éblouissante et répondre à l'appel de sa grand-mère qui s'avançait vers elle, les bras tendus, débordant d'un amour qui n'existait pas sur terre.

Quand Rose et Henry entrèrent dans la chambre d'Isla à l'aube, ils trouvèrent Audrey endormie sur le lit, lovée contre le dos de sa sœur, un bras autour de sa taille. Leurs longues boucles en tire-bouchon étaient mêlées sur l'oreiller, luisant comme une auréole dorée dans la pâle lueur du matin et rien dans leur attitude ne laissait soupçonner le combat qu'elles avaient mené pendant la nuit. Les joues d'Audrey avaient une couleur de pêche mûre mais celles d'Isla étaient grises. Le feu s'était éteint et le petit corps d'Isla paraissait maintenant apaisé. Saisie d'une terreur soudaine, Rose étreignit son cou d'une main glacée. Elle se précipita vers le lit et tomba à genoux, ses yeux pleins de larmes fixés sur sa plus jeune fille.

— Isla, appela-t-elle d'une voix étranglée. Isla, réveille-toi !

Audrey s'éveilla aussitôt et sauta du lit effrayée mais Isla ne montra aucun signe de vie. Seul le faible mouvement de sa poitrine indiquait qu'elle respirait encore, aussi imperceptiblement qu'une brise passagère. Les efforts des deux parents pour la ranimer ayant échoué, ils durent se rendre à l'évidence : Isla avait perdu connaissance.

Appelé en hâte, le bon docteur se redressa, le visage grave, après avoir examiné la malade et déclara qu'elle était dans le coma. Toute la famille était réunie autour du lit dans l'attente de l'ambulance, mais Albert fut le seul à exprimer à voix haute ce que les autres pensaient :

— On ne meurt pas de la grippe, déclara-t-il en levant vers sa mère des yeux gonflés de larmes.

Rose se tourna vers son mari qui poussa un profond soupir.

— Ce n'est pas la grippe, mon fils, dit-il en hochant une tête qui lui semblait emplie de plomb.

— Qu'est-ce que c'est alors, papa ?

— Le docteur dit que c'est une méningite.

— Pourquoi ne l'a-t-il pas dit hier au soir ?

— Parce qu'il ne le savait pas encore. Les symptômes de la méningite sont les mêmes que ceux de la grippe au commencement, Albert. Il ne pouvait pas savoir.

Henry se détourna, incapable de regarder sa femme. Ils savaient l'un et l'autre ce que la méningite signifiait.

— Mais elle va guérir, n'est-ce pas ? demanda Albert, se souvenant du jour où il lui avait enfoncé une cacahuète dans la gorge et où elle s'en était sortie.

— Elle ne va pas mourir, non ? demanda George, un de ses frères cadets.

Tous les regards se tournèrent vers l'enfant trop petit pour comprendre ce qu'était la mort.

— Non, non, déclara bravement Henry. Pas notre Isla.

Il tapota l'épaule de George d'une main rassurante.

— Non, George, insista Rose. Elle va guérir, tu verras.

— Les médecins vont la remettre sur pied, renchérit Albert plein d'espoir.

C'est alors que s'éleva la voix d'Audrey, faible et douce.

— Isla s'en est allée, dit-elle.

Elle n'avait pas prononcé un mot depuis qu'elle avait supplié sa sœur au petit matin de ne pas l'abandonner. Ses paroles sonnaient étrangement, comme si elles venaient de très loin. Elle avait la conviction qu'Isla avait voulu qu'il en soit ainsi. Elle n'avait pas eu peur de la mort et l'avait même accueillie comme une amie familière.

Tous regardèrent le lit où le corps d'Isla était maintenant immobile. La brise passagère l'avait emportée, ne laissant derrière elle qu'une coquille vide. Personne ne parla et le silence s'abattit sur eux comme une masse. Rose pleurait doucement. Les larmes coulaient le long de ses joues et elle tendit la main vers celle de son mari pour la saisir. Rien n'est comparable au chagrin de parents devant le corps de leur enfant. Rose et Henry étaient seuls avec leur douleur, les doigts mêlés, faisant appel à toute leur foi pour faire face à ce malheur. Le petit George et son jeune frère Edward pleuraient parce que leur mère pleurait, le reste leur échappait. Albert aurait voulu pleurer mais il était sous le coup de la peur qui lui ôtait tous ses moyens. Seul son menton tremblant trahissait son angoisse et son chagrin.

— Nous ne lui avons même pas dit au revoir, murmura Rose. Nous n'avons même pas pu lui dire combien nous l'aimions.

— Elle le savait, dit Henry.

— C'est moi qui lui ai parlé en dernier, dit doucement Audrey sans quitter sa sœur des yeux. Elle savait qu'elle allait mourir mais elle n'avait pas peur. Elle était même heureuse, impatiente de s'en aller. Elle m'a demandé de vous dire combien elle vous aimait. Elle vous aimera toujours et elle était désolée de n'avoir pas le temps de vous le dire elle-même. Et puis elle a ajouté qu'elle devait s'en aller.

Rose porta une main à ses lèvres pour dissimuler leur tremblement.

— S'en aller, répéta-t-elle d'une voix rauque. Mais... où ?

Audrey esquissa un timide sourire.

— Je t'assure, maman, qu'elle est partie en paix. Elle avait les yeux fixés sur un coin de la pièce et, tout à coup, son visage s'est illuminé. Elle a dit : « C'est donc de là que tu viens, grand-mère ? Je me suis toujours demandé à quoi ressemblait le paradis. »

— Elle a dit cela ? bégaya Rose stupéfaite.

Brusquement, dans son esprit, sa fille était devenue un ange.

— Oui. Et je ne dois pas non plus oublier de vous dire qu'elle veut un bel enterrement, avec beaucoup de gémissements et de grincements de dents.

— Vraiment, Audrey, intervint son père avec irritation, ce n'est pas le moment de plaisanter !

Ce fut Rose qui le détrompa, un fragile sourire aux lèvres.

— Je suis sûre qu'elle a bien demandé cela, dit-elle tristement. Cela ressemble tellement à Isla...

9

28 juin 1948

La nouvelle de la mort d'Isla ébranla profondément la petite communauté. La plupart des gens gardaient le silence, tandis que les autres ne parlaient que de cela. Le rachat par Perón aux Anglais de la Compagnie des chemins de fer pour diminuer l'influence étrangère sur l'économie du pays, conformément à ses promesses électorales, semblait tout à coup de bien peu d'intérêt par rapport à cette tragédie humaine. Cette mort était si inattendue. Inattendue et inconcevable. L'école ferma ses portes le jour des obsèques et tous les Anglais de Buenos Aires étaient présents cet après-midi-là au temple d'Hurlingham, occupant toutes les chaises disponibles. On aurait dit des rangées de chauves-souris noires. Tous évoquaient Isla, sa joie de vivre et son esprit malicieux, ses éclats de rire et son charme unique. Les Crocodiles elles-mêmes ne se souvenaient que de l'heureux caractère de cette enfant que l'âge adulte n'avait pas eu le temps de gâter. Désormais, Isla demeurait éternellement innocente et au-delà de toute critique.

Dissimulant son chagrin derrière un épais voile noir, Rose avait dirigé ses quatre enfants en larmes vers leur banc d'où ils gardèrent les yeux fixés sur le cercueil placé au milieu de la nef et couvert de lis blancs. Isla avait donné l'impression d'être bien plus grande de son vivant. Henry n'avait plus pleuré depuis la fin de son enfance, mais il se rattrapait abondamment tout en faisant de son mieux pour réconforter sa famille. Il fallait bien continuer à s'occuper des vivants même s'il se sentait complètement désarmé devant une si lourde perte.

Audrey était comme engourdie, sentant à peine les jambes qui la portaient par habitude tandis qu'elle remontait l'allée centrale du temple et s'asseyait à sa place. Elle regardait le cercueil, immobile, tentant d'imaginer l'indomptable Isla gisant sagement dans un espace si étroit. Il paraissait impossible que cette fille, plus animée à elle seule qu'une famille tout entière, soit aujourd'hui sans vie. Mais elle évoqua alors les traits figés de sa sœur sur son lit de mort, comme un masque de cire, et elle sut qu'Isla était bien morte, quoique cela lui semblât impossible. La flamme s'était éteinte. Audrey se sentit alors seule au monde et ses pleurs redoublèrent car elle pleurait autant sur elle-même que pour Isla qui n'avait plus besoin de larmes. Elle était maintenant dans un monde meilleur, un monde où elle pouvait bondir librement, ses longues boucles flottant dans la brise céleste, sa bouche malicieuse esquissant un sourire qui ne deviendrait jamais une grimace de douleur. Elle songea à la demande d'Isla réclamant des gémissements à son enterrement. Mais son chagrin ne pouvait s'exprimer par des manifestations sonores.

Audrey suivit la cérémonie à travers un voile de brume. Elle entendit son père lire l'oraison et remarqua qu'il faisait un effort surhumain pour se contenir. Il serrait le pupitre des deux mains au point d'en avoir les jointures toutes blanches. Jamais Henry n'avait paru si vulnérable et Audrey ne l'en aima que davantage. Les sanglots silencieux de Rose se révélaient au mouvement incessant de ses épaules. Des voix faibles et incertaines entonnèrent les cantiques, accompagnées par l'orgue qui jouait beaucoup trop fort. Le pasteur dit ensuite les prières devant une assemblée silencieuse.

Audrey jeta un coup d'œil en direction de tante Hilda et de tante Edna assises au milieu des filles d'Hilda toujours aussi insipides. La bouche d'Hilda était encore plus mince et plus amère que d'habitude. Elle en voulait manifestement à Dieu d'avoir frappé sa famille au cœur. Le visage enfoui dans son double menton, tante Edna songeait à son bien-aimé Harry et priait pour qu'il retrouve Isla et prenne soin d'elle, là où ils se trouvaient.

Audrey n'eut pas le courage de regarder l'assistance derrière elle. Elle savait que Cecil et Louis devaient être présents et elle s'étonna de n'avoir pas un seul instant songé à Louis jusqu'à présent. Maintenant qu'Isla n'était plus là, elle ne désirait qu'une chose, rester seule avec ses pensées. Louis n'avait plus d'importance. Cecil non plus. La mort d'Isla lui avait appris que seule comptait sa famille.

Au moment des actions de grâces finales, Audrey sentit la présence d'Isla dans l'église. Ce ne fut pas une surprise. Elle avait dit qu'elle viendrait. Il y eut d'abord un léger contact sur sa peau, l'impression d'une personne à côté d'elle, si proche qu'elle crut sentir son souffle dans son cou. Son sang coula plus vite dans ses veines et vint échauffer ses joues. Elle regarda tout autour d'elle hâtivement mais personne n'avait rien remarqué. Tous écoutaient attentivement les prières finales du pasteur. Elle leva alors les yeux vers l'autel et le contempla en silence, devinant intuitivement que c'était là que devait se trouver l'esprit d'Isla. Mais elle ne vit rien. Elle se mordit les lèvres et se concentra davantage car elle savait ce dont sa sœur était capable. Au moment où Audrey s'exaspérait, l'esprit se manifesta et ce fut un miracle. Audrey retint sa respiration un long moment, figée par la surprise, les yeux fixés sur l'autel, la bouche ouverte. Sans détourner les yeux, elle donna un léger coup de coude à sa mère et murmura doucement à son oreille :

— As-tu remarqué que deux cierges viennent de s'éteindre sur l'autel ?

Rose fit signe que non.

— Que veux-tu dire ?

— Regarde.

Rose regarda. Audrey avait raison : le premier et le sixième cierge d'une rangée de douze venaient de s'éteindre. La mèche fumait encore comme un discret signe de triomphe.

— Qu'est-ce que cela signifie, Audrey ? souffla sa mère à voix basse.

— C'est Isla.

— Seigneur, s'exclama Rose. Tu ne penses pas que... ?

— Mais si. N'est-ce pas le genre de blague que ferait une file de seize ans ?

Elles contemplèrent toutes deux l'autel. Bien

qu'elles ne puissent la voir, elles savaient qu'Isla était présente en esprit.

La cérémonie terminée, Audrey entoura sa mère de son mieux quand elle se leva.

— Audrey chérie, tu es un tel réconfort pour moi, lui dit Rose avec un sourire de tendresse. Je ne sais pas ce que je serais devenue sans toi. Te voilà ma seule fille à présent. Tu étais la première et, quand tu es née, je n'imaginais pas pouvoir aimer un autre enfant autant que toi. Puis Isla est arrivée et j'ai compris que chaque enfant qui naît génère la même dose d'amour que ses aînés et je l'ai aimée comme je t'aime. Et voilà que, de nouveau, il n'y a plus que toi et moi. Je prie pour toi aujourd'hui. Je prie pour que Cecil prenne bien soin de toi et pour qu'il ne t'arrive jamais aucun mal.

Audrey baissa les yeux car elle avait honte. Si seulement sa mère connaissait la vérité !

— Mais je suis rassurée pour ton avenir, poursuivait celle-ci. J'ai confiance en Cecil. (Elle tapota la main de sa fille.) Maintenant, va le retrouver, ma chérie, et demande-lui de venir à la maison pour le thé. Tout le monde est invité. Maria Sol a fait des *empanadas*.

Audrey regarda sa mère descendre l'allée centrale en compagnie de son père et une vague de tristesse s'abattit sur elle.

Le temple se vidait lentement de son assistance endeuillée. Les voix étouffées s'éloignèrent et Audrey se retrouva seule avec l'esprit invisible d'Isla. Elle s'avança lentement vers l'autel où le premier et le sixième cierge, éteints, fumaient encore, attestant du miracle qui s'était produit. Isla avait trouvé un moyen de lui parler par-delà la mort. Elle avait toujours eu le goût du théâtre et connaissait un grand nombre de tours. De ses mains tremblantes, et en se hissant sur la pointe des pieds, Audrey retira les deux cierges de leur support d'argent pour les ramener à son niveau et les voir de plus près. Puis elle s'agenouilla, les yeux fermés. Dans le temple silencieux elle sentait la présence d'Isla aussi intensément que si elle était vivante.

— Oh, Isla. J'espère que c'est bien toi. Je me sens perdue sans toi, effrayée, désemparée. Comment as-tu pu nous quitter si vite, sans avertissement ? Tu ne nous as même pas laissé le temps de te dire combien nous t'aimions et quelle fille extraordinaire tu étais. Mais tu le sais à présent, n'est-ce pas ? Tu l'as toujours su mais tu le sais encore mieux maintenant car, de là où tu te trouves, tu vois tout distinctement. Je voudrais y être avec toi. Je n'ai pas envie de continuer à vivre sans toi. La vie m'apparaît tout à coup si longue et si difficile. Que vais-je devenir sans ton affection, ton soutien, tes rires ?

Audrey n'avait plus conscience de l'endroit où elle était, ni des larmes qui coulaient sur ses joues. Les mots lui venaient aux lèvres sans retenue et elle ne se rendait même pas compte qu'elle avait élevé la voix.

— Tu étais si pleine d'énergie, Isla, poursuivit-elle. Pourquoi as-tu laissé la vie t'abandonner ? Pourquoi n'as-tu pas combattu avec plus de conviction ? Je te regretterai toujours et je ne cesserai jamais de t'aimer. Je te dis ça au nom de tous. Un jour, nous nous retrouverons. Oh, Isla, comme le temps va me sembler long jusque-là !

Elle embrassa les cierges et les remit à leur place dans leur chandelier d'argent. Puis elle se retourna en essuyant de ses gants les larmes de son visage. Elle aperçut avec surprise une silhouette assise dans l'ombre tout au fond du temple. Ses joues s'empourprèrent à l'idée qu'on avait pu l'entendre, pire encore la voir embrasser les cierges. En s'approchant, elle reconnut Louis.

— Louis ! s'exclama-t-elle. Que fais-tu ici ?

— Je t'attendais, dit-il simplement en se levant.

Audrey remarqua alors son visage grisâtre et ses yeux gonflés.

— Oh, Louis, je n'arrive pas à croire qu'elle est morte !

Elle lui jeta un regard désemparé. Louis aurait voulu la prendre dans ses bras mais quelque chose l'en empêcha. L'amour semblait s'être éteint dans le cœur d'Audrey. La chaleur qu'elle irradiait d'habitude avait fait place à une froideur qui le tenait à distance. La mort d'Isla lui avait ôté toute joie de vivre. Il dissimula son angoisse et voulut dire quelques mots, mais de sa gorge nouée ne s'échappa qu'un souffle rauque.

— Je n'avais pas de meilleure amie au monde, reprit Audrey qui semblait ne pas avoir remarqué son chagrin. Je ne sais pas comment je vais pouvoir continuer à vivre sans elle.

Il la contempla, si menue et fragile, aussi pâle qu'une poupée de cire. Il sentit ses doigts remuer tandis que des sons se formaient dans sa tête. Une mélodie fiévreuse et tourmentée. Il secoua la tête pour faire taire cette musique mais elle s'enfla au point qu'il entendait à peine ce qu'elle disait. À ce moment, Audrey mit les bras autour de son cou en sanglotant sur son épaule. Il l'étreignit, respirant le parfum de sa peau. C'était l'oxygène dont il avait besoin pour vivre. Il ferma les yeux, enfouit son visage dans ses cheveux. La musique s'apaisa dans sa tête et des larmes silencieuses s'échappèrent de ses yeux. Ils restèrent là, agrippés l'un à l'autre, tous deux conscients que la mort d'Isla avait jeté un voile sur leur rêve.

— Que va-t-il se passer maintenant ?

Louis savait que ce n'était pas la chose à dire, mais les mots lui étaient venus instinctivement aux lèvres. Son impatience était trop grande.

Audrey s'écarta et se laissa tomber sur une chaise. Le scandale causé par l'aventure d'Emma Letton lui vint à l'esprit. Les paroles venimeuses des Crocodiles la condamnant à vivre en paria, à faire souffrir ceux qu'elle aimait le plus. Elle vit en pensée les doux traits de sa mère déformés par le chagrin et elle comprit qu'elle n'était pas assez forte, ou peut-être pas assez égoïste, pour lutter contre un courant si ravageur. Assis à son côté, Louis vit la résolution douloureuse s'inscrire sur son visage, l'expression désolée, et ses épaules s'affaissèrent. Il avait deviné ce qu'elle allait dire.

— Je sais, ce n'est pas le moment de parler de cela, jeta-t-il hâtivement.

Mais il était trop tard.

— Oh, Louis. Comprends-moi. Je ne peux pas ajouter au tourment de mes parents. La mort d'Isla les a désespérés. Nous sommes tous anéantis. Comment pourrais-je ne penser qu'à moi seule ? Tu le vois bien, n'est-ce pas ?

— J'attendrai aussi longtemps qu'il le faudra.

Il lui saisit la main, mais le gant s'interposa pour lui faire garder ses distances.

— Je ne sais pas combien de temps cela prendra, murmura Audrey. Je suis leur seule fille à présent. Il m'est impossible de les décevoir.

— Et moi donc alors ? s'écria Louis avec colère, incapable de contenir son exaspération. Je ne signifie donc plus rien pour toi ?

Elle se tassa sur sa chaise et lui prit les deux mains.

— Bien sûr que si. Je t'aime.

— Alors, tu dois suivre ton cœur.

— Et briser celui de tous ceux que j'aime également ? Non, pas maintenant.

— Que fais-tu de tes rêves, alors ?

— J'ai peur de rêver, Louis. Mes rêves ne peuvent pas avoir un tel prix, causer tant de peine.

Louis s'adossa à sa chaise et regarda devant lui, désespéré. Il était glacé et tremblant. Soudain, il lui parut que c'était Audrey qui était morte et non Isla. Sa bouche eut un pli amer. Il avait vécu jusqu'alors sans amour et sans que cela lui manque. Mais après s'être réchauffé à celui d'Audrey, il se demandait comment il pourrait survivre. Son avenir disparaissait lentement dans un épais brouillard gris dont il pouvait seulement observer la progression. Apparemment, il n'existait aucune rédemption.

— C'est donc ainsi ? dit-il d'une voix creuse.

Il avait livré un combat, mais il était vaincu.

— Oh, Louis, je t'en prie. Ne sois donc pas si défaitiste, implora-t-elle. Je suis incapable de penser clairement actuellement. Donne-moi un peu de temps.

— Pour quoi faire ? lâcha-t-il avec un haussement d'épaules. Tu as avoué toi-même que tu ne voulais pas décevoir ta famille. Je représente manifestement un risque sérieux de déception.

— Louis...

— Non, écoute-moi. Je l'ai toujours été. J'ai déçu mes parents et Cecil. On dirait que je porte la poisse avec moi partout où je vais. Eh bien, je ne vais pas rester ici pour te décevoir, toi aussi.

— Louis, ne parle pas ainsi. Ta réaction est excessive.

— Excessive ? Mais je t'aime, Audrey. C'est là ma seule faute. Je suis coupable de t'aimer.

Passion et douleur brillaient dans ses yeux et il aurait voulu persévérer. Mais pour Louis, tout était noir ou blanc. Ou elle l'aimait, ou elle ne l'aimait pas. Il n'y avait pas de milieu. À présent, il était sur la défensive. Aucune volonté au monde, si forte fût-elle, n'aurait pu apaiser l'impatience qui grandissait en lui et le consumait.

— Je t'aime aussi, Louis. Je t'aime au point d'en avoir mal, gémit-elle. Mais ma sœur vient de mourir. Ma belle Isla, si vivante, s'en est allée. Est-ce que tu comprends ça ? Elle ne reviendra jamais. Comment puis-je penser à moi-même alors qu'elle est morte ?

— Parce que maintenant tu dois penser à vivre.

— Maintenant ? Aujourd'hui ? (Elle eut un sursaut d'horreur et scruta son visage dans l'espoir de comprendre. L'impatience, l'égoïsme de Louis la surprenaient.) Demain peut-être, ou après-demain, mais aujourd'hui ? Comment ne pas penser exclusivement à Isla ?

— Je t'aime assez pour remplir le vide que sa mort a creusé.

— Personne ne pourra jamais remplir ce vide. Même pas toi, Louis, mon amour. Même pas toi.

— Laisse-moi essayer.

— Alors, donne-moi du temps. Laisse-nous, à tous, le temps de surmonter cette terrible tragédie.

— Mais rien ne changera jamais. Ta famille me trouvera toujours trop excentrique. Je ne peux pas être ce que je ne suis pas. Je ne peux pas être Cecil, ce n'est pas dans ma nature. Tes parents ne m'accueilleront jamais comme un nouveau fils.

— Ne parlons pas de cela maintenant, Louis. Attendons d'avoir pris un peu de distance avec la mort d'Isla.

Elle aurait voulu ajouter qu'elle avait besoin de son réconfort, non de ses exigences, mais il semblait si défait qu'elle craignit pour lui et préféra se taire. Où était donc le Louis qu'elle avait connu et aimé ?

Louis interpréta ce silence à sa façon. C'était prolonger inutilement son agonie. Elle ne voulait plus de lui et, dans ces conditions, il ne resterait pas auprès d'elle. Il souffrait trop de son refus.

Audrey le pria de l'accompagner chez elle pour le thé, mais il insista pour rentrer au club. Elle sut qu'il irait tout droit au piano pour en tirer des sons traduisant son désespoir. Elle l'enviait de pouvoir sublimer ainsi ses émotions. Comme elle aurait souhaité, elle aussi, donner à sa souffrance la tonalité d'une belle œuvre musicale ! Mais elle ne pouvait que pleurer. Elle le regarda s'éloigner puis, serrant son manteau contre elle, elle se hâta vers sa maison par les rues glacées. Elle avait l'impression de n'être plus qu'une coquille vide.

Autour d'elle l'hiver avait dépouillé les arbres et donné au ciel mouillé des tons grisâtres. Elle se souvint qu'Isla s'intéressait peu aux beautés de la nature. Elle semblait ne pas les remarquer. Malgré des différences qui auraient opposé d'autres sœurs, elles se comprenaient toutes deux parfaitement. Isla était drôle, malicieuse, passionnée par les intrigues de son entourage qu'elle avait l'art de faire mousser comme des bulles de savon. En regardant le tracé des vieux arbres se découper sur le ciel, Audrey songea qu'Isla resterait éternellement jeune quand les autres vieilliraient peu à peu.

L'image d'Isla dominait ses pensées et en écartait toutes les autres, y compris celle de Louis. Certes, son insistance l'avait perturbée mais elle était incapable pour l'instant d'analyser et de mesurer les réactions de Louis. Elle se sentait engourdie, à la fois écorchée et lasse, terriblement lasse. Elle ne désirait qu'une chose, se blottir dans son lit sous les couvertures et dormir, dormir pour échapper à son chagrin. Ce n'était pas correct de la part de Louis de chercher à lui forcer la main alors que son âme était aussi bouleversée. Elle aurait pu s'en irriter si son caractère avait été plus trempé, mais tout ce qu'elle ressentait, c'était une immense déception.

En arrivant chez elle, elle trouva Cecil qui l'attendait anxieusement. Du salon parvenaient les voix attristées de la famille et des amis venus réconforter Henry et Rose. Audrey se sentit incapable de les affronter et se laissa entraîner au jardin par Cecil. Il faisait nuit. Le jardin était silencieux et glacé comme pour porter lui aussi le deuil d'Isla. Audrey n'aurait pu l'imaginer autrement sans sa sœur et son chagrin s'alourdit encore.

Ils firent quelques pas sous le ciel sombre sans étoiles.

— Oh, Cecil, je suis tellement désespérée ! Les souffrances du cœur sont bien pires que celles du corps. Je n'imagine pas qu'elles puissent guérir un jour.

Ému, Cecil la serra doucement contre lui. Audrey se sentait trop fatiguée pour résister et, à sa grande surprise, elle se rendit compte qu'elle avait besoin qu'on l'étreigne. Elle inclina la tête sur sa poitrine et se laissa gagner par la chaleur de son corps et le tendre réconfort de ses bras. Il la garda ainsi enlacée tandis qu'elle exhalait sa colère et sa peine dans le vent glacé jusqu'à ce qu'elle n'ait même plus la force de pleurer.

— Je n'ai jamais connu deux sœurs plus proches l'une de l'autre que vous l'étiez toutes deux, dit Cecil d'une voix douce. La mort reste une tragédie, même lorsqu'il s'agit de gens âgés. Mais, eux, ont joui d'une longue vie alors que notre chère Isla était encore une enfant et avait la sienne devant elle. C'est ce qui me fâche le plus. Dans des moments pareils, je me demande si Dieu existe.

Audrey fut surprise d'entendre Cecil s'exprimer avec tant de passion.

— Je crois en Dieu, dit-elle. Je sais qu'Isla est au ciel. J'en suis certaine. Mais elle va tellement me manquer. Je n'imagine pas la vie sans elle. C'est sur moi que je pleure.

— Elle sera toujours près de vous. Si vous croyez qu'elle est au ciel, elle est devenue un esprit, comme dirait Louis, et son esprit sera près de vous.

La pensée de Louis traversa Audrey qui se sentit coupable de se laisser réconforter ainsi par Cecil avec tant d'intimité. Mais elle se souvint en même temps de sa demande si inopportune et de son comportement égoïste rendant la sympathie de Cecil d'autant plus appréciable.

— Je ne peux pas vous épouser, Cecil, dit-elle tout à coup sans réfléchir. Mon cœur est ailleurs.

Cecil lui tapota gentiment le dos en souriant.

— Bien entendu. Il ne peut être qu'auprès d'Isla. Je comprends, Audrey. Il n'est même pas question d'y penser. J'en suis moi-même bien éloigné. À un moment comme celui-ci, me prenez-vous réellement pour un goujat dénué de cœur ?

— Vous êtes l'homme le plus gentil que j'aie jamais rencontré.

— Alors, ne pensez plus à cela. Prenez le temps d'apaiser votre chagrin. Plus tard, quand vous vous sentirez de nouveau prête à regarder l'avenir, réfléchissez-y. Je ne vous en parlerai plus, mais j'attendrai aussi longtemps que vous le désirerez.

— Merci, Cecil, dit-elle la voix rauque en s'écartant pour tirer un mouchoir de sa poche. Vous êtes si bon.

Elle découvrait en lui un aspect nouveau, lui qu'elle avait toujours jugé froid. C'est donc que les poissons *ressentent* quelque chose, se dit-elle en songeant à la réflexion malicieuse d'Isla.

Quand Cecil regagna le club, il trouva Louis effondré sur le piano, ivre d'alcool et de regrets.

— J'ai perdu la seule femme que j'aie jamais aimée, bredouilla-t-il sans ouvrir les yeux sur la cruelle lumière du monde réel.

— Désolé, Louis. Je ne m'étais rendu compte de rien, dit gentiment Cecil en lui tapotant le dos.

Ainsi le colonel avait raison. Louis était vraiment tombé amoureux d'Isla.

— Tu ne comprends rien, espèce d'idiot ! cria Louis d'une voix avinée.

Puis il se mit à rire comme un fou.

— Tu te sentiras mieux demain, soupira Cecil en le hissant sur ses pieds.

Il ne comptait plus les fois où il l'avait soutenu, titubant dans l'escalier, pour gagner sa chambre et le mettre au lit après l'avoir déshabillé comme on le ferait pour un enfant malade. Il se demanda s'il serait un jour déchargé de cette responsabilité.

— Seule la mort peut me libérer d'un tel enfer, gémit Louis.

— Allons, viens mon vieux. Un jour, tu aimeras de nouveau.

Cecil cherchait à le rassurer mais sa patience était à bout.

— Je n'aimerai jamais personne d'autre. C'est un ange. Personne ne lui ressemble.

— C'est un ange et elle est auprès de Dieu.

Louis le regarda avec stupéfaction et Cecil fronça les sourcils.

— Le temps arrange bien des choses, dit-il.

Louis s'offusqua de cette réflexion.

— Le temps ! C'est ce qu'elle voulait justement. Mais moi, je n'en ai pas.

— Que veux-tu dire ? demanda Cecil en retirant les chaussures et les chaussettes de son frère.

— Je n'ai pas envie de rester ici si je ne peux pas avoir son amour. Je vais me tuer.

— Tout le monde se sent déprimé aujourd'hui. L'impression d'être abandonné. Mais on ne peut pas fuir son chagrin.

— Elle est morte pour moi. Autant partir.

— Pour aller où ?

— Peu importe. Là où le vent me poussera.

— Ne sois pas ridicule, dit Cecil en l'aidant à enfiler son pyjama.

— Je vais partir pour oublier.

— Que comptes-tu faire ?

— Mourir le cœur brisé.

Il rit de nouveau, mais cette fois d'un rire désespéré.

— Pour l'amour du ciel, calme-toi, ordonna son frère en remontant doucement les couvertures. Tu ne te souviendras même plus de tes paroles demain matin.

Mais, le lendemain, Louis avait quitté la maison. Cecil fouilla en vain la chambre à la recherche d'un indice qui lui permettrait de deviner où il était parti et pour combien de temps. Il avait emporté toutes ses affaires.

Sur la table de toilette il découvrit un billet que Louis avait laissé à son intention. Il le prit, l'ouvrit et le lut lentement. Lorsqu'il eut terminé, son visage était pâle et ses lèvres crispées. Il respira profondément et relut chaque mot. Puis il s'assit, plongé dans ses pensées, tournant et retournant entre ses doigts le morceau de papier. Au bout d'un instant, il regagna sa chambre et plaça celui-ci dans une boîte en noyer poli où il renfermait des choses qu'il jugeait de la première importance.

Redressant les épaules et le dos bien droit, il remonta Canning Street pour avertir Rose et sa famille de ce qui venait de se produire. *J'ai survécu à la guerre. Je peux survivre à cela*, songeait-il en marchant. Mais il savait que, de tous les défis qu'il avait relevés dans sa vie, celui-là serait le plus ardu.

10

La soudaine disparition de Louis ne fit que confirmer ce que tout le monde avait soupçonné. Isla et lui avaient bien été amoureux l'un de l'autre. Mais Isla était morte et leur relation clandestine échappa de ce fait à toute critique. On y vit au contraire une tragédie romantique digne de Shakespeare et, en tant qu'amoureux accablé, Louis obtint de tous un respect qu'il n'aurait pas osé espérer dans d'autres circonstances. Puisque Isla l'avait jugé digne de son amour, c'est qu'il était réellement un être à part. Sans le vouloir, elle avait sauvé sa réputation. Mais Louis n'en savait rien, assis misérablement sur le pont noyé de pluie d'un cargo voguant vers le Mexique.

Rose pleura de nouveau à chaudes larmes quand elle apprit son départ de la bouche de Cecil qui s'était hâté de se rendre à Canning Street aux premières heures du jour.

— Il était amoureux de mon Isla ? (Encore en robe de chambre, elle se laissa tomber dans un fauteuil.) Je croyais tout savoir de ma fille, mais ce n'était pas le cas. Je me suis montrée terriblement désobligeante à l'égard de ce cher Louis. Si Isla l'aimait, j'aurais dû lui témoigner plus d'amour moi aussi.

— Il a laissé un mot disant qu'il ne supportait plus de rester dans ce pays puisqu'il ne pouvait pas avoir son amour, expliqua Cecil le visage sombre. Louis ne ressemble à personne, mais c'est un bon garçon, poursuivit-il d'un ton grave. Je pense qu'il regrettera d'être parti et que nous le reverrons bientôt. La nuit dernière, il était complètement désemparé. Nous le sommes tous et personne plus que vous et votre famille, Rose. Mais, comme je le disais, Louis voit les choses différemment. Il les ressent, mais ne réfléchit pas. Je lui ai dit qu'avec le temps son chagrin s'apaiserait mais il ne peut pas supporter l'adversité. Je suis désespéré. Avant la mort d'Isla je ne l'avais jamais vu si heureux, si détendu. C'était un autre homme.

Cecil regarda au loin et sortit son mouchoir pour s'essuyer le front. Il se sentait mal à l'aise.

— J'espère qu'il reviendra, dit Rose. Je l'espère sincèrement. J'aimerais tant qu'il me parle de sa relation avec Isla. Je déteste l'idée de n'avoir pu partager une partie de la vie de ma fille. Oh, Cecil, croyez-vous réellement qu'il reviendra ?

Audrey entra à cet instant dans la pièce. Elle était elle aussi en robe de chambre, ses longs cheveux bouclés épars tombant jusqu'à sa taille. Cecil retint son souffle. Jamais elle ne lui avait paru aussi jolie. Il retrouva soudain toute son énergie et sa détermination. Mais Audrey se sentait faible, vidée de toutes forces. Il ne restait en elle que blessures et souffrance.

— Qui est parti ? demanda-t-elle distraitement, les bras serrés contre sa poitrine dans un geste inconscient d'autoréconfort.

Elle semblait si vulnérable que Cecil hésita à répondre.

— Savais-tu qu'Isla était amoureuse de Louis ? demanda Rose contrariée.

— Isla amoureuse de Louis ? répéta Audrey pleine de confusion. Non, elle ne l'était pas.

— Si, ma chérie, si. Cecil a un billet de lui qui le prouve. Et maintenant, le voilà parti. Il a dit à Cecil qu'il ne voulait pas rester en Argentine puisqu'elle était morte. Quel jeune homme passionné !

— Louis est parti ? hoqueta Audrey le souffle coupé, jetant à Cecil un regard affolé.

— Oui, il est parti ce matin, dit-il.

Audrey s'assit et éclata en sanglots. Cecil aurait voulu la prendre de nouveau dans ses bras comme il l'avait fait le jour des obsèques, mais il sentit que ce geste serait déplacé.

— Ma chère enfant, murmura doucement sa mère en s'approchant. La nouvelle nous a causé à tous un véritable choc. C'est une part d'Isla que nous ne connaissions pas, mais j'aurais cru qu'elle s'était confiée à toi.

— Où est-il allé ? demanda Audrey incapable de contenir ses larmes.

— En Angleterre, je pense, répondit Cecil, ajoutant malgré lui après un temps de pause : Il devrait revenir une fois calmé. La nuit dernière, il était totalement anéanti. Il avait aussi beaucoup bu. J'imagine qu'il retrouvera ses esprits quand il sera de nouveau sobre. Ne désespérez pas, il reviendra, j'en suis sûr.

Mais en réalité il n'était sûr que d'une chose :

quoi qu'il arrive, on ne pourrait plus revenir en arrière.

Audrey monta précipitamment à l'étage et s'enferma dans la salle de bains, prise de nausée. Comment avait-il pu partir ainsi, sans même lui dire au revoir, sans lui donner la moindre explication ? S'il l'aimait, pourquoi la faire souffrir ainsi ? Puis elle se souvint des paroles de Cecil et s'accrocha à un faible espoir. Une fois son calme retrouvé, il réaliserait peut-être que tout n'était pas perdu. Alors elle se fit des reproches. Pourquoi n'avoir pas tenu compte de son extrême sensibilité ? Après tout, lui aussi avait besoin d'elle. Mais elle n'avait pensé qu'à elle-même.

— Tu vois, j'avais raison, déclara Charlo avec satisfaction tout en étudiant son jeu à travers ses lunettes.

— Nous nous sommes toutes trompées au sujet de Louis Forrester, renchérit Cynthia. Je reconnais volontiers mes erreurs quand j'en fais.

— Moi également, intervint Phyllida en déplaçant nerveusement ses cartes.

Elle ne jouait pas très bien au bridge et, chaque fois qu'elle s'asseyait autour d'une table avec ses amies pour disputer un robre, elle se sentait comme une mouche dans le champ de vision d'un gros lézard. Elle se tassa sur son siège en contemplant sa main dont il n'y avait rien à tirer.

— Oh, je ne me suis pas trompée à propos de Louis, rectifia Charlo. Je le crois tout à fait inconscient et irresponsable. Il le sera toujours.

— Voilà que tu retournes ta veste ! objecta Cynthia en étalant son jeu sur la table. Tu prétendais qu'il était fou.

— Non, ma chère, c'est *toi* qui le disais.

— Bon, j'ai la décence de l'admettre. Tu es un véritable démon, Charlo. Il n'est peut-être pas fou mais il est fruste, avec un physique tout à fait romantique et ça ne court pas les rues aujourd'hui.

Elle fit une grimace à Charlo qui lui fit la même en retour.

— Ce n'est pas parce que j'en ai enterré trois..., dit-elle en riant de sa plaisanterie habituelle.

— J'espère que le quatrième t'enterrera !

Diana les interrompit d'une voix douce.

— En réalité nous nous sommes toutes trompées à propos de Louis et maintenant, le voilà parti. Je suis vraiment désolée pour lui, pauvre garçon. Rien ne fait plus souffrir qu'un cœur brisé.

— C'est bien vrai, approuva Phyllida, enchantée que cet échange de vues lui ait permis de réfléchir à la carte qu'elle lancerait sur la table.

— Isla va nous manquer terriblement.

— Terriblement, répéta Phyllida.

— Ne t'en fais pas. Audrey va épouser Cecil et cela nous fera retrouver le sourire, déclara Charlo.

— Et tu vas épouser le colonel ce qui nous donnera une raison supplémentaire de nous réjouir, ajouta Cynthia avec un sourire entendu.

Mais Charlo ne rit pas et fronça les sourcils. Avec le colonel Blythe, c'était une autre affaire. Elle avait noté que son regard prenait parfois une expression sentimentale, lointaine, que sa voix s'adoucissait et qu'il lui arrivait de fredonner pour lui-même un air mélancolique. Elle espérait être à l'origine de ce changement spectaculaire mais n'avait pas l'intention d'en faire part aux autres. Elles se moqueraient de découvrir en elle un penchant romantique inhabituel.

— Vous pourriez rire plus vite que vous ne le pensez, lança-t-elle sur un ton de défi.

Cynthia la regarda, la bouche ouverte.

— Je n'arrive pas à y croire, dit-elle distinctement. Tu comptes réellement en enterrer un quatrième ?

— Non, non. Le colonel m'apportera plus de plaisir vivant que mort. (Elle prit son temps pour ajouter avec une ombre de tristesse :) Je ne crois pas que les morts soient une compagnie très divertissante, vous savez.

Mais avec la mort d'Isla, personne ne se souciait des relations entre Charlotte Osborne et le colonel. Hurlingham devint une cité peuplée d'ombres. Tout le monde songeait avec tristesse à cette enfant rieuse au sourire effronté, à la démarche bondissante. Comment être si vivante et morte l'instant d'après ? Chacun était ainsi confronté à sa propre vulnérabilité, à la brièveté de la vie. Le temps de tous était compté, et ensuite, qu'advenait-il de nous ?

L'histoire d'amour imaginaire entre Louis et Isla — Roméo et Juliette des temps modernes — devint matière à légende dans la petite communauté anglaise. Les hommes admiraient Louis pour son héroïsme et les femmes enviaient l'audace d'Isla. Tout le monde sembla soudain en savoir beaucoup à leur propos, comment l'affaire avait commencé, où ils se rencontraient, leurs projets d'avenir et comment, la nuit même où Isla était tombée malade, ils avaient projeté de s'enfuir ensemble. Plus l'histoire circulait et plus elle s'enflait de détails incongrus. Mais personne ne songeait à rétablir la vérité car, maintenant qu'Isla était morte, elle appartenait à tout le monde.

— Voilà un mois que Nelly pleure sans arrêt, se plaignit Hilda. En partant, Louis a aussi emporté son cœur. Vraiment, je n'ai jamais vu verser tant de larmes pour un homme.

Rose passait presque tous les après-midi près du feu, frissonnante. Aucune flamme, si brûlante soit-elle, ne pouvait la réchauffer car c'était intérieurement qu'elle avait froid. Ses sœurs lui rendaient fréquemment visite pour la réconforter et l'empêcher de sombrer dans une dépression plus profonde.

— Nelly n'a aucune raison de pleurer comme ça, grommela tante Edna, lassée d'entendre sa sœur gémir sur les peines de cœur imaginaires de sa fille. Comment va Audrey, Rose ? demanda-t-elle doucement.

Hilda pinça les lèvres. Elle s'offusquait qu'on parle sans cesse des filles de sa sœur avec une sorte de révérence réservée aux saintes. Si Isla vivait encore, la communauté tout entière l'aurait désapprouvée. Quant à Audrey, elle bénéficiait elle aussi de la même pieuse bienveillance.

— Elle prend tout cela très mal, répondit Rose. Elle reste assise dans sa chambre à regarder par la fenêtre, désespérée, quand elle ne fait pas les cent pas dans un état de rage. Pourquoi est-elle si furieuse ? Je n'en ai pas la moindre idée. Dieu seul sait ce qui se passe en elle. Après tout, c'est Sa volonté qui s'accomplit.

— Et Cecil ? Il ne pourrait pas faire quelque chose pour la réconforter ?

— Elle a besoin de temps pour faire son deuil, répliqua Rose. Cecil est un appui solide et il passe presque tous les soirs pour la voir, mais elle refuse de quitter sa chambre.

— Oh, mon Dieu, voilà qui n'augure rien de bon, n'est-ce pas ?

Ce commentaire lancé par Hilda d'un ton pointu laissait transparaître sa jalousie.

— Je ne le crois pas, répondit Rose. C'est un garçon sensible et il comprend parfaitement qu'après la mort d'Isla Audrey ait besoin de temps avant de penser de nouveau à lui.

— Pourtant, dans un moment pareil, elle devrait trouver un réconfort auprès de lui.

— Chacun de nous se comporte dans la peine à sa façon, Hilda, intervint Edna. Audrey a toujours été différente des autres filles. Elle est secrète, introvertie. Elle n'a pas seulement perdu sa sœur, mais aussi sa meilleure amie. (Elle se tourna vers Rose.) Ne pourrions-nous pas faire quelque chose pour la distraire ? Il n'est pas bon de ruminer ainsi son chagrin.

— Eh bien, dit Rose d'une voix hésitante, Cecil a fait une suggestion.

— Laquelle ?

— À première vue ça paraît un peu bizarre mais...

— Je suis prête à essayer n'importe quoi, dit Edna.

— Il a suggéré que nous achetions un piano, un simple piano droit.

— Pour quoi faire ? interrogea Hilda. Voilà des années qu'elle n'a pas touché un de ces instruments.

— Cecil dit que le piano apaisait Louis. Une fois, il a vu Audrey jouer avec Louis et elle semblait y prendre beaucoup de plaisir.

— Quelle merveilleuse idée, Rose ! s'exclama Edna avec enthousiasme. Qu'en pense Henry ?

Ce dont a besoin cette maison, songeait-elle, *c'est d'un peu de gaieté.*

— Il est prêt à essayer.

— Eh bien, procurez-vous ce piano aussi vite que possible, avant que cette enfant ne ruine son avenir. Cecil n'attendra pas éternellement.

Rose se hâta de suivre ce conseil et le piano fut livré la semaine suivante. Mais Audrey refusait toujours de quitter sa chambre. Albert et ses jeunes frères mouraient d'envie d'essayer l'instrument, mais leur mère déclara fermement que le piano était à Audrey et que personne d'autre n'en jouerait avant elle. Puis, un matin très tôt, alors qu'elle commençait à désespérer, elle fut réveillée par le son du piano sur lequel Audrey exprimait les tourments de son cœur. Rose sortit de son lit, enfila une robe de chambre et descendit l'escalier à pas de loup. Les sons devinrent plus nets et, entrouvrant la porte de la salle d'étude, elle vit le dos bien droit d'Audrey. Mais ses épaules tremblaient comme si elle pleurait en jouant la mélodie que Louis avait composée spécialement pour elle. Ses doigts pâles glissaient sur les touches et on aurait pu croire qu'elle avait joué toute sa vie. Les yeux fermés, elle se laissait emporter par la musique vers tous les lieux exotiques qu'elle avait rêvé de visiter en compagnie de Louis. Rose sentit l'émotion la gagner. Tapie dans l'ombre, elle écouta sa fille confier son chagrin à la musique. Puis elle repartit aussi doucement qu'elle était venue. Audrey ne saurait jamais que sa mère avait partagé avec elle l'intimité de cet instant.

Audrey savait maintenant que Louis ne reviendrait pas. Elle n'avait plus de forces pour de nouveaux regrets, plus de larmes à verser sur la disparition de sa sœur. Elle avait attendu, attendu, jusqu'à ce que l'espoir se change en désespoir et, finalement, en résignation. Le piano, la musique, c'était tout ce qui lui restait de Louis et, quand elle eut commencé à jouer, elle fut incapable de s'arrêter.

Au début elle passa sa rage sur les touches qu'elle frappait violemment, blessant les oreilles et faisant vibrer le mobilier. Louis ne lui avait pas même laissé le temps de pleurer sa sœur. Le jour même où on l'enterrait, il l'avait pressée de prendre position. Elle en avait été bien incapable évidemment. Puis, dans un élan d'impatience, de mauvaise humeur, il s'était enfui. Comment réagir devant tant de puérilité ? Que lui était-il arrivé ? Ses doigts se mirent alors à dire en notes harmonieuses son amour perdu pour le seul homme qu'elle ait jamais aimé. Elles exprimaient tant de tristesse, de douleur, que même les yeux de tante Hilda d'ordinaire si froids se mouillaient de larmes. Quand Audrey se retrouvait seule au cœur de la nuit, elle sentait la présence de Louis toute proche et ses doigts couraient sur le clavier, interprétant leur sonate. Il en fut ainsi toutes les nuits des mois durant. C'était un moment qui n'appartenait qu'à eux, l'expression du lien indéfectible qui les unissait. Elle jouait pour se souvenir de lui, de celui qu'il avait été avant que ses rêves ne volent en éclats ce soir-là dans le temple. Elle donna à cet air un titre : *La Sonate de l'oubli*, en hommage à cet homme qu'elle n'oublierait jamais.

Chose surprenante, dès qu'elle entreprit de la jouer, elle se sentit mieux. Elle retrouva de la vigueur et ses blessures commencèrent à cicatriser.

Puis, sans qu'elle s'en aperçoive, elle se prit d'amitié pour Cecil et la confiance qu'elle lui accordait se transforma en affection.

Assise sur le sable, Audrey contemplait la mer étonnamment agitée car on était au cœur de l'été. Le soleil était sur le point de disparaître dans l'eau et, comme elle le faisait enfant, elle guettait le moment — qui ne venait naturellement pas — où il aurait dû faire naître alors une gerbe de vapeur dans un grand sifflement. Tant de choses avaient changé avec les années. Le monde était devenu différent. Depuis la mort d'Isla et la disparition de Louis, deux ans plus tôt, une part d'elle-même était comme endormie. C'était un bon moyen pour atténuer sa peine.

— À quoi songez-vous ? lui demanda Cecil en prenant sa main.

C'était une question qu'il se posait souvent en lui-même, surtout quand il l'entendait jouer du piano. Depuis quelque temps, la musique qu'elle interprétait était moins tourmentée, plus harmonieuse, et son humeur semblait évoluer de pair.

— Isla et moi aimions nous asseoir ici, sur cette plage d'Uruguay, pour regarder le coucher du soleil.

Elle ne tressaillait plus quand il lui prenait la main. Depuis qu'il l'avait étreinte, le soir de l'enterrement, elle s'était accoutumée à son contact jusqu'à l'apprécier, même. Il s'était révélé un ami attentif, toujours présent. Avec Cecil pas de tension, pas de comptes à rendre, seulement une compagnie plaisante. Elle serra sa main fermement.

— Isla ne s'intéressait guère aux beautés de la nature, mais elle attendait toujours l'instant où le soleil ferait bouillir la mer en plongeant dedans. Elle jurait qu'on lui avait raconté cette histoire. Moi, je ne la connaissais pas, naturellement, et j'en étais déçue.

— Elle était très malicieuse, observa Cecil avec un petit rire affectueux.

— Il ne se passe pas un jour sans que je pense à elle. Nous faisions tout ensemble. Elle me manque terriblement.

— Je comprends.

— Mais j'ai pris l'habitude de me reposer sur vous, Cecil.

Elle avait parlé sérieusement. Cecil garda les yeux fixés sur la mer, tant il craignait de lire encore le désespoir dans ses yeux.

— C'est bien, marmonna-t-il.

— Cette tragédie n'a eu qu'un seul aspect positif, c'est vous.

Elle lui sourit et il serra doucement sa main, le regard toujours au loin.

— Je me sentais perdue sans Isla, mais j'ai pris tout doucement l'habitude de me tourner vers vous. Votre amitié m'est très précieuse.

— J'en suis ravi.

— Je n'arrivais pas à imaginer l'avenir sans Isla. Je n'avais plus envie de vivre. Tout me semblait morne, mais vous m'avez apporté un rayon de soleil. Je sais que deux années se sont écoulées depuis que vous m'avez demandé de vous épouser et, comme vous l'aviez promis, vous n'y avez plus jamais fait allusion. J'espère ne pas me montrer présomptueuse en vous disant que j'aimerais être votre femme, si vous le désirez toujours.

Cecil avait envie de pleurer de joie. Chaque jour d'attente avait pesé sur lui et il se sentait presque écrasé par ce poids. Son amour pour elle n'avait cessé de croître et il ne pouvait imaginer la vie sans elle. L'avenir, alors, lui paraissait vide. Or voilà qu'en un instant, il avait été libéré de ce poids, l'avenir lui souriait, des bulles pétillantes fusaient de partout. Il tourna vers elle des yeux embués de larmes, mais avec une telle expression de joie sur le visage qu'elle lui sourit à son tour.

— Je n'imaginais pas qu'on puisse aimer autant que je vous aime, Audrey. Vous êtes unique à mes yeux et je considère comme un honneur que vous ayez choisi de partager votre vie avec moi.

Elle se mit à rire. Il était toujours si solennel.

— Mais non. Ou alors c'est également un honneur pour moi d'être votre femme. Je vous ai fait attendre si longtemps.

— J'aurais attendu toute l'éternité, dit-il fermement.

Elle baissa les yeux, pressentant son baiser et s'efforçant de ne pas penser à Louis. Chaque matin, elle s'éveillait avec son visage devant les yeux et elle l'enfouissait au fond de sa mémoire d'où il ressortait à la première occasion. C'était pour elle chaque fois une souffrance qui finissait par se confondre avec celle que la disparition d'Isla continuait à provoquer. La perte de Louis avait laissé dans son cœur une blessure à vif. Son seul espoir de guérison reposait dans un avenir où Cecil apporterait la sécurité et la paix qu'elle espérait trouver en elle. Alors, peut-être, pourrait-elle s'éveiller un jour sans avoir l'impression de tomber au fond d'un abîme, sans avoir dans la bouche le goût amer d'une réalité dont Louis était absent.

Quand Cecil l'embrassa, elle y prit un plaisir surprenant. Ce n'était pas un baiser brûlant comme ceux de Louis mais une sensation nouvelle qu'elle n'avait jamais connue. C'était un baiser tendre et chaud, protecteur. Elle mit les bras autour de son cou et, dans cette étreinte rassurante, sentit fondre les regrets, les peines qui avaient tant pesé sur elle. Avec Cecil, l'avenir existait. Peut-être pas celui dont elle avait rêvé, mais elle était lasse de rêver.

11

Charlotte Osborne insista pour se marier à l'église. Non pour symboliser une virginité à laquelle elle ne prétendait pas, ayant enterré trois maris, mais elle jugeait convenable une bénédiction religieuse célébrée dans l'intimité, suivie d'un grand thé au club. Elle voulait des fleurs, du champagne, de la solennité et des compliments. Le colonel serait allé sur la lune pour l'épouser si elle l'avait demandé. Éperdu de gratitude, il ne pouvait rien lui refuser. Son insistance tenace lui avait finalement permis de remporter la victoire et Charlotte, vaincue, avait agité le drapeau blanc, trop heureuse d'avoir été si ardemment courtisée.

— Maintenant, par ici, chère vieille chose ! Laissez-moi vous embrasser, avait-il dit en la prenant dans ses bras et chatouillant son visage de ses moustaches.

— Quel goût a cette vieille chose ? avait-elle demandé avec la coquetterie d'une jeune fille découvrant les premiers élans de l'amour.

— Celui d'un champagne de grand cru ! Une fois le bouchon sauté, un flot de bulles pétillantes. Il y a encore de la vie dans cette chère vieille amie !

Après quoi, il l'avait regardée avec tendresse en ajoutant timidement :

— Les bulles retombées, il reste un vin mûr et fruité. Je savais que je ne serais pas déçu, Charlotte Osborne. Vous êtes toujours un défi et le serez toujours. Pardieu, ça valait la peine d'attendre !

Une douce mélancolie qu'il n'avait plus connue depuis longtemps le gagna, celle que provoque l'amour quand il prend possession de l'âme.

Le printemps était entré dans le temple avec une floraison de lis et de lilas et la démarche élastique du vieux colonel qui, malgré sa jambe raide, remontait fièrement l'allée centrale. La tête haute et les moustaches redressées, il incarnait la satisfaction d'un vieux chef militaire célébrant sa plus grande victoire avec, à son bras, une Charlotte Osborne hautaine et ravissante.

Diana Lewis admira le tailleur lilas parfaitement coupé, le chapeau au large bord dissimulant un œil, les cheveux d'un blanc argenté noués en un élégant chignon, et dut admettre qu'à l'automne de sa vie, son amie avait su préserver une forme de beauté. Assise le dos rond, toute ratatinée à cause d'une épine dorsale défaillante, Phyllida Bates, qui ne s'était jamais mariée, détestait les mariages. Elles souriait néanmoins mais il y avait du venin dans sa salive. Trop paresseuse pour dissimuler ses sentiments, Cynthia Klein regardait le vieux couple. En les écoutant, debout devant l'autel, se promettre un amour indéfectible, elle se demanda si Charlo en serait capable. Elle ne pouvait s'empêcher d'éprouver à leur égard une certaine tendresse en les voyant âgés, grisonnants sous leurs beaux atours, si vulnérables devant Dieu, mais faisant de leur mieux pour donner un sens aux quelques années qui leur restaient à vivre.

— *Jusqu'à ce que la mort nous sépare*, articula Charlo d'une voix tremblante.

Croisant le regard de Phyllida, Diana jeta un coup d'œil en direction de Cynthia. Toutes trois pensaient la même chose. Combien de temps restait-il encore au colonel avant de retourner à son Créateur ? Mais la mort d'Isla avait fait réfléchir Charlo qui jetait sur la vie un regard différent. Cet homme à ses côtés vieillirait avec elle et ne partirait pas avant elle.

Assise près de son mari, Audrey pensait à sa sœur ainsi qu'elle le faisait chaque fois qu'elle se retrouvait dans le temple. Elle se souvenait des obsèques comme si c'était hier et l'absence d'Isla lui causait toujours la même douleur. Une douleur certes moins vive, mais constante et tenace comme une mauvaise migraine. Louis aussi lui manquait mais elle s'était résignée. Elle avait fait son choix et Cecil était un époux aimant. Elle n'avait pas le droit de se plaindre.

Après le mariage d'Audrey au mois d'avril, sa mère était enfin sortie de son deuil et des rires résonnaient de nouveau entre les murs de la maison de Canning Street. L'absence d'Isla, si joyeuse, n'en était parfois que plus sensible. Le mariage avait été l'occasion d'une grande cérémonie dans l'organisation de laquelle Rose s'était jetée avec énergie et enthousiasme. Tane Edna lui avait servi de secrétaire, dressant les listes et les rectifiant sans cesse, discutant avec le fleuriste, le traiteur, la couturière. Audrey s'était laissé porter par les événements, indifférente aux décisions qu'on prenait pour elle. Elle abandonnait le contrôle des opérations comme elle avait abandonné son cœur, mais son âme resterait toujours avec Louis.

Cecil avait acheté une petite maison, séparée seulement par quelques rues de celle des Garnet, et Audrey avait fait de son mieux pour la rendre chaleureuse. Il était pour elle d'une importance capitale de disposer d'un coin où elle pourrait se réfugier avec ses souvenirs. Aussi elle s'activa pour décorer les pièces avec amour jusqu'à ce qu'elles reflètent ce désir intime. Le piano prit place au salon et elle y disposa des bougies car elle aimait regarder leurs flammes dansantes quand elle jouait le soir, leur chaude lumière l'apaisait et la transportait bien loin, en un lieu où ses rêves avaient gardé tout leur éclat et leur vivacité. Rose reconnut qu'elle avait su donner à la maison une atmosphère magique et Cecil la félicita de l'avoir rendue si belle et si accueillante. Seule tante Edna estima que sa nièce s'était quelque peu compromise en décorant sa maison avec une ardeur qu'elle aurait dû consacrer à son mariage. Elle avait fait la même chose après la mort de son cher Harry afin de se consoler et d'entretenir sa mémoire, mais Cecil était bien en vie.

Quand Charlotte et le colonel redescendirent l'allée centrale, cette fois mari et femme, ils affichaient tous deux un bonheur éclatant. Audrey s'arracha au passé et suivit des yeux un rayon de soleil filtrant par une haute arcade vitrée. Il illumina un instant le visage d'Emma Letton qui l'aperçut elle aussi. Les deux jeunes femmes échangèrent du regard leurs pensées silencieuses, comme reliées l'une à l'autre par un lien invisible. Audrey eut un sourire timide auquel Emma répondit de la même façon. Elle avait toujours senti de la part d'Audrey un intérêt curieux pour sa personne, une sorte de compréhension tacite et discrète. Elle ne pouvait savoir qu'Audrey, elle aussi, s'était résignée à un compromis.

— Est-ce que vous vous habituez à la vie conjugale ? demanda Emma à Audrey quand elles se trouvèrent côte à côte sur le parvis du temple.

C'était une étrange question car Emma sentait bien qu'Audrey, ayant fermé la porte sur ses rêves, avait fait le choix d'une vie conventionnelle, mais elle avait deviné que son sourire n'était que de surface.

— Bien sûr, c'est un bonheur chaque jour renouvelé, répondit-elle avant de changer aussitôt de sujet. Ces murs ont vu tellement de mariages ! Ils nous rappellent le cycle constant des naissances et des morts. Je ne peux m'empêcher de penser que je suis mortelle.

Songeant à la mort d'Isla, Emma la regarda avec sympathie.

— Moi, les églises me font souvenir de fous rires incontrôlés quand nous étions écolières, de missionnaires terriblement séduisants qui s'efforçaient de nous parler de Dieu mais qui n'avaient d'influence réelle que sur les battements de nos cœurs. Une fois, j'étais demoiselle d'honneur et je m'étais cachée sous la nappe de l'autel bien au-delà du temps que dura la cérémonie.

Audrey se mit à rire et Emma en fut heureuse.

— Et comment cette histoire a-t-elle fini ?

— Je n'ai pas pu me décider à sortir de sous la nappe. C'est mon père qui m'a découverte tremblante dans le noir, persuadée que l'enfer allait m'engloutir.

— Vous vous êtes rachetée depuis lors, dit Audrey. Thomas a fait de vous une femme sérieuse.

— En effet, soupira-t-elle. Quoiqu'il m'arrive parfois de penser que j'aurais préféré qu'il s'en abstienne. Nous sommes mortels, n'est-ce pas, ne vaudrait-il pas mieux alors suivre ses impulsions, vivre comme on a réellement envie de vivre et non comme les autres le désirent ?

En contemplant Emma, Audrey reconnut dans ses yeux ambrés une nuance de résignation qui les fit soudain paraître tristes.

— Nous ne sommes pas maîtres de notre destinée, répondit Audrey prudemment. Étant enfant, je croyais pouvoir faire tout ce que je désirais.

— Et ce n'est pas le cas ?

— Pas entièrement. Mais je suis heureuse, ajouta-t-elle aussitôt en jetant un regard à Cecil qui l'attendait sous le porche. Le mariage c'est la porte ouverte au bonheur. Et vous, de plus, vous avez un enfant.

— Oui. Il s'appelle Robert. Je suis vraiment comblée.

— Vous l'êtes, en effet.

Audrey sourit à son mari qui lui répondit d'un geste de la main.

— Cecil est tellement charmant et si beau. Quand vous l'avez épousé, toutes les femmes d'Hurlingham vous ont enviée, mariées ou non.

— Je ne peux pas le croire.

— C'est pourtant le cas et cela continue. Tout le monde l'adore. Au fait, qu'est-il arrivé à Louis ?

— Je l'ignore.

Audrey détourna les yeux pour qu'Emma ne lise pas en eux qu'elle aussi en avait aimé un autre.

— Il est parti sur un bateau et personne n'a plus jamais entendu parler de lui.

— Vraiment ?

— Oui.

— Cecil n'a pas eu de ses nouvelles ?

— Non.

— Eh bien, j'espère que Louis a trouvé le bonheur quelque part. Il m'a toujours intriguée. C'était un génie, malheureusement incompris. Vous l'avez entendu jouer du piano ?

— Bien sûr, dit Audrey. Dites-moi, pourquoi ne viendriez-vous pas avec nous à pied jusqu'au club ? Il fait si beau. Le temps a changé et le printemps est arrivé.

— C'est vrai. Je vais aller chercher Thomas. Je crois qu'il a besoin de mon aide. Il est en train de parler avec Diana Lewis et Phyllida Bates. Elles s'arrangent toujours pour le coincer et Thomas est bien trop poli pour s'esquiver.

— J'ai demandé à Emma et Thomas Letton de nous accompagner, dit Audrey en rejoignant son mari.

— N'est-ce pas elle qui avait provoqué un tel

scandale il y a quelques années en s'amourachant d'un Argentin ?

— En effet, mais elle est heureusement mariée à Thomas Letton maintenant.

— Bien sûr. Ce genre d'amourette ne dure généralement pas.

— Non.

Audrey soupira. Comme il comprenait mal le cœur des femmes.

Ils déambulèrent le long des rues parsemées de fleurs violettes tombant des jacarandas, dans le lourd parfum des gardénias et du chèvrefeuille que la chaleur nouvelle faisait exploser de fleurs, échangeant quelques propos joyeux à propos du mariage.

— Imaginez ça, le vieux colonel conduit finalement à l'autel ! s'exclama Thomas avec amusement.

— Est-ce qu'il avait déjà été marié ? demanda Audrey.

— Il y a des années, mais sa première femme est morte, répondit Emma avec un sourire entendu.

— Eh bien, ils ont déjà ça en commun. Je me demande lequel survivra à l'autre, dit Thomas.

— J'ai l'impression que, cette fois, ils ont vraiment envie de finir le chemin ensemble, dit Audrey.

Cecil lui prit la main en riant.

— C'est bien de toi, Audrey, toujours romantique !

— Emma aussi est romantique, déclara Thomas en regardant sa femme avec affection. Elle est sûrement la seule à penser que cette détestable Charlotte Osborne...

— Blythe, corrigea gaiement Cecil.

— Charlotte *Blythe*, rectifia Thomas. Que l'honorable Mrs Blythe a l'éclat d'une jeune mariée.

— Je l'ai trouvée vraiment très jolie, observa Emma pleine d'admiration.

— Le diable revêt bien des déguisements, lança Cecil avec humour.

— Je suis d'accord avec Emma, intervint Audrey. Charlo est une belle femme, très élégante. Je serais heureuse d'être seulement à moitié aussi bien qu'elle à son âge.

— Chérie, ta beauté vient de l'intérieur et ne fanera jamais, dit Cecil sérieusement.

— Merci, répondit Audrey, les joues rosies par le compliment.

— C'est ce que je n'arrête pas de dire à Emma, dit Thomas. Pourquoi ne nous croient-elles jamais ?

Cecil haussa les épaules.

— Vous avez beaucoup de points communs, toutes les deux, fit-il observer.

Emma jeta un coup d'œil à Audrey qui lui répondit d'un sourire.

— En effet, répondit-elle.

Audrey se tut. Elle glissa son bras sous celui de son mari et baissa les yeux. Elles avaient bien plus de choses en commun que Cecil et Thomas ne pouvaient l'imaginer.

— Je voudrais dire quelques mots à propos de ma nouvelle épouse, commença le colonel.

Il vacillait légèrement, se retenant d'une main, une coupe de champagne bien remplie dans l'autre. Son ventre rebondi semblait l'entraîner mais il prit solidement équilibre sur ses grands pieds. Il fit un clin d'œil à Charlo, la moustache conquérante.

— Nous sommes vieux, poursuivit-il en levant des sourcils broussailleux, c'est incontestable. Charlo et moi sommes au crépuscule de notre vie et pourtant je ne l'ai jamais trouvée aussi stimulante ! Je pensais avoir vécu dans les rudes plaines de la Somme ma plus grande aventure. Puis j'ai rencontré Charlo. J'avais pris ma retraite de l'armée et je croyais en avoir fini avec les combats. Mais Charlo était un territoire qu'il me fallait conquérir. Elle ne le sait pas, et ne le lui dites surtout pas, qu'elle est ma plus grande victoire. Il m'a fallu mobiliser toutes mes réserves, toute mon énergie, tout mon courage pour l'emporter mais elle en valait la peine. Elle est belle, élégante, avisée et assez forte pour me sauver de moi-même. Charlo (il tourna vers elle des yeux brillants d'une émotion réchauffée par l'alcool et par un étrange enchantement), je n'ai pas versé une larme quand le jeune Jimmy MacMannus a été tué dans l'hiver 1916 — et pourtant, Dieu sait que j'en avais envie. Je n'ai pas versé une larme quand Bernard Blythe, mon père, est mort de pneumonie alors que je n'étais encore qu'un gosse de quatorze ans, mais toi, ma chère vieille compagne, tu as le pouvoir de me faire pleurer de gratitude pour avoir bien voulu partager tes dernières années avec le vieux cheval de bataille tout décrépit que je suis devenu. Je te rendrai heureuse, Charlo. Pardieu ! je le ferai, ma chère vieille femme, et pendant encore pas mal d'années. La vie commence à devenir intéressante et, auprès de toi, je me sens comme un jeune homme. Levons nos verres à Charlotte Blythe, alias Charlotte Hamilton Hughes Fordington Blythe. C'est bien assez de noms pour une seule femme. Il n'y aura plus d'enterrements ni de mariages dans la vie de la nouvelle Mrs Blythe car lorsque je partirai, chère vieille chose, je t'emmènerai avec moi.

Levant son verre, il ajouta avec une grimace entendue :

— Nous avons sacrément de la veine avec le temps. Il neige à Londres !

Quand les applaudissements eurent cessé, il entraîna la jeune mariée sur la piste de danse et posa contre la sienne une joue moite. Charlo remarqua que ses mains tremblaient légèrement et que ses lèvres se plissaient en un tendre sourire.

Tante Hilda regarda Nelly en se demandant si elle finirait par trouver un mari un jour. Elle ne rajeunissait pas et il ne restait plus guère de jeunes gens libres. Son physique ne s'arrangeait pas non plus. Elle ne serait jamais en position de choisir son époux. Elle n'était pas Audrey dont tous les garçons d'Hurlingham avaient été amoureux. Nelly devait attendre qu'un soupirant se révèle et, pour l'instant, il n'existait aucun garçon convenable susceptible de faire l'affaire à cinquante miles à la ronde. Ses yeux tombèrent sur son mari qui dansait avec Victoria, la jeune sœur d'Emma Letton.

Elle remarqua qu'il se pressait contre elle de manière indécente et ravala son ressentiment. La pauvre Victoria, un sourire crispé sur les lèvres, jetait des regards éplorés par-dessus son épaule. Hilda se souvint qu'il avait toujours eu un faible déplacé pour Isla. Maintenant qu'elle n'était plus là, il guettait toutes les occasions de danser avec de très jeunes filles. *Dégoûtant*, se dit-elle tristement. *Dégoûtant et tragique vieux bonhomme.*

— Pourquoi ne danses-tu pas ? dit-elle à sa fille comme Nelly s'avançait vers elle, sombre et désireuse de s'en aller.

— Parce que personne ne m'a invitée. Et je n'ai pas envie de danser avec papa. Il a trop bu et transpire comme un vieux porc.

— Nelly ! Ce n'est pas une façon de parler de ton père.

— C'est toi qui donnes le mauvais exemple, maman. Tu le traites de noms bien plus méchants.

— Ce n'est pas la question. Il doit bien y avoir quelqu'un avec qui tu pourrais danser.

— Personne, déclara-t-elle fermement en regardant autour d'elle les quelques jeunes gens au menton fuyant que sa mère jugeait convenables.

Puis, en soupirant, elle jeta un regard perdu vers le ciel.

Audrey avait toutes les raisons d'être heureuse. Cecil était un mari charmant, gai, attentif et généreux. Mais ils avaient si peu de choses en commun. Audrey aimait la littérature, la poésie, la musique et la nature, alors que Cecil s'intéressait aux affaires, à la politique, à l'économie et à la vie sociale. Il aimait que sa maison soit pleine d'amis, alors qu'Audrey rêvait de se retrouver seule parmi les arbres et les fleurs pour se laisser aller à ses songes. Elle se rendait compte qu'une large part de sa personnalité échappait à son mari. Une part qui ne prenait vie qu'à la lueur des bougies, quand ses doigts dansaient sur les touches du piano. Cecil lui offrait une maison dans laquelle elle se sentait à l'abri et cherchait par tous les moyens à lui faire plaisir. Mais comment faire apprécier une peinture à un aveugle ? Et la cécité de Cecil était patente quand il s'agissait de deviner les émotions intérieures d'Audrey.

Cecil se sentait heureux de son côté, mais n'avait pas retrouvé cette forme de bonheur qui avait enchanté les premiers mois de leur union. Audrey semblait s'être éloignée de lui, perdue dans un monde lointain où elle était entourée de présences invisibles, comme une impénétrable coquille qu'il ne parvenait pas à ouvrir pour la rejoindre. Quand elle passait des heures à son piano à interpréter des airs mélancoliques, la tête penchée, elle lui rappelait son frère. C'était la même expression sur son visage, la même pâleur, sa peau avait le même éclat translucide que celle de Louis. Il avait passé une partie de sa vie à tenter de comprendre son frère et il en consacrerait une bien plus longue encore à essayer de comprendre sa femme. Malgré ses efforts pour s'intéresser à la poésie et à la musique qu'elle aimait tant, pour évoquer la nature sans cesse changeante, ou la signification profonde de la vie et de la mort, c'était un combat sans succès. Il lui semblait parfois qu'elle parlait une autre langue, totalement différente de la sienne, et qu'il n'existait aucun dictionnaire au monde pour lui en faire connaître le vocabulaire. Il lui arrivait de se sentir plus proche de Rose et d'Henry que de leur fille.

Rose adorait Cecil avec la tendresse d'une mère qui a perdu une fille et gagné un fils. Elle l'admirait et, en le regardant, il lui semblait retrouver Henry à l'époque où elle l'avait rencontré avec son dos bien droit, ses épaules carrées, son nez bien dessiné et cet air convenable qu'elle trouvait tout à fait rassurant. Elle aimait le voir bavarder avec Henry jusqu'à une heure avancée de la nuit à propos de l'état déplorable de la situation économique tout en fumant des havanes, évoquant à voix basse la dictature qui pesait comme du plomb sur le pays et que tous deux voyaient finir très mal. Cecil possédait tout ce qu'ils avaient pu espérer d'un gendre. Non seulement il rendait leur fille heureuse, mais il avait aussi ramené du bonheur dans leurs propres vies. Rose était fière que sa fille ait réussi une union si accomplie, bien qu'elle n'en ait jamais douté. Audrey avait toujours été une enfant raisonnable.

Pour éviter de ressasser sans cesse la disparition d'Isla, Rose entretenait une intense activité et des liens étroits avec Audrey et Cecil, Edna et Hilda, Henry et leurs plus jeunes fils. Puis un soir, vers la fin de l'été, Audrey annonça qu'elle attendait un enfant. Cette nouvelle ranima chez Rose la conscience du cycle éternel qui agençait la renaissance du monde et elle accéda enfin à une paix intérieure. Elle avait compris que la vie et la mort constituent les deux faces d'une même pièce et qu'elle devait donc regarder vers l'avenir, pas seulement vers le passé. L'avenir de Rose était maintenant assuré. Ses fils grandiraient et quitteraient le nid familial ; mais Audrey et Cecil resteraient dans le voisinage et lui donneraient des petits-enfants.

Cecil espérait que la naissance de leur enfant créerait un point de rencontre où ils pourraient se retrouver et consolider leur mariage. Il comptait aussi que la maternité ancrerait l'esprit d'Audrey dans la réalité et lui ferait abandonner ses rêves erratiques.

Alicia et Leonora vinrent au monde en octobre 1954 à l'hôpital de la Congrégation-de-Marie où leur mère avait vu le jour vingt-quatre ans plus tôt. Audrey contempla non sans une certaine inquiétude les deux êtres que Dieu venait de confier à ses soins. Bien qu'elle les ait portées pendant neuf mois et qu'elle ait senti leurs mouvements et leurs coups de pied dans son ventre, elles lui semblaient étrangères. Elle les serrait contre elle, étudiant leurs petits visages pleins d'innocence et son cœur se serra à la pensée du pénible voyage qui les attendait. Alicia était vive et pleine de force avec des cheveux blonds humides collés à son crâne et une voix déjà prête à clamer bien haut ses opinions. Par contre Leonora n'émettait qu'un fragile miaulement en serrant bien fort contre elle le linge dans lequel on l'avait enveloppée. Audrey était trop émue et trop fatiguée pour parler. Elle se contenta de serrer les deux bébés contre sa poitrine en les embrassant et en humant l'odeur de leur peau comme le font les animaux. Pour la première fois depuis des années, son cœur n'était plus douloureux et elle se sentait pleine d'énergie face à ce but nouveau que lui proposait la vie. Le poids des responsabilités qui lui incombaient désormais la tira de ses rêves. Louis se retira au fond de ses pensées, emportant avec lui sa mélancolie et ses regrets.

Au cours des années suivantes, elle s'assit rarement au piano, sauf pour y interpréter de joyeuses chansons enfantines qu'ils reprenaient tous en chœur dans le salon ensoleillé, les portes-fenêtres ouvertes sur la terrasse ombragée. Audrey sentit autour d'elle la présence d'Isla, observant avec excitation ce qui se passait à travers l'infranchissable barrière. Alors elle s'abandonna tout entière à un chaud bonheur, comme si du miel et non du sang coulait dans ses veines. Au premier regard, Cecil constata le changement qui s'était opéré en elle. Il retrouvait la jeune fille qu'il avait emmenée au théâtre et qui s'émerveillait de tout. Elle lui sourit.

— Des jumelles ! s'exclama-t-il confondu.

Elle lui répondit d'un hochement de tête, les yeux pleins de larmes.

— Oh, Cecil, c'est le plus beau jour de ma vie ! murmura-t-elle doucement pour ne pas troubler l'atmosphère céleste de l'instant. Je me sens de nouveau tout à fait bien et j'ai l'impression d'être à la fin d'un cycle. Comme si la naissance de nos filles me permettait enfin d'accepter la mort d'Isla. Pour la première fois depuis des années, je ne souffre plus.

Elle s'était exprimée avec passion, les yeux brillants d'une lumière qui troubla Cecil car il ne la lui connaissait pas. Mais elle les détourna pour contempler les deux créatures qui donnaient maintenant un nouveau sens à sa vie. Puis elle tendit une main dont Cecil s'empara. Leur avenir était de nouveau illuminé par les éclatantes couleurs de l'amour.

Deuxième partie

12

Dans le tourbillon de la vie familiale, les rires et le soleil, Audrey ne vit pas passer les années qui suivirent. Ses enfants lui apportaient beaucoup de bonheur et leur présence avait créé entre Cecil et elle un pont sur lequel ils pouvaient se rencontrer dans une entente totale. Cecil retrouva la légèreté d'être à laquelle il avait aspiré et les fantômes d'Audrey s'enfuirent bien loin. Rose et Edna applaudissaient à tout ce que faisaient les jumelles sans se soucier de distinguer leurs mérites individuels. Quant à Hilda, elle continua à nourrir secrètement son amertume, ressassant le fait que ses filles étaient moins jolies et charmantes, toujours célibataires et sans enfants.

Cecil retrouva sa femme : les nuits n'étaient plus consacrées aux sons plaintifs du piano mais à de tendres échanges remplis d'un amour réciproque. Alors que l'intimité physique avec son mari n'avait été jusqu'alors pour Audrey qu'un devoir, ou à peine mieux, elle découvrit alors les nouveaux liens qui s'étaient tissés entre eux. Elle ouvrit son cœur à Cecil et il y trouva sa place. Non sans surprise, elle se rendit compte qu'elle avait eu tort de le comparer sans cesse à son frère. Au premier regard échangé avec celui-ci, un courant était passé mais cette sorte de magie n'était pas destinée à durer. De toute façon, elle avait choisi d'épouser Cecil et, avec le recul, elle se rendait compte que cette décision avait été la bonne car elle était heureuse à présent. Qui sait dans quels tourments se serait déroulée sa vie auprès de Louis ?

Audrey profitait d'autant mieux de ses enfants qu'elle avait été assistée dans les premiers temps par Emily Harris, une nurse anglaise venue de Brighton. C'était elle que les jumelles dérangeaient la nuit et les lourdes responsabilités de leur éducation étaient ainsi partagées. Emily s'était présentée rose et fraîche dans son uniforme, pleine d'enthousiasme et d'ardeur, mais elle s'en alla terne et flétrie. Elle aimait les enfants, certes, mais n'avait pas réussi à maîtriser Alicia qui avait absorbé une bonne part de son énergie vitale. Emily avait alors compris qu'elle devait partir si elle ne voulait pas vieillir prématurément, tant elle était accaparée par cette enfant qui ne lui permettait même pas de sortir pendant son temps libre. En s'en allant, elle regretta énormément Leonora mais fut soulagée de n'être plus tourmentée par les colères et les exigences d'Alicia.

Quand il s'agissait de ses enfants, l'amour d'Audrey ne connaissait pas de limites. Il lui arrivait de fondre en larmes tant elle se sentait écrasée de gratitude et elle remerciait Dieu silencieusement de lui avoir donné deux filles qui pourraient s'aimer et s'entraider comme elle et Isla l'avaient fait. Cecil était un bon père quoique relativement distant. Il avait une bonne situation dans l'entreprise d'Henry Garnet et veillait à ce que sa femme et ses filles disposent de tout ce dont elles pouvaient avoir besoin. Ce n'était pas un homme démonstratif comme son frère. Cecil exprimait son affection pour ses filles par une petite tape dans le dos, une bonne volonté évidente pour leur lire des histoires le soir dans leur lit et un intérêt manifeste pour leur éducation. Il se souciait d'assurer leur avenir, alors que leur mère vivait principalement dans le présent.

Leonora était très affectueuse tandis qu'Alicia n'appartenait qu'à elle-même. Après le départ d'Emily Harris, Leonora s'attacha viscéralement à sa mère au point de pousser des cris dès que celle-ci s'éloignait. La froide indépendance d'Alicia facilitait les choses car Audrey n'aurait pu assurer à toutes deux une attention aussi soutenue. Leonora ne pouvait s'endormir que dans le lit de sa mère alors qu'Alicia dormait n'importe où. Elle n'avait besoin que d'un pyjama et d'un matelas, à la condition que l'un et l'autre soient moelleux et confortables car le moindre pli sous son corps déclenchait une colère furieuse. Audrey pouvait ainsi bercer Leonora dans ses bras jusqu'à ce qu'elle s'endorme, nichée contre son sein. Cecil était absolument opposé à ce que sa femme installe l'enfant dans leur lit, mais il ne put l'empêcher. À contrecœur, il prit donc possession d'un canapé dans le dressing-room, abandonnant le lit conjugal à la mère et à l'enfant. Mais il insista néanmoins pour le réoccuper pendant les week-ends même si Leonora, alors seule dans son lit, passait la nuit à pleurer.

Leonora adorait sa sœur comme Audrey avait aimé Isla. Elle ne cessait de la regarder et admirait tout ce qu'elle faisait. Il est vrai qu'Alicia apprenait vite et se montrait très douée. Aucun défi ne semblait devoir la rebuter. Avec sa beauté et ses capacités, elle se sentait prête à tout conquérir... sauf elle-même. La vie allait se charger de lui enseigner que le démon le plus résistant est celui que l'on porte en soi.

Leonora se montrait douce et sensible comme sa mère, mais ne lui ressemblait pas physiquement. Elle avait de fins cheveux couleur de noisette et des oreilles un peu trop proéminentes. Mais cela n'avait aucune importance, car tout le monde l'aimait à cause de sa gentillesse et de sa bonne nature, excepté Alicia qui la méprisait la jugeant trop faible. Plus elle tourmentait sa sœur, plus celle-ci l'admirait. Cette adoration béate ne fit que développer les plus mauvaises dispositions d'Alicia. Mercedes, leur nounou mexicaine qui, elle-même, n'avait pas été particulièrement gâtée par la nature, hochait sa tête pleine de superstitions et déclarait qu'une belle apparence était l'œuvre du diable. « Une figure comme celle-là fera le malheur de bien des braves hommes, prédisait-elle gravement, mais Leonora, elle, trouvera le bonheur car son physique ne trompera personne. »

Mercedes dissimulait ses fortes jambes sous de longues jupes et ses recettes sous la cage de Loro, un perroquet qui imitait sa voix à la perfection. À tel point qu'un jour Oscar, le chauffeur, se présenta à la porte de sa cuisine en assurant qu'elle l'avait invité pour le *café*. Elle le renvoya, furieuse, sans se rendre compte qu'elle avait été victime du facétieux Loro qui, pendant ce temps, ricanait dans sa cage en racontant comment Oscar épiait Mercedes quand elle se rendait aux toilettes derrière la resserre.

Mercedes aimait les enfants. Elle en avait elle-même mis au monde un nombre impressionnant avec la participation de portiers, de jardiniers ou de chauffeurs de maître d'Hurlingham. On les voyait courir librement partout dans les rues comme des chiots bâtards car ils n'appartenaient en fait à personne. Elle était très fière de s'occuper des jumelles et s'efforçait pendant des heures de les initier aux mystères de la cuisine. Mais il ne lui fallut pas longtemps pour comprendre que, si Leonora prenait plaisir à faire de la pâtisserie, Alicia ne s'intéressait qu'au glaçage et à la décoration. Mercedes n'hésitait pas à réprimander Alicia en la menaçant de son doigt brun quand elle cherchait à détruire les créations de sa sœur. Dans ces circonstances, du fond de la pièce, Loro se mettait à crier joyeusement de sa voix rauque « *Mala niña ja ja ja mala niña* » tandis que ses petits yeux d'ébène regardait Alicia riposter en faisant mine d'adorer la servante, les bras autour de sa taille épaisse. Mais, à la vérité, Alicia n'aimait personne en dehors d'elle-même.

Au grand soulagement de plusieurs personnes, Phyllida Bates rendit l'âme en avril 1960. L'assistance ne se bouscula pas à ses obsèques. On n'y vit que ceux qui se crurent obligés de s'y rendre et quelques vieilles relations comme Charlo Blythe qui voyait s'approcher les ombres de la mort et espérait la tenir encore quelque temps à l'écart par une pieuse attitude. Le corps décrépit de Phyllida avait finalement succombé à la corrosion de son sang venimeux et n'était plus à la fin qu'un tas d'os et de peau desséchés comme du vieux cuir. Il occupait bien peu de place dans un cercueil anormalement léger. Sa mort n'intéressa personne en dehors d'Alicia, âgée alors de six ans, qui se montra fascinée par le sombre décorum qui l'accompagnait. Debout devant la grille avec son tablier d'écolière, elle regarda la sombre procession sortir de l'église. Elle renifla le lourd parfum des lis mêlé à l'odeur sucrée de la mort et sentit un frisson glacial lui parcourir l'échine.

— Viens, ma chérie, souffla doucement sa mère qui tenait Leonora fermement par la main. Laissons-les pleurer en paix.

— Ils ne pleurent pas, objecta Alicia sans détourner les yeux de la scène solennelle qui se déroulait au cimetière.

— Bien sûr que si, répondit sa mère d'un ton indulgent.

— Alors pourquoi le colonel caresse-t-il le derrière de Mrs Blythe ?

Audrey leva les yeux vers l'enclos et constata avec horreur que l'enfant avait raison. La main du colonel palpait indéniablement le maigre postérieur de sa femme.

— Il ne le caresse pas. C'est seulement un massage pour lui faire du bien, répliqua Audrey en entraînant l'espiègle enfant loin de la grille.

— Alors, ça marche, dit celle-ci joyeusement. Tu as vu ? Mrs Blythe sourit.

Au grand désarroi de Cecil, les professeurs d'Alicia se plaignaient constamment de son comportement. Ils la disaient trop intelligente pour son propre bien, désorganisant la classe et se montrant méchante avec les plus petits. En fait, ils ne parvenaient pas à en faire une élève docile. En conséquence, Cecil décida de se consacrer davantage à l'éducation de sa fille pour la discipliner. Il eut même recours parfois à une ou deux gifles quand elle lui répondait avec une insolence qui l'étonnait lui-même. Une telle hardiesse était inexcusable chez une enfant de six ans. Mais rien ne semblait avoir d'influence sur elle et la situation paraissait désespérée. *Son charme peut agir sur sa mère et ses tantes*, se disait-il, *mais pas sur moi.*

Audrey refusait de croire qu'une enfant issue d'elle pût être autrement que parfaite. Alicia venait sangloter dans ses bras, prenait des accents pathétiques pour accuser son père de cruauté et déclarer qu'elle ne l'aimait pas, qu'elle n'aimait que sa mère qui, de son côté, l'adorait et essuyait d'une main tremblante ses larmes de crocodile, aussi promptes à apparaître qu'à disparaître. Audrey serrait sa petite fille contre son cœur, évoquant les neuf mois pendant lesquels elle l'avait portée dans son sein, promettait de parler à Cecil et aux professeurs et expliquait qu'elle n'était qu'une enfant pleine de bonnes intentions mais trop exubérante, trop jeune pour contrôler une nature si puissante. Elle soutenait qu'avec un peu de discipline, Alicia deviendrait une jeune femme exceptionnelle. Mais les problèmes ne firent que s'aggraver. Ils furent obligés de la retirer de l'école et d'en trouver une autre. Audrey accusa les pédagogues, Cecil accusa Alicia et Alicia accusa tout le monde.

Leonora souffrait de l'insubordination de sa sœur. Elle dut changer d'école elle aussi et pleura des larmes sincères, désespérée d'avoir à quitter ses amies et sa maîtresse chérie, Miss Amy. Celle-ci aimait aussi beaucoup la charmante petite fille qui n'arrivait jamais à l'école les mains vides, déposant timidement sur son bureau un fruit, un bouquet de fleurs ou une tranche de gâteau. Mais Leonora continuait aussi à se glisser dans le lit d'Audrey, obligeant Cecil à se réfugier sur le divan du dressing-room. Il en vint à la conclusion qu'une seule chose restait à faire même s'il allait se rendre très impopulaire en la proposant.

— Il faut que nous parlions de l'éducation des filles, annonça-t-il un soir à sa femme en se servant un verre de cognac.

On était en hiver et les jours, trop courts, se faisaient dévorer par la nuit qui tombait brutalement. Les jumelles étaient au lit, couvées par l'amour inconditionnel de leur mère. Au-dehors régnait le froid qu'un vent violent, hostile, rendait plus vif. Audrey sourit à son mari et reposa son livre.

— Je trouve qu'Alicia se comporte bien dans sa

nouvelle école. Quant à Leonora, elle a fini par accepter le changement. Il me semble que c'est une expérience positive, dit-elle paisiblement.

— Je ne suis pas d'accord. Selon moi, il n'y a qu'une seule manière de venir à bout d'Alicia et de lui apprendre à respecter ses aînés.

— Que veux-tu dire ?

Cecil hésita car il savait qu'il allait déclencher une terrible crise et détestait l'idée de bouleverser sa femme. Il rassembla son courage, fixa sur elle ses yeux bleu pâle et lança d'un ton décidé :

— Je désire qu'elle reçoive une véritable éducation anglaise.

Audrey frissonna et perdit un instant contenance. Elle lui jeta un regard incrédule, bouleversée par cet excès de rigueur, incapable de répliquer comme elle l'aurait souhaité.

— Une *véritable* éducation anglaise ? finit-elle par marmonner au bout d'un long moment.

— C'est-à-dire en Angleterre. Ici, l'éducation est franchement insuffisante, poursuivit-il en détournant les yeux pour ne pas voir la terreur qui se lisait dans ceux d'Audrey. Je pense que nous devrions envoyer nos filles au pensionnat de Colehurst House. C'est là qu'est allée ma sœur Cicely. Il n'y a rien de comparable au monde à ce type d'éducation.

— Ce sont encore des enfants, objecta Audrey d'une voix étranglée. Elles n'ont que six ans.

— Oh, mon Dieu, je ne parle pas de les envoyer là-bas dès maintenant. Non, non, ma chérie, pas avant leur dix ans. Je voulais juste exprimer cette idée pour que tu y penses.

— Dix ans ?

Elle resserra son cardigan sur ses épaules, rassembla ses esprits et ajouta lentement, en articulant avec soin :

— Tu ne peux pas me demander cela, Cecil. Je ne te laisserai pas faire.

Des parents qu'elle connaissait avaient envoyé leurs enfants faire leurs études en Angleterre. Quand ils étaient revenus, ils étaient devenus des étrangers avec de nouvelles manières, de nouveaux accents, de nouvelles expressions. Elle ne le permettrait pas.

— Je craignais que tu ne le prennes mal. Il y a déjà quelque temps que je voulais en parler avec toi.

— Audrey s'efforça désespérément de garder son calme.

— Cecil, comment as-tu pu même concevoir l'idée de m'arracher les deux êtres auxquels je tiens le plus au monde ?

Cecil se détourna pour gagner la fenêtre et regarder au-dehors. *Les femmes sont si émotives*, songeait-il. *Je m'y suis peut-être mal pris.* Il soupira et décida de choisir une autre tactique.

— C'est mon devoir de père de choisir ce qu'il y a de mieux pour mes enfants, Audrey. Je n'ai pas plus envie que toi de les envoyer au loin, mais nous devons penser à leur avenir.

Il avait parlé d'une voix ferme et elle se dit que c'était le ton qu'il avait dû employer du temps où il commandait aux soldats placés sous ses ordres à l'armée.

— Les écoles anglaises ici sont parfaitement appropriées. Trouves-tu que j'ai été mal élevée ?

Elle le regarda avec colère. Cecil alluma un cigare et resta debout devant le feu.

— Ton éducation a été parfaite, bien sûr, pour ton époque. Mais les temps ont changé. La guerre a tout bouleversé, ne serait-ce que la place des femmes dans la société. Alicia est une forte tête. Elle sème le désordre et, si nous ne parvenons pas à lui insuffler un peu de discipline, elle deviendra une jeune femme insupportable et déplaisante. Cette décision concernera forcément aussi Leonora car nous ne pouvons pas les séparer, mais une éducation anglaise leur sera profitable à toutes les deux. Leonora devrait en tirer un peu plus d'indépendance et de confiance en elle. Elle est beaucoup trop attachée à toi. (Regardant sa femme bien en face, il ajouta :) C'est le plus beau cadeau que nous puissions leur faire. Une telle éducation n'a pas de prix.

— Pour l'amour du ciel, Cecil. Je donnerais n'importe quoi pour ne pas les envoyer si loin !

— L'avenir est en Angleterre. Je n'ai pas l'intention de rester ici toute ma vie, tu le sais bien.

— Tu veux dire que nous allons quitter l'Argentine ?

— Pas maintenant, mais sans doute plus tard. Cela dépendra des circonstances.

— Je veux rester ici, Cecil. Et je veux que mes enfants grandissent à mes côtés. Nous faisons tous partie de ce pays et je ne veux pas me séparer de mes filles. Je ne le *veux pas*.

Sa voix s'était élevée de plusieurs tons et elle avait prononcé ces derniers mots en criant.

— Calme-toi, Audrey, et efforce-toi de penser raisonnablement. Regarde les choses de leur point de vue. Souhaites-tu leur offrir ce qu'il y a de mieux pour elles ou ce qu'il y a de mieux pour toi ?

— Je suis leur mère. *C'est moi qui leur conviens le mieux !* Oh, Cecil, je n'arrive pas à croire que tu aies pu faire une si horrible suggestion. Qu'est-ce qui t'a pris ? Pourquoi veux-tu déchirer notre famille ?

— Ma chérie..., commença-t-il.

Mais Audrey était bien trop agitée pour écouter.

— Je ne te laisserai pas faire. Tu as compris ? Il faudra me tuer d'abord !

Avant de quitter la pièce, elle se retourna pour lui lancer :

— Je ne te le pardonnerai jamais !

Assis devant le feu, Cecil réfléchit à la réaction de sa femme. Il ne s'était pas attendu à ce qu'elle prenne cette décision *aussi* mal. De nombreux Anglais vivant en Argentine envoyaient leurs enfants à l'étranger pour leurs études. En Angleterre d'abord, souvent ensuite en Suisse. Ils acquéraient ainsi une meilleure assurance, davantage d'indépendance et se trouvaient mieux préparés à affronter les réalités du monde. Tout en souhaitant pouvoir l'apaiser, il ne pouvait s'empêcher d'être un peu irrité par l'aveuglement de sa femme à l'égard de ses enfants. Alicia était un problème, mais Audrey ne le voyait pas ainsi. À ses yeux, les jumelles étaient des anges qui avaient déposé leurs ailes aux portes du paradis pour les récupérer à leur retour. C'étaient des êtres à part, et quiconque formulait une critique à leur égard ne pouvait être qu'un jaloux. Cecil conclut qu'il devait tenir bon et s'en tenir à sa décision.

Il y avait longtemps qu'Audrey n'avait plus joué de piano mais elle se retrouva devant l'instrument, assise le dos bien droit sur le tabouret à la tapisserie usée, les doigts sur le clavier, les pieds effleurant les pédales. Des larmes perlèrent sous ses paupières closes, descendirent le long de son menton avant de tomber sur les touches d'ivoire qui traduisaient en musique le chagrin de son âme. Cette émotion profonde ranima le souvenir de Louis enfoui au fond de sa mémoire et rehaussa son image des tons de la jeunesse. Il était là devant elle, comme si elle venait de le quitter la veille sous le cerisier, dans le verger de Canning Street. Elle revit ses boucles désordonnées couleur de sable, ses yeux d'un bleu intense au regard lointain, ses lèvres pleines sur lesquelles elle avait si souvent posé les siennes, ses longs doigts pâles qui, jamais au repos, se promenaient sans cesse sur un clavier imaginaire. Elle se languit de lui avec une telle intensité que le piano frémit sous le poids de son tourment. Elle avait perdu Isla, puis Louis, et voilà que, maintenant, on la menaçait de lui prendre ses enfants. Le sentiment de son impuissance la submergea. Mais la musique exerçait sur elle une influence toujours apaisante.

Elle finit par se détendre, sa tête se balança de droite à gauche, elle soupira profondément et l'ancre qui retenait sa pensée dans le monde réel se détacha lentement pour la laisser pénétrer dans l'univers sans limites des rêves.

13

Audrey se trouvait à présent confrontée au plus rude défi de sa vie. Il lui fallait se comporter normalement avec son mari alors qu'intérieurement son ressentiment contre lui ne cessait de croître comme une tumeur maligne. Elle se raccrochait à ses filles avec la détermination d'une femme en train de se noyer, vivant chaque jour comme s'il était le dernier. L'ombre de l'Angleterre assombrissait l'horizon et devenait de plus en plus envahissante, de plus en plus noire avec le cours inexorable du temps qui les entraînait, elle et ses enfants, vers la séparation fatidique. Pour atténuer le choc du départ imminent, elle se mit à brosser pour les filles une image surannée de l'Angleterre et de ses pensionnats, pays de vertes collines et de villages anciens, d'écolières en uniforme et d'équipes sportives, de fêtes de minuit et d'aventures, en s'inspirant des romans d'Angela Brazil. Elle se montra si brillante dans cette évocation que Leonora elle-même avait hâte d'atteindre ses dix ans.

— Nous irons à l'école en Angleterre l'année prochaine, déclara Alicia à Mercedes en plongeant le doigt dans le pot de *dulce de leche*.

Mercedes était en train de donner des graines de

tournesol au perroquet à travers les barreaux de sa cage. À chaque fois, l'animal articulait un *Gracias* car il savait que cela lui rapportait une nouvelle ration.

— C'est aller bien loin pour apprendre, *niña,* observa-t-elle à sa manière traînante car elle tournait longtemps l'idée dans sa tête avant de l'exprimer. D'ailleurs, trop de savoir, ce n'est pas une bonne chose.

Mercedes voyait en toutes choses leur aspect négatif.

— Papa assure qu'une éducation anglaise est ce qu'il y a de mieux au monde, expliqua Alicia.

— Regarde-moi, dit Mercedes en ouvrant la porte de la cage pour que Loro puisse voleter dans la cuisine. Ma mère m'a appris à cuisiner et ma grand-mère à prier. Cuisiner m'a valu pas mal de braves hommes et prier le pardon de mes fautes. De quoi d'autre peut bien avoir besoin une femme ? Tu te marieras et tu auras des enfants, que tu saches ou non si la terre est ronde et si elle tourne. D'ailleurs, elle continuera de tourner quoi que tu fasses.

— Pendant les vacances nous irons chez tante Cicely. Elle a une très grande maison. C'est sûrement un château. Probablement hanté. Tu n'aimerais pas ça, Merchi, tu n'aimes pas les fantômes.

— Je me fiche pas mal des fantômes tant qu'ils me laissent tranquille. Le seul que je ne supporte pas est le fantôme de mon mari parce qu'il veut toujours partager mon lit dans lequel il est mort il y a quarante ans.

Loro gratta son plumage défraîchi et se posa sur le dossier de la chaise où était assise Alicia en train de se lécher les doigts.

— Pourquoi Loro perd-il ses plumes ? demanda-t-elle en observant l'animal qui tentait de picorer les boutons de sa robe.

— Parce qu'il se sent seul, répondit Mercedes. (Elle retroussa ses lèvres épaisses avant d'ajouter :) Ce n'est pas une raison pour se laisser aller. J'ai été seule toute ma vie et j'ai toujours pris soin de moi. On ne sait jamais...

— Pourquoi n'épouses-tu pas Oscar ?

Mercedes ne parut pas surprise par la question de l'enfant. Cette idée avait traversé maintes fois son esprit. Ce n'était pas tellement qu'elle trouvait Oscar séduisant, mais il lui serait agréable d'avoir une relation stable. Elle était trop vieille pour prendre des amants. D'ailleurs, elle appréciait moins les plaisirs de l'amour que lorsqu'elle était plus jeune et plus mince. Elle éprouvait à présent le désir d'avoir un compagnon.

— Parce qu'il n'est pas assez riche pour m'entretenir et qu'il perd ses dents, répondit-elle nonchalamment.

— Il se sent peut-être tout seul comme Loro ?

— C'est possible, *niña*, mais c'est peut-être aussi qu'il a des problèmes de santé et pas assez de chance.

— Il n'est pas beau, observa Alicia en se passant les doigts dans ses cheveux bouclés.

Mercedes devait parfois se pincer pour revenir à la réalité tant elle lui rappelait Isla.

— Il n'est pas bon d'être trop beau. Tu l'apprendras à tes dépens. On peut cacher une nature mauvaise derrière un joli visage mais elle finit toujours par déformer les traits. Il ne faut pas se fier à l'apparence, si belle soit-elle. Une fois la jeunesse disparue, c'est la beauté intérieure qui apparaît.

Alicia caressa le dos pelé de Loro.

— J'ai hâte d'aller en Angleterre.

— L'herbe est toujours plus verte dans le champ voisin. J'ai connu ça. Esteban avait des maîtresses mais il me revenait toujours.

— Tu dis qu'il est toujours là, dit Alicia en riant.

Mercedes soupira.

— C'est vrai. Si je me remarie, peut-être laissera-t-il enfin le lit à mon nouvel époux.

— Peut-être aussi qu'il viendra hanter ta maison et faire peur à ton nouveau mari pour qu'il déguerpisse.

Mercedes regarda l'enfant, les yeux plissés, semblable à un sorcier mexicain.

— Tu sais quel est ton problème, mon enfant ?

— Non. C'est quoi, Merchi ?

— Tu es trop intelligente pour ton bien, dit-elle en pinçant la joue de l'enfant. Ça finira mal, je te le dis.

— Ouille ! Je déteste quand tu fais ça ! Je ne suis plus un bébé. J'ai bientôt dix ans.

— Bien dommage. Tu étais très mignonne autrefois mais, en grandissant, tu ne t'arranges pas.

Alicia se mit à rire et lui tira la langue.

— Est-ce que je te manquerai quand je serai partie ? demanda-t-elle.

— Non, répondit Mercedes. Parce que tu reviendras.

— Je reviendrai pour Noël.

— Pour te vanter de ce que tu auras appris.

— Je te montrerai mes trucs.

— On n'apprend pas de nouveaux tours à un vieux chien.

— Tu n'es pas un chien, Merchi !

— Non, mais je suis vieille !

La tête en arrière, Mercedes laissa échapper un rire rauque.

Alicia sauta à terre, faisant tomber Loro qui se mit à caqueter avec rage en lui becquetant les chevilles.

— Tu sais ce que tu devrais faire pour Loro ? dit-elle.

— Le mettre dans une casserole et le faire cuire pour le dîner ?

— Non, lui accrocher un miroir dans sa cage.

Mercedes resta muette d'admiration, les mains posées sur ses vastes hanches.

— Tu es un génie, *niña,* dit-elle. Comme ça, il croira avoir de la compagnie ! Et ton père qui pense que tu as besoin d'aller en Angleterre pour apprendre !

— Non, ce n'est pas ça, Merchi. Quand il se verra si laid, il arrêtera d'abîmer ses plumes comme il le fait.

— C'est ce que tu ferais à sa place, mais il n'est pas vaniteux comme toi. Il se sent seul, c'est tout. (Mercedes leva un long doigt brun et reprit un ton sévère :) C'est pas d'éducation que tu as besoin, gamine, mais d'une bonne tape sur le derrière !

Derrière appétissant, derrière appétissant ! caqueta Loro en se baignant dans l'évier.

Mercedes plissa les lèvres.

— Ce n'est pas moi qui lui ai appris ça !

Elle fronça les sourcils, perplexe, puis se mit à crier :

— Oscar !

Trois années s'étaient écoulées depuis que Cecil avait fait part à Audrey de son intention d'envoyer les filles en pension. Audrey avait tenu sa promesse : elle ne lui avait pas pardonné. Sa colère demeurait secrète et elle n'avait parlé à personne de ce projet, sauf à Isla lorsqu'elle allait galoper dans la pampa, persuadée que l'esprit de sa sœur l'accompagnait partout où elle allait. Elle avait adopté vis-à-vis de Cecil des manières polies et compassées. Elle souriait, parlait, recevait pour des dîners ou des cocktails dans le jardin soigné de leur confortable maison, mais manifestait à l'égard de son mari la même réserve distante qu'avec ses invités. Elle ramassait maintenant ses longues boucles dans un chignon sévère qui faisait paraître son visage plus long et plus triste et ne les laissait retomber que la nuit, lorsqu'elle couvrait le piano de bougies et se lançait dans des interprétations furieuses dont personne ne l'aurait crue capable. Cecil tenait bon, refusant de se laisser manipuler. Il savait qu'il agissait pour le bien des enfants, pour leur avenir, et était assez vieux jeu pour penser qu'une femme devait soutenir son mari. Il finit par s'habituer à sa froideur silencieuse au point que ce comportement devint si familier qu'il n'y fit plus attention. Sauf pendant les longues nuits dans son lit solitaire quand son corps réclamait la chaleur d'un autre corps et l'affection qu'Audrey lui avait prodiguée quelque temps.

Le jour du départ finit par arriver. Cecil avait opté pour un voyage en bateau, permettant ainsi à Audrey d'accompagner les filles et de profiter d'elles encore une quinzaine de jours avant la rentrée des classes. Rose et tante Edna arrivèrent de bonne heure le matin, les bras chargés de bonbons, de jolis plumiers, de crayons de couleur, et elles embrassèrent tendrement les enfants.

— Ne nous oubliez pas ! dit leur grand-mère en les serrant dans ses bras et en essuyant ses larmes.

Edna tendit un vieux lapin en peluche tout défraîchi à Leonora, son préféré.

— Prends-en bien soin, lui dit-elle, car je l'aimais beaucoup quand j'étais petite.

— Écrivez-nous souvent, et de longues lettres, car nous voulons savoir tout ce qui se passe, ajouta Rose en jetant un coup d'œil à sa fille dont le visage était pâle et tendu.

Tante Hilda passa avec Nelly mais elle avait les mains vides. De toute façon les jumelles ne s'étaient pas attendues à un cadeau de sa part. Mais elles furent enchantées quand celle-ci leur remit un grand pot de *dulce de leche* en disant : « Je suis sûre qu'ils n'en ont pas là-bas. »

— Vous avez bien de la chance d'aller en Angleterre, déclara Edna avec un entrain forcé. Ils ont tout ce qu'il y a de mieux. Rapportez un pudding de Noël quand vous reviendrez pour les vacances.

— Et aussi des *mince pies*, ajouta Rose.

Au moins, elles passeront Noël avec nous, songeait-elle tristement car, jusque-là, il allait falloir supporter leur absence. Elle partageait le chagrin d'Audrey et avait passé bien des nuits blanches à se demander comment sa fille survivrait à une séparation si cruelle. Il n'était pas question qu'elle en parle à Henry car, pour celui-ci, Cecil agissait pour le mieux. Rien ne pouvait rivaliser avec une éducation anglaise.

Mercedes avait refusé d'assister au départ car elle considérait comme une preuve de faiblesse toutes les manifestations d'émotion, larmes ou sanglots, et préférait donc les éviter. Elle était allée faire les courses en ville, laissant Loro tout seul dans sa cage criant *C'est une honte! C'est une honte!* aussi fort qu'il pouvait afin que tout le monde soit au courant du désespoir de sa maîtresse.

Le ciel gris hivernal projetait sur le port une lumière pâle et morne. Audrey embarqua à bord de l'*Alcantara* avec Alicia et Leonora gambadant à ses côtés, excitées par la grande aventure qui s'ouvrait devant elles. Non seulement elles ne connaissaient pas l'Angleterre mais elles n'étaient jamais montées sur un bateau aussi grand et aussi luxueux. Audrey se demanda si les agneaux gambadaient avec autant d'enthousiasme avant qu'on les égorge. L'agitation de la foule, les porteurs chargés de valises, les sifflets, le bruit des moteurs, les familles échangeant des baisers et des adieux, tout cela la paniquait. C'était une ambiance si peu familière, si déconcertante. Elle détestait le bruit et le chaos et s'inquiétait sans cesse pour les enfants. Bien à tort, car les jumelles étaient enchantées par tout ce qu'elles voyaient ou entendaient et prirent à peine le temps de dire au revoir à leur père qui regarda avec détachement sa petite famille monter à bord et disparaître à l'intérieur du bateau. Audrey l'avait gratifié d'un baiser glacial sur la joue en le regardant droit dans les yeux avec hostilité pour lui rappeler qu'il était responsable de cette séparation et qu'elle lui gardait une rancune tenace. Il se disait que le temps les rapprocherait sans doute à nouveau et qu'elle comprendrait mieux sa décision lorsqu'elle verrait revenir ses filles avec de bonnes manières et une excellente éducation. Entretemps, il lui resterait sa bouteille de gin pour se consoler.

Les filles couraient en tous sens dans les coursives à la recherche de leur cabine en poussant des cris de joie. Audrey les suivait, anxieuse. Elle détestait l'odeur de tapis et de détergent flottant dans les couloirs et éprouvait un sentiment de claustrophobie devant l'étroitesse de ce labyrinthe. Il lui était impossible de partager la gaieté de ses filles, sachant ce qui les attendait en Angleterre.

— Maman ! Maman ! cria Alicia quand elles pénétrèrent dans leur cabine. Des lits superposés ! Je prends celui du haut, décréta-t-elle vivement en jetant son sac sur la couchette. Viens, Leo, allons sur le pont !

— Non, attendez... commença Audrey.

Mais Alicia était déjà à la porte, Leonora sur ses talons. Audrey n'eut pas d'autre choix que de les suivre. Elle avait mal à la tête et ne désirait qu'une chose : s'étendre et fermer les yeux. Mais son imagination lui représentait les corps de deux petites filles tombant dans l'eau et elle se hâta, les yeux pleins de larmes, dans le dédale des coursives, se dirigeant à l'écho de leurs voix.

Le pont était encombré d'une foule de voyageurs faisant de grands signes à leurs parents ou amis restés à terre. Leurs cris surmontaient le profond mugissement qui sortait des entrailles du bateau et le faisait vibrer. Alicia et Leonora avaient réussi à se glisser jusqu'au bastingage et, à leur tour, agitaient la main. Mais leur père avait déjà disparu pour regagner Hurlingham et la grande maison vide.

Audrey regarda le navire quitter le port et pénétrer en haute mer. L'horizon semblait désert, à l'exception d'une brume grise, comme si on avait atteint la limite du monde. Elle laissa ses pensées s'envoler vers Louis, vers la tristesse de la vie qu'elle s'était choisie. Brusquement, elle se sentit détachée de tout et elle regarda s'éloigner la côte de l'Argentine avec une conscience différente. De cette perspective nouvelle, Hurlingham n'était plus qu'un lieu insignifiant, un point minuscule par rapport à l'immensité de l'océan. Son cœur s'accéléra quand elle reconnut que Louis avait eu raison : elle avait peur de rêver. C'était à cause de cette peur qu'elle avait épousé Cecil et laissé Louis partir. Si seulement le monde lui était alors apparu comme il le voyait lui-même et comme il était en réalité c'est-à-dire un espace infini de possibilités. Entourée d'étrangers, en route vers un pays lointain qu'elle ne connaissait pas, elle se prit à oser imaginer la vie qu'elle aurait pu mener avec Louis. Ils auraient voyagé partout, heureux d'être simplement ensemble. Jamais encore elle n'avait pris conscience du pouvoir que procurait la liberté. En regardant tout autour d'elle, elle se laissa envahir par cette enivrante sensation. Pourquoi ne l'avait-elle pas découverte plus tôt ?

Ainsi commença le périple de deux semaines qui devait les conduire d'abord à Rio le long de la côte, puis à Madère de l'autre côté de l'Océan, à Lisbonne et, finalement, à Southampton au début de septembre. Grâce au changement qui s'était opéré en elle, Audrey profita du voyage et de la compagnie de ses enfants sans trop penser à ce qui l'attendait. Elle restait étendue au soleil sur le pont à lire ou à rêver pendant que les jumelles couraient avec d'autres enfants, plongeaient dans la piscine, s'essayaient au *deck tennis* ou s'amusaient à regarder leurs aînés jouer au palet. Audrey n'avait pas à se soucier de les surveiller car les jeunes s'étaient placés sous l'autorité naturelle de Mrs Beetlestone-Magnus, en abrégé Mrs B., une énergique femme d'une bonne soixante d'années aux formes rebondies dissimulées sous de longues robes flottantes qui ressemblaient à des tentes de stand pour exposition florale. Elle organisait des concours de peinture ou de chant, des séances de déguisements, montait de petites pièces de théâtre avec tant de succès qu'au bout d'une semaine les adultes eux-mêmes demandèrent à faire partie de la troupe.

— Ce sera avec plaisir, mes très chers, leur dit-elle en secouant son généreux double menton, à condition que vous vous contentiez d'un petit rôle de figurant car les enfants sont véritablement très doués, vous savez.

Et les adultes acceptèrent bien volontiers. Le vieux Mr Linton, un digne gentleman aux cheveux d'argent, resta même tout au long de la pièce intitulée *Du vent dans les saules*. Debout dans un coin à l'arrière de la scène, il était censé représenter un arbre.

Mrs B. avait trouvé un moyen infaillible pour séduire les enfants en leur distribuant des bonbons qu'elle achetait dans une petite boutique où Audrey pouvait également se procurer son eau de toilette favorite.

— Toutes les femmes s'habillent comme ça en Angleterre, dit-elle à ses filles en leur montrant la dame vêtue à l'ancienne figurant sur l'étiquette du flacon.

Puis on passa l'équateur et tous ceux qui le franchissaient pour la première fois, comme Audrey, Alicia et Leonora, durent se soumettre à la cérémonie rituelle. On leur banda les yeux et on les aspergea d'écume. Les jumelles poussèrent des cris de joie tandis que leur mère s'efforçait d'accepter bravement l'épreuve dans cette ambiance plutôt cordiale. Mais elle trouva cela déplaisant, surtout lorsqu'on demanda aux enfants de passer sur une planche. Leonora, apeurée, se dissimula derrière sa mère mais Alicia sauta dessus et fut rattrapée au vol par deux passagers qui se rendirent compte qu'elle était prête à tomber.

Tous les matins, un pari était organisé pour deviner combien de milles avait parcouru le navire. Le gagnant recevait un bon à dépenser à la boutique.

Alicia gagna deux fois, non qu'elle ait deviné car elle n'en avait pas la moindre idée, mais parce que Mr Linton avait toujours le chiffre exact et qu'elle se débrouillait pour le lire à la dérobée. Tout le monde comprit qu'elle avait triché mais, compte tenu de son charme et de son âge, elle n'en eut que plus de succès. À onze heures, un steward faisait son apparition sur le pont avec un plateau chargé de Bovril ou de thé bien chauds et de petits gâteaux secs que les jumelles détestaient, habituées aux *dulce de leche* ou autres friandises de Mercedes. Audrey avait le cœur levé à la seule odeur du bouillon de bœuf que les autres passagers buvaient avec délice. Mrs B., toujours affairée mais efficace, s'arrêtait près du plateau pour en avaler une tasse et disparaissait aussitôt après en croquant un gâteau sec, à la recherche de quelque tube de peinture, de colle ou d'une enfant capricieuse. Ce matin, Mrs B. avait pris le temps de s'asseoir quelques instants près d'Audrey pour lui dire à sa manière franche et directe qu'Alicia non seulement se comportait mal mais qu'elle incitait les autres enfants à en faire autant et, pis encore, qu'elle laissait toujours délibérément sa sœur de côté.

— Mais Leonora ne m'en a rien dit, protesta Audrey qui ne voulait pas croire à tant de méchanceté de la part de sa progéniture.

Mrs B. lui jeta un regard indulgent. Mère et grand-mère elle-même, elle connaissait mieux que quiconque les faiblesses du cœur maternel.

— Ma chère Audrey, Alicia est une fillette à la personnalité très forte et fougueuse. Elle a énormément de charme et attire facilement à elle les autres. Elle peut en user pour le bien comme pour le mal. Comme beaucoup d'enfants, elle n'a pas encore appris à se mettre à la place des autres et Leonora en subit les conséquences. Je vous suggère de lui en parler, sinon elle risque d'avoir pas mal de problèmes à Colehurst House.

Audrey baissa les yeux et l'image de Cecil traversa fugitivement son esprit. Elle soupira profondément et reposa son livre.

— Vous savez, mon mari se désole de la conduite d'Alicia, c'est pourquoi nous envoyons les filles en pension en Angleterre.

— Ne vous inquiétez pas, mon enfant, dit Mrs B. en tapotant la main d'Audrey de ses petits doigts boudinés. Ils sauront l'éduquer de la meilleure manière qui soit au monde.

— J'aurais tant voulu les garder à la maison avec moi, expliqua Audrey tristement.

— Oh, je sais, c'est difficile, surtout lorsqu'on n'a pas été élevé soi-même ainsi. Mais on est bien obligé de s'adapter aux événements que la vie nous impose. J'ai trois filles et huit petits-enfants. Sally, ma fille aînée, vit à Belgrano avec son mari qui a été envoyé en Argentine il y a cinq ans pour une affaire et n'en est pas revenu. Je suis allée leur rendre visite. J'essaie de le faire tous les deux ans. Quand je songe maintenant à mes années de pensionnat, il me semble qu'elles ont passé trop vite. Vous n'abandonnez pas vos filles, ma chère Audrey. Il s'agit juste d'une période nouvelle. Elles vont grandir, s'épanouir et devenir des jeunes femmes sans que vous perdiez rien de leur évolution. Vous avez encore des années devant vous pour profiter d'elles et vous apprécierez encore mieux chaque instant du fait de cette longue séparation, croyez-moi.

— Cela me semble si contraire à la nature.

— Nullement. Elles vont apprendre l'indépendance et je suis sûre que vous leur souhaitez de gentils maris anglais. L'Argentine est un beau pays, bien sûr, mais rien ne vaut l'Angleterre, n'est-ce pas ?

Audrey ne sut quoi dire car elle n'avait jamais quitté l'Argentine. Elle aurait voulu aussi ajouter qu'il lui était bien égal que ses filles épousent un Argentin ou un Africain si cela leur apportait le bonheur. Mais Mrs B. avait foi en l'Empire britannique et en la supériorité de son peuple. Ses yeux brillaient de fierté quand elle en parlait et elle ne comprendrait certainement pas une attitude aussi peu conventionnelle.

— Je parlerai à Alicia, finit-elle par répondre pour changer de sujet.

— Très bien, dit Mrs B. en se relevant avec quelque difficulté. Il faut savoir parfois se montrer inflexible pour le bien des enfants. Si on ne leur apprend pas les règles qu'ils doivent connaître, ils deviennent d'affreux sauvages et ce n'est certainement pas ce que nous souhaitons.

— Certainement pas, admit Audrey docilement.

— Il faut que je me sauve. Nous répétons *Peter Pan* à cinq heures.

— Seigneur ! N'est-ce pas une entreprise un peu trop ambitieuse ?

— Pas du tout. Ces enfants sont réellement doués. Si j'avais su jouer du piano, je leur aurais fait interpréter *La Bohème.*

Audrey ne proposa pas ses services.

Ce soir-là, quand les jumelles regagnèrent la cabine pour se changer avant le dîner, Audrey les attendait le visage sévère. Alicia se sentit immédiatement coupable car elle connaissait la portée de ses actes tout en étant incapable de se contrôler.

— Je voudrais vous parler à toutes les deux, commença leur mère. Asseyez-vous.

— Nous avons fait quelque chose de mal ? risqua Alicia, prête à verser quelques larmes de crocodile.

— Je crois que tu n'es pas gentille avec Leonora, répondit Audrey sévèrement. Et, si cela se confirme, je crois que tu mérites une bonne réprimande.

— Non, elle n'est pas gentille, déclara bravement Leonora.

Elle jeta un coup d'œil en coin à sa sœur qui lui sourit avec une telle tendresse que le cœur de Leonora se mit à fondre.

— On m'a dit que tu l'excluais de tous les jeux organisés insista Audrey en regardant Alicia.

— C'est moi qui n'en ai pas envie, expliqua vivement Leonora en prenant Vieux-Lapin sur sa couchette pour le bercer contre elle.

— Elle n'en a pas envie, répéta Alicia d'un ton innocent. Je suis pas comme ça, maman. J'ai pas envie de faire du mal à Leo.

— Je l'espère bien, Alicia. En pension, vous allez vous trouver parmi un grand nombre de filles inconnues. Il faudra vous soutenir toutes les deux, faire bloc. N'oubliez jamais que vous êtes sœurs, une même famille. La vie ne sera pas toujours facile et vous devez pouvoir compter l'une sur l'autre. Isla et moi étions aussi différentes de caractère que vous l'êtes, mais nous avons toujours été unies. Il ne me serait jamais venu à l'idée de ne pas être loyale avec elle car elle était une partie de moi-même, exactement comme vous l'êtes l'une pour l'autre.

— J'aurais bien voulu connaître tante Isla, déclara Alicia pour changer de sujet.

— C'était un être spécial. Elle était brillante et même éblouissante. Le monde est plus sombre maintenant qu'elle est partie mais il y a d'autres lumières. Toutes les deux, vous avez pris sa place pour éclairer ma vie.

— Tu vas me manquer quand nous serons en pension.

Alicia éclata soudain en sanglots si convaincants que même Leonora, qui la connaissait mieux que personne, les crut sincères. Alicia leva des yeux noyés de larmes derrière ses cils épais.

— Je serai là, tu sais, dit gentiment Leonora en posant une main sur son épaule.

— Ma chère enfant, viens ici, dit Audrey en serrant dans ses bras sa fille éplorée et en caressant ses cheveux. Tu verras que tu te plairas là-bas.

— Je n'ai plus envie d'y aller. Je veux rentrer à la maison.

Leonora fut soudain traversée, elle aussi, par l'envie de rentrer mais elle se mordit les lèvres et, pour ne pas se mettre à pleurer, essaya de se réciter l'alphabet à l'envers. Leur pauvre mère ne supporterait pas de les voir sangloter toutes les deux. Elle regarda sa sœur pelotonnée contre leur mère et aurait aimé l'imiter. Alicia était toujours si forte, si pleine d'assurance, cela ne lui ressemblait pas d'avoir peur. Cette crise l'inquiéta et, soudain, la pension en Angleterre lui parut redoutable, tout comme les séjours chez cette tante Cicely qu'elle ne connaissait pas mais qu'elle se représentait, par les bribes de conversation glanées çà et là, comme une femme sévère vivant dans une grande maison hantée au milieu de nulle part. Elle n'osa pas exprimer ses craintes à sa mère, devinant qu'elle en serait bouleversée et regretta qu'Alicia manquât à ce point de retenue.

Audrey était à présent suffisamment distraite de son idée première, ce qui était le but véritable recherché par Alicia. Elle jeta un coup d'œil à Leonora et jugea qu'elle arborait des airs de martyre. Voyant Leonora lui sourire gentiment, elle décida de se montrer aimable quelque temps. Après tout, c'était un défi comme un autre et elle adorait les défis.

Pendant les derniers jours du voyage, Audrey eut la satisfaction d'entendre Mrs B. déclarer qu'Alicia faisait maintenant participer sa sœur à tous les jeux. « Quoi que vous ayez pu lui dire ma chère, cela a marché, reconnut-elle. Elles sont maintenant comme deux doigts de la main ! » Mrs. B. s'éloigna les bras chargés de costumes de pirates pour la fête d'arrivée. Elle avait proposé à Mr Linton le rôle du capitaine Crochet mais il l'avait décliné, assurant que faire le saule avait été le sommet de sa carrière d'acteur et que, d'ailleurs, il serait bien incapable de menacer ces chers enfants de son crochet. « C'est contraire à ma nature ! » s'exclama-t-il en faisant un signe de connivence à Audrey.

Le lendemain matin, les jeunes passagers se mirent à courir sur le pont en criant « Terre ! Terre ! » Audrey réalisa que le temps qui avait suspendu son cours pendant la traversée avait repris sa marche en avant. Elle monta contempler les docks de Southampton qui émergeaient de la brume matinale et s'ancra de nouveau dans le présent, songeant aux pénibles moments qui l'attendaient. La vue n'avait rien de réjouissant mais on sentait une légère excitation parcourir tous ceux qui aimaient l'Angleterre. Leur joie n'était en rien troublée par le ciel gris et la côte sans grâce.

— Ah, l'Angleterre ! s'exclama Mr Linton que l'on sentait heureux. Il n'y a rien de mieux !

— C'est bien vrai ! confirma Mrs B., les lèvres serrées par l'émotion.

Audrey regarda avec anxiété ce pays dont son père et son mari parlaient avec tant de dévotion et se demanda ce qu'ils pouvaient bien lui trouver.

— Je croyais qu'on était encore en été, dit-elle platement.

— C'est la fin de l'été, rectifia Mrs B.

— Rien n'est comparable à un été anglais, soupira Mr Linton en serrant sa veste autour de lui pour avoir plus chaud.

Audrey regarda ses filles qui semblaient aussi désorientées qu'elle. Un brusque frisson lui glaça les os et elle se sentit parcourue d'une brusque vague de colère contre son mari.

14

— C'est vraiment drôle, observa Alicia avec amusement en suivant sa mère et sa sœur sur le quai de la gare. Tous les porteurs parlent anglais.

— Voyons, c'est naturel, répondit sa mère, nous sommes en Angleterre.

Mais elle savait ce que voulait dire sa fille. En Argentine, la classe ouvrière parlait exclusivement espagnol.

— Je ne comprends pas un mot de ce qu'il dit, souffla Leonora en désignant le porteur qui se hâtait devant elles en poussant un chariot sur lequel étaient entassées une montagne de valises dans un équilibre précaire.

— C'est parce qu'il a l'accent londonien, expliqua Audrey d'un ton qu'elle voulait assuré. Vous vous y habituerez.

— Quel brouillard ! gloussa Alicia. On dirait de la soupe. Si ce bonhomme marchait plus vite, il pourrait disparaître dedans et on ne le verrait plus.

— J'espère bien que non. Tout ce que vous possédez se trouve dans ces valises, répliqua Audrey avec une légèreté factice.

Elle étouffa un sanglot et resserra étroitement son manteau contre elle. Il faisait froid. Un froid humide qui la pénétrait jusqu'aux os. Mais, avant qu'elle soit submergée par l'angoisse, un train vert étincelant fit son apparition sur les rails et l'éclat métallique de ses voitures illumina la triste lumière matinale. Les gens s'animèrent tandis que les wagons glissaient le long du quai en sifflant et en exhalant des bouffées de vapeur.

— C'est un dragon, c'est un dragon ! s'écria Alicia en bondissant çà et là.

Sa voix perçante couvrit le grincement des freins. Les voyageurs se pressèrent aux portes pour monter. Imitant sa sœur, Leonora sautillait elle aussi par-dessus les jets de vapeur qui s'échappaient à travers les roues.

— Venez, les filles, dit Audrey en prenant Leonora par la main. Il ne faut pas manquer le train.

La grisaille du climat anglais n'affectait déjà plus Alicia et Leonora tant il y avait de choses nouvelles à observer. Elles se précipitèrent sur les deux places près de la fenêtre et collèrent leur nez contre la vitre pour contempler ce monde si étrange qui s'ouvrait maintenant à elles. Audrey leur fit ôter leurs manteaux qu'elle suspendit puis s'assit à côté de Leonora.

— Retirez vos pieds de la banquette, ordonna-t-elle à voix basse alors que les autres passagers les regardaient discrètement par-dessus leurs journaux.

Tandis que le train parcourait la campagne anglaise et que les deux sœurs bavardaient entre elles, Audrey laissa ses pensées dériver vers les deux semaines qu'elle venait de passer à bord de l'*Alcantara*. Elle se remémora les après-midi nonchalants passés sur le pont, une brise tiède courant sur sa peau et lui apportant l'écho de chansons enfantines où se mêlaient les voix des jumelles. Elle se laissa emporter vers le passé pour éviter de songer au présent et à ses problèmes. Mais ceux-ci reprenaient le dessus, avec des images de pensionnat et de séparation, de valises et d'uniformes. Derrière la représentation de Colehurst House et, plus généralement, des pensionnats anglais qu'elle s'était forgée au travers des prospectus et de ce qu'elle en avait entendu dire, apparut le visage de Louis. Elle reconnut cet air espiègle, ce sourire malicieux, et se laissa gagner par un profond sentiment de regret. Rêveuse, les yeux fixés sur le paysage automnal qui défilait au-dehors avec ses arbres dépouillés et ses champs roussâtres, elle entendit la voix de Louis comme un écho lointain : « Je sais que je t'ai profondément déçue. » Ces paroles lui déchirèrent le cœur et accentuèrent sa nostalgie. Ce pays était le sien. C'était ici qu'il avait grandi. Elle l'imaginait parcourant à cheval cette campagne, posant les yeux sur ce même paysage. Si elle avait eu plus de courage, moins peur de rêver, elle aurait pu également faire son pays de cette île lointaine. Elle aurait pu apprendre à l'aimer. Elle sentit les longs doigts de Louis sur son visage et rougit car, même en imagination, cette caresse la troublait.

Elle jeta un coup d'œil autour d'elle, inquiète d'avoir pu laisser transparaître ses pensées. Mais c'était sans raison. Un vieux monsieur fumait sa pipe, dissimulant ses favoris derrière un journal, une mince jeune femme accompagnée d'enfants à la conduite irréprochable lisait un livre, s'interrompant de temps à autre pour les complimenter de leurs dessins. Un peu plus loin, un jeune couple se dévorait des yeux. Elle croisa les mains sur ses genoux et comprit qu'au plus profond d'elle-même, elle désirait revoir Louis. Peut-être Cicely savait-elle ce qu'il était devenu. Mais, en le revoyant, aurait-elle la force de résister à ses rêves ? Ne risquait-elle pas de se laisser entraîner par eux ? Qu'adviendrait-il ensuite ?

Les jumelles enregistraient tout ce qui s'offrait à leurs yeux. Le patchwork de champs fertiles cernés de haies et de barrières, les villages avec leurs maisons de poupée aux toits de chaume et leurs jardins impeccables, le ciel délavé et le soleil qui se dégageait maintenant des nuages pour saluer leur arrivée, s'épanouissant comme une fleur géante. Tout était plus petit et plus net qu'en Argentine et les deux sœurs rivalisaient de remarques volubiles. Audrey s'arracha à ses rêves pour ramener les voix de ses filles à un niveau sonore plus acceptable.

Le train entra dans la gare de Waterloo et Audrey se fraya un chemin dans la foule des voyageurs, tenant fermement ses filles par la main. Devinant leur mère tendue et inquiète, les petites s'étaient tues. Mais, dès qu'elles se retrouvèrent à l'abri dans le taxi noir, elles reprirent leurs commentaires sur les rues de la ville si étroites, les jolies maisons et les autobus rouges à deux étages qu'elles n'avaient vus jusqu'alors qu'en images.

— Tout est exactement comme je l'imaginais, déclara Leonora. Est-ce que nous pourrons prendre un de ces autobus ?

— Moi, je monterai tout en haut, intervint Alicia avant que sa mère ait eu le temps de répondre.

— Je veux voir la maison où habite la reine.

— Je parie que je réussirai à faire bouger un de ces gardes.

— Tu n'auras qu'à le chatouiller sous le nez, gloussa Leonora. Ça devrait le faire rire.

— La reine nous invitera peut-être à prendre le thé dans son palais quand elle saura que nous sommes ici.

— Je crains qu'elle ne soit trop occupée pour cela, dit Audrey en riant et en caressant les longs cheveux d'Alicia. D'ailleurs, nous allons être très occupées nous aussi.

— Qu'est-ce que nous allons faire ? demanda Leonora.

— D'abord aller à l'hôtel.

— Chouette ! J'adore les hôtels, s'exclama Alicia bien qu'elle n'en ait jamais fréquenté.

— Est-ce que nous pourrons prendre le petit déjeuner au lit ? interrogea Leonora très excitée.

— Peut-être, mais d'abord nous devons aller acheter vos uniformes pour l'école, dit Audrey en fouillant dans son sac à la recherche de la lettre de Miss Reid, la directrice. J'ai reçu une longue liste de choses à acheter chez... comment s'appelle ce magasin ? Tante Hilda dit qu'il est très élégant. Elle semble savoir des tas de choses sur Londres. (Elle essaya de ne pas penser à sa famille, à présent si loin, presque sur une autre planète.) Ah, voilà ! Debenham & Freebody sur Oxford Street.

— Quel drôle de nom, fit Alicia en plissant le nez exactement comme le faisait autrefois Isla. Audrey retrouvait bien des traits de sa sœur chez Alicia. La même lueur espiègle dans les yeux, la même assurance... Cependant la tendance d'Alicia à la méchanceté n'appartenait qu'à elle. Elle pouvait se montrer douce et charmante, mais seulement quand elle en avait envie. Si elle n'avait personne d'autre, elle daignait jouer avec Leonora qui l'adorait inconditionnellement et la suivait partout comme un petit chien. Alicia se disait qu'en pension elle pourrait se faire beaucoup d'amies et qu'elle ne serait plus sous l'œil attentif de ses parents. Elle évoquait les romans d'Angela Brazil et souriait à l'avance à la pensée d'agir contre le règlement. Après tout, les règles étaient faites pour être transgressées. N'était-ce pas ce que sa grand-tante Edna répétait tout le temps ?

— Nous passerons cette nuit-ci à l'hôtel puis nous reprendrons le train pour le Dorset où vit tante Cicely, poursuivit Audrey ignorant les pensées délictueuses d'Alicia.

— Quand est-ce que nous irons à l'école ? demanda Alicia d'une voix que l'excitation faisait trembler.

Audrey fronça les sourcils en se rappelant les larmes qu'elle avait versées sur l'*Alcantara*.

— Mercredi, répondit-elle d'une petite voix en souriant à Leonora soudain devenue pensive. Nous vous y conduirons, tante Cicely et moi. Elle y était pensionnaire quand elle avait votre âge et s'y est plu énormément.

— Nous aussi, nous allons nous y plaire, n'est-ce pas Leo ?

Leonora approuva d'un signe de tête peu convaincu et Audrey mit instinctivement son bras autour de ses épaules pour l'attirer contre elle.

— Je resterai près de tante Cicely quelques semaines, le temps que vous vous habituiez à votre nouvelle vie. Une fois la première quinzaine écoulée, vous viendrez me voir tous les week-ends et vous pourrez ainsi me raconter comment se passent les choses.

Après s'être installées à l'hôtel Normandy de Knightsbridge, elles prirent un autre taxi pour Oxford Street et Audrey leur promit un voyage en autobus quand elles se seraient procuré leurs uniformes. Le magasin Debenham & Freebody était rempli de mères en train d'acheter des vêtements pour leurs enfants, toutes tenant en main la même liste allant des culottes aux chaussures de sortie et aux chemises Aertex dont Audrey n'avait jamais entendu parler jusqu'alors. Les filles regardaient les autres enfants avec un mélange d'inquiétude et de curiosité pendant qu'Audrey essayait de trouver une vendeuse pour l'aider. Elle finit par attirer l'attention de l'une d'entre elles, aussi menue qu'un moineau et occupée à servir une grande dame qui portait un manteau en poil de chameau. La vendeuse lui sourit et lui fit comprendre qu'elle allait s'occuper d'elle dès qu'elle en aurait fini avec sa cliente. Audrey s'assit donc dans un fauteuil pour l'attendre en regardant les filles jouer à se poursuivre dans le rayon.

— Ça ne sera pas trop long, dit la dame au manteau en venant s'asseoir à ses côtés. Ils prennent leur temps dans ce magasin. Ma Caroline — elle prononça *Cairline* — a deux sœurs aînées à Colehurst House, mais leurs affaires sont en si mauvais état que je dois racheter pratiquement tout à neuf. Plutôt agaçant car ce n'est pas bon marché.

La vendeuse disparut derrière une porte de la réserve et une petite fille, taches de rousseur, cheveux fins et nez retroussé, émergea du salon d'essayage dans un uniforme brun et beige. Audrey lui sourit mais l'enfant arborait un visage renfrogné. Elle releva le menton et avança la lèvre inférieure d'un air boudeur.

— Pas très élégant, cet uniforme, n'est-ce pas ? observa sa mère qui parlait avec un accent prononcé.

— Ce pourrait être pire, répondit Audrey avec tact, voyant combien la fillette était mal à l'aise.

— Seigneur, il est franchement affreux ! Mais au moins les filles n'abîment pas leurs autres vêtements. Avec tous ces chiens, ces poneys et ces balades dans la boue, j'en suis bien aise.

— C'est la première fois que mes filles vont en pension, dit Audrey d'une voix douce.

La dame leva les sourcils et sourit largement.

— Oh, merveilleux, vous avez encore tout à découvrir ! lança-t-elle. C'est une très bonne école, les filles sont charmantes et bien élevées. Diana Reid est une bonne directrice et une excellente cavalière. Ma Caroline avait hâte d'y aller, mais il lui a fallu me supporter un certain temps avant que cela fût possible. Pas toujours drôle, hein ma chérie ? (Elle poursuivit sans attendre la réponse de sa fille.) Je n'ai pas voulu la laisser y aller à huit ans comme ses sœurs. Elle avait un peu de mal à apprendre, trop lente, et il a fallu qu'elle prenne des leçons particulières. Maintenant qu'elle a dix ans, elle va entrer en seconde année. Elle emmène Teasel avec elle. Rien au monde ne pourrait les séparer, ces deux-là, n'est-ce pas, Caroline? Que ferait-il sans toi?

— Teasel? demanda Audrey, pensant qu'il devait s'agir d'un chien.

— Un poney, précisa la dame. Caroline ne peut aller nulle part sans lui. Si vos filles ont des poneys, ils sont les bienvenus à Colehurst House. En réalité, c'est un hôtel cinq étoiles pour les chevaux. Ils sont plus heureux que chez eux, ces petits monstres.

À cet instant, Leonora et Alicia arrivèrent en courant et en riant bruyamment.

— Ah, ce sont vos filles? Il faut qu'elles fassent la connaissance de Caroline.

Leonora sauta sur les genoux de sa mère et l'enlaça de ses deux petits bras.

Audrey fit les présentations.

— Voici Leonora et Alicia. Mes chéries, cette jolie petite fille si bien habillée s'appelle Caroline.

Les jumelles lancèrent un bonjour! poli auquel Caroline répondit par un sourire formel.

— J'aime bien ton uniforme, nota Leonora. Est-ce que nous aurons le même?

Les yeux de Caroline s'animèrent.

— Exactement le même, répondit-elle. Venez avec moi, je vais vous montrer quelles autres choses vous allez porter.

Alicia et Leonora la suivirent aussitôt dans le salon d'essayage où elles se mirent à fouiller dans un tas de chemises beiges et d'épaisses jupes brunes.

— Charmantes enfants, observa la dame qui s'avisa soudain avec horreur qu'elles ne s'étaient pas présentées. Désolée, mais je ne crois pas connaître votre nom.

— Audrey Forrester.

— Dorothy Stainton-Hughes. Un nom un peu difficile à prononcer, j'en ai peur, ajouta-t-elle en riant. D'où venez-vous ? Vous avez un curieux accent.

— D'Argentine.

— Seigneur ! Vous avez fait un bien long voyage ! Ne vous inquiétez pas pour vos filles, Mrs Forrester. Caroline s'occupera d'elles. Elle connaît déjà les amies de ses sœurs.

— Maman, maman ! cria Alicia en bondissant hors du salon d'essayage, un grand pantalon brun à la main. Regarde ! C'est vraiment moche, tu ne trouves pas ?

— Hmm, en effet, reconnut Dorothy. Ces survêtements bruns sont terriblement tristes.

— À quoi servent-ils ?

— C'est pour le sport. Les filles les portent par-dessus leurs knickers pour ne pas prendre froid. Et aussi pour des raisons de décence !

Alicia mit le pantalon sur sa tête en signe de dérision avant de disparaître dans le salon d'essayage d'où s'échappèrent à nouveau des cascades de rires.

Audrey aurait aimé demander à quoi ressemblaient les bottes Wellington et les chemises Aertex mais elle n'osa pas avouer son ignorance, de crainte d'embarrasser ses filles. Elle attendit donc que la vendeuse ait accompagné Dorothy Stainton-Hughes à la caisse, les bras chargés de vêtements, avant de réclamer le premier article de sa liste — un guernesey bleu marine — sans savoir de quoi il s'agissait.

Après quoi, Audrey emmena les jumelles chez Hamleys. Elle se réjouit de les voir béer d'admiration devant les rayons surchargés de jouets et d'animaux en peluche. Elles se sentaient d'excellente humeur après leur rencontre avec Caroline Stainton-Hugues qui leur avait parlé de feux de camp, de balades en poney et d'un grand cèdre sur lequel elles auraient le droit de grimper l'été. Audrey évoqua l'austère façade grise aperçue sur la brochure envoyée par Cicely en se demandant comment une demeure à l'aspect si glacial pouvait se révéler agréable. Épuisée après leur expédition au magasin de jouets, Audrey les emmena goûter chez Fortnum & Mason en songeant à tante Edna qui aurait adoré ce salon de thé si britannique et ses délicieux scones.

— Caroline dit que toutes les nouvelles ont une « ombre », déclara Alicia en engloutissant une énorme tranche de biscuit.

Audrey sirota son thé avec reconnaissance. Elle était si fatiguée que ses jambes ne la portaient plus.

— Qu'est-ce que c'est ? demanda-t-elle en avalant une gorgée d'Earl Grey.

— Une ancienne qui s'occupe de nous pendant le premier trimestre, expliqua Alicia la bouche pleine.

— Cette école semble plutôt agréable, n'est-ce pas ? lança Audrey d'une voix qu'elle voulait enjouée. Quand Caroline a parlé des promenades en poney dans les collines, cela m'a donné envie d'y aller moi aussi !

Hélas ! pensa-t-elle. Jamais elle ne dirait aux jumelles à quel point cette séparation lui brisait le cœur.

— Tu es trop vieille, déclara Leonora en riant.

— Je crains bien que oui. Tante Cicely pourrait être mon ombre.

— À quoi est-ce qu'elle ressemble ? demanda Leonora.

— J'espère qu'elle sera gentille puisque nous allons passer nos vacances chez elle, intervint Alicia. Elle a une grande maison avec un jardin. Crois-tu qu'elle a aussi des chevaux et une piscine ?

— Ce que je sais, c'est que Cicely est plus âgée que votre père et qu'elle a été mariée il y a longtemps de cela, expliqua Audrey.

— A-t-elle des enfants ? s'enquit Leonora.

— Malheureusement non.

— Est-ce que son mari est mort ? demanda Alicia sans le moindre signe de compassion.

— Oui, il est mort.

— Comment ? insista Alicia espérant des détails bien affreux.

— Je ne sais pas.

— Je parie que c'est d'une manière épouvantable, dit-elle en enfournant un nouveau biscuit. On dirait qu'il faut toujours que les gens souffrent pour mourir. Moi, j'espère que ça m'arrivera dans mon sommeil.

— Quel sujet de conversation, Alicia chérie !

Parlons de quelque chose de moins morbide, veux-tu ?

— Merchi dit que la seule chose qui l'effraie dans la mort, c'est de se retrouver dans l'autre monde avec son mari et tous ses amoureux parce qu'ils vont se bagarrer et mettre le désordre au paradis, poursuivit allégrement Alicia.

— Il y a de quoi l'inquiéter, en effet, observa ironiquement Audrey. N'écoute pas trop ce que raconte Merchi. Elle dit pas mal de sottises.

— Elle me manque déjà beaucoup, déclara Leonora.

— Ce sont surtout ses gâteaux qui te manquent, remarqua Alicia. La cuisine doit être exécrable au pensionnat.

— Ne vous inquiétez pas pour ça, les filles. Je vais demander à tante Cicely de vous envoyer régulièrement des paquets avec de bonnes choses. Je ne veux pas vous retrouver squelettiques.

— Alors, tante Cicely vit toute seule ? demanda Leonora d'une voix tranquille.

Elle ne manifestait plus d'inquiétude à l'égard de Colehurst House, mais l'idée que tante Cicely vivait dans une grande demeure vide la remplissait d'appréhension. Elle se sentit soudain bien loin de sa maison d'Hurlingham.

— Je sais qu'elle a des chiens car votre père a dit qu'après la mort de son mari elle avait rempli la maison d'animaux pour briser sa solitude. Mais elle a certainement aussi des voisins qui auront des enfants avec lesquels vous pourrez jouer.

Malgré son ton assuré, Audrey n'en savait rien. Cicely vivait au fond du Dorset dans une région rurale où son mari avait exploité des terres. Elle s'imaginait l'endroit couvert de collines et de forêts comme les paysages entrevus par la vitre du train.

— Je parie qu'elle ressemble à papa, déclara Leonora pour se rassurer.

— Je parie que oui, confirma Audrey d'un ton encourageant tout en imaginant une femme au visage sévère, dans le genre de tante Hilda.

Mais, à leur grande surprise, tante Cicely était tout à fait différente de ce qu'elles avaient imaginé et sa maison aussi.

Quand Audrey aperçut à travers la fenêtre de son compartiment une femme qui faisait de grands gestes dans le parking de la gare, elle ne songea pas un instant qu'il pouvait s'agir de tante Cicely. Ses cheveux blond pâle étaient ramassés en un chignon lâche qui laissait échapper des mèches flottant dans le vent. Un large sourire éclairait ses traits. Elle portait un pantalon large et une chemise d'homme rayée de bleu. Non, la Cicely dont elle avait tant entendu parler devait ressembler à ce qu'avait été son mari, élégante avec des manières formelles, à l'ancienne. Aussi, sans plus y penser, Audrey se mit à la recherche de quelqu'un qui puisse l'aider à porter les valises. Dans cette région écartée et rurale, la gare ressemblait aux dessins qu'elle avait vus dans les livres d'enfants. Des vasques emplies de géraniums exubérants pendaient du toit et le bâtiment de brique semblait avoir traversé bien des décennies. Audrey conduisit les enfants sur le quai presque désert et fit signe à un porteur qui s'affaira aussitôt autour de leurs bagages.

Où diable pouvait être tante Cicely ? La gare paraissait tranquille. Seuls quelques voyageurs étaient descendus et s'éloignaient déjà. Il ne restait qu'un vieil homme assis sur un banc qui venait sans doute regarder le va-et-vient de la gare pour se distraire, n'ayant rien de mieux à faire. Elle soupira et se mordit les lèvres. Avait-elle confondu les dates ? Cicely les attendait-elle ? Mais, avant qu'elle ait eu le temps de s'inquiéter davantage, la femme qu'elle avait aperçue du train se précipita sur le quai dans un tourbillon de feuilles mortes et de vent.

— Je suis vraiment désolée ! Mais Barley a eu un problème digestif et j'ai dû m'arrêter chez le vétérinaire pour qu'il lui fasse une prise de sang.

Elle embrassa Audrey comme si elle la connaissait depuis toujours et tapota la tête des enfants comme elle l'aurait fait à ses chiens.

— Votre voyage s'est bien passé ? Vous arrivez de si loin ! Quelle fatigue cela a dû être ! J'ai fait nettoyer la voiture exprès en votre honneur. Je ne voulais pas que vous soyez couvertes de poils de chien dès le premier jour.

Audrey regarda sa belle-sœur et rougit instantanément. Jamais elle ne se serait attendue à trouver quelqu'un ressemblant autant à Louis — même cheveux pâles, même sourire en coin.

— C'est gentil à vous d'être venue nous chercher, bégaya-t-elle, incapable de trouver autre chose à dire.

— Mais c'est tout à fait naturel, voyons. Je

n'allais pas vous laisser faire le pied de grue sur le quai. (Elle eut un petit rire affectueux et jeta un coup d'œil aux jumelles.) Ah ! Voici mes nièces. J'espère que vous aimez les chiens. J'en ai huit. Allons, venez, il ne faut pas les faire attendre.

Surprises par le tourbillon provoqué par leur tante, Alicia et Leonora la suivirent docilement.

— Heureusement, j'ai une grande voiture, dit celle-ci en ouvrant le coffre d'une Volvo poussiéreuse pour que le porteur puisse y ranger les bagages. Seigneur, vous en avez des valises ! Je suppose que vous avez été obligée d'acheter ces affreux uniformes.

— Oui, il a fallu tout acheter, dit Audrey en installant les filles sur le siège arrière.

— Elles n'auront pas besoin de grand-chose quand elles seront avec moi, seulement des pullovers bien chauds et des chaussettes. La maison n'est pas chauffée, sauf par quelques feux dans les cheminées, et il fait bigrement froid en hiver. (Elle remarqua l'expression horrifiée des jumelles et se mit à rire.) Vous pourrez toujours prendre un des chiens pour vous tenir chaud. Ils sont très contents de se rendre utiles quand c'est nécessaire. De vrais chiens domestiques !

Audrey s'assit sur le siège du passager et sentit quelque chose de dur sous elle. S'écartant sur le côté, elle tira de sous sa jupe deux gros biscuits pour chiens.

— Je les avais apportés pour le cas où il aurait fallu convaincre Barley d'entrer chez le vétérinaire, expliqua Cicely. Heureusement, Hilary Phipps est arrivée au bon moment avec sa chienne et Barley s'est laissé conduire comme un agneau. Il a toujours eu un faible pour elle.

— Ce doit être une très jolie chienne, observa Audrey qui ne connaissait pas grand-chose aux animaux.

— Seigneur, non ! C'est une horrible vieille chose puante. Barley est un jeune homme et il se montre plutôt difficile pour choisir ses copines. Mais il a toujours été un peu amoureux d'Hilary. Elle ne doit pas se laver souvent, ajouta-t-elle d'un ton malicieux avec un grand rire.

— Oh, fit Audrey avec stupéfaction.

Cicely laissa échapper un rire chaud et spontané et elle songea à nouveau combien elle était différente de Cecil.

— Comment va mon frère ? demanda-t-elle comme si elle avait lu dans ses pensées.

Audrey avait hâte d'apprendre des nouvelles de Louis, mais elle craignait de se trahir en posant trop vite des questions à son sujet. Elle aurait bien le temps de le faire plus tard. Parler de son mari lui rappela le ressentiment qu'elle éprouvait à son encontre et elle dut se faire violence pour simuler un minimum d'enthousiasme.

Elles parcoururent d'étroits chemins sinueux encombrés de fougères et de feuilles mortes. Le doux soleil d'automne effleurait le sommet des collines et semblait embraser la forêt. C'était une journée claire et lumineuse avec un fond de fraîcheur rappelant que l'hiver n'était pas loin. Audrey fut envahie par une onde de tristesse et la voix de Louis lui parvint en écho par-delà les années.

Pourquoi suis-je mélancolique ? Pourquoi ? Parce que les sentiments ne sont pas éternels. Ils ne font que passer, aussi fugitifs qu'un arc-en-ciel, qu'un coucher de soleil.

Elle eut soudain envie de pleurer. Était-ce parce qu'elle allait devoir quitter ses filles d'ici quelques jours ? Parce que tant de beauté lui rappelait qu'elle était elle-même mortelle ? Parce qu'elle se rendait compte du gâchis qu'elle avait fait de son amour, sans le savoir ? À présent elle comprenait ce que Louis avait voulu dire et ce qu'il avait tant redouté. *Aussi fugitif qu'un arc-en-ciel, qu'un coucher de soleil.* Elle lui avait donné son amour et l'avait repris. Voilà pourquoi il ne lui avait pas fait confiance — à juste titre, d'ailleurs. Cet amour qu'elle lui offrait s'était révélé bien trop versatile.

Pour tout dire, elle l'avait abandonné.

15

— *Home, sweet home!* s'exclama Cicely comme la voiture franchissait une barrière blanche délabrée par le temps pour pénétrer au milieu d'un groupe de bâtiments de ferme aux formes tordues qui donnaient l'impression de tomber en ruine.

Sur le siège arrière les jumelles poussèrent de petits cris excités quand une bande de chiens accourut, aboyant, remuant la queue et sautant autour des portières. Audrey ne put s'empêcher de penser que Cecil aurait détesté voir des chiens griffer la peinture de sa voiture. L'escorte canine de bienvenue les suivit tandis qu'elles franchissaient une seconde barrière ouvrant sur l'allée de gravier de la maison.

— Comme c'est beau ! s'exclama Audrey en parcourant des yeux la façade du manoir balayée par le vent.

Une glycine s'agrippait aux briques rouges anciennes, masquant discrètement les fenêtres, tel un boa de plumes autour d'une élégante vieille dame.

— La propriété appartenait à la famille de mon dernier mari. J'en prends soin du mieux que je peux avec les faibles moyens dont je dispose. Ne la regardez pas de trop près si vous ne voulez pas voir les lézardes et les moisissures. Elle a survécu quatre cents ans et je pense qu'elle résistera encore à ma négligence.

— Elle est absolument ravissante. C'est une maison où l'on doit être heureux. Comme vous devez l'aimer !

Cicely sourit à sa belle-sœur.

— Mes parents essaient de me persuader de la vendre depuis des années. Contrairement à vous, ils ne comprennent pas l'attachement que je porte à cet endroit.

— Je suis persuadée que les filles seront très heureuses ici. Et moi aussi.

Alicia et Leonora sautèrent hors de la voiture et tombèrent à genoux au milieu des chiens, les caressant et riant bruyamment à chaque coup de langue chaude sur leur peau. La petite troupe canine comptait deux bergers allemands, un épagneul springer, un terrier noir et blanc, deux chiens bruns de race indéterminée et un autre plus petit, rond comme une saucisse. Sans oublier Barley, le golden retriever, qui effectuait un court séjour chez le vétérinaire. Au total, Cicely possédait huit chiens, tous mâles, qu'elle considérait comme ses enfants. Lorsque les jumelles partirent explorer les alentours, elle s'accroupit au milieu d'eux et ils l'entourèrent de leur fourrure mouillée et de leur souffle chaud. Peu lui importait qu'ils laissent des témoignages de leur affection sous forme de marques de pattes boueuses sur son pantalon ou sur sa chemise. Audrey se dit qu'elle avait dû mettre des vêtements propres spécialement pour leur arrivée comme elle avait fait nettoyer la voiture. Mais à présent que la rencontre avait eu lieu, Cicely semblait bien trop heureuse de retrouver ses habitudes rustiques.

— Entrez, dit Cicely qui se tenait sur le seuil en les invitant à franchir le porche. Laissez les bagages. Je demanderai à Marcel de les apporter plus tard.

— Marcel ? demanda Audrey.

— C'est un jeune peintre qui vient de France et qui occupe une pièce tout en haut de la maison dont il a fait son atelier. Il est extraordinairement doué.

— Quelle bonne idée de louer une chambre ! Vous êtes pleine d'initiatives !

— Merci, répondit Cicely avec un rire teinté d'espièglerie.

Elle les introduisit dans le hall. Le plancher était couvert de tapis turcs élimés et une grande brassée de fleurs emplissait un pot de cuivre posé sur une table de chêne.

— Ma seule faiblesse, expliqua-t-elle comme si, de nouveau, elle avait lu dans les pensées d'Audrey. J'ai bien du mal à payer les gitans pour qu'ils viennent couper l'herbe, mais je trouve toujours de l'argent pour acheter des fleurs. Elles sont belles, n'est-ce pas ?

— Splendides.

— Allons à la cuisine. Nous allons boire quelque chose. J'ai un gros poulet pour le déjeuner. J'espère que vous aimez le poulet. Panazel l'a tué ce matin.

— Quoi ? Il a vraiment tué un poulet ? s'étonna Alicia en sautillant derrière elle dans le couloir.

Cicely sourit.

— Eh bien, je l'espère. Sinon, il risque de jaillir du four et de se sauver.

— Quel drôle de nom, remarqua Leonora.

— Panazel ?

— Oui.

— Les gitans ont souvent des drôles de noms, dit Cicely en entrant dans la cuisine et en allumant la lumière. Au fait... Panazel a un fils qui doit avoir à peu près votre âge. (Elle fronça les sourcils.) Mais c'est un petit garçon plutôt déplaisant.

— Comment s'appelle-t-il ? demanda Leonora en caressant un des bergers allemands.

— Florien.

— C'est un joli nom.

— Bien trop joli pour lui, si tu veux mon avis.

— Est-ce qu'ils vivent dans des roulottes, comme dans les livres d'histoires ? demanda Alicia en s'installant sur une des chaises près de la cuisinière de fonte.

— C'est leur coutume, en effet. Ils ont de belles grandes roulottes de couleurs vives avec de jolis poneys pie. Mais ne me demande pas comment ils font pour se laver. Ils ont l'air tout à fait propres et ne sentent pas mauvais, une vraie bénédiction, n'est-ce pas ? Aujourd'hui, il arrive que des gens affreux s'installent sur vos terres avec des camions, dévastent tout et refusent de partir. C'est très déplaisant. Rien de tel avec Panazel et sa famille. Aussi je les autorise à rester sur mes terres en échange de quelques services.

— Comme de tuer les poulets, lança Alicia en riant.

Quelqu'un aurait bien fini par le prendre sous son aile. Un talent comme le sien ne peut pas passer inaperçu. Mais vous imaginez quelle chance ce fut pour moi quand il a accepté de venir s'installer ici, au fin fond du Dorset !

— Est-ce que nous donnons leur repas aux chiens ? interrompit Leonora qui en avait assez de remuer le contenu des gamelles.

— Oui, oui, s'il te plaît. Posez-les dehors en sortant par la porte de service, ordonna-t-elle vaguement sans quitter des yeux son jeune amant.

— Et la gamelle de Barley, qu'est-ce qu'on en fait ?

— J'irai le chercher chez le véto après déjeuner, alors mettez-la au frais dans le garde-manger.

Elle désigna un endroit au fond de la cuisine.

— Cicely est non seulement mon patron mais aussi ma muse, poursuivit Marcel tandis que les chiens suivaient les jumelles.

Cicely jeta un coup d'œil à Audrey et lui sourit comme pour s'excuser.

— Je peux comprendre cela, dit Audrey avec sincérité. Cicely est réellement très belle.

— C'est une femme séduisante, n'est-ce pas ? dit-il avec un sourire lascif en lui prenant les verres et la bouteille des mains.

Audrey observa la manière dont il la regardait. Son visage était un véritable poème, paupières lourdes, expression d'admiration et Cicely redevint une jeune fille, incapable de dissimuler la passion qui avait réveillé l'ardeur de son cœur. Audrey comprit que c'était là une Cicely bien différente de celle que Cecil connaissait. Marcel et l'amour l'avaient changée comme seul l'amour est capable de le faire.

Après le déjeuner, Marcel regagna son atelier au grenier en réclamant qu'on le laisse absolument seul. « Le dérangement me cause une véritable souffrance. C'était déjà le cas du grand Michel-Ange », déclara-t-il d'un ton mélodramatique. Audrey accompagna Cicely et les jumelles dans le paddock, à l'extrémité du jardin, où les gitans s'étaient installés. Le jardin était presque revenu à l'état sauvage, avec ses plates-bandes encombrées par les dernières floraisons de l'été qui retombaient sur la pelouse. De hauts arbres se dressaient dignement comme de vieux hommes d'État veillant sur le manoir et la vallée où il se nichait, ainsi qu'ils le faisaient depuis des siècles, prêts à affronter la fin d'un cycle de la nature et à se réveiller au printemps prochain. Le ciel était d'un bleu délicat strié de nuages gris et blanc qui moutonnaient comme l'écume des vagues sur la mer. Chaque fois que le soleil disparaissait derrière eux, la brise fraîchissait. La beauté du paysage impressionna de nouveau Audrey qui commença à comprendre ce que ses compagnons de l'*Alcantara* appréciaient tant dans ce pays. Elle regarda ses filles sauter par-dessus la barrière, cueillir des mûres dans les haies au milieu de chiens de toutes races et se demanda si elles pourraient un jour se sentir chez elles dans cette contrée. L'Argentine pâlirait peut-être dans leurs souvenirs au fur et à mesure que les années les tiendraient éloignées du pays de leur enfance et les conditionneraient pour ce nouveau monde. C'était inévitable.

En s'approchant elle distingua à travers les arbres, au milieu des hautes herbes d'un pré, trois vieilles roulottes aux couleurs vives dont les portes étaient grandes ouvertes. Quelques chevaux de trait solidement charpentés paissaient paresseusement au soleil et une corde à linge était tendue à l'arrière d'une des roulottes jusqu'à une branche fourchue manifestement coupée dans la forêt. Les filles sautèrent par-dessus la barrière et coururent caresser les chevaux.

— Quel joli tableau, dit rêveusement Cicely en ouvrant la barrière. Ils donnent une note tellement pittoresque. Marcel dit qu'il va les peindre. Je crois que Panazel en est très fier. Il doit s'imaginer que cela ressemble aux images qu'on voit sur les boîtes de chocolat.

— Maman, regarde comme il est gentil ! s'écria Leonora ravie en caressant l'encolure d'un cheval. Est-ce que je pourrai monter dessus ?

— Il faudra demander à Panazel, dit Cicely. Il y en a encore un autre plus petit, un poney. Il a dû le prendre pour une promenade.

— Elles feront du cheval à Colehurst House, expliqua Audrey en souriant à Leonora qui faisait des gestes pour attirer l'attention de sa mère.

— Bien sûr, et comment ! s'exclama Cicely avec un soupir chargé de nostalgie. Quand j'étais enfant je passais tout l'été à galoper dans les collines. Elles vont adorer ce pensionnat. Si j'avais des filles, je les y enverrais moi aussi.

Audrey se demanda pourquoi elle n'avait jamais

eu d'enfants car il était évident qu'elle les aimait beaucoup et elle avait une maison faite sur mesure pour leur bonheur. Cicely ne semblait en tirer aucune amertume et il lui restait ses chiens qui, pour l'heure, couraient autour de la roulotte en aboyant bruyamment. Les chevaux continuaient à mâchonner l'herbe, levant la tête de temps à autre pour observer la scène et chasser les mouches. Puis, juste au moment où les jumelles s'apprêtaient à glisser un œil dans les roulottes, un des chevaux se mit à hennir et pointa les oreilles en avant. Panazel et Florien émergèrent des bois bordant le pré avec un petit poney pie chargé de deux grosses barriques d'eau.

— Il est vraiment beau, vous ne trouvez pas ? souffla Cicely à Audrey ?

— Très, en effet, répondit Audrey en les regardant approcher.

Panazel était grand et solidement bâti avec l'aspect rude et négligé d'un homme ayant travaillé toute sa vie de ses mains. Il avait la peau brunie par la vie au grand air, vieillie par l'incertitude comme par les années, et il avançait d'un pas lent, les jambes arquées, comme s'il avait encore beaucoup de temps devant lui et qu'il n'y avait aucune raison de se presser. Son fils Florien jeta un regard soupçonneux, en partie dissimulé par une longue frange de cheveux noirs, sur ces étrangers qui les attendaient près des roulottes. Il avait douze ans et fréquentait l'école du village quand il y pensait. Il détestait l'école et restait assis dans le fond de la classe, taciturne, rêvant de galoper à cheval dans les collines ou de travailler avec son père dans le jardin de Mrs Weatherby.

— Bonjour à vous, Mrs Weatherby, dit Panazel en inclinant respectueusement la tête.

Son fils marmonna quelque chose de semblable, fixant ses yeux couleur d'écorce sur les jumelles. Celles-ci le regardaient avec une égale curiosité car elles n'avaient jamais vu de gitan jusqu'ici et parce qu'il était plus beau que tous les garçons qu'elles avaient rencontrés en Argentine.

— Voici ma belle-sœur qui va passer quelques semaines avec moi pendant que ses filles s'habitueront à leur nouvelle vie de pensionnaire. Elles arrivent toutes trois de très loin, d'Argentine.

Panazel salua Audrey d'un signe de tête et Florien regarda les jumelles avec un intérêt accru. Bien qu'il ignorât où se trouvait l'Argentine, elles venaient de loin. Il se demanda si elles parlaient anglais ou français. Il avait appris quelques mots de français à l'école.

— Voici Alicia et Leonora, poursuivit Cicely en désignant chacune des filles.

Florien fut aussitôt attiré par Alicia dont la beauté ne manquait jamais de séduire. Son regard admiratif fut perçu par Alicia qui lui sourit en retour avec assurance.

— Alicia voudrait vous voir tuer un poulet, dit Cicely.

Panazel fronça les sourcils d'un air désapprobateur. Il jugeait cette demande déplacée de la part de quelqu'un d'aussi joli.

— Quand mangerez-vous de nouveau du poulet, Mrs Weatherby? demanda-t-il, déconcerté par le regard soutenu de l'enfant qui continuait de fixer sur lui ses yeux pâles.

Cicely haussa les épaules.

— Je n'y ai pas réfléchi. Nous pourrions peut-être en manger un autre demain pour le déjeuner. Nous avons des millions de poulets, n'est-ce pas, Panazel ?

— Nous n'en manquons pas, dit-il avec un petit rire.

— Pourquoi Florien n'emmènerait-il pas les filles faire le tour de la ferme ? Il y a tant de choses à voir et c'est leur premier séjour en Angleterre.

Florien prit l'air d'un enfant à qui on a demandé de réciter sa table de 9 et il rougit jusqu'à la racine de ses cheveux noirs et luisants.

— Est-ce que nous pourrons monter ces chevaux ? demanda Alicia.

Toute gêne disparut du visage de Florien. Elles parlaient anglais, c'était déjà ça car il n'était pas très bon en français.

— Si vous voulez, répondit-il, mais ce soir seulement car j'ai du travail.

Cicely se réjouit de cette réponse. Il y avait tant de tâches à accomplir rien que pour faire tourner la ferme au ralenti.

— Florien, j'aimerais bien voir l'intérieur de ta roulotte, demanda Alicia.

Audrey sursauta devant le ton impérieux de sa fille. Mais Florien regarda celle-ci avec des yeux plus admiratifs que jamais et se dirigea vers les marches en lui faisant signe de le suivre. Leonora avait l'habitude qu'on l'oublie mais elle les suivit néanmoins, plus par réflexe que par nécessité.

Audrey et Cicely prirent le chemin du retour à travers le pré en direction des jardins avec les chiens reniflant sur leurs talons. Audrey se languissait de demander des nouvelles de Louis. Depuis qu'elle avait posé le pied en Angleterre, elle ne cessait de penser à lui. Elle sentait sa présence partout autour d'elle et le fait que sa sœur lui ressemblât tant le lui rappelait sans cesse. L'occasion se présenta enfin lorsqu'elle découvrit le salon où un piano à queue plein de poussière trônait dans un coin sous de grandes photos en noir et blanc dans des cadres d'argent. Elle les détailla avidement jusqu'à ce que ses yeux se posent sur le visage souriant de Louis. Devant cette expression qu'elle reconnaissait, qu'elle comprenait, tous ses espoirs et ses rêves, ses désirs et ses déceptions refirent surface. Elle aurait voulu faire courir ses doigts sur son visage et le revoir tel qu'il était quand ils dansaient ensemble dans les rues pavées de Palermo durant l'été de leur amour. Elle était tellement plongée dans ses pensées qu'elle entendit à peine ce que lui disait Cicely.

— Il paraît que vous jouez très bien du piano.

Elle s'assit dans l'un des fauteuils club près de la cheminée, les deux bergers allemands à ses pieds sur le tapis. Audrey s'arracha à la photographie et soupira.

— Non, pas si bien que ça, répondit-elle distraitement, les yeux toujours fixés sur le visage de Louis, essayant de saisir ce qu'il semblait vouloir lui communiquer par le biais silencieux de l'image.

— Cecil est plein d'admiration. Il ne joue pas du tout, à la différence de Louis.

Audrey vit que Cicely la regardait avec un mélange de curiosité et de sympathie. Elle ne sut que dire, ignorant ce qu'elle pouvait savoir, et attendit, le cœur battant, qu'elle poursuive. Mais elle la regardait sans rien dire. Puis elle hocha la tête et lui déclara.

— Je suis profondément désolée pour votre sœur. Cela fait des années, maintenant, mais je sais ce que c'est que de perdre quelqu'un qu'on ne peut oublier. On ne s'en remet jamais tout à fait mais il le faut bien vivre.

Cicely eut un mince sourire, écartant l'image de son dernier mari qui s'était brusquement formée dans son esprit.

— Merci de me comprendre à ce point, Cicely.

— Cecil m'a dit combien votre sœur avait été quelqu'un d'extraordinaire et combien Louis...

Audrey leva les yeux, les sourcils froncés tandis que Cicely poursuivait, choisissant soigneusement ses mots :

— ... en avait eu le cœur brisé.

Audrey toussota pour dissimuler le tremblement de sa voix.

— Je ne comprends pas. Il a disparu... comme ça... Il était là, parmi nous et, l'instant suivant, il n'y était plus.

Fixant le tapis, elle se mordit les lèvres.

— Il est allé au Mexique, dit Cicely. Dieu seul sait ce qu'il a pu y faire pendant toutes ces années. C'est du moins ce que Cecil m'a écrit et je n'en ai pas été surprise. Louis a toujours été un homme très sensible et fragile, comme vous le savez sûrement. Un beau jour, au printemps dernier, il est arrivé ici comme s'il tombait du ciel. Sans une lettre, sans un télégramme pour me prévenir.

Les yeux dans le vague, elle précisa d'une voix très douce :

— Il avait vieilli. Énormément. Comme si on lui avait volé sa jeunesse. Rappelez-vous que Cecil et moi sommes nettement plus âgés que lui. Il a toujours été le « petit » et, pour moi, il le sera toujours.

Une vague de regret serra le cœur d'Audrey et elle lutta pour ne rien laisser paraître de son trouble. Sans avoir conscience du tourment qu'elle lui infligeait, Cicely poursuivit :

— Louis a toujours été imprévisible, mais il ne s'était jamais montré secret auparavant. Si Cecil ne m'avait pas parlé d'Isla, je n'aurais jamais su ce qui le tourmentait. Il ne s'est pas confié à moi. Il n'en a jamais parlé, même après toutes ces années. Il semblait encore terriblement affecté. J'ai essayé de l'arracher à ce silence car j'ai toujours pensé qu'il vaut mieux parler des choses plutôt que de les retenir en soi. Mais il s'est contenté de jouer sans relâche le même air au piano à vous en rendre fou. C'était tellement étrange que j'en avais les oreilles qui bourdonnaient. Seul Chip, mon chien qui ressemble à une saucisse, pouvait l'écouter. Il restait assis là, figé, à regarder ses pieds faire bouger les pédales.

— Où est Louis maintenant ? demanda Audrey en espérant que Cicely ne remarquerait pas son ton angoissé.

— Je n'en sais rien. Hélas, j'ai dû lui demander de partir.

Cicely eut une moue de regret et se mit à jouer avec une mèche de cheveux échappée de sa barrette.

— Il était là à broyer du noir, se contentant de jouer du piano et de faire de longues promenades. Après tout, c'est un adulte, il ne pouvait pas rester ainsi à ne rien faire et vivre à mes crochets. J'ignore comment il se débrouillait en Amérique du Sud. Je pense qu'il devait enseigner la musique ou quelque chose comme ça. En tout cas il semble avoir gagné sa vie. Je lui ai dit de se chercher un travail dans les environs. Je savais qu'il n'irait pas demander de l'aide à nos parents, aussi ne le lui ai-je même pas suggéré. (Pour se justifier, elle précisa :) Je l'ai hébergé et nourri pendant plusieurs mois puis, un beau jour, il a fait sa valise et il est parti. Il me semble l'entendre encore chantonner cet air... comment était-ce déjà ?

Audrey frissonna quand Cicely se mit à fredonner l'air que Louis avait composé pour elle. Soudain, sans qu'elle puisse s'en empêcher, des larmes se mirent à ruisseler sur ses joues. Cicely s'arrêta net pour lui prendre la main.

— Pardonnez-moi, Audrey. Je ne voulais pas vous troubler à ce point. C'est dur pour vous de m'entendre parler de Louis. Il est sans doute celui qui l'a le plus aimée après vous.

Tout en reniflant et en s'essuyant le visage de sa main, Audrey secoua la tête.

— Je... Je suis désolée, Cicely. Tout va bien. C'est juste... qu'il a disparu depuis la mort d'Isla et je serais si heureuse de le revoir.

— Moi aussi je donnerais n'importe quoi pour le retrouver. Un matin, il n'était plus là, parti sans laisser de mot, et personne n'a entendu parler de lui ni ne l'a revu depuis. Je me sens tellement coupable de l'avoir chassé d'ici...

Elle ajouta d'un ton penaud :

— Il ne s'entendait pas tellement bien avec Marcel.

— À Hurlingham aussi, il prenait tout le monde à rebrousse-poil, mais pas moi. Je le voyais différemment car je le comprenais.

— Isla devait être tout à fait exceptionnelle. Louis n'avait encore jamais aimé auparavant et je doute qu'il puisse aimer de nouveau avec la même intensité. Ils ont dû être unis par un lien tout à fait extraordinaire. Isla était certainement un être compatissant.

Audrey se sentait si émue qu'elle était incapable de parler. Soudain Cicely regarda sa montre et sursauta.

— Barley. J'ai oublié d'aller le rechercher chez le vétérinaire. Vous ne m'en voudrez pas si je vous laisse seule ici ?

Elle sauta sur ses pieds.

Audrey la rassura d'un signe. En fait, c'était exactement ce dont elle avait envie, quelques instants de solitude pour digérer tout ce qu'elle venait d'entendre. Avec un sourire d'excuse, Cicely se précipita hors de la pièce, ses deux bergers sur les talons, laissant derrière elle un léger parfum de tubéreuse et, pour Audrey, une sensation de profond soulagement. Après avoir entendu claquer la porte d'entrée, elle se dirigea vers le piano.

Les yeux levés de nouveau vers le visage de cet homme qu'elle n'avait jamais cessé d'aimer, elle fut submergée tout à coup par un insupportable sentiment de solitude. Elle parcourut des yeux lentement ces traits tant aimés et le pleura comme s'il était mort. Il pouvait tout aussi bien l'être, d'ailleurs. Le reverrait-elle jamais ? La vie était courte et elle n'avait rien trouvé de mieux que de le laisser partir. Si le cœur de Louis était déjà brisé, pourrait-elle jamais lui expliquer qu'elle avait épousé son frère ? Comment accueillerait-il cette nouvelle ? D'après sa sœur, c'était un être fragile. Audrey maudit le manque de courage dont elle avait fait preuve.

Envahie par un désespoir de plus en plus lancinant, elle s'assit devant le piano et posa les doigts sur le clavier, songeant que, quelques mois plus tôt, Louis avait pris place sur cette même banquette, caressé les mêmes touches. Il lui semblait presque sentir sa présence, l'odeur de sa peau. Fermant les yeux, elle prit une longue inspiration et s'abandonna à son chagrin. Il y avait des années qu'elle n'avait pas joué cet air, *leur* air. À présent qu'elle se retrouvait seule dans cette maison, le désir qu'elle avait de l'interpréter à nouveau fut trop fort pour y résister.

Ses doigts coururent sur les notes comme s'ils n'avaient jamais fait que cela.

Et tandis que retentissaient les sons familiers, obsédants, de la sonate, elle sentit son cœur se dilater pour s'ouvrir à de nouveaux espoirs. Elle ne remarqua pas qu'un petit chien en forme de saucisse s'était glissé sous le piano pour regarder, fasciné, le mouvement des pédales. Elle ne sut pas non plus que, tout en haut de la maison, là où flottait l'écho de la musique, Marcel avait posé son pinceau pour écouter ces notes envoûtantes.

16

Florien n'était pas très causant mais Alicia n'y porta guère attention, trop occupée à parler d'elle-même. Leonora remplit son rôle habituel, celui de la petite fille gentille qui met tout le monde à l'aise. Elle savait par expérience que sa sœur éblouissait tellement les autres qu'ils en devenaient muets comme des carpes. Ce fut exactement ce qui arriva à Florien bien que tante Cicely ait déclaré que c'était un garçon maussade. En réalité, se dit Leonora, le petit gitan était seulement timide et peu sûr de lui.

Il les fit entrer dans sa roulotte et les regarda sans rien dire, les yeux constamment fixés sur Alicia. Leonora admira le charme rustique des tapis et des couvertures tissés à la main, la couchette fixée à la cloison, les images et les photos accrochées en désordre sur une cloison dont la peinture s'écaillait. Alicia, elle, s'étonna des dimensions réduites de l'habitat. D'un ton condescendant, elle déclara ne pas arriver à croire que des gens normaux puissent vivre dans un endroit pareil.

— On dirait une maison de conte de fées dans laquelle vivent des lutins, n'est-ce pas, Leo ?

Embarrassée par le manque de tact de sa sœur, cette dernière s'efforça d'arranger les choses.

— Moi, je trouve cela très joli. J'aimerais beaucoup vivre dans un endroit comme celui-là. En plus, on peut l'emmener partout, c'est bien plus amusant qu'une maison en brique !

Mais Florien, toujours aussi intimidé, ne paraissait pas offensé.

Alicia sortit de la roulotte dans la lumière du soleil qui venait d'émerger d'un épais nuage gris.

— Montre-moi la ferme, ordonna-t-elle au petit gitan. Est-ce qu'il y a beaucoup d'animaux ?

Il fit signe que oui.

— Des vaches, des cochons, des chèvres ?

Il acquiesça de nouveau et se dirigea vers la petite barrière qu'elles avaient franchie à leur arrivée. Alicia se tourna vers Leonora et, à voix haute, de manière à être bien entendue, lança :

— Tu sais quoi ? Je crois que ce garçon a perdu sa langue.

— Écoute..., protesta sa sœur.

Mais Alicia renversa la tête et se mit à rire.

— À moins qu'il n'en ait pas, tout simplement !

Cette fois, Florien parut enfin entendre ce qu'elle disait. Il rougit violemment tout en marchant devant elles, espérant de toutes ses forces qu'elles n'avaient pas remarqué son trouble. Elles le suivirent à travers un potager clos de murs. Certains endroits étaient parfaitement entretenus par Panazel et Florien, d'autres demeuraient en friche.

— Tu dois avoir beaucoup de travail, observa Leonora en pressant le pas pour le rattraper. C'est vraiment immense ici.

Il ne répondait toujours pas mais elle insista

pour montrer à sa sœur qu'avec un peu d'encouragement il finirait par ouvrir la bouche.

— En Argentine, nous devons acheter tous nos légumes, reprit-elle bravement. Mais nous avons un joli jardin et notre grand-mère a même une orangeraie qui sent très bon en été. J'aimerais bien t'aider, si tu veux. Il y a vraiment trop de travail ici pour deux personnes.

À ces mots, Florien se décida enfin à lever les yeux pour regarder cette fille au physique quelconque mais au regard si vif. Il se sentit plus à l'aise.

— *Trois* personnes, corrigea-t-il d'une voix étonnamment douce en poussant une grille qui donnait accès à une cour entourée de bâtiments.

— Oh, ta mère travaille aussi avec vous ? Quand même... trois ce n'est pas beaucoup pour un domaine aussi grand.

— Tout tombe en ruine, décréta Alicia en les rejoignant. Bon, alors, où sont les animaux ?

— Mais c'est tellement joli ! s'exclama Leonora avec un soupir.

Agacée, Alicia fit la grimace. Elle en avait plus qu'assez de sa sœur. Vivement l'école pour qu'elle se fasse de nouvelles amies !

Florien traversa la cour et se dirigea vers une barrière ouvrant sur un enclos grillagé. Pour le plus grand plaisir d'Alicia, il était rempli de poules et de poulets. Parmi eux se promenait fièrement un coq qui distribuait de temps à autre quelques coups de bec pour rappeler à son petit monde qui était le maître.

— Comment fais-tu pour les tuer? demanda Alicia sans détour.

Florien avait escaladé la barrière et s'était assis dessus. De son perchoir, il se sentit assez sûr de lui pour plonger son regard sur ce visage impérieux.

— On leur tord le cou, répondit-il nonchalamment.

— Alors, maintenant le petit gitan sait parler! ricana Alicia.

Horrifiée mais impuissante, Leonora s'éloigna pour explorer les bâtiments poussiéreux.

— Comment tu fais pour les tuer? insista Alicia en regardant sa sœur disparaître dans une vieille grange.

Florien fit un geste de torsion des mains. Les yeux d'Alicia brillèrent d'un subit éclat au moment même où le soleil disparaissait derrière un nuage.

— Montre-moi.

Florien secoua la tête.

— Je ne tue que pour manger.

— Eh bien, tante Cicely a dit qu'elle voulait un poulet pour demain.

— Je n'ai pas le droit.

— Fais-le. Je te l'ordonne. Tu n'es plus un bébé, tout de même.

— Je vous dis que je ne peux pas.

— Allez, vas-y. Profite que Leo n'est pas là pour moucharder. Je te promets que je ne le dirai à personne. Ce sera notre secret.

— Je ne sais pas. Ce n'est pas bien...

Florien secoua une nouvelle fois la tête et ses yeux s'assombrirent tandis qu'un nuage de pluie passait au-dessus d'eux.

— Dis plutôt que tu ne *peux* pas. Tu es trop petit. Quel âge as-tu ?

— Douze ans, répondit-il en tournant la tête vers le poulailler.

Sentant qu'il fléchissait, Alicia enfonça le clou.

— Eh bien, moi j'ai dix ans, et si je savais comment on tue un poulet, je n'aurais pas peur de le faire. Tu as deux ans de plus que moi, tu es un garçon et tu as peur. Si tu tues ce poulet, qui ira le raconter ? Pas moi, en tout cas. On peut l'enterrer dans le jardin et personne n'en saura rien. Tu n'as pas envie de partager un secret avec moi ?

C'était plus que Florien ne pouvait endurer. Alicia le regarda sauter par-dessus la clôture. Il resta un instant immobile au milieu des poulets qui continuaient à picorer sans s'intéresser à ce garçon pourtant décidé à tuer l'un d'entre eux. Il se frotta lentement les mains pour se préparer. Il avait déjà tordu le cou à une quantité de poulets mais jamais devant un public aussi séduisant. Pas question de commettre la moindre erreur, sinon il ne pourrait plus jamais regarder en face cette gamine arrogante. Il la détestait maintenant, mais il fallait qu'elle l'admire. Il sentait ses yeux fixés sur lui qui le pénétraient et lui faisaient prendre conscience de chaque muscle de son corps. Jamais encore il n'avait souhaité à ce point impressionner quelqu'un. Même pas sa mère qu'il adorait. Il traversa le poulailler avec l'agilité d'un chat, sans se laisser troubler par les quelques gouttes de pluie qui commençaient à tomber, tant il était concentré. Il n'allait pas se ridiculiser en courant derrière un poulet. Il en choisit un qui leva la tête et se figea de terreur. D'un bond il fut sur lui.

Alicia hurla de joie et applaudit. Florien se sentit tout gonflé d'importance et son visage se fendit d'un sourire triomphant. Il tenait le poulet par le cou et, les yeux d'Alicia fixés sur lui, il le tordit d'un mouvement rapide.

À ce moment, le ciel s'ouvrit et déversa des torrents de pluie. Alicia poussa un cri perçant et détourna les yeux du poulet mort qui se balançait dans la main victorieuse de Florien. « Filons ! » lança-t-elle en courant vers la maison. Leonora émergea de la grange et la suivit en riant de la pluie qui ruisselait de sa tête sur ses épaules et lui dégoulinait dans le dos. Florien resta seul, désemparé, tandis que les poulets autour de lui couraient se mettre à l'abri. Des filets d'eau coulaient sur son visage. Reprenant ses esprits, il se sentit submergé par la honte et il se méprisa. Il haïssait cette fillette, elle n'était qu'une snob et il ne lui adresserait plus jamais la parole. Il prit la direction du potager en se mordant les lèvres de colère et il se mit à creuser un trou de ses mains nues. Il y plaça le petit corps encore chaud et le recouvrit de terre du mieux qu'il put. Puis il s'essuya les mains sur son pantalon et rentra chez lui, plus désemparé qu'il ne l'avait jamais été.

— Florien a tué un poulet pour moi, dit Alicia à Leonora pendant qu'elles s'abritaient dans une petite construction de pierre ouverte à tous les vents qui se trouvait dans un coin du jardin sous de grands arbres.

— Non, ce n'est pas vrai ! s'exclama Leonora horrifiée en jetant à sa sœur un regard incrédule.

— Ne fais pas le bébé ! Je lui ai promis de ne rien dire, alors ne moucharde pas.

— Je ne le ferai pas. Promis.

— C'est bon.

— Est-ce que le poulet a souffert ?

— Terriblement, déclara Alicia avec un sourire triomphant. D'abord il lui a couru après tout autour du poulailler. Il a couru, couru, jusqu'à ce que le pauvre petit poulet n'en puisse plus et tombe d'épuisement par terre. Quand Florien l'a pris, j'ai entendu le poulet pousser un petit cri de terreur. Puis il a mis les mains autour de son cou et a serré très, très lentement. Le poulet a mis longtemps à mourir et il a beaucoup souffert.

Alicia regarda les yeux de sa sœur s'emplir de larmes.

— Ne fais donc pas l'idiote. Je plaisantais. Il a tué ce stupide animal si vite qu'il ne s'est aperçu de rien.

— Oh, je suis tellement soulagée, hoqueta Leonora en essuyant ses larmes. Tu es vraiment méchante parfois, Alicia.

— Et toi, tu crois bêtement tout ce qu'on te raconte, Leo.

Elle avait parlé d'un ton affectueux qui ramena un faible sourire sur le visage de sa sœur.

— Qu'est-ce que tu penses de Florien ? demanda Leonora.

Alicia adorait parler d'elle et donner son opinion sur tout. Leonora le savait et cherchait à lui faire plaisir.

— Je pense qu'il est beau, mais bête.
— Parce qu'il ne parle pas ?
— Non, je veux dire stupide.
— Oh !
Alicia était très injuste mais Leonora n'osa pas protester.
— Mais ça sera bien de l'avoir dans les parages pendant les vacances. Rien que toi et moi, c'est trop rasoir. Peut-être qu'il pourra nous construire une cabane dans la forêt et que nous pourrons monter ces chevaux sans selle.
— J'adore les roulottes. Nous jouerons dedans aussi.
— Peut-être.
Mais l'esprit d'Alicia était revenu entre-temps à Florien qu'elle avait laissé en plan avec le poulet mort.
— Je me demande s'il l'a enterré ou s'il va se dénoncer, dit-elle les yeux plissés.
— Il va le manger, bien sûr.
— Non, dit Alicia en riant. Il n'avait pas le droit de le tuer. C'est *lui* que son père va manger au dîner s'il apprend ça. Il n'est pas autorisé à tuer les animaux tout seul. Mais je lui ai dit que s'il le faisait, ce serait notre secret.
— Ah, soupira Leonora qui commençait à comprendre.
Alicia l'avait poussé à désobéir à son père et il avait été trop impressionné pour ne pas se jeter sur l'occasion de parader devant elle.
— Il va être furieux contre moi maintenant, dit-elle en riant, mais il ne pourra rien dire. Sinon, il faudrait aussi qu'il avoue.
— Pauvre Florien.

Leonora se voyait déjà en train de l'aider avec son père à soigner les plates-bandes pendant les jours chauds d'été. Elle aurait aussi aimé le réconforter.

— Tu ferais mieux de t'endurcir, Leo. Personne ne t'aimera à Colehurst House si tu es trop gentille.

Leonora regarda sa sœur, persuadée qu'elle se trompait. Mais elle ne pouvait s'empêcher de l'admirer malgré tout. Alicia était tout ce qu'elle n'était pas. Comme si la nature avait suivi le cours de ses pensées, le nuage de pluie s'éloigna et le soleil réapparut, baignant le joli visage d'Alicia d'une céleste lumière dorée.

Quand Barley, le golden retriever, bondit dans le salon, Audrey et Leonora étaient assises sur le canapé, écoutant Alicia jouer au piano la *Sonate au clair de lune*.

— Bonté divine, s'exclama tante Cicely, qu'est-ce qu'elle joue bien !

Alicia fit la grimace. Elle détestait qu'on l'interrompe. Mais comme elle ne connaissait pas encore très bien tante Cicely, elle se força à sourire et continua à jouer bien que les autres se soient mis à parler sans l'écouter.

— Barley va beaucoup mieux. Il ne s'est même jamais aussi bien porté. Il doit avoir avalé quelque chose qui ne lui convenait pas à la ferme.

Le chien renifla les pieds de Leonora puis, sans le moindre avertissement, posa ses deux grosses pattes sur ses genoux.

— Oh, maman, regarde comme il est mignon !

s'exclama la fillette, enchantée, en lui grattant les oreilles.

Alicia appuya de toutes ses forces sur la pédale et joua aussi fort qu'elle le put.

— Il est adorable, admit Audrey en promenant la main sur le dos doré de l'animal. Il a le poil bouclé, juste comme Alicia.

Sur ce, Alicia abandonna le piano pour venir à son tour caresser le chien.

— Nous avons les mêmes boucles, c'est ça ? dit-elle, se sentant déjà mieux maintenant qu'elle était de nouveau au centre de l'attention générale.

Puis, d'un ton geignard, tirant l'animal par la queue pour qu'il s'éloigne de sa sœur, elle lança :

— Je voudrais qu'il mette ses pattes sur mes genoux à moi aussi !

Leonora ne protesta pas et Audrey se contenta de la regarder faire avec un sourire indulgent. Alicia s'assit et ordonna au chien d'en faire autant. Il obéit sans difficulté et, après quelques caresses, posa ses pattes poilues sur ses genoux en haletant et en lui soufflant dans le nez. Cicely leva les sourcils, surprise de voir qu'Audrey passait de tels caprices à Alicia. Il y avait pourtant quelque chose de franchement désagréable chez cette fille. Cicely espéra qu'à Colehurst House, on saurait lui rabattre son caquet.

La nuit à la campagne était particulièrement noire. Pas d'éclairage public se reflétant dans les pièces, filtrant à travers les fentes des rideaux et dessinant sur le plancher et les murs de rassurantes stries dorées. C'était une obscurité épaisse et lourde qui occultait toutes choses. Seule avec ses pensées, Audrey éprouva une sensation étouffante d'isolement qui l'effraya. Incapable de dormir dans cette maison qui renfermait encore les échos de la présence de Louis, elle alluma la lumière et s'assit dans son lit, haletant. Leonora et Alicia partageaient une chambre un peu plus loin dans le couloir. Elle espéra qu'elles n'avaient pas trop peur du noir. Pour économiser l'électricité, Cicely avait éteint toutes les lumières quand elles étaient montées se coucher.

— Je suis obligée de réduire mes dépenses par tous les moyens si je ne veux pas abandonner la maison à quelque vulgaire millionnaire ayant plus d'argent que de goût, avait-elle expliqué.

Mais Audrey s'inquiétait pour Leonora. Elle se glissa dans le couloir en direction de la chambre des jumelles, marchant sur la pointe des pieds car chaque fois qu'elle faisait un pas une lame du plancher craquait, risquant d'éveiller tout le monde. Mais il y avait de nombreuses portes, toutes semblables. Audrey s'arrêta pour réfléchir, tentant d'identifier celle qu'elle cherchait sans y parvenir et elle craignit de réveiller Cicely ou Marcel par erreur. Elle abandonna donc son projet et revint à pas de loup vers sa chambre. Soudain elle pensa à autre chose. La lumière venant de sa chambre éclairait l'escalier menant dans le hall et dans le salon où se trouvait la photo de Louis au-dessus du piano. Elle pourrait s'asseoir là, fermer les yeux et rêver. Elle se sentirait proche de lui et sa solitude lui paraîtrait moins pesante. Ce serait un soulagement momentané.

Avec une douloureuse nostalgie, elle se remémora l'époque où elle s'échappait secrètement par l'escalier dans la maison de ses parents à Canning Street pour aller à Palermo avec Louis. Personne n'aurait pu imaginer cela d'elle. Elle posait le pied à l'extrémité des marches pour qu'elles ne grincent pas. Dans la journée, on n'entendait pas ce léger bruit.

Il y avait juste assez de lumière pour qu'elle se dirige vers le salon jusqu'à la photographie dont elle distinguait à peine les contours. Elle la décrocha et fit courir son pouce sur le visage à travers la plaque de verre. Dans le silence de la nuit elle se souvint de leurs danses, de leurs rêves, de leur amour, de leurs rires avant qu'Isla meure et que tout s'écroule. Comme ils étaient heureux, persuadés que ce bonheur durerait toujours. Ce qui aurait été possible si elle avait été plus forte, plus courageuse. Mais elle avait failli et elle ne le méritait pas. Après toutes ces années passées aux côtés de Cecil, qui s'était montré bon, tolérant, généreux, elle devait admettre aujourd'hui qu'elle avait commis une erreur irréparable. À l'idée de passer le restant de ses jours avec un homme qu'elle n'aimait pas, qu'elle n'avait jamais vraiment aimé, elle sentait son âme condamnée à un éternel hiver. Malheureusement, il n'y avait rien à faire. Elle devait vivre la vie qu'elle s'était choisie, quitte à être sans cesse hantée par ses regrets. Mais quelle existence attendait ses enfants ? Sa pensée traversa les mers et elle revit sa maison, les rues ensoleillées de Buenos Aires — autant de lieux qui, privés d'amour, étaient devenus vides et glacés.

Elle reposa le cadre et s'assit devant le piano, les doigts sur les touches. D'abord confusément, puis avec de plus en plus de netteté, elle entendit les notes familières que l'esprit de Louis lui envoyait de quelque endroit lointain, leur permettant ainsi de se rencontrer et de revivre ces instants de tendresse.

Une vive lumière inonda soudain son visage. Elle tressaillit et ouvrit les yeux.

— Oh, c'est vous ! s'exclama Marcel en éteignant sa torche.

Audrey plissa les yeux dans l'obscurité.

— Désolé, reprit-il. J'ai cru qu'il s'agissait d'un voleur.

Son accent paraissait plus prononcé encore que d'habitude.

Elle posa une main sur son cœur qui battait à grands coups comme un petit animal effrayé. Elle avait l'impression d'avoir été surprise en train de faire quelque chose de mal.

— Tout va bien, murmura-t-elle. Je ne parvenais pas à dormir.

— Il fait noir, n'est-ce pas ? dit-il en s'appuyant sur le piano.

Ses yeux s'étant accoutumés, elle vit qu'il portait une longue robe de chambre et des pantoufles. Vêtue seulement d'une chemise de nuit en coton et d'un cardigan, elle se sentit vulnérable et croisa les bras devant la poitrine.

— En effet, dit-elle, les yeux fixés sur le clavier.

— Dans les premiers temps de mon séjour ici je trouvais les nuits tellement noires — Cicely ne voulait pas qu'on allume — que j'avais l'impression de me trouver au bout du monde.

— Je connais cette impression.

Elle eut un petit rire gêné.

— Quand je ne peux pas dormir, je peins.

— Dans le noir ?

— J'allume une bougie. C'est plus romantique, de toute façon.

— Qu'est-ce que vous peignez ?

Marcel haussa les épaules à la manière française, en faisant la moue et en levant les bras au ciel.

— Tout ce qui m'émeut.

— Cicely ?

Il lui jeta un long regard fixe et un petit sourire releva le coin de sa bouche.

— Pour qui jouez-vous ?

— Pour moi-même, répondit-elle prudemment.

— Votre jeu est plein d'émotion, constata-t-il.

— Vous ne m'avez jamais entendue jouer, dit-elle avec un rire nerveux.

— Oh, mais si. Cet après-midi la mélodie est montée jusqu'à mon atelier, sous les toits, et je me suis arrêté pour vous écouter. Je l'ai reconnue mais je n'ai pas réussi à me rappeler où je l'avais déjà entendue.

Audrey retint son souffle.

— Il est tard et je suis fatiguée, dit-elle en se levant. Je vais aller me coucher.

— Moi aussi, je suis trop fatigué pour peindre. Je vais vous accompagner jusqu'à votre chambre pour que vous ne risquiez pas de trébucher.

— Merci, dit-elle en suivant la lumière de la torche.

— Vous vous habituerez à l'obscurité dans quelque temps. Vous verrez alors qu'au lieu de vous effrayer, elle vous réconfortera. Après tout, on ne peut pas toujours cacher ses secrets à la lumière du jour.

Audrey referma la porte de sa chambre sur elle et s'y adossa. La perspicacité de Marcel l'inquiétait. Il semblait lire dans ses pensées et elle se mordit les lèvres anxieusement. S'il l'avait entendue jouer dans l'après-midi, il avait dû reconnaître l'air de Louis puisque, selon Cicely, il les avait rendus fous en le répétant sans cesse. Or quand elle jouait, elle exprimait ses sentiments et Marcel n'était pas stupide. Il semblait avoir déjà tout compris.

En soupirant, elle se dirigea vers son lit mais, avant de l'atteindre, distingua sous les draps une forme qui remua et se retourna. À moitié endormie, Leonora ouvrit les yeux.

— Où étais-tu ? demanda l'enfant sans même lever la tête de l'oreiller.

Audrey se glissa à côté d'elle et la prit dans ses bras.

— Chérie, tu as eu peur du noir ?

— Oui. Et j'ai peur aussi d'aller en pension. Je voudrais rester ici avec toi et Cicely. J'aime beaucoup ma tante et j'aime aussi beaucoup Barley.

— Je sais, mon amour, je le voudrais bien, moi aussi. Mais il faut que tu deviennes une grande fille. Et je suis certaine que tu te plairas là-bas.

— Peut-être pas. Je suis trop bête.

— Mais pas du tout ! Il faut simplement que tu

te montres courageuse comme je dois l'être moi-même car tu vas beaucoup me manquer. Dors maintenant, mon amour. Demain matin, tes craintes se seront évanouies.

Leonora se blottit contre sa mère en serrant contre elle Vieux-Lapin. Audrey éteignit la lumière, savourant la douceur de ce petit corps pressé contre le sien, évoquant l'époque où Leonora n'était encore qu'un bébé avec un avenir bien lisse devant elle, jusqu'à cette douloureuse séparation. Elle ne la verrait pas grandir, ne serait pas témoin de ces mille petits changements qui, jour après jour, feraient d'elle une femme. Elle ne pourrait pas l'aider à faire ses devoirs, l'entourer de ses bras quand elle aurait peur, la réconforter quand elle serait triste. Elle l'écouta respirer, sentit son léger parfum de savon mêlé à la fraîche fragrance de l'enfance. Son visage était tiède et doux et, chaque fois qu'elle l'embrassait, Leonora se nichait plus étroitement entre les bras rassurants de sa mère. Mais Audrey restait éveillée, pensant à Isla et à toutes ces nuits où elles avaient dormi enlacées comme deux jeunes chiots. Peu à peu ses pensées dérivèrent vers Louis, puis vers Marcel dont, même après leur étrange rencontre, elle avait du mal à décrypter la personnalité.

Elle repensa à ce qu'il lui avait dit. Un voleur? Allons donc... Il ne pouvait y avoir cru une seule seconde après avoir aperçu la lumière filtrant par la porte ouverte de sa chambre.

Il était venu la retrouver délibérément.

Mais dans quel but?

17

À première vue, Colehurst House avait un aspect froid et rébarbatif. Cette grande demeure de pierre grise dressait sa massive silhouette dans un parc bien entretenu, entouré de collines d'un vert velouté. Tante Cicely expliqua qu'elle avait été autrefois la propriété d'une famille dont les portraits poussiéreux étaient toujours accrochés aux murs lambrissés. Après quoi, à la fin du XIXe siècle, Colehurst House avait été transformée en pensionnat quand le dernier membre de cette famille était mort sans héritier.

Audrey se souvint de la brochure illustrée et ne fut pas déçue par le site, aussi impressionnant que sur les photos. De hautes fenêtres à guillotine réfléchissaient la lumière et une grande porte ouverte derrière une arche munie d'une grille bâillait comme la bouche d'un vieil homme édenté. Sur la gauche s'élevait une petite chapelle, là où la pelouse formait une sorte de colline ponctuée par un cèdre géant. La longue allée menant à la maison était flanquée de prés verdoyants où s'ébattaient des poneys bien nourris tandis qu'un peu plus loin, des saules pleureurs laissaient pendre leurs branches au-dessus d'un bassin. L'allée se terminait devant la maison par un espace en demi-cercle recouvert de gravier. Pour l'instant, il était encombré de voitures. Vêtus de tweed et de pulls à col en V, des pères élégants sortaient de lourdes malles des coffres de leurs voitures, des mères bavardaient avec d'autres mères pendant que leurs labradors couraient la truffe au ras du sol en remuant la queue, excités par ces odeurs inconnues.

Audrey se raidit devant le spectacle de ce monde étrange auquel tous les autres semblaient appartenir, à l'exception d'elle-même et de ses enfants. Elle jeta un coup d'œil anxieux aux jumelles. Sagement assises sur le siège arrière, elles observaient la scène avec curiosité à travers les vitres. Leonora paraissait effrayée. Elle avait une figure longue et pâle et tenait Vieux-Lapin si fortement serré contre elle que les jointures de ses doigts en étaient toutes blanches. Alicia, par contre, affichait un sourire plein d'assurance, nullement déconcertée comme sa mère et sa sœur par la nouveauté de cet environnement. Elle comptait bien, au contraire, faire de sa singularité un atout majeur pour se hisser au sommet.

— Regarde tous ces beaux chiens, fit Audrey, sachant combien Leonora aimait les animaux.

— Voilà l'arbre dont parlait Caroline, dit Alicia en désignant le cèdre. J'y grimperai plus haut que les autres.

— Je suis tombée une fois de Dead Man's Drop, dit Cicely en riant. Mais j'étais si ronde à l'époque que j'ai rebondi.

— Et tous ces poneys à monter, poursuivit

Audrey. Tu aimes monter à cheval, n'est-ce pas Leonora ?

— Ils ont l'air très gentil, répondit-elle enfin, presque à contrecœur. Dis, maman, elle est drôlement grande, la maison, ajouta-t-elle avec un léger tremblement dans la voix.

— Pendant le trimestre d'été vous ferez de longues promenades à cheval dans les collines, tôt le matin. C'est extraordinaire de galoper là-bas à l'aube, tu verras. Et puis, il y a un vieux château en ruine dans lequel nous adorions flâner. Comme tout cela était délicieusement romantique ! s'exclama Cicely, emportée par ses souvenirs.

— J'espère que la maison est hantée, déclara Alicia. Dès que j'aurai vu un fantôme, j'écrirai à Merchi.

Elle se précipita hors de la voiture, regardant avec excitation les autres filles et leurs familles. Leonora resta près de sa mère, se demandant comment elles allaient faire pour porter elles-mêmes leurs bagages à l'intérieur. Toutes les autres pensionnaires étaient accompagnées de leurs deux parents et elle aurait bien voulu que son père soit là lui aussi, vêtu de tweed et de velours côtelé comme les autres. Elle aperçut deux élèves qui la regardaient, l'air dédaigneux, la dévisageant de la tête aux pieds avant de porter ensuite leur regard sur sa mère et sa tante. Soudain, elle se sentit douloureusement différente. Comme elle aurait aimé se retrouver à la maison ! Mais tout retour en arrière était impossible. Sa gorge se serra et elle se serait accrochée à la main de sa mère si elle n'avait craint de passer pour un bébé et de se ridiculiser aux yeux des autres filles.

— Seigneur ! s'exclama Cicely d'une voix forte en agitant furieusement la main. Dotty Hollinghoe ! Pas possible !

Audrey identifia la femme coiffée d'un foulard. C'était celle qu'elle avait rencontrée chez Debenham & Freebody. Leonora reconnut Caroline et son humeur s'améliora.

— Venez, Audrey. Je veux vous présenter Dotty. Nous étions de la même promotion. Mon Dieu, comme le temps passe !

La femme sourit, exhibant de grandes dents et poussa sa fille devant elle.

— Cicely Forrester ! Quelle bonne surprise ! À propos, je m'appelle maintenant Stainton-Hughes.

— Et moi Weatherby, répondit Cicely en l'embrassant.

— Nous nous sommes déjà rencontrées, dit Audrey en tendant la main.

Bien qu'elle n'éprouvât pas de sympathie particulière pour Dorothy Stainton-Hughes, elle se sentait soulagée de connaître quelqu'un et se mit au diapason de toutes ces personnes heureuses de se retrouver après la longue pause des vacances d'été. Elle vit Caroline s'approcher de Leonora et lui fut reconnaissante de s'intéresser à sa fille. Mais quand elle regarda autour d'elle à la recherche d'Alicia, celle-ci avait disparu.

Alicia avait l'habitude d'attirer les regards. Elle se savait jolie et, chose rare pour une enfant de dix ans, avait conscience de cette beauté et du pouvoir que cela lui conférait. Elle pénétra dans le hall et renifla l'odeur d'encaustique et de vieux bois comme un chien cherchant à se familiariser avec un nouveau territoire. Un groupe de filles s'était agglutiné devant un panneau d'affichage dans l'entrée de la grande salle où de longues tables formaient un carré et attendaient les pensionnaires pour le dîner. Une odeur de chou bouilli flotta dans l'air quand les portes menant au couloir et à la cuisine s'ouvrirent devant un cuisinier grassouillet portant une toque et un tablier blancs. Il disparut aussitôt en brandissant une grande cuiller en bois. Alicia s'avança jusqu'au tableau. Les filles consultaient des listes tapées à la machine sous quelques noms célèbres écrits en gros caractères, tels que Shakespeare, Marlowe, Milton ou Shaw. Elle chercha le sien et le découvrit sous Dickens. Elle s'apprêtait à chercher celui de Leonora quand une petite tape sur son épaule la fit se retourner.

— Qui êtes-vous ? demanda une grande femme aux cheveux argent coupés court et aux yeux enfoncés.

Son ton était aimable, mais ferme, et Alicia sut aussitôt que c'était quelqu'un d'important.

— Alicia Forrester, dit-elle.

La dame leva un sourcil en hochant la tête.

— Ah, oui, une des jumelles. Je suis Diana Reid, votre directrice, dit-elle avec un fort accent anglais.

— Hello, répondit hardiment Alicia en la regardant bien en face.

La directrice fut déconcertée par l'assurance de l'enfant. *En voilà une qui va poser problème*, songea-t-elle.

— Vous êtes à Dickens et votre sœur à Milne. Vous serez proches l'une de l'autre.

— Des chambres ?

— Des dortoirs. Dix lits à Dickens et huit à Milne. Ils donnent sur le jardin des buis. Très agréable. Au fait, où est votre mère ?

Alicia accompagna Miss Reid à l'extérieur où Audrey écoutait Dorothy Stainton-Hughes et Cicely échanger des souvenirs de jeunesse. « Rien n'a changé ! » disaient-elles. Quand elles aperçurent Miss Reid, toutes deux se redressèrent comme des soldats au garde-à-vous.

— Dorothy et Cicely, vous étiez de la même promotion, n'est-ce pas ? lança Miss Reid en les regardant comme si elles étaient encore ses élèves.

Elles se mirent à rire et firent un signe d'acquiescement.

— Faites-vous toujours du cheval, Cicely ?

— Non, pas vraiment, répondit cette dernière sur un ton d'excuse.

— Quel dommage ! Vous étiez très douée, si je m'en souviens bien. (Elle se tourna vers Alicia.) J'ai trouvé cette petite traînant dans le hall. À qui est-elle ?

Audrey sourit. Grâce aux photos de la brochure, elle avait reconnu la directrice.

— À moi. Je suis Audrey Forrester. Enchantée de faire votre connaissance, Miss Reid.

— Appelez-moi Diana. (Elle se pencha avec raideur pour saisir un petit terrier tout ébouriffé qui grattait ses bas.) Et voici Midge, dit-elle. Midge est tellement excité par la présence de tous ces autres chiens qu'il finira la journée complètement épuisé.

Je pense que ça suffit comme ça, n'est-ce pas, Midge ?

Le chien lécha le nez de sa maîtresse et remua sa petite queue.

— Voici Leonora, dit Audrey en mettant un bras autour des épaules de sa fille.

Leonora rougit fortement mais Miss Reid, avec une expression très douce, lui sourit gentiment. Elle se montrait toujours attentive aux nouvelles élèves dont elle comprenait les appréhensions. Sous son aspect glacial, Miss Reid avait un cœur d'or.

— Ah, l'autre jumelle. Venez donc avec moi toutes les deux, je vais vous montrer vos dortoirs.

— Où les avez-vous installées, Miss Reid ? demanda Cicely en faisant un signe à Dotty.

— Dickens et Milne.

— Oh, j'étais à Milne ! s'exclama Dotty, tout excitée. Est-ce que vous vous souvenez de Shoddy Hambro ? Elle avait l'habitude de cacher ses bonbons dans le placard secret. Est-ce que les filles font toujours ça ?

— J'en suis certaine. Mais il faut savoir fermer les yeux de temps en temps, ajouta la directrice en franchissant la grande porte.

Elles la suivirent sur l'escalier de devant dont les marches de chêne parfaitement cirées craquaient comme de vieux os. Cicely raconta comment elle avait toujours éprouvé de l'angoisse en grimpant ces marches au lieu d'emprunter l'escalier de service, réservé aux plus jeunes.

— Ces portraits me donnaient la chair de poule, dit-elle en riant. Surtout celui-ci.

Elle désigna une sombre peinture représentant un vieil évêque dont les yeux froids semblaient les transpercer.

— De quelque endroit qu'on le regarde, il nous suit des yeux...

Tandis qu'elles traversaient le palier, Audrey se retourna pour regarder le portrait et constata que Cicely avait raison. Le regard la poursuivait et elle le sentait même dans son dos.

Diana Reid leur fit traverser une suite de grands dortoirs installés dans ce qui avait été autrefois d'élégantes pièces de réception ornées de magnifiques cheminées de marbre sculpté et de plafonds décorés de moulures. Elles étaient toutes plus belles les unes que les autres. Audrey regarda les rangées de petits lits de fer en s'efforçant d'imaginer les lieux du temps de leur précédent propriétaire. Diana Reid s'arrêtait ici et là pour saluer un parent ou une enfant et, de sa voix aimable mais ferme, faire un commentaire à propos d'un ours amoureusement déposé sur un oreiller ou pour calmer un groupe de fillettes surexcitées par la joie de se retrouver après les grandes vacances. Leonora ne quittait pas sa mère alors qu'Alicia courait devant elles en posant des questions sans la moindre retenue.

Elles parvinrent enfin dans une grande pièce aux murs blancs avec des fenêtres à guillotine donnant sur le jardin des buis. Alicia grimpa sur la chaise placée dans l'encoignure de la fenêtre pour regarder en bas le labyrinthe de haies de buis taillés baignant dans la lumière dorée du soir. Un faisan dodu picorait de l'herbe.

— Vous pouvez choisir votre lit, Alicia, dit Miss Reid qui tenait toujours Midge sous un bras.

— Je voudrais celui-là, répondit-elle aussitôt en désignant le plus proche de la fenêtre. Comme ça, s'il y a le feu, je pourrai sauter par la fenêtre.

— Espérons que cela ne sera pas nécessaire, fit observer la directrice.

Elle se tourna ensuite vers Leonora avec une expression plus douce. Elle avait instinctivement compris la relation qui existait entre les deux sœurs et elle se réjouit d'avoir eu à l'avance l'idée de les mettre dans des dortoirs différents. Il était évident que Leonora vivait dans l'ombre de sa sœur qui brillait d'un éclat excessif.

— Quant à vous, Leonora, c'est la porte à côté. Venez avec moi.

L'enfant avait fait un pas en avant, quittant sa mère pour admirer la vue avec Alicia et tante Cicely. Elle suivit Miss Reid qui l'introduisit dans Milne où les murs étaient recouverts de lambris de chêne d'un brun profond vieillis par l'âge et imprégnés de l'odeur des siècles écoulés dans la joie ou les larmes.

— Caroline Stainton-Hughes est également dans ce dortoir, dit-elle, et elle vit le visage de Leonora s'éclairer d'un timide sourire. Elle connaît déjà toutes les ficelles car elle a deux sœurs aînées ici. Elle veillera sur vous, j'en suis certaine.

Leonora aimait bien Miss Reid. C'était le genre de femme qui inspirait le respect et qui se montrait juste et bonne. Elle possédait cette qualité rare qui donne envie aux enfants de bien faire pour lui être agréable. Leonora était dans ces dispositions vis-à-vis d'elle.

Quand Audrey entra à son tour en compagnie d'Alicia et de Cicely, elle se réjouit de voir la plus sensible de ses filles en train de bavarder avec Miss Reid près de son lit.

— Très bien, fit la directrice de son accent distingué, Bob et John vont monter vos malles. Ensuite je vous suggère de laisser les filles s'installer, Mrs Forrester.

Elle lança un regard pénétrant à Audrey avant de s'éloigner vivement et de revenir sur ses pas en retraversant Dickens.

Cicely adressa un sourire d'encouragement à sa belle-sœur. Audrey sentait ses yeux se mouiller de larmes et la panique l'oppresser. Le moment qu'elle redoutait depuis les trois dernières années était arrivé. Elle avait vécu dans cette attente, préparé cette échéance, mais elle n'avait jamais envisagé ce qui se passerait après, le courage lui ayant fait défaut. En passant à côté du lit d'Alicia, elle jeta un coup d'œil par la fenêtre. Le jardin semblait aussi sombre et vide que son cœur. Demain, l'aube viendrait réveiller Alicia. Demain, elle ouvrirait les yeux sur un monde nouveau. Si elle avait le mal du pays ou était effrayée, elle serait seule avec sa souffrance. Quand Leonora glissa sa petite main dans la sienne, elle pensa suffoquer de chagrin mais se força à paraître gaie. Il n'était pas question de montrer aux enfants à quel point elle était malheureuse. Car, si elle s'effondrait, les filles en feraient autant.

— Très bien, dit-elle en imitant la manière de

parler de la directrice, allons voir si nous trouvons ce Bob et ce John.

Elle adressa un sourire à Leonora trop accablée pour le lui rendre après avoir appréhendé toute la cruauté de la situation. Sa mère allait partir et elle se retrouverait seule parmi tous ces étrangers dans cette maison qui l'effrayait. Elle serra plus étroitement la main maternelle et descendit l'escalier en silence.

Dehors, il faisait froid. Miss Reid avait disparu mais deux solides costauds en salopette attendaient près de la voiture. Leonora vit qu'un certain nombre de voitures s'éloignaient sur l'allée, le faisceau de leurs phares avalé par la nuit. Elle jeta un coup d'œil derrière elle et se rongea les ongles pendant que sa mère ouvrait le coffre et désignait les malles à Bob et John.

— La première nuit est la plus difficile, expliqua gentiment tante Cicely à Leonora. Demain, tu seras tellement excitée que tu n'auras même pas le temps de penser à la maison. Tu feras du cheval, tu joueras au *netball*[1], tu installeras un camp là-bas dans l'allée de châtaigniers, on l'appelle *Chestnut Village*. Il y aura beaucoup de choses à faire et tu seras très occupée. Simplement, n'oublie pas de nous écrire, hein ? Ta mère voudra savoir comment tu vas. Nous t'écrirons aussi.

Elle se garda de mettre le bras sur les épaules de sa nièce, sentant instinctivement qu'un geste de

1. Jeu de ballon ressemblant au basket-ball mais dont la cible est un anneau placé au sommet d'un poteau. *(N.d.T.)*

tendresse la ferait s'effondrer. Un coup d'œil en direction d'Alicia lui montra l'enfant sautant d'impatience d'un pied sur l'autre comme si elle avait hâte que sa mère et sa tante s'en aillent. Si Audrey faisait trop traîner les adieux, ceux-ci n'en seraient que plus pénibles.

— Eh bien, mes chéries, nous ferions mieux de nous en aller, dit Audrey en espérant dissimuler son désespoir.

Mais Leonora ne s'y trompa pas. Elle perçut le tremblement dans la voix de sa mère et fondit en larmes.

— Ne me laisse pas ici, dit-elle en serrant Vieux-Lapin contre elle, les épaules secouées de sanglots. Ne me laisse pas ici, maman !

Audrey étreignit son enfant si étroitement qu'elle craignit de l'étouffer.

— Tu te plairas beaucoup ici quand tu y seras habituée. Les adieux sont toujours un moment difficile, dit-elle en essuyant ses propres larmes sur le manteau de sa fille.

Elle la sentait si menue, si fragile dans ses bras, qu'elle lutta pour ne pas la porter dans la voiture et la ramener à la maison.

— Ne t'en fais pas, je m'occuperai d'elle, intervint Alicia avec une pointe d'impatience. Elle ira mieux quand tu seras partie.

Audrey tenta de repousser doucement Leonora mais celle-ci s'accrocha à elle.

— Je n'aime pas la pension, maman. Je t'en prie, ramène-moi à la maison. (La peur lui donnait une voix rauque.) *Ramène-moi à la maison !*

— Tu viendras passer le week-end dans quinze

jours chez tante Cicely. Ce n'est pas si loin, voyons...

Mais rien ne semblait pouvoir consoler l'enfant qui sanglotait à présent si fort qu'elle ne pouvait pas parler.

— Vous devriez la laisser, dit Cicely en effleurant le bras d'Audrey. Les choses ne pourront qu'empirer si vous restez là.

Audrey dénoua les bras de son enfant et, la tenant toujours par la main, embrassa Alicia.

— Veille bien sur elle, dit-elle d'un ton désespéré. Elle aura besoin de toi. Plus que jamais.

— Je le ferai, répondit Alicia en tirant sa sœur par son autre main qui tenait étroitement Vieux-Lapin. Viens, Leo, ce n'est pas si terrible. On va bien s'amuser !

Audrey s'enfuit sans se retourner. Si elle l'avait fait, elle aurait vu le petit visage désespéré de sa fille regarder avec incrédulité la voiture s'éloigner dans l'allée. Rejetant la tête en arrière, elle s'écria avec désespoir :

— Comment puis-je causer tant de chagrin à ma fille ? Je suis un monstre !

Les yeux de Cicely s'emplirent de larmes quand elle évoqua sa première nuit à Colehurst House. Jamais, de toute sa vie, elle n'oublierait cette sensation de solitude, de vide immense. Mais, ensuite, elle avait adoré cet endroit.

Alicia saisit sa sœur par la taille pour l'entraîner à l'intérieur. Les filles plus âgées la regardèrent avec curiosité et fascination, les plus jeunes se mordirent la lèvre inférieure en espérant ne pas se laisser aller à un tel chagrin. Elles aussi souffraient de la séparation d'avec leurs parents. Leonora les regarda avec terreur à travers ses larmes. La maison était pleine d'enfants et de rires, pourtant elle ne s'était jamais sentie aussi seule de sa vie. C'était comme un cauchemar, mais un cauchemar où elle était éveillée et sa mère trop loin pour la rassurer. Elle aurait voulu se rouler en boule comme un hérisson et piquer tous ceux qui s'approcheraient de trop près. Alicia tentait de la consoler, mais des mots ne pouvaient remplacer sa mère ni atténuer l'impression profonde de rejet dont elle souffrait comme d'une blessure toute fraîche. Elle suivit Alicia dans l'escalier comme une somnambule, serrant sa main avec anxiété de crainte qu'Alicia ne disparaisse à son tour et qu'elle se retrouve tout à fait seule comme un agneau au milieu d'un champ plein de loups.

Quand elles rejoignirent Milne, la plupart des filles s'étaient postées près du lit de Leonora. Le silence se fit au moment où elles entrèrent et Alicia elle-même eut un sursaut. Les autres pensionnaires de leur âge se connaissaient déjà, ayant passé une année ensemble, et les jumelles craignirent une réaction d'hostilité. Mais à leur grande surprise, les filles se jetèrent sur elles avec de grands sourires et des visages empreints de sympathie. Miss Reid avait expliqué qu'Alicia et Leonora venaient d'un pays très lointain et qu'il fallait veiller sur elles. Elles étaient donc dévorées des yeux et bombardées de questions comme des créatures exotiques. Leonora étant la plus petite et tremblant d'appréhension, les plus grandes l'enlevèrent aussitôt à sa sœur pour s'occuper d'elle. Enchantée d'en être débarrassée, Alicia s'empressa de disparaître par la porte la plus proche. Une fille au long visage criblé de taches de rousseur installa Leonora sur son lit et posa un bras autour de ses épaules.

— Je suis Toadie Martin. En réalité, mon nom est Victoria mais tout le monde m'appelle Toadie. C'est moi qui suis ton ombre et mon dortoir qui s'appelle Byron est juste au bout du couloir. Si quelque chose ne va pas, viens me trouver. Je suis dans la classe au-dessus de la tienne. (Voyant que Leonora pleurnichait, elle lui tapota le dos.) Ma pauvre vieille. Nous avons toutes connu ça la première fois, mais ça va passer. Chaque jour tu te sentiras un peu mieux que la veille. Et puis, nous nous occuperons de toi, tu verras.

Leonora renifla et sécha ses larmes sur la fourrure de son lapin. Elle se sentait déjà un peu consolée.

Alicia réapparut, sortant de Dickens avec un grand pot dans les mains.

— Qui veut goûter une cuillerée de *dulce de leche* ?

Peut-être parce qu'il faisait nuit et que le voyage était long, peut-être parce qu'elle se sentait malheureuse, Audrey se confia à Cicely.

— J'étais totalement opposée à cette idée, expliqua-t-elle avec lassitude.

Indépendamment de tout sentiment de loyauté ou de devoir, elle n'avait jamais parlé à personne de sa rancune contre son mari, pas même à sa mère ni à tante Edna qui pourtant l'auraient comprise. Mais aujourd'hui Cecil était loin et elle venait de faire l'expérience de la séparation. Sa loyauté fléchissait comme un vieux chêne affaibli dans la tempête.

— Alicia a été mise à la porte de son école parce qu'ils ne parvenaient pas à dominer son caractère. Ce n'était pas vraiment grave et il y a d'autres bonnes écoles à Buenos Aires. Leonora aimait beaucoup la sienne et s'y sentait heureuse. Et puis tout à coup Cecil a commencé à parler de les envoyer ici. J'ai failli en mourir. Pouvez-vous imaginer cela ? Qu'est-ce qui peut bien m'inciter à rentrer à la maison maintenant ?

— Votre mari, répondit Cicely fermement. Vous n'avez pas le droit de vous laisser aller, Audrey. Vous ne pouvez sacrifier votre vie à vos enfants car, un jour, elles se marieront et deviendront mères à leur tour. Que restera-t-il de vous, alors ?

— Une grand-mère, dit-elle avec simplicité.

— Ce n'est pas ce que je voulais dire.

— Je n'ai pratiquement plus de rapports avec mon mari. Comment pourrais-je aimer quelqu'un de si cruel, de si insensible ? Il m'a arraché mes enfants.

— Ce n'est pas vrai, dit Cicely prenant la défense de son frère. C'est difficile à comprendre pour vous car vous n'avez pas été élevée ici. Mais nous autres, Anglais, croyons que la pension est la forme d'éducation la plus élaborée du monde. Cela fait partie de notre culture, de sorte que nous ne nous posons même pas la question. Le premier jour, mes parents m'ont manqué naturellement. C'est le sentiment que vit Leonora en ce moment. Mais, ensuite, j'ai adoré mon statut de pensionnaire et je n'ai plus pensé que rarement à eux. Cecil est allé à Eton et je doute qu'il ait ressenti de la nostalgie pour sa famille. Non, il pense à ses filles et il est persuadé qu'il leur donne ainsi les meilleures chances de réussir leur vie.

— Il ne peut pas les aimer comme je les aime.

Audrey regarda le profil de Cicely et devina qu'elle était assez sensible pour comprendre le point de vue de l'un et de l'autre.

— Cecil est très anglais, dit finalement Cicely après une pause. Il est loyal et correct comme notre père. Il n'a pas été habitué à manifester ses émotions. Mais cela ne signifie pas qu'il est incapable d'aimer. Je vous parie qu'il aime ses filles tout autant que vous. Il fait volontiers le sacrifice de ses joies quotidiennes au profit de leur avenir. Ne voyez-vous pas cela ? Il est anglais et le sera toujours.

— Et Louis ? Est-il anglais, lui aussi ?

Cicely crispa la bouche en fixant la route devant elle.

— Sur le plan culturel, il est resté dans les limbes, finit-elle par dire avec un petit rire.

— Mais s'il avait des enfants...

— Il n'aura jamais d'enfants, coupa-t-elle avec assurance. Ce cher Louis ne se posera jamais nulle part pour fonder une famille. C'est une créature de la nature comme les arbres et le vent. Orageux, impulsif, irrationnel. On ne sait jamais ce qu'il va faire l'instant suivant et personne ne l'a jamais su. Si Cecil est trop froid, Louis est trop bouillant, mais on ne peut les comparer. Ce serait comme de vouloir mettre en parallèle... (Elle hésita, cherchant une analogie adéquate.) Je ne sais pas... disons un cheval et un âne.

— Comment pouvez-vous même songer à une comparaison de ce genre ? s'exclama Audrey, choquée. (Elle poursuivit avec passion :) Il est dix fois plus doué que Cecil !

Cette fois, ce fut au tour de Cicely de sursauter. Audrey se reprit et ajouta vivement :

— Cecil est incapable de jouer une seule note et d'ailleurs il est aussi beaucoup plus élégant qu'un cheval. On pourrait plutôt le comparer à un danois.

Cette tentative pour redresser la barre en faveur de son mari était plutôt maladroite. Et Cicely était loin d'être bête. Elle continua à fixer la route devant elle.

— Je ne sais pas d'où Louis a tiré ce don, dit Cicely, espérant que la ferveur d'Audrey était motivée par le souvenir de sa sœur morte.

Puis elle étendit la main au-dessus de la boîte de vitesses pour saisir la main d'Audrey.

— Ne gardez pas en vous cette rancune contre Cecil, Audrey. Il prépare l'avenir des jumelles. Votre futur à vous est à ses côtés, ne l'oubliez pas.

Regardant droit devant elle, Audrey se représenta le visage de Cecil creusé par les années. La vie lui parut soudain un interminable chemin cahoteux. Elle songea à ses filles qui allaient maintenant se coucher dans cette vieille maison craquant de toutes parts et son cœur se serra.

Pourquoi fallait-il que tous ceux qu'elle aimait lui soient enlevés ? D'abord Isla, puis Louis et, à présent, ses filles. Elle se sentit terriblement seule, à la dérive. Oh, pourquoi ne pouvait-on jamais modifier le cours de sa destinée ?

18

Étendue dans le noir avec Vieux-Lapin, Leonora écoutait les bruits montant du dortoir — murmures, petits accès de toux, froissements de draps. La présence de ses sept compagnes la réconfortait car, bien qu'elle se sentît effroyablement seule, elle n'était tout de même pas totalement isolée... Elle avait dîné à l'une des longues tables de la grande salle — une vaste pièce de style médiéval ornée d'une grande cheminée où, depuis longtemps, on ne rôtissait plus de cochons à la broche. Seul un bouquet de fleurs séchées couvert de poussière trônait à présent devant l'âtre.

Assise à côté de Caroline Stainton-Hughes, elle avait mangé des macaronis au fromage accompagnés d'épaisses tranches de pain beurré. Caroline lui avait demandé de l'appeler « Cazzie » car, ici, toutes les filles étaient affublées d'un surnom.

— Le tien ce sera « Leo », décida Caroline.

Sally, l'une des surveillantes, avait amené quelques-uns des chiens de Miss Reid pour distraire les nouvelles arrivantes de leur vague à l'âme. Assise par terre avec Cazzie et d'autres élèves aussi mélancoliques qu'elle, Leonora les avait caressés avec reconnaissance, séchant ses larmes sur leur fourrure.

Puis vint l'heure de la douche et du coucher. Elle avait accroché son sac de toilette à côté de douzaines d'autres et ressenti un petit coup au cœur quand son nom, si amoureusement brodé par sa mère sur son bonnet de bain, était apparu en tirant sur l'élastique. Pelotonnée dans son lit, elle avait froid malgré l'épaisse couverture. Le matelas était dur et les ressorts grinçaient à chacun de ses mouvements. Elle entendit dans le couloir les pas de la surveillante générale, accompagnés du léger piétinement de son labrador noir qui la suivait partout. Elle s'arrêtait devant chaque pièce pour éclairer les lits de sa torche électrique et s'assurer que les enfants étaient bien là où elles devaient être. Puis elle s'éloignait et continuait sa ronde, ses semelles de caoutchouc faisant un étrange bruit de succion sur les lames du parquet.

Leonora avait dû glisser dans le sommeil car elle s'éveilla aux premières heures du jour avec un urgent besoin d'aller aux toilettes. Un long moment, elle resta immobile à se demander si elle aurait le courage de s'y rendre seule. La lumière restait allumée dans le couloir. Il lui suffisait de traverser Dickens, puis le palier pour accéder à la salle de bains. Leonora savait que le plancher grinçait et elle craignait de réveiller quelqu'un. Mais peut-être qu'une autre fille se trouvait dans la même situation qu'elle ?

— Y a-t-il quelqu'un qui ne dort pas ? murmura-t-elle assez haut pour être entendue.

Dans le silence, sa voix lui parut étrange. Il n'y eut pas de réponse.

La pression sur sa vessie devint trop forte et dissipa son anxiété. Se glissant hors du lit, Leonora enfila ses pantoufles et sa robe de chambre et entreprit le périlleux périple. Elle se souvint d'Alicia parlant de fantômes et affirmant qu'il y en avait dans toutes les maisons anglaises. En frissonnant, elle espéra ne pas en croiser sur sa route. La lumière était faible mais suffisante pour lui permettre de traverser Milne puis Dickens sans marcher sur un ours tombé d'un lit ou sur des pantoufles. Elle hésita en passant à côté du lit d'Alicia mais sa sœur semblait profondément endormie, ses longues boucles éparpillées autour de sa tête sur l'oreiller en une cascade soyeuse. En la regardant, elle envia Alicia qui, certainement, ne devait pas souffrir des mêmes regrets ni de la même sensation de vide.

Après avoir posé le pied sur une lame de parquet, elle hésita et demeura un instant en suspens, telle une statue, jusqu'à ce qu'elle soit certaine de n'avoir éveillé personne. Lorsqu'elle eut traversé le palier, elle se trouva enfin devant la salle de bains et les toilettes.

— C'est toi, Mattie ? demanda une voix sortant d'une des cabines.

Leonora regarda autour d'elle.

— Mattie, c'est toi ? répéta la voix avec insistance.

— Je m'appelle Leonora et je suis nouvelle, répondit-elle en s'approchant de la porte.

Le battant s'ouvrit brusquement et une fille qu'elle ne connaissait pas apparut.

— Hello ! Moi, c'est Elizabeth.

C'était une enfant trop grosse avec un visage

rond et de longs cheveux roux ramassés en queue de cheval. Assise sur le siège, les coudes sur les genoux, elle avait l'air de se trouver là depuis longtemps.

— Je suis à Milne, dit Leonora.

— Et moi à Milton. J'attends que Mattie vienne faire pipi.

Voyant l'expression étonnée de Leonora, elle précisa :

— Elle m'envoie toujours réchauffer le siège pour elle.

— Oh !

— C'est qu'il est drôlement froid, tu ne trouves pas ?

— Oui, c'est vrai.

— D'où viens-tu ? Tu as un drôle d'accent.

— D'Argentine.

— Où est-ce ?

— En Amérique du Sud.

— Oh ! C'est vraiment loin, hein ? (À quoi elle ajouta, avec le manque de tact habituel que tout le monde lui connaissait :) Ne t'en fais pas. Dans quelques semaines tu parleras comme nous toutes.

— Je l'espère, répondit Leonora qui ne demandait qu'à être aimée.

— Maman dit qu'on doit parler comme les dames chic. Tu en es certainement une mais pour que ce soit incontestable tu dois prendre l'accent d'une lady. Oh, et puis il faut aussi savoir monter à cheval comme une lady, j'oublie toujours ça. Je suis allergique aux chevaux, tu vois. Près d'eux, j'ai les yeux qui gonflent et j'éternue tout le temps.

Maman veut quand même que je monte. Toutes les ladies bien élevées le font.

— Je vois, dit Leonora cherchant à se montrer gentille, tout en se demandant ce qu'Alicia pourrait tirer de cette conversation.

Elizabeth soupira et regarda sa montre.

— Je dois être là depuis au moins un quart d'heure, gémit-elle. (Puis, levant les yeux vers sa nouvelle amie, elle ajouta :) Dis, pourquoi n'utiliserais-tu pas cette toilette à sa place ? Le siège est bien chaud et Mattie ne viendra pas. Elle a dû se rendormir. Ça lui arrive parfois. Je l'ai souvent attendue ici pendant des heures.

Elle se leva pour lui céder la place.

— À demain ! lança-t-elle avant de disparaître en trottinant.

Leonora la suivit des yeux en se demandant qui pouvait bien être cette Mattie, capable d'envoyer une fille au milieu de la nuit chauffer pour elle le siège des toilettes. Elle s'y assit. Elizabeth avait bien fait son travail.

Quand le gong retentit dans la grande salle à sept heures du matin, Leonora fut contente de se lever. Dans le fond de son lit, ses craintes ne faisaient que s'aggraver. Elle s'était réveillée avec une telle sensation de vide dans son cœur qu'elle avait à nouveau envie de pleurer. Elle s'habilla rapidement et suivit les autres dans la salle du petit déjeuner. Une pomme les attendait à chaque place et, de la cuisine, parvenaient des effluves de pain grillé et de porridge.

Alicia, elle, avait parfaitement dormi. Dès qu'elle

ouvrit les yeux, un frisson d'excitation la parcourut à l'idée de tous les défis qui l'attendaient. Elle fut malgré tout soulagée de voir sa sœur. Leo était encore pâle, mais au moins elle avait cessé de pleurnicher comme un bébé. Alicia lui adressa un petit signe de tête avant de s'installer sur un banc à une autre table.

— Tu n'as pas le droit de t'asseoir là, lui dit une grande fille aux cheveux noirs luisants qui formaient comme un casque sur sa tête. Tu es nouvelle et tu dois t'asseoir au bout de la table. Nous sommes placées par ordre d'ancienneté.

— Mais je suis en seconde année, répliqua Alicia en la regardant hardiment.

La fille baissa les yeux et fronça les sourcils.

— Fais attention. Ici, on n'aime pas les effrontées. Je t'excuse, parce que tu es nouvelle.

En réalité, elle était impressionnée par Alicia et par sa beauté vraiment remarquable. À contrecœur, Alicia prit place au bout de la table et se retrouva à côté d'une rousse grassouillette et d'une jolie blonde au nez en trompette et aux yeux brun sombre. L'air sévère, cette dernière la dévisagea des pieds à la tête et constata :

— Tu es nouvelle.

— Oui. Je m'appelle Alicia.

— Ce n'est pas un nom courant.

— Ça veut dire « Alice » en espagnol.

— Je sais. Tu dois venir d'Argentine. Elizabeth a rencontré ta sœur aux cabinets cette nuit, pas vrai, Elizabeth ? Elle chauffait le siège pour moi. Je déteste quand le siège des cabinets est froid. Pas toi ?

— Je ne me suis jamais posé la question. Mais tu dois avoir raison. Comment t'appelles-tu ?

— C'est Mattie, abréviation de Mathilda, expliqua la rousse. C'est une aristo.

— Hein ? fit Alicia sans comprendre. Qu'est-ce que c'est ?

Mattie se mit à rire.

— Mon père est vicomte, expliqua-t-elle. Je suppose que tu ne sais pas non plus ce que c'est. (Elle poussa un soupir.) Elizabeth t'expliquera notre système de classes ici. Il est essentiel que tu le respectes.

— Je le connais très bien. Mon père est un *señor*, rétorqua Alicia, se disant que ni Mattie ni Elizabeth ne devaient savoir que cela signifiait seulement « monsieur ».

— Bien, dit Mattie raisonnablement impressionnée. C'est un homme important ?

— Très. Il vient au second rang après le Président. (Puis, n'étant plus à un mensonge près, elle conclut avec un sourire condescendant :) Le Président ne fait pas un pas sans demander l'avis de mon père.

Mattie eut un sourire radieux. Alicia n'était donc pas seulement jolie, mais aussi *importante*. Mattie n'avait que trop conscience du manque drastique d'aristos dans cette maudite école. Au moins, avec Alicia, elles se retrouveraient entre semblables.

À cet instant précis, Miss Reid s'assit au bout de la table principale et le silence se fit pendant qu'on récitait le bénédicité. Miss Reid inclina la tête et joignit les mains pour la prière. Leonora l'imita mais Alicia en profita pour examiner attentivement l'assistance.

— *Que le Seigneur remplisse nos cœurs de gratitude pour tout ce qui nous sera donné, amen.*

Toutes répétèrent *Amen* avant de prendre place dans un bruit de chaises grattant le sol et de couverts de table, tandis que les grandes élèves chargées de cette tâche commençaient à servir le porridge qu'elles puisaient dans de grands chaudrons.

— Je déteste le porridge, gémit Mattie.

— Je mangerai le tien, si tu veux, proposa aussitôt Elizabeth.

— Bon, d'accord. Mais tu me donneras ton toast.

Une ombre de regret passa sur le visage d'Elizabeth qui aimait plus que tout son toast couvert de confiture.

— En Argentine, nous avons des croissants et des brioches au petit-déjeuner, déclara Alicia en contemplant avec une grimace le bol de porridge grisâtre qu'on déposait devant elle.

— À la maison, nous avons des œufs au bacon, renchérit Mattie. Mrs Bruton en fait tous les matins. Personne ne les réussit mieux que Mrs Bruton.

— En Argentine, nous avons une domestique qui s'appelle Mercedes...

— Comme les voitures ? gloussa Elizabeth en regardant Mattie, une main devant la bouche pour dissimuler son rire.

— Oui, parce qu'elle en conduit une, répondit vivement Alicia qui n'avait pas l'intention d'être en reste.

— Les bonnes doivent être drôlement riches chez toi. Mrs Bruton n'a qu'une petite Morris, dit Mattie.

— Oh, oui. Papa les paie très bien, confirma Alicia en saupoudrant son porridge de sucre.

— Écoute, fit Mattie penchée en avant, ses yeux perçants fixés sur sa nouvelle amie, je ne veux pas entendre tout le temps ces mots.

— Quels mots ? demanda Alicia étonnée.

— « En Argentine. » Je sais que tu viens de là, tu n'as pas besoin de le répéter tout le temps. C'est barbant.

Alicia resta un instant sans voix. Elle ouvrit la bouche pour dire quelque chose, mais ne sut quoi repartir et se contenta de jeter à Mattie un regard de défi. Elizabeth ricana de nouveau. Elle avait l'habitude de voir Mattie terroriser les autres filles. Mais c'était la première fois qu'on parlait à Alicia sur ce ton. Elle se pencha à son tour en avant et fixa sur son adversaire un regard bleu et arrogant.

— Et toi, d'où viens-tu ? demanda-t-elle tranquillement.

— Du Hertfordshire, répondit Mattie.

— Oh, je vois !

Alicia se redressa avec un sourire entendu qui irrita Mattie. Elle fronça les sourcils en mordillant sa lèvre inférieure.

— Qu'est-ce que tu vois ?

Elizabeth laissa échapper un gloussement.

— Rien, rien. C'est très bien. Je ne veux pas t'offenser.

— Tu ne m'offenseras pas, allez, dis-le-moi, insista Mattie avec impatience.

— Eh bien, c'est que le Hertfordshire n'impressionne personne, pas vrai ? J'y suis allée et le moins qu'on puisse dire c'est que tout y est gris et monotone.

Alicia ne s'en était même jamais approchée.

— C'est faux ! s'écria Mattie.

— Merchi dit que la jalousie est la plus grande forme de flatterie. L'Argentine est un pays chaud, ensoleillé et superbe. Donc, je me sens flattée.

Sur ces mots, elle enfourna dans sa bouche une bonne cuillerée de porridge. Mattie avait les yeux fixés sur Elizabeth qui haussa les épaules.

— Ce porridge est infect, reprit Alicia. Et, en plus, il est froid. Elizabeth, tu veux aussi le mien ?

Elizabeth ne sut quoi répondre. Alicia savourait son succès.

— Tu n'as qu'à le laisser. Ici, on ne t'oblige pas à finir ton assiette, marmonna Mattie.

Elle vit Alicia repousser son bol et prendre un toast dans la corbeille. Mattie l'admirait non seulement pour son physique, mais aussi parce qu'elle était intelligente et hardie.

— Si tu veux, je t'inviterai à passer un week-end chez moi, dit-elle en lui passant le beurre. Tu verras que le Hertfordshire est vraiment très beau.

— Ça se pourrait, répondit Alicia. Et maintenant, dis-moi, c'est vrai qu'il y a un camp à Chestnut Village ?

Après le petit-déjeuner, Leonora trouva sa sœur à Milton, assise sur un lit avec une jolie blonde et la rouquine grassouillette rencontrée aux toilettes au milieu de la nuit.

— Ah, dit Alicia avec un grand sourire. Voici ma sœur, Leo.

— Salut, Leo, dit Elizabeth. Nous nous connaissons déjà.

— Ah oui, fit Alicia avec une moue, votre rendez-vous de minuit.

Elle n'aimait pas que sa sœur empiète sur son territoire.

— Oui, c'était bien d'avoir de la compagnie, confirma Elizabeth.

— Mattie a une grande cabane à Chestnut Village et je vais la partager avec elle, s'exclama Alicia. Désolée, Leo, mais tu ne pourras venir avec nous que si tu connais le mot de passe.

— Ça ne fait rien, répondit Leonora toujours conciliante.

— Comment est-ce possible que vous soyez nées la même année ? demanda Mattie en fixant alternativement les deux sœurs.

— Nous sommes jumelles, expliqua Leonora.

Les yeux de Mattie s'élargirent et elle resta bouche bée comme un poisson.

— Jumelles ? répéta-t-elle.

Leonora confirma d'un signe de tête.

— Tu ferais mieux d'aller te préparer pour la messe, intervint Alicia avec autorité. Toutes les nouvelles doivent se retrouver dans le hall dans cinq minutes.

— Et toi ?

— Je suis déjà prête.

Leonora hésita un instant, mais trois paires d'yeux la fixaient froidement. Ravalant sa fierté, elle quitta la pièce. Quelque chose la retint près de la porte où elle s'attarda pour prêter l'oreille. D'après Mercedes, on n'entendait jamais rien de bon sur soi quand on écoutait aux portes. Alicia l'avait pratiquement mise dehors et elle devait avoir une raison pour ça. En effet, à peine était-elle sortie que Mattie explosa.

— Jumelles ! s'écria-t-elle à nouveau avec stupéfaction. Je n'arrive pas à y croire. Tu es si jolie et elle si ordinaire ! Comment est-ce arrivé ?

— Eh bien, j'ai dû prendre tout ce qu'il y avait de bien dans le ventre de maman et Leo a dû se contenter du reste. Pauvre Leo.

Elles rirent toutes trois bruyamment.

Aveuglée par les larmes, Leonora courut à la salle de bains et ferma la porte derrière elle. Agrippant des mains la cuvette de toilette, elle se regarda dans la glace, le corps secoué de sanglots silencieux. *Je veux retrouver maman*, songeait-elle tristement. *Je veux la voir et rentrer à la maison.* Comme toujours elle n'en voulait pas à Alicia, mais à la fille aux lèvres minces qui avait dit de si méchantes choses. Elle s'essuya les yeux d'une main tremblante et contempla avec dégoût son visage maintenant tacheté de rouge. Il était quelconque, terriblement quelconque. Mais sa mère le trouvait beau. « Ma chérie, tu es une des plus belles créatures de Dieu ! » lui disait-elle souvent. Leonora savait qu'elle le pensait réellement car elle la regardait alors avec une expression révélant l'amour le plus tendre. Son doux visage lui apparut et elle se languit de lui au point de se sentir mal.

On frappa à la porte. « Qui est là ? » fit une voix ferme mais aimable — celle de Miss Reid.

— Leonora, répondit docilement une petite voix accompagnée de reniflements.

Miss Reid ouvrit la porte, passa la tête à l'intérieur et jeta un coup d'œil circulaire.

— C'est justement vous que je cherchais, dit-elle sans avoir l'air de remarquer le visage inondé de larmes. (Elle avait entendu les sanglots à travers la porte.) J'ai une faveur à vous demander.

— Oh ! dit Leonora, luttant pour reprendre contenance.

— Suivez-moi.

Leonora suivit la directrice à travers les dortoirs et le palier, jusqu'en haut du grand escalier. Arrivée en haut elle hésita car elle savait qu'elle n'était pas assez ancienne pour l'utiliser.

— Venez donc, ne traînez pas, dit Miss Reid dans son anglais parfait masquant une réelle émotion. Voilà, j'ai besoin d'une fille responsable et sensible pour m'aider pendant la prière. Vous voyez Midge, ici, il ne se sent pas très bien. (Elle caressa le petit chien de ses longs doigts.) Je ne peux pas le laisser tout seul ni l'emmener à la chapelle car je suis chargée de l'office. Je sais que vous l'aimez bien. Voudriez-vous vous en occuper à ma place ?

Elle abaissa sur Leonora le regard d'une femme maintenant âgée qui avait consacré aux enfants des autres près de quarante années de sa vie. Privée de mari et d'enfants à elle, les pensionnaires représentaient toute son existence. Tout en veillant à garder ses distances, elle était émue par les difficultés éprouvées par certaines d'entre elles. Leonora faisait partie du nombre.

— J'aimerais beaucoup, répondit Leonora en prenant le chien et en l'embrassant.

Midge était en pleine forme, mais Leonora n'avait pas besoin de le savoir. Elles arrivèrent au pied de l'escalier où toutes les nouvelles étaient réunies.

— Allez rejoindre vos camarades, dit Miss Reid en la poussant doucement vers les autres. Je viendrai rechercher Midge après l'office.

Leonora se sentait nettement mieux grâce au petit chien et à Miss Reid. Elle décida d'écrire à sa mère dès que possible sur le papier à lettres offert par tante Cicely. Mais elle n'écrirait rien sur Mattie car cela lui ferait de la peine et Leonora s'en voudrait. Elle embrassa de nouveau Midge sur la truffe et rejoignit Cazzie qui lui faisait signe.

— Où étais-tu ? Je t'ai cherchée partout, lui dit-elle sur un ton de reproche.

— Ne t'en fais pas. Je suis là maintenant et tout va bien, répondit Leonora en souriant à Cazzie, heureuse de son amitié.

Son physique était peut-être quelconque mais, comme disait Mercedes : « Une vilaine nature se cache parfois derrière un beau visage. »

Au cours des semaines suivantes, Leonora et Alicia s'habituèrent à leur nouvelle école. Toutes les filles de sa classe comme celles des classes voisines apprécièrent tout de suite beaucoup Leonora. Quant à Alicia, elle était admirée mais aussi redoutée comme un joli démon qui prenait au piège celles qui s'approchaient de trop près. Mattie en faisait régulièrement l'expérience.

Diana Reid gardait Alicia à l'œil. Elle savait l'arrogance des enfants auxquels on a trop souvent répété qu'ils étaient beaux et qui en profitaient pour exercer sur les autres un charme immérité. Alicia avait le don de repérer leurs faiblesses et s'y attaquait avec subtilité et une cruauté implacable. Son désir d'être toujours la première la conduisait à écraser ses camarades sans pitié et sans distinction. Elle avait en apparence beaucoup d'amies, mais aucune qui lui fût véritablement liée car l'affection ne s'édifie pas sur la crainte. Alicia avait bien besoin qu'on lui apprenne ce qu'était l'altruisme. Une tâche difficile avec une nature comme la sienne.

Mais un soir, Alicia fournit elle-même à Miss Reid une excellente occasion d'agir.

— Si on allait monter les poneys à cru dans le pré, suggéra-t-elle à Mattie.

Cette dernière était assise dans un coin de leur cabane au Chestnut Village. Mattie et Elizabeth l'avaient construite avec les branches des vieux arbres déracinés par la tempête l'année précédente. Elles avaient aménagé deux pièces, comblant les espaces entre les piquets avec des touffes d'herbe accumulées derrière le potager quand on avait fauché les prés en été. Le toit était composé de branches feuillues cueillies dans les buissons. C'était la cabane la plus réussie de Chestnut Village, enviée par toutes les autres filles. Alicia avait donc trouvé normal de se l'approprier et considérait maintenant qu'elle lui appartenait tout autant qu'aux autres.

Mattie ne se montra pas enthousiasmée par cette proposition. En presque deux semaines d'école, elles avaient déjà accumulé pas mal de bêtises toutes les deux : escaladé l'escalier d'incendie au milieu de la nuit pour danser à la lueur de la lune, volé des gâteaux dans la réserve pour les manger dans les toilettes de la bibliothèque, parcouru le jardin des buis toutes nues au milieu de l'après-midi. Elles avaient tourmenté Elizabeth en lui demandant de chauffer non pas un, mais deux sièges de cabinets jusqu'aux premières heures du jour. Mais monter à cru les poneys dans le pré sans surveillance, c'était autrement grave.

— Ce n'est pas une bonne idée, Alicia, dit-elle. Faisons autre chose.

— Je n'ai pas envie de faire autre chose.

— On risque d'être mises à la porte, protesta Mattie, imaginant la colère de son père.

Elle était prête à faire bien des choses, mais pas à risquer l'expulsion.

— Et alors ? Je me suis déjà fait expulser d'une école. Qu'est-ce qui pourrait nous arriver de pire ?

— Mon père me tuera.

— Bien sûr que non, dit Alicia en lui jetant un regard de défi.

— Il sera furieux, en tout cas, et il criera après moi.

— Mais il ne te tuera pas. Réfléchis donc un instant, Mattie. Les mots ne tuent pas. L'expulsion ne tue pas. En fait, ils ne peuvent pas grand-chose. Même si on me donne cent lignes à faire ou si je reste au coin pendant une semaine, ça vaut le coup. Ces punitions ne font pas mal.

— Bon, d'accord, dit Mattie impressionnée par la détermination d'Alicia. Mais alors seulement après dîner, quand il fera presque nuit. Comme ça, il y aura moins de chances qu'on nous surprenne.

— Entendu. Je savais bien que l'idée te plairait.

— Il vaut mieux ne rien dire à Elizabeth. Elle voudra venir et elle se fera mal ou cassera quelque chose.

— C'est vrai. C'est une idiote et elle le sera toujours.

— Mais elle est obéissante.

— Oh, on a toujours besoin de ce genre de fille. Comme dit Merchi, si tous les autres étaient aussi intelligents que moi, il n'y aurait plus de domestiques pour s'occuper de nous. Remercions Dieu pour les Elizabeth !

Elles rirent toutes deux aux éclats.

— Allons jeter un coup d'œil aux poneys et choisir celui que nous monterons, proposa Mattie en sortant de la cabane.

Elles se dirigèrent vers le pré et s'appuyèrent à la clôture. Cinq poneys bien dodus se promenaient au milieu des hautes herbes, aussi dociles que des vaches.

— Je monterai le blanc là-bas, dit Alicia en le désignant du doigt.

— Il est gris, corrigea Mattie.

— Si tu veux. Quel est son nom ?

— Mr Snow.

— Bon. Je monterai Mr Snow. Et toi, lequel prendras-tu ?

Mattie réfléchit un instant et désigna un gris pommelé si petit et si rond que son ventre touchait presque le sol.

— Lucky.

— C'est le nom qui convient[1]. Espérons qu'il nous protégera !

— Il n'est pas grand. Ce sera plus facile de sauter sur son dos.

— Bon. Ah, la cloche du dîner. Pas un mot à qui que ce soit, ordonna Alicia tandis qu'elles prenaient le chemin de la maison.

Après dîner elles se glissèrent à l'extérieur du manoir, protégées par le crépuscule. Elles avaient eu un peu de mal à se débarrasser d'Elizabeth et avaient fini par lui indiquer un faux point de rendez-vous où elle devait être en train de les attendre en se demandant ce qu'elles pouvaient bien faire.

Alicia et Mattie escaladèrent la clôture comme des voleurs en jetant des regards autour d'elles pour s'assurer que personne ne pouvait les voir. La hardiesse et les risques inhérents à leur entreprise les excitaient au plus haut point et leurs yeux brillaient dans la pénombre.

— Il faut tenir trois minutes sur le poney, sinon ça ne compte pas, murmura Alicia pendant qu'elles traversaient le pré en courant, courbées en avant.

Mattie gloussa de rire en s'approchant de Lucky qui leva la tête et s'arrêta de mâchonner. Mr Snow pensa qu'on allait lui offrir des cacahuètes et hennit doucement quand Alicia courut vers lui.

1. « Lucky » signifie « veinard » en anglais. (*N.d.T.*)

— Tais-toi donc, lui dit-elle d'un ton fâché. Tu vas nous faire prendre.

D'un coup d'œil, elle vit que Mattie caressait la tête de Lucky et s'apprêtait à sauter sur son dos. Emportée par son désir de compétition et sans perdre de temps à caresser l'animal, d'un bond elle l'enfourcha et soupira de satisfaction. Elle était la première. L'air renfrogné, Mattie s'installa à califourchon sur Lucky et se pencha en avant pour dissimuler son visage dans sa crinière. Alicia triomphait mais, comme d'habitude, elle voulut enfoncer le clou. Elle ne pouvait se satisfaire de cette victoire facile comme Mattie, elle frappa du talon le ventre rebondi de Mr Snow pour le mettre au trot.

— En avant, espèce de vieux machin, bouge-toi donc !

Mais Mr Snow pencha la tête et se mit de nouveau à mâchonner de l'herbe comme si Alicia n'existait pas. Mattie releva la tête et, levant le poignet où se trouvait sa montre, lui fit comprendre que les trois minutes étaient écoulées. Mais Alicia continua à frapper le poney de plus en plus fort. Mr Snow souffla avec agacement comme si une mouche d'été bourdonnait autour de lui.

— Pour l'amour de Dieu, espèce de fainéant, bouge-toi donc !

Elle redoubla ses talonnades et enfonça plus profondément les flancs du poney. Soudain, Mr Snow leva la tête, se mit à hennir avec fureur et partit au galop aussi vite que ses courtes jambes le lui permettaient. Alicia était ravie, quoique assez secouée. Elle ne vit pas le poney brun chocolat baptisé Lurcher détaler brusquement, pas plus que Mr Snow qui fit un écart en le découvrant. Avant d'avoir eu le temps de savourer sa course, Alicia glissa sur la croupe ronde et lisse du poney sans rien pour se retenir, à l'exception de sa crinière qui lui échappa des mains. Mr Snow accéléra encore son trot comme s'il avait deviné que c'était la seule manière de se débarrasser d'elle et, furieuse, elle se retrouva bientôt dans l'herbe après une chute qu'elle réussit à amortir. Blessée dans son orgueil, le visage rouge de rage, elle se mit debout et essuya ses mains sur son tablier. En se retournant, elle aperçut Lurcher galoper avec jubilation en direction de la barrière où se trouvait maintenant Mattie, les bras croisés, à côté de Miss Reid. Celle-ci, les traits figés en une expression de froide résolution, tenait dans ses bras Midge dont elle caressait le dos d'un doigt pensif.

Alicia les rejoignit, les épaules courbées dans l'attente des remontrances qui n'allaient pas tarder à lui tomber dessus. Mais, à sa grande surprise, Miss Reid se contenta de déclarer sèchement :

— Dans mon bureau demain matin à sept heures trente.

Puis elle s'éloigna à grands pas en direction de la maison, suivie de son escorte à quatre pattes.

— Pas de panique, Mattie, dit Alicia d'un ton qu'elle voulait assuré. Copier des lignes n'a jamais tué personne et elle n'osera pas nous mettre à la porte.

Elles rentrèrent en silence, préoccupées malgré tout.

Le lendemain matin, elles se présentèrent ponctuellement au bureau de Miss Reid. Elles espéraient que la punition infligée pourrait être tenue secrète. Personne n'était au courant de leur aventure nocturne, pas même Elizabeth ou Leonora. Miss Reid les fit attendre afin de prolonger leur supplice. Quelques minutes avant l'heure de se rendre à la chapelle, elle apparut enfin vêtue d'une longue jupe de tweed et d'un jersey, un rang de perles autour du cou. « Venez avec moi », ordonna-t-elle en se dirigeant vers la grande salle et la porte de devant. Surprises, les deux filles la suivirent jusque sur l'allée de gravier menant à la chapelle. Elle s'arrêta juste au pied des quelques marches menant à l'entrée de celle-ci.

— Maintenant, vous allez vous étendre sur le gravier de façon à ce que toutes les filles allant à l'office passent au-dessus de vous, comme sur une piste de trot à obstacles. Elles sont au courant de ce que vous avez fait. Elles savent aussi qu'Alicia s'est retrouvée le nez dans le gazon. Personne ne vous adressera la parole de toute la journée. Ensuite, vous vous lèverez tous les matins à cinq heures pour aider à nettoyer les écuries. Et ceci pas seulement un jour ou deux, mais pendant tout le trimestre. Jusqu'à ce que vous ayez appris que les règles ont une raison d'être. Je dois veiller en priorité à la sécurité de mes élèves et de mes animaux. Vous auriez pu vous blesser sérieusement la nuit dernière et blesser ces pauvres poneys. Ce que vous avez fait est inacceptable. Cela ne se reproduira pas. Si c'était le cas, je ne me montrerais pas si généreuse. Alicia, vous n'êtes ici que depuis dix jours et vous avez déjà révélé une vilaine nature.

Vous devriez saisir l'occasion des prières du matin pour demander à Dieu qu'Il vous pardonne. Ainsi que Jésus nous l'enseigne dans les Évangiles : *Aime ton prochain comme toi-même*. Je crains que, dans ce domaine, vous n'ayez encore beaucoup à apprendre.

Alicia avala sa salive avec difficulté. Elle détestait l'idée de se transformer en obstacle de concours hippique. Elle détestait aussi l'idée d'avoir à se lever tous les jours à cinq heures du matin pour nettoyer les écuries. C'était la pire punition qu'on pouvait imaginer. Miss Reid le savait et s'en montrait satisfaite. Alicia était un cas spécial qui méritait un traitement particulier. Avec la satisfaction tranquille d'avoir fait son devoir, elle remercia Dieu de lui avoir donné cette inspiration et escalada les marches pour se rendre à l'office tandis que toutes les élèves du pensionnat avançaient en rangs vers la chapelle.

19

En attendant leur premier week-end de sortie, Audrey avait écrit tous les jours à ses filles. Elle s'installait chaque matin dans le petit salon de Cicely à côté du feu car il pleuvait sans discontinuer et le temps était humide et froid. Bien qu'elle ait peu de nouvelles à leur donner, écrire était pour elle une nécessité, une manière pour elle de se sentir plus proche des jumelles. Alicia n'avait envoyé que deux lettres, celle du samedi, obligatoire, tous les enfants étant tenus ce jour-là d'écrire à leurs parents, et une autre pour Mercedes. Mais Leonora avait écrit quotidiennement.

Ses lettres étaient longues et poétiques. Elle parlait de ses nouvelles amies et de Miss Reid, qu'elle aimait énormément, des exercices à cheval sur ces poneys ronds et pelucheux à l'école d'équitation où ils trottaient et galopaient les uns derrière les autres et sautaient des poutres blanches. Comparant ce style d'équitation à celui, plus décontracté, que l'on pratiquait en Argentine, elle décida qu'elle préférait le style anglais car Frankie, le maître de manège, se montrait très gentil et lui avait fait des compliments devant les autres filles. Elle commençait aussi le piano et avait été sélectionnée pour chanter dans le chœur des juniors. Elle aimait par-dessus tout les cours d'art et avait été élue, avec trois autres filles, pour constituer le comité artistique. Elles réunissaient le club artistique tous les samedis et veillaient ensuite à remettre la salle en ordre. En récompense, elles bénéficiaient d'une rencontre toutes les semaines avec Mrs Augusta Grimsdale qui apportait du thé et des gâteaux et les autorisait à l'appeler Gussie. Elle portait de longues robes à fleurs et des colliers de graines exotiques qui descendaient jusqu'à sa taille, ce qui la faisait ressembler à la grand-tante Edna.

Pas une fois elle ne fit allusion au fait que sa mère lui manquait beaucoup car elle avait trop de tact pour cela. Elle ne parla pas non plus de la punition infligée à Alicia pour ne pas la bouleverser. En revanche, elle peignit des fleurs et dessina des cœurs qu'elle coloria au feutre rouge pour les envoyer à sa mère. Sa nostalgie ne s'y révélait que par quelques bavures du feutre et de curieuses taches sur le papier. Audrey se convainquit qu'il ne s'agissait pas de larmes car elle ne l'aurait pas supporté.

Cicely allait et venait dans la maison dans son pantalon avachi, une des chemises bleues de Marcel flottant autour de sa taille, renvoyant l'image de Louis chaque fois qu'elle passait devant la grande glace du hall. Elle aidait Panazel et Florien au jardin, à tailler les haies, à ramasser les pommes, à cueillir les mûres, jusqu'à ce que la réserve soit remplie de tous les cadeaux de l'automne. Elle fit faire à Audrey la connaissance d'un voisin agriculteur qui finissait les récoltes à l'aide de grandes moissonneuses-batteuses vertes qui ressemblaient à des monstres affamés se taillant un chemin dans les champs de lin ou de tournesols. Elle expliqua à Audrey que les terres lui appartenaient mais que depuis la mort de son mari, huit ans plus tôt, c'était Anthony Fitzherbert, le propriétaire de la ferme voisine, qui les exploitait pour elle.

— Le fermage ne rapporte pas beaucoup aujourd'hui, mais cela me permet de continuer à vivre ici et pour rien au monde je ne voudrais quitter Holholly Grange, dit-elle. D'ailleurs, c'est tout ce qui me reste de Hugh.

Cicely ne parlait guère de son dernier mari. Peut-être les circonstances ne s'y prêtaient-elles pas avec la présence de Marcel sous les toits, bien qu'il soit évident qu'il s'agissait dans son cas d'une attirance physique et non d'une communion d'âmes.

Marcel n'apparaissait qu'aux repas et, le plus souvent, se contentait de mettre la nourriture sur un plateau et de l'emporter dans son atelier sans dire un mot. Cicely ne semblait pas s'en préoccuper. Mais quand elle descendait pour le petit déjeuner, elle paraissait rajeunie, éclatante, comme Barley après une longue promenade dans les bois. Il flottait autour d'elle un parfum d'amour qui rappelait à Audrey ce qu'elle avait eu et qu'elle avait perdu.

Cicely ne semblait posséder qu'une seule photographie de Louis, celle qui était sur le piano et qui faisait s'accélérer le cœur d'Audrey chaque fois qu'elle avait le courage de poser les yeux dessus. Un jour qu'elle cherchait quelque chose à lire, Audrey découvrit quelques albums de photos en mauvais état dans la bibliothèque sur une ancienne table d'érable. Après qu'elle eut demandé à Cicely si elle pouvait les consulter, celle-ci en fut enchantée et l'entraîna au coin du feu pour les lui montrer.

— Cela va sûrement vous intéresser de voir des photos de Cecil enfant, dit-elle en s'installant confortablement sur le canapé.

— Naturellement.

Cicely commença à tourner lentement les pages. Il y avait des photos de leurs parents, de Cecil et Cicely, de leur maison — aussi grande et impressionnante que Colehurst House. Audrey se rongeait les ongles d'impatience tout en faisant des commentaires appropriés, Cecil en premier communiant, Cicely avec un grand sourire dans un landau noir, leur mère d'une froide élégance. Enfin apparut une photo de Louis sur laquelle il paraissait avoir six mois. Comme il avait peu changé.

Il avait déjà les cheveux d'un blond pâle soyeux et bouclés et, dans les yeux, une expression d'innocence, d'émerveillement, combinée à cet air rêveur, lointain, qui le distinguait de tous les autres. Il vivait déjà dans un monde qui n'appartenait qu'à lui. Si vulnérable, si fragile, si facile à blesser. Dans les traits de l'enfant, Audrey retrouvait l'homme qu'elle avait connu.

— Comment était Louis autrefois ? demanda-t-elle.

Cicely hésita un instant.

— Adorable, répondit-elle d'un air pensif. Réellement.

— Il en a l'air, approuva Audrey en souriant tendrement à l'image. Il n'a pas tellement changé, n'est-ce pas ?

— En effet. Et c'est bien là le problème.

— Le problème ?

— Il a eu du mal à apprendre. Qu'il s'agisse de nager, de marcher, de parler, il était toujours en retard sur les autres. Il n'a jamais réellement grandi.

— Je vois, dit Audrey, les mains moites de nervosité.

— Mais c'était réellement un adorable bébé. Je m'en souviens d'autant mieux qu'étant la plus âgée des trois enfants, je jouais avec lui comme avec une poupée, jusqu'à ce qu'il me mette hors de moi. Il avait un fameux caractère et voulait toujours en faire plus qu'il ne pouvait, comme s'il devinait que ses membres ne sauraient pas suivre les ordres que son cerveau leur donnait. Alors il se mettait en colère.

— Pourquoi était-il ainsi alors que Cecil et vous êtes si...

— Normaux ?

Audrey se rebella furieusement.

— Oh, je n'ai jamais voulu dire que Louis était le moins du monde anormal. Au contraire, il est *extranormal*, extraordinaire. Tellement doué.

— Oh, Audrey. Vous savez si peu de chose de lui, dit Cicely avec un profond soupir. Je n'en parle que parce que Isla l'a aimé. Vous faites partie de la famille et je n'ai pas l'impression de le trahir en me confiant à vous.

— Je vous en prie. Continuez.

— Voyez-vous, chère Audrey, Louis est né très

prématurément. Mère a failli le perdre et a souffert d'une grave dépression pendant qu'à l'hôpital on tentait de le garder en vie. Ce fut une époque terrible. Quelle joie quand on nous l'a enfin rendu à la maison. C'était comme si un nuage noir s'était écarté pour faire place au soleil. Jusqu'à ce que nous réalisions qu'en fait quelque chose n'allait pas. Il avait subi de légers dommages dont les séquelles étaient subtiles. Il ne s'agissait pas de cicatrices que tout le monde pouvait voir et comprendre, mais d'une fragilité mentale bien plus difficile à admettre et plus encore à traiter.

— Que voulez-vous dire ? interrogea Audrey avec appréhension.

— C'était un petit garçon tourmenté. Il avait de terribles crises pendant lesquelles il criait et agitait les bras comme s'il souffrait affreusement. Et rien ni personne ne pouvait alors le calmer. C'était horrible. Père habitué toute sa vie à se contrôler était totalement dérouté. Il ne pouvait le supporter et, quand Louis a grandi, il a cessé de s'intéresser à lui. Il se comportait comme s'il n'existait pas. Quant à mère, elle se montrait très attachée à Louis au début. Elle éprouvait un sentiment de culpabilité pour ne l'avoir pas porté assez longtemps. Elle ressentait cela comme un échec. Mais Louis s'est révélé finalement trop difficile pour tout le monde. Et, tous, nous l'avons rejeté. (Sa voix fléchit.) Je suis coupable, moi aussi. Je prétendais qu'il s'agissait d'un enfant adopté, qu'il n'avait pas de liens de parenté avec nous. C'était affreux. Je me demande comment j'ai pu me montrer aussi brutale. Mais il ne donnait pas l'impression de s'en soucier. Il en riait même. Pourtant, il a dû me détester. Cecil, lui, s'est toujours montré bon à son égard. Mais Cecil est un saint. Je reconnais être d'une nature plus égoïste. Écrasée de remords mais, en même temps, trop faible pour y changer quelque chose. Cecil — saint Cecil — a continué de veiller sur lui après que nous avons tous abandonné. Louis n'a commencé à se calmer que lorsqu'il s'est mis à jouer sur le piano de mère. Et il en a joué immédiatement comme s'il l'avait toujours fait, avec une sorte d'intuition professionnelle. Je pense qu'il a découvert alors qu'il pouvait communiquer, qu'il était doué pour quelque chose. Les crises ont cessé. Mais, entre-temps, nous avions perdu tout contact avec lui. Il jouait pendant des heures en nous excluant de son monde, seul avec sa musique, son seul amour. Isla n'avait aucune chance, Audrey. Louis est un esprit bien trop tourmenté.

— Comment va-t-il maintenant? demanda Audrey.

Elle savait que Cicely se trompait. Qu'il était capable d'aimer un autre être humain. Il l'aimait, elle, et la musique était l'épine dorsale de leur amour. C'était elle qui les liait l'un à l'autre. C'était avec elle qu'ils laissaient parler leur cœur quand les mots faisaient défaut.

— Il a appris à vivre avec sa nature si spéciale et je suppose qu'il a découvert ses propres limites. Mais c'est toujours pareil. Quand les choses ne vont pas dans le sens qu'il désire, il ne le supporte pas et s'effondre.

— Il a seulement besoin d'être aimé, dit doucement Audrey.

— Qui pourrait l'aimer ? Qui accepterait d'investir tant d'efforts et de temps pour essayer de le comprendre ? Il repousse les gens. Personne ne peut l'atteindre. Il est à des lieues de nous dans le pays de ses rêves et plus il vieillit, plus il s'y enfonce. Un jour, il disparaîtra tout simplement.

Cette nuit-là, Audrey resta longtemps éveillée dans son lit et pleura. Elle pleura parce qu'elle était séparée de ses filles, elle pleura sur Isla et elle pleura sur Louis. Sans savoir pour qui elle versait le plus de larmes.

Leonora et Alicia revinrent enfin à Holholly Grange pour le week-end. Audrey les embrassa avec joie, une joie teintée de chagrin car elle savait qu'une fois les filles retournées au pensionnat, elle devrait prendre l'avion pour regagner Buenos Aires. Tout en se demandant comment elle pourrait affronter cet instant, elle était bien décidée à ne pas laisser la perspective de la séparation gâcher l'instant présent.

Alicia se sentait si humiliée de la punition qui lui avait été infligée pour son rodéo sur le dos de Mr Snow qu'elle n'en parla pas et Leonora non plus. Elle n'en parlerait même pas à Mercedes à laquelle elle confiait tout d'habitude. Elle s'étendit longuement sur ses divers professeurs en les imitant avec talent. Rassemblé à la cuisine à côté du poêle de fonte, son public l'écoutait en riant et Alicia se pavanait, les chiens roulés en boule sur leur paillasse tout autour.

À la grande surprise d'Audrey, Marcel fit son

apparition à l'heure du déjeuner et, au lieu de prendre son plateau pour remonter aussitôt, il prit place parmi elles en les observant comme s'il était en mal d'inspiration. Il se cala dans un coin avec une mine de héros romantique, l'air sombre et taciturne, fumant une cigarette qu'il venait de rouler. Cicely se transforma aussitôt en une jeune femme vive et gracieuse, voletant tout autour de la pièce, s'affairant avec le gigot d'agneau en train de cuire. Les jumelles n'avaient sans doute même pas remarqué la présence de Marcel et, de toute façon, ne s'en souciaient guère. Il était tranquillement assis là, les yeux fixés sur Audrey, non pas de la manière qu'il réservait à Cicely, mais avec un regard entendu comme s'il avait deviné son secret. Comme s'il savait qu'elle le savait et que c'était donc *leur* secret. Audrey se sentit mal à l'aise. De son grenier où il se terrait, Marcel semblait au courant de tout. Il l'avait entendue jouer du piano quand elle croyait être seule, il était délibérément descendu la voir la nuit où elle ne pouvait dormir. Qui sait s'il n'était pas déjà là, tapi dans l'ombre, quand elle avait longuement contemplé la photo de Louis ? Elle croisa son regard et fronça les sourcils mais il continua tranquillement à souffler sa fumée dans l'air, la regardant avec les yeux de l'artiste préoccupé par sa création.

L'après-midi, elles firent une longue promenade avec les chiens, armées de récipients pour y recueillir les mûres en chemin. Les haies d'arbustes croulaient de baies et le verger regorgeait de pommes et de prunes. L'air était doux et le soleil baignait les collines d'une lueur dorée d'automne qui leur rappelait combien l'Angleterre peut être belle quand le temps est clément. Audrey songea que le colonel Blythe se trompait : il ne pleuvait pas tout le temps en Angleterre. Elle regarda Alicia courir en avant avec les chiens tandis que Leonora restait près d'elle, accrochée à son bras, comme pour garder un étroit contact avec sa mère tant que c'était possible. Elles revinrent par le pré où campaient les gitans et trouvèrent Panazel et Masha étendus dans l'herbe avec leurs deux enfants. Alicia rejoignit Leonora en courant.

— Pas un mot du poulet, sous aucun prétexte ! chuchota-t-elle.

— Bien sûr que non, répondit Leonora. Mais montre-toi gentille.

Alicia fronça le nez. C'était un mot dont elle n'avait pas l'usage. Audrey remarqua que les chiens, d'ordinaire si prompts à aboyer après les chevaux, se tenaient à distance.

— Hello, Florien ! s'écria Alicia comme le jeune garçon, l'air maussade, se levait ainsi que tous les autres membres de sa famille.

— Oh, je vous en prie, restez comme vous êtes ! s'écria Cicely en faisant de grands signes des bras. Il y a une quantité de mûres dans les bois. J'espère que vous en avez profité, Panazel.

— Nous avons cueilli tout ce que ce pays peut offrir, merci Mrs Weatherby, répondit-il en repoussant sa casquette en arrière.

— Ah, Ravena. Tu ne connais pas encore mes nièces, Leonora et Alicia. Elles vont habiter ici avec moi dorénavant et pourront aider Panazel et

Florien au jardin pendant leurs vacances. Il y a tant de travail.

— J'aimerais bien leur dire la bonne aventure, répondit-elle en exhibant une rangée de dents tordues.

— Oui, s'il te plaît ! s'écria Alicia avec enthousiasme. Est-ce que j'épouserai quelqu'un de très riche ?

— Alicia ! gronda Audrey, honteuse des manières de sa fille.

— Pourquoi pas, dit Cicely en riant. Elle l'a fait pour moi une fois et j'ai trouvé cela très amusant. C'est moi qui paie !

Elle enfonça la main dans la poche et en sortit deux demi-couronnes.

— Magnifique ! s'exclama Alicia. Tu viens aussi, Leo ?

Mais Leonora secoua la tête.

Audrey pressa la main de sa fille dans la sienne.

— Leonora est comme moi. Les diseuses de bonne aventure lui font peur.

À la suite de Ravena, Alicia grimpa les quelques marches menant à la caravane. Grande, mince, ses longs cheveux s'échappant en cascade de son fichu, Ravena aurait pu être une vraie beauté si elle n'avait eu ces vilaines dents et cette peau jaunâtre.

À peine entrée, Alicia avisa avec enthousiasme une petite table ronde garnie de deux chaises.

— Est-ce que tu as une boule de cristal ?

Ravena secoua la tête.

— Non. Trop cher. Je lis dans les lignes de la

main. C'est ma grand-mère qui me l'a appris et elle non plus n'avait pas besoin d'une boule de cristal.

— Alors, vas-y! supplia Alicia en tendant sa main au-dessus de la table. Est-ce que je serai riche et heureuse?

Ravena saisit la petite main de l'enfant et l'étudia attentivement. Le long silence qui s'installa dans la caravane fit bientôt perdre patience à Alicia.

— Alors, insista-t-elle, tu dois voir quelque chose...

Ravena laissa échapper un profond soupir.

— Tu as beaucoup de chance, lâcha-t-elle finalement. Non seulement tu auras la beauté mais aussi du talent. Tout dépendra de la manière dont tu utiliseras ces dons. Tu pourras être riche et heureuse ou...

Voyant qu'elle hésitait, Alicia l'encouragea en se penchant en avant.

— Ou...?

Ravena afficha un sourire résigné et secoua la tête.

— Non, tu seras riche et heureuse. Tu épouseras un homme très riche que tu aimeras beaucoup. Tes enfants vivront ici dans ce pays et seront anglais. Tu en auras quatre et ils seront aussi beaux et doués que toi.

— Tu en es bien sûre? bredouilla Alicia, folle de joie. Il faut absolument que je raconte ça à maman!

Elle se jeta dehors et dégringola les marches en criant : « Je serai riche et heureuse, je serai riche et heureuse! Et j'aurai quatre enfants! »

Apercevant sa sœur, elle lança :

— Vas-y, Leo. Tu verras, elle est formidable.

Mais cette dernière était peu désireuse de connaître un avenir qui risquerait de ne pas ressembler à celui de ses rêves. Le petit groupe des promeneuses s'éloigna en direction des grilles, les chiens courant sur leurs talons, la truffe collée au sol.

Chemin faisant, Cicely souffla à Audrey :

— J'ai bien peur que cette chère Ravena n'ait jamais eu le moindre don de voyance mais, au moins, ses mensonges sont agréables à entendre. Je détesterais qu'elle se mette à terrifier les gens avec des sornettes.

— Vous avez raison. Au moins, aujourd'hui, elle aura fait une heureuse. Vous n'aurez pas dépensé deux demi-couronnes pour rien !

— Alors ? interrogea Masha en voyant revenir sa fille.

Ravena soupira en haussant les épaules.

— J'ai dû raconter des histoires...

— Encore ? Ta grand-mère se retournerait dans sa tombe si elle savait comment tu gaspilles le don...

— Je ne pouvais pas lui dire la vérité, pas plus qu'à Mrs Weatherby ! Il vaut mieux, parfois, ignorer ce que le ciel vous réserve.

— Sans doute mais tu risques de perdre le fluide...

— Je me demande si je ne ferais pas mieux de tout arrêter et de ramasser des prunes comme papa et Florien au lieu de sonder l'avenir des gens.

— Ne fais pas la sotte. Tu as reçu un don, tu

dois l'exercer. Il te faut un peu plus de courage, voilà tout. Après tout, nous sommes tous les maîtres de notre destin, rien n'est gravé dans la pierre. Tu aurais pu l'encourager à suivre un chemin plus clément pour elle.

Ravena secoua la tête.

— Impossible. Cette enfant-là est déjà perdue, dit-elle gravement. Je vais faire un tour. Je me sens déprimée.

Et, sur ces mots, Ravena sortit détacher le poney, l'esprit encore oppressé par ce qu'elle venait de découvrir de la sombre nature d'Alicia.

Minuit était déjà passé depuis longtemps lorsque Leonora, accompagnée du fidèle Vieux-Lapin, trottina dans le couloir en direction de la chambre de sa mère. Elle tenait une bougie dont la flamme luttait contre un courant d'air glacé que laissait pénétrer une des vieilles fenêtres délabrées. Elle n'avait pas osé allumer la lumière sachant combien Cicely détestait qu'on gaspille l'électricité. Frissonnant de froid, elle s'attarda un instant à la porte de sa mère. Elle savait bien qu'elle devait se comporter en grande fille et Alicia se moquerait certainement d'elle demain matin — elle se moquait déjà de ce « lapin malodorant » qu'elle traînait partout avec elle. Mais elle se languissait de la chaude étreinte de sa mère, du sentiment de sécurité qu'elle ressentait quand elle était contre elle et de la satisfaction de l'avoir pour elle toute seule.

Elle frappa à la porte et tourna le bouton. Le froissement des draps parvint jusqu'à elle quand Audrey se retourna et s'assit dans son lit.

— Qui est là ? lança-t-elle, craignant un instant que ce fût Marcel venu lui poser des questions indiscrètes.

Apercevant alors le pâle visage de sa petite fille éclairé par la flamme dorée de la bougie, elle sourit tendrement et se poussa pour lui faire place.

— Tout va bien ?

— Je me sens toute seule, répondit Leonora d'une petite voix.

Audrey la regarda avec indulgence.

— Je suis toute seule moi aussi.

Leonora grimpa dans le lit et souffla la bougie. Elle se coucha en chien de fusil et sentit sa mère se pelotonner dans les draps pour se coller dans son dos.

— Tu me manques quand je suis là-bas, dit Leonora.

C'était plus facile de parler de ses craintes dans le noir que lorsqu'elle voyait devant elle le visage triste de sa mère. Audrey la serra doucement contre elle.

— Tu me manques aussi, terriblement. Il n'y a pas un moment de la journée où je ne pense à vous deux. Mais tu vas t'y faire et aimer cette pension comme tante Cicely l'a fait. Elle en parle maintenant encore comme si elle y avait passé les plus belles années de sa vie. C'est un endroit très agréable.

— C'est vrai. J'aime bien Miss Reid et j'aime bien Gussie. Ma meilleure amie s'appelle Cazzie. Elle aussi s'ennuie de sa famille de temps en temps, mais au moins ses sœurs sont gentilles avec elle.

— Tu as Alicia.

— Oui, dit Leonora d'un ton neutre. J'ai ma sœur, moi aussi.

Elle était incapable d'expliquer qu'Alicia se comportait comme si elles n'avaient aucun lien de parenté. Sa mère en aurait été trop émue.

— Vous serez à la maison pour Noël. Et pendant quatre grandes semaines, j'imagine. Nous aurons un Noël très anglais. J'apprendrai à Mercedes à préparer le pudding de Noël, et aussi des *mince pies*. Nous ouvrirons nos cadeaux sous l'arbre avec Granny et Grandpa. Il n'y a pas si longtemps à attendre. Dix semaines seulement. Elles vont passer très vite et vous vous retrouverez à la maison avant même de vous en rendre compte.

— Mais après, il faudra repartir. Je déteste m'en aller.

— Je sais, mon amour. Mais n'y pense pas maintenant. Tout paraît bien pire la nuit. Pour l'instant tu es avec moi et je t'aime beaucoup, beaucoup. Essaie de penser à de jolies choses.

Et pendant que Leonora s'y appliquait, Audrey faisait le tour de toutes les choses déplaisantes qui l'attendaient, elle. Comme de rentrer chez elle, retrouver un mariage creux et une maison vide. Avec de longues années d'adieux et de retrouvailles renouvelés et de précieux moments avec ses filles qui passeraient trop vite. *Oh, Cecil*, songea-t-elle, *qu'as-tu fait ?*

Le lendemain, il pleuvait et Leonora fut incapable d'oublier que chaque instant les rapprochait de l'après-midi où il faudrait regagner le pensionnat. Elle resta collée à sa mère sans dire grand-chose. Alicia se faisait dire et redire la bonne aventure par Ravena dans la caravane des gitans. Audrey tenta de distraire Leonora en fabriquant avec elle un petit jardin dans une boîte de chaussures avec de la mousse et quelques petites fleurs qu'elles allèrent cueillir sous la pluie à l'abri d'un grand parapluie de golf ayant appartenu à Hugh. L'activité redonna le sourire à l'enfant qui se mit à coller les éléments et plia une feuille d'aluminium pour simuler un bassin au fond du jardin. Cicely fit des croustillants au chocolat pour le thé et autorisa les jumelles à lécher le bol qu'elles durent disputer à Barley, bien décidé à y mettre son nez avant elles.

Le départ fut horrible. Leonora pleurait et Alicia faisait la tête car elle allait devoir se retrouver face à elle-même. Audrey les quitta rapidement cette fois, mais elle sanglota pendant le retour en voiture et tout le long du vol qui la ramena à Buenos Aires. Elle débarqua à l'aéroport les yeux si gonflés qu'elle était à peine reconnaissable.

Cependant, jamais elle n'aurait pu deviner ni même imaginer ce qui s'était passé chez elle pendant son absence.

20

À peine descendue de voiture, Audrey entendit le son familier et obsédant du piano flotter dans l'air comme l'écho d'un souvenir lointain. Elle crut qu'il s'agissait d'une illusion due à la fatigue et à la tristesse. Une illusion cruelle qui lui déchirait le cœur et raillait l'espoir qu'elle entretenait toujours, tout en se répétant que ses désirs étaient impossibles et ses rêves de simples mirages nés du désespoir. Elle resta là, tendant l'oreille, se refusant à croire ce qu'elle entendait tout en souhaitant désespérément le croire. Elle se tourna vers son mari occupé à ouvrir le coffre de la voiture pour en sortir les bagages. Puis elle se mit à marcher lentement vers la maison, remplie d'appréhension à l'idée de ce qu'elle pourrait y trouver. *Si Louis était de retour, Cecil m'aurait certainement avertie*. Cette certitude ne lui faisait envisager qu'une déception, sans parvenir à chasser tout à fait une lueur d'espoir.

En ouvrant la porte, la musique s'amplifia. Aucun doute n'était permis, c'était bien *leur* musique, la sonate qu'il avait composée pour elle. Elle sentit ses jambes se dérober et craignit de s'écrouler et de pleurer. Quand elle entendit les pas de Cecil sur le gravier, elle se ressaisit. Mais elle n'osa pas se retourner pour lui demander qui jouait, craignant que le ton de sa voix ne trahisse l'émotion profonde qui l'étreignait.

Cecil monta à l'étage déposer sa valise dans leur chambre. Debout sur le seuil du salon, Audrey regardait Louis assis au piano, ses longs doigts courant sur les touches qu'elle avait si souvent effleurées en pensant à lui avec une poignante nostalgie.

Il avait dû deviner sa présence car il cessa de jouer et se retourna. Ils se regardèrent si longuement que cet instant parut défier les lois les plus élémentaires du temps. Louis quêtait dans le regard d'Audrey une étincelle d'affection lui confirmant qu'elle l'aimait toujours. Quant à Audrey, elle craignait de lire de la colère dans le sien. Elle se sentait coupable d'être là, mariée à son frère alors qu'elle aurait dû lui appartenir corps et âme. Mais il avait eu le temps pendant son absence de constater l'échec de ce mariage à l'haleine chargée d'alcool de son frère et au sévère chignon dans lequel elle serrait ses cheveux.

Tout aurait pu être si différent !

Audrey réussit à lui sourire tendrement et ce fut le seul encouragement dont Louis avait besoin. Il sauta sur ses pieds et la prit dans ses bras, pressant ses lèvres contre sa tempe en lui murmurant qu'il l'aimait et l'aimerait toujours.

— Louis, je t'en prie, supplia-t-elle, affolée d'entendre les pas de Cecil qui descendait l'escalier.

— Comment a-t-il pu te briser ainsi ? chuchota-t-il en prenant son visage dans ses mains avec une expression de compassion et de chagrin.

Audrey détourna ses yeux remplis de larmes. Elle aurait tant voulu se blottir dans ses bras. Mais Cecil apparut au moment où Louis s'écartait.

— Je voulais te faire la surprise, dit-il à sa femme en entrant au salon où il se servit un whisky bien tassé.

Audrey le suivit, s'arrachant à l'homme qu'elle avait cru ne plus jamais revoir. Elle hésita, essayant de se comporter normalement. Cecil semblait ne pas remarquer l'émotion qui faisait vibrer l'air et poursuivit :

— Une sacrée surprise pour moi aussi, je peux te l'assurer. Il est arrivé comme ça, un beau jour, environ une semaine après votre départ. Sans le moindre avertissement. Exactement comme lorsqu'il a disparu.

Il leva les yeux sur sa femme et sur son frère. Dans le silence qui suivit, il alluma un cigare.

— Où va-t-il habiter ? demanda-t-elle, trop perturbée pour poser la question directement à l'intéressé.

— Avec nous, répondit Cecil en faisant tourner les glaçons dans son verre, le visage grave, la mâchoire raidie. (Il leva les yeux vers elle.) Tu n'y vois pas d'inconvénient, n'est-ce pas ?

Bien que paniquée, Audrey fit signe que non.

— Bien sûr que non !

Louis vint s'asseoir sur le canapé qui lui faisait face et elle alla se percher sur le bras de l'autre. Comme elle paraît plus vieille avec ses cheveux tirés en arrière, songeait-il. Tout ce qu'il y avait d'enfantin en elle semblait avoir disparu.

— J'ai revu tes parents et tante Edna. Tous ont pas mal vieilli mais ce sont toujours les mêmes.

— Henry a donné un dîner au club en l'honneur de Louis, pour fêter son retour, dit Cecil avant d'ajouter d'une voix plus douce : Rose veut organiser une cérémonie du souvenir dédiée à Isla maintenant que Louis est revenu. Mais elle a attendu ton retour.

Audrey baissa les yeux. Que d'événements pendant son absence !

— J'aimerais beaucoup y assister.

Les yeux fixés sur Louis, elle jouait nerveusement avec les poignées de son sac à main.

— Combien de temps comptes-tu rester ? demanda-t-elle sans oser le regarder.

Cecil vida son verre et se leva pour en préparer un autre. Il dut se concentrer pour éviter le tremblement de ses mains.

— Je n'en sais rien. Je n'ai pas de projets.

— S'il reste, il va falloir qu'il épouse Nelly, dit Cecil en se rasseyant. (Sa douleur était moins sensible depuis que l'alcool s'était répandu en lui.) Parce qu'elle s'imagine que c'est pour elle qu'il est revenu.

Il se mit à rire.

— Nelly ? hoqueta Audrey.

— Hilda est absolument déterminée. Seule Agatha est mariée et Nelly commence à se faire vieille.

— Nous sommes allés dîner chez Hilda l'autre soir, dit Louis avec un soupir. Bien entendu, j'ai dû m'asseoir à côté de Nelly. Pauvre fille, la nature ne s'est pas montrée très généreuse avec elle, mais cependant elle n'est pas déplaisante. Pas comme sa mère.

C'en était trop pour Audrey. Elle se leva et se frotta les tempes.

— Je suis vraiment fatiguée. Vous me pardonnerez si je vous laisse ? Je vais prendre un bain et me reposer un peu. Cecil, tu m'excuseras auprès de Mercedes. J'irai la voir quand je descendrai pour le déjeuner. J'ai une lettre d'Alicia pour elle.

— Bien entendu, ma chérie. As-tu besoin de quelque chose ?

Elle secoua la tête et réussit à lui adresser un pâle sourire.

— Non, merci. Je me sentirai mieux tout à l'heure. (Elle se dirigea vers la porte et se retourna soudain.) Comme c'est tranquille ici, n'est-ce pas ? lança-t-elle tristement.

Louis regarda son frère qui fixait son verre vide, laissant tomber la cendre de son cigare sur le sol.

Quand Audrey atteignit le refuge de sa chambre, elle ferma la porte à clé derrière elle et se fit couler un bain chaud. Elle avait appréhendé le retour dans une maison vide, elle pouvait à peine se retenir de pleurer quand elle pensait à ses filles. En Angleterre, au moins, elle les sentait proches d'elle. Mais la réapparition de Louis était un choc plus grand encore, car elle n'y était pas préparée. Elle s'allongea dans l'eau et laissa toutes les tensions de son corps se dénouer peu à peu. Comment Louis pouvait-il être là, auprès d'eux, Cecil et elle, mari et femme, et sourire comme si la situation était somme toute banale ? Qu'attendait-il de l'avenir ?

Elle fit tourner l'anneau d'or à sa main gauche. Elle était une femme mariée. Tout avait changé, à l'exception de son cœur.

Le bain l'avait si bien détendue qu'à peine glissée dans les draps elle tomba dans un profond sommeil. Un léger coup à la porte la réveilla. Elle ouvrit les yeux et regarda la pendule. Deux heures de l'après-midi.

— Audrey, c'est l'heure de déjeuner ! dit Cecil derrière la porte. (Il essaya de tourner le bouton qui résista.) Pourquoi as-tu fermé à clé ?

— Je l'ai fermée ? fit-elle d'un ton volontairement distrait.

— Puis-je entrer ?

— Naturellement, répondit-elle en se levant.

— Tu as bien meilleure mine, lui avoua-t-il quand elle eut ouvert la porte. Tes joues ont repris une belle couleur. Tu te sens mieux ?

— Beaucoup mieux, répondit-elle avec sincérité. Le sommeil est un grand guérisseur.

Elle tira les rideaux et le soleil de printemps envahit la pièce avec enthousiasme.

— Louis a vécu d'étonnantes aventures, dit-il en s'asseyant près de la fenêtre et en regardant sa femme refaire le lit.

— Vraiment ?

— Oui. Il a d'abord passé huit ans au Mexique où il a enseigné la musique à des enfants.

— Il devait le faire très bien, dit-elle avec un léger frisson d'excitation en songeant qu'il se trouvait en bas.

— Pas vraiment, ma chère, mais le plus étonnant est que ses élèves étaient sourds.

Audrey regarda son mari en fronçant les sourcils.

— Sourds ?

— Exactement. Cela semble incroyable, évidemment, mais il m'a expliqué qu'il leur apprenait à fermer les yeux et à laisser leurs doigts exprimer ce qu'ils ressentaient. Ils devaient percevoir des vibrations, je pense. Il m'a montré quelques coupures de journaux de la presse locale. Il a créé une véritable sensation là-bas.

Audrey sourit en se remémorant la première fois où ils avaient joué du piano ensemble. C'était exactement ce qu'il lui avait dit.

— J'ai toujours su qu'il était exceptionnel, dit-elle posément.

La mâchoire de Cecil se contracta et un muscle se mit à rouler sur sa joue.

— C'est vrai, admit-il sans la quitter des yeux. Tout le monde ici le trouve... spécial.

— Ah oui ?

Audrey enfila un pantalon blanc et une blouse puis s'installa devant sa coiffeuse pour un bref maquillage avant de tordre ses boucles en un chignon brillant.

— Il a été élevé au rang de héros romantique à l'ancienne et les Crocodiles elles-mêmes — du moins ce qu'il en reste — l'ont accueilli les bras ouverts. Les mères lui poussent leurs filles dans les bras et il reçoit tant d'invitations que je ne le vois plus.

— J'en suis vraiment heureuse, dit-elle tout en éprouvant une pointe de déception.

Comme les gens sont versatiles, songeait-elle. *S'ils*

avaient eu les mêmes égards pour Louis lorsqu'il était arrivé à Hurlingham pour la première fois, nous serions mariés aujourd'hui.

Quand Audrey se leva, elle vit que Cecil la regardait étrangement. Elle lui sourit et il lui rendit son sourire, sans dissimuler une nuance d'appréhension.

— Tu es superbe, finit-il par dire jovialement après s'être repris.

Mais ses yeux étaient lourds d'une tristesse qu'elle ne lui connaissait pas.

— Merci, répondit-elle en se dirigeant vers la porte.

— C'est bon d'avoir Louis de nouveau à la maison, n'est-ce pas ?

— Bien sûr. (Elle essayait de prendre un air détaché.) Ce vieux beau-frère est venu nous rendre une petite visite après douze années d'absence.

— Je trouve que ce serait vraiment bien de faire un service commémoratif pour Isla en son honneur. Tu es d'accord ?

— Mais oui.

Elle avait vaguement l'impression que cette demande était chargée d'un sous-entendu qui lui échappait mais, peut-être parce qu'elle se sentait coupable, elle crut bon d'ajouter :

— Isla l'aurait souhaité.

— Il semble s'être bien remis. Espérons qu'il trouvera ici une gentille jeune fille à épouser.

— Oui, ce serait très bien, répondit-elle sèchement en franchissant le palier.

Ils descendirent l'escalier en silence. Audrey résista à la tentation de jeter un coup d'œil pardessus la rampe à la porte des chambres d'Alicia et de Leonora. Quant à Cecil, il avait eu le temps de s'habituer au vide de la maison. Elle sentait sa présence derrière elle. Elle l'avait salué à l'aéroport avec la même correction froide et polie que lorsqu'elle l'avait quitté, sans même remarquer l'ombre de déception qui était passée sur son visage. Après un baiser rapide et gauche, ils avaient parlé des filles et de leur nouvelle école et, la voix tremblante, Audrey l'avait à nouveau accusé de dureté et d'insensibilité. Elle pouvait à peine aborder le sujet des jumelles sans pleurer, aussi avait-elle fini par changer de sujet pour évoquer Cicely et Marcel ou les gitans. Cecil n'avait jamais entendu parler de Marcel et la Cicely qu'Audrey décrivait lui semblait une étrangère.

— As-tu rencontré ce Marcel ? demanda-t-il à Louis quand ils furent assis à la table du déjeuner.

Il ne faisait pas encore assez chaud pour manger dehors, mais les portes-fenêtres étaient ouvertes et une brise fraîche apportait les parfums du jardin. Louis pouvait à peine détourner les yeux d'Audrey qui semblait s'être épanouie après son petit somme. Ses yeux n'étaient plus gonflés mais brillaient de vitalité et le rose vif de ses joues révélait qu'elle avait conscience de son regard sur elle.

— Oui. J'ai séjourné chez elle l'année dernière, répondit Louis. Non que j'aie vu beaucoup Marcel. Il passe l'essentiel de son temps dans son grenier à peindre ou au lit avec Cicely.

— Dieu du ciel ! s'exclama Cecil qui faillit s'étouffer avec son potage.

— Cicely n'est plus la femme que tu as connue, renchérit son frère avec un petit rire.

Audrey se demandait comment Louis pouvait se montrer de si belle humeur. Pourquoi n'était-il pas fâché contre elle et aussi contre son frère ? Cela n'avait pas de sens.

— Elle a toujours été un parangon de vertu à l'ancienne et aussi flegmatique que papa. Un homme peut-il changer une femme à ce point ?

Cecil se tapota les lèvres du coin de sa serviette et Audrey plongea le nez dans son assiette.

— Oui, un homme peut changer une femme. Il peut l'entourer de soins, l'aimer pour qu'elle s'épanouisse comme une plante au soleil ou la laisser se dessécher jusqu'à ce qu'elle se ratatine et meure.

Audrey sentit à nouveau son regard sur elle et songea au Harry de tante Edna qu'elle appelait mon soleil.

— Marcel n'aime pas Cicely mais il la désire et c'est très différent. Cependant l'effet est le même. Elle en a oublié toutes ses contraintes et cela l'a vraiment changée.

— Il n'éprouve rien pour elle ? demanda Audrey sans lever les yeux.

— Ce n'est pas tout à fait ça. Il a un toit au-dessus de la tête, une bonne nourriture et une vie sexuelle satisfaisante. Il ne la paie pas pour cela. C'est un artiste et il ne se soucie que de son art. À la vérité, je crois qu'il se sert de Cicely.

— Je l'ai trouvé un peu inquiétant, dit Audrey en regardant son mari car elle ne pouvait garder éternellement les yeux fixés sur son potage. Il erre dans l'ombre à observer, à écouter, comme un espion.

— Espionner pour le compte de qui, ma chérie ? demanda Cecil.

— Le sien sans doute, je ne sais pas.

Son regard fut accroché par celui de Louis qui l'appelait, un regard si familier qu'il leur suffisait pour se comprendre. Peu à peu, elle sentit le vide de son cœur se remplir de miel et elle eut soudain envie de rire parce qu'elle avait été si triste et qu'elle était si heureuse maintenant. Elle vit les coins de la bouche de Louis frémir comme s'il avait voulu sourire lui aussi. Cecil avait bu beaucoup de vin, trop, et se sentait la tête lourde. Il regardait sa femme, l'imaginant dans une relation intime avec son frère.

— Ma chérie, dit-il brusquement en vidant son verre et en observant leur réaction, je vais en ville cet après-midi.

— Tu retournes au travail ?

— Oui, dit-il sobrement.

— Mais tu seras de retour pour le dîner ?

— Rendez-vous pour dîner.

Il soupira profondément et se leva.

— Je te confie aux bons soins de Louis...

Perdue dans les yeux de Louis, Audrey ne releva pas le ton caustique de sa voix.

— Oh, je suis sûre que Louis a des tas de choses à faire. D'ailleurs je dois déballer mes valises et aller voir Mercedes. Maman vient pour le thé avec Edna et Hilda.

— Très bien, dit Cecil. À tout à l'heure.

Il déposa un baiser sur la joue d'Audrey qui trouva son comportement étrange. *À force de me sentir coupable, je deviens paranoïaque*, se dit-elle.

Elle gagna rapidement la cuisine où Mercedes faisait la vaisselle tandis que Loro, perché sur le robinet, débitait ses dernières trouvailles. *Merchi ma jolie ! Merchi ma jolie ! Tu sens si boooon !* Mercedes lui envoya une tape avec un chiffon mouillé, mais ce fut sans effet. *Merchi ma jolie !...*

— Mercedes, dit Audrey en entrant.

— Señora, comment vont mes filles ? demanda-t-elle en s'essuyant les mains sur son tablier.

Mercedes souriait rarement et mettait une sourde intonation à la fin de chacune de ses phrases comme pour laisser entendre que le monde était bien triste et qu'elle s'y était résignée.

— J'ai une lettre pour vous. D'Alicia.

— Quelle bonne fille ! Je savais qu'elle n'oublierait pas sa vieille amie.

— Bien sûr que non. Leonora vous embrasse elle aussi.

— Sont-elles heureuses ? demanda-t-elle. (Mais elle se ravisa et haussa les épaules.) Comment pourraient-elles être heureuses si loin de chez elles ?

— Je sais, répondit gravement Audrey en lui tendant sa lettre. Mais elles le sont. Alicia vous le dira elle-même, j'en suis sûre.

— Rien ne peut blesser Alicia, sauf elle-même. Mais Leonora est aussi fragile qu'une plume. Je sais que sa mère lui manque. Je le sens, dit-elle en se frappant la poitrine.

— Elles me manquent, à moi aussi. Mais elles seront bientôt de retour. Nous aurons un beau Noël tous ensemble.

— Et ensuite ?

Elle s'écarta de la table de la cuisine avec la lettre. Plongé dans l'eau savonneuse, Loro prenait plaisir à en éclabousser tout ce qui se trouvait aux alentours. *Tu sens si booooon ! Ja, ja, ja !*

Avant de sortir, Audrey se demanda si c'était à elle qu'il parlait.

Louis jouait du piano. Une mélodie légère qui s'accordait avec la saison nouvelle. Elle soupira profondément et pénétra dans la pièce. Il continua de jouer. Elle s'accouda à la surface polie de l'instrument et regarda les doigts pâles courir sur les touches. Elle retrouvait l'odeur familière de son corps et s'abandonna à la nostalgie et au désir. Il se comportait comme s'il ne s'était jamais absenté, comme si leur conversation maladroite dans l'église après les obsèques d'Isla n'avait jamais eu lieu, comme si elle n'avait pas épousé Cecil mais lui et comme s'ils se trouvaient tous les deux dans leur maison.

— Tu te demandes pourquoi je ne t'en veux pas ? dit-il doucement et il la regarda d'un air interrogatif.

— Oui.

Il continua à jouer car l'activité de ses doigts était indispensable à la concentration de son esprit.

— Comment pourrais-je t'en vouloir ? Tu m'aimes, je suis le plus heureux des hommes.

Audrey sourit et baissa les yeux.

— Mais je suis mariée à ton frère.

— J'étais parti.

— Tu m'as manqué.

— Tu m'as manqué à moi aussi. J'ai souffert pendant des années.

Audrey abaissa doucement le couvercle du piano et il retira ses doigts. Elle le regarda d'un air grave.

— Et moi, je souffre toujours, Louis, murmura-t-elle.

— Je sais.

Il se leva et la prit dans ses bras. Elle mit les siens autour de sa taille et posa la tête sur son épaule. Il était chaud, doux, rassurant. Puis elle sentit ses doigts fouiller dans son chignon afin de retirer les épingles et de laisser ses cheveux retomber en cascade dans son dos. Il en respira le parfum et les pressa contre son visage.

— Audrey... J'ai vécu chaque instant de ces douze dernières années en attendant ce moment. Je ressuscite.

— Pourquoi es-tu parti ?

— Parce que je savais que ça ne marcherait pas et je ne pouvais supporter de rester près de toi sans que tu sois à moi.

Audrey voulut protester mais elle se souvint alors de ce que lui avait dit Cicely : Louis ne pouvait venir à bout d'une situation qui n'évoluait pas comme il le souhaitait. Elle s'écarta pour mieux le regarder.

— Je n'ai jamais cessé de t'aimer. Tu as emporté une partie de moi-même avec toi, la plus importante. Je suis restée incomplète sans toi. Et puis Cecil... Cecil...

— Je sais. Mon frère est un homme fidèle, loyal, ce que je ne suis pas. Je t'ai laissée alors que tu avais besoin de moi et je le regrette. Mais je ne peux pas lutter contre ma nature. Je ne peux que regretter, après.

— Tu ne m'en veux donc pas ?

— Non, je ne t'en veux pas. (Il plissa le visage dans un grand sourire qu'elle lui rendit en laissant courir ses doigts sur ses traits avec une infinie tendresse.) Et je te demande pardon.

— Tu es pardonné, tu l'as toujours été, dit-elle en riant et en se pressant contre lui. Je suis si heureuse que tu sois revenu. J'ai tellement besoin de toi. J'ai tant de choses à te dire.

— Viens avec moi à la campagne demain, proposa-t-il.

— Que dirons-nous à Cecil ?

— Il ne le saura pas. Il sera à son bureau.

— Il faudra bien lui expliquer ce que nous avons fait.

— Pourquoi ? Vous vous parlez à peine tous les deux. Il pensera que tu étais avec ta mère ou tes tantes et ne posera même pas de questions.

— Je vais trouver quelque chose, dit-elle avec optimisme.

— Très bien. Au Mexique, j'ai rencontré un homme qui possède une estancia dans les environs de Buenos Aires. On peut y être dans environ deux heures.

— On peut lui faire confiance ?

— C'est à moi qu'il faut faire confiance, mon amour, dit-il délirant de joie.

Quand il l'embrassa, elle trouva ses lèvres merveilleusement douces. Serrée étroitement contre lui, cœur contre cœur battant au même rythme, elle se sentait divinement bien. Bien sûr, elle restait une femme mariée et sa loyauté vis-à-vis de son mari était demeurée jusqu'ici inébranlable. Mais avec Louis elle se sentait si heureuse !

— Comment cela se passe-t-il avec Cecil ? demanda Louis.

— J'ai toujours considéré notre union comme un compromis, répondit-elle avec franchise. Je lui accordé ma main, pas mon cœur. Car il n'a jamais appartenu qu'à toi.

Quand il l'embrassa de nouveau, les yeux fermés, il eut l'impression de se retrouver dans les rues pavées de Palermo sous un ciel bleu nuit criblé d'étoiles. Il n'avait jamais perdu espoir. Telle est la puissance du rêve. Avec Audrey, il eut de nouveau l'impression de pouvoir conquérir le monde, de défier les lois de la gravité, de voler jusqu'à la lune. Tout était à sa portée, même l'inaccessible bonheur avec la femme qu'il aimait.

21

— Ma chère Audrey ! s'exclama chaleureusement tante Edna en serrant sa nièce sur sa poitrine rebondie.

Les cheveux de tante Edna avaient pâli au cours des dernières années et rappelaient maintenant le duvet d'un jeune cygne. Elle les portait noués mollement au sommet de la tête de sorte que des mèches légères dansaient librement dans son cou et autour de son visage comme des plumes. Elle avait grossi également. Après tout, en dehors de sa famille, qu'est-ce qui lui donnait plus de plaisir que la nourriture ?

— C'est bon de se retrouver à la maison, déclara Audrey avec un sourire de satisfaction en lui rendant son baiser.

— Allons nous asseoir dehors. Il fait un temps magnifique, suggéra tante Edna avec enthousiasme.

— À condition que tu ne prennes pas froid.

— Froid avec ce soleil ! Ma petite, tu dois être épuisée après ce voyage, observa Edna en la suivant dans le jardin.

Elles y retrouvèrent Louis assis à l'ombre de la véranda.

— Hello, mon cher !

Le visage de Louis s'éclaira d'un grand sourire et Edna se demanda comment elle avait pu ne pas remarquer son charme à l'époque où il vivait au club d'Hurlingham.

— J'ai dormi un peu ce matin, expliqua Audrey, et je me sens beaucoup mieux. D'ailleurs ce serait une honte de gaspiller une si belle journée en retournant se coucher.

Elle laissa échapper un rire léger qui se transforma sans raison en toux nerveuse. Plissant ses yeux bleus, tante Edna examina le visage radieux de sa nièce. Elle n'avait absolument pas l'air d'une mère à laquelle on a arraché ses enfants. Au contraire, elle avait les yeux brillants et les joues toutes roses. Mais ce qui frappa le plus sa tante ce fut sa coiffure. Au lieu d'être ramassés dans un chignon sévère comme elle en avait pris l'habitude, ses cheveux tombaient en cascade sur ses épaules en formant ces boucles chatoyantes qu'on lui avait toujours admirées. Pendant un court instant, Edna se dit qu'elle avait peut-être fait la paix avec Cecil, mais il n'y avait qu'à regarder la manière dont Audrey et Louis se comportaient ensemble pour comprendre que la vérité était ailleurs. Un éclair de lucidité la frappa soudain. Ce n'était pas à cause d'Isla que Louis était parti ! C'était évident quand on prenait le temps d'y réfléchir. Isla ne s'était jamais intéressée aux hommes. Elle était trop jeune pour songer à l'amour. Edna se souvint des interprétations tourmentées d'Audrey et de Louis quand ils jouaient du piano au club. Elle espérait être la seule à en être arrivée à cette conclusion.

Audrey versa le thé que Mercedes avait apporté

et parla à sa tante de Colehurst House en l'assurant que les jumelles s'y plaisaient. Edna constata qu'en évoquant ses enfants les yeux de leur mère s'étaient voilés de tristesse.

— Leonora adore son cher Vieux-Lapin tout usé. Elle l'emporte partout. Je crois même qu'il la suit en classe.

Tante Edna se mit à rire.

— C'est donc autorisé ?

— C'est une école merveilleuse, déclara Audrey en surveillant Louis du coin de l'œil.

Debout sur la véranda, il la regardait avec une grande tendresse qui éveillait en elle une joyeuse excitation. Elle fut heureuse de voir tante Hilda et Nelly pousser la grille du jardin ce qui lui fournit une excuse pour se mettre à rire.

— Audrey ! s'écria joyeusement tante Hilda. Quelle joie de te revoir à la maison.

Audrey fut frappée par la chaleur inhabituelle de sa tante avant de se souvenir du penchant de Nelly pour Louis.

— Hello, Nelly, dit-elle en embrassant les joues terreuses de sa cousine. Je crois bien que toute la classe d'Alicia a apprécié ton *dulce de leche* !

Nelly se mit à rire et sourit à Louis sans avoir compris un mot de ce qu'on lui avait dit.

— Goûte ce gâteau, Hilda, intervint Edna. Nelly, viens donc t'asseoir près de moi.

Les petits yeux de Nelly ne cessaient d'aller et venir de sa tante à Louis, qui paraissait ne pas être disposé à quitter son coin de véranda. Elle sourit timidement et s'assit au bord d'une chaise à côté d'Edna tandis qu'Audrey s'installait en face d'elle.

— N'est-ce pas merveilleux que Louis soit revenu à Hurlingham ? dit Hilda sans songer à demander d'abord des nouvelles des jumelles.

Il était évident qu'elle était venue exclusivement pour que Nelly rencontre Louis.

— Oui, en effet, répondit prudemment Audrey.

Edna sirotait son thé, pensive. Le spectacle d'Hilda toujours sur la brèche pour tenter de caser sa Nelly avait quelque chose de pathétique. Quel homme pourrait s'accommoder d'une telle belle-mère ? Dans l'esprit d'Hilda, Louis ne pouvait être revenu seulement pour s'incliner sur la tombe d'Isla et elle maintenait qu'il cherchait une épouse. Puisqu'il n'avait pu avoir Isla, sa cousine ferait l'affaire. Elle se coupa une tranche de gâteau.

— Louis, dit-elle soudain, vous devriez venir nous voir plus souvent. Il est inutile de perdre votre temps dans une maison où il n'y a pas de jeune fille à marier capable de vous distraire. Audrey et Cecil sont une compagnie bien trop ennuyeuse. (Elle rit de sa plaisanterie mais, manifestement, celle-ci était tombée à plat.) Oh, ce n'est pas ce que je voulais dire, bégaya-t-elle.

Nelly lui jeta un regard furieux et Audrey but une gorgée de son thé pour dissimuler son amusement. Louis réussit à se contrôler pour ne pas offenser la pauvre célibataire qui se consumait lentement, mortifiée.

— Prenez donc un peu de gâteau, lui suggéra Edna en lui tendant le couteau.

— Je crois que je vais accepter, dit Louis en venant s'asseoir à côté d'Audrey. Mercedes est une pâtissière fantastique. Je crois que je n'ai jamais si bien mangé, même au club.

— Savez-vous que la viande d'ici m'a beaucoup manqué en Angleterre, déclara Audrey. On ne sait pas combien elle est bonne tant qu'on n'a pas goûté les autres.

— C'est bien vrai, confirma Hilda. Nous passons notre temps à envier l'Angleterre sans toujours voir ce qu'il y a de bon sous notre nez.

— Il y a beaucoup de bon en Argentine, dit Louis. J'ai pas mal roulé ma bosse ces dernières années aussi je sais de quoi je parle.

— J'aimerais aller un jour en Angleterre, se risqua à dire Nelly.

N'ayant pas prononcé une parole depuis son arrivée, elle fut surprise par sa propre voix et rougit fortement.

— Tu devrais y aller, en effet, approuva Louis en la regardant gentiment ce qui la fit rougir encore davantage. Une femme doit voir le monde.

— Absolument, confirma Hilda. Une femme qui ne connaît qu'un horizon limité manque de charme.

Elle crut voir une lueur bienveillante dans l'œil de Louis, ce qui lui remonta le moral. Peut-être envisageait-il de montrer le vaste monde à Nelly ?

— Nelly adore l'aventure, crut-elle bon de préciser.

La fin justifie les moyens et ce mensonge était pardonnable.

Rose arriva enfin. Après avoir embrassé sa fille et posé une foule de questions sur les jumelles,

elles se mirent à parler du service commémoratif pour Isla.

— Je me suis dit, sachant Louis de retour, que ce serait bien de nous souvenir d'elle tous ensemble. Non que j'imagine un instant qu'elle soit oubliée, mais ce serait pour tout le monde l'occasion de dire tout haut ce que nous gardons dans nos cœurs. (Elle gratifia Louis d'un regard affectueux.) Mon cher, si vous saviez combien j'ai souhaité toutes ces années vous demander de me parler de votre amitié pour ma fille. Je croyais tout savoir d'elle, mais j'ai découvert qu'elle ne me confiait pas la totalité de ses pensées. Je ne vous demande pas de détails, bien sûr, mais j'aimerais apprendre de vous qu'elle a connu le bonheur d'aimer avant de mourir. Je vous serais reconnaissante de me procurer cette joie. Elle était toujours pleine d'énergie, mais jamais autant que pendant ces derniers mois qu'elle a partagés avec vous. J'espère que vous ne m'en voulez pas d'évoquer ces moments. J'ai dû attendre bien longtemps pour le faire et j'aimerais combler quelques vides.

Évitant le regard angoissé d'Audrey, Louis déglutit péniblement. Quant à Hilda, elle se raidit car l'évocation d'Isla n'était pas favorable à Nelly. Un silence pesant finit par s'établir.

Louis saisit une main d'Audrey dans les siennes. Elle tressaillit et le regarda avec appréhension. Le moment de dire la vérité était-il venu ? Pas après toutes ces années. Il se tourna vers elle et lui sourit avec assurance. *Fais-moi confiance*, semblait-il lui dire.

— Audrey était très proche d'Isla, dit-il. Je sais

par mon frère combien il lui a fallu de temps pour surmonter sa mort. J'aime Audrey comme une sœur et je ne veux pas lui causer davantage de chagrin.

— Comme c'est délicat de votre part, Louis. Mais ne croyez-vous pas qu'Audrey a envie de savoir, elle aussi ? demanda Rose.

Audrey fit un vague signe de tête et Louis lui serra la main. Fallait-il poursuivre cette mascarade ? S'enfoncer davantage dans le mensonge ? Audrey se rendait compte cependant que la vérité ne pouvait être dite. Elle était mariée. Elle avait des enfants auxquelles elle devait penser aussi.

De son côté Louis était résolu à mentir le moins possible. Il parla donc sincèrement des qualités d'Isla qui l'avaient impressionné lors de leurs premières rencontres.

— Elle était impulsive et volontaire et toujours source de joie. Je ne l'ai jamais vue malheureuse ou effrayée. Sa vie a été courte, mais tellement remplie et heureuse.

Rose semblait attendre davantage.

— J'ai été tout de suite frappé par sa beauté. Vos deux filles sont belles, dit-il prudemment.

Rose regarda Audrey et sourit.

— Ce que j'ai admiré le plus, poursuivit Louis, c'est qu'elle n'a jamais prétendu être autre chose qu'elle-même. Quelle exubérance ! Quelle vitalité ! Elle nous manque à tous et nous manquera toujours.

— Mais quand et où vous donniez-vous rendez-vous ? insista Rose.

— Chez vous. C'était une bonne joueuse de

backgammon et elle avait l'œil vif au bridge. Notre amitié était innocente, Rose. La fleur commençait tout juste à éclore.

Il soupira profondément et son visage laissa soudain tomber le voile de gêne qui le brouillait pour devenir translucide. Tante Edna releva la tête pour écouter, se désintéressant momentanément des restes de gâteau de son assiette, car la voix de Louis avait soudain pris de l'ampleur.

— L'amour m'a maintenu ici comme il m'a entraîné au loin. Après être parti, j'ai réalisé que je ne pouvais vivre sans lui. En réalité, je n'étais plus que la moitié d'un homme puisque j'avais laissé ici l'autre moitié avec mon cœur. J'ai passé des années au Mexique en vivant de son souvenir, en essayant de le retrouver dans les yeux d'autres femmes, mais je n'ai pas réussi. J'ai échoué chaque fois parce que les yeux qui me regardaient n'étaient pas ceux qui hantaient chacun de mes instants, mais des yeux vides, étrangers. Voyez-vous, Rose, une seule femme était faite pour moi. C'est Dieu qui l'a choisie pour moi. Qui m'a amené à elle. Au moment où je l'ai vue, j'ai su que nos âmes s'appartenaient. J'ai su qu'elle me comprenait comme personne ne l'avait jamais fait. Le miracle, c'est qu'elle m'ait aimé moi aussi. Vraiment aimé.

Il se tut et Rose essuya une larme. Edna avait le visage embrasé et les yeux fixés sur Audrey. Elle savait que c'était d'elle que Louis parlait.

— J'ai essayé de vivre au loin, reprit Louis, car l'Argentine sans elle m'était insupportable. Après le Mexique j'ai voyagé un peu avant de regagner l'Angleterre. J'ai séjourné chez ma sœur Cicely et appris qu'Audrey avait épousé Cecil. Cela m'a causé un choc car c'était quelque chose que je ne pourrais jamais connaître. Épouser la femme que l'on aime doit être le point culminant d'une vie d'homme. C'est alors que j'ai décidé de rentrer, d'affronter mes démons, de me prouver à moi-même que je pouvais donner un sens à mes rêves. Je suis donc revenu pour reprendre mon cœur que j'avais laissé ici il y a douze ans. Et savez-vous ce que j'ai trouvé ?

Il leva les yeux et regarda Rose.

— Qu'avez-vous trouvé ? demanda-t-elle d'une voix tremblante.

Il se pencha en avant.

— J'ai découvert qu'elle avait gardé mon cœur et qu'elle le garderait toujours.

— Vous ne pouvez aimer un fantôme ! lança Hilda qui avait vu la déception s'inscrire sur le visage de Nelly. Vivre dans le passé n'a pas de sens.

— C'est que vous ne comprenez pas, Hilda, dit-il doucement. Vous ne comprenez pas le pouvoir des rêves.

— Moi si, murmura Audrey en lâchant sa main et en posant les siennes sur ses genoux. Je comprends le pouvoir des rêves, Louis. Son cœur vous appartiendra toujours.

Rose se tamponna les yeux et sourit à Louis avec gratitude.

— Je n'ai jamais rien entendu de si beau. Isla a eu beaucoup de chance de vous aimer. Je vous remercie.

Tante Edna respira profondément et décida d'intervenir.

— Quand aura lieu le service commémoratif ?

— Samedi soir. J'aimerais que vous lisiez quelque chose, Louis.

— Bien sûr.

— Et toi aussi, Audrey.

Elle accepta d'un signe de tête.

— Je désire qu'on parle d'elle vivante. Pas de lamentations. Le temps du deuil est passé. Je veux remercier Dieu pour les joies qu'Il nous envoie à nous tous.

Rose et ses sœurs ne partirent qu'à la nuit. À son retour du bureau, Cecil les avait trouvés en train de bavarder autour d'une théière froide et d'un plat à gâteaux vide. Audrey les remercia de leur visite et les accompagna jusqu'à la grille. Tante Hilda ne prit même pas la peine de dire bonsoir et Nelly était au bord des larmes. Rose embrassa sa fille affectueusement.

— Veille bien sur Louis, ma chérie. Il m'est devenu très cher.

Quant à tante Edna, elle avait marmonné quelque chose à propos d'Isla en tapotant la main d'Audrey et en lui chuchotant :

— Ton secret ne craint rien avec moi, ma chère enfant. Mais sois prudente. Tu suis un chemin semé de périls. Cela ne peut que finir mal.

Puis elle avait rejoint ses sœurs et disparu au coin de la rue.

Cecil remarqua aussitôt que sa femme avait dénoué ses cheveux et lui en fit compliment au dîner.

— Tu es très jolie ainsi. Cela te fait paraître tellement plus jeune.

Audrey avait fortement rougi en le fixant de ses yeux verts et elle lui rappela soudain la jeune fille dont il était tombé amoureux.

— Il faut changer quelquefois, répondit-elle. La période des pleurs est passée.

Elle songeait à Louis, bien sûr, mais Cecil l'interpréta autrement et pensa aux jumelles. Il nota son teint lumineux, son allure plus légère et se laissa gagner par un fragile optimisme.

— Je vais faire un tour demain, annonça Louis. Au Mexique, j'ai rencontré un homme qui possède une estancia dans les environs de la ville. Je compte lui rendre visite.

— Bonne idée, s'exclama gaiement son frère. (Il se surprit lui-même à ajouter :) Pourquoi n'irais-tu pas aussi, Audrey ?

La distraction lui ferait oublier les enfants.

— Oh, j'ai des choses à finir.

— Je t'en prie. Une journée dans la pampa te fera du bien.

Elle regarda Louis.

— Cecil a raison, renchérit ce dernier. Il y a mieux à faire que de rester à la maison toute la journée à songer au moment où les enfants seront de retour. Viens galoper dans la pampa et manger un bon steak saignant.

— Entendu, dit-elle. Cecil, peux-tu libérer ta journée et venir avec nous ?

Cecil lui sourit avec reconnaissance.

— Hélas non, ma chérie. Mais offre-toi une bonne journée de détente avec Louis.

blanc, jaillit de la maison, cria aux chiens de se taire, tout en agitant impatiemment les bras dans leur direction.

— *Buen dia, señor Forrester*. Le señor Ribaldo vous attend sur la terrasse, annonça-t-elle en espagnol, un large sourire découvrant une mâchoire édentée.

La maison jaune et blanc de style colonial arborait un toit de tuiles d'un vert éteint. Elle aurait eu besoin d'une nouvelle couche de peinture mais les murs croulaient de jasmin où bourdonnaient des abeilles et, malgré sa vétusté, elle possédait beaucoup de charme et de caractère. La domestique les conduisit à la terrasse où un septuagénaire sec et nerveux était en train de boire du café. Il portait un pantalon de gaucho gris plissé à la taille et boutonné aux chevilles, une large ceinture de cuir cloutée d'argent et des espadrilles noires usagées. La peau du vieil homme était aussi brune et sèche que la terre. Quand il aperçut Louis, il s'arracha à son fauteuil et lui sourit avec un évident plaisir.

— Mon ami, quelle joie de te revoir !

Puis il posa ses yeux bruns pétillants sur Audrey et leva les sourcils en signe d'admiration.

— Et voici sans doute la femme dont tu me parlais.

Audrey se sentit rougir.

— Gaitano, je te présente Audrey Forrester, ma belle-sœur, dit Louis en guise de réponse.

Gaitano hocha la tête et ses yeux brillèrent de compassion.

— Ah, je vois. Si belle et hors d'atteinte. C'est

toujours un plaisir de poser les yeux sur une femme aussi gracieuse.

Il embrassa Audrey qui garda quelque temps sur ses joues le souvenir de sa barbe piquante.

— Allons boire un verre. Ensuite je vous laisserai, vous autres jeunes, profiter des joies de ma ferme avant le déjeuner. El Chino, mon gaucho, prépare un délicieux barbecue et Costanza s'est occupée du dessert. La vie n'est qu'une suite de moments et celui-ci doit être unique. Je désire que vous vous en souveniez. (Gaitano se tourna vers Audrey.) Je suis sûr que Louis a dû vous dire que nous nous étions rencontrés au Mexique. C'est un jeune homme exceptionnel. Vous vous rendez compte : enseigner la musique à des enfants sourds ? Qui oserait entreprendre une telle tâche apparemment vouée à l'échec ? Et pourtant, les sourds entendent avec leur cœur. La plupart des gens entendent avec leurs oreilles mais leur cœur est sourd.

Audrey regarda Louis et sourit avec fierté.

— Louis est exceptionnel, reconnut-elle. Il m'a appris à jouer du piano d'une manière que je n'avais jamais osé aborder auparavant.

Gaitano hocha la tête d'un air entendu.

— Oui, mais vous entendiez déjà la musique. Il vous fallait seulement apprendre à l'interpréter.

— Et vous, Gaitano, êtes-vous musicien ?

Le vieil homme eut un petit rire triste.

— C'est un peu comme si je *sentais* les notes, mais je n'arrive pas à les jouer, cela me fait trop peur. Car si je m'y mettais, je ne pourrais plus m'arrêter. J'ai vu trop de choses dans ma vie pour retenir toutes ces émotions. Nous vivons dans un pays de turbulences. Je doute que les notes de ma mélodie interne soient très plaisantes à entendre. Je jouerai au ciel, si Dieu m'admet au paradis. Et à présent, buvons à Louis et à son talent.

Il leva sa tasse de café et Audrey en fit autant avec son verre de jus de fruits. Puis Gaitano partit d'un pas lent retrouver El Chino qui s'occupait de l'*asado* à l'ombre d'un eucalyptus.

— Quel homme merveilleux ! s'exclama Audrey quand ils se retrouvèrent seuls.

Ils se dirigèrent vers un groupe de baraquements où deux jeunes gauchos étaient en train de seller des chevaux à leur intention.

— Il est sourd, dit Louis.

Audrey le dévisagea, stupéfaite.

— Sourd ?

— Il n'entend pas un seul mot.

— Mais... on ne s'en rend absolument pas compte ! s'exclama-t-elle admirative.

— Cela fait des années qu'il n'entend plus, mais il n'est pas sourd de naissance. Un de ses amis, après avoir lu un article sur ce que je faisais, le lui a envoyé. Alors il est venu au Mexique pour me rencontrer. Nous sommes devenus amis.

— Tu n'as pas pu lui apprendre à jouer ?

— Il a dit qu'il était trop vieux. Je pense surtout qu'il a peur de donner libre cours à ses sentiments. La musique fait parfois cet effet-là. Tu refoules toutes tes émotions à l'intérieur de toi, tu boutonnes bien serré par-dessus et tu crois contrôler la situation. Mais une simple note peut tout faire exploser. Quand les émotions se déversent, impossible de les contenir.

— Pauvre Gaitano ! Est-il marié ?

— Elle est morte. Quant à ses enfants, ils sont disséminés un peu partout dans le monde. Je pense qu'il a dû être un homme dur.

— Qui s'occupe de lui, alors ?

— Costanza et El Chino. Il s'en arrange très bien.

Audrey saisit la main de Louis.

— Tu lui as parlé de moi ?

— Il fallait que je parle à quelqu'un et je ne pouvais le faire à personne d'autre. Gaitano m'a dit que si jamais je revenais en Argentine, je devais absolument lui rendre visite. Il t'a reconnue au premier regard.

— Tu lui avais fait une bonne description de moi.

— Ton visage était gravé dans mon esprit, ce n'était pas difficile.

— Boucles dansantes, dit-elle en riant.

— Non, répliqua-t-il avec sérieux en s'arrêtant pour la prendre dans ses bras. Long visage sensible, yeux bleus langoureux, peau douce et translucide, lèvres pleines et généreuses. La bouche d'un poète. (Il prit le menton d'Audrey dans ses mains et l'embrassa.) Mais ce que tu as de plus précieux se cache à l'intérieur et personne d'autre que moi ne peut le voir.

Ils se mirent en selle et s'éloignèrent dans la plaine. Le soleil de midi avait grimpé haut dans le ciel mais la température était agréable. La pampa s'étendait tout autour d'eux, plate, infinie, ponctuée seulement par les curieux bouquets d'arbres indiquant la présence d'une ferme et l'indispensable réservoir d'eau collectant l'eau de pluie dont la silhouette se découpait contre le ciel. Des *vizcachas* dodus, une sorte de lièvre de prairie, se dissimulaient dans les hautes herbes, bien camouflés, jusqu'à ce que le bruit des chevaux s'approchant les pousse à s'enfuir. Leur comportement insouciant révélait que la vie était facile dans la prairie.

Après quelques miles, ils firent halte sous les branches caoutchouteuses d'un grand *ombu* pour se reposer un peu à l'ombre.

— Sais-tu que cet arbre est le seul qui appartient réellement à la pampa ?

— Il a vraiment une forme fantastique, s'extasia Audrey en s'asseyant près de lui.

Il lui embrassa les cheveux.

— Ce moment est une bénédiction du ciel, ma chérie. Nous retrouver ici, au milieu de cet immense espace. C'est le paradis. Nous pouvons enfin être nous-mêmes et je peux crier très fort que je t'aime sans crainte d'être entendu.

Elle se mit à rire quand elle l'entendit hurler, la tête basculée vers le ciel :

— Je t'aime, Audrey Forrester, je t'aime, je t'aime, je t'aime !

— Arrête ! Tu es fou.

— Peut-être, mais je suis *ton* fou.

— Oui, c'est vrai. (Elle se fit soudain sérieuse.) C'est ainsi que les choses auraient dû être. Je ne t'ai pas vu depuis des années et je me sens plus proche de toi que de n'importe qui d'autre.

— Je sais. C'est la définition de la véritable amitié, il me semble. Je voudrais que tu sois à moi, je voudrais que tu sois ma femme mais, avant toute chose, Audrey, tu es mon amie très chère.

— Je n'ai épousé Cecil que parce que j'ai cru ne jamais te revoir. Je te croyais parti pour toujours, Louis. Mais je n'ai jamais cessé de t'aimer.

— Ne te tourmente pas, mon amour, dit-il doucement. J'ai été blessé et furieux quand je l'ai appris, mais c'était parce que j'éprouvais du remords de t'avoir quittée.

— Pourquoi es-tu parti ? demanda-t-elle en se souvenant à quel point elle avait été bouleversée par son égoïsme.

— Avec la mort d'Isla, tout avait changé. Tu étais devenue différente. Distante. Hermétique. Je savais que le devoir passerait avant l'amour. Tu m'avais dit que tu ne ferais rien qui déplaise à tes parents. Je savais que c'était fini.

— Mais ce n'était pas nécessaire de partir. Peut-être que tout aurait retrouvé sa place au bout de quelque temps.

— Non, non. L'ironie de la chose est que, aujourd'hui, croyant Isla amoureuse de moi, tes parents voudraient m'avoir eu pour gendre.

— Je déteste tant leur mentir. Si seulement je n'avais pas épousé Cecil...

— Mais tu l'as fait.

— Peut-être pourrais-je...

Il l'interrompit sévèrement.

— Audrey ! Ne précipitons rien. Contentons-nous de vivre comme deux feuilles dans le vent. Ne prenons aucune décision, ne faisons aucun plan. Je ne veux pas te perdre de nouveau.

— Cela n'arrivera pas. Oh mon Dieu, Louis, cela n'arrivera pas, je te le promets.

Il la serra contre lui, l'embrassa, et les rêves pâlis après ces longues années d'attente retrouvèrent leur vitalité. Son baiser était tendre et passionné, mais triste aussi car tous deux se souvenaient de leurs conversations sous les étoiles dans l'enceinte du club d'Hurlingham, quand ils se laissaient gagner par la mélancolie et la beauté de l'instant. Ce baiser balayait douze longues années et pansait la blessure de leur séparation, chassant les regrets, la solitude qui les avaient vieillis avant l'âge.

Ils regagnèrent La Magdalena au galop. Le vent dispersa leurs rires et les oiseaux venus chercher de l'ombre sous les feuilles des hauts platanes battirent des ailes pour s'envoler vers le ciel, tandis que les autruches s'éparpillaient comme des plumes à travers la plaine. Emportés à toute vitesse par leurs chevaux ils goûtaient une sensation de liberté sans penser à demain ni s'attarder à de vains regrets.

Le déjeuner les attendait à l'ombre d'un parasol élimé ombrageant une terrasse largement ouverte sur l'immense plaine. El Chino œuvrait à son barbecue où la viande grillait lentement sous un eucalyptus. Ses petits yeux bruns brillaient de fierté. Il avait tué la vache le matin même et la viande, fraîche et tendre, s'alignait sur le gril en rangées bien nettes. Quand il se pencha pour la surveiller,

Audrey aperçut le couteau richement orné glissé dans sa large ceinture cloutée d'argent et se dit que les gauchos étaient des êtres flamboyants. Gaitano lui tendit une assiette de bois pour qu'elle y choisisse une large tranche de viande tendre.

— Il y a de quoi nourrir une armée, dit-elle comme El Chino plaçait la viande dans son assiette avec un épais morceau de pain grillé.

— De quoi nourrir les gauchos et Costanza, répondit Gaitano. Mais j'espère que vous reviendrez. Nous sommes très fiers de nos troupeaux.

— Est-ce que vous résidez toute l'année ici ? demanda-t-elle.

— Je ne vais plus en ville à présent. Je suis trop vieux et j'y ai trop de souvenirs que je préfère oublier. Ici, la vie est calme et paisible. Buenos Aires est agitée et je ne m'intéresse plus à la politique. J'ai abandonné il y a longtemps, Dieu merci. La politique déçoit ceux qui croient pouvoir changer les choses. J'ai choisi une vie simple et m'en trouve bien. Allons, venez vous asseoir et savourez votre repas.

Audrey aimait bien Gaitano. Elle pouvait se laisser aller à lui parler d'elle, sachant qu'il ne connaissait rien de son environnement et que tout ce qu'elle lui dirait resterait confidentiel. Il avait parfaitement conscience d'héberger deux amants illicites, mais sans se soucier de morale, il se contentait de les regarder avec sympathie comme s'il vivait leur amour à travers eux. Il n'avait jamais connu une passion de ce genre, même dans sa jeunesse. Audrey remarqua que, lorsqu'il ne pouvait lire sur ses lèvres, il lui était impossible de comprendre ses paroles. Aussi prit-elle soin d'attendre pour parler que les yeux pénétrants du vieil homme se soient fixés sur son visage. Elle voyait alors son expression s'adoucir, sa tête penchée sur le côté, parfaitement attentif, les lèvres retroussées en un sourire affectueux. Elle ressentait comme une libération le fait de pouvoir s'asseoir près de Louis, d'échanger avec lui sans honte des petits gestes de tendresse. Il effleurait doucement sa main, caressait les mèches de ses cheveux quand elles lui tombaient parfois sur la figure. Des gestes naturels, accomplis en toute innocence.

Après le repas, Gaitano disparut pour faire la sieste. Audrey éprouva soudain une sensation de gêne. Ils se retrouvaient seuls tous les deux avec un long après-midi devant eux. Louis devina son trouble et lui prit la main.

— Allons nager, dit-il, et nous étendre près de la piscine pour dormir au soleil. Je veux que cette journée reste dans ta mémoire comme un moment de bonheur parfait.

Audrey lui fut reconnaissante de la comprendre sans poser de questions. Il lui aurait déplu d'avoir à expliquer son malaise à l'idée que quelque chose d'irréversible se passe sous un toit étranger. Elle voulait qu'il lui fasse l'amour. Mais pas ici. D'un regard, elle le remercia.

Ils s'étendirent côte à côte dans l'herbe à côté de la piscine dont l'eau renvoyait des reflets verts à cause des algues qui colonisaient les parois autrefois joliment pavées. Les arbres et les buissons lui faisaient maintenant de l'ombre et l'endroit était à présent négligé par Gaitano, trop vieux pour en profiter. Seuls les enfants des gauchos venaient s'y baigner les jours de grosse chaleur. Un énorme gardénia déployait ses pétales au soleil, répandant son riche parfum. Des abeilles bourdonnaient paisiblement parmi les fleurs à la recherche de pollen pour fabriquer un miel que Gonzalo, le fils d'El Chino, s'employait à recueillir. Audrey et Louis nagèrent dans l'eau verdâtre pour se rafraîchir, puis bavardèrent nonchalamment avant de s'endormir au soleil. Quand ils s'éveillèrent, heureux et reposés, les ombres du soir étaient là pour leur signifier que la journée se terminait et qu'il fallait rentrer. La mélancolie reprit possession d'eux tandis que le soleil s'enfonçait derrière les arbres et que l'air fraîchissait.

Costanza servit le thé sur la terrasse et Gaitano émergea de sa sieste. Il perçut aussitôt leur humeur grave car, après avoir perdu un de ses sens, les autres s'étaient affinés. Connaissant Louis comme il le connaissait et ayant compris la nature d'Audrey, il leur proposa d'emporter leurs tasses à l'intérieur de la maison. Ils le suivirent dans le salon obscur, clignant des yeux pour s'ajuster à la pénombre. Il y régnait une odeur de naphtaline et de vieillesse. Les murs étaient tapissés de rayonnages de livres. Mais la première chose que virent Louis et Audrey ce fut le piano enfoui sous une pile de paperasses.

— Il appartenait à ma femme, dit Gaitano en le désignant. Mes enfants n'en veulent pas. Veux-tu jouer pour moi ?

Audrey fronça les sourcils, sachant qu'il n'entendait pas. Comme s'il avait deviné son étonnement, Gaitano posa une main sur sa poitrine et lui adressa un sourire mélancolique.

— C'est avec mon cœur que j'entends, Audrey. Avec mon cœur.

Et il s'assit, prêt à écouter.

Louis n'hésita pas un instant. Il écarta la chaise, trop petite pour eux deux, et plaça un siège plus grand devant le piano, puis il se mit à jouer. La tête penchée en arrière, Gaitano riait de temps en temps comme s'il reconnaissait la musique. Audrey s'assit à son tour et posa les mains sur les touches. Avec enthousiasme, Louis lui fit un signe d'encouragement. Elle prit une profonde respiration et se mit à jouer avec un mélange de joie et de tristesse car l'amour qu'elle exprimait était condamné à l'ombre.

Gaitano les observait, les yeux brillants. Comme il aurait voulu pouvoir les entendre réellement. Son cœur lui-même faiblissait de jour en jour.

Quand il fut temps pour Audrey et Louis de partir, il les serra sur son cœur comme ses enfants.

— Revenez, je vous en prie. Quand vous voudrez. Je serai toujours là.

Ils le lui promirent, bien décidés à le faire. La Magdalena était devenue pour eux un refuge hors d'un monde étouffant et ils aspiraient à y retourner.

Ils reprirent en sens inverse la route poussiéreuse, silencieux, le cœur lourd. Ils se tinrent par la main et écoutèrent la radio jusqu'à ce que la campagne soit peu à peu grignotée par les maisons et enfin absorbée par la ville. Ils laissèrent derrière eux la pampa endormie, paisible, leur liberté illusoire, et se préparèrent à affronter leur vie décevante. Ce soir, Louis dormirait seul, tourmenté par le parfum de sa peau encore présent sur la sienne. Quant à Audrey, il lui faudrait trouver une nouvelle excuse pour bannir son mari du lit conjugal. Ils se languiraient l'un de l'autre, à peine séparés par les minces cloisons de la maison et la prudence imposée par leurs cœurs.

Mais l'on peut briser les murs et oublier la prudence. Audrey savait qu'il ne lui faudrait plus longtemps pour céder. C'était une échéance inévitable et elle se sentait prête.

23

Lors des obsèques d'Isla, Louis avait été assis tout au fond de l'église. Douze ans plus tard, pour son service commémoratif, il se retrouvait au premier rang. Audrey et Louis avaient tous deux parfaitement conscience que cette célébration reposait essentiellement sur leurs mensonges et ils se sentaient profondément mal à l'aise. Audrey tentait de se convaincre que sa mère n'avait eu besoin que d'une simple excuse pour rappeler le souvenir de sa plus jeune fille. Si Louis n'était pas revenu, elle aurait trouvé autre chose. Pourtant, quel terrible scandale si la vérité était connue ! Elle contempla le crucifix placé sur l'autel, baigné par les rayons du soleil filtrant à travers les vitraux. Et, dans l'espoir de se consoler, elle se dit qu'au moins ils n'avaient pas commis d'adultère. À la vérité, ce n'était qu'une question de temps. Elle était certainement sur le chemin de l'enfer, mais la route était encore longue et elle voulait jouir de Louis maintenant, quitte à payer plus tard le prix exigé par Dieu pour la punir.

Elle était assise entre Louis et son mari, sur le banc de la famille. Ils étaient tous un peu serrés car les garçons n'étaient plus des enfants, mais elle ne s'en souciait pas car cela lui permettait de sentir le corps de Louis contre le sien et personne ne pouvait intercepter les messages silencieux qu'ils échangeaient ainsi. Elle regarda le beau visage de son frère Albert, un homme à présent, rappelant bien peu le garçonnet efflanqué qui adorait construire des châteaux de cartes qu'Isla, malicieuse, détruisait d'un geste faussement maladroit. Son autre frère était assis un peu plus loin. Le changement de leur physionomie lui fit mesurer l'impact du temps. Pour des enfants, une année est une longue période alors qu'aujourd'hui, elle avait l'impression de voir le temps défiler sans avoir pu en profiter.

Morte l'automne précédent, Cynthia Klein était enterrée à côté de son amie Phyllida Bates. Seules survivaient Diana Lewis et Charlo Blythe, fragiles membres d'un quartette autrefois formidable, et qui n'étaient plus, désormais que l'ombre d'elles-mêmes. Diana était dure d'oreille, mais trop orgueilleuse pour l'admettre, aussi parlait-elle sans discontinuer afin de ne pas avoir à faire l'effort d'écouter autrui. Ainsi, elle n'avait pas à se soucier de ce qu'ils disaient. Sa bouche, pincée dans une moue désabusée, avait oublié depuis longtemps comment sourire, elle avait l'air renfrogné de ceux qui ne cultivent que des pensées négatives. Charlo, au contraire, conservait toute sa dignité car elle avait encore un peu de bonheur dans sa vie. Le vieux colonel Blythe radotait parfois comme un vieux disque usé, mais au moins elle n'était pas seule. Diana et elle se parlaient rarement car Charlo s'intéressait moins aux commérages qu'autrefois.

Diana s'assit derrière tante Hilda et ses quatre filles, marmonnant entre ses dents de sorte que les gens hésitaient à lui adresser la parole. Elle remarqua la pâleur de Nelly et le pli amer de sa bouche qui la faisait ressembler à sa mère. Diana se demanda si sa tristesse avait quelque chose à voir avec Louis. Malgré tout ce qui se disait maintenant, elle pensait la même chose de lui que lorsqu'il avait débarqué à Hurlingham. Aimer Isla en secret n'était pas une manière de gentleman. Elle se pencha pour regarder à travers la foule jusqu'au rang où Cecil était assis près de sa femme. Voilà un couple convenable, se dit-elle. Audrey avait toujours été au-dessus de toute critique alors que c'est la mort qui avait attribué ce mérite à Isla. Dieu sait ce qu'elle serait devenue si elle avait vécu. Elle renifla et ouvrit le livret permettant de suivre le service. Louis était censé lire quelque chose en l'honneur d'Isla. « Tout à fait inconvenant », marmonna-t-elle. Soudain elle remarqua que ses doigts étaient tout rouges. Du sang ! Elle était en train de mourir ! Elle allait s'évanouir quand elle se souvint qu'elle avait fait de la peinture dans la matinée.

— Merci, mon Dieu ! s'écria-t-elle à voix haute. Je ne suis pas encore morte !

Nelly se retourna, les sourcils froncés, mais sa mère lui donna un coup de coude.

— Elle est folle, Nelly. Complètement folle. Ne fais pas attention à elle si elle recommence, lui souffla-t-elle.

Diana s'éventa. Elle avait peur de la mort et, plus

cette fatale échéance se rapprochait, plus elle la redoutait.

Au moment où le service commençait, le regard d'Audrey croisa celui d'Emma Letton qui était assise avec son mari et leurs trois enfants. Son cœur se serra douloureusement en pensant aux siennes, si loin d'elle, et elle sourit tristement à son amie. Emma lui retourna un sourire plein de compassion car elle comprenait le désespoir d'Audrey. Cette cérémonie lui rappelait la mort de sa sœur et elle était privée de la présence d'Alicia et de Leonora. Emma posa les yeux sur la haute silhouette de Louis en se demandant si sa proximité n'augmentait pas encore le stress de son amie.

Audrey tentait désespérément d'évoquer l'esprit de sa sœur dans le soleil printanier et surveillait les cierges sur l'autel pour le cas où certains s'éteindraient mystérieusement. Mais si l'esprit d'Isla était présent, il ne se manifesta pas autrement que dans les pensées de l'assistance qui évoquait par des paroles, par des chants, l'adolescente volubile si soudainement disparue.

Quand Louis rejoignit le lutrin pour lire un poème choisi par Rose, Audrey perçut un bruissement d'admiration parcourir l'assistance et elle en éprouva de l'amertume. *Comme les gens sont versatiles !* songea-t-elle. *Et, moi, tout comme eux, je me suis montrée si inconséquente ! Si seulement j'avais eu le courage de suivre mon cœur...*

Elle le regarda. Ses mains tremblaient mais il ne leva pas un instant les yeux de son livre. Crainte de s'égarer dans le texte ou peur de laisser deviner les mensonges qu'il avait tissés ? Audrey était persuadée que, quoi qu'il puisse arriver, ils seraient bientôt réunis. Quand il eut terminé, il regagna sa place, épiant l'assistance sous la frange de ses cheveux. Audrey lui sourit tendrement et Cecil le salua fraternellement d'un signe de tête, le visage grave. Les deux hommes se regardèrent longuement, les yeux dans les yeux, et Audrey se demanda ce qu'ils pouvaient échanger de cette façon. Soudain Louis rougit et baissa les yeux d'un air coupable. Ce sentiment de honte fut vite dissipé par la proximité d'Audrey et il se détourna du regard inquisiteur de son frère. Ils se retrouvèrent à genoux, les yeux clos, écoutant les prières égrenées par le pasteur, essayant vainement tous deux de se concentrer sur ce qu'il disait.

Puis ce fut la fin du service. Ils s'acheminaient vers la sortie quand les yeux d'Audrey tombèrent sur le dernier rang de chaises dans l'ombre. Sa gorge se serra au souvenir de sa malheureuse conversation avec Louis. Elle était incapable de l'évoquer sans défaillir. Soudain ses yeux se remplirent de larmes et elle prit Louis dans ses bras. Elle sentit qu'il se raidissait car son frère se trouvait juste derrière eux.

— Je ne veux pas te perdre encore une fois, murmura-t-elle à son oreille. Je t'ai perdu ici, à cet endroit même, il y a douze ans, et je n'ai cessé de le regretter. Je t'en supplie, ne me quitte plus. Je n'y survivrais pas.

Louis la serra un instant contre lui.

— Je n'irai nulle part sans toi, lui dit-il. Je t'attendrai jusqu'à la mort si nécessaire.

En se retournant, elle aperçut Cecil qui s'entretenait tranquillement avec Rose et Henry. Il lui jeta un regard interrogateur et elle lui fit un petit sourire pour lui dire qu'elle allait bien malgré les larmes. Il reprit sa conversation, mais quelque chose l'avait alerté.

Tout le monde devait se retrouver Canning Street pour une collation et la maison avait un air de fête. Ce n'était plus l'atmosphère endeuillée d'il y a douze ans. Tante Hilda observait Louis avec amertume. Tante Edna mettait de l'entrain bien qu'elle fût profondément choquée par l'attitude d'Audrey et de Louis. Le tremblement des mains de Cecil ne lui échappa pas, ni le fait qu'il buvait trop. *Il était si sûr de lui, si éblouissant*, songea-t-elle tristement. *Qu'est devenu ce Cecil Forrester que j'ai connu autrefois ?*

Emma Letton vint s'asseoir près d'Audrey sur le canapé tandis que ses enfants couraient partout, vidant les dernières gouttes des verres déjà vides et mangeant toutes les *empanadas*.

— Elles te manquent, n'est-ce pas ? dit-elle en posant une main affectueuse sur le bras d'Audrey.

— Oui. Terriblement. J'ai beau essayer de me distraire, je n'arrive pas à penser à autre chose. Que vais-je devenir ? Mes enfants étaient toute ma vie et maintenant je n'ai plus rien.

— J'imagine ce que j'éprouverais si Thomas décidait d'expédier nos enfants en Europe. On doit se sentir brisée.

— Il y a ce silence. Un terrible silence quand je suis seule.

— Pourquoi ne faites-vous pas un autre enfant ?

— Quoi ?

— Tu es encore jeune. Pourquoi ne pas essayer d'avoir un garçon ?

— Pour que Cecil l'envoie, lui aussi, à l'étranger ? Je crois que je ne pourrais pas recommencer tout ça.

— Bien sûr que si, tu le pourrais.

— Je n'ai pas envie de remplacer Alicia et Leonora. Elles auraient l'impression que je veux les oublier.

— Je crois au contraire qu'elles seraient heureuses.

— Alors c'est que tu connais moins bien Alicia que je le croyais, dit Audrey en riant. Elle serait furieuse et Leonora se sentirait blessée. Je ne peux pas leur faire ça.

Elle aurait voulu ajouter : *En outre, Cecil et moi ne sommes même pas comme deux bateaux qui se croisent dans la nuit. Nous n'avons plus aucun rapport.*

Soudain une musique s'éleva, couvrant le bruit des conversations.

— Qui joue ? s'enquit Emma.

— Louis.

— Quel remarquable interprète ! constata Emma avec un soupir.

La musique remplit la pièce, couvrant les derniers éclats de voix.

— Que se passe-t-il ? cria Diana Lewis. Est-ce que quelqu'un est mort ? (Charlo se précipita à son secours et la dirigea vers le hall.) Pourquoi me regarde-t-on ainsi, bonté divine !

Pour la première fois, Audrey entendait Louis jouer un morceau conventionnel — le *Concerto de Varsovie*. Il l'interprétait avec tant d'émotion que, bientôt, tout le monde se retrouva assis à écouter, se laissant emporter par la musique vers des lieux inconnus. Tous furent bouleversés par l'extravagance d'Addinsell et l'interprétation émouvante de Louis. Tous sauf Diana Lewis qui s'impatientait dans le hall en émettant des claquements de langue irrités.

— Pourquoi ne jouait-il pas des choses comme ça quand il était au club ? dit Charlo à son mari assez haut pour être entendue à la ronde.

Le vieux colonel haussa les épaules.

— Un jeune homme tout à fait remarquable, observa-t-il d'une voix forte.

Charlo ne put qu'approuver.

Audrey croisa le regard de Cecil fixé sur elle qui l'observait pendant qu'elle écoutait Louis. Elle détourna les yeux. Elle se savait proche de l'adultère et le regarder était au-dessus de ses forces. Cecil déplaça son regard vers son frère et ses épaules s'affaissèrent sous le poids de la résignation.

La nuit était avancée quand Audrey se glissa dans l'ombre, de ce même pas léger avec lequel elle rejoignait Louis sous le cerisier. Mais, cette fois, elle avait beaucoup plus à perdre. Stimulée par le souvenir de cette conversation fatale à l'église, elle avançait doucement pour ne pas éveiller son mari et vint frapper un petit coup léger à la porte de la chambre de Louis. Elle dressa l'oreille car les battements de son cœur se répercutaient dans le silence et occultaient tous les autres bruits. Elle pensa à cette journée de liberté qu'ils avaient passée à la campagne, libres de toutes contraintes. Ce soir, il avait fallu qu'elle vienne jusque-là alors que Cecil ignorait que sa femme faisait le premier pas décisif vers la rupture. Elle s'attarda à la porte, sachant qu'elle agissait mal, essayant de ne pas penser à son mari, à ses enfants, mais seulement au sourire encourageant d'Isla. *Aie le courage de suivre ton cœur, Audrey*, se répétait-elle. La vie ne dure qu'un moment et l'amour en est le don le plus précieux. Dorénavant elle cesserait de vivre pour les autres et elle penserait à elle. N'y avait-elle pas droit après tant de chagrins ?

La porte s'ouvrit doucement sans grincer et elle se glissa à l'intérieur.

— Je ne veux plus être seule, j'ai besoin de toi, dit-elle dans un souffle.

Il l'enveloppa de ses bras et lui embrassa le front.

— Je savais que tu viendrais cette nuit.

— Comment pouvais-tu le savoir puisque je ne le savais pas moi-même ?

— À cause de ce que tu as dit à l'église. Je ne veux plus être seul, moi non plus.

— Je le pense vraiment, Louis. Je ne veux plus te perdre. Je ne sais pas ce que nous allons faire, mais je ne veux plus vivre sans toi, je ne le veux plus.

Ils se glissèrent dans le lit et s'enlacèrent. Elle avait craint d'être nerveuse car elle n'avait jamais fait l'amour qu'avec son mari. Mais les mains de Louis étaient si familières qu'elle avait l'impression d'avoir connu déjà des centaines de fois une telle intimité et chaque fois avec davantage de passion.

Ses baisers étaient ardents mais tendres et il ne

cessait de la regarder avec ces yeux qui l'avaient emmenée dans le monde des rêves. L'odeur épicée de sa peau étourdit ses sens, son corps se pressait si étroitement contre le sien qu'il semblait vouloir se dissoudre et rejoindre son âme. Elle comprit qu'elle n'avait jamais réellement fait l'amour. Elle avait souvent éprouvé du plaisir avec Cecil, une sorte de bien-être amical, mais jamais cette plénitude. L'amour qu'elle connaissait, elle l'avait découvert après la naissance de ses enfants. Avec Louis, elle baignait dedans, s'en enveloppait, *devenait* l'amour. Elle ne s'était jamais sentie si totalement aimée. La possession n'était plus simplement physique, elle devenait fusionnelle et spirituelle. Elle se sentit bénie d'avoir pu connaître l'amour physique dans sa forme la plus pure.

— Il aurait toujours dû en être ainsi, dit-elle en se blottissant contre lui tandis qu'une brise légère glissait sur leurs corps enlacés.

— Et il en sera toujours ainsi, je te le promets, répondit-il, les doigts perdus dans les boucles éparses sur ses épaules.

Planant dans les sphères célestes de l'amour, tous deux croyaient que c'était possible.

Au cours des semaines suivantes, ils parvinrent à saisir au vol quelques moments d'intimité quand Cecil était au bureau ou quand il dormait. Ils retournèrent galoper dans la pampa sous l'œil de Gaitano qui les regardait de la terrasse. Ils dansèrent dans le salon quand Mercedes était trop occupée avec Oscar pour se soucier d'eux et ils jouèrent du piano le soir, à l'heure où ils se laissaient gagner par une douce mélancolie familière.

Mais si éblouie qu'elle fût par cet amour, Audrey n'était cependant pas complètement aveugle. Elle se rendait compte que son mari buvait trop. Son haleine était déjà chargée d'alcool quand il rentrait le soir. Il ne s'attardait plus à la porte de sa chambre, le regard triste, prêt à ressouder les morceaux de leur union brisée. Il se retirait dans son bureau après dîner, laissant son frère et sa femme jouer du piano comme s'il se savait trahi mais n'avait pas la force de regarder la réalité en face. Audrey laissait aller, devinant qu'à l'instant même où elle prendrait la parole, son mariage serait brisé. Elle ne rêvait que de s'enfuir, mais les jumelles allaient arriver bientôt pour leurs vacances. Il fallait attendre qu'elles aient regagné leur pensionnat avant de prendre une décision. Louis ne la bousculait pas et ne cherchait même pas à parler d'avenir avec elle.

— Contentons-nous de vivre l'instant présent, disait-il.

Audrey ne fut que trop heureuse de se rallier à cet avis.

24

Cicely fut désolée de voir les jumelles repartir en Argentine pour Noël. Elle avait adoré les recevoir pendant ce demi-trimestre et le week-end de sortie exceptionnelle. Leonora avait aidé Panazel et Florien au jardin à planter des bulbes et récolter des fruits. Alicia, elle, avait insisté pour amener son amie Mattie mais cette dernière ne plaisait qu'à moitié à Cicely. Elle la jugeait arrogante et boudeuse. Alicia disparaissait avec elle dans le domaine, allant Dieu sait où faire quelque bêtise. Cicely les avait surprises une fois en train de tourmenter Florien. Elle ne s'en était pas mêlée, jugeant le garçon assez grand pour se débrouiller seul, mais il allait sans dire que les deux adolescentes formaient un duo bien peu sympathique. Elles ignoraient la plupart du temps Leonora et Cicely leur en aurait fait le reproche s'il n'y avait eu les gitans pour la consoler. Leonora adorait jouer dans les roulottes en écoutant les histoires de Masha.

— J'aimerais beaucoup être une gitane, disait-elle souvent. C'est une belle vie.

Alicia et Mattie avaient pouffé de rire en plissant leur joli nez d'un air condescendant.

— Tu es vraiment bébête, avaient-elles rétorqué

méchamment. Nous, nous allons faire des choses, devenir célèbres, et pas être une stupide gitane regardant le monde tourner depuis son pré boueux !

Au grand étonnement de Cicely, Leonora continuait de regarder sa sœur avec ce genre d'adoration qui ne demande rien en retour. Elle ne semblait pas non plus reprocher à Alicia sa perversité, bien qu'elle s'en trouvât manifestement blessée. Mais elle retrouvait chaque fois sa dignité et on aurait dit qu'elle remuait la queue, comme Barley.

Cicely aimait énormément Leonora. C'était une enfant attachante qui ne se montrait pas aussi capricieuse que sa sœur. Tout en adorant ses filles, Audrey avait involontairement gâté le caractère d'Alicia. Celle-ci avait accaparé à sa naissance tous les avantages physiques. Pourtant, c'était Leonora qui avait reçu le meilleur lot — une nature généreuse et un caractère en or. Cicely ne regrettait pas trop le départ d'Alicia mais, quand elle apercevait Panazel traîner avec son fils dans les environs, son cœur se languissait de la charmante fillette au visage sensible qui n'avait pas d'autre ambition que de mener la vie simple d'une gitane.

Leonora manquait aussi à Barley. Il aimait s'étendre dans l'herbe et la regarder avec son jean taché de boue et ses bottes en caoutchouc, sachant qu'elle viendrait le chercher pour une longue promenade dans les champs et dans les bois. Sans elle, il semblait perdu et suivait Cicely, mais visiblement insatisfait.

Elle avait conduit les jumelles à l'aéroport et les avait vues s'embarquer. Toutes deux étaient passablement excitées, courant partout comme de jeunes chiens. Elle avait repris sévèrement Alicia qui se moquait de sa sœur parce qu'elle avait tenu à prendre Vieux-Lapin avec elle dans la cabine. « Tu peux être tout à fait déplaisante parfois, lui avait-elle dit, exaspérée. Et quand tu n'es pas gentille, tu es vraiment laide. » Elle espérait que la crainte de perdre sa beauté aurait un peu d'effet. Alicia était si vaniteuse.

Elle se retrouvait maintenant chez elle dans une maison calme et froide — très froide. Elle alluma des feux, superposa des pulls et s'agita de haut en bas pour se réchauffer. Marcel était le seul à jouir du luxe d'un chauffage au gaz car il se plaignait d'avoir à briser la glace de son gobelet à eau avant de pouvoir plonger son pinceau dedans.

— Je ne peux pas peindre avec des mains gelées, *mon amour**, gémissait-il en la regardant de ses yeux bruns bien français. Et quand tout mon corps tremble de froid, je ne peux même pas t'appeler pour venir me réchauffer. Bien que je ne demande qu'à te faire l'amour toute la journée, ma créativité dormante en serait affectée.

Cicely rêvait des nuits où sa créativité dormante était effectivement endormie, mais, dans la journée, Marcel exigeait d'être seul pour travailler. Quel était ce travail, elle n'en avait aucune idée. Il lui arrivait même de se demander s'il travaillait.

Flanquée de tante Edna et de Rose, Audrey attendait à l'aéroport de Buenos Aires le retour des jumelles. C'était un jour de décembre chaud, avec un air lourd et collant, et elles ne cessaient de s'éventer pour se rafraîchir. Elles se trouvaient sur le toit, en plein soleil, pour distinguer d'abord un simple éclat au loin avant de voir atterrir le puissant avion qui ramenait à la maison leur précieuse progéniture. Audrey avait compté les jours et écrit quotidiennement. Louis était une distraction bénie, mais elle n'avait à aucun moment oublié les filles. Elle avait toujours leurs petits visages devant les yeux et se languissait d'elles, même dans les bras de son amant.

Quand Leonora aperçut sa mère, elle fondit en larmes en jetant les bras autour de son cou. Le voyage avait été long et fatigant et Alicia avait boudé pendant tout le trajet à cause de ce que Cicely lui avait dit au départ. Audrey la berça dans ses bras en lui embrassant le front, heureuse de sentir à nouveau l'odeur de sa peau. Bouleversée de joie, Leonora était incapable de parler. Elle s'accrochait à sa mère comme un petit singe, même lorsque celle-ci embrassa à son tour Alicia, même lorsqu'elles montèrent en voiture. Rien ne pouvait la détacher de sa mère. Elle lui avait manqué plus qu'elle ne voulait l'admettre et, maintenant qu'elle l'avait retrouvée, cherchait à se rassurer.

Alicia retrouva sa bonne humeur dès qu'elle eut un public. Tante Edna prit le volant et Rose s'assit près d'elle pour laisser le siège arrière à Audrey et aux jumelles.

— Froggie, notre professeur de français, sent si mauvais de la bouche que nous lui avons mis de la pâte dentifrice dans son thé, raconta Alicia en riant.

— Elle ne s'appelle sûrement pas Froggie ! s'exclama Audrey toute joyeuse au milieu de ses filles.

— Non, son vrai nom est Mme Duval, mais nous la surnommons toutes « Froggie[1] » derrière son dos. Nous avons tout le temps des fêtes de minuit, exactement comme dans les livres d'histoires. Pas Leo. Elle a trop peur. C'est une trouillarde.

— Je l'espère bien, déclara tante Edna.

Elle aurait aimé rappeler que c'était à cause de la malice d'Alicia qu'il avait fallu les envoyer en Angleterre.

— J'ai entendu parler du club d'art, Leonora. C'est une responsabilité, dit Rose avec enthousiasme.

Leonora était blottie contre sa mère avec Vieux-Lapin.

— Gussie apporte du thé et des gâteaux tous les mardis après-midi, dit-elle. J'aime bien Gussie.

— Il est certain qu'elle t'aime aussi beaucoup.

— Moi, je déteste l'art, je préfère la gym, déclara Alicia. Je suis très bonne, c'est Miss Pole qui le dit. Il y a un garçon à l'écurie qui zézaie drôlement quand il parle. Il s'appelle Larry. (Elle se mit à rire.) Il prononce « Alizia » au lieu d'« Alicia ». Mattie prétend qu'il est retardé parce qu'il ne peut pas parler correctement.

Leonora savait très bien que Mattie et Alicia le

1. Ce surnom de « grenouille » est fréquemment donné aux Français par les Britanniques, horrifiés de les voir manger ces petits amphibiens... *(N.d.T.)*

taquinaient sans cesse à ce sujet mais elle ne voulait pas trahir sa sœur. Heureusement, Larry était un peu à part et ne réalisait pas la cruauté des deux amies. « Alors, Alizia, ze selle Zalty pour toi », faisait-elle moqueuse. Rose et tante Edna ne trouvèrent pas cela drôle du tout, mais Audrey serra Alicia contre elle et l'embrassa.

À la maison, Mercedes les attendait sur le pas de la porte en compagnie d'Oscar et de Loro. Alicia poussa des cris d'excitation et se précipita hors de la voiture aussi vite qu'elle le put.

— Ma chère enfant, soupira la vieille cuisinière. Tu as grandi d'au moins un pouce, j'en suis sûre.

— Est-ce que tu as reçu mes lettres ? demanda Alicia en entourant de ses bras la taille de Mercedes.

— Naturellement. Au moins, ils vous apprennent à écrire, là-bas en Angleterre.

— On n'apprend pas que ça. Je parle aussi français, tu sais.

— Qu'est-ce que tu veux en faire ?

— Parler aux Français.

— Tu dois absolument les éviter, dit-elle avec son accent traînant, se souvenant d'un marin français avec lequel elle avait eu une fois une rencontre orageuse sur le port.

Leur union avait été brève mais fertile car, neuf mois plus tard, était arrivé Tomas avec sa peau brune et ses yeux langoureux, qui avait échappé à toutes les maladies dont souffrent habituellement les enfants. Sans doute à cause de la gigantesque consommation d'ail faite par son père, avait-elle conclu.

Oscar portait Loro sur son épaule et lui donnait

des graines de tournesol pour le faire tenir tranquille. Pas question qu'il révèle l'aventure torride qu'il vivait avec Mercedes dans le garde-manger entre deux tasses de café. Cecil avait entendu la voiture. Il tenait à la main un verre de whisky et son sourire, autrefois si direct et lumineux, n'était qu'un vague rictus affligé. Il embrassa Alicia sur le front, puis Leonora, en les tapotant comme l'avait fait tante Cicely lorsqu'elle les avait accueillies pour la première fois à la gare.

Rose et tante Edna étaient parfaitement conscientes du problème de Cecil avec la boisson mais ne se sentaient pas le droit d'intervenir. Rose ne pouvait pas comprendre ce qui le poussait à chercher une consolation dans la bouteille, et tante Edna, elle, ne le savait que trop bien. Si Louis devait rester à Hurlingham, elle était bien décidée à avoir une conversation constructive avec sa nièce. Il était là depuis des semaines. La situation était malsaine, se disait-elle anxieusement, pleine de commisération pour Cecil qui avait aimé Audrey dès leur première rencontre. Elle savait sa nièce fâchée contre lui parce qu'il avait envoyé les filles en pension. Mais l'adultère n'était pas une vengeance convenable. Cela ne pouvait causer que du malheur et les enfants seraient les premières à en souffrir plus tard. Elle regarda Audrey, si manifestement épanouie. Elle était certainement mère avant d'être épouse. Elle se demanda quels pouvaient être leurs projets. Ils ne pouvaient certainement pas continuer ainsi indéfiniment. *Le retour des filles la ramènera peut-être au bon sens*, espéra-t-elle, *et lui fera mettre fin à cette aventure. Audrey est une fille sensible. Elle finira par faire ce qu'il convient de faire.*

Alicia disparut à la cuisine avec Mercedes, tandis que Leonora suivait ses parents sur la terrasse.

— Alors, Leonora, questionna Cecil, comment ça se passe à Colehurst House ?

Audrey servit la citronnade glacée que Mercedes avait posée sur la table et en servit un verre à sa fille qui le but avidement.

— J'aime bien, répondit-elle enfin.

— C'est bien, répondit-il. Et tante Cicely ?

— Je l'aime beaucoup.

— J'en suis content.

— Il y a une famille de gitans qui vivent sur un de ses prés. Ils l'aident au jardin et à la moisson et, moi, je les aide aussi.

— Voilà qui est bien.

Les yeux de Leonora brillèrent.

— Ils portent de drôles de noms : Panazel, Masha, Florien et Ravena.

Elle parla de ses nouveaux amis et expliqua qu'elle aimerait être une gitane quand elle serait grande. Cecil écoutait sa fille à moitié, toute son attention centrée sur sa femme. Elle était si belle. Rayonnante de bonheur. À présent, il regrettait d'avoir envoyé les filles au loin. L'intention avait été bonne et il avait réellement voulu leur donner la meilleure éducation possible, mais cela lui avait coûté sa femme et c'était trop cher payé. Pourtant leur relation s'était déjà détériorée avant qu'il ne prenne cette décision. À présent, ils n'avaient pratiquement plus aucun rapport. Il était évident qu'elle préférait la compagnie de son frère.

Jusqu'où allait leur amitié ? Il ne pouvait que le subodorer. Il était réaliste. Elle lui reviendrait peut-être plus tard, du moins il l'espérait. Selon son habitude, il lui avait laissé tout le temps qu'elle pouvait désirer. Il se sentait maintenant légèrement mieux, après avoir absorbé un peu d'alcool. Le whisky endormait sa souffrance et attisait ses espérances. Au temps où il était dans l'armée, il aurait affronté son ennemi, mais son ennemi détenait la seule chose qu'il ne voulait pas se risquer à perdre, le cœur d'Audrey. Alors il enfouissait sa tête dans le sable, comme l'autruche des voisins, et espérait que les choses s'arrangeraient d'elles-mêmes.

Louis arriva à l'heure du dîner. Il avait passé la journée avec Gaitano afin de laisser Audrey profiter de ses enfants. Les jumelles firent à peine attention à lui jusqu'à ce qu'il se mette au piano.

— Apprends-moi, apprends-moi ! s'écria Alicia quand sa mère lui eut dit qu'il avait enseigné la musique au Mexique.

Leonora, qui prenait des leçons à Colehurst House, lui montra ce qu'elle savait déjà. Ses petits doigts nerveux trébuchaient sur les notes mais Louis se déclara enchanté.

— Tu feras une très bonne pianiste, Leonora. Maintenant, essaie ça, dit-il en venant s'asseoir à côté d'elle et en plaquant un accord. Ou encore ça, ajouta-t-il avec un autre accord.

Bientôt ils se retrouvèrent à jouer en duo.

— Moi aussi, moi aussi ! gémit Alicia en sautant d'un pied sur l'autre. Je veux apprendre à jouer.

Pourquoi est-ce que je ne prends pas de leçons au pensionnat, comme Leo ?

— Parce que tu ne l'as pas voulu, répondit sa mère.

— Maintenant, j'en ai envie. Est-ce que Louis restera ici pendant toutes les vacances ?

— Je ne sais pas. Tu n'as qu'à le lui demander.

— Resteras-tu, Louis ?

— Si tu le veux, répondit-il en riant.

— Seulement si tu m'apprends à jouer du piano, dit-elle sérieusement.

— Alors, c'est un marché. À condition que tes parents veuillent bien partager avec moi le pudding de Noël.

Audrey se mit à rire, Cecil se raidit, mais Alicia et Leonora furent enchantées.

— Tante Cicely a fait le pudding et aussi des *mince pies* pour nous. C'est un véritable pudding anglais, dit Leonora très excitée. Le père Noël vient ici aussi, tu sais.

— Je suis heureux de l'apprendre, répondit Louis. Est-ce que tu lui as envoyé ta liste de désirs ?

— Liste de désirs ? interrogèrent les jumelles à l'unisson.

— Il faut préparer une liste et la brûler dans la cheminée, comme ça les aides du père Noël la reçoivent et veillent à ce qu'on vous distribue les cadeaux que vous désirez. Mais seulement si vous avez été très gentilles. L'avez-vous été ?

— Oh, oui ! répondirent-elles en chœur.

Alicia savait que ce n'était pas son cas, mais si le père Noël était comme tous ceux qui l'entouraient, elle recevrait quand même ses cadeaux.

— Alors, allez chercher du papier et un crayon et mettez-vous au travail. Il n'y a pas de temps à perdre, ordonna-t-il.

Les deux filles coururent dans leur chambre et Louis capta le tendre regard d'Audrey posé sur lui. C'était de cette manière qu'elle aurait dû regarder Cecil. Mais il y avait bien longtemps qu'elle ne l'avait pas fait.

Mercedes examina la boule noire appelée « pudding de Noël » et fronça ses épais sourcils. Elle n'avait encore jamais rien vu de ce genre. Et c'était lourd, avec ça. Un vrai boulet de canon. Est-ce que ça ferait autant de dégâts ? se demanda-t-elle en jetant le paquet sur le buffet où il retomba avec un bruit sourd. Loro poussa un cri rauque dans sa cage. *Te quiero, te adoro, te amo*... Puis il essaya d'imiter de son mieux un halètement profond. C'était le moment où Mercedes se mettait en colère. Elle pouvait encore s'habituer aux déclarations sentimentales d'Oscar parce qu'elles avaient quelque chose de touchant et qu'elles lui rappelaient ses années de jeunesse, quand elle sentait sur elle le poids solide de quelque séduisant marin ou la frêle silhouette d'un garçon livreur, écoutant leurs promesses creuses entre deux ahanements et s'efforçant d'y croire. Mais aujourd'hui, c'était différent, elle était bien trop vieille et blasée pour se bercer d'illusions de ce genre. Et, de toute façon, il n'y avait vraiment rien de romantique dans ces imitations bestiales. Cette fois, Loro était allé trop loin.

Elle s'approcha d'un air faussement négligent de

la cage où Loro sautillait, manifestement aussi épuisé qu'après un coït endiablé. *Ahhhh...*, roucoula-t-il. *Aaaaaaaaahhhhh !*

— Loro, j'en ai plus qu'assez de toi ! cria Mercedes en ouvrant la porte de la cage. Tu vas voir ce qui arrive aux vilains oiseaux dans ton genre !

Loro se recroquevilla devant sa main brune qui se referma sur son cou décharné. Le miroir suggéré par Alicia avait fait son œuvre et son plumage était à nouveau abondant et brillant. Non que Mercedes s'en préoccupât, d'ailleurs. Tout ce qui l'obsédait, pour l'heure, c'était de se débarrasser de lui définitivement.

Avisant une grande casserole d'eau chaude sur le poêle, elle maintint l'oiseau au-dessus jusqu'à de qu'il disparaisse complètement dans la vapeur. Il laissa échapper un hoquet étranglé et attendit la mort. Dans les yeux de l'animal, Mercedes saisit le reflet de sa propre cruauté. Elle avait le cœur bon et se sentait incapable d'infliger de la souffrance à quelque créature vivante que ce soit — aussi exaspérante fût-elle. Avec un soupir, elle éloigna l'oiseau de la casserole.

— Tu es une créature parfaitement stupide mais ce n'est pas une raison pour te punir. Après tout, Dieu t'a créé ainsi, même si je me demande souvent à quoi Il a bien pu penser ce jour-là ! Mais ne dit-on pas que toute œuvre sortie de Ses mains est divine ?

Elle reposa l'oiseau dans sa cage et le regarda secouer ses plumes avant d'aller bouder dans un coin, encore tout tremblant de frayeur rétrospective. Puis elle retourna au boulet de canon et, songeant aux instructions de la señora Forrester, se mit à préparer ce qui allait devenir, demain, leur pudding de Noël.

Alicia et Leonora se réveillèrent à l'aube. Rien n'était plus délicieux que de sentir, au bout du lit, les lourdes paires de chaussettes attendant d'être fébrilement explorées. Leonora se redressa dans son lit et, tenant Vieux-Lapin étroitement serré contre son cœur, tira l'une des chaussettes à elle pour mieux l'étudier. Le long bas de laine était gonflé de cadeaux, tous soigneusement enveloppés dans du papier crépon. Oh, c'était vraiment trop tentant !

Alicia vida toute sa chaussette sur le lit puis, saisissant l'un des présents, entreprit de le déballer.

— Il ne faut pas ! s'exclama Leonora, horrifiée. Nous ne devons ouvrir nos cadeaux que sur le lit de maman et papa.

— Je n'en ouvre qu'un, rétorqua sa sœur en jetant vivement le papier d'emballage à terre. (Elle fronça son petit nez d'un air dépité.) Un bandeau pour les cheveux... Je trouve que ça conviendrait mieux pour toi.

— Tu ne l'aimes pas ?

— Maman aurait pu trouver quelque chose de mieux qu'un bandeau pour les cheveux.

Leonora était déçue qu'Alicia ne fasse pas semblant d'y croire. Elle savait très bien que le père Noël n'existait pas et que c'était son père qui avait placé les chaussettes au pied de leurs lits avant d'aller dîner. Mais elle adorait l'aspect magique de la tradition et elle aurait aimé être encore assez petite pour ignorer la vérité. Alicia trouvait toute l'histoire exagérée.

— Je me demande pourquoi ils font toutes ces manières. Après tout, nous ne sommes plus des enfants, expliqua-t-elle.

— Parce que cela leur fait plaisir, riposta Leonora.

— Nous devrions faire semblant d'ignorer que c'est eux, rien que pour leur faire plaisir ?

— Mais oui.

— Ça me paraît complètement idiot. Mais je le ferai pour une raison et une seule.

— Laquelle ?

— Parce que si je les laisse deviner que je sais, ils pourraient ne plus remplir ces chaussettes et j'adore les cadeaux.

— Mais pas les bandeaux pour les cheveux.

— Celui-là est raté. Mais il y en a d'autres. Quelle heure est-il ? Crois-tu qu'on peut aller les réveiller maintenant ? Il fait jour dehors.

Il était six heures du matin. L'aube pointait déjà, peignant dans le ciel des bandes dorées comme du miel et, dans les arbres, les oiseaux profitaient de la fraîcheur matinale avant que la chaleur et l'humidité du plein été deviennent trop intenses et les obligent à se blottir dans les feuillages pour se protéger du soleil. Audrey était étendue à côté de son mari. Elle lui avait demandé de regagner le lit conjugal pour que les enfants les trouvent ensemble. Cecil lui en fut reconnaissant et espérait qu'une fois les jumelles reparties pour l'Europe, l'habitude serait installée et qu'il pourrait passer là toutes les nuits. Au fond d'elle-même, Audrey savait bien que les enfants n'auraient pas pensé à mal si elles avaient trouvé leur père dans le lit du dressing-room. Cela lui était déjà arrivé d'y dormir et il pouvait toujours prétendre qu'il ne voulait pas déranger leur mère par ses ronflements. La véritable raison qui l'avait poussée à lui demander de dormir avec elle, c'était pour empêcher ses promenades nocturnes. Elle ne pouvait risquer d'être surprise par les enfants auprès de Louis, mais elle ne se sentait pas assez forte pour lui résister. Avec Cecil dans son lit, aucune chance de s'échapper. Elle déplorait son manque de volonté, mais c'était le seul moyen. Une fois de plus, Cecil fut envahi par le doute. Avait-il mal jugé sa femme ?

Louis avait été fou de rage quand Audrey lui avait annoncé que Cecil regagnerait son lit tant que les enfants seraient à la maison. Il était parti pour la journée au ranch de Gaitano et avait passé sa colère en galopant dans la pampa. Effet de l'air frais ou du piano de Gaitano, il était rentré le soir détendu et souriant. Audrey l'aimait, et cela seul comptait. Mais il resta éveillé jusqu'à l'aube dont la lueur lui révéla la place vide dans son lit. Il se demanda combien de temps ils devraient encore attendre avant de pouvoir s'aimer aux yeux de tous.

L'esprit d'Audrey flottait quelque part hors du temps et de l'espace quand il fut brutalement ramené dans sa chambre. Un coup léger fut frappé à la porte qui s'ouvrit pour révéler deux petits visages brillants d'excitation. Elle reprit conscience aussitôt qu'elle vit ses filles et son cœur se gonfla de joie. Elle s'assit et leur fit signe de venir la rejoindre. Cecil grommela quand les jumelles se glissèrent entre eux deux en tirant leurs chaussettes à elles. Ils se trouvaient ainsi réunis dans leur rôle de parents et rien n'aurait pu mieux l'illustrer. Leonora installa d'abord soigneusement Vieux-Lapin sur la couette avant de prendre son premier cadeau. Alicia déversa le contenu de sa chaussette sur son père et se mit à déchirer les emballage de ses doigts impatients. Cecil qui devait se remettre de ses libations de la veille continua à somnoler. Audrey commenta chaque cadeau en savourant ces moments précieux, sachant qu'après le départ des filles, elle se retrouverait seule.

Le repas de Noël réunit toute sa famille. Henry et Rose arrivèrent les bras chargés de cadeaux à placer sous l'arbre qu'Audrey et les jumelles avaient décoré d'étoiles peintes par les filles en classe d'art. Edna les accompagnait, toujours pleine d'entrain malgré l'anxiété qui la rongeait chaque fois qu'elle voyait Audrey et Louis échanger à travers la pièce des regards enamourés. Tante Hilda avait dû obliger Nelly à venir car la pauvre se présenta pâle et les yeux rouges d'avoir pleuré. Elle bouda dès qu'elle eut mis le pied dans la maison, incapable de regarder Louis sans avoir les larmes aux yeux. Albert se tenait près du piano, fumant des cigarettes et Louis s'assit entre les jumelles pour jouer à six mains des chants de Noël. Les deux plus jeunes frères, George et Edward, étaient étendus sur le dos au soleil parlant filles et football, car la conversation de leurs parents et de leurs tantes sur la terrasse les rasait.

— Je suis curieuse de découvrir le pudding de Noël de ta sœur, dit tante Edna à Cecil en se léchant les lèvres.

— Moi aussi, répondit-il. Il va me donner le mal du pays.

— J'aurais voulu que vous puissiez voir la tête de Mercedes quand je lui ai expliqué comment le cuire, dit Audrey en riant. Je crois qu'elle n'avait jamais rien vu de semblable dans sa vie.

— Au moins, elle n'a pas eu à le préparer, dit tante Edna à laquelle la perspective du repas mettait l'eau à la bouche.

— Elle a dû faire un beau gâchis, c'est certain, déclara tante Hilda d'un ton acide.

— Il sera délicieux, dit Audrey, rassurante. Leonora l'a apporté d'Angleterre dans ses bagages. Il était extrêmement lourd, pauvre chérie.

— À propos, demanda Cecil, pouvons-nous passer à table ?

Audrey fit signe que oui.

— Venez les garçons, à table ! cria-t-elle à ses frères.

Elle passa la tête par la porte pour prévenir les pianistes. Louis lui sourit avec tendresse et ses yeux semblaient dire : *Si seulement nous pouvions être seuls tous les deux dans la pampa !* Elle pencha la tête de côté et lui rendit son sourire. Mais leurs cœurs tiraient dans deux directions opposées.

Ils s'assirent tous autour de la longue table dressée par Mercedes sous les arbres dans un coin du jardin. La chaleur était oppressante, tante Hilda de mauvaise humeur et Nelly mélancolique. Mais personne ne s'en aperçut et tous attaquèrent avec enthousiasme la dinde de Noël. Audrey regarda ses filles. Leonora était assise entre tante Edna et son grand-père, surveillée de près par Vieux-Lapin coincé derrière la carafe d'eau. Alicia parlait d'elle, amusant Albert en lui racontant des histoires de plus en plus extravagantes dont il encourageait le récit en riant aux éclats. Audrey sentit son cœur se gonfler d'amour à leur vue et, devinant son regard, Leonora lui sourit. Elle connaissait l'amour inconditionnel de sa mère.

Cecil avait les yeux fixés sur sa femme, elle était le centre de son existence. Telle une pomme absolument parfaite tout au sommet de l'arbre, Audrey restait inaccessible. Elle ne lui appartenait que de nom. Il se souvint de ce soir sur une plage d'Uruguay quand elle avait accepté de devenir sa femme et, avec le recul, il se demanda si elle l'avait jamais aimé. Il vida son verre et tendit la main vers la bouteille de vin.

À cet instant, Mercedes traversa la pelouse en portant un grand plat d'argent.

— Ah, le pudding de Noël ! s'exclama tante Edna en se frottant les mains à l'idée de déguster le fameux dessert de Cicely accompagné de sabayon au cognac et de crème.

— Impressionnant, s'exclama Henry. Et tu as apporté cela pendant ce long voyage d'Angleterre, gentille fille, dit-il à Leonora.

— J'ai aidé à le porter, intervint Alicia désireuse de partager les éloges.

— Et tu es très gentille aussi, ajouta Rose, en regardant la servante traîner des pieds.

Quand elle arriva près d'eux, tous les yeux se fixèrent sur le plateau avec horreur. Au lieu du pudding de Noël rond et brun, ils découvrirent un tas de débris.

— Seigneur, qu'avez-vous donc fait ? s'exclama tante Hilda tandis qu'Audrey restait muette de surprise.

Mercedes, rouge comme une cerise, fronça les sourcils et secoua la tête.

— Señora, dit-elle en se tournant vers Audrey. J'ai fait exactement ce que vous m'avez dit. Mais quand je l'ai posé sur le plat, j'ai aperçu un éclat métallique. Je me suis dit qu'on ne pouvait pas risquer qu'une des filles avale un morceau de métal alors j'ai fouillé soigneusement dedans avec un couteau et j'ai trouvé une pièce. Une pièce dans un pudding ! Puis j'en ai vu une autre et encore une autre. Finalement, j'ai dû démolir tout le gâteau. Il y avait vingt pièces dedans. Vingt pièces. *Pouvez-vous croire cela ?* Comment est-ce qu'elles ont pu arriver là, c'est pas notre affaire.

À cette explication, Louis éclata de rire au point d'en être plié en deux. Alicia et Leonora suivirent son exemple et, bientôt, la gaieté fut générale. Seules Hilda et Nelly s'abstinrent. Quant à Mercedes, elle les regardait comme s'ils étaient des extraterrestres.

— Cela n'a pas d'importance, Mercedes, la rassura Audrey en se mordant les lèvres pour retrouver son sérieux. (Quand Mercedes boudait, cela pouvait durer plusieurs jours.) Le goût sera le même. Tante Edna, si tu te servais ?

25

Les semaines de vacances se réduisirent à quelques jours et bientôt le retour des jumelles en Angleterre ne fut plus une échéance lointaine, mais une date bien précise gravée dans leur esprit. Les fillettes faisaient de grandes promenades le matin de bonne heure avant que la chaleur de midi les oblige à chercher un peu de fraîcheur dans les eaux bleues de la piscine. Le soir, elles jouaient au tennis avec les autres enfants qui papillonnaient autour du club. Leonora les regardait avec envie car elle songeait qu'elle et sa sœur passeraient les vacances de Pâques et celles de l'été anglais chez tante Cicely en Angleterre. Elle ne parlait pas de ses craintes à Alicia, sachant que sa sœur avait hâte de retourner au pensionnat et que leurs parents ne lui manqueraient pas du tout. Elle avait sûrement un cœur de pierre.

Pendant que les jumelles participaient à des concours hippiques, à des fêtes, ou à des tournois organisés au club, Audrey ne pouvait ménager que de rares et fugaces moments en tête à tête avec Louis. L'espoir faisait battre leur cœur et leur trouble grandissait tant qu'il leur fut bientôt impossible de l'ignorer.

Un jour que Cecil se trouvait au bureau et que la

maison était vide — Mercedes faisait la sieste l'après-midi et ne réapparaissait qu'à l'heure du thé —, Louis pénétra résolument dans la chambre d'Audrey. Elle était en train de ranger des vêtements, rêvant à un avenir où, avec Louis et les jumelles, ils formeraient une famille heureuse dans quelque pays chimérique. Pensant qu'il s'était absenté pour la journée, elle fut surprise de le voir se matérialiser soudain sur le seuil de la pièce.

— Je te croyais chez Gaitano, dit-elle tandis qu'il la prenait dans ses bras.

— Je suis revenu de bonne heure. Il faut que nous parlions d'une chose très importante. (Sa voix se brisa.) Audrey... nous ne pouvons pas continuer ainsi...

Elle lui sourit tristement et, d'un doigt, lissa tendrement les plis qui lui creusaient le front.

— Je sais. Qu'allons-nous faire ?

— Partons. Lorsque les jumelles auront regagné l'Angleterre, nous pourrons les rejoindre là-bas. Commencer une nouvelle vie, toi, moi et les filles. Comme ça, elles ne te manqueront plus et tu m'auras à tes côtés.

— Mais comment rompre aussi brutalement avec Cecil ? Je devrais lui laisser un mot... tout lui expliquer par écrit. Je ne supporte pas de voir son visage creusé par la souffrance. Malgré ce qui nous sépare, je l'ai toujours estimé. Mais je n'éprouve pas d'amour pour lui comme j'en éprouve pour toi.

— Nous prendrons l'avion et mettrons de l'ordre dans tout cela une fois arrivés en Angleterre.

Voyant qu'elle hésitait, il poursuivit fermement :

— Tu ne peux continuer toute ta vie à te dévouer

aux autres. Un jour tes parents disparaîtront, tes filles se marieront et tu te retrouveras seule avec Cecil. Ton sens du devoir n'aura plus d'objet et tu auras tout simplement raté ta vie.

— Tu as raison.

— Je ne te demande pas de quitter tes enfants, mon amour. Je ne ferais jamais une chose pareille. D'ailleurs, elles n'auraient jamais dû partir pour l'Angleterre.

Audrey tenta de se représenter le bouleversement que représentait l'exil. Quitter l'Argentine où elle avait grandi et où elle se considérait comme chez elle. Puis elle se rappela la sensation de liberté qu'elle avait éprouvée sur l'*Alcantara* tandis qu'il voguait vers l'horizon.

Posant la tête sur la poitrine de Louis, elle murmura :

— J'ai peur. Je t'aime et je suis prête à tout abandonner pour toi, mais j'ai peur quand même.

Il lui caressa doucement les cheveux.

— Je comprends. J'ai peur, moi aussi.

— Toi ?

— Oui. De te perdre à nouveau.

— Oh, Louis, soupira Audrey. Tu ne me perdras plus maintenant, je te le promets.

Ils firent des projets pour leur départ, voyageant en rêve à travers l'Océan jusqu'en Angleterre, essayant de ne pas imaginer avec trop de détails cet avenir si voilé d'incertitudes.

Comme si elle avait deviné leurs plans, tante Edna s'arrangea pour rencontrer sa nièce au club à l'heure du thé, pendant que les jumelles faisaient une grande promenade à cheval dans la pampa avec Albert et Susan, sa petite amie. Ne soupçonnant nullement les intentions de sa tante, Audrey fut heureuse de la revoir et l'accueillit chaleureusement. Mais Edna décida d'aller au fond des choses sans ménager sa nièce.

— Ainsi les jumelles regagnent l'Angleterre dans quelques jours ? observa-t-elle en versant le thé dans les tasses. Elles vont me manquer.

— Je ne supporte pas l'idée de les voir repartir, dit Audrey tristement. Un an sans les avoir à la maison, c'est si long. Elles seront loin de chez elles, de leur famille...

— Tout cela pour acquérir ce qu'on appelle une bonne éducation, marmonna Edna d'un ton désapprobateur.

— Je n'arrive pas à croire que cela en vaille la peine. Mais, désormais, je vais passer plus de temps chez Cicely. Peut-être même chercher un travail. (Elle hésita, prenant le temps de bien choisir ses mots.) Pour ne pas être à sa charge...

— Je suis bien certaine que ce ne serait pas le cas, ma chérie. Mais l'Angleterre n'est pas ton pays.

— Non, c'est vrai. Pourtant c'est là que se trouvent mes enfants. Je veux pouvoir leur offrir un toit où elles se sentent chez elles. À la longue, elles finiront par désirer s'installer définitivement en Angleterre.

— Leonora est une charmante petite fille. Je l'aime vraiment beaucoup.

— Oui, c'est un gentil cœur, approuva Audrey fièrement. Mais elle est moins douée que sa sœur.

— Si elle n'a pas ses dons, elle n'a pas non plus sa nature, Dieu soit loué. Une Alicia suffit. Permets-moi de te dire que ta fille est un peu trop jolie pour son bien.

— Elle est vraiment très jolie, c'est vrai.

— Mais Leonora a une nature bien plus admirable.

Audrey parut presque choquée par cette déclaration et Edna y vit une nouvelle preuve que l'amour est aveugle. Manifestement, Audrey n'avait pas conscience du narcissisme d'Alicia.

— Alicia est la joie de vivre personnifiée, bien sûr, poursuivit-elle avec tact. (Mais elle n'était pas là pour parler des filles.) J'ai constaté qu'elles s'entendaient très bien avec Louis.

En entendant ce nom, les joues d'Audrey se teintèrent de rose. Baissant aussitôt les yeux, elle se mit à jouer nerveusement avec son scone.

— Il leur apprend à jouer du piano. Elles l'adorent, dit-elle enfin.

— Il a l'air de bien comprendre les enfants.

— N'est-il pas lui-même un grand enfant ? Sans doute est-ce pour cela qu'il communique si facilement avec eux.

— Ce n'est pas comme son frère, observa Edna en pesant ses mots.

— En effet, répondit Audrey prudemment.

La conversation commençait à tourner dans le vide. La diplomatie n'étant pas le fort de tante Edna, elle préféra, comme toujours, aller droit au but. Prenant une profonde inspiration, elle reposa sa tasse et se lança :

— Que comptes-tu faire, ma chère enfant ? Tu ne peux pas continuer comme ça, tu le sais bien...

— Je ne sais pas, répondit Audrey évasivement.

Elle pensa aux déclarations de sa tante sur le pas de la porte le jour où elle était revenue d'Angleterre. Elle ne pouvait donc feindre d'ignorer ce à quoi elle faisait allusion.

— Est-ce que Louis compte rester encore ici ?

— Il projette de retourner en Angleterre.

— Ah !

Tante Edna soupira d'un air entendu. Il y eut une pause embarrassante pendant laquelle elle continua à fixer sur sa nièce des yeux pleins de compassion.

— C'est la raison pour laquelle tu veux installer là-bas un second foyer. (Audrey ouvrit la bouche pour répondre, mais sa tante l'ignora et poursuivit :) Tu ne peux pas vivre deux vies à la fois, Audrey. Que penseront les jumelles quand elles découvriront que tu vis avec Louis en Angleterre ? Elles trouveront cela curieux, tu ne crois pas ? Comptes-tu en parler à Cecil ou lui cacher la vérité ?

— Tu te trompes, protesta Audrey.

La tête sur le côté, Edna lui coula un regard entendu.

— Ma chère enfant, je ne suis pas née de la dernière pluie. J'ai vécu et aimé, moi aussi.

— Harry, ton rayon de soleil..., se souvint Audrey.

— Le cher homme. Je l'ai aimé plus que ma vie et je l'ai perdu. Il ne reviendra pas. Alors crois-moi, ma chérie, je sais ce qu'est le chagrin. (Elle posa une main affectueuse sur le bras de sa nièce.) Ma chère enfant, ce que j'essaie de te dire c'est qu'on guérit de tout et que la vie continue. Au début, on croit ne jamais s'en remettre. Tu erres dans ton enfer personnel et personne ne peut imaginer combien tu souffres. Mais le temps est un puissant remède. Tu aimais Louis de tout ton cœur et tu l'as perdu. Maintenant qu'il est revenu, je comprends parfaitement que tu n'aies pas envie de le perdre à nouveau. Pourtant, il y a beaucoup plus que cela en jeu. Il y a Cecil auquel tu dois penser, et les jumelles. Le divorce est un bien vilain mot très mal perçu et il t'affectera partout où tu iras dans le monde.

Une larme tomba dans la tasse d'Audrey, mais c'est d'une voix calme qu'elle répondit :

— J'ai épousé Cecil parce que je savais que c'était ce que mes parents souhaitaient et que je voulais faire quelque chose pour eux après la mort d'Isla. Mon Dieu, ma tante, c'est pour *eux* que je l'ai épousé ! Mais je n'ai jamais cessé d'aimer Louis. Et je l'aime à présent encore plus qu'avant. Est-ce que tu ne vois pas que c'est pour moi une seconde chance ?

Elle leva des yeux implorants vers sa tante, mais celle-ci secoua la tête.

— Non, tu te trompes, encore une fois. Louis est une tentation à laquelle tu dois résister à tout prix. Cela n'apporterait que du malheur à tous ceux que tu aimes. Crois-tu pouvoir bâtir ton bonheur sur des ruines ?

Audrey retira son bras et courba la tête en signe de défaite.

— Je ne peux pas vivre ma vie seulement pour les autres, dit-elle.

— L'amour est tissé de sacrifices, ma petite. Tu as fait ton choix et c'était un bon choix. Cecil t'aime. C'est un homme droit, honnête, et ne viens pas me dire que tu ne l'aimes pas toi aussi. Peut-être pas de la même façon dont tu chéris son frère, mais tu l'apprécies. Tu es une jeune femme compatissante et je comprends que tu veuilles aussi vivre pour toi. Néanmoins tu as construit un destin avec Cecil et tes deux jolies filles. Tu as une responsabilité envers eux. Cecil a fait taire ses sentiments pour leur donner la meilleure éducation qu'on puisse offrir à des enfants. À ton tour de sacrifier ton amour pour Louis et de leur assurer stabilité et fierté. Comment pourraient-elles garder la tête haute si tu t'enfuyais avec leur oncle ? Que diraient leurs amies ? Te rends-tu compte que leur cœur serait brisé ? Ne va pas t'imaginer un seul instant que tes actes n'auraient pas de graves répercussions sur ceux qui t'entourent. Couvre-toi de honte si c'est ce que tu désires, mais ne gâche pas le futur de deux innocentes fillettes. Tu leur dois un avenir sans tache.

Une autre larme tomba dans la tasse d'Audrey. Elle ne voulait pas en entendre davantage. Sa conscience l'avait obligée à écouter mais, désormais, cela lui devenait impossible. Elle voulait que tante Edna s'en aille et la laisse seule avec ses pensées, avec ses espoirs qui s'effilochaient comme une belle tapisserie de rêves.

Il y eut un long silence pendant lequel tante Edna réclama une autre assiette de scones et

Audrey contempla les feuilles de thé au fond de sa tasse.

— Mon enfant..., commença tante Edna d'une voix douce.

Des larmes mouillèrent de nouveau les yeux d'Audrey. Elle aurait pu faire face à de la colère, mais cette sympathie l'anéantissait complètement.

— Quand tu étais une petite fille, reprit Edna, j'imaginais pour toi un avenir béni car, à ta naissance, tu étais dotée d'une nature simple et belle. Isla, elle, courait au désastre à cause de la complexité de son caractère. Personne n'aurait pu prévoir ce qui allait t'arriver. Mais je te connais bien, ma chérie, et je t'aime tendrement. Je peux t'assurer que tu ne t'enfuiras pas avec Louis. Ton sens du devoir est trop fort et l'a toujours été. On ne change jamais si fondamentalement. Par contre, c'est ta situation qui a changé. Tout au fond de ton cœur, tu sais que tu as trop de choses à perdre. Je me rends bien compte que mes conseils ne te font pas plaisir. Je suis la voix de ta conscience. C'est pourquoi je te dis ces choses désagréables.

Posant une main sur le bras d'Audrey, elle regarda sa nièce dans les yeux.

— Allume un cierge pour Louis et regarde-le brûler. Et puis laisse-le partir et écarte cette tempête de ta route et de ta famille. Elle ne peut que vous détruire tous. Personne ne sait ce que l'avenir nous réserve mais tu peux le façonner de tes mains, pour toi et pour tes enfants. Ce sera ton choix et je sais que tu feras ce qu'il convient de faire.

Audrey parcourait la plaine au galop. Le vent se coulait dans ses cheveux et séchait ses larmes avant même qu'elles aient touché ses joues. Elle était furieuse. Furieuse contre tante Edna parce qu'elle avait exprimé à haute voix les doutes qu'elle abritait en secret dans son cœur, furieuse contre elle-même pour se laisser ainsi déstabiliser si facilement. Sa tête bourdonnait de pensées contradictoires qui se livraient une lutte sans merci. Qu'aurait fait Isla à sa place ? Sans doute se serait-elle enfuie avec lui avant même que tout cela se produise. Elle n'aurait pas laissé partir son bien-aimé, même pas avec l'excuse de l'enterrement de sa sœur. Elle n'aurait jamais épousé Cecil. Et si, par hasard, elle l'avait fait, elle n'aurait pas hésité à provoquer un scandale et à s'enfuir tout de même, laissant les autres ramasser les morceaux et soigner leurs cœurs brisés. Après quoi, tous auraient survécu et la vie aurait continué. C'est ce que font les gens. Ils survivent. Pourquoi ne pouvait-elle ressembler un peu à Isla ?

Les paroles de sa tante résonnaient comme un écho dans sa tête. *Je sais que tu feras ce qu'il convient de faire*. Et si ce n'était pas le cas ? Que se passerait-il ? En contemplant l'étendue ouverte de la plaine et l'immensité du ciel, il lui sembla que son chagrin s'allégeait tandis qu'un curieux sentiment de détermination s'emparait d'elle. Elle avait toujours le choix. Elle aimait Louis et elle avait encore toute la vie devant elle. Pas question de la gâcher à cause d'un mariage malheureux. Elle allait tous les surprendre. *Les gens changent*, se dit-elle, animée d'un sentiment de révolte. *J'en ai assez d'être la version raisonnable des deux sœurs. Oh, Isla, si tu peux m'entendre, aide-moi à te ressembler davantage !*

Plus tard ce jour-là, assise à table en face de Louis, elle écouta les jumelles raconter leur journée au club. Leonora venait de remporter une course exigeant que les participants portent une cuiller avec un œuf et Alicia avait mis du poivre dans les seaux d'eau avant que les enfants n'essaient d'y attraper des pommes.

En écoutant le babillage de ses filles, Audrey sut qu'elle avait pris la bonne décision. Elle aimait tout ce que Louis représentait avec une telle intensité que c'en était douloureux, tant était grande sa tendresse pour lui. Elle aimait ses yeux profonds et mélancoliques, comme voilés d'absence, simplement parce qu'ils portaient un regard différent sur le monde. Elle aimait la manière dont ses mains, parfois, se mettaient à trembler sans raison, ses doigts à parcourir des touches imaginaires. Elle aimait sa bouche qui pouvait s'étirer brusquement en un sourire irrésistible puis, tout aussi soudainement, se pincer sous le coup de la tristesse, révélant le tourment d'un cœur qui ne ressemblait en rien aux autres. Elle aimait l'homme que personne ne comprenait en dehors d'elle et elle savait en être aimée tout autant. Elle vit qu'il la regardait, le visage épanoui de tendresse et de reconnaissance, car elle avait promis de ne jamais le quitter.

Le jour du départ finit par arriver. Alicia sauta hors du lit, tout excitée, tandis que Leonora se blottit sous les draps dans le lit de sa mère et se mit à pleurer. Elle était inconsolable. Même lorsque tante Edna et leur grand-mère arrivèrent pour le petit-déjeuner, chargées de nouveaux cadeaux à emporter en Angleterre.

Cecil leur avait dit au revoir avant de prendre son train pour rejoindre son bureau en ville comme d'habitude. Audrey, en colère, se demandait comment il pouvait aller travailler un matin comme celui-ci. Mais Louis était là pour prendre Leonora dans ses bras et la faire danser tout autour de la pièce jusqu'à ce qu'elle se décide à sourire. Tout cela se passait avant qu'on se mette à chercher Vieux-Lapin.

Vieux-Lapin avait disparu et Leonora refusait de partir pour l'aéroport sans lui. Toute la maison fut mise sens dessus dessous pour découvrir le petit animal brun devenu l'ami irremplaçable de Leonora.

— Je ne partirai pas sans lui, sanglotait la fillette.

Elle lui vouait cette sorte d'amour sur lequel s'appuient les enfants vivant loin de chez eux.

— Il doit bien être quelque part, s'exclama Audrey exaspérée.

Elle était extrêmement tendue car elle devait non seulement ne rien oublier pour le départ des enfants. Il lui fallait aussi préparer son propre voyage avec Louis le lendemain.

— Est-ce que tu ne peux pas en acheter un autre ? demanda Alicia à tante Edna.

Cette dernière s'en sortit par un mensonge.

— Bien sûr que si ! Il y en a des tas d'autres aussi jolis que lui.

— Mais je n'en veux pas d'autre ! gémit Leonora. Vieux-Lapin sera malheureux sans moi !

— Ce n'est qu'une peluche, décréta Alicia d'un ton boudeur.

— Non, ce n'est pas vrai. C'est mon ami, répondit Leonora avec une férocité qui étonna sa sœur.

— J'ai fouillé sa chambre à deux reprises, fit Rose en secouant la tête d'un air désolé. Je ne vois absolument pas où il peut être. Est-ce que tu l'aurais emporté au club, ma chérie ?

Leonora fit signe que non.

— Je l'avais la nuit dernière, répondit-elle. Je ne peux pas dormir sans lui.

— Il n'est pas sous mon lit, soupira Audrey. Oh, Seigneur, qu'allons-nous faire ?

— Il réapparaîtra probablement dès que vous serez parties, dit Louis gentiment. Nous prendrons grand soin de lui et je te l'apporterai personnellement quand je viendrai en Angleterre.

— Promis ? demanda Leonora en reniflant.

Louis s'agenouilla et prit dans ses bras l'enfant qui tremblait.

— Je te le promets, dit-il en l'embrassant. Il sera en sécurité avec moi.

Voilà comment Leonora accepta de prendre l'avion sans Vieux-Lapin. Audrey, Edna, Rose et Louis montèrent sur le toit-terrasse de l'aéroport afin de saluer dans le ciel les deux petites filles qui repartaient pour une autre année loin de la maison. Edna et Rose fondirent en larmes mais Audrey résista et regarda, pâle et anxieuse, Alicia franchir le tarmac, en entourant sa sœur de son bras. Puis leurs petits visages apparurent à travers l'un des hublots de l'avion. Audrey ne put distinguer si Leonora pleurait mais elle était certaine que c'était le cas et sa gorge se serra. Louis mit une main sur son épaule. C'était tout ce qu'il pouvait faire pour la consoler sans faire naître de soupçons.

— Tu les reverras bientôt, chuchota-t-il à son oreille quand le bruit des moteurs couvrit sa voix.

D'un signe de tête, elle lui fit savoir qu'elle avait compris. Si tout se déroulait conformément à leurs plans, elle les reverrait dans quelques jours. Dans ces conditions, pourquoi se sentait-elle si malheureuse ?

Cette nuit-là elle resta étendue dans le noir à côté de son mari, écoutant le rythme de sa respiration et essayant de ne pas penser à la blessure qu'elle allait lui infliger. Il avait trop bu et sa respiration se transforma bientôt en un ronflement sonore. Boire était maintenant pour lui une habitude qui échappait à son contrôle. Il n'avait pas encore admis que son caractère se trouvait affecté par le poison qui s'infiltrait dans son foie. Il devenait irascible et instable mais Audrey était trop occupée avec les enfants et avec Louis pour s'en soucier. Après tout à quoi bon s'en faire puisqu'elle allait le quitter ?

Quand Cecil partit pour le bureau le lendemain matin, il déposa un baiser sur la joue contractée de sa femme et marmonna quelques mots irrités à son frère avant d'ouvrir la porte et de sortir dans le soleil. Louis et Audrey se retrouvèrent seuls. Ils échangèrent un regard nerveux, trop anxieux pour se sourire.

— Il faut que je prépare mes bagages, dit nerveusement Audrey.

Louis la poussa soudain contre la porte et l'embrassa.

— Je te retrouverai à l'aéroport à midi, murmura-t-il. Que comptes-tu faire pour Cecil ?

— Lui écrire un mot que je laisserai dans l'entrée.

— Bien.

— J'ai peur, avoua-t-elle d'une voix tremblante.

— Moi aussi, mais tu te sentiras mieux quand tu seras dans l'avion.

— Je l'espère.

— Nous sommes destinés l'un à l'autre, Audrey. L'amour est plus fort que nous. Plus fort que tout.

— Je sais. Mais j'ai tellement peur.

— De quoi ?

— De blesser les autres.

— Ils survivront. Ce que tu fais, tu le fais pour toi et tu le mérites. Tu le dois à toi-même. (Il pressa les lèvres sur son front.) N'oublie pas tes rêves, Audrey, mon amour. N'oublie pas que j'ai construit les miens autour de toi.

À cet instant, ils entendirent dans le hall les pas de Mercedes qui se dirigeait vers la salle à manger pour débarrasser la table après le petit-déjeuner. Ils s'arrachèrent l'un à l'autre et Louis alla s'installer au piano pour jouer. C'est la sonate qu'il avait composée pour elle qui vint sous ses doigts. Audrey monta dans sa chambre remplir une petite valise des choses de sa vie qu'elle voulait emporter. Un peu plus tard, elle entendit la porte d'entrée se refermer et sut qu'il était parti. Ils se reverraient à l'aéroport. Leurs premiers pas vers une vie nouvelle, une vie qu'ils passeraient ensemble. Sans plus penser à rien, elle commença à emballer ses affaires.

Comment faire sa valise quand on part pour toujours ? Quelles choses emporter ? Elle prit quelques vêtements, sa trousse de toilette, des photos d'Isla, des fleurs séchées qu'elle avait gardées de ses obsèques et le petit livre de prières que son père lui avait donné quand elle était enfant. Puis elle s'assit au pied de son lit, se demandant comment employer au mieux les deux bonnes heures qui la séparaient de son départ.

Soudain, elle aperçut deux longues oreilles brunes pointer sous un fauteuil près de la fenêtre. Son cœur se mit à battre très fort quand elle reconnut le cher Vieux-Lapin de Leonora. Des gouttes de sueur perlèrent à son front quand elle alla le ramasser. Il avait l'air abandonné et si fragile entre ses mains que celles-ci se mirent à trembler sans même qu'elle ait pu le prévoir. Elle le pressa contre son visage, les yeux clos, et des larmes gonflèrent ses paupières avant de ruisseler sur ses joues. Ses jambes fléchirent et elle se retrouva par terre sur le tapis, effondrée sous le poids d'un indicible chagrin. Inutile de se le dissimuler plus longtemps. Elle n'y parviendrait pas. Ses enfants passeraient toujours avant tout. Louis partirait seul.

Quand un cœur se brise, il ne fait pas de bruit. Aucune manifestation extérieure, aucun craquement, aucun sanglot. Simplement un calme étrange qui s'empare de vous quand il ne reste plus de larmes à verser, plus de voix pour hurler dans le silence, tandis que la résignation engourdit les sens comme une drogue. On survit malgré soi.

Audrey s'assit à son bureau et se mit à écrire. Non à Cecil comme elle avait prévu de le faire, mais à Louis. Elle marqua une pause, la plume sur le papier, cherchant comment s'exprimer. Mais, quoi qu'elle dise, elle savait qu'elle allait le détruire à jamais.

Pardonne ma faiblesse. Je ne cesserai jamais de t'aimer. Jamais.

Puis elle plaça Vieux-Lapin tout trempé de larmes dans une enveloppe qu'elle cacheta avec sa lettre.

Quand Louis arriva à l'aéroport, il chercha immédiatement Audrey dans la foule. Consultant sa montre, il vit qu'il était en avance d'un quart d'heure. Il se sentait terriblement nerveux. De ses doigts agités, il fouilla dans sa poche à la recherche d'un mouchoir qu'il se passa sur le front où perlait la sueur. Au bout de quelques minutes, il décida d'aller récupérer leurs billets au guichet. N'importe quoi pour rester occupé. Tout en avançant dans le hall, ses yeux s'attardaient sur les visages qu'il croisait, s'attendant à voir apparaître à tout moment le sourire familier si lumineux.

— Ah, Mr Forrester, dit une jeune femme très maquillée, portant un foulard aussi rouge que ses lèvres. Voici vos billets. J'ai aussi un paquet pour vous.

Le visage de Louis se vida de toute couleur et il

s'immobilisa, pâle et tremblant. L'employée lui tendit une enveloppe brune sur laquelle il reconnut aussitôt l'écriture d'Audrey. Le cœur battant, il l'ouvrit et en sortit le lapin de Leonora accompagné d'un mot. Il n'eut pas besoin de le lire pour comprendre car la petite peluche flétrie était assez éloquente. Les yeux voilés par l'angoisse, il se contraignit à regarder la feuille de papier.

Pardonne ma faiblesse. Je ne cesserai jamais de t'aimer. Jamais.

Sa gorge se noua et il fut incapable de dissimuler davantage son désespoir. La jeune hôtesse le contempla avec stupéfaction. Elle n'avait encore jamais vu un homme pleurer.

26

Quand Cecil rentra le soir, il se dirigea aussitôt, comme à son habitude, vers le flacon de whisky. Au passage, il déposa un baiser sur la joue froide de sa femme sans savoir à quel point il avait été près de la perdre.

— Où est Louis ? demanda-t-il, étonné de ne pas entendre le piano et de ne pas trouver sa femme toute rose d'émotion mal déguisée.

Pour la première fois, Audrey remarqua l'amertume de sa voix. Elle s'empara d'un magazine qui traînait sur la table.

— Il est parti, dit-elle, avant de disparaître par la porte ouvrant sur le jardin.

Cecil la suivit.

— *Parti ?* s'exclama-t-il, stupéfait. Que veux-tu dire ? Louis est allé s'installer au club ?

— Non. Il est retourné en Angleterre.

Elle avait pleuré toute la journée. Elle avait espéré d'abord qu'il serait venu la chercher puis, changeant d'avis, qu'il s'était bien embarqué et qu'il était parti pour de bon. Après un long bain, elle avait réussi à se recomposer pour affronter son mari et le premier jour du reste de sa vie.

— Il n'a même pas dit au revoir, balbutia Cecil.

L'alcool commençait à éroder cette éloquence pour laquelle on l'avait tant admiré autrefois.

— Oh, il l'a fait. Je lui ai donné Vieux-Lapin pour qu'il le rapporte à Leonora, répondit-elle d'une voix qu'elle espérait insouciante, masquant de son mieux ses accents de désespoir.

Elle sortit dans le soleil et se mit à retirer les fleurs fanées en cachant son visage.

— Ah, tu as fini par le retrouver ! J'en suis bien content.

— Oui, Leonora sera enchantée.

Cecil s'installa sur la terrasse.

— Je me demande pourquoi il nous a quittés aussi subitement.

— Tu connais ton frère mieux que moi, répondit-elle. La dernière fois, déjà, il était déjà parti sans prévenir.

Cecil se raidit et, soudain attentif, la regarda aller et venir tristement dans le jardin.

— Je vois, dit-il sourdement après avoir vidé son verre d'un trait. Je suppose que nous ne le reverrons pas de sitôt, à présent.

Audrey cilla, incapable de parler. Elle se dirigea vers le coin le plus éloigné du jardin à la recherche d'autres fleurs fanées, mais il n'y avait là que des fougères et des arbustes. Cecil se leva et rentra dans la maison. Elle fut soulagée de se retrouver seule.

Ce n'était pas une coïncidence. Malgré l'alcool embrumant son esprit, Cecil savait qu'il avait toutes les raisons de se sentir profondément reconnaissant.

Edna fut la première à réagir quand la nouvelle du départ de Louis se répandit comme une traînée de poudre dans la communauté. La soirée était déjà avancée et Audrey se préparait à se coucher lorsque sa tante se présenta à la porte.

— Je voudrais voir Audrey, annonça-t-elle à Cecil.

En le voyant pris de boisson, elle songea que sa nièce avait peut-être décidé de partir avec Louis comme elle avait menacé de le faire.

— Où est-elle ?

— Dans sa chambre en haut, en train de se préparer pour la nuit. Elle est fatiguée et les filles lui manquent, répondit Cecil d'un ton neutre.

Edna poussa un profond soupir de soulagement.

— Ah ! Je vais monter la voir, alors.

— Comme vous voudrez. Vous ne la trouverez pas très causante ce soir, je le crains.

Tante Edna nota la sourde colère qui vibrait dans sa voix. Elle se demanda jusqu'à quel point il ignorait la vérité.

Assise dans l'embrasure de sa fenêtre, Audrey contemplait le jardin, le visage vide. Edna se précipita pour la prendre dans ses bras.

— Ma chère enfant, lui dit-elle d'une voix douce en l'étreignant. Je sais combien tu dois souffrir, mais tu as fait ce qu'il fallait faire. Tu es très, très courageuse. Je sais quelle force il t'a fallu pour agir ainsi.

Audrey enfouit son visage contre l'épaule de sa tante et se mit à sangloter.

— Tu vas souffrir encore un certain temps, reprit Edna, puis la douleur s'atténuera. Mon cœur souffre toujours du départ de Harry, mais je ne ressens plus la douleur.

— À quoi bon vivre sans amour ? murmura Audrey. Quel est le sens de tout cela ?

— Tu as tes enfants à aimer.

— Mais elles ne sont pas là.

Sa voix était à peine audible.

— Tu iras les voir.

— À quoi bon ? Quelques semaines par-ci, quelques semaines par-là ? Où iront-elles se réfugier quand elles seront malheureuses ? À qui pourront-elles exprimer leurs craintes, leurs soucis ? Quelqu'un d'autre me remplacera dans leur vie. À quoi bon avoir des enfants si on ne peut pas les élever ?

— Audrey, ces paroles n'ont pas de sens. Tu dois te reprendre.

Tante Edna la saisit par le bras et la regarda d'un air déterminé.

Audrey leva les yeux vers le regard compatissant de sa tante.

— Je ne peux pas.

— Je sais que tu éprouves encore un profond intérêt pour Cecil. Même si tu ne t'en rends pas compte pour l'instant. Il t'aime tant, ma chérie. Regarde ce que tu as fait de lui. Il boit et perd toute confiance en lui. C'était un jeune homme si séduisant ! Il a besoin de toi. Ne le comprends-tu pas ?

— Il me repousse.

— C'est à toi de le reconquérir. Vous devez impérativement vous retrouver. N'êtes-vous pas unis pour la vie ?

Voyant qu'Audrey baissait la tête en gémissant, elle reprit :

— N'oublie pas le vieil adage : *Mieux vaut avoir aimé et perdu son amour que de n'avoir jamais aimé*. Je préfère huit ans de vie amoureuse avec Harry qu'une vie entière dont il aurait été absent. Tu as vécu quelque chose d'exceptionnel et aimé à la limite de tes capacités. On ne peut pas toujours tout avoir. Montre-toi reconnaissante pour tes enfants. Certaines femmes sont stériles, d'autres les perdent comme ta mère a perdu Isla. Ne garde pas les yeux fixés sur ce que tu n'as plus, mais fais plutôt le compte de ce que tu as. (Son visage s'éclaira d'un sourire.) Tu as le choix : continuer à souffrir ou, au contraire, tirer le meilleur parti de ta vie. Aujourd'hui, tu as fait ce qu'il convenait de faire et tu apprécieras la valeur de cette décision le moment venu. Dès demain, tu dois entreprendre de consolider ton mariage et commencer à oublier Louis.

Mais les souffrances d'Audrey étaient encore trop vives et la perte de l'homme qu'elle aimait trop proche pour l'oublier. Après le départ de sa tante, elle s'enfouit sous les draps, pleura encore tout son soûl et finit par se laisser couler dans un sommeil sans rêves.

Il faisait nuit quand Cecil pénétra dans son dressing-room. Il alluma la lumière et referma doucement la porte derrière lui pour ne pas réveiller sa femme qui dormait derrière la porte voisine. Il se dirigea vers sa table de toilette. Apercevant son reflet dans le grand miroir ovale, il se frotta le menton, consterné. Son visage vieux, usé, avait le teint congestionné, la peau rêche. Le coin de ses yeux s'était affaissé, son blanc devenu jaunâtre. Un pli amer crispait sa bouche. Il avait l'air manifestement en mauvaise santé.

En soupirant, il saisit la bible reliée de cuir devenue depuis quelque temps son livre de chevet. Puis il ouvrit un tiroir et en sortit une petite clé. Méticuleux, il avait besoin que chaque chose soit à sa place. Enfin il ouvrit la petite boîte de noyer dans laquelle il rangeait ce qui comptait beaucoup pour lui, se dirigea vers le fauteuil et s'y installa. Il ouvrit la bible à la page marquée d'un ruban doré et se mit à lire. Il lut jusqu'aux premières heures du jour. Chaque verset élevait et renforçait son âme. Mais il y en eut un en particulier qui le fit soupirer profondément car il semblait exprimer l'essence même des dix dernières années de sa vie. Ce verset l'interpellait et restait gravé en lui jusqu'à devenir une sorte de mantra qu'il ne cesserait de se répéter paisiblement. Quand l'aube alluma des lueurs dans le ciel et que les oiseaux se mirent à chanter, annonçant le début d'un nouveau jour, il tourna la petite clé et sortit de la boîte de noyer un morceau de papier plié. Il parcourut des yeux ce qui y était écrit. L'encre de Louis avait un peu pâli au cours des années mais les mots n'avaient rien perdu de leur force. Prenant un crayon, Cecil copia le verset de la Bible au bas de la page. Il l'étudia un long moment avant de replier la feuille et de la remettre dans la boîte. Après quoi, il referma le couvercle et rangea la clé à sa place.

Les semaines suivantes s'écoulèrent lentement. Audrey se lança dans la routine quotidienne pour se consoler. Elle cherchait à s'occuper, inventant des tâches pour meubler les heures vides. Le temps se traînait comme si les aiguilles de l'horloge étaient alourdies par le chagrin. Le ciel devint gris et orageux et des pluies torrentielles s'abattirent sur la plaine qui en fut détrempée. L'humidité était étouffante. Audrey évacuait sa peine et sa frustration en concentrant toute son énergie sur l'argenterie ou les objets en cuivre à astiquer, sur les vieilles armoires qu'il fallait ranger. Elle jeta dans de grands conteneurs destinés aux œuvres de charité les vêtements qu'elle avait accumulés au cours des années et dont certains n'avaient jamais été portés. Finalement, elle alla chez le coiffeur et fit couper ses boucles soyeuses.

Puis elle interpréta une dernière fois la sonate bien-aimée. Ce fut l'occasion d'une cérémonie dont elle était la seule à connaître le rituel. Elle tira le tabouret, s'assit, ouvrit le couvercle du piano et posa délicatement ses doigts sur les touches. Les yeux fermés, elle prit trois longues inspirations. Chaque fois qu'elle expirait l'air, elle sentait la tension se dénouer et fut enfin libérée des douleurs physiques causées par son âme brisée. Mais les blessures intérieures, elles, ne guériraient jamais. Ses doigts se mirent lentement en mouvement sur les touches.

Elle se revit jeune fille, quand l'amour avait jeté ses filets autour de son cœur afin de le prendre au piège pour la première et l'unique fois. Elle revit le beau visage de Louis, ses yeux contredisant l'assurance qu'il affichait. Elle imagina son sourire, large et captivant avant que la déception ne vienne couper les ailes de ses espérances. Elle sentit de nouveau ses baisers qui avaient le pouvoir de faire disparaître le monde matériel pour la transporter dans le monde irréel des rêves partagés. Puis, quand elle fut réveillée de cette solennelle méditation, elle referma le couvercle du piano. *Laissons la poussière retomber sur lui,* décida-t-elle. *Jamais plus, je ne ferai de musique.*

Au moment où Audrey pensait ne jamais émerger de son désespoir, le destin lui apporta une bénédiction qu'elle n'aurait jamais osé imaginer. Un enfant de Louis. Quand elle découvrit qu'elle était enceinte, elle posa sa main sur son ventre avec une impudeur qui n'était guère dans son caractère, un tendre sourire se dessina sur ses lèvres et son esprit qu'elle avait cru mort se mit à revivre et à frémir d'excitation. Quelque chose de Louis grandissait dans son sein. Un morceau de lui serait toujours avec elle et, si Dieu le voulait, rien ne pourrait le lui enlever. Cet enfant ne serait pas envoyé au-delà des mers pour y être éduqué à l'anglaise. Elle avait appris sa leçon. Elle ne le permettrait pas. Conçu avec l'amour le plus pur qui se trouve sur terre, cet enfant ne pouvait qu'être spécial. Elle venait de se voir offrir un nouvel avenir par la grâce de Dieu. Un avenir radieux et plein de joie. Ce n'était plus un abîme qu'elle contemplait, mais un vaste horizon avec d'infinies possibilités. *Ce sera une fille,* se dit-elle, *et je l'appellerai Grace.*

Ce n'est qu'après avoir savouré pendant quelque

temps ce miracle de la Fortune qu'elle songea à son mari. Son sourire s'effaça et fit place à l'anxiété quand elle réfléchit à ce qu'elle allait lui dire. Il faudrait lui avouer la vérité. Il n'y avait aucun moyen de l'éviter. Il saurait que l'enfant n'était pas de lui et elle ne pouvait invoquer l'Immaculée Conception. Elle était extrêmement effrayée. Non à l'idée qu'il puisse la rejeter ou qu'il se mette en colère, mais à la perspective de le blesser.

Cecil ne rentra que tard, fatigué, les épaules voûtées tandis qu'il parcourait l'allée menant à la porte de devant. Audrey avait été si absorbée par ses propres problèmes qu'elle n'avait pas remarqué la détérioration de son état. Il avait l'air brisé, abattu et elle eut un élan du cœur pour lui. Elle se trouvait dans l'entrée en train de se ronger les ongles quand il entra. L'expression de son visage ne changea pas et il se contenta de la regarder impassiblement, comme s'il était las de l'aimer et de ne pas être aimé en retour. Comme s'il était las d'essayer encore.

— Il faut que nous parlions, lui dit-elle.

— Très bien, répondit-il d'un ton résigné.

Peut-être allait-elle lui annoncer qu'elle le quittait. Il n'en aurait pas été étonné. Il la suivit au salon et se dirigea vers le whisky comme il le faisait chaque soir, à peine conscient de son geste et certainement incapable de modifier cette habitude, même s'il le désirait. Il s'assit dans un fauteuil et but une gorgée de son verre.

— Eh bien, qu'as-tu à me dire ?

Audrey soupira. Elle ne savait comment s'exprimer pour le préparer au choc.

— J'attends un enfant, dit-elle enfin, sans manifester d'émotion.

Il la contempla un long moment, apparemment insensible, mais ses joues se marbrèrent de rouge comme si elles le brûlaient.

— Je vois, dit-il enfin.

— Je te dois une explication, commença-t-elle.

— Il n'y a rien à expliquer, Audrey.

Il leva la main pour lui intimer de garder le silence et elle obéit sans protester. Puis il se leva et alla s'accouder à la cheminée, les yeux fixés sur les ombres, se remémorant le verset de la Bible dont il tirait sa force. Confronté à la réalité d'une aventure d'Audrey avec son frère, ses soupçons s'en trouvaient confirmés. Mais elle ne l'avait pas quitté. Pour une raison quelconque, elle avait laissé Louis partir seul. Avec un frisson, il se souvint de cette matinée où il avait découvert la disparition de Louis et le mot qu'il lui avait laissé. C'était une occasion en or de racheter sa propre faute et d'apaiser le sentiment de culpabilité qui le rongeait depuis lors. Audrey le plaçait devant une croisée de chemins. Il pouvait suivre la voie déjà tracée avec elle et le bébé, ou la quitter et partir seul. Il avait le choix.

C'était oublier sa noblesse de caractère. Il se raidit, rejeta les épaules en arrière et se sentit soudainement fort, comme on peut l'être quand on agit avec altruisme et bonté.

— Nous attendons un autre enfant. C'est une

bénédiction du ciel, dit-il enfin et il la regarda avec des yeux brillants de détermination.

Audrey battit des cils, pleine de confusion, mais il alla jusqu'à elle et l'embrassa. Elle tressaillit et retint son souffle, les yeux fixés sur lui avec stupeur, ne sachant comment réagir.

— As-tu téléphoné à ta mère ?

Elle sursauta et tenta de se ressaisir, mais elle se sentit submergée de honte et fondit en larmes.

— Ne sois pas si bouleversée, Audrey. Un enfant est toujours un don du ciel. Ce n'est pas le moment des larmes, mais celui de la joie.

— Je suis tellement désolée, bégaya-t-elle.

Mais il fit mine de n'avoir rien entendu.

— Je suggère que tu téléphones à ta mère tout de suite afin que nous partagions cette bonne nouvelle.

— Mais... Cecil...

— Et il faudra également avertir les jumelles qu'elles auront un petit frère ou une petite sœur. Je suis certain qu'elles seront ravies, tout du moins Leonora.

Audrey se rendit compte qu'il était inutile de poursuivre la lutte. Elle s'adossa sur les coussins et essuya ses larmes avec la manche de sa blouse.

— Comment te sens-tu ? demanda-t-il.

— J'ai connu mieux, répondit-elle en reniflant.

— Physiquement, je veux dire.

— Je n'ai mal nulle part, si ce n'est à l'âme.

— Tu devrais te coucher de bonne heure. Je dormirai dans mon dressing-room. Tu te sentiras mieux demain matin.

Il se dirigea vers la porte puis se retourna et la

regarda posément, un regard terne qui avait autrefois reflété tant d'amour.

— Certaines choses sont trop douloureuses pour qu'on les regarde en face, Audrey. Si on en a la force, on peut toujours s'imaginer qu'elles n'ont pas existé. (Il releva le menton et poursuivit d'une voix très calme :) Tu portes *mon* enfant, Audrey. Aucune autre discussion n'est nécessaire. Ce sera *notre* enfant et nous l'élèverons ensemble. Je ne veux plus reparler de cela, jamais. Quant à mon frère, je ne veux plus jamais le revoir, ni dans ce monde ni dans l'autre.

Audrey le regarda sortir et retrouva son souffle.

Elle ne savait pas si elle avait jamais aimé son mari mais, à partir de cet instant, elle eut pour lui une profonde admiration. Il avait dû tout deviner de son aventure mais jamais il ne s'y était opposé traitant toujours son frère avec une égale courtoisie. Il venait d'accomplir l'acte le plus noble jamais demandé à un homme. Il avait choisi d'élever l'enfant de Louis comme si c'était le sien. Audrey se mit de nouveau à pleurer, mais cette fois de gratitude.

Grace vit le jour, comme ses sœurs et sa mère avant elle, à l'hôpital de la Congrégation-de-Marie. Mais, à la différence de tous les bébés que le docteur avait mis au monde, elle naquit avec un sourire sur ses jolies lèvres roses et un regard entendu, celui d'une vieille femme ayant déjà vu tout ce que le monde peut offrir. Elle ne poussa pas de cris comme Alicia et ne pleura pas comme Leonora. Elle se contenta de regarder sa mère avec curiosité et avança sa petite main pour toucher son visage. Audrey la prit dans ses bras et l'embrassa, des larmes de joie ruisselant sur ses joues jusque sur le corps du bébé nouveau-né.

— Puis-je appeler votre mari ? demanda le médecin, mais Audrey lui fit signe que non.

— Je voudrais rester seule avec Grace un petit moment, dit-elle. Quelques minutes seulement. Ensuite vous pourrez l'appeler.

Elle demeura un long moment assise dans son lit, tétanisée par les traits de son enfant qui reproduisaient fidèlement ceux de l'homme qu'elle aimait.

— Tu es pour moi quelqu'un de très particulier, plus que n'importe qui d'autre au monde, murmura-t-elle en regardant l'enfant battre de ses petites paupières. Tu ne sauras jamais qui est ton véritable père mais cela n'a pas d'importance parce que ton esprit est issu de lui et le sera toujours. Tu porteras son souvenir dans ton sourire et dans tes yeux si semblables aux siens, et tu seras heureuse car je t'aimerai pour deux. Pour nous deux, mon amour. Cecil t'aimera lui aussi, à sa manière. Jamais je ne te décevrai, Grace, ni ne t'abandonnerai comme je l'ai fait pour ton père et tes demi-sœurs. Je te le promets.

Quand Cecil posa les yeux sur l'enfant, il nota aussitôt sa ressemblance avec Louis et sut, d'instinct, que Grace lui serait toujours étrangère, comme son père. La petite avait dans les yeux la même expression détachée que lui, plus prononcée encore, un air d'intelligence presque gênant, comme si elle pouvait lire dans son âme. Cecil secoua la tête et rit bruyamment. Comment une enfant qui venait de naître pouvait-elle avoir un regard si pénétrant ? C'était impossible et il devait être fou d'avoir pu imaginer une chose pareille. Il s'écarta et regarda sa femme. Elle lui sourit timidement et Cecil lui retourna son sourire. Après avoir pris de ses nouvelles, il alla téléphoner à sa mère. Il aimait toujours Audrey mais superficiellement. Elle avait sapé sa confiance et bafoué l'affection qu'il lui avait portée. La question qui le tourmentait à présent et qui lui rongeait le cœur était de savoir si elle l'avait jamais aimé. Il n'osait le lui demander de crainte de s'entendre répondre par la négative.

Grace se révéla en effet une petite fille tout à fait particulière. Alicia et Leonora ne retournant en Argentine qu'une fois par an pour Noël, elle grandit comme une enfant unique, entourée par sa mère et tolérée par son père, gâtée par sa grand-mère et sa grand-tante Edna, trop heureuses toutes deux d'avoir un nouvel enfant à aimer. Quand Grace devint une fillette svelte et éthérée, avec de longs cheveux aussi pâles que ceux d'un ange et le pas léger d'une fée, Alicia en conçut de la jalousie et la tourmenta. Mais, à la différence de Leonora, Grace montrait une certaine insensibilité à ses taquineries. Elle se contentait de considérer Alicia avec pitié, comme si elle pouvait lire dans les recoins sombres de sa vilaine nature et deviner les luttes qui en découleraient. Leonora ne demandait qu'à l'aimer, mais Grace se montrait réservée. Elle n'avait pas besoin d'amitié. L'air lui suffisait pour respirer et le jardin pour jouer car elle racontait qu'il était rempli de fées. Leonora en éprouva une certaine jalousie et souffrit de voir sa petite sœur se blottir dans les bras de sa mère bien-aimée qui semblait n'avoir d'yeux que pour elle.

Quand elle regagna l'Angleterre à la fin des vacances, sa mélancolie prit une forme nouvelle. Dorénavant sa maison n'était plus ce qu'elle avait été car les attentions de sa mère ne lui étaient plus exclusivement réservées, pas plus qu'à Alicia. Sa sœur Grace était différente et cette différence pouvait bien être aussi vaste que l'océan car Leonora ne parvenait pas à la rejoindre.

Ainsi Grace grandit dans l'air raréfié d'Hurlingham auprès de sa mère qui l'emmenait pique-niquer sous les eucalyptus odoriférants, faire de longues randonnées à cheval dans la pampa ou poursuivre des autruches à La Magdalena, l'estancia de Gaitano. Audrey lui apprit à reconnaître les lièvres sauvages, les plantes et les fleurs qui poussent dans la plaine fertile. Elle écoutait en retour sa fille lui parler des esprits qui l'accompagnaient tout au long de son chemin sur terre. « Nous avons tous un ange qui veille sur nous, disait-elle. Le mien est grand avec une peau brune et des plumes dans les cheveux. Il s'appelle Totem. J'ai beaucoup d'amis dans le monde des esprits et je ne suis jamais seule. »

Audrey la croyait car si jamais elle égarait un objet à la maison, il lui suffisait de s'adresser à Grace qui consultait son ange et l'objet perdu était immédiatement retrouvé. Elle l'entendait parler dans sa chambre après qu'elle l'ait bordée dans son lit. Elle racontait les événements de la journée comme si elle partageait sa chambre avec une foule de camarades. Pourtant Grace n'avait pas d'autres amis que sa mère et les esprits nés de son imagination.

Grace était naturellement douée pour le piano et exaspérait le professeur qui venait tous les lundis soir. Elle entamait une partition en suivant scrupuleusement les indications puis, soudain, déviait vers une improvisation personnelle. Il lui suffisait d'entendre un air pour le reproduire et il fallait un certain temps à son professeur pour remarquer qu'elle brodait sur cette mélodie sans changer de ton. Elle était capable d'imiter à la perfection Mozart, Bach ou Beethoven et, brusquement, d'enchaîner avec une création toute personnelle.

— C'est la musique des esprits, disait-elle, en affirmant qu'ils dansaient dans le salon pendant qu'elle jouait.

Son professeur hochait la tête avec irritation en assurant que les esprits n'existent pas.

À quoi Grace répondait :

— C'est que vous ne les voyez pas, chère Miss Horner.

Un jour, riant aux éclats, au grand désarroi de cette pauvre Miss Horner qui ne comprenait pas cette étrange élève, elle lui dit :

— Il y a dans le coin là-bas un petit esprit qui sourit de mon impertinence. Accélérons un peu pour faire bouger ses petits pieds !

Miss Horner démissionna au bout de quelques mois et un nouveau maître de musique arriva. Audrey prit soin de recommander à sa fille de « garder pour elle l'existence de ses petits amis car tout le monde n'était pas obligé d'y croire ».

Bref, Grace était une enfant heureuse. Elle riait souvent et semblait n'avoir peur de rien. D'instinct, elle sentait que les gens méchants étaient des gens malheureux, souvent amers, jaloux ou pleins de haine, défauts nés de la misère ou du dégoût de soi. Au lieu de réagir à leur égard avec agressivité, elle se montrait pleine de compassion, réaction plutôt inhabituelle pour une si petite fille. Elle ne semblait pas affectée par les troubles habituels aux enfants car elle continuait à s'entretenir avec ses amis les anges. Elle se montrait très autonome, indépendante, et disparaissait souvent pendant des heures, exactement comme sa mère le faisait enfant, pour réapparaître avec le sourire, ses longs cheveux bouclés agités par un mouvement d'insouciance.

Le soir, quand sa mère l'avait embrassée, un charmant esprit faisait régulièrement son apparition avec de longues boucles dansantes et un sourire tendre et malicieux. Il s'asseyait au bord du lit et caressait le visage de Grace, veillant affectueusement sur elle. Grace adorait cet instant et lui racontait tout ce qui lui passait par la tête. L'esprit écoutait patiemment avant de lui envoyer le sommeil par un simple baiser sur le front.

Cecil traitait Grace avec précaution car il lui semblait qu'elle savait pénétrer son âme. Il prit soin de dissimuler les bouteilles d'alcool et de boire de la vodka qui ne parfumait pas son haleine. Sinon, elle le regardait de ses grands yeux si perspicaces en disant :

— Papa, si tu souriais davantage, tu n'aurais pas

besoin de cette médecine que tu prends tout le temps. Un sourire guérit de tout.

Il ne se sentait pas proche d'elle car elle semblait ne pas avoir besoin de lui. Et, à travers sa vision embuée par l'alcool, elle lui rappelait constamment Louis.

Audrey aussi pensait à Louis chaque fois qu'elle regardait sa fille. Elle aurait tant voulu qu'il puisse voir la divine créature qu'ils avaient conçue ensemble et elle remerciait le ciel d'avoir conservé cette part de lui, même si elle avait rêvé de plus encore. Elle pleurait quand elle se retrouvait seule ou qu'elle allait au théâtre car personne ne pouvait voir ses larmes dans l'ombre. Lorsque l'orchestre jouait, elle se remémorait Louis et son amour de la musique — un amour dont Grace avait hérité. Elle le sentait tout proche, bien qu'ils ne soient jamais allés ensemble au Colón. Elle s'achetait des disques de tango qu'elle écoutait quand Cecil était sorti ou que Mercedes dormait. Elle tirait les rideaux et dansait tout autour de la pièce, s'imaginant dans les bras de Louis sous les jacarandas violets, au printemps de leur amour.

Grace était habituée aux soudains accès de mélancolie de sa mère. Elle se dissimulait dans le couloir et l'observait à travers l'entrebâillement de la porte ou, si celle-ci était fermée, par le trou de la serrure. Elle aimait beaucoup ses danses solitaires. Le secret dans lequel elles se déroulaient avait quelque chose de sombre et d'attirant — sa mère prenait beaucoup de précautions pour s'assurer qu'elle était seule — et cette cérémonie l'émouvait profondément car Audrey pleurait souvent en dansant, des larmes qui pour Grace représentaient un mystère. Elle avait interrogé ses esprits amis sur les raisons de ce chagrin, mais ils ne semblaient pas disposés à lui répondre.

Ignorant qu'elle était observée, Audrey ne réalisait pas à quel point ses danses impressionnaient son enfant. Grace ne lui posait jamais de questions pour ne pas dévoiler qu'elle en était témoin car elle comprenait instinctivement que sa mère avait besoin de ces moments de liberté. C'était une question de survie.

Mais, plus fascinant encore, il y avait ce petit carnet recouvert de soie qu'Audrey dissimulait dans le tiroir où elle rangeait ses sous-vêtements. Quand elle l'ouvrait, sa plume restait en suspens sur la page. De loin, Grace plissait les yeux pour essayer de lire ce qu'elle écrivait. Elle voyait le visage de sa mère pâlir alors et ses yeux se remplir de larmes, comme lorsqu'elle dansait. Puis elle restait assise à réfléchir un long moment et Grace la regardait, contenant difficilement sa curiosité.

Un jour qu'Audrey était sortie et que Mercedes était occupée à cuire un gâteau à la cuisine, elle se glissa dans la chambre et ouvrit le tiroir contenant le carnet secret, enfoui sous des caracos de satin et des bas. Grace s'en empara avec des doigts tremblants. Elle ressentit aussitôt la tristesse et la déception qui s'en dégageaient et son propre esprit s'assombrit. Elle respira à fond et tenta de s'en détacher. Le don qu'elle possédait s'activait parfois sans qu'elle puisse le contrôler. C'était un exquis petit carnet recouvert d'une soie aux tons profonds de rouge et de vert mêlés à des fleurs bleues.

Fermé par une cordelette verte aux extrémités terminées par des glands de soie, il était doux au toucher et brillait à la lumière comme des cheveux d'ange.

Grace s'assit dans l'embrasure de la fenêtre et défit lentement le petit ruban de satin. Un instant elle faillit renoncer, se sentant coupable d'avoir pénétré ainsi le monde intime de sa mère. Celle-ci lui aurait montré le carnet si elle avait voulu que Grace en ait connaissance. Mais la curiosité finit par l'emporter. Elle découvrit sur la première page un titre qu'elle fut incapable de comprendre. Les sourcils froncés, elle contempla les mots écrits bien nettement de la main de sa mère, des mots qui ne signifiaient rien pour elle.

Bien sûr, Grace savait que les fleurs appelées « ne m'oubliez pas » étaient des myosotis comme celles tissées dans la soie de la couverture. Elle comprit instinctivement qu'il y avait derrière cela un sens plus profond qui lui échappait. Elle tourna la page, espérant découvrir des notes qui l'éclaireraient.

Mais elle n'y trouva que la trace d'une larme et une succession de petits points marquant les diverses tentatives de sa mère pour commencer une phrase. Avec un soupir, Grace contempla ce titre qui l'intriguait. *La Sonate de l'oubli*.

Qu'est-ce que cela pouvait bien vouloir dire ?

Troisième partie

27

Angleterre, 1971

Assis sous un pommier du verger, Florien contemplait le soleil du soir baigner d'une lumière dorée le sommet du mur. Le vent lui apportait l'écho lointain des moissonneuses, l'odeur des champs labourés et des feuilles pourrissantes annonçant l'approche de l'hiver et ses mois gris. Il choisit une pomme dans le panier à côté de lui, rempli de fruits récoltés pour le cellier de Mrs Weatherby, et mordit dedans. Son père disait toujours que les fruits déjà attaqués par les guêpes et les abeilles étaient les meilleurs et il avait bien raison. Cette pomme couverte de petits trous laissés par des insectes affamés était la plus douce qu'il ait jamais mangée. Pendant qu'il la croquait, son esprit dérivait paresseusement vers Leonora et Alicia Forrester.

Leonora l'avait aidé toute la journée. Il aimait bien cette fille. C'était maintenant une adolescente de dix-sept ans bien en chair, avec une taille fine, des seins et un postérieur épanouis. Elle avait de jolis yeux bleus, un sourire désarmant et un visage qui avait perdu de son insignifiance pour refléter une nature aimable et douce. Elle ne semblait pas se soucier de son apparence. Ses cheveux étaient tirés en queue de cheval et ses formes dissimulées sous des salopettes et des chemises amples. Elle préférait se salir les mains dans la boue du jardin que de perdre son temps à se maquiller ou à se vernir les ongles. Il pouvait parler avec Leonora. Elle était gentille, compréhensive. Il savait qu'elle l'admirait. Il le voyait dans l'éclat de ses yeux et la couleur que prenaient ses joues quand leurs regards se croisaient. Avec Alicia c'était autre chose. C'était elle qui, maintenant, dominait ses pensées jour et nuit. Elle avait l'allure d'un démon, mais elle le fascinait avec son sourire moqueur et son esprit acéré, se raillant de lui et l'encourageant l'instant plus tard, de sorte qu'il ne savait jamais comment la prendre.

Étendu la nuit dans une sueur poisseuse, la vision de ses traits anguleux le dévorait en pensée, l'emplissant de frustration, d'amour et de haine, autant d'émotions contradictoires qui bouillonnaient dans son cœur et le perturbaient. Il s'en voulait d'être à ce point obsédé par elle. Il avait envie de la pousser contre un mur et de lui faire l'amour violemment pour effacer de ses lèvres ce sourire vaniteux, faire disparaître de ses yeux ce regard de séductrice sûre de son pouvoir, capable de le changer en pierre. À d'autres moments, il aurait voulu l'aimer avec tendresse pour faire fondre son âme d'acier et tenter de découvrir un être doux et compatissant sous une si rude enveloppe. Il rêvait de l'entendre soupirer d'émerveillement en se voyant capable d'aimer. Il aurait voulu découvrir en elle une jeune femme vulnérable, avec les mêmes craintes et les mêmes espoirs que les autres. Mais ce n'était pas une fille comme les autres. Elle semblait ne rien éprouver.

Alicia n'avait nulle envie de l'aider au jardin. La nature l'ennuyait et les gitans aussi. À ses yeux, ce n'était que des provinciaux, et pauvres de surcroît. Quant à elle, elle épouserait un duc, pas moins, et vivrait dans une majestueuse demeure. Tante Cicely l'ennuyait également car elle l'obligeait à l'aider à la cuisine, ce qu'Alicia détestait. Elle n'aimait pas se salir les mains avec de la farine ou la chair d'un poulet. Elle se rendait parfaitement compte que Marcel était un parasite qui exploitait sa tante, encore trop amoureuse pour le lui reprocher. En l'absence de Cicely, elle flirtait avec lui dans l'espoir de prouver la justesse de sa théorie. Mais elle fut humiliée de constater que Marcel, pourtant proche d'elle par l'âge, se contentait de sourire ironiquement et d'écarter ses avances d'un mouvement de ses pinceaux.

— Petite fille, si tu veux absolument séduire quelqu'un, va trouver un gitan. Ils t'en seront reconnaissants. Après tout, ils n'ont pas d'autres sujets de conversation que leurs légumes, avait-il conclu avec son épouvantable accent français.

Alicia se promit de se venger de lui. *Comment peut-on oser me parler ainsi*, songeait-elle avec colère. Mais il avait peut-être raison. Séduire un gitan pouvait se révéler amusant.

Sachant que Leonora adorait Florien, Alicia soigna son plan. Elle les observa tandis qu'ils préparaient les semis, parlaient du temps, de la terre et de la moisson, riaient avec cette aisance que seuls partagent de vieux amis. L'idée de se glisser entre eux lui parut irrésistible. Elle savait que Florien la désirait. Après tout, c'était un homme et tous les hommes n'étaient pas comme Marcel. Étendue au soleil d'automne et croquant une barre de chocolat, elle observait sa proie, consciente qu'il se savait épié — ce qui suffisait déjà à allumer une étincelle d'excitation dans son joli corps.

Elle n'avait pas encore eu d'expérience sexuelle. La virginité était un mot qu'elle détestait car il était synonyme d'inexpérience et de vulnérabilité. Elle désirait s'en débarrasser aussi vite que possible et Florien faisait un bon candidat car il était séduisant. Grand, fort, avec de beaux cheveux lustrés et des yeux sombres et brillants, le regard ombrageux sous sa frange. Renfermé et taciturne, il pouvait passer pour le héros morose de ces romans qu'elles se repassaient à l'école. Mais il lui manquait l'essentiel — l'argent. Et il n'avait guère de chances de devenir célèbre, ni même d'acquérir un statut convenable. On ne pouvait donc le prendre en considération que pour une seule chose.

— Quelle soirée magique, tu ne trouves pas ? observa-t-elle en s'asseyant dans l'herbe à côté de lui.

Sans répondre, il la regarda prendre une pomme dans son panier et y planter les dents.

— Où est ton assistante ? demanda-t-elle, la bouche pleine.

— Qui ? Leonora ?

— Oui. Le gnome du jardin. Où est-elle ?

— Partie à la jardinerie avec Mrs Weatherby, répondit-il en se demandant ce qu'elle pouvait bien vouloir car ses yeux brillaient d'une lueur trouble.

— Pour rapporter des bulbes, sûrement ? (Elle se mit à rire et nota avec satisfaction que son expression boudeuse s'adoucissait un peu.) Tu passes tes journées à genoux à creuser dans la boue. Elle ne pourrait pas te demander de conduire une moissonneuse ou de faire quelque chose de moins manuel ?

— Je préfère travailler au jardin. Conduire une moissonneuse est assommant.

— Mais c'est plus viril et tu es un homme.

Il détourna les yeux. C'était son habitude : flirter avec lui, puis l'écraser comme une mouche d'été. Il n'était pas d'humeur à se laisser humilier.

— Donne-moi ta main, ordonna-t-elle soudain.

Il rit et secoua la tête.

— Qu'est-ce que tu veux en faire ?

Elle rit à son tour.

— Je veux la sentir. Allons... ne fais pas ton timide. Je ne vais pas te mordre.

N'ayant pas d'autre choix, il lui tendit sa paume. Elle s'en empara et fit courir ses doigts légèrement sur sa surface rugueuse. Il se sentit devenir brûlant à la pensée de ce qu'il pourrait ressentir si elle promenait ainsi ses doigts sur le reste de son corps.

— Tu as des mains de paysan. Délicieusement rugueuses. Seraient-elles capables de sentir combien j'ai la peau douce, ou bien sont-elles trop dures ?

Il rougit et retira sa main, luttant contre l'excitation qui s'emparait de lui. Il prit une autre pomme afin d'occuper ses mains.

— Tu es stupide, répliqua-t-il en mordant dedans.

— Ce n'est pas vrai. Je ne le suis pas du tout, Florien. Simplement curieuse. Quand tu fais l'amour à une femme, est-ce que tu peux sentir quelque chose avec des mains comme ça ?

— Ce n'est pas ton affaire.

Il était à la fois stupéfié et excité par sa hardiesse.

— Si je te laissais caresser mon corps avec ces mains, est-ce que tu percevrais la finesse de ma peau ? J'en prends grand soin. Je me frotte avec des huiles tous les soirs après mon bain et ne porte que des sous-vêtements de soie. Tiens, dit-elle en tendant le bras vers lui, sens comme elle est douce.

— À quoi est-ce que tu joues ? riposta-t-il avec colère en fronçant ses sourcils sombres. Je n'ai pas envie de sentir ta peau. Garde-la pour toi.

Elle prit un air blessé.

— Ce n'est certainement pas ce que tu voulais dire, j'en suis certaine. Ça peut paraître un peu fou, mais c'est l'amour qui fait ça, non ? Tu vois, je me suis dit que je n'avais encore jamais été amoureuse.

Florien n'en croyait pas ses oreilles. Ces paroles jetaient un jour entièrement nouveau sur la situation. Il la regarda avec insistance, désarmé par son apparente vulnérabilité. Elle lui rendit son regard de ses yeux limpides en lui souriant gentiment, comme le faisaient les autres femmes, et il laissa son cœur se gonfler de joie. Son esprit lui recommandait de prendre garde et de rester prudent, mais son sang courait si rapidement dans ses veines qu'il n'entendit pas la petite voix de la raison.

— Moi non plus, je n'ai encore jamais été amoureux, dit-il impulsivement.

— J'ai essayé d'ignorer mes sentiments, Florien, parce que je sais que tante Cicely me tuerait. Elle dirait que je suis trop jeune pour l'amour. Mais j'ai envie de toi, Florien. J'ai envie de toi maintenant.

Elle se mordit les lèvres, sachant instinctivement que son petit discours était maladroit. Mais c'était comme ça que les femmes parlaient d'amour dans les livres qu'elle lisait. De cette lutte ridicule avec leurs sentiments. Mais elle avait évoqué le sexe un peu trop vite, sans doute. Florien était trop surpris par sa déclaration pour s'en apercevoir.

— Je t'aime aussi, répondit-il en se tournant vivement vers elle et en prenant ses mains dans les siennes. J'ai essayé de refouler mes sentiments mais ton visage me tourmente le jour comme la nuit. Je n'arrive pas à l'extraire de ma tête. Tu n'es pas comme les autres. Tu es merveilleuse.

Alicia fut amusée par cette brusque explosion. Elle voulait seulement coucher avec lui et voilà qu'il lui faisait une déclaration enflammée. Elle avait entrouvert la porte d'un pouce et il la faisait sortir de ses gonds.

— Où pourrions-nous aller? demanda-t-elle en retenant un rire.

— De quoi parles-tu?

— Où pourrions-nous aller pour être seuls tous les deux? répéta-t-elle en espérant ne pas précipiter les événements.

Elle ne comprenait pas pourquoi les hommes se pliaient à l'assommant rituel de la cour officielle. Elle avait parfaitement conscience de prendre la direction des opérations et de se conduire comme un homme, ce qui risquait de ne pas plaire à Florien. Elle décida donc de parler à nouveau d'amour.

— Je t'aime, Florien. Je n'aime que toi. Je voudrais être tout contre ton corps, sentir ton cœur contre le mien. Je veux me donner à toi, t'offrir ma virginité pour que tu fasses de moi une femme.

Cette fois, elle fut enchantée de sa trouvaille oratoire et plus encore de la réponse du garçon. Surexcité, il sauta sur ses pieds et lui prit la main.

— Viens avec moi.

Il la conduisit en haut du verger jusqu'à une porte dans le mur ouvrant sur un groupe de granges et de dépendances. Elle réprima un rire et tenta de prendre l'apparence d'une jeune fille vulnérable emportée par l'amour. Florien était si surpris de sa bonne fortune qu'il ne remarqua pas les fausses notes de sa performance.

Il la conduisit dans une grange remplie de balles de foin. Le soleil couchant envoyait des rayons de lumière dorée qui traversaient les planches et jouaient sur les brins de foin, en y allumant des flammes rouge et ambre. Le cœur battant, il l'entraîna tout en haut, là où la couche de foin était le plus épaisse, leur offrant un nid secret et odoriférant pour se découvrir l'un l'autre sans être dérangés. Il se retourna vers elle et la saisit par les épaules. « Es-tu bien sûre ? » demanda-t-il en la caressant tendrement de ses yeux sombres. Alicia réussit à lui adresser un petit sourire timide en hochant la tête. Elle se demanda ce que Leonora aurait répondu et conclut qu'elle n'aurait sans doute pas ouvert la bouche. Aussi se força-t-elle à demeurer pudique et muette.

Florien connaissait son affaire. Il avait couché avec suffisamment de filles pour avoir découvert les secrets du corps féminin. Pourtant il se sentait nerveux. Si Alicia ne l'avait encouragé par les ondulations affolantes de son corps blanc, il n'aurait peut-être pas été à la hauteur. Il la contempla, étendue sur le foin, les yeux mi-clos, tandis qu'il l'embrassait, lui retirait ses vêtements et la caressait, éperdu d'admiration. Elle s'était alors étirée comme un chat dans un rayon de soleil avec la satisfaction d'une femme particulièrement douée pour le plaisir.

Elle était absolument sûre d'elle et, contrairement à bien d'autres filles, n'éprouvait aucune appréhension, aucune inhibition, et s'était abandonnée à lui en souriant. Florien était trop occupé à savourer son plaisir et à profiter de sa chance pour noter l'étincelle de mépris dans les yeux de la jeune fille. Il était persuadé qu'elle l'aimait. Sinon, comment imaginer qu'elle puisse lui offrir un cadeau si précieux — sa virginité. C'était lui qu'elle avait choisi et il en était fier.

Alicia découvrit que le sexe lui plaisait bien. Non seulement il dispensait du plaisir physique, mais c'était là un jeu fort agréable où elle pouvait facilement gagner. La facilité avec laquelle les hommes se laissaient séduire l'amusait. Elle avait déjà compris que la beauté était une arme redoutable dans un monde obsédé par les apparences. À présent, elle savait que le sexe représentait la quête ultime des hommes. À cause de lui, ils perdaient la tête. Rongés par leurs désirs, ils se mettaient en état de soumission et elle ne les en méprisait que davantage tout en comptant en profiter. Étendue dans les bras de Florien, elle se laissait embrasser et caresser tandis qu'il lui répétait combien elle était jolie et combien il avait aimé la posséder. Sans vraiment l'écouter, elle se mit à rêver à l'argent et au statut social que sa beauté allait lui permettre d'acquérir. Quand tout fut fini, elle sourit largement comme un chat satisfait et quitta son nouvel amant sans un remords.

Florien fut malheureux quand Alicia dut retourner en pension.

— Encore une année, lui dit-elle sur un ton badin. Ensuite nous pourrons passer toute notre vie ensemble.

— Je n'aimerai jamais personne comme je t'aime, Alicia. (Il retira la médaille de saint Christophe qu'il portait constamment autour du cou depuis toujours.) Tiens, prends-la.

— Qu'est-ce que c'est ? demanda-t-elle en plissant le nez. C'est joli ? Laisse-moi voir.

Elle prit la chaîne d'or dans sa main, elle lui plaisait beaucoup.

— Cela te portera chance.

— Ah bon ! s'exclama-t-elle en soulevant son épaisse chevelure pour qu'il puisse l'attacher à son cou avant d'embrasser ce coin de peau blanche habituellement dissimulé sous ses boucles.

Elle se mit à rire.

— Je t'aime vraiment, soupira-t-il avec satisfaction.

— Je sais, Florien. Tu es terriblement gentil, dit-elle avec aisance.

— Quand reviendras-tu ?

— Dans quelques semaines. Ensuite, ce sera Noël et je rentrerai chez moi pour les vacances. Il faudra que tu trouves un autre endroit pour nous aimer quand les balles de foin auront été sorties de la grange.

— Ne t'inquiète pas. Je trouverai quelque chose de plus confortable. Nous nous tiendrons chaud pendant l'hiver.

— C'est ça, répondit-elle en s'efforçant de manifester un peu d'enthousiasme.

Elle n'aimait pas tellement les conversations romantiques et savait que ce n'était pas son fort. Mais elle se rendait compte que si elle ne jouait pas le jeu, il s'intéresserait moins à elle et ne serait peut-être pas aussi disponible. De plus, elle avait vu que Leonora faisait triste figure et cela corsait encore le jeu.

Sa sœur, en effet, avait remarqué l'ardeur mal déguisée de Florien pour Alicia. Elle en était blessée car elle adorait sincèrement le petit gitan, espérant secrètement qu'il lui réserve les mêmes faveurs. Mais, selon son habitude, elle ne blâmait pas Alicia, reconnaissant la supériorité de sa sœur dans tous les domaines et s'inclinait avec élégance devant elle. Alicia était belle, douée, séduisante, toutes choses qui lui manquaient. De toute façon, elle l'adorait. Si Alicia voulait Florien, elle ferait tout ce qu'elle pourrait pour faciliter leur relation.

Cependant cette générosité avait un prix. Elle n'était pas immunisée contre la tristesse de se voir une fois de plus laissée pour compte, ignorée, solitaire. Elle se languissait de sa maison, de l'amour inconditionnel et sécurisant de sa mère, tout en sachant parfaitement qu'elle ne devait plus se reposer sur elle, à présent qu'elle était adulte. En outre, Audrey avait maintenant une enfant de sept ans dont elle devait s'occuper. S'il n'y avait eu tante Cicely dont l'affection pour elle était presque aussi inconditionnelle que celle de sa mère, le jardin, les champs et les bois où elle devinait la présence d'une force supérieure, elle se serait sentie bien seule au monde.

Leonora adorait emmener Barley et les autres chiens faire de longues promenades tout autour de la ferme. Devant l'immensité des champs qui s'offrait à elle et se prolongeait par de douces ondulations, elle retrouvait son courage et évitait de s'apitoyer sur son sort. Sous le vaste ciel, elle se posait des questions sur le sens de la vie et de la mort en liaison avec le cycle des saisons, elle apprenait que le bonheur consiste à accepter les choses telles qu'elles sont, sans toujours vouloir lutter contre elles. Car l'hiver se fond sans effort apparent dans le printemps qui lui-même s'épanouit aisément dans l'été, s'apaisant avec grâce dans la riche palette des rouges et des ors de l'automne. *Ce qui doit être sera*, songeait-elle. Et, portée par cette douce résignation, elle puisait directement sa récompense.

Elle décida qu'elle ne gâcherait pas sa vie à poursuivre des objectifs matériels. Où trouverait-elle plus de plaisir que dans ce panorama sans cesse changeant ? Elle savait instinctivement que rien ne compte en dehors de l'amour et de la vie et, cela, elle pouvait le trouver dans le Dorset. Son avenir se déroulerait au sein de la nature car c'était là qu'elle se sentait chez elle. Elle était trop humble pour compter sur l'amour de Florien, mais elle en rêvait néanmoins. Parfois, elle s'imaginait menant la vie d'une gitane, travaillant au jardin à planter, cueillir, mettre en pots. Elle adorerait plus que tout s'installer dans une roulotte aux jolies couleurs, avec quelques robustes chevaux autour et assez d'enfants pour organiser de joyeux feux de camp. Depuis que Florien s'était entiché de sa sœur, ses rêves n'avaient plus que la consistance de la fumée s'élevant des champs où l'on pratiquait le brûlis. Elle s'efforçait de ne pas s'apitoyer sur son cœur brisé et se répétait qu'elle ne serait jamais malheureuse si elle restait dans cette région.

Une fois le trimestre d'automne terminé, les jumelles retournèrent en Argentine pour les vacances de Noël. Florien disparut pour bouder et tante Cicely regretta à nouveau l'absence de Leonora et sa paisible compagnie. Alicia ne lui manquait pas, pas plus qu'elle ne manquait à Panazel, Masha ou Ravena. Seul Florien se retournait dans son lit, hanté par des rêves brûlants.

Grace avait maintenant sept ans et tout le monde l'adorait. Elle jouait aux cartes avec le vieux colonel Blythe — si vieux qu'il avait cessé de compter les années. Pratiquement sourd, il entendait cependant encore en pensée cette étrange mélodie qui avait autrefois pénétré son âme pour ne plus en sortir. Son cœur s'était attendri et il n'avait pas honte de le montrer. Grace dansait pour Charlo dans un tutu de soie blanc confectionné par sa grand-tante Edna et elle réunissait un large public auquel elle faisait verser des larmes quand elle laissait courir ses doigts agiles sur les touches du piano. Mais rien ne distrayait davantage les gens que les « trucs » qu'elle réalisait avec des objets.

— Montre à tes sœurs ce que tu peux faire, dit Audrey avec fierté.

— Elle est terriblement impressionnante, s'exclama tante Edna en beurrant un scone.

La tante était devenue si grosse qu'elle occupait toute la place sur le sofa. Audrey s'assit dans un fauteuil et les jumelles sur la banquette du foyer.

— Tu ne parles tout de même plus aux fées, dit Alicia sournoisement.

— Bien sûr que si. Elles me parlent tout le temps. Si tu écoutes bien, tu pourras les entendre, toi aussi.

Alicia leva les yeux au ciel.

— Alors, qu'est-ce que c'est que cette nouvelle manie ? demanda-t-elle en poussant un profond soupir.

— Elle prend un objet appartenant à une personne qu'elle ne connaît pas et, rien qu'en le touchant, peut révéler des tas de choses, expliqua Edna, très excitée par l'étrange don de sa nièce.

— Montre-nous ça, Grace ! s'exclama Leonora gentiment.

— Tiens, essaie avec cela, dit Alicia en retirant le pendentif suspendu à son cou.

— Ma chérie, comme c'est joli ! s'écria tante

Edna. Mais surtout pas un mot. Grace va nous dire maintenant tout ce qu'elle voit sur la personne qui te l'a donné. D'accord, Grace ?

Grace prit la chaîne dans ses petites mains et ferma les yeux. Elle se concentra, vidant son esprit de toute autre pensée. Elle savait comment s'abstraire du monde extérieur, de sorte qu'elle n'entendit même pas le commentaire ironique d'Alicia. Des images commencèrent à se former lentement comme sur un écran.

— Je vois une belle prairie verte avec de jolies roulottes et quelques chevaux, commença-t-elle.

Leonora sursauta et sut aussitôt à qui avait appartenu la chaîne. Alicia rougit mais il était trop tard pour revenir en arrière.

— Les roulottes sont peintes. Je crois qu'elles appartiennent à des gitans, comme ceux qu'on voit dans les livres de contes, chez grand-mère. J'entends un nom, Florien. Quel drôle de nom ! Il a des cheveux noirs et des yeux sombres et il a l'air très triste. Je peux vraiment *ressentir* sa tristesse. Pauvre Florien ! Il n'est pas du tout heureux. Je vois une grange avec du foin. C'est un endroit joli et chaud, tout plein d'une lumière dorée. Ce doit être le coucher du soleil. C'est très joli, là où il habite. Il y a des collines, pas comme ici.

— Très bien, coupa Alicia. Ça suffit comme ça.

Mais Grace l'ignora.

— Florien est amoureux d'Alicia et elle lui manque. Son cœur est en feu. Il ne peut plus manger ni dormir, ni rien faire. Il reste assis, l'air triste.

Soudain, elle se mit à rire et rouvrit les yeux. Elle

regarda Leonora droit dans les yeux, elle était aussi pâle qu'un fantôme.

— Ne sois pas triste, Leo. Tu seras très heureuse.

Leonora fronça les sourcils et rougit, gênée. Personne ne parla, mais tous les regards étaient fixés sur les jumelles. Alicia avait du mal à avaler sa salive. La vision de Grace l'avait bouleversée et elle tremblait maintenant de crainte et de stupéfaction. Elle reprit sa chaîne et l'enroula sur ses doigts.

— Alors, comme ça, Florien est amoureux de moi ? insista-t-elle. J'ai accepté ce pendentif dont il m'a fait cadeau. Mais, moi, je ne suis pas du tout éprise de lui.

— Ma chère enfant, c'est bien normal qu'il t'aime. Tu es une si jolie jeune femme, observa tante Edna en souriant. Je suppose que Grace a dit vrai ?

— Elle ne se trompe jamais, reconnut Audrey, prenant Grace dans ses bras pour l'embrasser. Tu es si extraordinaire, mon amour.

— Si tu peux lire dans l'avenir, dis-moi qui je vais épouser ? demanda Alicia qui avait repris un peu d'assurance.

Mais Grace secoua la tête, sauta des genoux de sa mère et sortit au soleil.

— Elle ne veut pas abuser de ce don pour dire l'avenir, expliqua Audrey. Elle a appris à se taire après avoir annoncé à Nelly qu'elle ne se marierait pas. Depuis ce jour, Nelly ne lui adresse plus la parole.

— Cela n'empêche pas sa mère de faire des avances à tous les jeunes gens qui viennent au club, soupira Edna. Quelle humiliation pour cette pauvre fille !

— Je ne crois pas au destin, déclara Alicia en relevant la tête. Chacun construit son avenir et je sais exactement où je vais.

Audrey la considéra avec mélancolie.

— J'ai cru cela moi aussi, ma chérie, mais on ne peut pas tout avoir.

Elle croisa le regard de sa tante qui lui sourit avec compréhension. Elle se réjouissait d'avoir pu la convaincre de rester avec Cecil et elle savait qu'Audrey en était heureuse, elle aussi. Le sacrifice avait été grand mais les choses s'étaient arrangées pour le mieux. Après tout, la jolie Grace n'était pas seulement le fruit de leur réconciliation. C'était aussi une enfant exceptionnelle.

28

En public Cecil et Audrey se comportaient comme deux acteurs jouant leurs rôles. Leur interprétation était admirable de justesse. Seule Grace connaissait leurs tourments. Elle surprenait sa mère quand elle dansait en pleurant et son père quand il buvait en secret, car elle avait la faculté de se dissimuler dans l'ombre et de se glisser partout dans la maison d'un pas aussi léger que celui d'un chat. Malgré ses facultés psychiques, elle ne pouvait deviner la raison de leur détresse, ce qui paraissait insolite car Grace était une enfant douée. Il était évident que Dieu voulait la préserver en l'empêchant de pénétrer l'intimité douloureuse de ses parents.

La mauvaise humeur de son père et ses accès de colère imprévisibles ne l'affectaient pas. Elle semblait détachée, comme si la souffrance était réservée aux autres, à des êtres plus terrestres. Elle avait appris à contrôler ses émotions au lieu de se laisser dominer par elles. Elle ne demandait rien à son père, ne réclamait pas comme Alicia et Leonora qu'il lui lise des histoires le soir dans son lit. Elle préférait rester dans le noir, fredonner pour elle-même, parler à ses amis les esprits ou encore regarder les images dans les numéros du *National*

Geographic que son père collectionnait. Cecil s'en montrait souvent inquiet et ne comprenait absolument pas sa plus jeune fille. Mais ce qui l'inquiétait le plus, c'était l'expression de son visage quand elle le regardait. Elle penchait la tête d'un côté avec un sourire compatissant et des yeux pleins d'indulgence. Une fois qu'il l'avait grondée en criant parce qu'il croyait qu'elle l'espionnait, elle lui avait lancé :

— Papa, ta colère ne blesse que toi-même. Si tu ne buvais pas tant de cette espèce de breuvage, tu serais beaucoup plus heureux.

Cecil avait agité la tête, exaspéré, avant de quitter brusquement la pièce, laissant l'enfant soupirer avec la résignation d'une vieille dame pleine d'indulgence.

Un peu plus tard, elle était allée retrouver sa mère qui lisait dans le jardin. Audrey avait posé son livre pour la prendre dans ses bras. Grace avait grimpé sur ses genoux et s'était pelotonnée contre elle.

— Maman, pourquoi papa est-il si malheureux ?

Audrey eut l'air soudain abattue. Jamais Grace n'avait posé pareille question.

— Il n'est pas vraiment malheureux, mon amour. Simplement, il lui arrive parfois de se laisser dépasser par la vie.

— Il *est* malheureux. Ce breuvage ensorcelé est en train de faire de lui un monstre. Je n'aime pas la manière dont il crie après toi.

— Oh, je n'y fais pas attention. J'ai l'habitude.

Elle avait caressé les cheveux de l'enfant et déposé un baiser sur son front.

— Tu es triste de temps en temps, n'est-ce pas ?

— Tout le monde l'est, parfois.

— Moi, je ne suis jamais triste.

— Tu as beaucoup de chance.

Après un silence, Grace demanda soudain :

— Pourquoi suis-je différente ?

— Tu n'es pas différente, mon amour. Seulement spéciale.

— Mais aucune des personnes que je connais ne peut voir les fées et les esprits.

— C'est parce que tu es particulièrement douée. Dieu a ouvert ton œil intérieur qui te permet de voir un monde invisible, plein de vibrations. Tu n'as pas à t'en inquiéter. C'est au contraire une grande chance. Tu ne te sentiras jamais seule. (Elle sourit en repensant aux obsèques d'Isla et aux cierges que celle-ci avait soufflés.) J'ai eu autrefois une sœur qui s'appelait Isla. Elle est morte quand elle n'était encore qu'une jeune fille. J'ai été très triste alors, car je l'aimais énormément. Au moment de son enterrement, j'ai senti sa présence dans l'église. Je ne pouvais pas la voir mais j'étais absolument certaine qu'elle était là. Alors, comme si cela la dérangeait que je ne puisse pas la voir, elle a éteint deux cierges sur l'autel. C'était tout à fait typique d'elle car elle était extrêmement malicieuse. Toi, c'est un peu la même chose. Ce jour-là, Isla s'est manifestée à moi. Mais toi, tu as de la chance, tu vois les esprits tout le temps. Moi, je n'ai « vu » Isla qu'une seule fois.

— À quoi ressemblait-elle ?

— Elle avait de longs cheveux blonds qui tombaient sur ses épaules et jusque dans son dos en boucles brillantes et dansantes et des yeux verts étincelants. Sa bouche était toujours relevée dans un sourire espiègle et elle riait souvent. Elle t'aurait beaucoup aimée.

— Je pense que c'est la dame qui vient s'asseoir sur mon lit tous les soirs. Elle caresse mon visage et m'embrasse sur le front. Elle est très jolie et gentille. J'aime beaucoup la voir quand je vais me coucher.

Audrey ne mit pas un instant en doute la véracité des propos de sa fille. Elle avait trop souvent été témoin des manifestations de son étrange don pour être sceptique. Elle cligna des yeux car ils se remplissaient de larmes et serra étroitement sa fille dans ses bras.

— Bien sûr, mon amour, cet esprit est certainement Isla. Elle veille sur toi. Je voudrais bien pouvoir la voir, moi aussi, ajouta-t-elle d'une voix rauque.

Elles restèrent un long moment enlacées. Audrey songea à sa sœur puis laissa ses pensées s'envoler vers Louis. Quand elle abaissa les yeux, elle vit que son enfant s'était endormie.

De retour en Angleterre, Alicia prit plaisir à se jouer du cœur de Florien, trouvant cette nouvelle distraction particulièrement amusante. Elle l'attirait dans la grange, lui faisait l'amour avec tendresse, murmurant toutes sortes de promesses avec force larmes et soupirs pour l'ignorer ensuite et le reprendre quelques jours plus tard quand il était à bout. Florien naviguait sur cette mer cruelle, battu par les flots, et ce fut bien un miracle s'il ne se noya pas.

Leonora le regardait pâlir et maigrir sans rien dire, même quand il plantait les bulbes à l'envers ou donnait aux poulets la nourriture des cochons. Elle comprenait. Elle aussi était tourmentée et absente. Elle savait ce que faisait Alicia car elle avait vu comment elle se comportait en Argentine, attirant à elle les garçons comme le joueur de flûte de Hamelin. Elle aurait voulu pouvoir l'avertir et lui épargner ce supplice, mais Alicia était sa sœur et, comme le répétait leur mère : « La famille doit rester unie. Le sang est plus épais que l'eau. »

Leonora était par nature fidèle comme un chien. Selon son habitude, elle ne jugeait pas Alicia. Après tout, ce n'était pas sa faute si Dieu lui avait donné beauté et séduction. Elle plaignait les hommes qui perdaient leur cœur à cause d'elle et ne les blâmait pas. Elle acceptait l'engouement de Florien qu'elle savait inévitable, ce qui ne l'empêchait pas de souffrir et de continuer à l'aimer.

L'année passa rapidement et, bientôt, les jumelles quittèrent Colehurst House pour la dernière fois. Audrey s'attendait à les voir revenir en Argentine mais, à sa grande surprise, toutes deux souhaitèrent rester en Angleterre. Leonora parce qu'elle aimait Florien et Alicia parce qu'elle se rendait compte qu'il existait en Europe une société plus distinguée. Elle n'avait guère de chances de rencontrer de riches ducs ou des princes à Hurlingham.

Puis Henry mourut.

Ce fut soudain, une crise cardiaque au milieu de

la nuit et il décéda dans son sommeil. Rose fut effondrée. Henry avait toujours été son âme sœur et elle l'avait aimé toute sa vie. Cecil, Audrey et Grace arrivèrent aussitôt chez elle pour y retrouver Edna et Hilda qui lui tenaient compagnie dans la salle à manger à la lueur de bougies. Quand Grace vit le corps de son grand-père, elle sourit à Rose.

— Maintenant, il est avec Isla, tu sais.

Touchée par la foi de l'enfant, Rose éclata de nouveau en sanglots.

— Tu as raison, ma chérie. Je me sens réconfortée de les savoir de nouveau ensemble. Bientôt, ce sera mon tour de les rejoindre, ajouta-t-elle en essuyant ses larmes.

— J'aurais voulu qu'il emmène Herbert avec lui, déclara Hilda.

— C'est toujours les gens qu'on aime le moins qui résistent et résistent encore, observa Edna. Ce cher Henry était un homme bon. Je comprends pourquoi Dieu l'a rappelé à Lui. Je crains que ton mari ne tienne le coup encore quelque temps.

Et toi aussi, songea-t-elle malicieusement. Avec l'âge, elle devenait moins tolérante.

Après la mort d'Henry, Cecil décida que le moment était venu de regagner l'Angleterre.

— C'est ce qu'il y a de mieux à faire, dit Audrey. Après tout, les jumelles ont élu domicile là-bas et il faut reconstituer la famille. Grace connaît à peine ses sœurs, ce qui est une honte.

— Je suis heureux que tu sois de mon avis, avait répondu Cecil.

— Ma mère me manquera, ainsi que tante Edna et aussi Hurlingham. Mais je pourrai toujours les retrouver. Les voyages sont de plus en plus faciles de nos jours. Je crois que je me plairai en Angleterre.

— Tu aimeras ce pays. Tu sais, je pense que nous avons besoin de prendre un nouveau départ, Audrey...

Levant les yeux vers lui, elle lui avait répondu par un sourire. Cecil avait raison. Ils ne pouvaient pas continuer comme ça à se rendre malheureux, elle avec ses souvenirs, lui avec l'alcool.

— Dès que je mettrai le pied en Angleterre, je ne boirai plus une goutte d'alcool, annonça-t-il.

— Et je laisserai mes souvenirs ici, dit Audrey en baissant les yeux.

Tous deux se dévisagèrent avec étonnement. C'était la première fois depuis bien des années qu'un échange de ce genre s'établissait entre eux.

La mort lègue parfois un cadeau surprenant aux vivants. Un regard nouveau sur la vie. C'est ce qui se produisit pour Cecil et Audrey. Assis côte à côte aux obsèques, ils songèrent à ces nombreux enterrements auxquels ils avaient assisté et qui les avaient si profondément affectés. Audrey pensa à son père qu'elle avait adoré, espérant, comme Grace l'affirmait, qu'il y avait une vie après la mort et qu'il se trouvait avec Isla et le cher Harry, le soleil d'Edna, dans quelque merveilleux paradis.

Elle tressaillit quand Cecil lui prit la main. Elle se remémora l'époque, lointaine, où il l'avait étreinte pour la première fois, tandis qu'ils regardaient *Giselle* au Teatro Colón. Elle lui serra la main en guise de réponse et ses yeux se remplirent de larmes. Le moment était venu d'abandonner

Louis à jamais. En quittant l'Argentine, elle laisserait tous ses souvenirs derrière elle. Les cerisiers et la gare, le club d'Hurlingham et les rues pavées de Palermo, l'estancia de Gaitano et sa compréhension silencieuse qui entretenait le souvenir de Louis. Le bonheur existait et elle avait le choix. Elle pouvait continuer à vivre dans le passé et rester malheureuse ou tenter de ranimer l'affection qu'elle avait éprouvée pour son mari. Après l'hiver vient toujours le printemps, se dit-elle, et bien qu'il fasse encore froid dehors, ce printemps-là n'était plus très éloigné.

Il était temps aussi qu'elle reconnaisse sa responsabilité dans le fait que Cecil s'était mis à boire. Avec son aide, il pourrait s'arrêter. Elle leva vers lui un regard plein de compassion et lui serra de nouveau la main. Il avait toujours fait preuve de noblesse. Quand elle avait brisé les liens de leur mariage, il était resté à ses côtés et avait fait ce que peu d'hommes auraient eu le courage de faire, élever un enfant qu'elle avait conçu avec un autre. Il considérait Grace comme son troisième enfant et l'avait toujours traitée sur un plan d'égalité avec les jumelles. Comment avait-elle fait pour ne pas voir et apprécier tout cela ?

— Je t'ai fait tant de mal, murmura-t-elle.

Une lueur d'émotion traversa les yeux de Cecil mais il mit un doigt sur ses lèvres.

— Chut, souffla-t-il, on risque de nous entendre.

— Je veux prendre un nouveau départ.

Cette fois, il approuva d'un signe de tête, puis détourna les yeux. L'alcool avait émoussé ses sens, de sorte qu'il ne savait pas s'il avait imaginé entendre ces mots ou si sa femme les avait réellement prononcés.

— Je veux mériter ton pardon, ajouta Audrey dans un murmure.

Terriblement ému, Cecil ne sut que répondre.

Il y avait une chose qu'Audrey voulait faire avant de partir pour l'Angleterre. En compagnie de Grace, elle prit le train pour aller en ville.

— Où allons-nous ? avait demandé Grace en regardant avec curiosité par la vitre.

— Dans un endroit très spécial que je veux te montrer avant notre départ.

— Est-ce qu'il me plaira ?

— Oui, certainement. C'est très joli, un endroit magique. Après, nous irons manger une glace.

— Youpi ! cria-t-elle très excitée.

Mais Grace ne parla pas de ses craintes. Pour la première fois de sa vie, elle connaissait l'appréhension. Oh, elle ne craignait pas d'aller vivre dans un autre pays — c'était au contraire une perspective passionnante — mais elle se demandait si les esprits, ses amis, la suivraient. Elle ne pouvait pas demander à sa mère s'il y avait également des esprits en Angleterre car elle savait qu'elle ignorait la réponse. Et elle ne voulait pas non plus poser la question à ses esprits de crainte d'entendre une réponse négative, tant elle était triste à l'idée de les quitter. Il ne restait donc plus qu'à attendre et voir ce qui se passerait. Mais la possibilité qu'Isla puisse ne plus venir s'asseoir sur son lit le soir la préoccupait beaucoup.

Palermo avait beaucoup changé depuis l'époque

où Audrey y avait dansé avec Louis. La petite taverne avait disparu pour faire place à un restaurant où l'on servait à déjeuner. Mais la place était toujours là ainsi que les jacarandas, prêts à fleurir avec l'arrivée du printemps. Elle était entourée des mêmes immeubles délabrés, percés par les mêmes fenêtres poussiéreuses — des fenêtres qui semblaient la regarder maintenant avec des yeux étrangers car, après tant d'années, elle avait été oubliée. Elle crut entendre flotter dans l'air l'écho de vieux airs de tango à moins qu'il ne se fût agi de ses anciens souvenirs réveillés par le vent...

Pendant que sa mère restait debout au milieu de la place, comme ravie dans un autre monde, Grace garda le silence en se demandant ce que ce quartier pouvait bien avoir de si spécial. Tout y était vieux, usé, triste. Les vibrations qu'elle ressentait étaient chargées de mélancolie. Le square lui-même était recouvert d'une brume de nostalgie et Grace y vit instinctivement un rapport avec les danses qui faisaient pleurer sa mère. Levant les yeux, elle constata qu'elle pleurait de nouveau. Elle resta immobile pour ne pas la déranger. Pleurer pouvait être un bon remède, ainsi que sa grand-mère le lui répétait souvent.

Aussi, laissant sa mère à ses souvenirs, elle se mit à courir en imitant un train à vapeur, regardant son souffle former une vapeur glacée dans l'air froid de l'hiver.

Audrey restait figée. Pour la dernière fois, elle évoqua ce qu'elle ressentait quand elle dansait dans les bras de Louis, exactement ici, sur cette place. Quand sa peau frôlait son front ou sa tempe, quand elle se serrait contre lui pour se griser d'un instant magique. Ni passé, ni avenir, seul le présent importait.

— Oh, Louis, soupira-t-elle à voix haute. Je ne cesserai jamais de t'aimer mais je dois te laisser partir afin de pouvoir continuer à vivre.

Un lourd silence lui répondit. Puis elle entendit de nouveau la musique insaisissable d'un tango.

— Grace, tu entends cette musique ?

Sa fille arriva en courant et pencha la tête d'un côté, les sourcils froncés.

— Quelle musique ?

— Cette musique, là. Tu ne l'entends pas ?

— Il n'y a pas de musique, maman, dit Grace en riant et en reprenant sa course imitant le train.

Audrey sourit car elle l'entendait de nouveau et elle l'entendit encore plus tard, quand elle alla se coucher. La musique cessa seulement quand elle arriva en Angleterre. Elle sut qu'une vie venait de se terminer et qu'une nouvelle commençait. Le moment était venu de prendre un nouveau départ.

Dès qu'elle débarqua à l'aéroport de Londres, Grace se mit à la recherche de ses esprits. Elle n'en vit aucun et son cœur se serra. Le chagrin qu'elle avait ignoré jusqu'à présent s'abattit sur elle. Comme un chien qui se mord la queue, elle tournait en rond dans l'espoir de découvrir un de ses amis. Mais elle ne vit que des voyageurs avec des valises tandis que Cecil agitait le bras en direction de tante Cicely qui les attendait de l'autre côté des barrières.

Proche des larmes, Grace battit des paupières.

Elle regretta de ne pas avoir interrogé ses amis avant de partir. Elle aurait au moins pu se préparer à les quitter, leur dire au revoir.

— Hello, Grace, je suis tante Cicely, dit une voix.

L'enfant tendit la main et Audrey fronça les sourcils en la voyant si triste. Ce n'était pas dans ses habitudes.

— Est-ce que tu vas bien, mon amour? demanda-t-elle, inquiète.

L'enfant eut une moue affligée et tendit la main à l'homme qui se tenait derrière tante Cicely en lui souriant.

— Bonjour, oncle Hugh, dit-elle sérieusement.

— Hugh?

Cicely sursauta et regarda Cecil.

— Ma chérie, qui donc salues-tu ainsi? demanda celui-ci.

Le visage de Grace entre-temps s'était épanoui dans un large sourire.

— Tu es un esprit! dit-elle à Hugh en riant.

Hugh lui rendit son sourire et disparut. Grace regarda autour d'elle.

— Totem! s'exclama-t-elle en battant des mains. Oh, maman, je croyais qu'ils étaient tous restés là-bas! Je suis tellement heureuse de les revoir.

Audrey posa un bras sur les épaules de sa fille et lui sourit.

— Je t'expliquerai plus tard, dit-elle à sa belle-sœur.

— Tu feras bien, répondit Cicely, encore toute retournée. Si elle a pu voir Hugh, je me demande qui elle verra dans ma vieille maison toute délabrée.

Ce soir-là, Audrey embrassa la plus jeune de ses filles pour lui souhaiter bonne nuit.

— Nous nous installerons dans notre nouvelle maison dès qu'elle sera prête, mon amour. Tu y auras ta propre chambre.

Elle sourit tendrement à la fillette qui lui avait apporté tant de bonheur.

— Je suis si heureuse que les esprits aient fait le voyage avec moi, dit Grace à sa mère.

— Mais bien sûr qu'ils sont venus. Les esprits volent sans difficulté d'un point à l'autre. Traverser l'Océan n'est rien pour eux.

— Je sais. Mais je m'inquiétais quand même.

— Tu aurais dû m'en parler.

— Je le ferai, la prochaine fois que je m'inquiéterai.

— C'est bien. Je suis là pour ça.

— Je t'aime tant, maman, dit-elle soudain en regardant sa mère droit dans les yeux.

Audrey retint son souffle. Grace n'était pas une enfant sentimentale. Elle se pencha et prit la petite fille dans ses bras.

— Oh, ma chérie. C'est la plus jolie chose que tu puisses me dire. Je t'aime aussi tellement !

Elles restèrent ainsi enlacées tandis qu'Audrey remerciait Dieu silencieusement de lui avoir envoyé cette enfant bénie. Grace reposa la tête sur l'oreiller.

— J'espère qu'Isla viendra me dire bonsoir tout à l'heure, dit-elle. Autrefois tu avais de longs cheveux comme elle, n'est-ce pas ?

— Oui, en effet. Mais je suis trop vieille maintenant pour une telle coiffure.

— Tu es belle.

— Toi aussi. Et tu as quelque chose de plus, mon amour, car tu es plus belle encore au-dedans.

Elle hésita un instant, se souvenant que Cecil avait l'habitude de lui répéter la même chose. Puis elle quitta la pièce en refermant la porte et s'attarda jusqu'à ce qu'elle entende la petite voix de Grace saluer son esprit familier. « Je suis contente que tu sois venue, disait-elle. Car j'ai besoin de toi. » Après un soupir, Audrey s'éloigna. Certes, elle aimait ses trois enfants, mais il y avait quelque chose chez Grace qui rendait son amour pour elle encore plus intense. Alicia et Leonora étaient maintenant des jeunes femmes, mais Grace était encore une enfant et le resterait toujours. Elle avait hérité cela de son père. Elle n'était pas faite pour le monde matériel et Audrey sentait qu'elle devrait la protéger aussi longtemps qu'elle en serait capable.

Elle descendit à la cuisine rejoindre Alicia et Leonora qui parlaient avec tante Cicely et leur père. Leonora était étendue sur un vieux canapé avec Barley qui avait posé sur elle ses yeux opaques. À présent, il avait des poils blancs autour du museau et dans les sourcils. Alicia traînait dans un fauteuil près de la cuisinière en fonte en buvant du Coca-Cola et en grignotant des chips. Elle regarda sa mère pénétrer dans la pièce et se souvint brusquement de Mercedes.

— Merchi devait être triste quand elle vous a dit au revoir ?

— Oh, tu la connais, dit-elle. Elle n'a jamais aimé montrer ses émotions. Mais je pense qu'elle devait avoir du chagrin. Elle est vieille et il est temps pour elle de se reposer un peu. Tu sais qu'elle vit avec Oscar ?

Alicia éclata de rire.

— Ça ne m'étonne pas. Il a toujours eu un faible pour elle. Et qu'est devenu cet affreux perroquet ?

— Oh, Loro ? Il est mort, malheureusement.

— Comment est-il mort ? demanda Leonora, une main sur la tête de Barley qui lui donnait de petits coups de sa truffe humide.

— Il est tombé dans une marmite d'eau bouillante.

Les deux filles regardèrent leur mère, bouleversées. Cicely cessa de tourner sa sauce *bolognese* pour se retourner.

— Quelle mort affreuse ! dit-elle. Cela me rappelle le faisan venu un soir voleter jusqu'ici. Je l'ai trouvé en train de rôtir avec le poulet. Il aurait été meilleur si on avait pu le plumer d'abord.

Cecil regarda sa sœur d'un air étonné. Elle n'avait pas l'habitude de faire preuve d'humour. Quand il fit la connaissance de Marcel qui, pour une fois, avait daigné descendre de son atelier pour dîner, il comprit pourquoi sa sœur avait changé. Un peu plus tard, il se regarda dans la glace et constata qu'il avait changé, lui aussi — mais pas en bien.

Il s'allongea dans le lit à côté de sa femme et, dans l'obscurité, tous deux contemplèrent leur avenir qui leur parut tout à coup incertain et inquiétant.

— J'ai grandi dans une vieille maison comme celle-ci, dit Cecil. Nous jouions à cache-cache dans un dédale de couloirs et de petites pièces. Un endroit vraiment magique. On pouvait rester caché pendant des heures sans que personne ne puisse vous découvrir.

Il aurait voulu ajouter que Louis avait parfois de si brillantes idées de cachettes qu'ils continuaient à le chercher longtemps encore après que le jeu fut terminé. Pour finir, ils cessaient de s'inquiéter de lui et le laissaient là où il était, jusqu'à ce qu'il réapparaisse de lui-même, affamé et à moitié endormi, ayant manqué le dîner et largement dépassé l'heure de se coucher.

Mais il ne voulait pas qu'Audrey se mette à penser à Louis. C'était derrière eux, maintenant. Il lui prit la main en se souvenant de ce qu'elle lui avait dit à l'église. Elle ne la retira pas.

— Parle-moi encore de ton enfance, Cecil, murmura-t-elle.

Tandis qu'il lui traçait un portrait vivant de ces années passées à la campagne, il vit qu'elle se rapprochait. Leurs corps se retrouvèrent pressés l'un contre l'autre comme aux premiers jours de leur mariage. Elle sentit se réveiller l'affection qu'elle lui portait et sa confiance en lui grandir.

Quant à Cecil, il se rappela soudain l'homme qu'il avait été. Avec détermination, il se jura de le remonter de sous les débris de son passé glorieux de soldat courageux. Il émergeait d'une longue période d'hibernation et crut entendre retentir au loin les hourras qui saluaient son comportement valeureux au combat.

Roulant sur lui-même, il embrassa Audrey qui, stupéfaite, demeura immobile, le corps figé par la panique. Puis, peu à peu, elle se réchauffa sous ses caresses jusqu'à ce qu'elle rende enfin les armes.

Nouant les bras autour de son cou, elle redevint de nouveau sa femme. Ses tendres gestes d'amour lui rappelèrent les raisons pour lesquelles elle l'avait épousé et s'était si fortement attachée à lui. Il lui fit l'amour avec une sorte de vénération, avec toute la tendresse d'un homme qui, malgré les souffrances et les humiliations, n'avait jamais laissé le ressentiment dominer son cœur. Il avait toujours espéré qu'en refusant d'admettre leur liaison, cette passion qui avait failli le détruire finirait par s'effacer d'elle-même.

Son instinct ne l'avait pas trompé.

29

— Je ne t'aime plus, déclara Alicia à Florien.

Elle le regarda pâlir d'incrédulité tandis que ses oreilles rougissaient violemment, témoignant de son angoisse. Il était sur le point de la demander en mariage.

Depuis qu'elle avait quitté l'école, Leonora travaillait pour le compte de Cicely. Elle était logée et nourrie gratuitement en échange de travaux de jardinage. Ses parents avaient acheté une maison dans un petit village proche de la mer, distant seulement de quelques kilomètres, mais il était plus commode pour elle de continuer à vivre avec sa tante. Alicia avait passé un an en Suisse dans une institution pour jeunes filles où elle avait appris à skier, à parler français ainsi que tous les arts de la séduction que Florien n'avait pu lui enseigner dans sa grange du Dorset. De jeunes hommes riches et beaux venaient de tous les coins du monde pour passer quelque temps au Rosay, à Morges, et s'y formaient dans d'autres domaines que l'algèbre.

Florien attendit. Il boudait derrière sa frange, parlait peu et ne souriait plus du tout. Leonora elle-même ne parvenait pas à communiquer avec lui. Son cœur saignait tous les jours, goutte à goutte, tandis que le regard sombre du gitan la traversait pour aller se poser sur Alicia qui accaparait toutes ses pensées. Elle faisait semblant de ne pas se rendre compte qu'il l'ignorait ou s'irritait contre elle mais, le soir, elle se mettait en boule sur son lit et léchait ses blessures comme un chien. Elle se disait qu'elle aurait dû partir dans un endroit qui ne lui rappellerait pas à tout instant le tourment de son cœur. Mais elle n'y parvenait pas. Elle ne jouirait peut-être pas de l'amour de Florien mais, au moins, le verrait-elle tous les jours, ce qui était mieux que rien.

Elle aurait bien voulu parler de ses problèmes à sa mère, mais elle était persuadée qu'elle ne comprendrait pas. D'ailleurs, elle ne s'était pas confiée à elle depuis des années. Les échanges entre elles n'étaient plus aussi ouverts que dans le passé. Grace avait pris sa place dans le cœur de sa mère.

Quand Alicia revint, bronzée et plus belle que jamais, elle reprit Florien comme un animal familier confié à des voisins en son absence. Ils firent l'amour dans la grange et dans les cabines de la piscine jusqu'à ce qu'Alicia se lasse de ces endroits et préfère les bois ou les prés où ils pouvaient s'ébattre sous le ciel. Florien sortit de son mutisme, ses yeux retrouvèrent leur éclat, son visage, son sourire et ses joues reprirent des couleurs. Il prêta de nouveau attention à Leonora parce que sa bonne humeur l'incitait à s'intéresser à tout ce qui l'entourait. Mais ce n'était pas à elle qu'il pensait quand il riait ou bavardait avec elle. Il était ivre d'amour et son bonheur avait pour nom Alicia.

L'humeur de Leonora s'améliora elle aussi. Peu lui importait que ce ne fût pas à cause d'elle que Florien avait retrouvé sa gaieté. S'il était heureux, elle se sentait heureuse également.

Mais Alicia s'ennuyait à la campagne. Il n'y avait rien à faire. Elle se rendit donc à Londres pour résider chez son amie Mattie à Kensington, dans le vaste appartement de ses parents. Mattie n'osa pas lui demander de payer une pension car elle savait que son amie aurait trouvé cette suggestion déplacée. Alicia avait l'habitude d'obtenir tout ce qu'elle désirait. Les commerçants eux-mêmes hésitaient à demander de l'argent à une si belle jeune femme et lui faisaient souvent des rabais. Elle savait se montrer gracieuse mais ne se souciait guère des autres. Elle passait de l'excitation à l'irritabilité sans le moindre avertissement, sa mauvaise humeur n'ayant généralement pas de cause. Elle avait besoin de libérer son adrénaline pour se sentir vivante, sinon elle s'ennuyait et s'en prenait alors à ses proches.

Il aurait été facile pour Alicia de mettre fin à son idylle avec Florien. Elle ne le voyait que les week-ends ou pendant les vacances d'été quand la chaleur devenait trop étouffante pour rester en ville. Londres regorgeait d'intéressants jeunes gens à la recherche de jolies femmes et Alicia était entretenue comme une princesse par de riches amants. Elle jouait avec eux, prenant son plaisir quand elle en avait envie et cessant de répondre au téléphone quand elle se lassait de ses prétentants. Dans cette vie sans cesse en mouvement, Florien demeurait un élément fixe. Sans s'en rendre compte, elle finit par s'enticher de lui. Plus il prenait de l'assurance et plus sa personnalité s'affirmait. Elle découvrit qu'il y avait bien autre chose en lui que le regard sombre hérité de ses ancêtres gitans. Il était spirituel, enjoué, intelligent, clairvoyant. La capacité d'amour d'Alicia était presque entièrement absorbée par sa propre personne et il ne restait pas grand-chose pour les autres, même pour Florien. Mais il y avait en lui quelque chose qui l'attirait, de sorte qu'elle retournait dans le Dorset chaque week-end comme un pigeon voyageur. Alors que les bras de partenaires plus sophistiqués ne la retenaient jamais longtemps, elle répugnait à se séparer de son amant provincial. Du moins n'avait-elle pu se résoudre à le faire. Jusqu'à présent.

— Désolée, Florien, je ne t'aime plus.

On était au printemps. Les bois retentissaient de cris d'oiseaux, les plantes et les arbres s'épanouissaient, pleins de vitalité, les champs se couvraient d'un doux matelas de campanules. Ils n'avaient pas fait l'amour car Alicia ne se sentait pas en forme.

Elle avait envie de rompre. Certes, elle désirait Florien, mais il était trop pauvre. C'était aussi simple que cela.

— Mais si, tu m'aimes, répliqua-t-il en secouant la tête, incapable de comprendre ce brusque changement. Je ne suis pas assez bien pour toi, c'est tout.

Elle l'écouta parler avec son accent provincial rugueux et eut un mouvement de recul. Il n'était pas question qu'elle passe sa vie avec ce rustaud sans avenir. Dans sa vie à elle, il y aurait des avions et des yachts, l'emploi du temps facile des gens riches et célèbres, la voie libre des privilégiés. Les vacances sur la Riviera française, du ski à Saint-Moritz, le lèche-vitrine à Paris...

Elle le regarda avec regret. Il lui manquerait mais il avait raison : il n'était pas assez bien pour elle.

— Tu es charmant, Florien mais nous ne sommes pas faits l'un pour l'autre. J'ai l'intention de vivre à Londres. Ce ne serait pas commode pour toi.

— Je peux venir à Londres.

Elle éclata de rire.

— Pour y faire quoi? (Elle voulut poser une main sur la sienne mais il la retira vivement.) Nous avons vécu une jolie aventure. Mais les bonnes choses ont toujours une fin.

En croisant son regard abattu, elle sentit combien il était séduisant. Puis elle se composa un visage résolu et soupira profondément.

— Tu n'as aucune idée de ce que j'éprouve, Alicia, protesta Florien. Je t'aime. Je ne peux pas vivre sans toi.

Sa gorge se contracta et le poids de son émotion sur sa poitrine le fit suffoquer. Il la regarda, les yeux voilés, les coins de sa bouche affaissés, essayant de ne pas pleurer.

— Je te croyais capable de sentiment, mais je me rends compte que je me trompais. Tu ne ressens rien. Tu es bien trop égoïste pour te laisser émouvoir parce que tu ne supportes pas d'être vulnérable, de souffrir. Mais tu as fait en sorte que je t'aime et maintenant je ne peux plus vivre sans toi, malgré tous tes défauts.

Alicia haussa les épaules.

— Que veux-tu que j'y fasse ?

— J'allais te demander de m'épouser, dit-il d'une petite voix, songeant qu'avec ce temps magnifique de printemps, c'était le jour idéal pour faire une telle proposition.

— Je t'ai déjà répondu, dit-elle avec impatience. Je ne peux pas te le dire autrement, car il n'y a pas trente-six mots pour dire non. Je te le répète : non, non, non.

Elle se leva, brossa son jean et enroula autour de son cou l'écharpe Hermès qu'un de ses admirateurs lui avait offerte.

— Alors, c'est ton dernier mot ? dit Florien en la regardant avec stupéfaction. C'est tout ce que je mérite pour t'avoir aimée comme je t'ai aimée ?

— Que peux-tu attendre d'autre ? lança-t-elle, les mains sur les hanches en secouant la tête avec irritation.

— Je ne sais pas. Pas ça, en tout cas.

— Alors si tu ne le sais pas toi-même, comment veux-tu que je le sache ? Allons, Florien. Notre histoire est terminée. Que veux-tu ? Une médaille ?

Il recula comme si elle l'avait frappé.

— Je rentre à Londres, jeta Alicia dédaigneusement en écrasant sur son passage quelques campanules. Épouse donc Leonora, elle te conviendra mieux. Et puis, elle, au moins, elle désire vraiment vivre comme une gitane.

— Je croyais que nous aurions un avenir ensemble, protesta-t-il en la suivant.

Alicia se retourna, les yeux étincelants.

— Écoute, Florien, je ne t'ai jamais aimé, d'accord? Je t'ai désiré, j'ai connu le plaisir avec toi. Tu es un bon amant et, crois-moi, j'en ai eu pas mal. Ne va pas t'imaginer un instant que je te suis fidèle quand je voyage en Suisse ou à Londres. Certainement pas. Je prends des amants quand j'en ai envie. Des tas. Tous m'apportent la même chose que toi. La seule différence, c'est que je t'aime bien. Tu me fais rire et on s'est bien amusés. Mais ça ne signifie pas que j'aie envie de passer le reste de ma vie avec toi. Nous sommes dans les années 70, Dieu soit loué.

La bouche ouverte, les yeux écarquillés, Florien la regarda s'éloigner à grands pas à travers les arbres jusqu'à ce qu'elle eût disparu. Il ne s'était jamais senti aussi humilié de toute sa vie. Usé, mis au rebut. Trop en colère pour pleurer, il se comporta comme un animal en cage, donnant des coups de pied aux arbres autour de lui, frappant leur écorce de ses poings. Quand il fut suffisamment épuisé et en nage, il s'écroula par terre, plongea le visage dans ses mains et gémit. Il se sentait complètement creux, comme si on avait vidé tout l'intérieur de son corps avec une cuiller pour ne laisser que la peau. Il la haïssait de toutes ses forces, mais la haine est une autre face de l'amour. Puis, une fois calmé, il réalisa qu'au fil des années, Alicia l'avait totalement dévoré.

Florien s'installa dans son monde sinistre. Il ne souriait plus, négligeait de nouveau Leonora. Elle savait ce qui était arrivé, bien que ni Alicia ni Florien n'y aient fait allusion. Il était si malheureux qu'elle finit par souhaiter qu'il renoue avec Alicia afin de retrouver un peu de bonheur. Mais les jours et les semaines passèrent et bientôt une année entière, sans que l'on entende plus parler d'elle.

L'année suivante, quand les campanules formèrent de nouveau un tapis bleu dans les bois, Florien retrouva la parole. Il n'avait pas oublié le jour où Alicia l'avait rejeté et la blessure était toujours vive. En même temps sa souffrance altérait sa santé. Il était pâle, émacié, et ses beaux cheveux chatoyants commençaient à tomber. Il fut stupéfié, un jour, de découvrir dans le miroir son reflet hagard, misérable. Il contempla ce visage étranger avec horreur, ce menton barbu, ce regard hanté. Si Alicia le voyait à présent, elle ne le reconnaîtrait pas. Pis encore, elle le mépriserait pour s'être ainsi laissé aller. S'il voulait la reconquérir il devait se raser, se laver et faire semblant d'aimer la vie, même sans elle. Personne ne respecte un homme qui ne se respecte pas lui-même.

Leonora fut toute secouée quand elle le revit. Non seulement il avait le visage lisse et propre mais il lui souriait.

— Allons jeter un coup d'œil à ce que nous avons planté cet automne, proposa-t-il en l'entraînant vers l'arrière de la maison.

Leonora pensa aussitôt que sa sœur était de retour, sinon pourquoi aurait-il fait tant d'efforts ? Il n'avait pas souri depuis un an. Puis elle s'avisa bientôt que ce soudain changement était une initiative toute personnelle.

Florien avait décidé que la vie continuait.

Malheureusement, juste au moment où Leonora commençait à renouer avec lui, Cicely annonça que les gitans allaient partir.

— Mais Florien ne m'en a rien dit ! s'exclama Leonora, abasourdie.

— C'est parce qu'il est toujours accaparé par le souvenir de ta sœur, répondit Cicely en secouant la tête.

Elle était impressionnée par le masochisme des hommes. Ils ne pouvaient soumettre Alicia. Elle était plus forte et plus élastique que n'importe lequel d'entre eux. Elle aurait toujours l'avantage car elle n'avait pas de cœur que l'on puisse briser.

— Quand Panazel te l'a-t-il dit ?

— Ce matin.

— Où vont-ils aller ?

— Je l'ignore. Ils sont ici depuis des années. Peut-être ont-ils envie de changement.

La soirée était déjà avancée et le soleil déclinait derrière les champs de maïs en train de mûrir. Dans la cuisine chaude, flottaient des odeurs de steak et de tourte aux rognons. Leonora était accroupie par terre au milieu des chiens comme d'habitude. Elle s'était changée pour le dîner, ôtant ses vêtements de jardinage tachés de boue. Toutes deux attendaient que Marcel descende de son grenier.

— Crois-tu que Florien partira lui aussi ? demanda Leonora.

Elle s'efforçait de dissimuler sa tristesse, mais sa voix révélait des fêlures. Elle toussa pour masquer son trouble et se versa un verre d'eau.

— Il est majeur. Il fera ce qu'il voudra, répondit

Cicely en égouttant les petits pois. Il se plaît bien ici, n'est-ce pas ?

— Oui, sans aucun doute. Il est certainement plus heureux depuis quelques mois.

— Je voudrais pouvoir en dire autant de Marcel, soupira Cicely. Il boude depuis si longtemps que j'ai oublié de quand date son dernier sourire.

Elle retourna vers la cuisinière en jetant un coup d'œil à la pendule.

— Marcel boude toujours, observa Leonora avec un sourire. Cela lui plaît. Il ressemble à une caricature. Mais il est très beau.

— Tu sais, au départ, je suis tombée amoureuse de lui à cause de son physique. Je n'aurais pas pu m'en empêcher. Maintenant que je le connais bien, j'ai compris qu'il cachait un cœur tendre sous cet aspect bourru. Notre relation est tout à fait hors norme. Il est assez jeune pour être mon fils. Il finira un de ces jours par partir avec quelqu'un de son âge, mais j'aurai eu beaucoup de plaisir avec lui.

— Ne parle pas ainsi, tante Cicely, s'exclama Leonora. Il a eu beaucoup de chance de te rencontrer. C'est plutôt lui qui devrait s'inquiéter que tu le quittes pour quelqu'un de ton âge.

Tante Cicely se mit à rire.

— Seigneur ! J'ai presque soixante ans !

— Et tu es encore jeune et séduisante. L'amour ne s'arrête pas à soixante ans. Papa n'a jamais cessé d'aimer notre mère. Il me semble même que leur relation s'améliore avec le temps.

— Tu es toujours si positive, ma chérie. Mettons-nous à table. Si notre Byron taciturne ne descend pas à l'heure pour dîner, il trouvera son repas froid. (Cicely jeta à Leonora un regard malicieux.) Je me sens bien avec lui. La moitié de la bataille est déjà gagnée.

Elles commencèrent leur repas en silence. Leonora était soucieuse à l'idée que Florien puisse partir avec sa famille et Cicely s'inquiétait de l'absence de Marcel. Elle songea aussi que, pendant toutes ces années, jamais il ne lui avait montré une seule de ses toiles. « Ce sont des créations exclusives », répétait-il en fermant la porte derrière lui.

Elle avait d'abord pensé que c'était une forme de timidité mais, aujourd'hui, elle se demandait s'il peignait vraiment. Il était devenu maussade et distant. Florien, au moins, avait réussi à surmonter sa dépression. Mais Marcel se drapait dans sa mauvaise humeur et rien ne semblait pouvoir l'en faire sortir.

Le dîner terminé, Leonora alla se coucher. Elle ne dormit pas vraiment car elle ressassait ses espoirs pour mieux, ensuite, les réduire en poussière. Si Florien s'en allait, que deviendrait-elle ?

Quand elle descendit le lendemain matin pour le petit déjeuner, elle trouva les chiens surexcités, courant frénétiquement autour de la table de la cuisine. Fronçant les sourcils, elle se dirigea vers la boîte à biscuits pour les calmer. Quand sa tante apparut les yeux gonflés et le teint brouillé, elle comprit que quelque chose de grave était arrivé.

— Il m'a quittée, dit-elle en s'écroulant dans le fauteuil à côté de la cuisinière. Pas étonnant qu'il ne soit pas venu dîner. Le grenier est vide à l'exception d'une seule toile tournée contre le mur. Je ne l'ai pas regardée. Je n'en ai pas eu le courage.

— Es-tu certaine de ce que tu dis ? demanda Leonora en s'agenouillant à côté de sa tante pour l'entourer de ses bras.

Cicely ébaucha un sourire désabusé.

— Ma chérie, il a fait ses bagages et il est parti, c'est absolument certain. Et pas pour quelques jours de vacances, je peux te l'assurer.

— Il n'a pas laissé un mot ?

Cicely secoua la tête et essuya quelques larmes.

— Voilà quelque temps que nous ne parlions pratiquement plus. Il était si grincheux. J'ai pensé que si je faisais comme si cela ne me préoccupait pas, les choses reviendraient à la normale. Et voilà... Il est parti. (Elle laissa échapper un petit rire triste.) Quelle sotte j'étais de croire qu'il m'aimait. Tout ce qu'il aimait, en vérité, c'était ma cuisine et ma machine à laver le linge. Plutôt commode pour lui, n'est-ce pas ?

— Ne sois pas si dure avec toi, tante Cicely. Tu vaux beaucoup mieux que ça. C'était un parasite.

— Oui. J'aurais dû m'en rendre compte. Mais auprès de lui, je me sentais redevenue jeune et séduisante. Après la mort de Hugh, j'avais l'impression de n'être plus qu'une femme âgée, un vieux sac tout raide. Marcel a été comme le prince charmant. D'un baiser, il m'a redonné vie.

Elle soupira profondément et posa sur sa nièce des yeux las.

— Que vais-je devenir ? Mes gentils gitans me quittent aussi !

Leonora prépara une tasse de café pour sa tante

qui reniflait dans un mouchoir. Elle paraissait soudain son âge, comme si Marcel avait emporté sa jeunesse avec lui. Où diable pouvait-il être allé et pourquoi était-il parti si subitement ?

— Peut-être y a-t-il un message avec cette toile dont tu m'as parlé ? suggéra Leonora en tirant une chaise pour venir s'asseoir près de sa tante.

— Tu crois ?

— Pour quelle autre raison l'aurait-il abandonnée ici ? Il a emporté tous ses autres tableaux, n'est-ce pas ?

— Quels autres tableaux ? Je doute qu'il ait beaucoup peint durant toutes ces années. Il s'est contenté de vivre à mes crochets. Ce qu'il pouvait bien faire là-haut n'est pas notre affaire.

— Quand l'as-tu vu pour la dernière fois ?

— Hier, au déjeuner.

— Et il n'a rien laissé entendre ?

— Absolument rien.

— Mais il était toujours grognon. Il ne faisait pas vraiment la conversation et ne prononçait que des monologues.

Cicely se mit à rire en buvant son café.

— Tu as vraiment l'esprit vif, Leonora. Alicia a peut-être pris la beauté, mais toi tu as la vivacité intellectuelle.

— Merci, répondit Leonora en se disant que Dieu aurait pu faire un partage plus équitable.

Si elle avait été plus jolie, Florien serait peut-être tombé amoureux d'elle et non de sa sœur.

— Tu sais quoi ? Tu deviens chaque jour plus jolie parce que ta belle nature commence à se voir dans tes traits. Alicia finira par avoir l'air aussi aigri que son cœur. Tu verras. La beauté ne dure au-delà de la jeunesse que si on a un caractère en harmonie avec elle. Je t'en parle à présent parce que je suis ivre de chagrin. Je n'ai jamais aimé ta sœur. Elle est méchante et le sera toujours.

— Elle n'est pas si mauvaise. Seulement trop égoïste. Je l'aime bien, tu sais, protesta Leonora.

— Oui.

— C'est ma sœur. Quand nous sommes arrivées ici, elle était ma seule famille.

— Pauvre chérie.

— Et puis elle est belle et très douée.

— Que fait-elle de ses dons ? Elle est méchante et égoïste. Elle se conduit très mal avec toi et tu le supportes sans te plaindre jamais. Elle vendrait sa grand-mère si c'était nécessaire et toi aussi !

Mais Leonora se contenta de sourire, faisant confiance à son propre jugement. *Elle l'a ensorcelée, elle aussi*, songea Cicely.

Puis une idée la traversa.

Elle se précipita au grenier, abandonnant Leonora devant la cuisinière en train de caresser un Barley très âgé et presque aveugle. Le cœur serré par l'angoisse, terrifiée à l'idée de ce qu'elle pourrait découvrir, elle se hâta aussi vite qu'elle put vers le petit atelier de Marcel, poussa la porte et entra. La pièce avait gardé son odeur, un doux parfum venant de France auquel se mêlaient d'âcres relents de peinture et de papier, de poussière et d'air confiné car il ouvrait rarement la fenêtre. Elle resta debout un instant à regarder la pièce, l'imaginant en train de travailler à la lueur matinale filtrant par la vitre. Ses yeux tombèrent sur le tableau abandonné, la face contre le mur. C'était une grande toile à la texture rugueuse. Elle se mordit le pouce et retint son souffle, redoutant de découvrir ce qu'il représentait. Si Leonora avait raison, ce tableau était comme un message d'adieu. Elle pria en souhaitant que ses craintes ne soient pas fondées, puis elle s'avança lentement.

De ses mains tremblantes, elle écarta la toile du mur et la laissa retomber par terre. Dans une charmante pose d'abandon, le corps lumineux d'Alicia s'offrit à ses yeux, aussi nu que le jour où elle était née. Le sang de Cicely se glaça dans ses veines. Pas un instant elle ne crut à son innocence, ni ne pensa que le tableau avait pu naître de la seule imagination de Marcel.

À bien y réfléchir, le comportement de Marcel avait commencé à changer quand Alicia était partie. Alicia avait-elle séduit à la fois Marcel et Florien ? Pourquoi pas aussi Panazel ? Dans l'esprit de sa tante, Alicia faisait figure de Méduse avec des serpents qui ondulaient sur sa tête et des yeux qui pétrifiaient tous ceux qui osaient la regarder. Elle aurait pu supporter à la rigueur que Marcel finisse par s'enfuir avec une femme plus jeune, mais partir à cause d'Alicia, c'était plus qu'elle ne pouvait supporter.

D'un coup de pied dans la toile, elle transforma le beau visage jouisseur de la jeune fille en une large déchirure où il disparut pour ne laisser que le vide.

30

Florien n'avait aucune envie de partir avec sa famille. Il savait que, s'il s'en allait, il ne reverrait jamais Alicia. Son esprit était encore assailli par tous les brasiers de l'enfer, un feu allumé ce fameux jour où ils avaient fait l'amour dans le foin pour la première fois. Depuis qu'il s'était rasé la barbe, il avait secrètement fait le vœu de reconquérir Alicia, quel que soit le temps que cela prendrait et les moyens qu'il lui faudrait employer pour arriver au but. Alors, nul doute, elle reviendrait se traîner à ses pieds pour lui demander pardon. Et, bien sûr, il lui pardonnerait.

Mais, pendant que ses pensées tournaient invariablement autour d'Alicia, Florien ne s'apercevait pas que, petit à petit, son cœur s'attachait à Leonora.

Leonora qui était toujours là.

Leonora dont l'amour, aussi inconditionnel que celui des chiens de Cicely, le soutenait sans faillir. Il s'était si bien accoutumé à son affection et se sentait tellement à l'aise avec elle qu'il ne lui accordait aucune attention particulière, ainsi qu'on le fait d'une vieille couverture qui vous réchauffe tous les jours et dont on oublie jusqu'à la présence. Leonora l'accompagnait dans ses sorties à cheval à travers les collines du Dorset, partageait sa joie devant les mêmes levers et couchers de soleil, savourait la beauté de ces paysages éternellement changeants. Elle le comprenait mais, plus que tout, elle lui redonnait confiance en lui.

Assis sur le tracteur garé à la lisière du champ, Florien attendait que la moissonneuse soit prête pour le déchargement. À cette heure — midi —, la chaleur était insupportable. Pas un seul nuage ne venait troubler la perfection limpide du ciel. Il retira sa chemise et la peau brune et moite de son torse scintilla sous le soleil. Il languissait d'aller piquer une tête dans la piscine de Mrs Weatherby quand son travail serait terminé.

Il reconnut alors la sonnette du vélo de Leonora tandis qu'elle arrivait, un panier rempli de bières fraîches valsant sur son guidon. En pensant à son possible départ, le cœur de Florien se serra. Comme Leonora allait lui manquer !

Elle le rejoignit sur le tracteur, lui tendit une bière et extirpa un paquet de biscuits de la poche de sa salopette. La mine grave, fixant sur lui ses grands yeux tristes, elle lui demanda d'une voix hésitante s'il était vrai qu'il comptait partir.

— Je crois bien que oui, répondit-il d'une voix neutre tout en étudiant la réaction de la jeune fille. Papa veut monter vers le nord.

— Mais la région est si belle, ici ! Et tu y es heureux, n'est-ce pas ?

Il vit ses yeux scintiller de larmes.

— Oui, j'aime cet endroit, lâcha-t-il en ouvrant

sa canette de bière. Et je n'ai pas vraiment envie de partir...

— Quand donc Panazel veut-il lever le camp ?

— À la fin de la moisson.

— Mais toi ? Ne pourrais-tu rester ?

Florien contempla le visage long et sensible de Leonora et sentit une étrange émotion lui étreindre le cœur, comme si celui-ci se dégelait lentement. Il plongea son regard dans celui de la jeune fille et le retint captif un long moment. Pour la première fois, il ne la voyait plus comme un être terne, mais comme une jeune femme d'une émouvante beauté. Il se demanda pourquoi il ne l'avait jamais remarqué avant. Leonora détourna les yeux, troublée par cet examen aussi inhabituel qu'insistant. Jamais encore il ne l'avait regardée de cette façon.

— Tu sais, c'est souvent au moment où l'on va perdre quelque chose que l'on réalise combien on y est attaché, dit-il d'une voix très douce.

À l'aide d'un vieux chiffon poussiéreux, il épongea la transpiration qui perlait sur son front. Leonora crut qu'il parlait de la ferme de tante Cicely.

— Mais cet endroit est aussi devenu le tien, dit-elle avec sa gentillesse coutumière.

Il leva les yeux vers elle et l'étudia à travers l'épaisse frange de ses cils.

— Je ne parlais pas de Holholly Grange.

Les joues de Leonora s'empourprèrent.

— Je... je t'apporterai encore de la bière plus tard. J'ai bien l'impression qu'on a besoin de toi.

D'un signe de tête, elle lui montra la moissonneuse dont le bras était dressé, prêt à être raccordé au tracteur. Florien tourna la clé de contact et le moteur commença à tousser comme un vieillard cacochyme. Leonora descendit du marchepied, enfourcha sa bicyclette et s'éloigna sur le chemin menant à la ferme. Un flot de pensées assaillait son esprit. Mais à quoi Florien avait-il donc fait allusion, tout à l'heure ? Pas à elle, en tout cas, ça, elle en était sûre.

Tout au long du trajet qui la ramenait à la maison, elle avait fini par se convaincre qu'il n'avait absolument pas, mais alors *absolument pas*, voulu parler d'elle. La passion qu'il vouait à Alicia l'avait littéralement brisé, alors comment s'imaginer une seconde qu'il pourrait éprouver le moindre sentiment pour une autre ? Elle secoua la tête comme pour mieux se débarrasser de ce stupide accès d'optimisme, puis entreprit de désherber les plates-bandes et de cueillir quelques bonnes poires pour Cicely. Depuis qu'elle était arrivée chez sa tante, le jardin, grâce à son travail acharné, s'était transformé en véritable corne d'abondance. Elle adorait y travailler des heures dans la chaude lumière du soleil, bercée par le roucoulement des colombes et le caquetage joyeux des oiseaux.

Aujourd'hui, pourtant, la sérénité de ses laborieux après-midi était troublée et son esprit tourmenté par toutes sortes de pensées. Si Florien partait, tout ce qu'elle avait aimé jusqu'ici de cet endroit s'en irait avec lui. Les lieux perdraient leur grâce, leur magie. Car, même lorsque le ciel se voilait de gris, le paysage resplendissait, parce que Florien était là. Non, elle ne pourrait pas supporter son départ. Pour la première fois de son existence, Alicia lui inspira amertume et jalousie.

La moisson avançait et Leonora continuait de travailler dur au jardin. Mais elle prenait le temps d'apporter de la bière fraîche et des biscuits à Florien, de s'asseoir près de lui sur le tracteur tandis qu'il attendait de décharger le blé. Elle avait perçu un changement en lui sans pour autant s'autoriser à espérer que ce fût dans le sens de ses espoirs secrets. Florien ne parlait plus jamais d'Alicia et, désormais, il la regardait avec des yeux nouveaux, des yeux attentifs, éveillés, qui ne cherchaient plus, comme avant, à travers elle l'image insaisissable d'Alicia... À présent, Florien lui consacrait du temps, l'interrogeait sur ses rêves, s'intéressait à ses sentiments, ses souvenirs d'Argentine. Pour la première fois aussi, il écoutait ses réponses.

Un soir, alors que la moisson approchait de son terme, ils s'étaient étendus pour regarder les étoiles en évoquant les souvenirs d'enfance de Leonora à Hurlingham. Les flammes du feu de camp s'éteignirent lentement tandis qu'elle parlait de son séjour triste et solitaire à Colehurst House, de son mal du pays et de sa passion pour la nature.

— Jamais je ne pourrais vivre en ville, soupira la jeune fille. Je crois que j'en mourrais.

— Moi aussi. Je déteste la pollution et le bruit.

— Toute cette confusion, ces gens qui courent sans cesse, sans même avoir de temps à consacrer aux autres.

Florien hocha la tête.

— J'ai toujours vécu à la campagne. Ailleurs, je me sentirais totalement perdu.

Une douleur familière étreignit le cœur de Leonora quand elle demanda :

— Mais, si tu pars, où iras-tu ?

— Quand j'étais gosse, on a traîné sur toutes les routes du Yorkshire, de ferme en ferme. Maintenant, papa veut repartir.

— Mais pourquoi ?

Florien soupira.

— Il est resté toutes ces années chez Mrs Weatherby parce qu'il l'aime bien et qu'il apprécie le travail qu'elle lui propose. Mais tu sais qu'elle va vendre la ferme et...

Leonora laissa échapper un petit cri.

— Non ! Je l'ignorais !

— Si elle ne te l'a pas dit, c'est sans doute pour ne pas te faire de peine. Elle gardera la maison mais les terres seront rachetées par le voisin qui les exploite pour le compte de ta tante. Tu sais, pour arriver à gagner sa vie, dans ce métier, il faut avoir beaucoup de terres. Ta tante n'en a pas suffisamment.

Leonora demeura un long moment silencieuse, les yeux perdus dans l'océan noir du ciel au-dessus d'eux. Puis, d'une voix calme, elle murmura :

— Marcel l'a quittée...

— Je sais. Et ça a l'air de la tourmenter drôlement...

— Je crois qu'elle souffre beaucoup.

— Pourquoi est-il parti ?

— Peut-être pour la même raison qui pousse ton père à reprendre la route vers le nord. Envie de nouveauté, je suppose.

— De toute façon, il avait l'âge d'être son fils.

— C'est vrai. Mais elle l'aimait.

— L'amour est étrange, hein ?

Tout en prononçant ces mots, Florien se sentit touché par une sensation nouvelle. Rien à voir avec le brûlant magnétisme d'Alicia ou les crises éperdues de passion possessive qui l'avaient tant tourmenté. Non, cette fois, il s'agissait de quelque chose de doux, de chaud, de triste.

Tandis qu'ils demeuraient étendus côte à côte en silence, il s'efforçait de comprendre ce qui lui arrivait.

Quand il lui prit la main, Leonora osa à peine respirer, de peur de briser le charme du moment. Elle ferma les yeux, continuant à se convaincre de toutes ses forces qu'il ne s'agissait là encore que d'un geste d'amitié.

Puis il l'embrassa. Leonora fut si abasourdie qu'elle resta aussi immobile qu'une bûche dans ses bras.

Quand Florien s'écarta pour plonger son regard dans le sien, il vit que le visage de la jeune fille s'était ouvert comme une fleur sous les premières caresses du soleil. Les dernières braises du feu de camp allumaient des reflets d'or sur son visage. Elle était devenue si belle, comme si ce seul baiser avait suffi à la libérer d'un sortilège. Elle lui sourit, d'un sourire à la fois timide et tendre, et l'amour qu'il lut dans ses yeux l'enveloppa comme un bouclier magique. Alicia l'avait toujours rabaissé mais Leonora, elle, lui rendait toute sa force et sa confiance. Il savait qu'elle se donnait de tout son cœur à lui. Quand il l'embrassa de nouveau, elle s'anima enfin et, les bras serrés autour de son cou, lui rendit fougueusement son baiser.

— Oh, Leonora, je me suis vraiment comporté comme le dernier des imbéciles !

Il laissa ses lèvres courir le long de sa tempe, respirant avec bonheur les parfums de fleurs qui imprégnaient ses cheveux.

— Tu n'es pas du tout un imbécile, corrigea sereinement Leonora.

— Plus depuis aujourd'hui, alors. Je ne répéterai pas les mêmes erreurs...

— Bien sûr que si. La vie n'est qu'une suite de leçons plus ou moins bien apprises et de tentatives plus ou moins réussies. À mon avis, tu as encore du chemin à faire !

Elle se mit à rire quand il l'attira de nouveau à lui pour l'embrasser dans le cou. Émerveillé, il la regarda d'un air incrédule.

— Depuis tout ce temps que tu te trouvais à mes côtés, Leonora, comment ai-je pu ne pas voir tout ce que tu m'apportais... Tu m'as toujours aimé, n'est-ce pas ?

— Oui, et je ne cesserai jamais.

— Moi aussi, je t'aime, Leonora. Je pensais préférer Alicia mais, maintenant, je comprends ce qui est si différent entre vous. (Et, posant la main de la jeune fille sur son cœur, il précisa :) Ceci...

Pour rattraper le temps perdu et aussi pour s'assurer de ne plus jamais imaginer la vie sans elle, Florien demanda à Leonora de l'épouser. À leur surprise mutuelle, cette proposition les enchanta autant l'un que l'autre.

— Oh oui, je veux bien t'épouser, Florien... Je n'arrive pas à me convaincre que tout ça m'arrive à moi. Je t'aime depuis si longtemps que je me suis habituée à ne rien attendre en retour.

— Fini, tout cela, maintenant. Je vais consacrer le reste de ma vie à te rendre heureuse.

— Oh, Florien. Je ne sais pas si je te mérite.

— Tu te trompes. Tu t'es montrée bonne pour moi dès que nous nous sommes connus. Nous n'étions que des gosses mais je n'oublierai jamais ta gentillesse. Et puis nous aimons les mêmes choses, toi et moi : les grands espaces, les fleurs, les chiens, les chevaux. Nous aimons cette vieille maison où vit ta tante Cicely, les grands espaces, la liberté. Et tu sais combien nous, les gitans, aimons nous sentir libres. Nous voulons pouvoir aller où bon nous semble. Nous n'avons besoin que de notre caravane et de nos chevaux. Nous haïssons les villes, la pollution, le bruit. Tu vois, tant de choses nous rapprochent ! Je sais... tu n'es pas de mon peuple mais, dès aujourd'hui, je vais faire de toi une vraie gitane.

Leonora se sentit si heureuse que la tête lui tourna.

— Quand vas-tu demander ma main ? finit-elle par balbutier.

Florien la regarda sans comprendre.

— Hein ?

— Tu sais bien qu'il te faut demander ma main à mon père...

Le jeune homme parut tomber de haut. D'un

seul coup, tous ses rêves si promptement échafaudés s'effondraient comme un château de cartes. Jamais Mr Forrester n'accepterait de donner sa fille à marier à un gitan !

Comme toujours, Leonora sembla lire dans ses pensées.

— Papa acceptera. La conduite d'Alicia le tourmente beaucoup et il sera fou de joie de savoir qu'au moins l'une de ses filles va s'établir. Quant au style de vie que tu mènes, il ne s'en préoccupera guère s'il sait que je suis heureuse à tes côtés.

Ce qu'elle ne lui disait pas, c'est qu'elle voyait rarement son père et qu'il n'avait plus d'influence sur elle depuis longtemps.

Florien la dévisagea, l'air inquiet.

— Tu en es certaine ?

— Tout à fait. La personne qui me préoccupe le plus n'est pas mon père mais Alicia.

À peine avait-elle prononcé ce nom que Florien se sentit de nouveau étreint par l'angoisse.

— Pourquoi ? Tu crois qu'elle le prendra mal ?

— J'en ai bien peur, en effet. Tu sais combien elle est possessive. Même si vous ne vous aimez plus aujourd'hui, vous avez été amants. Je la connais. Elle sera furieuse de te perdre.

Florien savait Leonora trop loyale pour critiquer sa sœur. De toute façon, elle avait raison. Alicia en ferait une maladie.

— Que comptes-tu faire ?

— Rien. Soyons prévenants avec elle, c'est tout. Elle vient de rentrer d'Antibes où son dernier petit ami l'a emmenée en vacances. Ne me demande pas comment il s'appelle, Alicia en a tant qu'il est impossible de se rappeler leurs noms. Si son séjour s'est bien passé, peut-être aurons-nous droit à ses félicitations. Mais si, par malheur, elle s'est ennuyée, gare à sa mauvaise humeur ! Alors croisons les doigts.

En imaginant Alicia dans les bras d'un autre homme, une fugitive vague de colère assombrit le cœur de Florien. Il pouvait encore entendre résonner à ses oreilles les mots qu'elle lui avait jetés un jour, brutalement : *Chaque fois que j'en ai envie, je prends des amants. Des tas d'amants*. Des mots qui le blessaient encore au plus profond de lui. Il espéra de tout son cœur la faire souffrir à son tour en se mariant avec Leonora. Peut-être, alors, regretterait-elle de l'avoir laissé partir. Peut-être chercherait-elle à le reprendre. Mais il serait trop tard. Il ne la voudrait plus. Tout ce qu'il souhaitait, c'était qu'elle paie.

Le matin suivant, Leonora emprunta la voiture de la maison pour se rendre chez ses parents, sur la côte. En partant, elle avait laissé sa tante rongée de curiosité. Jamais, en effet, Cicely n'avait vu sa nièce aussi rayonnante. Elle devina que quelque chose devait s'être passé entre elle et Florien. Seul un homme peut allumer de tels feux dans le regard d'une femme. Elle aussi avait brillé de cette même lumière autrefois. Aujourd'hui, elle ne ressemblait plus qu'à un vieux reptile poussiéreux.

Mais les reptiles sont des survivants.

Leonora suivit la petite route sinueuse qui traversait le village comme une rivière capricieuse. Comme elles étaient jolies, ces petites maisons blanches égayées par des rosiers pimpants. Leurs parfums mêlés à celui du chèvrefeuille embaumaient l'air vif au goût de sel. Les abeilles bourdonnaient. Les papillons dansaient. Et, là-haut, dans le ciel, les mouettes tournoyaient au-dessus de la mer, à la recherche d'une proie ou d'une brèche dans la falaise où se nicher.

Un peu à l'écart des autres cottages, la maison de Cecil et Audrey se dressait à l'extrémité du village, au bord d'un étroit chemin de sable menant à la plage. Tout était tranquille. Un gros chat roux dormait au soleil sur le rebord d'une fenêtre.

En reconnaissant la voiture de Leonora, Grace bondit hors de la maison aussi fougueusement que le faisaient les chiens de tante Cicely. Leonora prit sa petite sœur dans ses bras en riant.

— Dis-moi, Gracie... Tu n'es pas à l'école ?

— J'avais mal au ventre en me levant, alors maman m'a permis de rester à la maison.

La petite leva vers sa sœur de grands yeux bleus rieurs.

— Hmm, petite coquine, tu ne m'as pas l'air si malade que ça..., s'exclama Leonora en reposant l'enfant à terre. Sois sage, je vais voir maman.

Elle pénétra dans la maison puis gagna le jardin. Dès qu'elle la vit, Audrey sut aussitôt que quelque chose d'important venait d'arriver à sa fille. Tout comme tante Cicely, elle savait reconnaître la lumière de l'amour sur un visage. Posant son sécateur, elle alla à sa rencontre.

— Tu es radieuse, ma chérie. Quelque chose est arrivé ?

— Tu ferais mieux de t'asseoir, maman chérie, lança gaiement Leonora. Au fait, où est papa ?

— Parti acheter du matériel pour construire une maison de poupée à Grace.

Leonora rejoignit sa mère sur le petit banc.

— Dans ce cas, c'est toi qui auras la primeur. Impossible d'attendre pour te l'annoncer, je suis bien trop excitée. Florien m'a demandée en mariage.

Les yeux de la jeune fille se remplirent de larmes.

— Oh, maman, je suis si heureuse... Je... je ne sais plus quoi faire de moi !

Audrey la prit dans ses bras pour la serrer si fort contre elle qu'elles en eurent toutes deux le souffle presque coupé.

— Oh, ma chérie, c'est une merveilleuse nouvelle.

Elle s'écarta légèrement pour contempler le visage de sa fille et, dans ses yeux, la claire douceur de l'automne alluma des reflets d'une infinie tendresse.

— Tu l'aimes beaucoup, n'est-ce pas ?

— Tellement que ça fait mal.

— Je sais. C'est la plus exquise des douleurs. Et le sentiment le plus doux qui puisse exister sur cette terre. Un avant-goût du paradis, je crois bien. Et personne ne le mérite plus que toi. Tu n'imagines pas le nombre de gens qui ne connaissent jamais le véritable amour. Toute leur vie, ils le cherchent et cette quête devient le moteur même de leur existence. Mais l'amour leur échappe toujours. La vie ressemble à une grande loterie et c'est au moment où on s'y attend le moins que l'on retourne la carte qui va changer le cours de son destin.

— Je n'avais jamais imaginé que Florien pouvait m'aimer aussi.

— Tu as su te montrer patiente et tu as été récompensée.

— Est-ce que tu as éprouvé le même genre de chose quand tu as rencontré papa ?

Audrey demeura silencieuse un court moment. Jamais encore Leonora ne l'avait interrogée sur sa relation amoureuse avec Cecil.

— Ton père est l'homme le plus noble que je connaisse. Son cœur est parfaitement bon. Je sais que j'ai eu beaucoup de chance d'être aimée d'un homme tel que lui. Quand on est jeune, on recherche les émotions fortes, l'aventure... Mais, au fil de la vie, j'ai appris à apprécier chez les hommes des qualités rares et plus précieuses qui, souvent, passent inaperçues. L'amour qui nous unit, Cecil et moi, n'a rien d'une passion dévastatrice, mais il est profond et authentique.

Leonora hocha la tête. Elle aurait voulu parler de ce tumulte de sentiments qui l'envahissait tout entière mais, soudain, elle craignit que sa mère ne la comprenne pas.

Quand Cecil rentra, un peu plus tard, ce fut pour trouver Grace qui l'attendait dans l'allée, assise au soleil. Elle jouait avec les esprits du jardin qui peuplaient les massifs de roses tapissant la façade de la maison.

Apercevant la voiture de Leonora, il haussa un sourcil.

— Leo est dans le jardin avec maman, expliqua Grace. Elle a des nouvelles pour toi.

— Des bonnes, j'espère, dit Cecil en soulevant la grosse boîte posée sur la banquette arrière de la voiture.

— Bien sûr qu'elles sont bonnes. N'ai-je pas toujours dit que Leo serait heureuse ?

Elle trottina vers son père et, désignant la boîte, demanda :

— C'est ma maison de poupée ?

— Oui, ma chérie.

— Mais c'est plat !

— Ça ne le sera plus quand j'aurai assemblé les différents morceaux.

— Tu es le plus intelligent des papas.

— Quand elle était petite, ta tante Cicely avait une maison de poupée, elle aussi. Au fait, tu pourras aussi y inviter tes amis les esprits. (Il se mit à rire.) Et même les enfermer dedans !

— Les esprits savent traverser les murs, voyons.

— Hmm. J'aimerais bien être comme eux.

— Oh, ça t'arrivera bientôt, parce que tu es très vieux.

Cecil éclata de rire. Depuis leur installation en Angleterre, il avait exorcisé les démons du passé et trouvé une sérénité qui lui donnait une vision plus claire des choses. Au fil du temps, l'amour qu'il ressentait pour Grace était devenu si fort qu'il en fut lui-même surpris. Sans chercher à la comprendre, il acceptait ses différences, apprenait à s'en émerveiller chaque jour davantage au lieu de les redouter. Il l'aidait à faire ses devoirs, assis à la table de la cuisine pendant qu'Audrey préparait le dîner, discutait fort doctement des rois et des reines d'Angleterre, d'arithmétique ou de biologie. La petite fille se montrait d'une curiosité insatiable et plus il lui apprenait de choses, plus elle voulait en découvrir de nouvelles. Sa capacité à apprendre était sidérante. Au final, Cecil avait endossé un rôle qui lui convenait parfaitement : celui du maître de tous les savoirs. Certes, il ne croyait ni aux fées ni aux esprits du jardin mais il pouvait répondre à toutes les questions de Grace. Avec fierté, avec joie, il voyait grandir sa petite fille sous son ombre bienveillante. Audrey avait remarqué ce changement progressif. Touché par la magie de l'enfant, Cecil avait acquis une nouvelle assurance.

Quand Leonora lui apprit ce qui venait de bouleverser sa vie, il posa doucement la grande boîte plate sur le sol et s'approcha d'elle pour lui tapoter le dos. « De bonnes nouvelles, en vérité... », dit-il aussitôt sans parvenir à donner de la chaleur à sa voix. Audrey comprit aussitôt ce qui le préoccupait. Elle non plus ne pouvait s'empêcher d'imaginer ce que les Crocodiles auraient fait de cette histoire. Mais Louis lui avait enseigné que l'amour était le plus inestimable des trésors et elle se battrait jusqu'au bout pour permettre à sa fille d'aller au bout de ses rêves.

— Cecil..., dit-elle en lui souriant, Leonora et Florien s'aiment. Ils ont grandi ensemble à Holholly et partagé tant de choses. On peut dire qu'ils ont poussé dans le même terreau.

— Je l'aime, papa. Je l'ai toujours aimé, plaida Leonora.

— Ils sont faits l'un pour l'autre, papa, intervint

Grace avec sa franchise habituelle. Ça fait des années que je le sais, mais j'ai promis de ne plus jamais lire l'avenir des gens après avoir regardé dans celui de Nelly. Fais-moi confiance, papa. Je sais que ça se passera bien.

— Je ne fais que penser à ton futur, Leonora. Florien et toi appartenez à des milieux radicalement différents. Es-tu certaine d'y avoir bien réfléchi ?

— Ce n'est pas nécessaire, rétorqua sa fille avec un sourire radieux. Je l'aime, cela suffit.

— C'est un gitan.

— Et je deviendrai gitane moi aussi. Écoute, papa, je suis heureuse. Que veux-tu d'autre pour moi ?

Cecil regarda sa femme. Puis, secouant la tête, il déclara :

— Ma chère Leonora, je ne serais pas un bon père si je ne te posais pas ces questions. Mais puisque tu es heureuse, je le suis aussi. Tu as ma bénédiction.

Quand il sourit, une ombre passa sur son visage.

— Merci, papa.

Leonora fondit en larmes et se jeta dans ses bras. Durant ce bref échange, la jeune femme venait de comprendre à quel point l'approbation de son père comptait pour elle.

— Est-ce que je pourrai être demoiselle d'honneur ? demanda Grace en tournant autour de la boîte plate posée à terre.

— Je t'y convie officiellement, ainsi que les esprits du jardin.

— Génial. Je danserai dans l'église dans ma robe de ballet.

Audrey sourit à Leonora qui éclata de rire.

— Est-ce que vous réalisez ce qui m'arrive ? lança-t-elle gaiement. Je vais devenir une gitane ! Vivre dans une jolie caravane au milieu des champs...

— De mon temps, un homme se déplaçait pour demander la main de sa bien-aimée à son futur beau-père, grommela Cecil.

Audrey posa une main sur son bras.

— Cecil, pour l'amour du ciel... On est dans les années 70 et les choses ont bien changé depuis notre jeunesse. Et puis Florien est gitan. Son monde est régi par des protocoles différents des nôtres.

Tout en parlant, Audrey ne put s'empêcher de se demander s'ils se marieraient dans les bois, comme des hippies.

— Il est trop timide pour demander ma main, expliqua Leonora. Mais ton consentement compte beaucoup pour lui, papa.

— Eh bien, je vous le donne, ma chérie. Ainsi que tous mes vœux les plus sincères pour votre parfait bonheur. Personne ne mérite plus que toi d'être heureuse.

À cet instant précis, Grace éclata d'un rire joyeux. Tous sursautèrent et la regardèrent, surpris.

— Qu'est-ce qui t'amuse donc tant ? demanda sa mère.

— C'est Alicia, maman. Elle rentre aujourd'hui et je ne crois pas que la nouvelle lui fera très plaisir... (Tournant sa petite frimousse éveillée vers son père, elle enchaîna :) Et cette maison, papa ? Est-ce qu'elle va rester dans sa boîte ? Allez... je t'en prie... construis-moi vite un palais pour mes jolies poupées...

31

Une nouvelle fois, Grace avait eu raison. Alicia était folle de rage. Bien trop rusée pour laisser transparaître ses sentiments devant ses sœurs et ses parents, elle veilla au contraire à féliciter Leonora et à l'embrasser — quoique froidement. Après quoi, elle se précipita chez tante Cicely pour demander des explications à Florien.

Elle le trouva juché sur son tracteur, attendant le chargement de la moissonneuse.

— Je sais pertinemment que tu ne l'aimes pas ! lui lança-t-elle avec mépris.

Une lueur de triomphe traversa les yeux du jeune homme tandis qu'il contemplait calmement le visage pâle et crispé d'Alicia.

— Eh bien détrompe-toi. Je l'aime. Et même bien plus que je ne t'ai jamais aimée.

Il se sentait tenaillé par l'envie de la prendre par les épaules pour l'attirer à lui et embrasser avidement cette bouche pulpeuse, cette peau légèrement moite, dorée par le soleil de la Côte d'Azur. Les yeux bleus de la jeune femme le transpercèrent et, malgré toutes les perversités de sa nature profonde, elle le séduisait encore. Pour échapper à son emprise, il détourna les yeux et contempla les lignes blondes des champs où la moissonneuse traçait sa route dans les vagues ondulantes du blé.

— Pourtant je sais que tu me désires. Tu me désires, n'est-ce pas, Florien, insista la jeune femme avec un sourire dédaigneux. Viens, prends-moi, si cela te tente. Je suis à toi si tu veux...

— C'est fini, Alicia. Je t'aimais mais, maintenant, j'ai mûri.

Elle laissa échapper un rire si méprisant qu'il en eut la nausée. Elle avait toujours su le ridiculiser, l'humilier, lui faire perdre toute confiance en lui. Avec elle, il se sentait aussi insignifiant que ces grains de blé, là, éparpillés sur le plancher du tracteur. Il se rappela le jour où elle l'avait obligé à tuer un poulet et le même sentiment d'humiliation l'envahit comme si cela s'était passé la veille.

— Tu te fais des illusions, ma belle... Je n'ai plus aucun désir pour toi.

Elle se rapprocha de lui.

— En es-tu vraiment sûr ? fit-elle d'une voix doucereuse. Tu me plais, tu sais. Je te trouve infiniment plus séduisant que dans mes souvenirs. Le travail des champs te réussit.

— Tu ferais mieux de partir...

Mais, d'un simple et fluide mouvement, elle fut tout contre lui. Un nouveau rire lui échappa quand elle sentit son corps tendu de désir sous le jean.

— Alors, comme ça, tu ne me désires plus ? glousa-t-elle en se tortillant au-dessus de lui. Il y a des signes qui ne trompent pas, Florien.

Il se sentit si ridicule que le seul moyen de reprendre le contrôle était de la posséder brutalement. Il referma ses mains sur la nuque de la jeune femme et plaqua un baiser fiévreux sur ses lèvres. Triomphante, elle lui rendit son baiser, excitée par le désir furieux de Florien. Elle connaissait le pouvoir de sa séduction, mais ne se lassait pas d'en faire la démonstration en toute occasion. Elle ne se soucia pas une seconde qu'elle était en train de voler le fiancé de sa sœur. De toute façon, ce que ressentait autrui n'avait aucune prise sur elle. Le sentiment de sa toute-puissance lui arracha un sourire plein de suffisance. Elle se redressa sur les genoux pour permettre à Florien de lui retirer ses vêtements. Quand il la pénétra, elle voulut l'humilier encore davantage en s'emparant de lui tout entier. À califourchon sur son amant, elle se démenait comme un diable pour mieux le posséder. Emporté par le désir, les reins en feu, il n'avait plus conscience que du plaisir ultime vers lequel tout son corps tendait. Elle avait refermé les bras autour de sa tête et tiré son visage vers le creux de ses seins trempés de sueur sous la fine chemise blanche. Il respira son parfum et laissa courir sa langue sur la peau brunie par le soleil. Elle avait un goût de sel et ce je-ne-sais-quoi d'animal qui n'appartenait qu'à elle.

Quand tout fut fini, il se sentit coupable. La moissonneuse était prête et il était temps d'effectuer le chargement. Il mit le contact et pilota le tracteur sur le terrain inégal du champ. Dans le rétroviseur, il aperçut Alicia qui regagnait sa voiture en sautillant gaiement par-dessus les chaumes, ses longues jambes minces et brunes dansant sous sa minijupe bleue et ses cheveux flottant sur ses épaules. Florien avala sa salive. Son cœur battait encore la chamade et le remords lui broyait le cœur.

Sur la route menant à la maison, Alicia repéra la voiture de tante Cicely qui revenait du village. Elle obliqua sur le bas-côté herbeux du chemin pour la laisser passer, espérant secrètement que sa tante ne s'arrêterait pas pour bavarder. Mais, quand Cicely l'aperçut, elle s'arrêta aussitôt et descendit de voiture. Alicia retint son souffle.

— Je crois que tu me dois quelques explications, jeune fille, lança sèchement Cicely.

Alicia fut frappée de constater combien sa tante avait vieilli en peu de temps.

— Si c'est à propos de Marcel...

— Évidemment que c'est à propos de lui !

— Ce n'est pas moi qui lui ai demandé de me suivre en France, lança Alicia en haussant les épaules. Je l'ai rencontré un jour sur la plage, c'est tout.

Cicely sursauta.

— Il était en France ?

— Ne me demande pas pourquoi, c'était *ton* amant, pas le mien. Écoute... (Alicia prit un ton condescendant.) Il a essayé de me séduire un nombre incalculable de fois quand je vivais ici. Je n'étais qu'une enfant, bon sang ! Alors, bien sûr, je l'ai repoussé. Tout ce que je sais, c'est qu'un jour, pendant que je me détendais avec des amis sur la plage d'Antibes, il s'est pointé, pleurnichant des serments d'amour auxquels je n'ai évidemment rien compris. Je lui ai dit de s'en aller, tu penses bien. Ce n'est vraiment pas mon type.

— Et où est-il allé ?

— Comment veux-tu que je le sache ? Je croyais qu'il reviendrait auprès de toi.

Cicely songea au tableau percé d'un trou là où, auparavant, se trouvait le visage souriant d'Alicia. Le regard perdu sur l'étendue ondulante des champs, elle réfléchit. Elle ne faisait pas confiance à Alicia, mais Marcel était un artiste, un être fantasque et libre dont on pouvait tout attendre. Il ne restait plus qu'à faire semblant de croire à cette histoire. Elle accorderait à sa nièce le bénéfice du doute. Levant les yeux, elle contempla le visage parfait de la jeune femme. Elle était de ces beautés lisses, cruelles, implacables.

— Je regrette qu'il soit parti, ma tante, mais je t'assure que cela n'a rien à voir avec moi. De toute façon, ce n'était pas un homme pour toi. C'est un bon à rien, même en peinture. As-tu jamais vu ses toiles ?

— Malheureusement, oui, répondit Cicely. Il en a laissé une en partant mais je la brûlerai dès que j'aurai mis la main sur une allumette. Changeons de sujet : Tu es au courant pour Florien et Leonora ?

Elle vit se dessiner sur les lèvres d'Alicia un sourire d'une insupportable suffisance.

— Ils sont bien assortis, lâcha la jeune femme. Leonora a toujours rêvé de devenir une bohémienne et de vivre dans l'une de ces hideuses roulottes où on n'a même pas la place de respirer. Enfin, si cela peut la rendre heureuse...

Cicely n'aimait pas du tout le ton qu'elle prenait pour parler à sa sœur.

— En effet, coupa-t-elle sèchement. À propos, où en es-tu de tes amours ?

Alicia haussa les épaules.

— Oh, rien de spécial. Jusqu'à ce que je trouve le prince charmant, les hommes ne manquent pas de quelques avantages.

Elle se mit à rire en songeant à tous les endroits paradisiaques où ses amants l'avaient emmenée. Elle les choisissait pour ça : leur compte en banque et leur souci de lui plaire.

Cicely la regardait bizarrement, mais elle eut un geste négligent de la main.

— Oh, voyons, ma tante, les mœurs ont évolué depuis ta jeunesse !

— Sans doute mais prends garde à toi, sinon les meilleures choses de la vie te passeront sous le nez.

Alicia leva les yeux au ciel.

— Seigneur ! Pourquoi faut-il donc toujours que maman ou toi jugiez bon de me faire sempiternellement la morale ! Vous ne comprenez donc pas que je m'amuse ? À vrai dire, jamais la vie ne m'a paru aussi divertissante.

Un peu plus tard, tandis qu'elle roulait vers la maison, elle repensa à ce fameux jour où Marcel était venu vers elle sur la plage d'Antibes. Quelle image pitoyable il avait donné de lui-même ! Elle aurait bien couché avec lui s'il ne l'avait pas repoussée un an plus tôt. Il avait raté sa chance, un point c'est tout. Pauvre imbécile. Elle l'avait écouté supplier, se lamenter, clamer qu'il ne pourrait jamais survivre sans son amour... et puis elle l'avait chassé comme un vulgaire moustique.

— Ma vie est un échec, avait-il pleurniché avant

de s'éloigner sur la plage. J'ai quitté ta tante, que j'aimais profondément, pour toi... toi qui n'es qu'un mirage.

Et maintenant, à cause du tableau, jamais il ne pourrait retourner à Holholly Grange.

La date du mariage fut fixée au 29 octobre. Audrey exhuma sa vieille machine à coudre pour confectionner la plus exquise des robes de mariée en soie ivoire et dentelle, ainsi qu'un ravissant petit ensemble pour Grace qui tenait absolument à être demoiselle d'honneur. Panazel donna à son fils l'une de ses roulottes pour qu'il puisse s'installer avec sa nouvelle épouse là même où ils s'étaient rencontrés, c'est-à-dire dans les champs. Tante Cicely promit de les autoriser à rester autant qu'ils le voudraient, même après la vente des terres agricoles. Il y aurait toujours la propriété et son parc à surveiller car elle se sentait bien trop vieille et fatiguée pour assumer cette tâche, surtout maintenant que Marcel était parti.

Personne ne fut au courant de ce qui se passa ce fameux jour dans le tracteur, au grand soulagement de Florien, toujours rongé par le remords. Dès lors, il se tint prudemment à l'écart d'Alicia. Quant à Leonora, elle rayonnait d'un tel bonheur que son visage s'était radicalement transformé. Elle était devenue définitivement belle. Son visage n'avait pas cette beauté froide et vorace qui caractérisait celui de sa sœur, mais respirait une douceur sereine, lumineuse.

Vint la fin de l'été, puis l'automne. Audrey faisait de longues promenades le long de la plage tandis que Grace était à l'école et Cecil à son nouveau travail dans une ville voisine — un poste de conseiller dans une petite société de placements financiers. Certes, son salaire était bien moindre que lorsqu'il travaillait à Buenos Aires mais, ici, en Angleterre, la vie était moins chère.

À leur plus grande surprise, ils découvrirent qu'il leur était facile d'aimer l'Angleterre. Les collines ondoyant sous le vent, le patchwork de verts éclatants des champs, les crépuscules flamboyants, le ciel délavé, subtil, dont toute couleur semblait avoir été balayée par les pluies. Jour après jour, la tendre délicatesse de ces paysages avait conquis son cœur. Audrey se sentait proche de Cicely et pouvait voir Leonora autant qu'elle le souhaitait. Quant à Alicia, elle venait leur rendre visite presque toutes les fins de semaine.

Mais sa mère lui manquait et la mort de son père pesait sur son cœur. Elle pensait souvent à tante Edna qui lui manquait aussi. Ces petits sacrifices étaient le prix à payer pour le salut de son mariage. Là-bas, elle n'aurait jamais su s'en sortir, sous l'œil de sa tante qui savait bien trop de choses et lui aurait rappelé constamment sa faiblesse.

Ici, dans ce pays à l'air vivifiant, on lui donnait une seconde chance. Elle avait fait de son mieux pour pardonner à son mari d'avoir envoyé les jumelles si jeunes loin d'elle. Et ses efforts avaient été récompensés. Oh, bien sûr, elle ne pouvait prétendre avoir oublié Louis. Mais Cecil était un homme bon et elle avait fait le bon choix. Chaque jour la rapprochait un peu plus de son mari, chaque jour ajoutait un peu de distance entre

Louis et elle. Le chagrin de le quitter s'était transformé en une peine sourde qu'elle pouvait choisir d'ignorer. Elle avait tenu sa promesse de ne plus jamais interpréter *La Sonate de l'oubli*, même si, parfois, ses doigts pianotaient malgré elle les notes familières. Cela aussi faisait partie du lent processus de guérison.

Elle ne dansait plus et avait remisé pour toujours son petit carnet recouvert de soie.

Restait Grace. L'enfant lui rappelait constamment Louis. Mais elle était aussi la fille de Cecil. L'admiration d'Audrey pour son mari allait croissant lorsqu'elle les regardait tous deux, à la fois si différents et, pourtant, si unis. Un père et sa fille. « Elle a la tête dans les nuages avec toutes ses histoires d'anges et d'esprits, aimait à répéter Cecil, mais je n'ai nul besoin de la comprendre pour l'aimer. »

Et Audrey, elle, l'aimait pour cet amour qu'il savait si généreusement donner.

Le matin du mariage arriva enfin. Leonora se réveilla surexcitée, Florien malade d'énervement et de remords, Alicia incapable de comprendre comment ces deux-là avaient pu en arriver à se marier aujourd'hui.

Elle avait fait l'amour avec Florien dans un tracteur et voilà qu'il se mariait avec sa sœur ! L'imminence de cette réalité l'oppressait si violemment qu'elle en eut la nausée. Elle pensait que Florien lui appartenait pour toujours. Et, cela, depuis leur toute première rencontre. Les clés de son cœur, c'était elle qui les gardait, et elle comptait bien ne les lui rendre que le jour où cela lui chanterait. Et voilà qu'aujourd'hui, cet imbécile ne trouvait rien de mieux que d'épouser Leonora !

La nausée fut trop forte. Alicia se précipita à la salle de bains pour vomir.

Pendant ce temps, Leonora se préparait. Elle passa la merveilleuse robe cousue par sa mère. Même Alicia, le visage aussi terreux et gris qu'un ciel d'octobre, dut admettre à contrecœur que sa sœur était absolument ravissante. Grace virevoltait de pièce en pièce, fière de son costume de demoiselle d'honneur — une jolie robe de fée. Cecil apparut sur le seuil de la chambre à coucher dans un élégant costume de cérémonie et ses yeux se posèrent avec fierté sur le petit groupe familial.

— Leonora, ma chérie, tu es radieuse, dit-il en déposant un baiser sur le front de sa fille. C'est un grand privilège pour moi que de conduire une aussi séduisante personne à l'autel. J'espère que Florien sait la chance qu'il a de t'épouser.

— Bien sûr qu'il le sait, papa ! répondit aussitôt Leonora en laissant échapper un rire léger. Et, moi, j'ai aussi beaucoup de chance de l'épouser...

À ces mots, Alicia se mordit la langue. Il lui serait si facile de détruire, en quelques mots, ce bonheur si insupportablement affiché par tous ! Et, pour couronner le tout, elle n'était pas habituée à voir sa sœur devenir le centre d'intérêt général, ce rôle lui étant dévolu depuis toujours.

Avisant sa petite sœur qui dansait devant elle, elle gémit d'une voix aigre :

— Grace, arrête de gigoter comme ça, tu me donnes le tournis ! Maman, dis-lui, toi !

— Assieds-toi cinq minutes, Grace, conseilla Audrey d'une voix douce. Sinon tu vas user le tapis.

La petite obéit et se laissa tomber sur le lit. Sans quitter Alicia des yeux, elle pointa sa baguette magique dans sa direction en chantonnant :

— Toi, tu es une mauvaise fée...

Alicia rougit de colère. C'était comme si Grace pouvait lire en elle comme dans un livre ouvert et qu'elle connût tous ses plus noirs secrets. Cette gamine avait un don, elle en était certaine.

— Moi, quand je me marierai, ce sera en grand, croyez-moi, lança-t-elle avec nervosité.

— Si tu parviens à trouver le prince ou le duc de tes rêves, répliqua Audrey en riant. Mais notre Leonora voulait quelque chose de plus accessible, n'est-ce pas, chérie ?

— Oui, juste la famille, acquiesça Leonora. Dommage que grand-mère et tante Edna n'aient pu venir. Ah ! Et puis Mercedes a envoyé un drôle de message.

Alicia se redressa. Mercedes était *son* amie, après tout.

— Et qu'est-ce qu'elle disait ?

— *J'ai toujours su que tu serais heureuse...*

Alicia fronça les sourcils.

— Qu'est-ce que ça veut dire ? Que, *moi*, je ne le serai pas ?

— Bien sûr que non, ma chérie, intervint Audrey.

— Quand tu te marieras, elle t'enverra probablement le même message, renchérit Cecil en ajustant son nœud de cravate dans la glace. (Il consulta sa montre.) Eh bien, je crois qu'il est l'heure. Allez devant. Leo et moi vous rejoindrons dans quelques instants.

Leonora sourit à son père. Qu'importe, aujourd'hui, si elle le connaissait à peine. C'était le jour de son mariage et il allait être à ses côtés pour la conduire vers sa nouvelle vie.

Audrey contempla son mari. Costume impeccablement repassé, chaussures parfaitement cirées. Il lui parut d'une élégance aussi irréprochable que le jour où, à Hurlingham, il était venu à la réception donnée pour ses dix-huit ans. Bien sûr, il avait vieilli. Les cheveux gris, les paupières tombantes, les rides qui creusaient les traits, autant de signes qui trahissaient les turbulences de ces dix dernières années. Pourtant, il demeurait toujours un très bel homme. Bien plus beau, même, qu'il ne l'avait jamais été car les blessures de la vie avaient humanisé, adouci, cette allure trop parfaite d'officier supérieur.

Quand il croisa son regard, Audrey lui sourit tendrement et il crut lire de la fierté dans ses yeux. Contrairement à son frère, Cecil n'avait jamais été très doué pour deviner les pensées de sa femme. Mais il lui rendit son sourire, heureux de cette journée, heureux de voir sa petite fille devenue femme. Puis Grace le frôla de sa baguette magique et sa nostalgie s'évanouit sur-le-champ. D'une voix flûtée, elle lui lança :

— Eh, papa, ne m'oublie pas, hein. Moi aussi, j'emmène Leo à l'autel.

Alicia essaya de croiser le regard de Florien mais il l'ignora ostensiblement. Elle prit place sur le banc réservé à la famille avec sa mère et tante Cicely, à peine consciente du décor égayé de fleurs et de bougies tant elle avait mal au cœur.

Florien savait qu'elle cherchait à attirer son attention mais le sentiment de sa faute était bien trop vif pour qu'il éprouvât la moindre envie de céder une fois encore à ses caprices. Ici, devant Dieu, il allait promettre d'aimer et de protéger Leonora le reste de sa vie. Il eut l'impression que les dix commandements qui s'étalaient en grosses lettres d'or au sommet de la nef s'inscrivaient aussi en lettres de feu dans son âme.

L'orgue entama l'hymne nuptial et Leonora apparut au bras de son père, suivie de près par Grace armée de sa baguette magique. Envahi par un brusque sentiment de timidité, Florien la regarda s'avancer dans la travée, le visage dissimulé par un voile brodé de lis. De là où il se trouvait, il pouvait deviner la jalousie presque palpable d'Alicia, assise sur le banc opposé. Plus il sentait son désir de le voir renoncer, plus sa détermination se renforçait de ne plus jamais lui abandonner le contrôle de lui-même.

Puis Leonora fut à ses côtés. Les mains moites, il souleva son voile et, à sa vive surprise, son anxiété se dissipa aussitôt. Il contempla la jeune femme qui, depuis toujours, avait été sa meilleure amie et se sentit porté par une immense tendresse pour elle. Elle leva des yeux rayonnants vers lui et il lui sourit tout en se demandant secrètement comment il avait pu être assez faible pour trahir sa confiance.

Alicia les observait. L'amour, elle s'entêtait à

l'ignorer, même s'il l'avait frappée de plein fouet. Et c'est seulement maintenant qu'elle comprenait à quel point elle adorait Florien. Lorsque vint le moment magique où les deux futurs époux échangent leurs promesses de s'aimer jusqu'à la mort, Alicia se rendit compte à quel point elle s'était laissé obnubiler par le sexe et l'ivresse de la possession. Oui, elle avait désiré Florien et, oui, elle le considérait comme son bien propre. Personne d'autre qu'elle n'aurait dû l'avoir. Mais, désormais, un autre sentiment était venu chasser l'illusion de puissance ou le vertige du désir. Et ce sentiment la rendait malade à en mourir.

Brusquement très affaiblie, elle baissa la tête et se tassa au fond du banc. Jamais, oh non, jamais ! elle n'aurait pensé qu'il irait jusqu'au bout.

Après la cérémonie, Alicia partit immédiatement pour Londres sans même saluer sa sœur et son tout nouveau mari. Elle ne l'aurait tout simplement pas supporté. Aussitôt rentrée chez elle, elle appela l'un de ses multiples et richissimes amants et passa avec lui une nuit d'ébats torrides, rien que pour se prouver que Florien ne comptait décidément vraiment plus pour elle.

Quant à Florien, le mariage lui réussissait. Il était heureux, même si le souvenir piteux de sa trahison assombrissait encore son cœur. Blessée par le départ précipité d'Alicia, Leonora ne comprenait pas pourquoi elle ne venait pas lui rendre visite dans le Dorset. Pourtant, jamais elle ne se laissait aller à prononcer le moindre mot contre sa sœur. Au contraire, elle lui trouvait sans cesse des excuses et riait de ses manquements. Florien se demandait souvent si Leonora ferait encore preuve de tant de magnanimité en apprenant la trahison d'Alicia. Mais il n'avait pas le cœur à lui confesser la vérité, même si cela aurait soulagé sa conscience.

Au moment où il désespérait de se libérer du souvenir obsédant d'Alicia, Leonora lui annonça qu'elle était enceinte. Il regardait avec bonheur son ventre s'arrondir et entoura sa femme de toutes les attentions. Inquiet de la voir continuer à travailler au jardin, il lui interdit de porter quoi que ce soit de lourd tandis que, de son côté, Audrey se mit à tricoter des chaussons. Grace posa une main sur le ventre de sa sœur et prédit la naissance d'un garçon. Personne ne mit en doute cette prémonition et Audrey choisit une laine bleue pour ses travaux d'aiguille.

Quand elle apprit la nouvelle, il fallut à Alicia une bonne semaine pour réussir à maîtriser sa colère et rassembler assez de courage pour prendre sa voiture et descendre dans le Dorset féliciter sa sœur. Elle se gara devant la maison de sa tante et contourna la propriété pour gagner les champs où trônait la roulotte de Florien et Leonora. L'endroit, impeccablement tenu, était l'image même d'un bonheur simple et pastoral. Ce fut Florien qu'elle aperçut en premier, occupé à tresser un moïse pour son futur bébé. Il était si absorbé par son travail qu'il ne l'entendit pas approcher. Ce fut son ombre sur l'herbe qui le tira de sa tâche. Levant les yeux, il aperçut la jeune femme et rougit violemment.

— Je suis venue voir Leo, dit Alicia précipitamment. Où est-elle ?

— Chez tes parents.

— Je suppose que je devrais te présenter aussi mes compliments. Dis-moi, comment est-ce que ça s'est passé ?

Il la fixa, médusé.

— Hein ? De quoi parles-tu ?

— Quand tu lui as fait l'amour ce jour-là, est-ce que tu pensais à moi ?

Florien posa lentement le panier sur le sol pour se redresser de toute sa hauteur.

— Je te suggère de retourner à Londres, toi et ton mauvais esprit.

— J'ai une autre idée : Pourquoi ne pas aller chez mes parents, moi aussi, et raconter à tout le monde notre petit écart de l'été dernier ? Évidemment, cela risquerait de détruire ton mariage...

— Qu'est-ce que tu veux, Alicia ?

La question la déstabilisa. Elle ne se l'était jamais vraiment posée.

— Je me disais juste que tu aurais peut-être envie de goûter aux plaisirs défendus, finit-elle par répondre avec un sourire entendu. Tu n'as pas oublié les bons moments que nous avons partagés, n'est-ce pas ?

Tout en prononçant ces mots, elle vit le désir briller fugitivement dans les yeux de Florien, comme des braises sur lesquelles elle aurait soufflé.

— Tu te trompes, je suis très heureux avec Leonora. Toi et moi, c'est du passé.

— Sans blague. Je *sais* que tu continues à rêver de moi.

Décontenancé, il la regarda. C'était vrai, il rêvait encore d'elle et se réveillait souvent à l'aube, trempé de sueur, dégoûté de se sentir encore possédé par cette femme monstrueuse.

Secouant la tête, il se rassit, saisit ses outils et reprit son travail de vannerie.

— Je crois que tu ferais mieux de partir, dit-il d'une voix posée sans même la regarder. Tu abuses de notre hospitalité.

Alicia laissa échapper un petit rire sarcastique.

— Oh, ne t'en fais pas, je reviendrai.

Puis, tournant les talons, elle s'éloigna, le poids du regard de Florien dans son dos.

En mars, Leonora et Florien s'installèrent chez tante Cicely car la roulotte était trop froide et exiguë pour la future maman. De plus, l'absence de téléphone était un inconvénient majeur si Leonora était prise de contractions au beau milieu de la nuit. Cicely ne chauffait guère mais, au moins, il y avait de la place. Cecil réussit à persuader le jeune couple d'habiter l'un des cottages de la propriété après la naissance du bébé. « Une roulotte n'est pas un endroit pour élever un petit enfant... », plaida-t-il. Leonora hésitait mais Audrey finit de la convaincre.

— Vous pourriez laisser la roulotte dans le jardin. Cela fera une merveilleuse maison de jeux pour votre enfant. Rappelle-toi combien Grace a adoré la maison de poupée que lui a construit Cecil.

Un jour, à six heures du soir, alors qu'elle s'apprêtait à prendre un bain, Leonora appela son mari.

— Je crois que c'est pour bientôt...

Elle lui prit la main pour la poser sur son ventre rebondi.

— J'ai eu quelques contractions pendant la journée mais, maintenant, elles sont de plus en plus fréquentes. Toutes les cinq minutes, en fait. J'ai compté.

— Veux-tu que j'appelle la sage-femme ? balbutia Florien, affolé à l'idée de mettre le bébé au monde lui-même.

— Oui. Dis-lui que le travail a commencé. Mais nous avons encore le temps. Tous les premiers bébés sont lents à venir.

Son calme le rassura.

— Es-tu certaine de vouloir prendre ce bain ?

Elle lui sourit tendrement et posa le bout de ses doigts sur son visage crispé par l'anxiété.

— Ne t'inquiète pas. Je vais bien. Je me sens si excitée ! Notre bébé va naître, Florien...

— Eh bien, j'espère tout de même qu'il ne viendra pas au monde avant l'arrivée de la sage-femme !

Leonora tapota son ventre.

— Non, sûrement pas. Il n'est pas encore prêt.

— Je cours avertir tante Cicely. Ah... et puis ta mère, aussi.

Leonora rentra doucement dans la baignoire. L'eau chaude calma la douleur des contractions mais, lorsque Audrey arriva, les spasmes survenaient toutes les trois minutes. Leonora avait suivi des cours de préparation à l'accouchement et appris à respirer. À présent, elle haletait sur le lit, tenant serrée la main de sa mère dans la sienne. À bout de nerfs, Florien arpentait la pièce en attendant l'arrivée de la sage-femme. C'était une Irlandaise solide, au visage ouvert et au sourire rassurant. Mary — c'était son nom — parla doucement à la future mère.

— Ne vous inquiétez pas, ma belle. Je suis là et tout va bien se passer.

Quand Leonora perdit enfin les eaux, elle insista pour que tante Cicely et Audrey quittent la pièce. Florien s'apprêtait à les imiter lorsque la petite voix effrayée de Leonora retentit derrière lui.

— Je t'en prie, Florien, ne me laisse pas. Ce moment, je veux qu'on le passe ensemble...

Le rythme des contractions s'intensifia encore et, chaque fois que sa femme était traversée de spasmes douloureux, il la serrait contre lui, désespéré de ne pas pouvoir lui être plus utile, d'être incapable de soulager ses souffrances. Pourtant, au fur et à mesure que le travail avançait, il sentit de plus en plus combien sa présence importait à Leonora. Sa main crispée agrippait le pan de sa chemise tandis qu'elle enfouissait son visage couvert de larmes contre sa poitrine. Il lui entoura la tête de ses bras et caressa ses cheveux, envahi comme jamais encore par un amour infini.

Il répétait, en la couvrant de baisers : « Tu es si courageuse, ma chérie... » Le temps s'écoulait rapidement, rythmé par les contractions de plus en plus fréquentes. Leonora pouvait à peine respirer. Pourtant, ces préliminaires laborieux ne furent rien, comparé à l'heure et demie de travail qu'il fallut pour mettre l'enfant au monde. Leonora poussa, pria et cria pendant que Florien pleurait, craignant de voir périr femme et enfant. Quand le petit corps du bébé apparut enfin, rouge, bleu et frissonnant, ses parents fondirent à nouveau en larmes, bouleversés par ce miracle de la vie.

Mary enveloppa le petit garçon dans une serviette et le déposa dans les bras de sa mère. Tremblant encore de tous ces membres après ce qui avait été l'expérience la plus éprouvante de toute son existence, Florien s'assit au bord du lit pour glisser un doigt dans la main minuscule de son fils.

— Regarde, mon amour ! s'exclama-t-il, extasié. Il s'agrippe à mon doigt ! On dirait qu'il sait déjà qu'il peut compter sur moi...

Les joues de Leonora rosirent de surprise et de joie car jamais encore Florien ne l'avait appelée ainsi.

— Tu m'as appelée « mon amour »..., balbutia-t-elle en se serrant contre lui.

Il enfouit son visage dans sa chevelure.

— Parce que tu *es* mon amour. Jamais je ne t'ai aimée comme aujourd'hui. Et, surtout, j'admire ton courage, ta force. C'est toi qui as donné le jour à notre fils, cet enfant que nous aimerons et que nous protégerons toute notre vie. Je crois qu'aujourd'hui, quelque chose a changé en moi pour toujours.

— En moi aussi, avoua Leonora.

Elle couvrit de baisers le petit visage encore trempé du bébé.

— Rien ne sera plus important à présent que le

sort de notre fils. Au fait, comment l'appellerons-nous ?

— Panazel, comme mon père.

Leonora sourit.

— Va pour Panazel. (Elle soupira et embrassa à nouveau l'enfant.) Le nom de ton grand-père te protégera où que tu sois, mon petit garçon. Et je sais déjà que tu seras un enfant exceptionnel...

Plus tard, lorsque Alicia réussit à s'arracher à la frénétique vie mondaine qu'elle menait à Londres pour descendre dans le Dorset, ce fut pour trouver Leonora et Florien installés dans leur nouveau cottage. Dans une petite chambre qui sentait bon la lavande et le talc, le jeune Panazel dormait dans son moïse. Leonora s'affairait à transformer la petite maison en un nid douillet. Lorsqu'elle arriva, Alicia trouva Florien sur le seuil, occupé à repeindre la porte d'entrée en blanc. À son grand désarroi, elle vit que son beau-frère lui adressait un sourire détaché. L'étincelle du désir avait disparu de ses yeux sombres et Alicia devina aussitôt que Leonora avait enfin réussi à conquérir ce cœur rebelle.

— Entre, lâcha-t-il distraitement. Le bébé est en haut. C'est la huitième merveille du monde.

— Il paraît que vous l'avez appelé Panazel.

— Oui, comme mon père et mon grand-père. Bien sûr, celui-là ne vivra plus dans une roulotte mais c'est encore du sang gitan qui coule dans ses veines.

Réjouie de revoir sa sœur, Leonora se jeta à son cou pour l'embrasser.

— Où étais-tu donc ? Il faut absolument que tu voies Panazel.

En la suivant dans l'escalier menant à la chambre, Alicia constata que Leonora ne semblait nullement préoccupée de retrouver sa ligne. Elle était encore si ronde qu'on l'aurait crue toujours enceinte. Alicia en éprouva une fugitive satisfaction, vite chassée par le spectacle qui l'attendait dans la chambre. Penchée au-dessus du berceau, elle contempla l'enfant endormi — le plus beau qu'elle ait jamais vu. Le petit Panazel avait la peau si diaphane qu'elle semblait luire de l'intérieur. De longs cils bruns ourlaient ses paupières fermées et, sur sa bouche rose et pulpeuse, un sourire flottait, échappé de ses rêves.

— Il est adorable, grinça Alicia. Tu as de la chance, Leonora.

Pour la première fois, elle comprit ce que son amie Mercedes avait voulu dire, des années plus tôt. Ses paroles résonnaient encore dans sa tête : *Leonora sera heureuse parce que son caractère ne décevra personne*.

Alicia, elle, savait pertinemment qu'elle avait déçu beaucoup de monde.

Et surtout elle-même...

32

Les huit années suivantes furent des années de joie pour Leonora, de confusion pour Alicia et d'aventures excitantes pour Grace, toujours aussi passionnément curieuse de tout ce qui pouvait peupler son petit monde. Quand elle annonça à ses parents qu'elle venait de décrocher une bourse au Trinity College, une université de Dublin, personne ne fut plus surpris qu'Audrey. Jusqu'à ce jour, elle était persuadée que les fées et les esprits exerçaient plus d'attraits sur l'esprit de sa fille qu'un cursus universitaire.

— Oh ! mais tu sais, maman, la philosophie n'est pas un monde si éloigné de celui des fées, expliqua Grace en adressant un petit sourire amusé à sa mère.

— Oui, mais Dublin est si loin..., se lamenta Audrey.

— À un jet de pierre d'ici, en avion, maman. Je pourrai même revenir le week-end.

Mais ce n'était pas seulement la distance qui préoccupait Audrey. C'était à Dublin que Louis habitait.

— Trinity College ! s'exclama tante Cicely, enthousiaste. C'est merveilleux, ma fille. Tu verras, tu adoreras !

Cicely était devenue désormais Mrs Anthony Fitzherbert après avoir épousé son voisin propriétaire terrien, celui qui, justement, souhaitait lui racheter ses terres agricoles après le départ des gitans. Toujours vêtu de tweed et de cachemire, c'était un homme jovial et généreux. Il avait rendu à Cicely sa foi dans la vie, sa jeunesse et, ce qui ne gâtait rien, sa ferme bien-aimée. On pouvait maintenant voir flotter sur son visage le sourire un peu résigné de ceux qui, après avoir traversé l'épreuve du feu de la passion, en sont ressortis échaudés mais bien vivants, acceptant avec reconnaissance l'affection qu'on leur témoigne et cherchant davantage l'authenticité du cœur plutôt que les grands élans du désir.

Occupée à brosser l'un de ses chiens, elle jeta les boules de poils dans l'herbe.

— Voilà de quoi aider les oiseaux à bâtir des nids solides. Mais j'ai bien peur que la période de nidification ne soit passée. Ils volent tous, à présent.

— Est-ce que tu y es déjà allée ? interrogea Grace en s'étirant paresseusement sur la pelouse baignée de soleil.

— À Dublin ? Oh oui. Deux fois. Pour aller voir ton oncle Louis.

— Oncle Louis ?

— Tu sais, cet oncle plutôt bizarre à qui plus personne n'adresse la parole.

— Celui qui a appris à Leonora à jouer du piano ?

— Exactement. Il est un peu spécial, tu sais.

— Qu'est-ce qu'il fait à Dublin ?

Grace avait toujours su que son père avait un frère, mais son nom était rarement mentionné à la maison et aucune photographie n'évoquait son souvenir, à part le cliché en noir et blanc posé sur le piano de tante Cicely.

— Il a été maître de musique pendant de nombreuses années avant de se retirer à l'université où il réside à l'année. C'est un homme très respecté.

— Que fait-il de ses journées ?

— Il tyrannise les gens, j'imagine, répondit tante Cicely en riant. (Elle se remit à brosser le chien.) Il a un caractère difficile mais, s'il t'intéresse, tu pourras lui rendre une petite visite. En te voyant, il aura la surprise de sa vie, j'imagine.

— Pourquoi est-ce que personne ne va le voir ? Il fait partie de la famille, après tout.

Cicely posa la brosse et, les yeux au loin, se concentra pour trouver les mots justes.

— Ton père et lui se sont brouillés voilà des années de cela. C'était avant ta naissance. Ne me demande pas pourquoi mais, tout ce que je sais, c'est qu'il vivait autrefois avec tes parents en Argentine. Il était amoureux d'Isla, la sœur de ta mère. Malheureusement elle est morte de méningite très jeune. Je ne crois pas que ta mère s'en soit jamais vraiment remise. Et, à bien y réfléchir, Louis non plus.

— Est-il plus vieux que toi ou que papa ?

— Non, au contraire. Louis est de huit ans le cadet de ton père. Il doit avoir dans les cinquante-sept ans, aujourd'hui. Mais il fait plus que son âge. Tu sais, ce n'est pas un homme comme les autres et il n'a pas mené une vie très heureuse. Mais peut-être que, lorsqu'il te verra, cela lui apportera un peu de baume au cœur.

— Il ne s'est pas marié ?

Cicely soupira de nouveau.

— Il est de ces rares hommes qui ne peuvent aimer qu'une seule femme de toute leur vie. Louis a aimé passionnément et ne s'en est jamais guéri. Il n'a jamais posé les yeux sur une autre femme depuis.

— Comme c'est triste ! Tout le monde mérite d'aimer et d'être aimé en retour. Sinon, je crois bien que le monde s'arrêterait de tourner...

Cicely se mit à rire. Décidément, l'esprit de Grace resterait un mystère pour elle.

— Va le voir. Tu lui remonteras le moral. À mon avis, vous allez vous entendre comme larrons en foire avec votre manie, à tous les deux, de vivre dans la lune. Je m'étonne, d'ailleurs, que vous ne vous connaissiez pas encore.

— Maman ne veut pas que je quitte la maison.

— C'est parce que, autrefois, tes sœurs ont été envoyées très jeunes en Angleterre et la séparation a été dure. C'était nécessaire bien sûr, car elles y ont reçu une excellente éducation. D'ailleurs, si Leonora n'était pas venue, jamais elle n'aurait rencontré Florien. Vois comme ils sont heureux ensemble. Ce petit Panazel est décidément un garçon adorable. Sais-tu qu'il est né à la maison ? Cela me donne le droit de le considérer un peu comme mon propre fils.

Il y eut un silence puis, l'air sombre, Grace déclara :

— Alicia ne sera jamais heureuse, ma tante.

Cicely posa de nouveau sa brosse pour la regarder.

— Tsss, ma chérie, ne dis pas des choses pareilles.

— Tu sais très bien que j'ai raison. De toute façon, rassure-toi, je ne dirai rien à Alicia ou à maman. Un jour, autrefois, j'ai commis la bêtise de dire ce que je pensais à Nelly et, après, elle ne m'a plus parlé. N'empêche, Alicia n'arrivera à rien. Elle cherche des joies impossibles à obtenir.

Cicely soupira.

— Elle finira bien par se stabiliser un jour.

— N'y compte pas. Oh, bien sûr, elle va continuer à collectionner les amants, mais aucun ne sera assez bon pour elle. Ce sera une éternelle insatisfaite. D'ailleurs, regarde son visage. Ça commence à se voir.

Grace avait raison, encore une fois, pensa Cicely. La vraie nature d'Alicia commençait à miner sa beauté de l'intérieur, tirant ses traits vers le bas, pinçant les lignes de la bouche. Certes, elle conservait encore sa beauté mais elle paraissait de plus en plus froide et aigrie. Leonora, elle, suivait le chemin inverse. Au fil du temps, elle devenait plus charmante. Sa beauté était de celles qui s'épanouissent avec le temps — fraîche, pulpeuse, naturelle, comme un beau fruit. Elle élevait ses trois enfants avec amour et enthousiasme et leur apprenait les richesses et les beautés de cette nature qu'elle chérissait tant. Ils l'aidaient à ramasser les pommes, les prunes, les mûres pour les vendre au marché de la ville voisine. L'été, ils pique-niquaient dans les champs où travaillait Florien. Dès qu'il avait une pause, il courait les rejoindre avant de sauter à nouveau sur son tracteur pour décharger le blé.

La nuit qui suivit le départ de Grace pour Dublin, Audrey se sentit rongée par l'inquiétude.

— Elle est si différente, Cecil. Une enfant dans un corps de femme.

Cecil posa son livre sur le lit et la regarda.

— Elle est bien plus résistante que tu ne le crois. Bien sûr, elle croit encore à ces histoires d'anges et de fées mais elle a les pieds sur terre.

— Sans doute mais elle est encore si enfant ! Je ne crois pas qu'elle soit prête à affronter le monde.

— Eh bien, dans ce cas, il est temps qu'elle saute le pas, affirma Cecil en retirant ses lunettes.

Audrey prit un pot de crème posé sur la table de chevet et commença pensivement à se masser les mains.

— Tout ce que je veux, Cecil, c'est la protéger du mal...

Elle eut un petit sourire entendu, comme pour s'excuser de sa faiblesse.

— Tu voulais aussi protéger Alicia et Leonora, dit doucement Cecil. Grace est notre plus jeune enfant, il est normal que tu te sentes encore très liée à elle.

— Crois-tu que je refuse tout simplement de la voir grandir ?

— Tu n'as pas vu grandir les jumelles et c'est ma faute.

— Oh, Cecil, je ne te fais aucun reproche. Tout cela est du passé. (Elle lui tapota doucement la main.) Non, il y a autre chose. Peut-être cela tient-il au caractère tellement spécial de Grace. Elle est si... éthérée. J'ai l'impression qu'elle a bien plus besoin de moi que ses deux sœurs.

Cecil la regarda avec tendresse.

— Je sais combien la relation qui t'unit à Grace est profonde et touchante. Mais, si tu veux savoir le fond de ma pensée, elle possède, à elle seule, bien plus de force intérieure que Leonora et Alicia réunies. Regarde-la. Ses convictions sont fermes. Elle demeure persuadée qu'un monde merveilleux nous attend de l'autre côté de la mort. Même si, en ce qui me concerne, je n'en suis pas toujours convaincu, cette certitude qui l'habite est, pour moi, d'un précieux réconfort. Cette philosophie lui donne aussi un considérable avantage sur ses semblables. Elle n'a jamais eu vraiment besoin de qui que ce soit car elle se sent parfaitement bien avec elle-même. C'est une bénédiction, Audrey. Grace n'est ni vulnérable, ni influençable. Jamais elle n'agira contre sa vérité intérieure, pas plus qu'elle ne cédera à la vanité. Il m'arrive de penser que cette enfant est plus près de Dieu que le reste de la famille. Peut-être est-ce pour cela qu'elle semble s'attarder dans l'enfance. Pour elle, la vie ressemble à un théâtre où chacun joue un rôle. Voilà pourquoi elle ne prend jamais rien au tragique. Je peux t'avouer aujourd'hui que, plus d'une fois, j'ai désespéré de la comprendre. Mais, au fil des années, j'ai appris à la découvrir. Ne te fais pas de souci pour elle. Grace s'en sortira très bien, j'en suis convaincu.

Audrey le contempla longuement et on pouvait

lire dans ses yeux toute l'admiration qu'elle éprouvait pour lui.

— Tu as su trouver les mots pour me réconforter.

— Tu sais, ma chérie, que, si tu es heureuse, je le suis aussi.

Personne n'aurait pu être plus sincère et Audrey le savait. Elle embrassa sa joue creusée de rides et chercha à nouveau le sommeil. Cette nuit-là, elle rêva de Louis pour la première fois depuis des années. Et, le lendemain, quand elle s'éveilla, les notes de la sonate résonnaient encore à ses oreilles.

Grace s'adapta à l'université avec l'aisance de ceux qui vivent chaque moment de leur vie comme une aventure. Avec l'enthousiasme de l'enfance, elle ne cherchait chez les autres que le meilleur, décontenançant beaucoup de ses camarades et professeurs par sa franchise et ce que sa mère appelait son « air venu d'ailleurs ». Elle évoluait au sein de l'université avec ce même détachement qui, autrefois, à l'école, l'avait isolée de ses camarades de classe. Appréciée, elle ne semblait pas désireuse pour autant d'entretenir des amitiés.

Cependant elle s'épanouissait à Trinity College. Après avoir si longtemps désiré acquérir le savoir, elle se plongeait avec ardeur dans la quête de la connaissance. L'université lui parut un monde si stimulant qu'elle en perdait presque le sommeil, tant son esprit était agité de nouvelles questions qu'elle brûlait d'élucider. Elle rejoignit la Don Juan Society dont les membres se réunissaient tous les jeudis soir dans un pub pour discuter de poésie autour d'une bonne bière et d'un hachis Parmentier. Elle s'inscrivit aussi à l'Oliver Society et se découvrit un véritable talent de comédienne. Ses parents ne se montrèrent pas outre mesure surpris. Après tout, Grace avait toute sa vie évolué dans un monde imaginaire. Mais ses talents d'interprétation lui valurent moins de succès que son don de voyance. Après avoir sidéré quelques étudiants avec ses « lectures » de vie, elle fut bientôt assaillie par ses camarades qui, tous, voulaient qu'elle leur dise leur destinée. Mais, après l'épisode désagréable de sa cousine Nelly, Grace refusait d'explorer l'avenir.

Après quelques semaines, elle décida de rendre visite à cet oncle Louis qui vivait retiré du monde. Il ne fut cependant pas difficile de retrouver sa trace. Tout le monde, à Dublin, semblait le connaître. En apprenant qu'elle était sa nièce, certains s'esclaffèrent.

— Tu verras, il est aussi aimable qu'un porc-épic. Sauf quand il joue du piano. Alors, là, il devient un dieu.

Ces commentaires attisaient encore la curiosité de la jeune fille. Elle dénicha son appartement au fond d'une vieille cour. Une cascade de roses encadrait une petite porte d'entrée perçant un mur de brique hors d'âge. Retenant son souffle, Grace frappa. Pas de réponse. Elle attendit tout en humant le parfum délicieux des fleurs. Enfin, elle entendit un pas traînant derrière le battant puis le bruit d'une chaîne que l'on détache. Au lieu d'un ogre sorti tout droit d'un conte pour enfants, elle vit se matérialiser devant ses yeux un vieil homme aux longs cheveux gris qui tombaient en mèches désordonnées sur ses épaules. Des yeux d'un bleu pur se posèrent sur elle tandis que d'une voix grave et rocailleuse l'homme lui demandait :

— Que désirez-vous ?

— Je suis Grace Forrester, votre nièce, répondit-elle avec assurance. La fille d'Audrey et de Cecil.

Il la fixa un long moment et ses joues se colorèrent légèrement de rose comme si la jeune fille avait été un fantôme. L'air incrédule, il se frotta le menton et finit par marmonner :

— Cicely m'avait dit qu'ils avaient eu encore une fille... Allons, ne restez pas là. Entrez.

Sans la quitter des yeux, il s'effaça pour la laisser passer.

Elle le suivit au premier étage dans un petit salon sombre et passablement poussiéreux. Louis Forrester paraissait nerveux.

— Ta mère et toi, vous vous ressemblez comme deux gouttes d'eau... lâcha-t-il, presque à regret.

— Vraiment ? Je prends cela pour un compliment...

— C'en est un, en effet. Le plus grand que je puisse faire. J'admire beaucoup ta mère.

Avant de s'asseoir, Grace repoussa délicatement des piles de manuscrits posés sur le canapé.

— Oh, pardon..., fit-il. C'est très en désordre, ici. Je ne reçois pas beaucoup...

— Et pourquoi cela ? J'ai entendu dire que vous jouiez remarquablement du piano. Vous devriez en faire profiter les autres.

Au lieu de répondre, il demanda :

— Et toi ? Tu fais de la musique ?

— Oui.

Toute autre jeune fille que Grace se serait sentie déstabilisée par ce regard insistant qui semblait fouiller son âme. Mais, au lieu de s'effaroucher, elle devina en lui une âme tourmentée qu'elle avait peut-être le pouvoir d'apaiser.

Il prit place sur une chaise qui n'avait plus que trois pieds et s'installa en face d'elle.

— Comment va ta mère ?

— Bien. Même si elle ne s'est pas montrée trop enthousiaste quand je lui ai dit que je viendrais étudier à Dublin.

Elle laissa échapper un petit rire si spontané qu'il arracha un sourire à son oncle. Cela devait bien faire des années qu'il n'avait pas souri et ce masque d'amertume qui crispait son visage était devenu une seconde nature. Mais Grace avait quelque chose de désarmant.

Le visage de Louis se transforma d'un seul coup, comme éclairé de l'intérieur.

— Est-ce qu'Audrey joue encore du piano ?

— Non, elle n'a pas touché un clavier depuis longtemps.

Louis se rembrunit.

— Elle jouait très bien, autrefois.

— Je sais. Ma sœur Leonora joue aussi et elle m'a parlé des leçons que vous lui aviez données à Buenos Aires. Aujourd'hui, elle est mariée à un gitan du nom de Florien. Ils ont trois enfants.

Il hocha sa tête grise et se frotta le menton.

— Le temps passe. Et c'est la naissance de nouveaux enfants qui nous le rappelle. À présent, je suis un vieil homme oublié par la vie.

— Seigneur, oncle Louis, vous n'êtes pas si vieux ! Vous avez seulement l'*air* vieux parce que vous n'êtes pas heureux.

Il eut un nouveau sourire.

— Ce n'est pas de ton père que tu as hérité ton effronterie, ça, j'en suis certain.

— Je me contente de dire ce que je pense. À quoi bon dissimuler la vérité si la sincérité est dictée par l'amour ?

À ces mots, il fronça les sourcils. Décidément, cette jeune fille ne ressemblait à aucune autre. C'était étrange... Il la vit observer la pièce avant d'arrêter son regard sur le grand piano presque entièrement caché par des piles désordonnées de partitions manuscrites.

— Avez-vous aimé le métier de maître de musique, mon oncle ?

— Disons que j'ai aimé enseigner, répondit-il avec un soupir. Rien ne m'apporte plus de joie que la musique. Je ne peux pas en dire autant des règles et protocoles qui régissent une université comme celle-ci. Ils correspondent peu à mon sens de l'indépendance. Mais je ne me plains pas. Ce travail a payé mes factures et m'a procuré un toit.

— Vous ne vous êtes donc jamais marié ?

— Tu poses beaucoup de questions.

— C'est que j'ai l'esprit curieux, oncle Louis. À ce que j'ai pu voir sur la photographie de tante Cicely, vous étiez très beau dans votre jeunesse. Elle la conserve sur son piano.

— Cicely ? Elle n'a jamais su jouer une seule note...

— Pour être honnête, je ne l'ai jamais entendue jouer.

— C'est parce qu'elle n'a aucun don, cette vieille chouette.

— Elle n'est pas moins aimable quand elle parle de vous..., rétorqua Grace avec un petit rire.

— Je m'en doute. Est-ce que Marcel est toujours là ?

— Seigneur, vous datez un peu, mon oncle ! s'exclama Grace. Marcel a quitté tante Cicely il y a déjà des années. Du coup, elle a épousé le gentleman-farmer d'à côté, un certain Anthony Fitzherbert. Je suis sûre que vous l'apprécieriez.

Il lui jeta un regard courroucé.

— Ah oui ? Et qu'est-ce qui te permet de l'affirmer ? Tu ne me connais même pas.

Grace eut un sourire entendu.

— Je le sais, voilà tout.

Louis la fixa un long moment et elle soutint son regard sans ciller. Il lut dans ses yeux cette tendresse et cette gentillesse si caractéristiques d'Audrey.

— Bon, parlons musique, reprit-il en se levant lourdement pour se diriger vers le piano. Que sais-tu jouer ?

— Tout, je crois. Mais je n'aime pas le déchiffrage. Je préfère improviser.

— Ah, vraiment ? Dans ce cas, montre-moi ce que tu sais faire...

Grace s'assit sur la banquette et souleva le couvercle tandis que Louis installait une partition sur le chevalet. Elle commença à jouer, un peu mécaniquement au début, puis, les yeux fermés, laissa ses doigts s'envoler sur les touches, suivant leur chemin en s'inspirant de la partition originale. Grace n'exécutait plus le morceau, elle le magnifiait. En l'écoutant, Louis fut abasourdi. À part lui-même, il ne connaissait personne qui fût capable d'interpréter avec une telle liberté l'esprit même d'une pièce musicale.

Quand elle eut fini, des larmes scintillaient dans les yeux du vieil homme.

— Ma jeunesse est enfuie depuis longtemps, dit-il d'une voix sourde, mais tu m'as enchanté avec ta façon si spéciale de jouer.

Il s'interrompit pour la fixer à nouveau, d'un regard étrangement intense.

— Quel âge m'as-tu dit avoir ?

— Dix-huit ans.

— Quel mois es-tu née, exactement ?

— En octobre.

— Octobre..., répéta-t-il d'une voix soudain absente.

La vérité le frappa de plein fouet et, soudain privé de ses forces, il se laissa tomber sur une chaise. Grace s'approcha.

— Est-ce que ça va, oncle Louis ?

— Joue encore. N'importe quoi. Tout devient si beau sous tes doigts. Je crois bien que mon pauvre vieux cœur s'est brisé...

Il laissa échapper un petit rire triste et agita ses longs doigts en direction de la jeune fille.

— Allons... Contente-toi de jouer...

Grace s'exécuta. Elle se concentra, laissant la

mélancolie de son oncle diriger ses doigts pour exprimer au plus juste la pesanteur de son âme et l'aider, note après note, à s'en libérer. Ce n'était que le début d'un long processus de guérison qui prendrait sûrement des mois, mais la jeune fille mit tant de cœur à jouer que, lorsque ses mains s'immobilisèrent enfin sur le clavier, Louis se sentait déjà beaucoup mieux.

— Vos roses sont magnifiques, mon oncle, observa-t-elle au moment de quitter la maison.

Elle sentit alors son œil intérieur s'ouvrir et vit une ribambelle d'entités danser dans les branches.

— Les esprits du jardin aiment votre musique, ajouta-t-elle en riant. Pas étonnant que ces fleurs soient aussi épanouies.

Il la regarda sans comprendre.

— De qui parles-tu ?

— Des esprits, répéta-t-elle patiemment, comme si son oncle pouvait les voir.

Louis hocha la tête en la regardant s'éloigner de sa démarche dansante. Seigneur, pensa-t-il, aucune vérité ne pouvait être plus criante que celle-là. Grace Forrester n'avait vraiment rien de Cecil. Et comment s'en étonner, puisqu'elle n'était pas sa fille...

Quand elle fut partie, Louis regagna le salon où flottait encore, comme un écho, la présence vibrante de la jeune fille. Elle laissait dans son sillage un parfum citronné, une aura de jeunesse et d'optimisme. Il s'assit à son piano et plaça ses doigts sur le clavier, respirant fortement, ses lèvres à nouveau pincées en un pli amer. Lentement, comme pour mieux incarner son interminable attente, il se mit à jouer la mélodie composée pour Audrey. Des larmes perlèrent à ses paupières fermées. Il joua encore et encore pour se rappeler de ne jamais oublier, jamais renoncer. Il comprenait à présent comment Audrey avait pu tenir tout au long de ces années de séparation. Grace représentait cette part de lui qu'il lui avait abandonnée en partant.

Cette nuit-là, il rêva. Cela faisait des lustres que cela n'était plus arrivé. Il rêva de Grace, assise à côté de lui dans un champ couvert de boutons-d'or. Le soleil couchant baignait le paysage d'une chaude lumière. Il se sentait bien, en paix. Grace riait et le son de sa voix ressemblait au murmure frais du ruisseau tout proche. Il se sentait léger... si léger... que, bientôt, il eut l'impression de flotter au-dessus des fleurs. Une part de lui voulait rester sur terre, une autre languissait de prendre son envol. Grace continuait de rire... et sa voix le remplissait de joie tandis qu'il montait, montait...

Quand il s'éveilla le lendemain, la pesanteur qui, chaque matin, éprouvait son corps, avait disparu comme par magie. Il retrouvait le monde avec un enthousiasme nouveau, une énergie perdue depuis bien longtemps, avec ses rêves et ses moments de joie. Il espéra que Grace reviendrait lui rendre visite. Il le souhaita de toutes ses forces.

Ce matin-là, il prit un long bain, se rasa et s'aspergea d'une eau de Cologne tirée d'une bouteille abandonnée depuis longtemps et recouverte de poussière. Trouver une chemise propre se révéla une entreprise plus ardue mais il finit par en dénicher une tout au fond d'un tiroir, certes un peu rétrécie mais lavée et repassée par la femme de ménage qui venait une fois par semaine. Après quoi, il sortit dans le frais soleil du matin pour acheter son journal et du lait.

Quand il revint chez lui, ce fut pour trouver Grace assise sur le seuil, vêtue d'un jean délavé et d'une chemise jaune vif. Un panier rempli de provisions trônait à son côté.

— Bonjour, oncle Louis ! lança-t-elle gaiement. Que dirais-tu d'un pique-nique ? La journée promet d'être magnifique et j'ai acheté du pâté, du vin et des tomates.

Sidéré, il la regarda sans rien dire. Mais Grace n'attendait pas de réponse. Elle se leva et le suivit à l'intérieur de la maison.

— Je n'ai pas de cours aujourd'hui mais il y a bien des questions que j'aimerais te poser.

— Que lis-tu en ce moment ?

— De la philo.

— Ah. La philosophie ne propose que des questions. Elle ne fournit pas de réponses.

— Justement. N'est-ce pas excitant d'explorer tout ce que nous ne savons pas ? De quoi s'interroger à l'infini. Écoute, ne pourrait-on aller dans un endroit paisible pour nous détendre et bavarder ? Il va faire si chaud. C'est l'été indien, tu sais. Profitons-en car bientôt viendront les frimas de l'automne. Au fait, j'aime beaucoup ton eau de Cologne...

Grace était décidément une personne tout à fait imprévisible. C'était là un nouvel aspect de sa personne qui enchanta Louis. Il l'emmena à la campagne dans sa vieille Mini, empruntant des routes étroites qui sillonnaient des prairies d'un vert luxuriant, délimitées par des murets de pierre grise qui avaient résisté à des siècles de tempêtes et de pluie. Grace le distrayait en lui parlant de l'Argentine, de la laideur de tante Hilda et de la sottise de Nelly jusqu'à ce qu'il éclate de rire.

— Est-ce que tout ça te manque ?

— Quand je suis partie, j'ai cru que oui. Maintenant je me sens chez moi ici. Mais j'aimerais y retourner un jour. Naturellement, les choses auront changé. Grand-mère est morte il y a quelques années, puis grand-tante Edna. Grand-tante Hilda vit encore quelque part. Elle est si vieille qu'elle doit être pétrifiée, littéralement. La personnalité des gens ressort dans leurs traits à la fin, aussi je crois bien qu'Hilda doit ressembler à une sorte de pierre. J'aimerais bien retourner là-bas pour retrouver tous ces souvenirs.

Ils pénétrèrent un petit bois au bord d'une rivière et s'assirent sur une natte que Louis avait découverte dans une vieille malle. Le soleil filtrait à travers les feuilles, dessinant sur l'herbe des motifs en mouvement, comme dans un kaléidoscope. Grace fit valser ses chaussures et allongea ses jambes.

— Est-ce que tu peux voir les esprits des bois, mon oncle ? demanda-t-elle soudain. Cet endroit est vraiment très joli. Comme nous avons de la chance de l'avoir découvert !

— N'importe qui d'autre penserait que tu es folle, dit-il avec un sourire. Mais ce n'est pas cela qui me fait peur. Toute ma vie les gens m'ont considéré comme fou.

— Vraiment ?

— À présent, ils sont devenus beaucoup plus tolérants vis-à-vis de ceux qui sont différents. Mais, à mon époque, tout le monde devait ressembler à tout le monde. On avait l'esprit très étroit.

— Je me sens différente depuis toujours. Aucun des autres enfants n'avait des esprits pour amis, comme moi. Pourtant nous avons tous des guides, mais nous ne pouvons pas toujours les voir. Les gens ont peur de croire à ce qui est invisible.

— C'est dommage car nous sommes entourés de choses que nous ne pouvons pas voir mais dont l'existence est pourtant prouvée par la science, telles les ondes radio, par exemple.

— T'es-tu jamais demandé d'où vient le monde ? Pourquoi tu es *toi* ? Et si tu n'étais pas toi, qui serais-tu ? Que serais-tu ? Et d'abord, est-ce que tu serais ?

Comme son oncle fronçait les sourcils, elle se dépêcha de poursuivre, les yeux élargis par l'excitation :

— La plupart des gens sont bien trop englués dans le monde pour se poser ces questions. Ils considèrent la pluie et le soleil comme acquis sans se demander pourquoi. Comment se fait-il que nous avons toujours moins de temps, alors que la science a inventé toutes sortes de machines qui nous en font gagner, comme les lave-vaisselle ou les machines à laver le linge ? Est-ce que tu prends le temps de t'étendre sur la pelouse, de regarder l'espace et de te poser des questions sur l'éternité ? Le fais-tu ?

Louis eut un petit rire.

— Tu es vraiment pleine de questions.

— Mais je n'ai pas le temps d'y répondre, dit-elle, frustrée.

— Bon, soupira-t-il avec indulgence. Commençons par la première. Qu'est-ce que c'était ?

— Est-ce que tu t'es jamais demandé d'où vient le monde ?

— Ah, celle-là est très difficile. Sois une bonne fille, débouche la bouteille de vin. Je vais graisser les petites roues dentelées dans mon cerveau et les faire tourner. Il y a des années qu'elles n'ont pas travaillé.

Louis et Grace s'étendirent sur le dos, contemplant le frémissement des feuilles au-dessus d'eux quand la brise les faisait danser. Ils se posèrent des questions sur l'existence avec l'ardeur de vieux philosophes et l'humour de jeunes étudiants embarqués pour la première fois dans une exploration existentielle. Le vin déliait leur langue, humectait leur gorge et ils riaient à s'en donner des maux de tête.

Quand les ombres du soir commencèrent à s'allonger, Louis regarda sa montre et jugea qu'il était déjà l'heure de dîner.

— J'aurais dû acheter deux paniers-repas, un pour le déjeuner, un pour le dîner, observa Grace en remballant le pique-nique. Nous aurions pu monter une tente et continuer à débattre toute la nuit...

Louis chargea le coffre de la voiture et s'apprêtait à mettre le contact quand Grace lui tendit un petit bouquet de boutons-d'or.

— Ce sont des fleurs porte-bonheur. Pose-les sur le piano pour te souvenir des choses gaies.

Il les avait prises en se souvenant des rêves et des rires de cette journée bénie. Jamais encore il n'avait pas ressenti une telle plénitude.

33

Dans le jour déclinant de l'automne, le vent se fit de plus en plus froid et les douceurs de l'été indien cédèrent au brouillard et aux gelées matinales. Le lien tissé patiemment par Grace avec son oncle se renforçait et s'approfondissait. Plutôt sauvage par nature et peu encline à fréquenter les jeunes de son âge, elle trouvait en lui le réconfort d'une âme forte, quelqu'un en qui elle pouvait placer sa confiance et partager sa vision si spéciale de l'univers. Ils passaient des heures étendus à regarder les étoiles, assistaient à des concerts en pleurant aux mêmes passages, jouaient du piano à quatre mains, portés par le même instinct créatif, composant des mélodies qui leur ressemblaient, riant à leurs rares fausses notes, jouant à l'unisson des harmonies si parfaites qu'elles semblaient composées par les anges eux-mêmes.

Grace faisait aussi la cuisine. Sans grand talent, certes, mais, pour Louis, rien ne comptait plus que sa présence, si tonique, si réconfortante.

Un jour, au début du mois de décembre, Grace entendit son oncle jouer un morceau qu'elle ne connaissait pas. Étendue sur le canapé devant la cheminée, elle travaillait à un essai tandis que Louis laissait courir ses mains sur le clavier.

Dehors, la pluie semblait vouloir se joindre à lui en tambourinant de ses doigts glacés contre les vitres. Louis jouait doucement pour ne pas gêner sa nièce.

Ce matin-là, ils avaient discuté de son travail, élaboré des arguments contradictoires pour étayer le sujet de son étude. Il ne restait plus à Grace qu'à lire quelques pages de rhétorique avant de conclure son essai. Elle aimait lire tranquillement pendant qu'il était au piano et, souvent, elle le rejoignait pour un petit intermède musical, s'asseyant à ses côtés sur la banquette sans même avoir à échanger une parole.

Soudain, Louis se mit à jouer une mélodie au rythme entêtant, une musique si envoûtante que la jeune fille sentit son corps frissonner, comme lorsque la fenêtre s'ouvrait sur une journée d'hiver. Posant son livre, elle écouta plus attentivement. De toutes les mélodies qu'il avait interprétées pour elle, celle-ci semblait le consumer entièrement. Il ne jouait plus, il *était* les notes elles-mêmes. Grace le contemplait, bouleversée, cherchant à comprendre ce qui se cachait derrière cette musique obsédante. Elle se leva, marcha doucement vers lui, posa une main sur son épaule. À son contact, il ouvrit les yeux et cilla, comme réveillé d'un songe profond. Ses mains s'immobilisèrent tandis qu'il laissait échapper un long soupir. Un peu de couleur revint sur ses joues livides et un sourire embarrassé se dessina sur ses lèvres.

— C'est le morceau de musique le plus enchanteur que j'aie jamais entendu, mon oncle. Pour qui l'as-tu composé ?

Louis hésita, choisissant soigneusement ses mots. Il se souvint de ce qu'elle lui avait dit le premier jour de leur rencontre : mieux valait dire la vérité, surtout lorsque l'on était motivé par l'amour. Mais, justement, il aimait bien trop Grace pour avoir envie de lui dire la vérité. Ce n'était pas à lui de le faire. Si Audrey avait jugé bon de ne rien lui confier, il devait respecter sa volonté.

— Il pleuvait aussi, la nuit où Isla est morte, lâcha-t-il tristement.

Grace commençait à comprendre.

— C'est cette nuit-là que...

Il hocha la tête.

— Oui, acheva-t-il. Cette nuit-là, elle est morte et j'ai quitté l'Argentine.

— Oh, mon oncle... Je suis désolée..., murmura Grace, touchée par l'infinie mélancolie de ces souvenirs.

Elle s'assit à son côté et le serra dans ses bras. Le visage enfoui contre son chandail, elle pleura, en totale empathie avec lui. C'est alors qu'elle comprit à quel point elle avait changé. Depuis qu'elle voyait son oncle, elle ne se contentait plus de regarder les autres à travers une loupe, détachée de tout. Il lui avait appris à vibrer à l'unisson du monde, à être solidaire des autres.

La souffrance de Louis était devenue la sienne.

— Je suis si triste... si triste pour toi.

Louis l'étreignit tendrement.

— Les choses belles de ce monde nous rendent souvent malheureux, mon enfant.

— Mais pourquoi ?

— Parce que nous ne pouvons pas les garder éternellement avec nous.

— Je n'ai jamais éprouvé une telle mélancolie, soupira Grace. Cette musique que tu jouais... elle m'a émue au plus profond de mon âme. J'en tremble encore.

— Des sentiments puissants ont aidé à la créer. Voilà pourquoi cette musique a des sonorités si magiques.

— Accepterais-tu de me l'apprendre ?

Il la regarda un long moment sans rien dire.

— Oui, si tu promets de ne jamais la jouer chez toi.

— Pourquoi ?

— Ce sera notre musique à nous, rien qu'à nous. Un secret qui nous unira. Promets-le-moi.

— Notre secret..., répéta Grace. Je te le promets, mon oncle.

Quand elle retourna à la maison pour les vacances de Noël, elle sut instinctivement qu'il valait mieux ne pas évoquer sa rencontre avec son oncle. Elle parla à ses parents de ses cours, de ses professeurs, des concerts, des pièces de théâtre, des week-ends à la campagne, sans faire allusion ne serait-ce qu'une fois à celui avec lequel elle avait partagé ces merveilleux moments.

Mais elle avait besoin d'en parler à quelqu'un et ce fut tante Cicely qu'elle choisit comme confidente.

Grace constata avec horreur que son père se faisait vieux. Elle ne s'en était jamais aperçue auparavant, mais son temps paraissait compté. Il avait maigri, ses joues se vidaient et ses os pointaient sous sa peau livide. Ses yeux avaient perdu leur éclat. Elle se demanda comment il avait pu dépérir si vite sans qu'elle s'en aperçoive. Avait-elle été à ce point accaparée, aveuglée par le monde caché des esprits pour ne pas voir son père se flétrir sous ses yeux ?

Cecil avait pris sa retraite huit ans plus tôt. Il bricolait au jardin, lisait des livres d'histoire militaire et faisait de longues promenades sur la plage avec Audrey. Il appréciait beaucoup la compagnie de ses petits-enfants qui venaient lui rendre visite chaque jour avec leur mère et avait développé un profond lien d'amitié avec sa sœur et Anthony Fitzherbert, lequel lui plaisait bien plus que l'ombrageux Marcel. Il avait apprécié les satisfactions de la retraite mais, à présent, il se sentait usé. Si seulement il pouvait croire, comme Grace, à un au-delà ! Mais la perspective de sa fin l'effrayait. Pourtant, pendant la guerre, la mort ne lui avait pas fait peur. En tant que soldat, il avait été prêt à donner sa vie pour son pays, prenant tous les risques, puis il était retourné chez lui en héros après avoir échappé au pire. Il s'était cru alors presque immortel. Mais l'âge avait affaibli son courage tout comme il avait miné ses os.

Un jour qu'il était assis avec Cicely au salon devant un bon feu, sa sœur observa, l'air inquiet :

— Tu n'as pas l'air dans ton assiette...

— Je suis usé, tout simplement, répondit-il en tirant sur son cigare.

Anthony reposa le *Farmers Weekly* et se pencha pour remuer les braises.

— Il fait froid. Ça ralentit la circulation, à notre âge.

— Mon cher, tu as dix bonnes années de moins que Cecil, dit Cicely. À côté de toi, mon frère est un dinosaure.

— Merci quand même, répondit Cecil en riant.

— Désolée, mon vieux. J'aurais dû réserver mon venin à mon autre frère, cette espèce de fou. C'est bien dommage que Grace l'aime tant.

Cecil ôta son cigare de sa bouche et fronça les sourcils.

— Grace ne m'a jamais parlé de Louis, dit-il, étonné. Je savais qu'elle devait aller le voir à Dublin mais…

— Ils sont devenus de très bons amis, figure-toi. Ils font des pique-niques ou vont au concert ensemble. Grace passe tout son temps avec lui et prétend n'avoir besoin d'aucun ami. Elle a dû certainement dénicher quelque chose de bon en lui parce que, la dernière fois que je l'ai vu, ce n'était plus qu'un vieux bonhomme grincheux.

Cecil mâchonna pensivement l'extrémité de son cigare.

— Qu'est-ce que Grace t'a raconté d'autre ?

— Elle ne doit pas oser vous en parler. Je crains de lui avoir dit que vous aviez rompu toute relation depuis des années.

— Tu lui as dit ça ?

Elle voulut se justifier, vaguement coupable d'avoir divulgué un secret.

— Naturellement, Cecil. Ce n'était pas convenable de la laisser aller à Dublin sans lui dire que son oncle y vivait. Ils portent le même nom et il est résident permanent de l'université. D'après ce qu'on m'a dit, on l'estime beaucoup, là-bas. De toute façon, un jour ou l'autre, ils se seraient rencontrés. Où est le mal ?

— Il n'y en a pas. Tu as raison. De toute façon, c'est son oncle.

Il continua de tirer sur son cigare mais ne put ignorer la vague de jalousie qui lui serra le cœur. Louis lui avait volé sa femme et voilà que, maintenant, il cherchait à lui prendre sa fille. Le souffle lui manqua soudain et il se mit à tousser.

— Vraiment, Cecil, tu n'as pas l'air bien du tout.

— Change de disque, Cicely, grogna-t-il. Ah, les voilà de retour, enchaîna-t-il en apercevant Audrey et Grace revenant d'une promenade dans les champs.

— Nous sommes parties depuis un bon moment ! Il fait presque noir dehors ! lança joyeusement Grace, les joues toutes roses de froid. Maman, raconte à papa ce coucher de soleil que nous avons contemplé. C'était vraiment magique.

— Là-haut, sur la colline, on aurait dit que le ciel était en feu, renchérit Audrey.

Cecil vit qu'elle avait les yeux irrités.

— Il devait y avoir un fameux vent.

— Tout était rose, précisa Grace.

— On aurait dit que Dieu nous offrait un spectacle, rien que pour nous.

— Magnifique, s'exclama Cecil avec un enthousiasme forcé. Dommage que je ne vous aie pas accompagnées.

Il mit un bras sur les épaules de Grace et l'embrassa. Elle le regarda un peu étonnée. Il ne se montrait pas très démonstratif habituellement et ce geste la surprit. Audrey s'en aperçut également et son visage s'assombrit soudain. Elle se dirigea vers l'entrée.

— Pourquoi ne viendriez-vous pas dîner demain soir ? proposa Cicely. Ce n'est pas bon de faire le tour de la ferme jusqu'à la nuit et d'avoir encore à cuisiner en rentrant. Je préparerai un poulet.

— S'il y a du poulet, j'accepte pour papa et maman, déclara Grace en riant.

— Très volontiers, répondit Audrey, toujours préoccupée par le geste de Cecil à l'égard de sa fille.

Cicely les regarda partir et se tourna vers son mari.

— Je trouve que Cecil a vraiment l'air mal en point.

— C'est vrai. Il n'a pas l'air bien, répliqua Anthony Fitzherbert.

— Je déteste les secrets ! s'écria-t-elle soudain. Je les déteste *vraiment*. Cecil et Audrey en ont beaucoup trop. Je ne sais jamais ce que je peux dire ou ne pas dire...

— Chérie, n'y pense pas. Cecil n'était pas fâché.

— Il a été blessé. Dieu sait pourquoi. Il ne se montrait pas aussi possessif avec les jumelles.

— Grace est différente. Tout le monde peut s'en rendre compte. Simplement, il n'a pas envie que son querelleur de frère approche de trop près sa précieuse petite fille. Surtout s'il est brouillé avec lui.

— Oh, et puis zut ! s'exclama Cicely en se dirigeant vers la cuisine. Il finira bien par s'en accommoder. Louis et Grace sont de la même espèce.

Seule avec Grace au sommet de la colline, Audrey, dévorée de curiosité, lui avait demandé de lui parler de Louis. La réponse l'avait surprise.

— Au début, j'ai rencontré un vieil homme triste, tourmenté par le passé, prisonnier de ses souvenirs. Et puis, petit à petit, il est revenu à la vie et, maintenant, c'est mon meilleur ami. Nous faisons tout ensemble : discuter philosophie, se promener, jouer du piano... C'est fou ce qu'on s'amuse. Je sais que papa est fâché avec lui, mais cela ne me concerne pas, après tout...

— Bien sûr que non, répondit Audrey en enfonçant les mains dans ses poches, les épaules basses. Je suis heureuse que tu lui apportes un peu de bonheur.

— Oh, c'est bien ce que je fais. Au début, il souriait si peu !

Il y eut une pause pendant laquelle Audrey s'était demandé s'il était bon de continuer à questionner sa fille. Il serait peut-être préférable de laisser Louis, sa sonate et son carnet recouvert de soie au passé. Mais elle ne parvenait pas à se le représenter âgé.

— À quoi ressemble-t-il ?

Grace s'était mise à rire. La question lui avait semblé absurde puisque, d'après tante Cicely, il avait vécu un certain temps avec eux à Buenos Aires. Aurait-il tellement changé ?

— Il a de longs cheveux gris qu'il ne brosse pas très souvent. Ça fait un peu désordre. Il fait de son mieux pour avoir l'air soigné mais c'est sans espoir, précisa-t-elle avec un sourire. C'est un homme grand et fort comme un ours — mais un ours très mignon. Il n'est pas osseux comme papa, mais plutôt... élastique. Et ses yeux bleus, si intenses, passent sans prévenir de l'accablement le plus profond à la gaieté la plus débridée. Avec lui, on ne sait jamais comment sera l'instant suivant. Il peut se mettre à pleurer en écoutant de la musique et, une minute plus tard, rire à une de mes plaisanteries. Mais, même quand il semble s'amuser, il y a quelque chose de triste dans ses yeux. C'est un musicien incroyablement doué. Il joue magnifiquement, tu sais, maman. Je travaille dans son salon en l'écoutant. Il compose — comme moi, actuellement. Il m'a dit que, dans sa jeunesse, il était trop indiscipliné pour écrire ce qu'il composait. Mais il le fait maintenant et son travail est vraiment génial.

Elle avait conclu, songeuse :

— Il est si... différent de papa et de tante Cicely...

— C'est vrai.

Il y avait eu dans ces quelques mots une pointe de nostalgie qui, heureusement, avait échappé à Grace.

— Je suis très heureuse de l'avoir rencontré, maman. Il se montre toujours si gentil avec moi.

Trop bouleversée pour parler, Audrey avait contemplé la vallée qui s'étendait à leurs pieds, baignée par les ors du soleil couchant. Quand Grace s'était tournée vers elle, elle avait vu briller des larmes dans les yeux de sa mère.

— Oh, maman... ! s'était-elle exclamée en posant un bras sur son épaule. C'est le soleil couchant qui te bouleverse ainsi ?

Audrey avait hoché la tête.

— La beauté nous rend parfois mélancoliques, soupira-t-elle. Sans doute parce qu'elle ne dure pas. Tu en parleras à papa. Quel dommage qu'il ne soit pas venu avec nous.

Malgré ce moment de nostalgie, Audrey avait été heureuse de cet instant d'intimité avec sa fille. Cecil n'y aurait pas eu sa place. Les yeux fixés sur la vallée qui s'était obscurcie, elle avait tenté de se représenter le visage de Louis tel que Grace l'avait décrit. Un visage qu'elle ne reverrait plus jamais...

Le lendemain, Grace pensa être seule. Son père était à la jardinerie pour acheter des poinsettias tandis que sa mère rendait visite à Leonora et ses enfants.

Elle s'assit au piano avec la crainte d'une écolière qui désobéit et posa les doigts sur les touches. Évoquant la promesse faite à Louis, elle se rassura en se disant que personne ne pouvait l'entendre et commença à jouer.

Elle entama la poignante composition qu'il lui avait enseignée, tout doucement pour le cas où ses parents rentreraient sans avertissement. Mais les notes s'imposèrent peu à peu et elle finit par tout oublier à l'exception des rêves qui se déroulaient maintenant devant elle comme le panorama de la vallée du haut de la colline. Elle ferma les yeux et se laissa emporter par la musique qui l'entraîna loin, très loin, dans un lieu qui ne lui était pas familier mais dont son cœur se languissait. Elle vit la vaste plaine d'Argentine où un jeune homme et une jeune femme galopaient en poursuivant les autruches. C'était le soir et la pampa baignait dans un profond ton ambré sous un ciel doré. Devant la beauté du paysage, ses yeux se remplirent de larmes. Elle chercha à affiner les détails de sa vision quand un instinct lui fit retirer ses doigts des touches. Elle ouvrit les yeux et vit la main de sa mère rabattre brutalement le couvercle du piano.

D'une manière incompréhensible, Grace éclata en sanglots. Elle leva les yeux vers sa mère, aussi pâle qu'une morte.

— Je ne veux plus t'entendre jouer ce morceau. Plus jamais, cria Audrey. Tu as compris ?

Les mains d'Audrey tremblaient et elle les frotta l'une contre l'autre comme si elle s'était brûlée. Bouleversée, elle regarda sa fille et se mit à pleurer à son tour en prenant conscience qu'elle lui avait fait peur par sa réaction excessive.

— Pardonne-moi, murmura-t-elle. Je suis désolée. Je ne voulais pas te blesser. Seigneur, Grace, je suis désolée.

— Oh, maman, qu'est-ce que j'ai fait de mal ? sanglota la jeune fille en refermant ses bras autour de sa mère. Je suis désolée, moi aussi.

Elles restèrent ainsi enlacées, tandis que les notes de la sonate résonnaient encore à leurs oreilles. Audrey prit le visage de sa fille entre ses mains pour en essuyer doucement les larmes.

— Ton père est mourant, ma chérie.

Les yeux de Grace s'écarquillèrent et elle dévisagea sa mère avec incrédulité. Elle avait bien remarqué combien il était mince et pâle, mais ne l'avait pas imaginé aussi mal.

— Mourant ? répéta-t-elle espérant avoir mal compris.

— Il est rongé par le cancer. Nous allons le perdre.

Grace enfouit son visage dans le cou de sa mère.

— Pourquoi ne m'as-tu rien dit ? Depuis combien de temps est-il malade ?

— Des mois. Des années. On ne sait pas. Mais le cancer est généralisé et il n'en a plus pour longtemps. Nous ne voulions pas t'effrayer.

— Mais c'est mon père. Tu aurais dû me le dire.

Audrey s'écarta et s'assit sur le tapis.

— Ton père est un homme fier. Il ne veut pas qu'on se tracasse pour lui. Surtout pas moi.

— Alicia et Leonora sont au courant ?

— Je ne leur ai pas encore parlé.

— Il faut le faire. Nous devons l'entourer. Ce n'est que lorsque les gens sont morts qu'on réalise à quel point on les aimait. Nous ne devons pas attendre pour le lui dire.

— Tu as le cœur si bon, chérie, soupira Audrey. Il vaut mieux que tu ne parles pas de ton oncle à papa. Il est tellement faible...

— Très bien. Est-ce que tu comptes lui dire que je suis au courant de sa maladie ?

— Je le ferai.

— Informe aussi les jumelles. Nous ne devons pas tenir compte de sa fierté. Le moins que nous puissions faire est d'être présentes autour de lui.

Audrey acquiesça d'un signe de tête et embrassa Grace.

— Maintenant, joue-moi quelque chose, ma chérie. Quelque chose de moins triste. Cet air que tu interprétais tout à l'heure m'a bouleversée. Je suis désolée.

— Je vais te jouer quelque chose de tonique, déclara Grace en s'asseyant au piano. Des vibrations positives feront du bien à papa.

Et, tandis qu'elle attaquait un nouveau morceau, elle se demanda pourquoi son sixième sens lui avait fait défaut.

Les mois s'écoulèrent et rien ne semblait améliorer l'état de Cecil, ni la musique de Grace, ni les prières. Sa santé déclinait comme la végétation en automne. Son voyage sur cette terre touchait à son terme et une autre vie l'attendait. Pourtant, il avait peur.

— J'aimerais envisager l'autre face du monde avec la même confiance que toi, Grace, lui confia-t-il un jour. J'aurais au moins le réconfort d'une certitude.

Audrey le soignait et l'entourait avec tout l'amour et la tendresse dont elle était capable. Quant à Grace, elle s'asseyait souvent sur son lit et tentait d'expliquer à Cecil que la mort n'était rien d'autre qu'un retour à la maison.

— C'est comme une pièce de théâtre, papa. Mourir signifie seulement sortir de scène, retirer son costume et retourner d'où on vient. Ce n'est pas l'oubli. Tu peux me croire. Je le sais.

— J'ai toujours pensé que tu étais un peu timbrée, Grace, dit Cecil. N'empêche... j'aimerais te croire.

Il s'essaya à rire puis se mit à tousser.

— Oh, papa, se désola Grace. Est-ce que tu souffres ?

— Non, pas tellement. Les médicaments que m'administre ta mère calment généralement la douleur. Je mourrai en pleine forme.

— Trop de cigares, décréta Audrey en venant reprendre le plateau de thé. C'est mon père qu'il faut blâmer pour t'avoir inculqué cette mauvaise habitude.

— Les cigares n'ont rien à voir, objecta-t-il d'un ton bourru. Je suis un vieil homme, c'est tout. (Il toussa de nouveau.) Audrey, peux-tu rester un instant ? Il y a quelque chose que je voudrais dire à Grace.

Audrey pâlit. Sachant que ce moment viendrait un jour, elle ne le redoutait pas moins. Cela signifiait que la mort était proche. Et puis... comment prévoir la réaction de Grace ? Le plateau trembla dans ses mains. Elle le posa sur la desserte, se força à sourire et vint s'asseoir au bord du lit.

— Que veux-tu lui dire, mon amour ?

Les dernières semaines avaient épuisé ses forces et sa capacité à s'émouvoir. Elle se sentait usée. Mais elle comprit à l'étincelle dans les yeux de son mari qu'il voulait révéler la vérité.

Cecil prit la main de sa fille entre les siennes et la fixa de ses yeux voilés. Depuis plusieurs mois il délibérait en lui-même pour savoir s'il devait lui révéler leur véritable lien de parenté. Il avait été blessé quand Cicely lui avait parlé de l'amitié qui s'était nouée entre Grace et Louis, mais il tenait cependant à laisser derrière lui une situation bien nette. Plus de secrets.

— Je suis sur le départ, commença-t-il sur un ton un peu dramatique, ne sachant trop comment aborder le sujet. Ta mère et moi avons toujours été heureux.

— Je le sais bien, papa, dit Grace en riant. Tous les mariages ont leurs hauts et leurs bas.

— Mais un peu avant ta naissance, ta mère a donné son cœur à un autre homme.

La jeune fille regarda sa mère qui avait baissé les yeux.

— Continue, dit-elle paisiblement.

Cecil soupira et ses joues se teintèrent de rose.

— Elle a eu une brève aventure et c'est pendant ce temps que tu as été conçue.

Grace le dévisagea, brusquement épouvantée. Elle se sentit soudain abandonnée, affreusement solitaire.

— Ainsi, tu n'es pas mon père ?

— Pas biologiquement, répondit Cecil en s'efforçant d'exposer les faits aussi calmement que possible.

Grace se tassa sur elle-même.

— Qui est-ce, alors ? demanda-t-elle.

Cecil regarda Audrey qui secoua la tête, comme pour s'excuser.

— Louis, répondit-elle d'une petite voix. Ton oncle Louis.

Grace se dirigea vers la fenêtre en silence. Elle pensa à son oncle et comprit l'origine de sa tristesse. Ce n'était pas Isla qu'il avait aimée, mais sa mère, depuis toujours. Elle saisit immédiatement le tragique de l'affaire, les danses qui faisaient pleurer sa mère, le penchant de son père pour la boisson, leur froideur à tous deux quand ils essayaient de sauver la face vis-à-vis des autres. Et cette décision de venir s'installer en Angleterre pour prendre un nouveau départ... Tout devenait subitement clair.

Pas étonnant qu'elle ressemblât tant à son oncle ! *C'est mon père*, pensa-t-elle avec incrédulité. *C'est mon père et il le sait. Il sait tout depuis le début.*

Avec un soupir, elle s'appuya contre la vitre. Souriant à travers ses larmes, Audrey se leva et s'avança vers son mari pour prendre la main qu'il lui tendait. Ils ne parlaient pas... Chacun savait bien ce que l'autre pensait. Anxieux, ils attendaient de connaître la réaction de Grace. Mais elle restait près de la fenêtre, regardant au-dehors. Elle réfléchissait... cherchant à assimiler une révélation aussi bouleversante. Puis, peu à peu, elle comprit que cette révélation ne changerait pas grand-chose. Elle était dans la chambre de ses parents et son père était en train de mourir.

Elle se retourna et les regarda, plongés dans un état second à présent qu'ils avaient lâché le démon qui les rongeait depuis si longtemps.

— Louis n'est pas mon père, dit-elle nonchalamment, parce que c'est toi qui seras toujours mon papa. Le fait que Louis soit mon père biologique ne change rien à ces dix-huit dernières années. Tu m'as élevée et aimée comme ta fille et je t'aime comme un père. Tu es le seul que j'aie jamais connu et je n'en veux pas d'autre. Je n'aurai jamais d'autre père.

Les épaules d'Audrey se mirent à trembler et Cecil sourit à sa fille comme il ne l'avait encore jamais fait. La fierté et la gratitude illuminèrent son visage et il lui tendit la main. Elle la prit pour la presser contre ses lèvres.

— Je t'aime, papa.

Ils échangèrent un long regard de compréhension mutuelle car l'amour est un pont qui peut réunir les êtres les plus différents. Puis le regard de son père changea de direction pour se poser sur deux formes humaines, un homme et une femme, venus de l'autre côté du lit pour le chercher. *Pas encore, papa,* pensa Grace, affolée. *Il y a tant de choses que je voudrais te dire. Pourquoi est-ce au moment où je te perds que je prends conscience de ce que tu représentes pour moi*?

Audrey baissa les yeux sur le visage détendu de Cecil, agonisant. Accablée de chagrin, Grace vit l'esprit de son père quitter le lit et s'éloigner vers les bras tendus de sa propre mère et de son bien-aimé oncle Errol. Il tourna légèrement la tête vers elle et lui sourit pour lui faire comprendre qu'elle ne s'était pas trompée et que le monde des esprits attendait bien chacun de nous.

Des larmes roulèrent sur les joues de la jeune fille.

— Au revoir, papa ! Nous nous reverrons un jour, murmura-t-elle doucement en le regardant disparaître dans un rayon de soleil filtrant à travers la vitre givrée.

Les jambes de Grace tremblaient tellement

qu'elle dut s'asseoir. Elle regarda la coquille vide qui avait été le corps de son père et fut presque surprise de la trouver là.

Audrey lui caressait la main, hochant la tête avec incrédulité.

— Si vite, dit-elle. Il était encore bien ce matin.

Une ride profonde marquait son front.

— Il est parti, maman, dit Grace. Regarde son visage. Est-ce qu'il n'a pas l'air heureux ?

— Jamais il n'a paru si heureux. (Elle leva vers sa fille des yeux implorants.) Ma chérie... je suis tellement désolée.

— Et pourquoi cela ? Comme je l'ai dit, rien n'a changé dans ma vie. On ne peut pas modifier le passé, même après une telle révélation. Tu as aimé mon oncle. Cela n'a rien à voir avec moi. (Elle sourit de nouveau.) Inutile d'en parler aux jumelles. Personne n'a besoin de le savoir en dehors de toi, de moi et de Louis.

— Louis ?

— Il le sait déjà, dit Grace simplement. Ce que je trouve le plus surprenant, c'est que je ne l'aie pas deviné avant. On dirait bien que mon don m'en apprend davantage sur les autres que sur moi-même.

— Les voies de Dieu sont impénétrables, affirma Audrey en saisissant la main de Cecil.

Posant ses lèvres sur la peau encore tiède et douce de son mari, elle répéta :

— Oui, Dieu emprunte décidément des voies bien mystérieuses...

34

Octobre 1984

— Tu sais, maman, j'ai vraiment l'impression qu'on m'a raconté des histoires, se plaignit Alicia, assise, bras croisés, dans le fauteuil favori de son père. Personne ne m'a dit que papa allait si mal. Le jour où tu m'en as enfin parlé, il est mort presque aussitôt. Je n'ai même pas eu le temps de lui dire au revoir.

— Moi non plus, soupira tristement Leonora.

— Votre père voulait que les choses se passent ainsi. Il détestait l'idée qu'on se fasse du souci pour lui.

— N'empêche, je me sens trahie et affreusement triste, insista Alicia en essuyant une grosse larme de sa main gantée.

Grace leva les yeux au ciel en se rappelant le nombre de fois où Alicia lui avait confié qu'elle ne s'était jamais sentie proche de son père. Durant son enfance, il était sans cesse absent pour son travail et, plus tard, après avoir été envoyée en Angleterre, elle ne l'avait plus revu qu'une fois par an, à Noël. Mais, aujourd'hui, l'occasion était trop belle pour jouer la carte du mélodrame. Vêtue d'un impeccable tailleur noir, elle semblait s'être apprêtée pour un cocktail mondain. Toujours célibataire, elle poursuivait ses rêves inaccessibles et s'enfonçait dans son errance.

Alicia avait hérité d'un physique irréprochable. Autrefois, l'âpreté de son cœur était masquée par la fraîcheur et l'éclat de sa jeunesse. Mais, aujourd'hui, on pouvait deviner sa nature profonde dans la ligne dure de la bouche, dans l'éclat froid de ce visage aux traits parfaitement ciselés. Les têtes se tournaient encore sur son passage mais la magie s'était enfuie. L'amertume qui lui rongeait l'âme avait terni l'éclat de sa beauté.

Leonora, au contraire, avait embelli au fil des années. L'amour, la générosité qui l'habitaient éclairaient et adoucissaient une beauté autrefois plutôt terne. Grace admirait sa sœur pour avoir su trouver le chemin du bonheur. Elle savait se contenter de ce qu'elle avait et n'enviait jamais le sort des autres. Avec Florien et leurs enfants, ils vivaient une vie exemplaire au cœur de la douce campagne du Dorset. Aux yeux de Grace, le seul défaut de Leonora était l'admiration inconditionnelle qu'elle vouait à sa sœur jumelle. Alors qu'Alicia devenait l'ombre d'elle-même en vieillissant, Leonora la voyait encore avec les mêmes yeux enthousiastes qu'autrefois et lui gardait toute sa dévotion.

Quant à Grace, même si, comme les autres, elle avait revêtu des vêtements de cérémonie pour accompagner son père à son dernier voyage, elle savait que ce dernier ne se trouvait déjà plus dans son cercueil. Il était libre d'évoluer tout à son aise dans le monde de l'esprit. Elle l'avait vu s'évader et lui avait dit au revoir. Depuis, elle pensait surtout à

Louis. Au fond, le fait qu'il fût son père biologique ne l'étonnait nullement. Ils se ressemblaient tellement ! Dès le début de leur relation, elle l'avait considéré comme un ami très cher. À présent, ses sentiments s'étaient approfondis et elle se sentait encore plus proche de lui. Pourtant, rien ne changerait jamais ces dix-huit années réchauffées par l'amour de Cecil. Il avait élevé l'enfant de son frère comme s'il s'agissait du sien, malgré l'adultère qui avait précipité sa naissance dans ce monde. Oui, Cecil lui manquerait.

— Ah, Florien..., fit Audrey en voyant son gendre pénétrer dans le salon.

— Bonjour, Audrey, répondit-il d'une voix cordiale. (Il adressa un bref signe de tête à Alicia avant de se tourner vers sa femme.) Tu es prête ? Les enfants attendent déjà dans la voiture.

Leonora embrassa sa mère et ses sœurs qui attendaient l'arrivée d'Anthony et de Cicely. Quand elle fut partie, Alicia se tourna vers sa mère.

— Quelqu'un aura-t-il un jour le courage de dire à Leo de perdre du poids ? Elle serait beaucoup plus jolie sans tous ces kilos en trop.

— Florien l'aime ainsi, ma chérie, répondit sa mère.

— Et moi aussi, renchérit Grace.

Alicia se cala sur son fauteuil avec un soupir. Elle ne se sentait jamais à l'aise en présence de sa petite sœur. Il y avait quelque chose dans ses yeux qui lui donnait la chair de poule.

Cicely arriva enfin, vacillant sur ses hauts talons.

— Désolée d'être en retard, j'ai trébuché sur un

de mes maudits chiens et je me suis foulé la cheville. Bon, vous êtes tous prêts ? Vous ressemblez à un trio de corbeaux.

Audrey se leva péniblement. Malgré sa petite cinquantaine, elle se sentait soudain très vieille — dans son corps comme dans son cœur. Cecil avait rempli la maison de sa riche présence depuis tant d'années qu'à présent tout semblait désespérément vide, même avec les filles autour d'elle. La maison résonnait de son absence.

— C'est un beau jour pour des funérailles, dit-elle.

Cicely hocha la tête tout en boitillant dans le couloir.

— Magnifique.

— Il est là, déclara soudain Grace.

— Qui, chérie ?

— Papa. Je le sens. Son esprit est avec nous.

Alicia lâcha un soupir exaspéré.

— Pour l'amour du ciel, Grace, arrête tes simagrées, tu veux ? Papa est mort.

Le ciel est presque trop enchanteur pour un tel jour, pensa Audrey en regardant le cercueil descendre lentement dans les profondeurs de la terre. *À moins que ce ne soit le genre de beauté que la nature réserve aux âmes saintes quand elles quittent ce monde*. On aurait dit que le ciel s'ouvrait pour accueillir Cecil. Audrey avait presque l'impression d'entendre le chant des anges et leurs célestes trompettes. Mais, là, sous ses yeux, reposait humblement la dépouille de Cecil Forrester dont personne, hormis Dieu et elle, n'avait soupçonné les immenses qualités.

Audrey lâcha la main de Grace et s'avança, redressant dignement sa tête blanchie par les années, et laissa tomber un lis sur le cercueil. Elle murmura une courte prière puis porta son regard vers le soleil couchant qui descendait derrière les arbres en jetant de longues ombres sur le cimetière. Son visage s'empourpra soudain tandis qu'elle portait une main à son cou comme si elle suffoquait. Là, à travers les branches des arbres, elle venait de reconnaître sa silhouette qui se découpait dans les derniers rayons du soleil couchant. Le cœur battant, elle chercha à reprendre son souffle, craignant de s'évanouir.

Il était venu. La tête baissée pour masquer son trouble, elle recula en trébuchant et sentit la main de Grace se poser sur son bras pour l'aider à retrouver son équilibre.

Croyant qu'elle souffrait d'un malaise, le prêtre accéléra ses dernières prières et conclut la cérémonie pour laisser la famille à son chagrin.

Grace se pencha vers sa mère.

— Tout va bien, maman?

Audrey se ressaisit tout en continuant de fouiller des yeux les arbres devant elle. Grace suivit la direction de son regard et fronça les sourcils.

— Qui est-ce?

Audrey éluda la question.

— Va réconforter Alicia, ma chérie, répondit-elle en lui tapotant le bras distraitement. Je vais bien, ne t'inquiète pas... J'ai juste besoin d'un peu... d'air..., ajouta-t-elle en s'éloignant d'un pas vif.

Grace chercha ses sœurs des yeux. Alicia avait cessé de pleurer, faute de public. Quand Leonora croisa son regard, elle lui adressa un fugitif sourire et, frissonnante, lui fit comprendre qu'il était temps de quitter les lieux car il y faisait de plus en plus sombre et froid.

Lorsque Grace la rejoignit, elle demanda, étonnée :

— Avec qui maman parle-t-elle ?

Les trois sœurs regardèrent à l'unisson leur mère s'entretenir à l'entrée du cimetière avec un homme que, de loin, elles ne reconnurent pas.

— Bah, qui que ce soit, j'espère que ça ne va pas durer longtemps, soupira Alicia en sortant un paquet de cigarettes de son sac. On gèle, ici.

— Tu le connais, Grace ? interrogea Leonora.

Sa jeune sœur scruta la pénombre bleutée du soir et porta ses longs doigts fins à ses lèvres, l'air soudain médusé.

— C'est... oncle Louis, répondit-elle enfin.

— Ah oui, je me souviens de lui, intervint Alicia d'une voix impatiente en exhalant la fumée de sa cigarette. C'est ce drôle de bonhomme dont tout le monde évite de parler. Si on allait le voir de près ? Il paraît qu'il est fou...

— Non, laisse-les, rétorqua Grace. Ils ont des tas de choses à se dire.

Leonora jeta un regard perplexe à sa sœur tandis qu'Alicia s'éloignait déjà, impatiente de retourner à la maison de ses parents.

— Allez, venez. Il fait froid et je meurs d'envie

de me réchauffer. De toute façon je me fiche bien de cet oncle. Cicely et Anthony ramèneront maman plus tard.

Quand Louis Forrester s'avança vers elle dans l'obscurité, Audrey eut l'impression que les innombrables années de séparation venaient de se dissoudre d'un seul coup dans les brumes du soir. Posant une main sur une pierre tombale pour prévenir un éventuel évanouissement, elle l'observa. Il portait un costume de coupe classique, un manteau noir et un chapeau posé de travers sur sa tête. Elle reconnut aussitôt sa démarche unique, un peu dansante comme s'il marchait au rythme mélancolique du tango, une musique remontant du passé, de sa jeunesse, quand il y avait encore, dans sa vie, quelqu'un pour qui il voulait danser. Tandis qu'il approchait, Audrey reconnut la douce lueur de ses yeux bleus. Elle y lut aussi une nostalgie poignante, comme si les sentiments qu'il avait éprouvés pour elle n'avaient fait que grandir au fil des années. Voilà, il se tenait à nouveau devant elle, il avait franchi le temps, apportant avec lui un flot de souvenirs, avec son sourire, son parfum si particulier et ce visage creusé de rides d'où toutes les naïves espérances de la jeunesse avaient disparu.

Il la contempla un long moment, dévorant d'un regard insatiable ce visage qui l'avait hanté tout au long de ces jours solitaires, des jours transformés en années jusqu'à ce qu'il en perde lui-même le fil sans jamais oublier pour autant cette femme tant aimée. Il avait attendu... attendu... À présent, elle était là.

— Tu ne m'en veux pas, dit-il en sortant les mains de ses poches pour les laisser retomber gauchement le long de son manteau.

Audrey soutint son regard et il remarqua alors combien, au fil des années, ses yeux avaient perdu de leur acuité. Mais rien de leur tendresse. Il aurait voulu la serrer dans ses bras, là, tout de suite, et l'entraîner dans le tourbillon de la danse comme autrefois, quand ils étaient encore jeunes et leur musique connue d'eux seuls.

— Cecil était un homme bon, dit Audrey.

En voyant sa bouche se pincer, elle regretta aussitôt d'avoir prononcé ces mots. Mais elle ne savait plus vraiment quoi dire, pas plus qu'elle ne savait ce qu'elle éprouvait réellement. Elle soupira, comme pour se faire pardonner sa maladresse.

— J'ai vieilli, murmura-t-elle.

— Moi aussi. (Il esquissa un mince sourire.) Mais je n'ai pas oublié la danse...

Alors, avec la même spontanéité qui avait séduit son cœur timide des années plus tôt, il saisit sa main glacée et fit un pas en avant. Tous deux tressaillirent vivement au contact de l'autre. Ils restèrent là, à se dévisager, sans plus savoir quoi faire. Audrey baissa les yeux, rongée par l'anxiété, consciente qu'on venait à peine de déposer le corps de son mari en terre, incapable d'ignorer ce sentiment de culpabilité qui la tenaillait tandis que le chaud contact des mains de Louis réveillait la vie dans son âme — une vie que dix-neuf ans de séparation n'avaient pas réussi à éteindre.

— Tu n'as pas oublié comment on s'y prend, n'est-ce pas ? demanda-t-il doucement.

Elle leva des yeux brillants de larmes et ses lèvres pâles se mirent à trembler. Tout semblait si confus à présent.

— Je n'ai pas oublié, souffla-t-elle. J'ai seulement rangé mes chaussures de danse.

Il soupira à la pensée de ces longues années. Puis, ce fut comme si rien n'était arrivé, comme s'ils se retrouvaient à nouveau réunis par la même magie sous les ramures écarlates des *ceibos* et les mauves jacarandas, dansant sur les places ombragées de Buenos Aires au rythme des mélodies éternelles de l'amour.

— Bonjour, Louis, dit Cicely en s'avançant vers eux. D'après ce que m'a dit Grace, tu ne cries plus et tu es devenu un homme très pondéré.

Louis hocha la tête et sourit à sa sœur.

— L'idée de crier après Grace ne me viendrait jamais à l'esprit, répondit-il en reportant son regard clair vers Audrey. Grace est si... unique.

Audrey aurait voulu lui dire que Grace savait qu'il était son père. Elle avait tant de choses à lui confier.

— Pourquoi ne viens-tu pas chez moi, à Holholly Grange ? reprit Cicely. Anthony aimerait sûrement faire ta connaissance.

— J'ai réservé une chambre dans un *bed and breakfast*, répondit Louis. Là, je sais que je pourrai prendre un bain et que ma chambre sera chauffée, ajouta-t-il avec un sourire malicieux.

Cicely ne s'offusqua pas.

— Comme tu voudras. On servira le thé chez toi, Audrey ? (Voyant cette dernière acquiescer, elle poursuivit :) Dans ce cas, venez, je vous y conduis tous les deux.

Audrey demeura silencieuse tandis que Cicely posait à son frère toutes sortes de questions sur sa vie à Dublin. Pendant qu'il répondait, elle observait son profil, incapable encore de croire qu'il était réellement là, à côté d'elle. Après tant de rêves avortés, après avoir si longtemps espéré être réunis un jour, ils se retrouvaient aujourd'hui dans une tout autre dimension, celle d'un nouveau possible. Elle savait qu'il y pensait, lui aussi. Voilà pourquoi il était là, aujourd'hui.

Quand ils arrivèrent chez elle, Leonora passait les canapés à la ronde et versait du thé à tout le monde. Le petit Panazel courait partout dans le salon avec son frère et sa sœur, se glissant entre les jambes des invités, inconscient de la solennité de cette réunion. Pour lui, la mort n'était rien d'autre qu'un changement de saison et il n'y avait pas lieu de se poser des questions à son sujet. Son grand-père lui manquerait, de même qu'il regrettait l'été enfui, mais il était trop jeune pour s'en affliger. Debout près de la cheminée, Alicia fumait, son visage encore à demi dissimulé derrière la voilette. Elle posait sur Florien un regard avide, celui d'une vieille lionne qui fixe sa proie avec envie tout en sachant qu'elle ne court plus assez vite pour l'attraper.

Grace attendait impatiemment son oncle Louis, incapable de se concentrer sur quoi que ce soit d'autre. Chaque fois que la porte s'ouvrait pour laisser entrer un invité, elle tressaillait avant de se tasser sur elle-même, déçue. Quand il fut enfin là, elle se précipita sur lui avec fougue. Elle mourait d'envie de jeter les bras autour de son cou mais quelque chose la retint, une brusque gêne, comme si son instinct lui disait qu'il n'était pas convenable d'agir ainsi sous le toit de son père le jour de son enterrement. Il posa une main rassurante sur son bras.

— Je suis heureux de te voir, Grace.

Elle lui sourit, soulagée de voir qu'il la comprenait, comme toujours.

— J'espérais que tu viendrais.

— Nous n'avons pas toujours été d'accord, mais Cecil était mon frère.

— Je sais et je suis certaine qu'il se réjouit lui aussi de ta venue. Rien ne rapproche davantage les gens que la mort.

Louis hocha la tête et retira son manteau et son chapeau.

— J'aurais aimé apprendre plus tôt qu'il était malade.

— Il ne l'a pas désiré, expliqua Grace. Il voulait mourir avec dignité.

— Cecil a toujours été un homme extraordinairement digne. Étais-tu près de lui quand il est mort ?

— Oui, j'étais là, répondit-elle avec un regard profond dans lequel on pouvait lire qu'elle savait bien des choses. Il a réglé les derniers détails, comme le font les gens qui s'apprêtent à mourir.

Il hocha de nouveau la tête. Puis son visage s'épanouit comme le tournesol quand il pivote vers le soleil. Ils se regardèrent l'un l'autre comme s'ils se voyaient soudain pour la première fois. Pendant un bref instant, le monde autour d'eux sembla en suspens. Aucun des deux ne savait quoi dire. Non seulement une telle révélation ouvrait les lourdes portes du passé, chassant définitivement les secrets, mais il était exclu de révéler la nature de leur véritable parenté dans cette maison.

Louis parla enfin d'une voix basse, à peine audible, même pour Grace.

— C'était un homme bon, dit-il.

Seuls Grace, Louis et Audrey savaient à quel point ces mots étaient lourds de sens.

Quand la maison fut vidée de tous ses visiteurs et que tante Cicely, au bras de son mari, quitta la maison en vacillant sur ses talons, Audrey demanda à Louis de rester dîner.

— Il n'y aura que toi, moi et Grace, précisa-t-elle.

Trouvant la campagne étouffante, Alicia avait repris la route de Londres tandis que Leonora était rentrée chez elle pour mettre les enfants au lit.

Louis plongea son regard dans les yeux d'Audrey. Il y lut une inquiétude qui l'émut.

— J'accepte l'invitation, répondit-il.

— Laisse-moi d'abord prendre un bain et me changer. Je me sens glacée jusqu'aux os.

— Bien sûr. Grace me tiendra compagnie.

Audrey quitta le salon et monta l'escalier. Elle se sentait lourde, les jambes de plomb, les articulations douloureuses. Mais rien ne fait autant souffrir que les blessures du cœur.

Elle se frotta le front pour éclaircir ses pensées.

Louis était venu pour elle. Elle en avait rêvé et personne ne connaissait mieux qu'elle le pouvoir des rêves. Sans savoir pourquoi, elle pénétra dans le dressing-room de Cecil. Son odeur y flottait encore comme s'il était toujours en vie, imprégnant les murs, les tissus, faisant surgir dans sa pensée le visage d'un homme qu'elle avait combattu des années jusqu'à ce que, par la force de sa volonté et peut-être quelque chose d'autre qui la dépassait, elle se mette enfin à l'aimer. Pas d'une passion obsessionnelle comme pour Louis, mais d'un amour paisible, fondé sur un respect mutuel.

Cecil s'en était allé, mais sa présence était encore si forte qu'elle s'assit sur le lit pour la savourer. Avec le temps, une évocation aussi puissante deviendrait impossible. Les souvenirs eux-mêmes pâlissent.

Elle regarda autour d'elle. Cecil gardait tout. Des boîtes emplies de pièces, des tiroirs pleins de vieilles lettres, des piles de prospectus, des livres, des souvenirs, tout cela dans un ordre rigoureux, conforme à sa nature. Cette pièce avait été son refuge et elle ne l'avait jamais dérangée. À présent, elle saisissait chaque chose l'une après l'autre, l'examinait avec émotion en pensant à cet homme dont elle sentait la présence dans le plus infime objet. Il y avait des factures en pesos provenant d'Argentine, les billets de leur premier rendez-vous au Teatro Colón, une carte de la ville de Buenos Aires, le stylo d'argent que son père lui avait offert le matin de leur mariage ou, encore, de vieux journaux, froissés et cornés comme s'il les avait lus des centaines de fois. Elle eut un sourire de tendresse en y passant les doigts pour en chasser la poussière. Puis elle découvrit un coffret de noyer, lourd et brillant comme s'il était neuf. C'était manifestement quelque chose de grande importance car il se trouvait sur le coffre à un endroit facilement accessible. Elle tenta de l'ouvrir mais il était fermé à clé. Sa curiosité maintenant éveillée, elle se mit à la recherche de la clé. Cecil avait été soldat et rangeait chaque chose à sa place. Elle finit par la trouver dans le petit tiroir situé à la base du grand miroir ovale. Une petite clé d'argent qu'avec des mains tremblantes elle utilisa pour déverrouiller le couvercle. À l'intérieur du coffret, elle découvrit un morceau de papier jauni soigneusement plié. En le lisant, son cœur se mit à faire des bonds désordonnés et un frisson glacial courut le long de son échine.

Datées du 28 juin 1948, jour de l'enterrement d'Isla, ces lignes étaient sans erreur possible de la main de Louis.

Cecil, pourquoi les femmes nous torturent-elles ainsi ? J'ai donné mon cœur à Audrey et elle l'a pris. Nous nous sommes aimés avec l'absence de contraintes de deux êtres dont la destinée est écrite dans les étoiles. Nous avons navigué contre vents et marées, espérant que le vent tournerait et que nous pourrions nous aimer ouvertement. Mais qui aurait pu prévoir un si cruel retournement dans son cœur ? Isla est morte et elle a emporté le cœur d'Audrey avec elle. Cela me fait honte, mais j'en veux à Isla d'une mort si prématurée. Il m'est impossible de rester en Argentine si Audrey ne peut m'appartenir. La dou-

leur est trop forte, trop insupportable. Je vais jeter mes rêves aux orties et ne reviendrai que lorsque la marée m'offrira de nouveau une chance. D'ici là, je vais chercher sans relâche quelque ville mexicaine où la beauté d'Audrey sera inconnue. Pardonne-nous, Cecil, de t'avoir entraîné dans cette danse impitoyable. Nous n'avons jamais voulu faire de mal. Toi et moi sommes tous deux des victimes de l'amour.

Louis.

Les yeux fiévreux d'Audrey se portèrent sur une autre phrase tracée au-dessous, de la main de Cecil. C'était une citation de la Bible.

« Et quand vous êtes debout en prière, si vous avez quelque chose contre quelqu'un, remettez-lui, afin que votre Père qui est aux Cieux vous remette aussi vos offenses. »

Marc, 11, 24-26.

Elle garda les yeux fixés sur ces mots. Un sentiment brûlant de honte l'envahit jusqu'à ce qu'un flot de larmes finisse par brouiller sa vision. Cecil avait été informé de leur histoire d'amour dès le début. Il n'ignorait plus rien quand, à son retour d'Angleterre, après avoir laissé les jumelles en pension, elle avait trouvé Louis qui l'attendait en jouant du piano. Il s'était résigné, sans pour autant abandonner la scène. Mais ce qui l'accablait encore plus, aujourd'hui, c'était qu'il avait pardonné. La noblesse de cœur de son mari la bouleversa au plus profond d'elle-même, laissant dans son cœur à vif une marque indélébile.

À cet instant précis, les notes de la sonate s'échappèrent du piano et flottèrent dans la maison. Avec ses arpèges obsédants, ses répétitions hypnotiques, la musique pénétra l'âme d'Audrey. Prise de vertige, elle se boucha les oreilles pour chasser cette mélodie qui n'avait plus de place, à présent, dans sa vie et qui offensait la mémoire de son mari. Cecil n'avait jamais cessé de l'aimer, même pendant les mois, les années où elle rêvait de son frère, où elle avait conçu puis porté son enfant et projeté de le quitter pour recommencer sa vie de l'autre côté de la planète. La sonate ne faisait que souligner la magnanimité dont il avait fait preuve, sa patience, sa douleur.

Les larmes du remords lui brûlèrent les joues. Oui, il avait mérité que le jour de ses adieux au monde le ciel soit aussi magnifique, avec ses taches de rose, de pourpre et d'or. L'âme de Cecil Forrester méritait plus encore. Elle méritait qu'elle lui reste fidèle. Elle n'avait pas su l'honorer dans sa vie, mais elle l'honorerait dans la mort. L'amour complaisant de Louis lui sembla tout à coup bien pâle à côté de celui de son mari, si profond.

Elle se hâta de descendre, les jambes tremblantes, tandis que la musique se faisait de plus en plus forte, semblable à un cri. Quand il aperçut son visage livide, ses yeux flamboyants, Louis cessa de jouer et son visage s'assombrit. Elle lui tendit le billet. Grace les observait du canapé, osant à peine respirer. Pendant que Louis parcourait les lignes, un silence profond tomba sur eux, plus assourdissant que la musique.

Louis leva vers Audrey des yeux pleins de tristesse. Il avait compris. Au lieu de les libérer, la mort de Cecil les séparerait à jamais. Comment pourraient-ils renouer à l'ombre d'un tel sacrifice ?

Il se leva, enfila son manteau et mit son chapeau en l'inclinant sur le côté selon son habitude. Puis il se dirigea vers Audrey sans quitter des yeux son visage angoissé, son regard à nouveau distant. Il la prit dans ses bras et l'embrassa, goûtant pour la dernière fois le parfum de sa peau, la proximité de ce corps qui s'était autrefois si bien accordé au sien. Il contempla interminablement ces traits tant aimés pour ne jamais les oublier.

Puis il partit.

Grace et Audrey entendirent la porte se refermer et frissonnèrent comme si un vent froid s'était glissé dans la maison. Il flottait encore dans la pièce une tension palpable, la certitude quasi tangible d'une perte irréparable.

Grace regarda la porte puis reporta ses yeux vers sa mère, le visage crispé par l'inquiétude. Audrey hocha lentement la tête sans dire un mot. Grace n'eut pas besoin d'un autre encouragement. Elle sortit de la maison en courant.

— Louis ! cria-t-elle. Louis !

Le vent porta sa voix jusqu'à lui. Il s'arrêta, se retourna et, quand il l'aperçut courant vers lui dans l'obscurité, un sourire éclaira son visage. Il parut si heureux de la voir qu'elle lui jeta les deux bras autour du cou. Il commençait à pleuvoir et son manteau était humide.

Pressant la joue contre son épaule, elle murmura :

— Ce n'est pas une fin, mais un commencement. Après l'hiver vient toujours le printemps. Tu le sais, n'est-ce pas ?

Trop ému pour répondre, il l'embrassa sur le front, laissant les larmes couler dans ses cheveux.

Ils s'écartèrent l'un de l'autre et se regardèrent.

— Ce que tu as commencé avec maman continuera avec moi. Je t'aime, Louis. C'est toi qui seras mon père maintenant.

Louis aurait voulu dire tant de choses mais aucun mot ne put sortir de ses lèvres. La dernière fois qu'il avait pleuré, c'était à l'aéroport quand il avait compris qu'Audrey était perdue pour lui à jamais. À présent, c'était la joie qui trempait ses joues de larmes. Grace était *son* enfant. Elle ne le quitterait jamais. Ils se regardèrent longuement sans trouver de mots pour exprimer ce qu'ils ressentaient. Louis se mit à fredonner un air. Grace l'écouta et, bientôt, fredonna avec lui. Timidement d'abord, puis avec de plus en plus d'assurance. Dans l'obscurité veloutée de la rue déserte, serrés l'un contre l'autre, ils inventèrent une nouvelle sonate dédiée à l'avenir.

Un avenir qui débuta avec leurs premiers pas sur le pavé mouillé.

Quand Grace regagna la maison, Audrey était assise au piano, les doigts sur les touches vibrant encore des mesures de la sonate composée autrefois par Louis. La jeune fille s'assit à côté de sa mère et posa la tête sur son épaule.

— Cette sonate..., commença-t-elle. Je sais que tu l'as appelée *La Sonate de l'oubli*.

— Comment l'as-tu deviné ? Je croyais être la seule à en connaître le titre.

— Je t'ai souvent regardée danser par l'entrebâillement de la porte. J'appelais alors cela ta « danse des larmes ». Je n'ai jamais su pourquoi tu dansais ainsi mais, instinctivement, je devinais qu'il ne fallait pas en parler. Et puis, une fois, tu as sorti un petit carnet recouvert de soie, et tu as écrit quelque chose sur la première page. Un jour que tu étais sortie, ma curiosité a été trop forte. J'ai déniché le carnet et je l'ai ouvert. J'y ai trouvé le titre de la sonate et la trace d'une larme.

— Je n'ai jamais pu composer une suite.

— Le feras-tu un jour ?

— Peut-être...

Audrey soupira profondément et referma le couvercle du piano. Puis elle se tourna vers sa fille et la regarda.

— Cette fois, ce ne sera pas l'histoire de Louis, mais de Cecil. C'est à lui, à présent, que je veux dire en musique : « Je ne t'oublierai jamais... »

Aubin Imprimeur
LIGUGÉ, POITIERS

Achevé d'imprimer en août 2004
pour le compte de France Loisirs
123, bd de Grenelle, 75015 Paris

N° d'édition 41185 / N° d'impression L 67264
Dépôt légal, mai 2004
Imprimé en France